Best Time

白马时光

# 天暗下来，你就是光

*Night Falls, You Shine*

·上

苏画弦 著

百花洲文艺出版社
BAIHUAZHOU LITERATURE AND ART PRESS

图书在版编目（CIP）数据

天暗下来，你就是光 / 苏画弦著 . — 南昌 : 百花洲文艺出版社 , 2020.5
ISBN 978-7-5500-3719-9

Ⅰ . ①天… Ⅱ . ①苏… Ⅲ . ①言情小说－中国－当代 Ⅳ . ① I247.5

中国版本图书馆 CIP 数据核字（2020）第 055113 号

# 天暗下来，你就是光

TIAN ANXIALAI, NI JIUSHI GUANG

苏画弦　著

出 品 人　李国靖
特约监制　夏　童
责任编辑　李　瑶　黄文尹
特约策划　张　丝
特约编辑　张　丝　茶小贩
封面设计　小茜设计 Miniqian Designstudio/QQ:310094811
封面绘图　早文吕
版式设计　赵梦菲
出版发行　百花洲文艺出版社
社　　址　南昌市红谷滩世贸路 898 号博能中心 I 期 A 座 20 楼
邮　　编　330038
经　　销　全国新华书店
印　　刷　三河市兴博印务有限公司
开　　本　880mm × 1230mm　　1/32
印　　张　16.75
字　　数　449 千字
版　　次　2020 年 5 月第 1 版第 1 次印刷
书　　号　ISBN 978-7-5500-3719-9
定　　价　69. 80 元（全二册）

赣版权登字：05-2020-40

发行电话　0791-86895108　　　　网　址　http://www.bhzwy.com

# 目　录

contents

序

# 你是光本身

我一直自诩是个挺严苛的编辑，所以在拿选题方面一直是部门的吊车尾，领导问结果，我说没有，理由总是四个字——质量不行。

做书，就是要让内容增值，作品的内容质量自然是我们驻守的第一道且最重要的一道门槛。

所以画画最初发给我《永夜》的大纲和样章时，我们针对情节走向、人物设定聊了很久，过程很是酣畅淋漓，彼此对这个故事都充满了期许。过了个把月，画画发给我一篇叫作《烈阳之下》的文档，并附言说这是《永夜》的 N 点零版本，我满怀期待地打开，意犹未尽地读完，之后安利给领导，终于在自己岌岌可危的 KPI 上画下浓重的一笔。

永夜之后是烈阳，烈阳过后天还会黑，画画说书名就叫《天暗下来，你就是光》吧。

八个字，精准地击打在我的心坎上。

就这么一锤定音。

书中蒙萌和谢衍的故事开始于一个叫“永夜”的小岛，这里近乎与世隔绝，浪漫神秘，一个说走就走的约定打破了蒙萌和谢衍之间好不容易建构起来的和谐，再重逢已是物换星移的成人世界。

我是个严重的“久别重逢情结”上瘾患者，我喜欢看主角们隐而不发、秘而不宣地对峙，喜欢看他们脑门儿上刻着口是心非的“清零”二字，心里却不受控地为彼此的未来拉着爱的进度条。蒙萌和谢衍就是这样，他们费尽力气按捺住重逢的喜悦，用尖锐的棱角伪装自己，然后在无数次的破功中换一个重新开始。

我除了喜欢蒙萌和谢衍的感情，也很感动于他们都有一颗承载着社会使命感的事业心。故事的题材架构在 VR 这个背景之下，蒙萌所经营的映射科技主攻 VR+ 医疗，却因为行业瓶颈遭受重创，在不被大多数人看好的情况下，蒙萌敢于对赌，谢衍大胆投资。就在蒙萌和谢衍这么一小部分人的坚守下，VR 进入医疗的社会偏见渐渐被打破，更多的病人享受到了 VR+ 医疗带来的便利。

作为一个科技门外汉，也听过 AI 和 VR 是大势所趋。一个作品的魅力不仅在于好的人物、好的剧情，也在于好的价值导向。蒙萌和谢衍谈的不只是恋爱，还有科技的未来。

这是为作品加分的地方。

画画是个很优秀的写作者，她的文档页面干净有条理，她的情节组织严谨又细腻，她精益求精，不怕摔打。这样的人，本身就是一道光，哪怕天暗，也有明途。

文 / 白昼

第一章

# 所有的相遇都是久别重逢

## 【1】

南城。

雨下得更大了。

不知道是为避雨，还是为参加活动，越来越多的人拥入国际会展中心。

这场为期两天的VR博览会，吸引了业内多家知名科技公司。

门口的宣传区里，数依云科技的海报展架最醒目，上面写着“未解之谜”四个大字。

这是依云科技即将上线的VR网游，半年前就开始宣传造势，话题度满点。它的新品发布会已在游戏区块的展厅准备就绪，会场周围凡能植入广告的摆件都贴满了依云科技的logo，以至一团火焰的标志很容易就被人略过。

那是映射科技。

不知是幸运还是悲剧，他们的VR+医疗微创手术展示会临时被挪到了最角落的位置，恰好与依云科技相邻，更显得没人气。

映射科技，展台。

刚打春，会展中心的大厅里暖气还开得很足。

技术部总监司沣正领着人进行最后的调试。他背后的衬衣湿了一片，额头也蒙了细密的一层汗。观众席零星地坐了几个女生，其中一个举着手机佯装自拍，实则是在拍他。

旁边有两个挂着工作牌的实习生小声念叨着什么。

“完了完了，梁姐到底能不能搞定？我看对面几个来势汹汹……”

“怕什么？梁姐是什么人？那几个女人完全不是她的对手，你等着瞧，绝对五分钟就让她们凉凉。”

司沣擦了把汗，头也不回地问：“什么事？”

说话的女孩子吓了一跳，两人暗自交流眼神，谁都不想做出头鸟。直到司沣停下手里的动作，无声地看向她们，这才有人答道：“是这样的，刚刚会展中心营销部派了人过来，说原本答应给我们放宣传片的屏幕要让给依云……”

“然后呢？”司沣皱了皱眉。

“然后……然后梁姐气不过啊，就说要去营销部理论，谁知道依云的人突然跑过来，对着梁姐一通冷嘲热讽，说……说我们这儿本来就没有人来，不用浪费广告资源……”

“今天他们够霸道了，明明说好各区块的广告位平均分配，结果好位置都被他们霸占了。尤其是我们，原本以为被安排到这边能沾沾光，结果还不如原来的地方。现在他们连放宣传片的屏幕都和我们抢，简直忍无可忍啊！梁姐脾气上来，就直接冲去那边找他们管事的了……”原本缩着脑袋的小姑娘一时忍不住，也开始抱怨。

众所周知，梁知夏是映射出了名的冷面阎王，做事从来都是快、准、狠，眼里揉不得沙子，往往还没说话，一个眼神甩过去，就足够让对方心慌。

她和司沣两个人像是映射的活招牌，一个主管行政，一个主管技术。不管遇到什么问题，只要有他俩里应外合，总能妥善解决。

“去依云了？”

“对啊。”

“这边你们盯着点，我去看看。”司沣说完，随手抓起椅子上的西服套上，快步朝依云科技的展位走去。

两人怔怔地看着他的背影，一个忍不住说：“这架势，搞得跟要去英雄救美一样。”

另一个把头摇得像拨浪鼓：“你难道不知道，他俩是咱们那栋楼里‘最不可能 CP 榜’榜首吗？梁姐是完全视男人为粪土，心里除了工作还是工作。至于司总监，清心寡欲，一扎进工作连时间都忘了。”

“唉，估计就算红线被月老放到手边，他们也会视而不见。”

入目之处皆是密密麻麻的人头，比起自家那边，依云这里明显热闹太多。大屏幕上正播着游戏宣传片，塞着耳机的乖张男孩都戳在那儿仰起脖子，看得目不转睛。

这种密室逃脱和解密类游戏很容易吸引眼球。

司沣从人群中快速穿过，目光落到梁知夏身上。

短至耳根的黑发，标准的职业裤装下踩着纯黑的高跟鞋，一米七的个头，身形高挑。不论对面的人在说什么，她都环抱着手臂，半个字都懒得说。

见她如此，依云那边为首的女人忍不住又拔高了音调：“我再说最后一遍，如果你有任何异议请直接联系中心的工作人员，别来我们这儿撒泼……”

梁知夏眉头微蹙，打断她：“我也再说最后一遍，叫你们经理出来。”

“我们经理很忙，这边的一切杂事由我负责。”对方故意将重音落在“杂事”两个字上。

“是吗？那……”梁知夏还没来得及把话说出口，只觉眼前投来一道阴影。

“很闲？”声音又低又哑。

刚刚还气场全开的梁知夏，被这两个字一扰，竟有些许错愕。她清了清嗓子，下巴微抬：“再忙也要过来讨个说法。”

“没什么可讨的。不要因小失大，那么多事等着你应付，跟我回去。”

梁知夏本还想再争辩几句，但见司沣目光笃定，只好冷着脸答：“知道了。”

司沣点点头，正要带着梁知夏离开。

“麻烦你们映射以后好好管人……不过，老板都那么水，也不能指望底下的人靠谱。”

梁知夏脚步一顿，脸上的笑容瞬间凝固。她转过头瞥了一眼说话的人，刚要发作，却被身旁的人拉住。

“别做无谓的口舌之争。”

说完，司沣便带着梁知夏离开了。许是怕她恋战不肯走，他直接抓住了她的胳膊肘。

原本还怒气上头的梁知夏顿时蒙圈了，全身的血都一股脑儿地往胳膊上涌。某个位置此时正热得发烫，脚立刻变得不像自己的，她机械地跟在司沣身后离开了依云的展台。

“你一向做事稳重，怎么会在这种小事上昏头？这个时候去和他们理论，只会让人看笑话。”

“别人也就算了，偏偏是依云。青姐还在医院里躺着，别说是故意抢我们的资源，就算是他们从我面前路过，我也要狠狠剜上一眼。”梁知夏说完，突然又低下头，“你，把手放开。”

司沣一愣，有些不自然地松开手：“抱歉，刚刚一时情急。”

气氛有些尴尬。

梁知夏清了清嗓子，反问：“你不会天生就这么能忍吧？”

“我有更重要的事做。”司沣语气沉着，完全没有开玩笑的意思。

梁知夏点点头，嘴角一弯：“啧，人家都说咱俩是全公司最理智的人，换句话说，就是最冷血的人。不过现在看来，还是你略胜一筹。”

她话说完，司沣一点反应都没有。当然，她也没这个期待。

对话戛然而止。

这次的 VR 博览会，为了配合城市的海洋节，特意设计了同类主题，连棚顶上挂的气球都是蓝色的，区块间还设置了水族箱用来区隔。

两人快要走到展台时，有人突然迎面和梁知夏撞上。

“你走路不长眼睛啊？”男人皱着眉头，慌忙摘下包检查起来。

梁知夏吃痛，揉了揉肩膀，心中不悦，但也无暇与他争辩。

“怎么了？”听到动静，司沣停下脚步，回头看她。

梁知夏摆摆手：“没事，撞到一个倒霉蛋。”

司沣的目光在四周打了个转儿，又问：“蒙总联系上了？”

“没，电话打不通。她不会忘了今天有展示会吧？”

司沣瞥了她一眼，像是在说：怎么可能。

他掏出手机，走到一边拨电话给蒙萌，但结果真如梁知夏说的那样——不在服务区。

手机显示的时间是早上九点五十二分，距离活动开始还有八分钟。今天的这场展示会对映射科技意义重大，他清楚，蒙萌应该更清楚。

## 【2】

《天气预报》说今天多云，可外面早已是汪洋一片。

风卷着雨，来势汹汹。

蒙萌冻得脸发白，牙都跟着打战。伞骨被风吹得张牙舞爪，险些把她整个人都带跑了。她只得将伞收了，一边举着包挡雨，一边伸长手臂在雨里拼命挥舞。

可惜五分钟过去了，没有一辆出租车肯在这里停下，甚至有的车在经过她时还加快了速度。

又一辆车呼啸而过，蒙萌从倒影里看到一个头发乱得像八爪鱼的女人，以及她背后门牌上醒目的字。

666号，一个让所有南城人都唯恐避之不及的地方。

恶劣的天气、风中凌乱的女人、精神病院……难怪没有车敢载她。

初春的雨，冷得像冰锥，打在身上是刺骨的疼。

蒙萌打了个喷嚏，再睁开眼时，一辆出租车在她面前停了下来。车窗降下半格，副驾驶和后座都有人。

雨刮器高速运转，司机提着嗓门冲她喊："去哪儿？"

话音未落，蒙萌已经直接拉开车门，像条湿答答的泥鳅，迫不及待地钻进了后座。她身上穿着一件雪白的毛呢大衣，衣领处的兔毛都被雨水打湿了，贴在脸颊上冰得她哆嗦了一下。

"小姐，去哪儿？"

"国际会展中心。"

"这可要绕点路呢，要不小姐你再等等别的车？"

蒙萌心里烦躁，直接从钱包里拈出一张纸币递过去："这生意，到底做不做？"

司机眼睛一亮，迅速抽走了钱："做，当然做。"

蒙萌松了口气，转过头，看到最里面还坐了个人。雨天光线差，她只瞥见一角模糊的侧影。

"小帅哥，你没意见吧？"

巫秦飞扬只觉得面前的女人面容娇俏，一双含笑的眼睛弯起来便让人想到猫。他不擅长和女人近距离对视，此时一边往里面挪了挪身子，一边点头说："Lady first。"

"谢了。"说完，蒙萌脸上的笑容瞬间垮了下来。

巫秦飞扬怔怔地看着她变化飞快的表情，没再说什么。

车子再次发动。

窗外大雨滂沱，反而显得车里出奇地静。

蒙萌将自己放空，视线凝滞住，浑身有种被冻僵后的麻木，思绪也跟着抽离。包里的手机振动许久，她完全没意识到。

“喀喀。”旁边的男生出声提醒。

她如梦初醒般回过神，一看来电人，连忙接起来，身体尽力侧向一边。

电话那头是司沣，映射科技最得力的干将。他一向沉稳，哪怕是出了天大的事，也能应对自如，但此刻声音也有些急了。

蒙萌紧紧攥着手机，脑袋里有短暂的空白，她先深吸了一口气，之后才去询问具体细节。

电话快结束时，她哑着嗓子说：“那先这样，我马上到。”

情况比她想象的还要糟，无形之中仿佛有只手从黑色的幕布里伸出来将她往下拽，看不到底。

身旁的男人突然转头对最里面的人说：“哥，你是雨神吗？为什么每次和你一起回来，都会下这么大的雨？”

空气中一片静默，没有任何答复。

司机随口搭了句：“下雨多好啊，空气、路面……都干净！”

“可是这雨一下，市区堵得水泄不通，来接我们的车也过不来。”

“市心南路？”

“啊，对，对。”

“那难怪了，今天会展中心那边搞博览会，早上广播里就说那段路要堵。幸好我们是过去的方向，应该还行，小姑娘可以放心。不过看你这么着急，是不是也是去看热闹？什么 VR、AR 的，都是年轻人喜欢的，听说一票难求呢！我反正是没兴趣……”

没有任何回应。

巫秦飞扬忍不住瞥了一眼旁边的人，这一看可把他吓了一跳，他从小到大最害怕女人哭，更不要说她离自己这么近。

他赶忙摸了摸口袋，没摸着，只得伸手捣了捣左边一直闭目养神的某人：“有纸巾吗？”

须臾，怀里被抛入一包餐巾纸。

巫秦飞扬接过来，又转过头，试探着递过去：“你……”

蒙萌垂着头，头发耷拉下来，几乎挡住了整张脸。她浑身像是僵住了，隔了好一会儿才勉强抬起头，嘟囔着说了两个字：“谢了。”

纸巾攥在手里，温热的。

司机见多了为情所伤的年轻女孩，随手开了音乐，是首抒情歌。蒙萌听着更觉得伤感，眼泪不停地往下掉。

她本不想哭的，不知道为什么此刻没忍住。

明明遇到过比这更惨的情况。

早上医生突然打电话给她，说沈青状态不好，有自残行为，她下楼的时候太着急，踩空了两级，磕到小腿胫骨，一阵钻心的疼，她没有哭。

刚才在666号，沈青恶狠狠地盯着她，手伸过来要掐她的脖子：“是你，你这个害人精，是你害我的安安……你会遭报应的，遭报应的！”那种情况下，她没有哭。

后来沈青被按在床上打安定时，挣扎的样子像极了砧板上没死透的鱼。她站在床边，也没有哭。

可现在，司沣说映射那边出了大纰漏。这个消息仿若压死骆驼的最后一根稻草，但她退无可退，只能硬着头皮往前冲。

车子突然停下来。司机回过头，皱着眉头说：“小姑娘，前面不知道出了什么事，我实在开不过去，要不你就在这儿下，走过去还快点？”

巫秦飞扬扫了眼计价器，暗暗觉得这司机欺负人，收了人家两倍的钱，怎么能不把人送到目的地？何况雨还下得这么大。

“好，谢谢。”

蒙萌吸了吸鼻子，抓起包下车。

窗外雨势不减，车勉强向前开了半截，又堵住不动了。

巫秦飞扬忍不住看向车外，发现刚刚的女人将高跟鞋提在手里，跑起来健步如飞，姿态却极度优雅，裹着丝袜的小腿很纤细，在雨中一晃一晃的，很快就消失不见。

他收回视线，眼一低，在车门的夹缝里瞥见一抹鲜红。那是只女式钱包，很朴素的款式，里面有不少红色整钞，以及……一张名片，他捡起来，看到上面写着：蒙萌，映射科技总经理。再下面，是手机号和公司地址。

“蒙……萌？”巫秦飞扬先把最后一个字读了第二声，然后又读了遍轻声的，忍不住笑起来，“到底得有多萌才配得上这个名字？”

旁边沉默了一路的谢衍缓缓睁开了眼。那瞳仁漆黑如墨，透着凌厉的光，像冬夜里孤山上的狼。他的脑海里突然跳出一句话——

“草木发芽为萌，万物伊始为萌，生机勃勃为萌……总之，我名字里的萌，不是你以为的那种！”

“真没看出来，早就听说映射有位什么都不会的甩手掌柜，原来就是她啊。”

他笑着摇摇头，拿起手机正要按着名片上的号码拨过去，谁知下一秒手里的东西就被人抽走了。

恰好广播里传来一则新闻：“大跌眼镜！映射科技再遇滑铁卢，备受瞩目的 VR+ 医疗微创手术展示会，戴 VR 头显、拿手术刀的女医生突然出现眩晕和呕吐症状，模拟器中手术切口大出血，场面一片混乱，救护车已迅速抵达现场。而就在同时同地，映射的老对手依云科技正在举行 VR 网游发布会，现场爆点连连，欢呼声不断，两边形成鲜明对比……”

巫秦飞扬一愣，问：“我没听错吧？是那个映射科技？”

司机突然插话进来：“我说，这 VR+ 医疗到底靠不靠谱？去年的那个朵朵案还没结，怎么现在又来一个……”

“什么朵朵案？”巫秦飞扬的身体下意识地前倾，生怕漏听一句话。

“小伙子之前不在国内吧？这都不知道。那是个得了重病的小女孩，送来我们这儿的医院治病，结果专家摇头说治不了，劝人家把孩子带回去好好陪着过剩下的日子。可人家长不同意啊，天天在医院闹。后来有个匿名的医生站出来说，他愿意无偿做这台手术，但需要借助什么 VR 模拟器。而且有言在先，不管这手术能不能成功，他不负法律责任。”

巫秦飞扬点了点头：“嗯，倒是个有善心的医生……那后来呢？手术做了吗？”

“做了啊。”

“成功了？”

司机叹了口气，说：“成功是成功了，当天这新闻就传遍了。那些和医疗 VR 相关的公司，股票涨得吓人哦。可惜没过多久呢，那孩子突然发了急症，很快就没了，所有人又都掉头去骂那个医生。最后不知道怎么搞的，那个医生的单位被爆出来了，之后还闹上了法庭，反正一塌糊涂。”

巫秦飞扬：“医生也被爆出来了？”

司机摇头：“没有，但事情闹这么大，肯定有人知道。对了，这案子最近好像要开庭了吧？要我说啊，那医生就不该出风头，大城市的专家都说治不了，他一个小医生还非要揽事儿，难不成这什么 VR 能比专家还厉害？”

“不是比专家厉害，而是让专家更厉害。”一直没说话的谢衍突然开口道。

“什么技术都需要慢慢提升。临床难度系数再高，不代表不能做。现在国内最好的医疗资源都集中在几个大城市，短时间内这种资源失衡很难改变。老龄化进程加快会给医疗方面带来空前的挑战，仅仅是生育政策的放开就会最先让儿科崩溃。新技术不仅仅是做一台手术、治疗一个病人这么简单，它能解决的是未来跨区域的医疗资源整合和调配。”

司机听得一知半解，巫秦飞扬便补充道：“简单来说，就是只要这项技术足够好，以后即便是没有那些顶尖的专家，达到基本标准的普通医生也能够做一些复杂的大手术。再说，以后等 5G 时代来了，专家也可以通过 VR 远程做手术，同样能解决医疗资源配置的问题。”

“哦……听着是挺厉害的……”司机没再继续这个话题。

临下车前，谢衍突然沉声道：“六点前，把这家公司最近五年的报告拿给我。”

巫秦飞扬：“啊？哪家？”

没答复了。

他想了想，应该是说映射。他又转头瞥了一眼谢衍，见对方脸色不大好，憋了半天后终于忍不住嘟囔了句：“哥，你是不是哪里不舒服？”

谢衍想了想，在手机上敲下一行字，然后举到巫秦飞扬的眼前。

车子压线十次，雨刮器有杂音，油表灯亮了一路。

巫秦飞扬愣了几秒后，突然开始疯狂大笑，惹得司机都忍不住从倒车镜瞟了他一眼。

谢衍没再理他，继续闭目养神。

“哥，我认识个特厉害的心理医生，专治强迫症……”

“依云科技也是，五年的公司报告。”

巫秦飞扬不敢再笑了，他突然发现刚刚还在自己手里的女式钱包不知什么时候被旁边的人一并拿走了，但他已经顾不上这些，满脑子都是如何在最短时间内收集整理那么多信息。

此刻距离飞机落地还不到两小时，谢衍顾不上倒时差，就地开工。

## 【3】

蒙萌赶到国际会展中心时，大门口已经挤满了人。

急救车上的红灯在雨中快速闪动。几名医护人员从楼里抬出一位面色惨白的女医生，她的左手紧紧抓着担架的边缘，右手搭在额头上，双目紧闭。

司沣跟在她旁边，右半边袖子和裤腿上沾着令人作呕的秽物，不少人皱着鼻子远离他。

除了几个扛着摄像机围过来的记者……

“模拟教学才开始不到十分钟，使用者就出现严重晕眩和呕吐的情况。映射将如何消除本次事故对医疗 VR 产业的阴影？”

“如果模拟器中的病人是真实的，这场医疗事故的责任在谁？”

“‘朵朵案’开庭在即，今天的这场事故是否也再次证明了，目前国内医疗 VR 技术远没有达到临床应用的标准？”

“据知情人士透露，映射科技与依云科技在新一轮融资中存在恶性竞争，映射通过非正当手段得到了银河投资的青睐，请问您如何回应这一传闻？”

“映射此次大翻车，是否会影响银河的投资意向？”

…………

接踵而至的问题像是密密麻麻的箭，让一向淡定自若的司沣都有些喘不过气。

旁边不知是哪个实习生突然喊了句：“总经理！”

所有镜头霎时间掉转方向，众人相继散到两边，露出女人苍白的一张脸。

记者们面面相觑，像是在怀疑这个人究竟是不是映射的大当家。但怀疑归怀疑，他们还是争先恐后地将女人团团围住，把刚刚的那些问题重复了一遍。

蒙萌默默地叹了口气，面朝镜头，背脊挺得笔直：“事情都没调查清楚，就算有阴影也应该由始作俑者负责，我们映射不也是受害者吗？不管是真人还是模拟器，手术出问题了就是出问题了，我们只要找到源头，就能知道该负责任的是谁。对于朵朵一案，你既然说开庭在即，就是说还没开庭咯？法院都还没审理，你就直接让我们映射也一块儿被连坐，还否定了我们整个医疗 VR 行业，有何居心？还有下一个问题，如果我刚刚没听错，你们是在说，我们映射是走了后门才得到了银河的青睐？”

蒙萌一边回答，一边将更多的问题抛回去。

记者们愣了两秒才道："据知情人士透露，你们和依云存在恶性竞争，所以……"

"什么知情人士？请他站出来当面和我对质。再说，你们也太抬举映射了，我们还没厉害到能让堂堂银河大佬另开小灶的地步。"

因为她刚哭过，眼睛还有些红肿，说话时带着颤音，但气势不减。

"今天的这场事故在调查清楚之前，我们都无可奉告。至于那些传闻，麻烦他们先拿出证据。都是成年人，说话要负责任。"

梁知夏远远地对蒙萌比了个溜走的手势，让她见好就收。

可记者没有给她这个机会，而是拦住她问："那你能拿出证据证明那是谣言吗？"

蒙萌有点烦躁："什么时候诬陷别人的人不用提供证据，反而让被诬陷的自证……"

话还没说完，她打了个大喷嚏。

记者们嫌弃地往后一躲，但话筒还是正对着蒙萌："那就是说，你们没有证据……"

在旁边忍了许久的梁知夏终于走上前："该说的总经理已经说了，我们还有公事要处理，抱歉。"她说完，将正装外套脱下来披在蒙萌身上，拥着蒙萌穿过人群，颇有点母鸡护小鸡的架势。

记者们失望地收回目光，跟着救护车匆匆往医院赶去。

前一秒还在镜头前舌战群雄的蒙萌，此刻已经抛下映射一众人躲进了卫生间里。

几个实习生你看看我，我看看你，都不知道老总怎么了。

梁知夏靠在墙边，一脸淡定地抱着手机处理事情，手机背光打在脸上，更显得她神色凛然。

司沣从另一边的卫生间里走出来，换了干净衣服的他神色缓和了不少。多亏他常年有在车上放备用衣服的习惯，现在正好派上用场。

他问道："你不进去看看？"

梁知夏头也不抬："这种时候适合独处。"

司沣没有再说什么，也拿出手机开始工作。

实习生们见此情形，互相交换眼神，像是在说：果然是冷血二人组。

蒙萌其实也只是去卫生间洗了把脸，再出来时，除了眼睛有点红以外，看上去没什么异样。

一行人匆忙赶回了公司。

当天下午，映射召开了史上最长的紧急会议。

"上周我们在医学院进行了终极模拟，根本没出问题。怎么这个时候突然出状况，真见鬼！"

"你说我们公司是不是中了邪？想当初眼看着就要飞黄腾达，关键时刻却出了岔子。现在历史竟然重演了？！"

"说不定是有小人作祟，我有个朋友是专门看风水的，要不我找他来看看？"

"砰——"

蒙萌的手机从掌心滑落，砸在桌子上。声音太大，以至空气突然安静下来。

众目睽睽下，她默默将手机捡回来，目光环视一周："没事，你们继续。"

所有人面面相觑，刚刚说话的几个人开始回忆自己有没有说错什么。

气氛有些微妙。

"可能是超声波干扰。"司沣走了出来，他看上去有点疲惫。

蒙萌愣住："超声波？怎么发现的？"

"一般物联网的设备都装有 MEMS，超声波会干扰它里面的陀螺仪和加速度计，而这两个元件会分别输出三个参数，当超声波达到变量参数的共振点，设备的位置传感信息就会产生错乱……不过，虽然我从硬件中检测出了异样，但也只是根据这个原理做出了合理的推测。”

司沣说完，技术部门的人已经听明白了。

有人忍不住骂了声：“果然被阴了！”

蒙萌也气不过，闷声道：“等我们查清楚是谁干的，绝对要追究到底！”

“仅凭我们？很难查。”司沣补充道。

空气再次陷入死寂。

“好吧，那我们……”蒙萌也不知道该说点什么。

“再给我点时间。”

司沣拿出一个文件夹递给她：“发布会出了这么大的纰漏，银河一向谨慎严密，多半不会再考虑我们的投资，我下午检查完设备后，又查了几家最近对 TMT 行业感兴趣的投资公司，名单在上面。另外，下周日晚上，李天逸办寿宴，他是银河的创始人，场面肯定不小。如果能拿到邀请函，对我们来说就能多一分机会。”

“好，我看看。”蒙萌连忙接过来翻了翻，“我记得之前除了银河投资，混沌投资也对我们的项目感兴趣。银河放出风声说要投我们之后，那边就没音信了。你觉得他们怎么样？”

“混沌投资实力雄厚，相比银河处世更加低调。他们之前的重点在房地产上，但近期也开始涉猎 TMT。”

蒙萌眼睛一亮：“不如我们再去争取一次，毕竟他们也看中过我们？”

“没那么乐观。”司沣苦笑，“据我所知，那边已经私下派人接触了依云科技。况且现在我们的展示会出了事，成功概率更低。”

蒙萌叹了口气，气氛又变得凝重起来。

“不过，刚刚得到一个新消息。下周混沌投资会有人事变动，即将出现一个和葛易平起平坐的人，或许他能成为我们的契机。”

“谁？”

司沣摇摇头："目前还不知道具体信息，但据说是三年前被混沌董事长秘密送出国培养的心腹。比起葛易，那一位好像背景平平，完全的草根出身。"

他说完，看众人都是一副被愁云笼罩的样子，敲了敲桌子，说："不相信我？"

"Yes，sir！"

大伙都笑了。

蒙萌欣慰地说："知道每次这种时刻我最想说什么吗？"

有人举手说："把给我们的薪水都给司大哥。"

又是一阵哄笑声。

蒙萌悄悄将司沣叫到一边说："你之前说司法系统那边有认识的人，回头打听一下'朵朵案'的进展，有什么新消息及时告诉我。"

"我明白。"

蒙萌欣慰地拍了拍他的肩。

夜深了，映射的办公楼依然灯火通明。

员工们都在加班，蒙萌看了眼时间，拿起包去楼下买夜宵。

下楼前，她去了趟卫生间。刚在马桶上坐下来，隔间外就响起了叽叽喳喳的议论声。

"听说隔壁映射的那个司沣特别神，代码写得漂亮，还能风里来雨里去地跑销售。我可是听咱们老总说了，要不是这个人，映射早就被那个啥都不懂的女人败光了！"

"你说咱们公司怎么就招不到这么厉害的人呢？"

"还不是因为咱们老总没人家'萌'嘛……"

嘲笑声在空气中久久回荡。

"依我看，映射那位简直就是个扶不起的阿斗，事事都要靠着司男神！我听老大说，去年市里为创业人员组织的培训，商务英语的培训课上，她可是唯一一个挂科的。听说她不是科班出身，也不知道是哪个野鸡大学的。”

“这有什么奇怪？现在很多科技公司都这样，老板一个比一个草包，可人家能拉到钱啊。之前映射快运营不下去的时候，就是她突然拿出一大笔钱，帮映射渡过难关，本事是真大。”

“你是怎么知道这么多的？”

“我也是吃午饭的时候听我们部门经理聊起的，她可是这里的老人了。这幢楼里你能叫出名字的公司，什么前史啊，内部八卦啊，没有她不知道的。”

“哟，厉害了。唉，我才不管那个女人怎么样，我就是好心疼男神。这下映射又捅了娄子，十有八九是真要倒闭了。不过这样也好，说不定男神可以跳槽来咱们公司啊，他留在映射简直就是屈才。”

“说得也是，而且我听说她喜怒无常，公司上下没有人不怕她！人嘛，的确有几分姿色，就是听说她经常喜欢诡异地笑，看了能让人后怕好几天！”

一阵冲水声后，蒙萌推开门，不知道是不是用力过猛，门板撞击墙壁，发出巨大的声响。她看到好几张惊恐的脸。

“不好意思。”她说完，在一阵沉默中洗好手，临走前对着她们笑了笑，“你们刚刚说的，是这种诡异的笑吗？”

“……”

## 【4】

雨后的南城，空气里混着淡淡的海水味儿和青草香。

蒙萌出了写字楼。她下午和银河联系，对方一听“映射”两个字就立刻挂断了电话。明明上周打电话时，还礼貌地称她一声“蒙总”，这次直接连称呼都省了。

生活啊，果真现实得让人肝儿颤。

“欢迎光临！”

便利店里吹来一阵暖风，蒙萌在货架前绕了一圈，突然停在电视前面。

地方台，正在播放晚间新闻。

先是闪过国际会展中心的热闹景象，而后画面就切到了映射的展示会现场。那名女医生刚刚开始手术，没过一会儿就蹲下来呕吐，屏幕上的模拟病人流血不止，看上去格外骇人。

镜头突然跳转到南城中心医院，被访者做了马赛克处理，她一边痛哭一边控诉映射科技给她的职业生涯带来了阴影，强烈要求他们承担本次事故的责任。

蒙萌僵直着站在原地，顿时胃口全无。

她在落地窗前的凳子上坐下来，有点不知所措。脑海里突然浮现出一年前沈青和她的女儿安安出事时，自己坐在急救室外的画面，也是这样，心里空落落的。

手机的信号灯闪了两下，有新消息。

何医生：新闻我看到了，我会提前两天回国。你应该了解自己的身体状况，凡事都不能忧思过度，不要把医生的话当耳边风，否则后果自负。

此蒙非萌：嗯，我知道。其实你不用特意赶回来的，我自己能解决。对了，你在那儿不是不能用手机吗？

何医生：还不是担心你？只好牺牲色相把手机换回来。

蒙萌看着屏幕，立刻脑补了何慕白此刻销魂的笑容。

其实对于蒙萌来说，何慕白一直是个神奇的存在。当初沈青精神失常，医院没有空余的床位，她不知道怎么办才好，闺密橘子便将自己的好友何慕白介绍给她。当天晚上，何慕白就给蒙萌打电话，说腾出了一间急救室，暂时让沈青住了两晚。

蒙萌第一次见他，就想到了《金粉世家》里文质彬彬的柳春江。但他整个人的性格和柳春江差了十万八千里，典型的超级自恋狂，外加神经质。尤其是他那双丹凤眼，十分勾魂，好像任何人在他面前都无法拥有秘密。

用何慕白的话来说，只有同类人才能彼此靠近。他面对的既然是精神病人，那么自然也会时常处于疯癫之中。

橘子事先提醒过蒙萌，让她私下少接触何慕白，免得引起不适。但奇怪的是，蒙萌却与他一见如故，两人十分投缘。

映射出事，公司急需资金周转，除了橘子，何慕白也伸出了援手。自那日起，何慕白就这样渐渐进入了她的生活，连她现在租住的房子也是他介绍的。家具、生活必需品一应俱全，位置也好，更重要的是价格便宜。

此蒙非萌：我知道何医生你这个人最讲义气，不过你也别对我太好，我们只是朋友。你这样，我都不知道以后怎么还你的情。

她发完这句话，何慕白那边久久没有回音。

不知过了多久，他终于回复她：想太多。映射的分红要按时打给我，我回来的第一顿饭必须给我安排好，老地方，你知道的。

蒙萌松了口气，连忙回：放心，一定安排妥当，给何医生你接风洗尘。

刚发完微信，她抬起头，无意间看到窗前走过一道熟悉的身影。

那女人正在路边等车，当她转过身补妆时，蒙萌的第一反应是用手遮住脸，可很快又觉得不对劲。

下午梁知夏从医院回来，脸色臭到了极致，说那位女医生体虚无力，在留观室待了两个小时还下不来床。可没想到这么快她就可以出来逛街了，看上去像没事儿人似的。

蒙萌眯起眼睛，透过指缝往外看，没过一会儿，就见一辆拉风的蓝色跑车载着她开入了南城最繁华的街道。

几乎没有再犹豫，蒙萌当即冲出了便利店，以最快的速度拦下一辆出租车，紧跟其后。

司机一听要追跑车，顿时来了劲儿，但凡没有摄像头的地方，他都疯狂往前飙。蒙萌在后座颠来倒去，停车时，额头结实地撞在了前座的椅背上。

付钱的时候，她找不到钱包，没时间细想便用手机付了钱。

她揉着脑袋晕晕乎乎地下车，发现自己竟站在南城赫赫有名的夜总会门口。

——新途。

以前，蒙萌的好友橘子总把这个地方挂在嘴边，如今她意外闯入，觉得这里确实别有洞天。

和寻常的夜场不同，这里没有让人眼花缭乱的光线，也没有震耳欲聋的鼓点。偌大的场子被精心分割成不同的区域，各有特色。

她越想越觉得不对劲，说不定这个女医生就是问题的症结所在。

从舞池到雅座，蒙萌几乎不敢眨眼，一个角落都没放过。

终于，她看到一对男女在沙发上吻得热烈，这画面在夜场里随处可见，蒙萌的心却疯狂跳动起来，带着一丝紧张和狂喜。

她环顾四周，悄悄拿出手机拍了两张。可惜夜晚光线太差，根本就看不清人的脸。她只得又往前走了两步，这次照相框里的人像清楚多了。

“女士，这里禁止偷拍。”说话的人是保安，看上去五大三粗的，声音也洪亮。

蒙萌讪笑着垂下头：“抱歉，抱歉！”

“什么人？”女人从男人的怀里站起来，作势要冲上来拉住她。

保安一听，也警觉起来。

“误会啊……”蒙萌说完，拔腿就往外跑。

她刻意从人多的舞池里穿过，但临到门口，又有保安围上来，她连忙掉转方向，往新途更深的地方跑去。

但这一跑却走了条死路，眼看着后面的人就要追上来，她咬咬牙，推开一扇包厢门，闯了进去。

与外边相比，里面的光线很暗，只有一圈昏黄的小灯亮着，氛围有些旖旎。大屏幕上放着当红歌星徐哲哲的 MV，声音却被关掉了。玻璃茶几上凌乱地散落着各种杯子、骰子甚至摇铃。

正对着门口的沙发里坐了一个人，他指间夹着烟，侧脸融进暧昧不明的光线，只有下颌流畅的弧度依稀可见。

大概是太无聊了吧，那人竟然在将桌上的所有东西一件件摆放整齐，目光之专注，态度之认真……实在令她咋舌。

这一幕竟让她觉得莫名地熟悉。

更奇怪的是，觉察到有人闯入，他看也不看她，像是知道她是谁似的。

白色的烟雾袅袅升起，连带着周遭的空气都跟着沉寂下来。

“坐。”他说。

那一刻，蒙萌忽然有种奇怪的感觉。

踌躇了半天，她还是硬着头皮在离他最远的地方坐了下来。

门外突然传来急促的敲门声，有人说：“抱歉，打扰了，客人反映有可疑人员闯入，为了您的安全，我们想进来检查一下。”

那男人终于转头看她。

几乎是同一秒，蒙萌对他双手合十，做了个祈求的手势。

四目相对，两人都愣住了。

“您好？有人在吗……”更重的敲门声传来。

门即将被推开的瞬间，谢衍猛地伸手，满室的灯被全部摁灭，四周顿时暗下来，徒留荧幕上不断变换的光影。

蒙萌被拉入一个温热的怀抱，淡淡的烟草味疯狂地侵入她的呼吸。

她听到刚刚那个保安的声音：“抱歉，打扰您了，请问您有没有看到……”

身旁的人，和她只隔着咫尺。

他将手里的烟轻轻掸了掸，隔了半晌才悠悠开口：“这里什么时候，服务员可以随便闯进客人的包厢了？”

“很抱歉，我们是为了您的安全着想。”

“哦，这里只有一个男人、一个女人，没什么可疑的人。”

蒙萌感到自己的发梢被人撩起了一束，绕在指间把玩。

“可是……”

“出去。”语气彻底冷下来。

他说话时，胸腔有明显的震动，蒙萌忽然觉得有点缺氧。

“抱歉，打扰了。”门终于被关上。

昏暗不明的视线里，一个声音从右上方铺洒下来：“好久不见。”男人的嗓音低沉而温凉，还有一丝嘲弄。

蒙萌猛地抬头看向他，愣了许久后，第一反应是将所有的灯都打开。

“谢衍？”她的一颗心怦怦狂跳，惊讶之余，更多的是狂喜。

他无声地看向她，似笑非笑。

“真的好久不见。”自那年在永夜岛一别，至今已有七年。

蒙萌努力压下心中翻涌着的情绪：“我一直在找你，可是怎么都没有你的消息。我想过很多种可能，你换名字了，或者你不在南城，去了其他地方，再或者你……”

她意识到自己太急切了，停下来想等对方的回应。可相较于她的激动，面前的男人却一脸淡漠，眼中毫无波澜。

没有任何答话，空气静止住。

“过得还好吗？”谢衍终于开口问道。

蒙萌怔了怔，嗓子有些干涩：“我过得挺好的。”

“都说绝情的人会过得好，看来是真的。”

刺目的光线里，她看着他充满戏谑的眼睛，一时语塞。

## 【5】

蒙萌想，他应该还在介意当年她的失约。之前她收到他的戒指时，还天真地以为他已经原谅了她。

如此看来，他只是遵守承诺罢了。

她的确欠他一个解释，但今天不是个好时机，况且，面前的人好像也没有要听她解释的意思。

“今天我们在这里重逢，你看上去不太开心。但我真的很高兴，真的。”蒙萌深吸了一口气，从沙发上站起来，侧头看着他，“谢谢你帮我解围，改天有机会，我请你吃饭，我们坐下来好好聊聊。”

她说完，见谢衍不搭话，心中有些难过，正打算离开，手腕却突然被人捉住。

“话还没说完，就急着走？果然绝情。”

男人的手掌带着热度，连带着她的心跳都乱了。她不解地看着他。

“刚才的事情，解释清楚。”谢衍沉着声，手已经松开了。

蒙萌有点犹豫。这件事三两句话根本说不清楚。何况她是偷偷跟踪人来的，证据还没搜集好，贸然讲出来不太妥当。

“我就是走错了，他们可能是把我当什么可疑分子了吧。”她有些心虚，下意识地摸了摸鼻子，又将头发拨到耳后。

谢衍无声地看着她，将烟摁灭：“不说也行，他们应该还没走远。”

“你……”

“你试试。”

蒙萌此刻也被挑起了怒气，瞪着他没说话。

她看到他的手指已经按在了呼叫器上，只得努力让自己平复下来。她了解他，这家伙说得出就做得到。她并不是怕刚刚那伙人，只是想做的事情不能半途而废，更不想打草惊蛇。

“几年不见，非要这样咄咄逼人？”

“回答我几个问题，就让你走。”

“好，你说。”

“刚才那些人，为什么抓你？”

蒙萌哂笑：“反了，是我在抓坏人。”

谢衍蹙眉：“主业科技公司摸鱼，副业做警察？”

“你怎么知道我在科技公司？”

谢衍瞥了他一眼，懒得回答。

“你查我？”

旁边蓦地传来一记轻笑：“你没怎么变。”

“哦？可你变了不少。一身铜臭味儿，还有烟味儿。”说完，蒙萌用手在鼻子前挥了挥，毫不掩饰嫌弃。

谢衍倒没在意她的举动，又问：“蒙叔知道你在这儿？”

她沉默了几秒，闷声答：“我是没告诉他，不过，但凡是他想知道的事，我怎么可能瞒得住？”

谢衍若有所思地垂下头，又点了根烟：“没想到，他会允许你随便接别人的烂摊子。不过我更没想到，你居然会把开公司当成过家家。怎么样，有趣吗？”谢衍轻飘飘的一个问句像把锋利的刀，插在了蒙萌的心尖儿上。

她不悦地扫了他一眼：“怎么，你转行进 FBI 了？”

屏幕上的光影突然变得旖旎起来，她仰起头看着他，而对方也正凝视着她。

两人的距离不知什么时候起被拉得极近，近到蒙萌可以清楚地看到他黑白分明的瞳仁，里面映着星星点点的光亮。

谢衍眉毛微挑：“你这点事，随便一个搜索引擎就能查到，何况，今天映射科技还上了头版头条，想不关注都难。”

蒙萌被这话噎住，半天没说出一个字。

她站在原地深吸了口气，扬起脸，一字一句地说：“谢先生，您的问题问完了吧？那我先走了……”

“一家公司的兴衰会影响数百人的生计，开不起玩笑。这个圈子也没你想的那么简单，何况我记得……你根本就不喜欢这行，何必勉强自己？”

蒙萌和他对视了一会儿，脑海里不觉闪过很多人、很多话。

嘲笑、讽刺、不屑、打压，这一年，她都经历了个遍。可这些也敌不过这两句话带来的冲击，仿佛她这一年的努力都是徒劳。

“是啊，我就是别人口中的那个甩手掌柜，菜鸟 boss。但没办法，我别无选择。”蒙萌像是忽然想到了什么，嘴角弯起一抹笑，“那你呢？你曾经说，一定要让那些恶人付出应有的代价。我真好奇，你现在混得好吗？身份、财富、地位……有哪一样能让你如愿以偿？”

蒙萌在沉闷的空气中，仔细地分辨着谢衍脸上的神情，她以为他还会和以前在岛上一样，只要触及某件事，就会立刻失控。

可好像有什么变得不一样了。此刻，她面前的这个人，表情比刚才更加淡漠，像一张被抹去了五官的灰色面具。

“普通公司，普通职员，没有豪宅，更没有名车，所以……”谢衍指了指桌上的酒杯，“在这儿买醉。”

蒙萌的目光从杯沿上扫过，欲言又止。

“不过，你堂堂一个公司老总下了班还得亲自来夜店抓人，也实在辛苦。如果以后有需要帮助的地方，随时找我。”谢衍从口袋里拿出一张名片递过去，礼貌而疏离。

“多谢，但是不必了。我的事没那么普通，就不劳您费心了。”蒙萌还憋着气，压根儿没打算接，目光从名片上匆匆掠过，下一秒便快步走向门口，却险些和推门进来的女人撞个正着。

门口照进来的光线让蒙萌忍不住眯了眯眼，面前的女人穿着一件领口极低的抹胸短裙，脸上涂着厚重的妆容，浓密的假睫毛在空气中微微发颤。

“请问是谢先生吗？真抱歉，让您久等了。”这声音听上去又甜又嗲，她一边说着还一边冲着里面的谢衍抛媚眼。

蒙萌突然回想起自己闯进包厢的场景，莫非……她看着面前的女人，又回头看了眼黑暗中神色不明的男人，像是突然明白了什么。

临走前，她随手捡了个抱枕朝里面砸过去："臭流氓！"

谢衍稳稳地接住，怔了几秒后，慢悠悠地把枕头放到旁边，再扶正。

门口的女人很有职业素养，她装作什么都没发生的样子，继续甜甜地说："先生，我陪您喝一杯吧？唱歌也可以。"

谢衍泰然地将名片放回口袋，松了松领口："我习惯一个人。"说完，他又补充道，"钱会照付。"

"好的，先生。祝您今晚过得愉快！"女人端着笑容乖乖出了门。

周围再次安静下来，像是恢复到某人出现之前的状态。当时他在等人，闲来无事，看到桌子上的东西摆得一团乱，出于本能开始整理。

意识到有人进来，他知道是某种约定俗成的规矩。可他根本没想到会是她。

当然，他更没想到，自己好心帮她解围，最后还落了个"流氓"的名号。

多年不见，她还是那么不知好歹。

他正胡乱想着，一个中年男人推门走进来。

"搞这么黑？"话音刚落，整个包厢重新恢复了光亮。

巫江端着酒杯走过去，讪讪一笑："怎么，刚刚那个不中意？"

谢衍起身招呼："巫叔，您还是和以前一样，喜欢搞突然袭击。我这次是专程来看您的。"

巫江听了，心中了然，他立马皱起眉头："啧！怪我怪我，阿衍到底是和那些在外面学坏了的年轻人不一样，是我考虑不周，我自罚一杯！"他说完，仰头就要饮酒，中途却被一只手截住。

"我知道您是好意，酒多伤身。"谢衍将他的杯子按下来。

巫江一怔，笑着摇摇头："老了老了，想当初，那个把谁都不放在眼里的浑小子，如今摇身一变，竟让人刮目相看。看来我让飞扬跟在你后面历练，是做对了。我们家那位一听到你回来了，一直催我喊你来家里吃饭，明晚怎么样？"

谢衍悠悠收回手："抱歉……明晚我约了人，改天，我一定登门拜访。"

巫江惊讶地扬起眉毛："这才刚回来就排得这么满，不是我说，你们年轻人可要悠着点，事业再重要也比不上身体啊。"

"刚回公司，下周就要上任，的确有很多事情要做交接。"

"理解，理解。现在啊，人人都知道混沌的董事长打算把总经理的位置让出来，给有能力的年轻人。那个葛易可不是个好惹的主，这三年，别人不知道你在做什么，但他一直在暗中注视着你，你的一举一动他都了如指掌。如今他在混沌的根基已稳，对于那把王座，已是志在必得。你这次回来，他必将视你为眼中钉，一定要多加小心。"

谢衍点点头，给自己倒了杯酒："他这几年的确盯我盯得紧，我知道。只是各行各业都要靠人脉，我没打算树敌，"他的语气沉下来，"但也不会苟且。"

"嗯，叔叔明白。"巫江拍了拍他的肩，"如果以后有什么需要我帮忙的地方，我肯定……"

"对不起，巫叔。您知道的，我想靠自己。"谢衍打断他，"况且，您已经帮了我很多。这几年我不在南城，都是您帮我在我父母的墓前打点，这个情我会永远记在心里。"

巫江笑着摇摇头："你这孩子，我和你父母是什么交情？这些事都是我应该做的，你不需要跟我客气。就是你这个脾气啊，太像你爸，认死理，劝不回来！如今我对你只有一句话……凡事别太过，物极必反。"

"我明白。"谢衍晃了晃杯中的酒，一口饮尽。辛辣的液体从喉咙一路灼烧到心底，脑海中又浮现出女人佯装镇定的模样。

还是和多年前一样。

第二章

# 一无所有才能背水一战

## 【1】

蒙萌几乎是逃离了新途。她没有再回公司，而是直接回了家。

路上她终于后知后觉地发现自己的钱包不见了。今天发生了太多事情，她根本想不起来是什么时候弄丢的，只记得上午从沈青那边回来时，还付了钱给出租车司机。在那之后，似乎就没再见过。

她的心情更加沉重了。

一回到家，她就把自己放空，四仰八叉地平躺在床上。窗外晚风徐徐，吹起了窗帘的一角，她忽然想到什么，连忙捧着手机翻照片。

终究还是光线太差。

照片里，女人的五官有些模糊，更何况她坐在男人的腿上，身形也不明朗。

她总不能拿着这样一张照片去质问人家吧？鬼才会承认。

蒙萌烦躁地抓了抓头发，还是不死心，又将图片发给好友橘子。

橘子是个含着金汤匙出生的千金小姐，可偏偏又是个不听话的主。她拒绝了家里的安排，转头去学了传媒，平常给知名时尚刊物写写专栏，和各家媒体都关系不错。写作之余都在旅途中，去年闲来无聊出了本游记，曾被各大出版公司哄抢，目前销量惊人。

修图对她来说应该是小菜一碟。

正在香港购物的橘子接到照片就打了个电话过来吐槽："我说小萌萌，你什么时候改行做狗仔了？"

蒙萌连忙笑着讨好她："拜托拜托，这个照片真的对我很重要。"

橘子丝毫不买账："有多重要？比公司倒闭还要重要？你别以为我在香港就消息闭塞，今天展示会到底怎么回事？"

"被人给阴了，超声波干扰。这张照片里的女人就是今天的'受害者'。你信吗？几小时前还声泪俱下地在电视上控诉我们给她造成多大的伤害，结果转眼就和公子哥去夜总会卿卿我我，里面肯定有猫腻。"

电话那头沉默了两秒。

"你早说啊，我现在就回去帮你弄照片。这样，你先睡一觉，估计今天也没少折腾。我保证明天你一睡醒就能拿到照片。"

蒙萌紧绷了一天的神经终于放松下来，她闷闷地说："我早上去了趟医院，她开始有自残行为了，还差点让我走不出那里。你说，我是不是死了才能弥补我犯下的错？"

电话那头安静了几秒，而后又传来橘子骂骂咧咧的声音："你给我打住！现在是说这些的时候吗？我拜托你，别一到关键时刻就寻死觅活的，要是沈青知道你这么不堪一击，估计做鬼也不会放过你。少胡思乱想，给我振作点，你难道忘了自己经历过什么？还有什么能比那个时候更绝望？"

蒙萌的目光扫过床头的一张合影，那是之前沈青带他们出去做团建的时候拍的。照片上的她挽着沈青，其他人都围在她的身旁。

"我明白。"她把眼泪逼了回去，"谢谢你，这段时间，多亏你在我身边。"

"少肉麻了，我不全是为了你，好歹我也是映射的大股东。你最好给我打起十二万分的精神，要是公司倒了，你让我血本无归，我直接手撕你信不信？"

“是是是，我一定会鞠躬尽瘁，死而后已。那我去睡了，照片就拜托给你了。”

“滚吧滚吧。”

“等等，我今天……”蒙萌脑海里突然出现了一张俊朗如昔，却神色漠然的脸。

“今天怎么了？”橘子很不解。

蒙萌还是将原先的话咽了回去，她笑着答：“没什么，今天有点想你。”

橘子默默打了个寒战：“啧啧，恶心死了！任他什么妖魔鬼怪，等姐回来罩着你。”

电话很快切断，四周又安静下来。

果然关键时刻，还是朋友最能治愈心情。

蒙萌长嘘一口气，将手机扔在一旁，去卫生间洗了个澡。

镜子上蒙了薄薄的一层热气，她伸手擦出一角，目光忽然落在锁骨的正中间，那里躺着一枚银质女戒，款式算不上奢华，但设计格外精致细腻。

还记得她第一次见到橘子，对方醉醺醺地捏着这枚戒指说：“我当初就想要这款来着，可惜没申请成功，没想到居然在你这儿。你男人可真有眼光，这是 HT 的老板和老板娘一起打磨的作品，不仅价高，重要的是……全世界只有这一枚。你啊，一定会和他幸福一辈子的！”

蒙萌嘴上说不信这些，但自那天之后，她就再也没有摘下这条项链，一直贴身戴着。

如今，送戒指的人终于回来了。

这一晚，蒙萌照例吃下安眠药，但睡得不踏实。

梦中的她正在沈青家做客，扎着两个小鬏鬏的安安从房间里冲出来，拉着她的手去看自己新买的布娃娃，银铃般的笑声萦绕在她的耳畔。

沈青拿出件粉色的毛衣，上面有只小白兔："我小时候特别喜欢白兔，衣服上、书包上……甚至袜子上都有这种图案。所以啊，我要给我的安安也织一件。"

原本美好的画面突然变得灰白，她看到安安浑身是血地倒在地上。紧接着，沈青突然瞪大了眼睛朝她扑过来："都怪你！这一切都是因为你！"

沈青手里抓着五颜六色的毛线，而后绕在了她的脖颈间，越来越紧、越来越紧……

蒙萌惊醒时，手机正在嗡嗡振动着。

"喂……"她还没完全睡醒，一颗心怦怦乱跳，好像还没完全从梦里走出来。

"照片我已经尽最大努力弄好了，刚刚发到你的邮箱。我等会儿还有事，所以长话短说。"

一听照片弄好了，蒙萌立刻从床上坐了起来："你真是太棒了！我爱你！"

"等等，我有话对你说。那个……你等会儿看照片之前记得深呼吸，记得一定要深呼吸。看完之后，告诉自己要理智，然后多想想我投资的那些钱，现在最重要的是保住公司，明白吗？"

橘子难得这样严肃地说话，蒙萌有点清醒了："你在说什么啊？"

"看了你就知道了，记得我说的。"

说完，橘子就挂了电话。

蒙萌打开微信，在等待加载的时候，她依言深吸了一口气。气刚吐了一半，那张修过的照片就清晰地出现在了她的眼前。

两秒之后，她由衷地感到一阵恶寒，浑身开始发颤。

昨晚她的注意力都在那女人身上，根本没注意女人身边的男人，只当是个玩世不恭的花花公子。可此刻，照片上的半张侧脸以及那枚标志性的蓝色耳钉，让她的脑海中霎时间响起了警铃，如同咒语般循环播报着两个字——关赫。

依云科技的总经理。

当年重伤的沈青抱着一动不动的安安在地上大哭时，她就知道，此后，就算那个人化成灰她都能认出来。

这一年她苦于公司经营，一直尽量迫使自己不去想他，所有关于依云科技的信息她都会选择性忽略，时间久了，她以为自己都忘了。

可此刻，这张照片成功地击碎了假象。

伤口即便愈合也会留下疤痕，何况是在心上。

她不会忘记的，也不能忘记。

怎么就这么巧，偏偏是他呢？

或许，这次的超声波干扰事件就与他有关。

蒙萌临出门前接到了司沣的电话。

她一边换鞋，一边用肩膀夹着手机：“有什么线索吗？”

“暂时还没有。不过刚得了两个消息，一好一坏。”

蒙萌心里咯噔一下，哑声道：“先听坏的。”

“银河宣布了他们下一季度的投资项目，没有我们。”司沣的语气淡淡的，好像这只是一件平常小事。

虽然是意料之中，但蒙萌还是愣了好一会儿：“有依云吗？”

“没有。”

蒙萌觉得稍微好受了点，又问：“那，好消息呢？”

“混沌投资打来电话，说是希望我们下周三过去开会，他们有意对我们投资。”

峰回路转，蒙萌仿佛又看到了希望。

她激动得有点语无伦次：“我马上就到公司，通知各部门开会，这次我们一定要抓住机会。”

“嗯，还有……”

“还有什么？”

“依云科技也接到了混沌的通知。”

钥匙“啪嗒”一下掉在地上，蒙萌举着手机的手倏地滑落下来。

事实上，南城的金融业和科技行业都走在全国前列。全城大大小小的投资公司有不少，其中最大的便是银河与混沌。因此，依云会立刻转向混沌，完全在情理之中。

上一回在银河那里赢了依云，连蒙萌自己都找不出原因，觉得纯属侥幸。可现在出了这样的意外事故，就算老天爷想帮她，多半也是白费力气。

眼看着公司资金周转困难，而他们这个项目的资金需求量绝非随便一家小公司能承受的，混沌如同他们的最后一棵救命稻草。明知希望微乎其微，她也必须全力以赴。

又是忙碌却又毫无结果的一天。

下班后，蒙萌疲惫地往家走。橘子正好拨了电话过来，她把这几日的遭遇都讲了一遍。

最后她还是忍不住说：“那个……我有件事一直想告诉你，可惜最近工作太多，我找不到合适的机会。”

“什么事？你有话就说，弄得我都紧张了。”

“那晚我去新途吧，还遇到了一个人……”

“谁啊？”

“就是那个之前我一直在找的人，他突然出现了。”

电话那头，橘子原本对她的抱怨打算左耳朵进右耳朵出，一听到这句话，顿时来了劲，连忙问：“让我算算……你们得有七年没见了吧？有点意思啊。快说，在哪儿遇见的？你们说话了吗？有没有那种久别重逢的激情相拥？”

“大小姐，你这么多问题，我该回答哪个？”

“随便哪个都行啊。”

电梯在五楼停下，这一层是物业公司，有人走了上来。蒙萌因为在打电话，下意识地转向里面，将声音压低了说：“请停止你所有浪漫无边的想象。多年不见，那家伙……简直是个臭流氓！我亲眼看到他招妓……”

最后两个字，她是用气音说的。可电梯空间实在狭小，她说的每一个字都传入了另一个人的耳朵里。

橘子在那边拔高了音调：“什么叫亲眼？听上去很劲爆！”

电梯继续上行，信号一时间中断了几秒，电话被自动挂断。

蒙萌只得发了个语音给橘子：“电梯里信号太差，我回去和你细说。”

橘子正听到精彩处，连忙催促她：“你快点！我等你！”

蒙萌被橘子逗笑了，她将手机揣进口袋。忽然意识到身后站了个人，脊背莫名发冷，她装作不经意地回头瞥了一眼，而对方也正在看她。

四目相对，蒙萌嘴角的笑容顿时僵住。

谢衍穿了件深灰色宽格子大衣，内搭黑色绒布质地的衬衫，更显得身形颀长。他环抱双臂半倚在扶杆上，眼神冷幽幽的：“我很好奇，蒙小姐是怎么‘亲眼’看到我招妓的？”

蒙萌咽了咽口水：“人都被我撞上了，还想抵赖？”

谢衍不以为然：“既没有过程，也没有结果，蒙小姐未免有些武断。原本我百思不得其解，映射好歹也是国内最早涉足 VR 的公司，怎么能混成如今这个惨样子？不过现在我算明白了，有你这样的总经理做决策，怕是公司每走一步都在悬崖边。”

蒙萌撇撇嘴：“随你怎么说，我现在没心思和你斗嘴。不过……你怎么会在这儿？难不成你跟踪我？”

“跟踪你我图什么？”谢衍说罢，故意用目光将女人从头到脚打量了一遍，然后得出结论，“没什么让我感兴趣的。”

“果然是流氓。”蒙萌瞟了眼按键区，发现上面只有她按的数字，顿时有种不祥的预感。

刚刚他是从五楼直接进的电梯，比起跟踪，显然是住户的可能性更大。

说起来，前两天她看到隔壁的门外放了几个用来打包的大纸箱，猜到有新邻居搬来。可她做梦也想不到，这个新邻居竟然就是谢衍？！

在一片诡异的沉默里，两人一同下了电梯，各自走向自家的门。

“哦，对了，那晚你说自己这也普通，那也普通，我本以为你是假意谦虚一下。没想到，你居然和我成了邻居，看来是我多想了呢。”

说完，蒙萌快速进门，“砰”的一声将门带上，忽地有种扳回一局的快感。

但当周围安静下来，她又有些恍然如梦的错觉，以至她忘了给橘子回电话。

她下意识地走到离隔壁最近的一堵墙前，打量了一会儿后，又不由自主地将耳朵贴过去，但除了乱七八糟的滋滋声，她什么都听不见。

意识到自己做出这个幼稚的举动后，蒙萌突然自嘲地笑了。

那个人，她曾经以为再也遇不到了。可现在，他竟然就住在与她一墙之隔的地方。她以前从不相信命运，可是现在有点信了。

无论是多年前的初遇，还是此刻的相逢。

“新邻居，你好啊。”她轻声说。

## 【2】

和依云的对垒在即，蒙萌暂时将谢衍抛到脑后，全身心地投入到了工作中，她几乎住在了办公室里。每每深夜回去，她都会忍不住瞄一眼隔壁的门。

记得谢衍一向保持着老年人的规律作息，这个时间铁定睡了。如此，她便下意识地将所有的动作都放缓了几拍，蹑手蹑脚的，看着像在做贼。

周三很快到来。

混沌投资。

司沣把车停好时，蒙萌迟迟没有下车，还是旁边的梁知夏推了她一把，她才后知后觉地迈开脚。

梁知夏见她从上车开始就一直没说话，忍不住皱眉："还没正式开始呢，就紧张了？"

"是有点紧张，不过能克服。"蒙萌说罢，咬咬牙，踩着高跟鞋大步向前走去。

其实梁知夏心中明白，打一场看上去会输的战役，通常只有两种选择——要么做个逃兵，要么就必须赢。所以不仅蒙萌紧张，她和司沣的脑袋里也紧绷着一根弦。

出电梯后，他们被前台的人引到会议室。

经过大片玻璃时，蒙萌看到了一个和平常不太一样的自己。

原本她今天选了一套干练帅气的裤装，可梁知夏非要她换回西装裙，甚至让全公司最会打扮的前台小姑娘沈沈帮她拾掇了一番。

"实力固然重要，但美色也能加分，金钱和女人从来都是标配，那些可都是整天钻在钱眼儿里的人，美一点错不了。"梁知夏一本正经地对她进行洗脑。

平日里蒙萌习惯素面朝天，多亏底子好，扎进人堆也不至于被淹没。员工们私下都说她是猫眼系女生，说话时眼角眉梢都是笑意。如今这样打扮一番简直让人眼前一亮，连向来不近女色的司沣都多看了她一眼。

门外突然响起喧闹声。

蒙萌暗暗掐了一下手心。

梁知夏："记住，永远都要保持微笑。"

"嗯。"蒙萌扬起一个标准的笑容。

话音刚落，依云科技的人已经走进来了。为首的是他们的总经理关赫，他今天穿了一套深蓝色的西装，打了发蜡的卷毛在头顶弯起一个弧度，像撑了把伞。一双勾人的桃花眼微微眯起，似在窥伺猎物。

明明会议室里暖气开得很足，蒙萌的手还是不自觉地发冷。她知道，这是紧张的表现。

眼看着关赫绕过会议桌径直朝她走过来，她的心跳也加速了。

“萌萌，好久不见啊。”关赫朝她伸出手。

蒙萌看着这只手，没有动。这么久没见，他上来就如此亲切地称呼她，不知道的人还以为他们是昔日旧友重逢。

比起正面对垒，打这种温情牌更能伤人于无形，他的眼神里似乎写着，一切都已经过去了，他根本不在意。

“的确很久。”

在做了一番心理建设后，蒙萌将转椅往后一推，再站起来时，脊背异常挺拔，脸上是一副强装出来的假笑：“关总，别来无恙。”

指尖虚握的那一刻，对方竟捏了她一下，力道不轻不重。她看向他，目光里有惊讶和愤怒，关赫却笑得一脸灿烂，看上去没有露出一丝破绽。

他松开手时说：“待会儿，请多多指教。”

蒙萌冷着脸：“彼此彼此。”

她的心和太阳穴都突突直跳，甚至血液撞击血管都格外用力。

会议开始前，梁知夏提醒她去补一下口红。

蒙萌去卫生间后，第一时间就打开水龙头洗手。刚刚被某人握过的地方像是沾了什么脏东西，让她止不住地反胃。

她连着洗了三遍，心里才舒服了点。

可她没有想到，关赫竟然也故意跟着她过来了，还在门外等着。

“萌萌。”他热情地走近她。

“请叫我蒙总，我们还没熟到可以称呼小名的程度。”蒙萌下意识地后退半步。

关赫好像听到了什么很好笑的话：“不错啊，越来越有总经理的架势了。”

他的目光自上而下地打量着面前的女人，仿佛在欣赏一件雕塑。

“可惜，空有其表是没有用的。像你这样的女人，还是应该在男人的保护下做个小公主。商场上杀人不见血的，根本不适合你。要是没有那个司沣，映射早在去年就玩完了。你这样乱折腾一年，我看着都累。”

“不劳您操心。”蒙萌意识到这里是楼梯间，隔音极差，她又把声音压下来，“我们再差，也不会走歪门邪道。倒是您，与其整天花心思对付我们，还不如做好自己的事。”

关赫淡然地笑了笑：“哟，话里有话。”

他优哉地往前上了一步，蒙萌只得又往后退。

“跟踪？偷拍？走歪门邪道的人应该是你！”关赫轻蔑地笑了笑，“当时我就觉得那个灰溜溜逃走的人有点眼熟，调了监控一看，果然是你。吓得不轻吧？这胆小的人可是做不成大事的。不过，你最好别过度指望你拍到的东西，免得让自己成为笑话哦。”

“那就拭目以待。”蒙萌再不想和他多说半句，正想绕开他，关赫却故意堵住了她的路。

“哟，生气啦？我是真喜欢你生气的样子，让人心动。”关赫笑着冲她眨了眨眼。

“让开。”她眉头紧皱，有点不耐烦了。

“不过我更期待你苦苦哀求我……我差点就要心软，把那个项目让给你们了。可惜，商场如战场，对敌人心慈手软就是自掘坟墓。萌萌，你可不要怪我啊。”

蒙萌一时语塞，脑海中又浮现出那幅令她感到耻辱的画面。

她嘴角微微抽了抽，说：“我那时当你是朋友，才会去求你给映射一条生路。怪我眼光不好，错把小人当君子。你也不用跟我在这儿假惺惺，这里可没观众。”

“你这样说，我会很伤心的。没能帮到你我也感到很抱歉，可那时候我也是有苦衷的……”

蒙萌直接打断他：“关总好像误会了，我今天来混沌可不是要和你叙旧的。如果你实在有需要，可以改天约个时间坐下来，我们好好翻翻旧账。”

“好好好，那我们不说这个了。”关赫仍不打算放蒙萌走，他略微思考了一下，突然问道，“啊，对了。沈青现在好点了吗？听说她被送进了精神病院，不管怎么说，我们也算是相识一场。你把地址告诉我，我得抽空去看看她……”

听到“沈青”这个名字从关赫的嘴里说出来，她的脑中像是有根线“啪”的一下断了。

她猛地揪住关赫胸前的衣服，沉声说：“不许你提她的名字。”

“嘘——”关赫突然比了个噤声的手势，“你不会想让所有人都知道，映射的新老板也是个小疯子吧？”

说完，他皱着眉头将她的手掰开，退开一步，将衣襟捋平。

蒙萌立在原地，眼神不善：“我倒宁可是个疯子，疯了就不会记得你做的那些肮脏事。关赫，你没事干的时候最好多多祷告，希望你能一直这么幸运，别给我机会，我说真的。”

也许是她的表情太过笃定，竟无端让关赫有些愣神。他舔了舔后槽牙，转而扬起一抹更加灿烂的笑容：“时间差不多了，待会儿见。”

他走出两步，像是突然想到什么，又停下来，嘴角一弯：“沈青当年都没办法做到的事，你就别太逞强了。不瞒你说，这次的投资我们依云志在必得，你们映射不过是个陪跑的，提前告诉你一声，免得到时候输了太难过。毕竟……你哭起来的样子像个小孩，可让人心疼了。”

蒙萌看着他的背影发了会儿愣，关赫的话如同一道晴天霹雳，霎时间挫败感伴随着一股寒意从脚底板缓缓上攀。

手机振动了两下，是梁知夏催她回去的消息。

她紧紧握着手机，目光落在了屏保上。

那是她和沈青躺在南山玻璃栈道上拍的合影。当时她们在一次融资中失败，公司上下都死气沉沉的。沈青二话不说，自掏腰包，带着全公司去做团建。

晚上露营野餐，十几个斗志满满的年轻人在月光下碰杯，他们都对未来充满希望。可谁承想，到头来所有美好的愿景都如那夜山间缥缈的雾，转瞬即逝，一触就散。

当晚大家伙都喝多了，沈青笑着攀住蒙萌的肩，眼中还氤氲着酒气：“你知道吗？跌落谷底啊，有时候也是一件好事。当你以为自己一无所有时，才能孤注一掷，背水一战。”

也许，她说的背水一战，就是此刻。

## 【3】

从洗手间到会议室是一条长廊，地上铺着厚厚的地毯，走上去悄无声息。

一想到蒙萌那番痛苦的表情，关赫就觉得有趣极了。转弯的时候，他忍不住高兴地哼起了小曲。

面前冷不丁出现一个人，吓得他打了个激灵。

同样的西装革履，同样的肩宽腿长，不同的是，自己满眼含笑，而对方的目光像是冬日里萧索的冷雨，充满不屑与漠然。

也不知他是刚走过来，还是一直就在那儿站着。

两人擦肩而过时，关赫忍不住回头多看了几眼。

说起来，关家称不上大富大贵，但关赫从小也是吃穿不愁。靠着一副好皮囊，他做什么都一帆风顺，基本没吃过什么大亏。如此也就养成了自大狂妄的性子，他很少将什么人放在眼里。

可那个人，穿着普通牌子的衣服，表情不卑不亢，好像骨子里就透着一股傲气和不容忽视的气场，这让他很不痛快。

眼见着对方走远了，他不屑地撇撇嘴，抬脚走进了会议室。

下午三点，会议正式开始。

混沌的行政部经理简要说明了情况后，门口乌泱泱走进来一批人，为首的正是混沌赫赫有名的金牌投资人葛易。他个头不高，但精气神很足，鼻梁上架着副黑边眼镜，眼睛里透着满满的精明，亮晃晃的。

“这是我司最优秀的投资项目组之一，由我们的葛经理领衔。本次的投资项目是由他来负责。”

葛易坐下后，手肘撑在桌子上，双手交叠：“首先感谢你们对混沌的信任，我就开门见山了。近两年 VR 市场前景开阔，目前国外已有多家大型公司入场，甚至出现了多次数亿美元级别的投资。我和董事长商讨后，也打算试试水。混沌一向喜欢扶持有理想、有抱负的年轻人，在座的两家都是目前 VR 市场里的新星，今日将你们聚集于此，就是想看看你们对 VR 产业未来五年的发展规划，好让我们参考参考。”

蒙萌见关赫向他递了个眼神，心不由自主地往下一沉。

“咚咚咚——”敲门声后，有人沉声问，“不好意思，打扰一下。”

霎时间，数道目光齐刷刷地投向门口。

那人穿着简单的洋艾色衬衫和黑色西装裤，肩宽腿长，下颌的弧度融进金灿灿的光影里，映得一双黯黑的瞳孔也沾了些许莹白。

是谢衍。

蒙萌呼吸一滞，她怎么也没想到会在这儿又见到他。

葛易的脸上没有丝毫波澜，沉声问：“谢经理，你也对这个项目感兴趣？”

谢衍微微颔首：“董事长让我过来旁听。在国外待久了，回来得找找节奏。”

他说完，葛易停顿了几秒，像是在探寻他话里的可信度。

“嗯，这样也好，正好帮我把把关。”葛易嘴角一弯，对着在场的人介绍道，“这位是谢衍谢经理，刚从美国回来。”

关赫有些诧异地看向谢衍，他没想到，刚刚和他打了个照面的人竟然是这样厉害的角色。早前的确听闻混沌会空降一位投资经理，但背景平平，在混沌根基薄弱，所以他也没放在心上，谁都知道混沌下一任总经理十有八九就是葛易。

这样想着，他又收回了目光。

而蒙萌的一颗心此时再难平复，她努力地消化这个惊人的消息，可一想到等会儿自己要当着谢衍的面汇报，原本已经安抚好的心跳又乱了两拍。

梁知夏打量着从她身边经过的谢衍，扭头问旁边的司沣：“你上次说的那匹黑马就是他？”

“嗯。”

“皮相不错。”

“……”

先是依云科技上去汇报。

关赫看上去轻松极了，他双手按在宣讲台上，根本不需要看 PPT，一番宣讲抑扬顿挫，流畅自如。

他汇报的是依云新试测的 VR 网游《未解之谜》。它是目前国内首款线上解谜闯关类 VR 游戏，能够让玩家以虚拟形象进入游戏社区，无论是视角还是沟通都由玩家亲身体验。在层层闯关过程中，游戏中设置了很多突发状况，譬如从天而降的石块、地表渗出的水花，这些都需要玩家做出临场反应，更有身临其境的效果。

尤其是他们全新开发的能让玩家感受到真实疼痛的触觉反馈系统，这大大增强了游戏的沉浸感。

“昨天我们的游戏刚试测，注册人数就已破千，从现在 VR 设备的普及率来看，这个数字已经相当不错了。另外，我们其实还留有一张王牌。游戏正式上线时，我们将开启全新关卡，注入华容道玩法……”

他展示了一个视频，里面模拟了新关卡的游戏场景。

画面上，所有关卡的房间在霎时间缩小成方格，最终拼成了一整幢中国风的宅院。其中每一个小房间都能移动，玩家需要使用有限的资源和移动房间来找到出口。

这个设计很特别，连向来对游戏兴致不高的梁知夏都眼前一亮。

蒙萌则像是误吞了一只苍蝇，胃里直犯恶心。

如果此刻能跳起来骂他无耻就好了。

这个华容道玩法是她一年前无意中和他提起的，当时他还摇头说这种玩法操作起来有难度，劝她放弃，没想到转眼他就用进了自己的游戏。

如果沈青今天坐在这里，一定又会拍着她的肩膀说：“你还太年轻，不知道人心险恶！”

“……华容道玩法需要更高的沉浸感，对游戏画质的要求也更苛刻。纵观当下整个 VR 游戏市场，最缺乏的还是本土原创性。这就是我们今天来到这里的原因，我们需要更多资源的注入去打造一款能够代表中国 VR 游戏产业的作品。”

一席话说完，葛易和手下的人已经低声讨论起来。看那神情，似乎非常满意。

蒙萌突然觉得嗓子一阵干痒，她拿了杯子想要喝水，抿了一口才发现是她最讨厌的美式咖啡，苦涩沿着舌苔迅速蔓延开，这感觉糟透了。

就在她努力吞咽口水，试图将这种味道从口腔里驱除时，突然有人放了一杯柠檬水在她的手边。她转头，看到是刚刚那个给他们引路的前台小姐。

对方礼貌地对她笑了笑，蒙萌连忙道谢。也顾不上思考那姑娘是不是会读心术，捧起杯子“咕咚”喝下一大口，顿时解了嘴里的苦味。

梁知夏低声问她：“认识？”

蒙萌摇头。

“那怎么就给你一个人倒了水？”

蒙萌还是摇头，抬眼想看看那个前台小姐，结果却撞上谢衍的目光。两个人很有默契地同时移开视线。

她一向偏爱甜的东西。

以前某人还曾吐槽她疯狂在咖啡里加奶精和糖的举动：“喜欢甜的就别喝咖啡，暴殄天物。”

很快，依云科技的展示结束，关赫从台上走下来，故意扫了蒙萌一眼。

终于轮到映射科技。

蒙萌努力让自己完全放松下来，她先是看了一圈在场的人，在适应了这种视角后，不急不缓地说：“与 VR 游戏相比，VR+ 医疗还是个全新的领域。但我认为，休闲娱乐固然重要，可随着社会的发展、生活水平的提高，人类对健康的关注将会只增不减。

“当前，疾病谱正在不断扩大，医疗行业面对着与日俱增的疑难杂症，医患关系日趋紧张。VR 技术的加入能更好地整合医疗资源，提高手术的成功率。我们公司目前的项目主要集中于微创手术的模拟与教学，未来将逐步提升手术层级，以协助医生完成更高难度的手术……”

关赫漫不经心地瞥了她一眼，在他看来，蒙萌就像一个上讲台汇报作业的大学生，毫无竞争力。

“……以上就是我的汇报。”蒙萌鞠了一躬，然后保持微笑，走回了座位。自始至终，她都在刻意忽略一个人的目光。

须臾，葛易扶了扶镜框：“很精彩的汇报。我想，我们已经初步了解了你们的规划。”他话锋一转，突然面向蒙萌，问道，“医疗 +VR 的模式我曾专门了解过行情，这的确是一个很有前景的新兴领域，但正因为新，所以还存在很多技术硬伤。譬如之前的‘朵朵案’，又譬如昨天你们的展示会……都是活生生的例子。”

蒙萌知道这个话题根本无法避免。

“谢谢您给我们解释的机会。我知道‘朵朵案’给医疗 VR 行业带来了不小的阴影，但案子还没开庭，也许那根本不是医疗事故。至于昨天的那场意外，也不是我们产品本身的问题，而是有人蓄意用超声波干扰，所以那名女医生才会出现眩晕和呕吐。”

葛易眉毛一皱：“有这种事？”

蒙萌抿了抿嘴角，目光瞟向关赫：“我们怀疑，这是行业内的人所为。”

“有证据吗？”

“我们……”

“咳咳……”一阵咳嗽声打断了蒙萌，她看了一眼司沣，发现他朝她使了个眼色。她很快明白了他的意思，连忙对葛易说：“这位是我们公司的技术部总监司沣，可以由他来向您解释。”

全场的焦点霎时间集中到司沣的身上。

他不疾不徐地开了口：“全球顶级安全会议‘Black Hat’上曾发布了一项关于超声波干扰物联网设备安全的研究成果。一段 27 千赫兹频率的超声波就能改变 VR 的正常运行，用户在使用虚拟现实设备时，无法观察到外界环境，一旦眼前的画面突然旋转和抖动，就容易眩晕甚至造成摔倒。我们已经从硬件中检测出了超声波的干扰痕迹，但始作俑者是谁还在调查中，请您给我们一点时间，我们一定可以自证清白。”

听到他的话，关赫渐渐敛了笑，坐正了身体。

如果对手只是蒙萌，他一点也不担心。可司沣不一样，谁都知道当初映射危在旦夕，多亏他力挽狂澜才让公司残喘至今。

他的余光又扫过谢衍，见对方自始至终都盯着面前的电脑屏幕，俨然一副置身事外的样子，便也没放在心上。

葛易这边也细细打量着司沣，良久才道：“行业间的恶性竞争屡禁不止，希望你们能早日查明真相。但怎么说呢，希望你们能理解，混沌的原则一向是风控先于投资。公司对这个项目很看重，投资力度也大。在两者实力相当的前提下，我们会尽力将风险值降到最低，不管这个风险是出于内因还是外因。总之，我们会在综合考虑之后再做出决定，出结果后会第一时间通知你们。”

他说完，看了眼手表：“抱歉，我等会儿还有会，恕不远送。”

“葛总客气了，您请便。”关赫走上前与葛易握手道别。

蒙萌站的位置恰好能看到葛易无声地对关赫说了两个字：“放心。”她的心一下子就荡到了谷底，一股异样不停地在身体里冲来撞去，彻底扰乱了她的呼吸和思绪。

“如果老板都心术不正，怎么降低风险？”

她的声音不轻不重，却恰好能传入在场每一个人的耳中。

葛易的眼底闪过一丝不耐烦，但面上仍端着笑：“蒙总的意思是？”

气氛顿时变得紧张起来。

司沣暗自捏了把汗，梁知夏想阻止蒙萌，但一时间又不知道该怎么圆场。

“我……”

“我们是做投资，不是帮警察破案。在这里，公司不看过程只看结果。至于你，与其在这里打感情牌，还不如回去想想怎么弥补漏洞。”原本一直沉默的谢衍突然合上电脑，从位子上站起来，打断她的话。

隔着两米远的距离，他看向她：“只有小孩才执着于对错。”

蒙萌怔住，手指下意识地攥紧。

四周很安静，所有人都僵持住，面面相觑。

葛易对这个状况有点不解，但他还是出于礼貌开口道：“我们谢经理刚回国，说话比较直接，蒙总别介意。你先回去等结果，不要太忧心。”

说完，他就带着一众人离开了，临走前对关赫点了点头。

关赫立刻会意。他忍不住多看了谢衍两眼，虽然他不明白为什么这个男人要说这样一番话，看上去是在帮他，实则话里有话。尤其是他看蒙萌的眼神，根本不像是初次见面。

会议室霎时间空荡荡的，而蒙萌还戳在原地。

之前关赫在洗手间门口羞辱她时，好像也没这么难受，可对象换成谢衍，她就完全受不了了。

“你刚才什么意思？”她突然以百米冲刺的速度冲过去将即将出门的谢衍拦住。

梁知夏没料到她会突然爆发，根本来不及拦她。

谢衍完全无视蒙萌的怒气，居高临下地看着她：“字面意思。”

蒙萌被话呛住。

反观谢衍，似乎一点多余的情绪都没有。

梁知夏和司沣对视了一眼，都不知道该怎么接话。

空气里飘着浓浓的尴尬。

蒙萌垂下头，长嘘了一口气，而后仰起脸看向谢衍：“我知道，在这种场合，所有人都只要结果。可我就是不信邪，你可以说我天真，也可以说我愚蠢，但我就是相信这个世界上还有公平和正义。我不能眼睁睁地看着全公司的心血就这样被那些小人不明不白地断送。你根本就不知道，也根本就不懂。”

一片诡异的寂静。

谢衍和她对视了几秒，皱眉道：“别以为只有你一个人在努力，这里的每一个人都是倾尽全力。你想要公平和正义，那就拿出证据。任何情况下，实锤都比讲道理有用。”

说罢，他提着电脑扬长而去。

三人离开混沌时，晚霞已染红了半边天。

正赶上晚高峰，蒙萌趴在车窗上，一双哀怨的眼睛盯着空气发呆。

梁知夏在旁边犹豫了好一会儿，还是忍不住说："你刚刚太冲动了。不过我能理解，我也很生气。"

蒙萌听了，还是有点沮丧："谢谢你的安慰。"

梁知夏安抚着拍了拍她的肩膀，随后又环抱着双臂去问司沣："你说这个谢衍是不是有点太没有绅士风度了？怎么说话这么毒？"

"我倒不这么觉得。你仔细想想他哪句话说错了？"

梁知夏摸了摸下巴："可再怎么说，大庭广众之下，是不是有点太不给面子了？"

"那你再想想，如果谢经理没有及时站出来扛伤害，按照当时蒙萌的情绪，是不是要直接对着葛易开战？你觉得情况和现在相比，哪个更糟？"

梁知夏点点头："也有道理。"

一直在旁边沉默的蒙萌忍不住说："意思是我还得谢他咯？"

司沣："理论上是。"

梁知夏突然拍了下大腿："等等，我突然想到一件事。这个谢经理刚刚空降公司，新官上任三把火，他肯定也想有所作为。既然葛易那边已经行不通了，咱们为什么不把目标转向他？"

"不行！"蒙萌毫不犹豫地反对。

恰好是红灯，司沣不解地回过头："为什么不行？这可能是当下最好的解决办法。"

蒙萌一时心虚："我的意思是……他说话那么刻薄，肯定比葛易还难搞定。"

梁知夏白了她一眼："你又没试过。"

蒙萌看了看面前的两人，默默往后缩了缩，一副认命的样子："明白了，一切以公司利益为重。"

司沣和梁知夏互相交换了一个眼神，默契地都没再说什么。

## 【4】

接下来的两天，整个映射像是被蒙了厚厚的一层乌云。

之前和几家医院的合作协议好不容易有点眉目，如今全都石沉大海，再无半点声响。

依云那边却热闹非凡。手机上、报纸上、电视上……随处可见《未解之谜》的广告，就连她去趟卫生间，都能听到隔壁公司的女员工在讨论通关秘籍。尽管混沌投资还没有给出确定答复，可依云科技那边已经有了动作，它先是将《未解之谜》正式上线的日期提前到六月，而后又宣布要开发一个新的子项目，公司上下和打了鸡血一样，似乎好事将近。

大家都说，混沌已经私下和他们敲定了意向。

听到这个消息，映射这边公司上下都蔫儿了，气氛低沉。

蒙萌除了强颜欢笑，不知道还能做什么。她坐在办公室里，想到那天梁知夏和司沣对她说的话，只得咬咬牙向谢衍求助。

电话拿起来又放下，她满脑子都是自己之前对他放过的狠话。这打脸来得太快，她还没做好准备。

最终，她还是拨了过去，捏着鼻子说自己是映射总助，有事找谢衍。在等待转接的过程中，她反复做着心理建设，几乎能想象到对方会怎么冷嘲热讽。几分钟过去，电话那头终于有了动静，却是一个女声。

“不好意思，谢经理外出办公，此刻不在公司。如果方便的话，有什么事您告诉我，我可以帮您转达。”

蒙萌顿时泄了气，无力地挂了电话。

但让她愤怒的是，后来几天，她每次打电话过去，都是一样的答复。

“你们谢经理是不坐班吗？”

“您打来电话的五分钟前他还在。真不巧，抱歉啊女士。”

如此甜美的声音让蒙萌差点喷出一口老血，她把电话一丢，下了班就气冲冲地回了家，直接等在某人的家门口。

可惜她左等右等，脑袋伸长了半截儿，愣是不见半个人影。她实在无聊，只好打开微信玩《跳一跳》。说来也怪，以前她连三位数都很难玩到，今天随便点了点，分数竟然一路飙升，到后来，她不得不正襟危坐，连呼吸都快凝滞了。

眼瞅着快要破一千分大关，身后突然冷飕飕地飘来一句："蒙小姐好兴致。"

蒙萌正处于全神贯注的状态，受此惊吓，直接把手机丢了出去。

谢衍帮她把手机捡回来，瞅了眼，一脸遗憾地递过去："啧，就差一点。"

蒙萌怔怔地看着他，几乎可以断定，他一直都知道她在等他，甚至看着她在外面抓狂、烦躁，最后只能无聊到玩游戏。

这人切开内里一定是黑的！

谢衍看她一副沉浸在自己思绪里的样子，伸手在她眼前打了个响指。

蒙萌终于回神。

借着屋里漏出来的光线，她发现面前的人头发还是湿漉漉的，上身的白色短袖有不少地方被水洇湿了，胸肌的线条若隐若现，看来是刚洗完澡。

"我在这里等你，是为了给你礼物。嗯……新邻居的礼物，这里的习俗。"蒙萌将手里的纸袋递过去，笑容灿烂。

谢衍垂下视线，接过她递来的点心打量了一会儿，道："谢谢。"

蒙萌暗自松了口气，正要往里走，却忽然被一只胳膊挡住。她诧异地抬起头："收了邻居的礼物，都不请人家进去坐坐？就算是美国，也没有这样的待客之道吧？"

"即便是在美国，年轻女性最好也不要孤身进入'流氓'的家里。蒙小姐，我是为你的安全着想。"

蒙萌干笑了两声，但并没有就此放弃。

沉默了两秒，她继续端着笑问："谢先生之前说有需要帮助的地方就随时找你，现在还作数吗？"

谢衍点头：“当然，只是我记得蒙小姐拒绝过我。”

“我的话不作数。”

说完，蒙萌讪笑着走进了谢衍的家。

这一次，谢衍没再拦她。

背对着谢衍，她一边腹诽某人记仇，一边打量着客厅。同样的户型，怎么谢衍这里看上去比她那里大很多？

很快她就发现了原因——这里实在太空了，除了几件基础家具，就是几个大的打包纸箱。

“电视柜下面的第一个抽屉，里面有个东西是你的。”谢衍突然在她身后说。

蒙萌一脸困惑，走过去弯腰把抽屉拉开，那里面是一个红色的女式钱包，正是她丢失的那个。

“什么情况？怎么会在你这儿？”

“雨天，出租车，国际会展中心。”

蒙萌愣了愣，脑海里突然跳出一团模糊的影子。

那天她看完沈青，好不容易招了辆出租车，却又得知展示会搞砸了，当即在车上就哭了一场。她记得车上的确坐了人，竟然有谢衍？这世界可真是小得可怕。

见她一脸如临大敌的模样，谢衍忍不住说：“别勉强，也没指望你能想起来。”

“等等……既然你当时就捡到我的钱包，为什么现在才还给我？那天晚上我们不是就在新途遇到了？”

“哦，那晚。”谢衍顿了顿，侧头看着她，目光冷幽幽的，像夜色下暗潮汹涌的海面。

“我是想给你……在你骂我‘臭流氓’之前。”

蒙萌气闷，白了他一眼：“记性真好。”

谢衍不以为意，自顾自地在沙发上坐下，手里拿了条毛巾擦头发：

“我等会儿还有个电话会议，说重点。”

“哦。”蒙萌走到他对面坐下，莫名有些局促。

他们已经很久没有像现在这样独处一室了。空气中飘着淡淡的洗发水味，竟然还是他曾经惯用的那种，一个意大利的牌子。

“是这样的。其实我们一直没有对外公布，公司有进军 VR 心理治疗的打算。目前我们是想先慢慢进入医疗领域，等以后站稳了脚，再转向心理。现在国外很多知名大学都成立了虚拟现实研发中心，不仅可以帮助医学生学习临床知识，还能帮助医生提高手术的成功率，甚至能治疗心理疾病。比如自闭症，VR 眼镜可以帮助他们分辨和识别不同的情绪，通过模拟现实社交环境，让他们掌握与人沟通的技能。除此之外，还有焦虑症、恐惧症，这些心理疾病都可以通过虚拟空间来达到治疗的功效。至于‘朵朵案’，虽然这起案件还没有定论，但至少它的出发点值得鼓励。还有，在缓解区域间医疗资源不平衡这个问题上，我们公司也有朝着这个目标继续前进的意思。”

蒙萌一口气说完这些，停下来，等着谢衍的回应。

“你说的这些听上去都很美好，作为一个听众我很乐意为你鼓掌。但是作为一个投资人，我想听的可不止是故事。你口口声声说，想在医疗领域站稳脚，但你们的微创手术显然各项条件都不达标，现在还有了反效果。”

谢衍刻意忽略蒙萌眼中的失望，眸色渐深：“如果我是葛易，我也会毫不犹豫地选依云。你们 VR+ 医疗的理念没有问题，但急于求成，根基不稳。何况，医疗行业的门槛不是高了一星半点，技术和硬件必须过硬。一旦‘朵朵案’被定性为技术问题或操作失误，你们想要拿投资就是难上加难。”

蒙萌当即反驳：“退一万步来说，就算他们失误了，也不代表我们的研发就没有价值。更何况我们是有实力的，之前好几家医学院都说对我们的项目有兴趣。”

“我看过你们的资料，低层级手术的发挥空间小，高层级的你们技术不达标。别以为有点技术和资源就能变现，连大热门的 VR 游戏都做不到高盈利，何况你们这种‘科学研究’。”

科学研究。

这四个字杀伤力太强，简直一针见血。

蒙萌被这盆冷水浇了个彻底，愣了半晌，终于又仰起一张惨淡的笑脸：“如果……不是不得已，我也绝不会来找你帮忙。之前算我说错话，你生气、故意不接我的电话……我不怪你。可现在葛易那边内定了依云，而我们因为那场事故丢了银河的投资。现在公司资金周转困难，所有项目停滞不前，我希望你能看在以往的情谊上，帮我一把……”

她着急起来，语速就不自觉地加快。说完这些，她的胸口微微起伏，脸上写满了迫切。

谢衍先是一怔，而后嘴角弯起，整个人慵懒地靠进沙发里。

“你想让我怎么帮？”

蒙萌心中一喜：“你和葛易现在都是投资经理，既然他能立项做投资，你一定也可以。数额小点没关系，能帮我们渡过眼前的难关就行。”

谢衍笑了笑：“多小？一百，一千，还是一万？”

蒙萌暗自咬了咬下嘴唇，既无奈又气恼。

近来她为了公司的事伤透了脑筋，好不容易鼓起勇气，放下身段，拿出她十二万分的诚意站在这里，却怎么都等不到她想要的。

他甚至开始戏耍她，似乎还以此为乐。

“抱歉，这个忙我帮不了。我已经给了你争取的机会，很遗憾，你没有说服我。我后面还有会，不送。”

这就赶客了？

蒙萌看着他淡漠的一张脸，心中像是窝了团火，灼烧着她的五脏六腑。

“如果我求你呢？”明明是咬着牙才说出的话，她却逼着自己挤出一个灿烂的笑。

“求我什么？”

“求你仔细想想我今晚说的话，求你给映射一个机会，求你……”蒙萌自嘲地笑了笑，“给我一个机会。”

短暂的沉默。

“还是第一次听你说‘求’这个字。不过，”他转过头，眼睛漆黑而幽深，“求人，就要有求人的态度。”

蒙萌怔怔地看着他，心猛地向下一坠，记忆霎时间穿回了多年前。

曾经，她也对他说过这样的话。

忽明忽暗的视线里，海风拂过她的裙摆发梢，还有他纯白的衣角。她骄傲地扬着下巴，居高临下地看着他说：“吃我的，喝我的，用我的，就要拿出点寄人篱下的样子。”

如今地位骤然反转，她成了弱势的那一方。类似的话丢回来，打在脸上泛起一股热。

“好，你想要我怎么做？”她的嗓子一阵发紧。

这次换谢衍怔住，他把视线从她的脸上移开，垂下头不知所想，手里的毛巾被下意识地叠成方块，松开，重新叠起来，再松开。

最终，他抬起头说：“说了这么久，我还没吃饭。”他的表情纯净得像是那个和她初遇的白衣少年，无端拨动了蒙萌的某根心弦。

等她意识到自己在做什么的时候，已经系着围裙站在了厨房里，面前是刚从冰箱里拿出的一堆食材，冒着冷气。

“这道菜，一点肥肉都不能有，会腻。”

“这道菜，必须全肥肉，瘦肉不香。”

“这道菜，内脏不要，我不吃那些。”

“这道菜，不炒、不蒸、不炸，其他随意。”

…………

蒙萌越听越窝火，她举着菜刀吼了句：“还有什么要求？！”

谢衍抿了口咖啡，若有所思道："每炒一道菜都要记得洗锅。"

"好的，谢先生。如果我等会儿做的菜都让你满意，投资的事……"

"我会考虑。"

蒙萌皮笑肉不笑地说："厨房油烟重，你不是还要开会吗？做好了我叫你。"然后，她将他推出厨房，关上了门。

没过几秒，里面就传来令人心惊肉跳的剁肉声。

谢衍回房间听了个电话会议，对面是他以前合作过的朋友，几个人交流着近期金融圈的最新动态，越说越起劲。

但谢衍总有些心不在焉，见他久久没出声，有人问道："阿衍，你们那儿怎么晚上还有人装修？"

谢衍答："不是装修。有人嫌我丢下她和你们这帮大老爷们开会，正在厨房里发脾气。"

同性之间总有无须言说的默契，大家伙纷纷加快了交流进度。

二十分钟后，会议圆满结束，谢衍摘下耳机走出了书房。

客厅里传来扑鼻的香气，他忽然有些恍惚，好像一时间自己又回到了永夜岛。

"抱歉，我考虑的结果是，不予投资。"

蒙萌暗自攥紧了拳头，脑中一片空白，呼吸也愈加急促。但很快，她在仔细回想了今晚的种种后突然明白了什么。

她淡然地将围裙摘下来，嘴角噙着笑："你从一开始，就没打算投映射，对吗？"

"没错。"

"你让我给你做这些菜，无非是想报复我当年的失约。我承认，那天是我有愧于你，如果不是等了我那么久，你也不会遇上那场暴风雨，更不会差点丢了性命。你今天耍我、骂我，我通通接受，但是如果你气出够了，能不能再考虑一下投资的事，毕竟当年我也不是故意失约，是因为……”

“失约？”谢衍的眼底闪过一抹嘲弄，“原来还有这样的事。正如你所说，我遇到那场暴风雨并且九死一生，有些事情根本记不清楚了。”

“记不清楚？那你今晚是故意耍我？”

谢衍一脸错愕：“你只说让我考虑，现在，这就是我考虑后的结果。”

蒙萌气得说不出话，两人的目光在空气中无声地对峙着。

她竭力遏制住自己想给他一巴掌的冲动，深吸一口气道：“我记得，你以前经常把巴菲特挂在嘴边。你说，你也想成为像他那样的人。我看过他的专访，他曾说，一个人的成就，不是完全以金钱衡量，而是一生中，你善待过多少人，帮助多少人实现梦想，有多少人怀念你。医疗健康才是人类的根本诉求，绝对是比游戏更值得探索的领域。”

蒙萌再次深吸了一口气，眼底压着怒意：“不管你记不记得，当年我的确有愧于你，我敢作敢当。现在映射处于很危急的情况，这个时候……你做什么我都可以接受，但是投资的事，我还是希望你能再考虑一下。”

谢衍沉默地僵立着，眼底没有一丝波澜。

巫秦飞扬开门进来的那一刻，只感觉面前快速袭来一道身影，两人撞了个正着。蒙萌狼狈地跌坐在地上，掌心擦破了，一阵火辣辣的疼。

“抱歉，抱歉！”巫秦飞扬第一反应是去扶她，可惜他的手还没碰到对方，就被人躲开了。

女人夺门而出，一声巨大的声响后，周围又陷入寂静。

他对着隔壁的门愣了几秒，得出“这个人是谢衍的邻居”的结论。

“哥，什么情况？我不会是眼花了吧？她不是映射那个萌……蒙总经理？她竟然住在你的隔壁？！”巫秦飞扬一边依依不舍地关门，一边问。

谢衍随口道：“原来你的记性都用在了这里。”

巫秦飞扬抓住了重点："还真是啊？不过，她怎么会在你这儿？我看她刚刚的样子，跟快要哭了似的。"

"她来给我送点心，作为回礼，我随便说了个鬼故事，把她吓到了。"

巫秦飞扬立刻摆出一张黑人问号脸："你是认真的？"

谢衍不想再继续这个话题，进厨房拿了两副碗筷出来："吃饭了吗？"

"还没。"

"正好，一起吃点。"

巫秦飞扬定睛一看，只见桌子上摆了几道十分精致的菜，他成功被转移注意力："这这这……是你做的？"

"新邻居做的。"

巫秦飞扬默默捏了一把自己的大腿，差点以为自己在做梦。

接下来的二十分钟里，两个男人面对面把桌子上的菜吃得干干净净。

谢衍终于想起来问："这个时间过来，有事？"

巫秦飞扬不好意思地挠挠头："之前爸爸给姐介绍了一个对象，结果我姐直接飞去了香港，放了人家鸽子。刚才爸爸知道了，父女俩在电话里吵架，劝都劝不住，两个人越吵越上头，我只好出来躲个清静。"

谢衍失笑："没想到这么多年过去，他们还是这么水火不容。"

巫秦飞扬叹了口气，像是突然想到什么，连忙从随身的包里拿出一沓资料。

"差点忘了正事，这是我托调查公司找的资料。其实映射当年突然更换老板，的确没有外界传的那么简单。具体的都在这里面了，你先看，回头还有什么没搜集到的我再去找他们。"

"嗯。"谢衍接过来就埋头开始看。

巫秦飞扬走之前还是忍不住问："哥，你是看中映射了吗？"

周围静悄悄的，这个问题像是消散在空气里，没有回音。

不过还是有什么不对的地方。他了解谢衍的行事风格，但凡是不被否认的，就说明存在一定的可能性。

而且……可能性还很大。

眼看着距离混沌公布投资对象只剩下一天时间，蒙萌有种拳头砸在棉花上，完全使不上劲的挫败感。

在梁知夏的再三逼问下，蒙萌将她在谢衍那儿被耍的经历说了一遍。

梁知夏听完，倒也没惊讶。她在商场里做了这么多年，什么恶心的人都遇到过。但她知道蒙萌涉世未深，难免承受不住，只得安慰蒙萌：“男人的嘴，说谎的鬼。更别说在钱里打转的男人。人活一口气，没他们的投资，我们也饿不死。你就别去找虐了，咱们想想其他办法。”

还真会饿死。蒙萌默默在心里嘀咕。

午休的时候，她看到有炒苦瓜，顿时没了胃口。这是沈青最喜欢的菜，为此她时常把“吃得苦中苦，方为人上人”挂在嘴边。

前两天她去医院，就看到沈青抱着一盘苦瓜在那儿吃得津津有味。见到她来，连忙笑着说：“安安这次考了全班第一哦，看来你得陪她去迪士尼了。”

看蒙萌一脸茫然，沈青皱着眉头解释说：“你不记得了？上次你和安安拉钩，说如果你给她买一套 3D 故事书，她就要在期末考试中拿第一。如果她能拿第一，下个月过生日，你就带她去迪士尼玩。”

安安已经死于一年前的那场车祸，但这个拉钩的约定的确真实存在过。她还记得安安粉嘟嘟的小脸，以及奶声奶气喊出的“萌萌姐姐”，可这一切都不会再有了。

蒙萌沉浸在回忆里，眼眶也慢慢红了。

手中的筷子无意识地戳在苦瓜上，戳到第五下的时候，她的脑袋里突然灵光一闪：她怎么把对赌协议忘了呢？

下午三点，蒙萌把公司最核心的成员和法务代表一起叫过来开了个紧急会议，内容正是关于对赌协议。她需要全面估算当前映射的价值，并预测投资到账后他们能获得的收益，得出一个可以浮动的范围后，以此为筹码，再去和葛易谈。

时间紧迫，对赌协议的初稿一敲定，她就在第二天召开了董事会。一番唇枪舌剑后，她终于如愿以偿，并和所有股东现场签署了保密协议，至少在投资拿到之前，不会走漏半点风声。

等这一切准备工作就绪后，她连忙让人联系葛易，希望获得见面机会。意料之中，她没有成功，不是因为葛易不想见她，而是他人的确不在南城。

如果一定要在混沌公布结果前见到他，她就必须拿到今晚银河酒会的邀请函，因为葛易回到南城后，会直接赶去赴约。

这是她最后的机会。

蒙萌不得已求助橘子，对方直接给她打了一剂强心针："当初我愿意跟何慕白帮映射起死回生就代表我们相信你，无论你做什么决定我们都会支持。这次你提出对赌，我也愿意陪你冒险。就算有一天公司没了，我也不会让你流落街头。既然决定去做了，就不要畏首畏尾。"

电话挂断，蒙萌仿佛被打了鸡血，浑身的血液都在往上涌。

两小时后，邀请函和礼服便一起送到了她的手上。

今晚，她要孤军奋战。

## 【5】

李天逸的寿宴设在了一处位于城郊的私人别墅，李家人并不在此居住，只偶尔在举办大型活动的时候才会启用。

蒙萌一到目的地就开始询问葛易的下落，幸运的是，她没有耗费多少时间就在泳池边发现了他。

半个小时前，葛易风尘仆仆地从北城赶回来，看上去面色疲惫。近来他风头正盛，人人都传他会是下一任混沌的领导人。他刚在这个酒会露面，就有好几家公司的人围过来寒暄，脸都快笑僵了。

刚休息了没一会儿，他便见一道娇俏的身影从人群中穿梭而来。

去年业界就盛传，映射有个花瓶坐镇。那日在混沌见面，蒙萌给他的感觉的确是外形条件不错，可也仅仅是不错而已。他秉持着传统的大男子主义，比起强行闯入雄性世界的女人，他更喜欢在家相夫教子的贤妻良母。

可是今晚的蒙萌，还是让他有那么一瞬间的失神。

裸粉色的薄纱自腰间一层层堆积出褶皱和蓬松感，抹胸的地方延伸出极薄的纱将上臂虚拢住，而她的背后更是无限风景，徒有两根衣带交错于蝴蝶骨的下方，既骨感又不失风韵。

“葛经理。”蒙萌向他点头致意，一缕黑发滑到肩膀前，微微弯着的发尾像是闪着光。

葛易移开视线，语气和往常一样严肃：“听助理说，蒙小姐下午找过我？很不巧，我刚从外面回来，马不停蹄就赶到这里。是有什么紧急的事吗？”

蒙萌正愁要怎么开场，没想到对方这么直接，她也省去了寒暄：“是这样的，我想为那日在混沌的唐突向你道歉，当时实在是情急，我没有顾及场合，给你带来了困扰。”

“我能理解蒙小姐的心情，你年纪轻轻就接手公司，很不容易。只不过，公司有公司的考虑，所有决定都不是我一个人能做的，希望你谅解。”葛易露出歉意的微笑，似乎不愿意再和她多说。

蒙萌向左迈了一步，不动声色地挡住他的路：“当然。不过我今晚过来，是有一件重要的事要和葛经理商议……”

“见过不知趣的，还真没见过你这么不知趣的。板上钉钉的事，别人给你留面子，你还非要把窗户纸给捅破，何必呢。”关赫的声音陡然插入，顿时引起蒙萌的生理性厌恶。

她暗暗攥紧手，回头便看到关赫和几个西装革履的年轻男人站在她的右后方，蒙萌见过那几个人，都是南城上流社会赫赫有名的阔少爷。没想到关赫社交的能力还是那么强，这么快就攀附到了权贵。

反观自己，的确是全无优势。

蒙萌没理会他们，转过身继续对葛易说：“您应该也知道，在那场意外事故发生之前，我们和依云公平竞争，但银河最后选择的是映射，孰强孰弱应该不难判断。前面我向您道歉，是针对我说话的场合，而不是我说的事实。人不犯我，我不犯人，那笔账我们迟早会算。都说混沌一向以风控为先，如果你们选择一家在未来可能会因‘恶性行业竞争’被追究责任的公司合作，应该会有极大风险。另外，我今天并非空手而来，唯一的请求是，需要和葛经理借一步说话……”

“你有什么话不能在这儿说？难不成上次在银河，你也是借一步说话才拿到投资的？”

关赫说完，旁边的几个人都露出意味深长的笑。

“赫哥，你这样把人家‘蒙’总弄得也太尴尬了，对待美女，尤其是这样的萌妹子，可得温柔些！”

“就是！都说映射有位‘萌’总，百闻不如一见，啧啧啧，果然很萌。”

“这么萌……当然得卖萌咯。”

被一群男人当众调侃，蒙萌一时间面子上也有些挂不住。换作以前，她不会一直忍着，可是今天她有更重要的事要做，只能默默掐手心。

葛易微微皱眉。他虽然对映射毫无兴趣，也已经决定要投资依云，但这种男人欺负女人的场景他并不觉得有趣，反而为之不齿。

他主动帮蒙萌解围：“蒙小姐如果是为了投资的事而来，我只能说声抱歉，因为我已经决定投资依云。我看你是一个人来的，就让我的助理先开车送你回去吧？”

蒙萌摇头拒绝：“谢谢您，不用麻烦。”

临走前，她还是对葛易说：“希望您再仔细考虑一下我刚刚说的话，也许我不是你们眼中最合格的总经理，但映射的确是个未来可期的公司。

如果您肯给我们一个机会，我们绝不会让您失望。”

关赫听到这话，像是听到了什么好玩的笑话：“真是感人的……口号。”

周围传来此起彼伏的嘲笑声。

蒙萌憋着气，耳根都微微泛红，可她并不能在这儿发作，只能先离开这里。有关赫这颗毒瘤在，她根本没办法好好和葛易说话。刚刚只怪她太心急，没有找到合适的时机。

迎面走来一个服务生，她问了洗手间的位置。谁知她路痴的毛病又犯了，不知不觉竟走到了客房区。

那是一条空旷的走廊，她一直往前走，忽地听到身后有脚步声向她靠近。

关赫走路的习惯是右脚重，左脚轻，和这声音完全吻合。

虽然不知道他跟过来的目的是什么，但她本能地想要避开。

蒙萌提起裙摆，闷头加快了步伐，转过弯，发现自己走了条死路。

就在她僵硬地站在原地时，左手边的一扇房门突然被人从里面拉开，还没等她看清，胳膊上便袭来一股力道。等她反应过来，门已经关上了。她的背靠在墙上，凉得她发颤。

一双熟悉的眼睛正紧紧逼视着她，淡漠而疏离。

谢衍刚将门反锁上，蒙萌便听到有人停在门口，试着转动门把无果后，再没有了动静。隔了好几分钟，脚步声才又响起来，逐渐远去。

她暗自松了一口气，下意识地打量起这个房间来。

这是一间套房，装潢奢华，地毯上有繁复的花纹，床铺一丝褶皱都没有，但床尾的天鹅绒沙发上放着一件被红酒沾湿的白衬衣，那扇被窗帘遮了大半的窗户，恰好能让人将外面的喧闹尽收眼底。

蒙萌扯了扯嘴角，用手指拈起床上的衬衣打量道：“用这么老的把戏，就是为了在这儿暗中观察？”

谢衍正垂头扣扣子，闻言抬头看她：“你想靠美人计拉投资，也没什么创意。”

房间里的视线很暗，只有昏黄的床头灯开着。从湖面折射出来的波光映在窗帘上，静静流淌。

蒙萌冷嗤一声：“我没工夫和你扯皮。”她转身正要走，被一个声音打断。

谢衍走到窗边，侧身背对着她：“别人的公司，就这么重要？值得你甘愿站在那儿忍受嘲讽和侮辱？”

“我不是已经在你那儿经历过一次了吗？再多一次也无妨。”

“真令人感动。”

“实话告诉你，在我心中，没有什么比它更值得，我愿意不惜一切代价，因为第一次有人愿意无条件相信我、对我好，这家公司是她的心血，我必须帮她守住……和你讲这么多也是对牛弹琴，人心和人情在你们这些资本家的心里又能值多少钱呢？恐怕一文不值吧。”

谢衍此刻正凝视着外面的一举一动，不远处的关赫快步走向葛易，两个人正低头耳语着什么。

他漫不经心地冷嗤一声：“的确一文不值。葛易和我……我们都一样。你既然看清楚了，又何必去自取其辱？”

这话让蒙萌十分窝火。

“你知道的，我一向不达目的誓不罢休。反正，在混沌正式公布前我是不会放弃的。我现在就去停车场等他，实在不行我还能去他家楼下堵他……”

“求他不如求我。”谢衍终于将视线收回来，转过身正面逼视她。

蒙萌一时没反应过来，以为他又像上次那样是在耍她。

“你到底……”

“底牌呢？亮出来吧，试试看，兴许能说服我。在我眼里，你可不是那种蠢到以为靠一张嘴就能换来投资的女人。”

蒙萌半眯着眼睛打量他，努力思索着他这番话的可信度，以确认他这一次究竟是不是出自真心。

最终，她还是从手机里翻出一份文档递到谢衍的面前。

“你看看，只是初稿，如果确定的话，还需要法务部门重新拟定。这里面的时间节点，双方的对赌条件都有洽谈空间。”

谢衍接过来，扫了一眼，发现是份对赌协议。

这是期权的一种形式，既能让投资方进一步衡量企业价值，也能最大限度地保护投资人的利益。而对于被投资的一方，如果没有对自身的精准估算，很容易自毁前程。但凡走到这一步，基本已经是山穷水尽了。

谢衍眉毛一扬：“动真格的？”

蒙萌的耐心几乎被耗尽了，她伸手夺回手机：“别浪费时间，行或者不行，你给个准话。”

谢衍仍是那副淡漠的样子，他瞳色很深，此刻更显得深刻复杂：“协议内容暂且不管，我很好奇你是怎么说服董事会的。一旦对赌失败，你拿什么去弥补损失？去找你爸？”

听到他提起蒙宇，蒙萌下意识地想逃避。

“这个你不用知道，反正我有办法解决。”

门外隐隐传来脚步声，蒙萌疑惑地转过头，却看到谢衍快步走到门边，将内置的锁打开。

她一脸莫名地看着他。

“你刚才说，不惜一切代价都要拿到投资？”谢衍背对着门问她。

蒙萌下意识地向后退了半步，闷着声说：“是又如何？”

“我答应你，会帮你拿到投资。不过，你要先配合我做一件事。”

“什么事？”

话音刚落，一阵敲门声响了起来。与此同时，蒙萌只觉后腰传来一股炙热，她被骤然拉向一个怀抱，有熟悉的气息从头顶铺洒下来。那一刻，她的脑海中有什么地方轰然作响。

门锁打开的声音几乎被她强烈的心跳掩盖住，眼前沉下一片阴影，下巴被人捏着向上抬起，视线中是他浓密的睫毛，正在快速向她靠近。她抬手推他，却发现男人的力气大到不可撼动，像是铜墙铁壁。

同时，门被用力推开，撞在了涂满金漆的门吸上，发出沉默的声响。

“谢……”关赫看着眼前的一幕，眼底隐隐闪动着玩味。他身后的葛易神色不明，似在思索什么。

吻落下来，蒙萌不可抑制地浑身一抖。她终于推开他，几乎逃一般地离开了这个房间，满脸都是怒气。可这表情落在关赫和葛易的眼里，倒像是无限娇羞，别有一番风情。

“你们这是闹哪出？”谢衍懒懒地将手揣进口袋，一脸戏谑地看着面前的不速之客。

关赫失笑道：“等等，谢经理，这话好像应该我们说？”

“男未婚，女未嫁，同处一室，你侬我侬……有什么问题？”

“你……”

“是我们唐突了。我只是看谢经理许久不出来，以为有什么状况，就过来看看。既然没什么事，我就先过去了。不过……”葛易扶了扶镜框，表情看不出喜怒，“这里人多口杂，谢经理刚回国，还是低调一些为好，以免招惹麻烦。”

说完，他向关赫递了个眼神，示意一道离开。

关赫显然是不甘心就这样走的，他憋着气跟在葛易后面，刚拐过弯，就忍不住说：“一个来路不明的小角色，走了狗屎运才和你平起平坐。谨慎小心点也就算了，偏偏还这么张狂。依我看，他是被女人迷惑了心智，想做亏本买卖！”

葛易拧眉揶揄道：“他做什么，与你无关。倒是你，还是别对人心存幻想。一个女人再笨，也不会选一个当众羞辱她的人。”

关赫说不出话来，脸上青一阵白一阵的。他的确对蒙萌尚有贪恋，但也只是看到漂亮的皮囊而燃起的原始欲望。

他不自然地理了理领口，转了个话题：“那个姓谢的要是帮映射说话怎么办？会不会影响……”

“没什么可影响的。如果大家都知道他今晚夜会映射的老总，然后又突然提出要给他们投资，你觉得这算不算引火烧身？”

葛易心中觉得关赫难成大事，若不是看中了依云，他根本不想和这样的人合作。

他没再理会关赫，心情愉悦地离去了。

夜里的风凉，蒙萌走得太急，竟忘了把外套拿出来。此刻整个后背露在外面，她冻得牙齿都在打战。本想用手机叫辆车，可惜这里位置太偏，半天都没人接她的单。

身后有光亮渐渐扩散开，最终车子在她身旁停下。

蒙萌看到谢衍，第一反应便是加快脚步。无奈高跟鞋限制了她的速度，还险些让她崴脚。

谢衍捉住她胳膊的那一刻，只觉得凉得过分，他不禁皱起眉头：“现在这个时间别想打到车。等会儿下雨了，你会比现在更冷。”

“我不……冷。”蒙萌一开口，才发现舌头冻得都不利索了。但她还是坚持甩开他的手，想要往前走。

没走两步，肩上和背上都覆盖下来一片温暖，她的身上突然多了件男式西装外套。而下一秒，她整个人的身体都腾了空，谢衍将她一路抱进了副驾驶。

“谢衍，你……”

车门被关上，没等到她推门就全部上了锁。谢衍理都不理她，直接发动车子。

暖气铺面而来，蒙萌嘴上还在骂骂咧咧，但身体很诚实地往座位里缩了缩。

“你最好立刻给我一个合理的解释，刚刚……的原因！”为什么突然吻她，而后又将吻落在了自己的拇指上？也许是阴谋，或者说，他就是故意捉弄她，好让她在众人面前丢脸。

谢衍专注开车，一直到红绿灯路口才侧过头说：“不过是让你陪我演场戏。角色你随便定义，女朋友、暧昧对象，都行。这种事你之前也做过，现在就再做一次。”

又学她说话……

蒙萌差点气出内伤。

那年谢衍要离开永夜岛，他一无所有，就像一张空白的纸。可蒙宇偏偏说只借钱给自家人，不肯给他资助。

最后她直接冲到蒙宇面前，说她喜欢谢衍，实在不行就当给嫁妆了。

十几岁的年纪，尚没明白什么是爱情，但她还是带着一腔孤勇，将所有捧到他面前。

可现在，他却如此轻易地将这些事拿出来调侃她。

“为什么？”蒙萌因为生气而微微发抖的声音响起。

“无可奉告。我们各取所需，现在后悔还来得及。”

车厢里突然安静下来。蒙萌别过头望着窗外的夜色，脑海里跳入一张慢慢靠近她的脸，耳根渐渐红了。

她摇摇头，随口道：“有什么好后悔的？反正你要是再做那种事，我就把你当成自家养的阿猫阿狗，没什么大不了的。”

谢衍嘴角一勾，没搭话。

两人沉默地回到了公寓。

出电梯时，蒙萌没忘记将身上披着的衣服还给他。

本该脱口而出的“谢谢”最后化作一记冷哼。

谢衍对她的态度视而不见，一脸淡漠地拉起密码盘上的金属盖板，按键上淡蓝的光在黑夜里透着冷意。

“喂。”

他动作一滞，但并没有回头。

“我对你那边的事情毫无兴趣，我只关心映射能不能顺利渡过难关。今晚你给了我承诺，我信你。”她顿了顿，说，“你最好别让我失望。”

蒙萌原本有一把柔和的嗓子，可她总是对他充满提防，攻击性过强，听着让人不舒服。

可当她不刻意抬高音调时，声音是软软酥酥的，好像他儿时看的港片里，年轻女孩说粤语时的腔调，将撒娇、刁蛮、娇羞融合得恰到好处。

譬如现在。

“你不会食言吧？”她的声音像是一把小刷子，猝然滑过心间，有点痒。

谢衍的食指飞快地在密码盘上跳跃，悦耳的提示音在楼梯间回响。他懒懒地从鼻腔里挤了个“嗯”字，然后毫无留恋地进门，落锁。

蒙萌气急，对着他的门抬脚就是一踹。

而她不知道的是，这一晚，向来作息规律的谢经理彻夜未眠。因为当太阳重新升起的时候，他需要打一场硬仗。

第三章

# 暴雨之后的泥泞与晴空

## 【1】

上午九点，混沌投资。

董事长殷文祥还没到，会议室里有嗡嗡的谈话声。椭圆形的会议桌前坐了各部门的负责人，最靠近主座的是葛易，他侧头听着众人的道贺，不肯定也不否认，微笑如常。

“听说这次公司在这个项目上花费了不少心血，葛老大以后可要记得分我们一杯羹啊！”

“我刚刚还看了个财报，说这两年 TMT 行业大势已起。现在 VR+ 模式炒得热火朝天，不少老牌财团和资本机构都抢着进入，咱们这都算慢的。”

“慢……怕什么？有咱们葛总带领，绝对能后发制人。”

“来日方长，葛经理以后可是要总领全局的，我们只要能好好跟着您干就成。之前差点以为半路杀出个程咬金，没想到竟是个扶不起的阿斗，这么重要的会都迟到，他真当自己是根葱了？”

众人闻言，纷纷将目光投向了葛易正对面的位置。

不知是谁冒了句：“昨晚的事你们没听说吗？人家此刻怕是芙蓉帐暖，没精力来开会咯。”

“听说了，听说了，我都替他害臊。简直闻所未闻，酒会还没开始，连个招呼都没打就走了，太没礼貌！”

“说起来，映射那位的本事的确大，把人家的魂都勾跑了。”

席间男性众多，大家都心领神会，纷纷笑起来。

有个资历深的中年人说：“这倒是让我想起一个人来，是行内出了名的妻管严。业务能力很强，偏偏是个耳根子软的。要不是这样，他当年也不会栽了那么大个跟头，到最后人财两空，还败坏了行业信誉……啧，一世英名毁于一旦。”

“你说的是欧泊那档子事儿？谢仲怀？现在不少人还拿他当反面教材，真是死了都不让人清净。”

“说来也巧，这两人都姓谢，搞不好……”

“谢仲怀一家早在多年前就遇难了，死者为大，我们不要在这儿瞎议论，触霉头。”

空气中安静了一会儿，话题重新回到葛易身上。

“都说英雄难过美人关，过关才是真英雄。所以说，只有像我们葛经理这样的人，才能领导好混沌！”

“会议场合，大家就别开我玩笑了。”葛易顿了顿，眼中精光一闪，“混沌能有今天，靠的是公司上下所有人的齐心协力。不管未来选了谁做总经理，我相信他都能带领混沌更上一层楼。”

“这话说得在理。”殷文祥笑着从门口走了进来，所有人连忙从座位上站了起来。

“殷董。”葛易微微颔首，脸上的神色更加谦逊。可让他意外的是，跟在殷文祥和几位副董后面进来的，竟是谢衍。

隔着两米的距离，两人点头示意。

“直切主题吧，今天我们开会主要是为了敲定今年公司的重点项目。小葛，你那边是不是已经有结果了？说说看。”殷文祥说完，捧起茶杯吹了吹热气。

“是的。上周我们邀请了依云科技和映射科技的核心成员过来，他们一个做 VR 游戏，一个做 VR+ 医疗，两家都很有想法。不过在综合考虑公司运营状况和市场前景之后，我们还是决定选择依云科技，他们全新上线的 VR 网游成绩不错，相信我们的资金注入后，这款游戏未来的更新和优化会更优质。”

葛易汇报完，殷文祥沉吟道：“我相信你们组的眼光和评估能力，依云科技的确是目前 VR 行业里的潜力股。”

“我很欣赏他们对未来游戏行业的规划和致力打造本土游戏的雄心，这也是我们考虑投资的因素之一。”

殷文祥点点头，又将目光投向谢衍：“阿衍，你上次也在场，说说你的想法。”

谢衍沉声答：“好。”

数十道目光聚焦过来，谢衍抿了抿嘴角：“如果是我，我会选映射。”

空气中突然一片哗然，细密的议论声四起。

副董钟靖是当年引荐葛易来公司的人，他从一开始就对谢衍十分反感，于是出言质疑：“映射有那么多问题，有问题就意味着有风险。谢经理，你该不会是那天时差没倒好，记错公司名字了？”

一阵整齐的笑声。

谢衍倒也没生气，指间翻转的黑笔骤然回归原位，他悠悠迎上那人的视线：“恰恰相反，我认为他们瑕不掩瑜。”

葛易将目光投向他，静待下文，面上仍是淡淡的笑意。

“我承认，依云的 VR 网游的确不错，不过你们忽略了一个现实问题，游戏行业壁垒低，可替代率高，版本迭代快，任何人都很难通过一个或者几个游戏称霸市场。更何况游戏只是产品导向型，成功或失败都是薛定谔的猫，现在的获益并不能推导未来的成功。而医疗行业不同，从试用到推广，从推广到升级，商机就如同人类对未知的渴望，对健康的追求一样，取之不竭。”

谢衍语速不快，但每个重音都落得恰到好处，轻易就吸引了所有人的注意力，一语中的，说服力极强。

“撇开 VR 不谈，游戏与医疗就像红海与蓝海。在竞争充分的领域，除非彻底颠覆，否则难以突破重围。而在一个未知领域里，凭借差异化手段和创新能力就能登顶。跟随者与先驱者，你选什么？”

又有人质疑道：“混沌一向以风控为原则，映射科技目前的项目都中断了，我做过市场调研，很多医院表示并不认可他们的技术，也就是说他们根本没有获得准入。”

“规划不对而已。本是从 0 到 1，再从 1 到 2 的节奏，他们直接想从 0 跳到 2，当然不可行。VR+ 医疗的起点在医疗教育，而不是直接进入临床。一旦和院校的合作持稳，就能先解决盈亏和变现的问题。”

对方不买账：“这话听着不错，可明眼人都看得出，依云的盈利要远超映射。”

“游戏行业已经是红海了，充其量是笔成功的交易。如果投资医疗公司，就是一项伟大的事业，关乎全人类。”

谢衍将昨晚整理的报表分发下去：“我已经查过了，美国权威研究机构 RLM Market Research 近日发布了一份虚拟现实医疗服务市场的研究报告，上面指出近几年全球 VR+ 医疗服务市场的复合增长率将达到 20.37%。从国内来说，的确一切都还不明朗。但据我所知，台湾有一家医疗临床培训中心正在利用计算机和专业软件构造，提供 VR+ 医疗培训。他们最新公布的数据显示，虚拟的实验环境不仅减少了传统临床培训对动物的伤害，培训效果与真实环境中的也不相上下。”

他适时地停顿两秒，又接着说：“三个月前，以色列将高级外科导航平台应用于脑外科手术，医生通过 VR 检测和扫描出病人脑部的 3D 模型，进行手术模拟后能大幅减少手术中不必要的切口，降低实际操作时发生意外的可能性。这样既能提升手术的成功率，也能加快术后恢复。

“我想，没有什么能比 VR 更出色地完成辅助医疗的任务。VR 把真实虚拟化，注入医疗的 VR 把虚拟现实化，这既是‘映射’两个字的内涵，也是我们未来想要努力的方向。”

四下里一片寂静，除了齐刷刷的翻页声。

原本围观的人，也不由自主地垂下头翻资料。

“除此之外，在这些资料的最后，是映射拿给我的对赌协议。在这份协议里，他们以净资产做保底，建立了有明确时限的短期目标。半年时间，如果映射无法实现净利润或营收利润的增长，就将无偿转让其公司 40% 的股份给我们。这样的投资，没理由不做。”

葛易习惯性地扶了扶眼镜，今天谢衍的表现实在超出预料，还有这份对赌协议，原来昨晚在酒会上，蒙萌是想用这个来与他谈判。

不过即便如此，经验和理性告诉他，依云仍然是比映射更好的选择。

自殷文祥宣布将让出总经理的位置后，他的每一次投资都不仅仅是获利那么简单，名更重要。而名来自稳定的积累，无论是映射还是医疗 VR，都显然与“稳”这个字相去甚远，根本不值得冒险。

昨晚从李天逸的宴会回来，他还特意咨询了一位司法系统的老同学，对方直言朵朵一案中被告胜诉的概率不高，给他吃了颗定心丸。

但他此刻还是有很多疑问。这些资料，谢衍到底是什么时候准备的？难道就是用这短短的几天时间？如果谢衍真有这样的效率，那他还真是小看这人了。

对赌协议一出，舆论顿时转向，它几乎将风险降到了最低，是只赚不亏的买卖。

有人说：“我今早刚看到一个新闻，说是剑桥首席研究员正致力于肿瘤建模项目，利用 VR 建立可交互式的 3D 肿瘤图像，临床医生可以通过 VR 技术进入并观察它的细节特征，这应该和谢经理说的那个例子差不多。”

还有人说：“其实之前银河说要投资映射的时候，我就看过医疗 VR 的相关材料。现在心理疾病比其他疾病更难治愈，但是如果有虚拟现实技术，很多干预手段就会变得更好进入，依我看，如果映射真能做好，很可能会引领一拨 VR+ 医疗的潮流……”

谢衍答：“心理治疗就在映射的长期规划里。”

葛易合上资料，终于开口发表意见：“虽然有映射的对赌协议在手，给这份投资加了一根保险杠。但现在 VR+ 医疗在国内的接受度还没那么高，现在贸然进入，只怕是不妥当。而 VR+ 游戏的市场已经打开了一个口子，明显更容易有回报。谢经理刚从国外回来，可能还不了解国内市场……”

“我一般不用国内外来划分市场，在我眼里，只有值得和不值得。”谢衍的语气淡淡的，看似风平浪静，实则掩藏着惊涛骇浪。

葛易冷眼看着他，不知喜怒。

空气中飘着浓浓的火药味。

钟靖再次插话道：“谢经理刚回国，恐怕不知道去年轰动一时的‘朵朵案’。现在一提到医疗 VR，人家就会想到那个死去的小女孩，这项技术根本难以在市场中获得信任。这个节骨眼上，大力开发这个产业不是什么明智之举。”

对于这个问题，谢衍早有准备。

他嘴角一扬，目光沉着淡然：“五分钟前，法院已经下了一审判决，被告胜诉。通过多方取证，以及医学伦理委员会的审查，那名医生被判定为无操作过失，病人是因为自身的因素引起器官衰竭最后死亡的。”

葛易抿着嘴角，努力维持表情，但仍有一丝讶然和不甘滑过眼底。

“不过您提到的这个问题，恰好帮我做了补充。我前面说了那么多，都是未来映射要一步一个脚印去做的。一旦技术和时机成熟，就可以打破区域阻隔，让更多的病人有活下去的希望……”谢衍停顿了几秒，看向众人，“没有什么比希望更有投资价值。”

气氛再度变得有些微妙。

钟靖张了张嘴，但什么都没说出来。

殷文祥适时地切进来："这样，我来说一下我的想法。之前已经说了让小葛负责这个项目，依云科技的 VR 网游的确实力强劲。所以我决定，一切照原计划，就定下依云吧。"

葛易闻言，情绪并没有什么波动，意料之中的事。

"至于阿衍，你今天成功地说服了我。就像你说的，医疗 VR 这个项目不仅是笔成功的交易，更是一项关乎人类的事业。'混沌'二字，本就寓意万物之源，不管我们未来做什么，最终都是要回归到人本身的，所以我司也一直在争取对明医信息科技的入股。'健康中国'已经上升为国家战略，每个人都逃不开这个话题。更何况，映射肯拿出这样一份对赌协议，我心底的确是佩服的。如此有冲劲的公司，我无法残忍地抹去他们所有的希望。"

他顿了顿，目光殷切地看向谢衍："但是公司有公司的标准，我没法因此而打破原则。但……我可以给他们一个机会。这个项目将由我私人出资，到年底的中期汇报，如果映射能够完成对赌条件，下一阶段的投资就由混沌完成，如何？"

殷文祥说完，原本安静的空气再度被点燃。低声的议论中依旧充斥着质疑声，葛易却突然开口说："我完全支持殷董。以前我对医疗这块了解不够，今天谢经理算是给我上了一课，受益匪浅。"

谢衍唇角一弯："谢谢董事长和葛经理的鼓励，我和映射都会尽力。"

原本那些愤愤不平的声音，都在此刻戛然而止。

## 【2】

散会后，混沌不少老员工上前和谢衍说客套话，但他们心底的确是佩服的。至少在刚刚的二十分钟里，谢衍说了一个十分动人且不失逻辑和条理的故事。这个故事足以让混沌的大当家自掏腰包，没什么比这个更有震撼力的了。

而对于葛易来说，项目尘埃落定，他才是今天的大赢家。

可他并没有那么高兴，来道贺的人他一一敷衍，不远处那个慢悠悠收着东西的人才是他关注的对象。

人群渐渐散去了。

谢衍不禁揉了揉眉心。他一夜未睡，天一亮又赶着将修改好的对赌协议发给映射，再等蒙萌和映射法务代表协定好正式的版本……完全是兵荒马乱的早上。

在刚刚结束的晨会里，没有人注意到他几乎全程都紧盯着手机——他一直在等法院审判的结果，这将直接决定这场战役的成败。

昨晚蒙萌问他会不会食言，他其实并不敢承诺她什么。一旦“朵朵案”败诉，他也无法保证自己能说服那些老古董。

好在天遂人愿。

此刻目的达到，他只想回办公室补个觉。谁知刚起身，就听到后面有人冷飕飕地飘了句：“恭喜你啊，今天的表现值得喝彩。看你精神不济，昨晚熬夜了？”

谢衍闻言，手下的动作顿了顿，语气里带着几分玩笑：“投资不分昼夜，金钱永不眠。”

葛易一怔，突然笑了起来。

“以映射目前的状态，你如此拼命地去做接盘侠，挺不值当的。”

谢衍转头看他，目光平静而悠长：“我以前听说过一句话。暴雨之后，低头是泥泞不堪，仰头是晴空万里。我现在，不过是想做后者。”

葛易和他对视了几秒，而后移开了视线。

“不知道谢经理有没有听说过另一句话……野鸡就是野鸡，披上金装也变不成凤凰。”晌午的阳光从百叶窗透进一条条光影，葛易的手插在口袋里，整个人逆光而立。

谢衍将电脑合上拎在手里，斜睨了他一眼，语气凉薄：“明医信息的项目，听闻葛经理争取了几个月也没进展。与其在这儿和我讨论什么是凤凰，还不如尽快搞定它，为董事长分忧。”

说完，他微微颔首，推门离去。

映射科技。

上午十点，蒙萌正捧着咖啡发呆。刚刚财务部经理过来汇报工作，一双眼睛红通通的，像是下一秒就要哭出来。她本来想安慰人家，可话还没出口，自己先沮丧了起来。

到现在谢衍那边也没有什么消息传来，投资的事情八成是黄了。

她简直不敢想，后面映射的路会成什么样。要是真一夜之间被打回原形，前面的所有努力就都白费了。

手机铃声不知响了多久，蒙萌终于回过神。她看了眼来电显示，是个陌生的号码。

“喂？”

“您好，这里是混沌投资。此次致电主要有两件事想要通知您，贵公司 VR+ 医疗的项目已被我司立项，项目负责人是我们的谢衍谢经理，他将负责和您洽谈签约的具体细节……”

挂完电话，蒙萌一头雾水，愣在那儿半天没反应过来。

门外传来梁知夏的声音：“混沌公布的投资项目里有映射，对赌这步险棋果然没走错。”

话音刚落，办公室外传来一阵排山倒海式的欢呼，简直能和申奥成功的场面相提并论。

绝处逢生大概也不过如此。

蒙萌突然觉得视线有些模糊，她用手揉了揉才发现指间一片湿润。

窗外阳光明媚，而映射的春天也来了。

然而没隔几天，朵朵一案的原告不服原判直接向中级法院提起上诉，本以为尘埃落定的案子再次被推向风口浪尖。不少营销号四处带节奏，影射被告是无证上岗，而这不是个例，所以医院才会花钱了事，拒不公开医生的信息，怕会因此牵一发而动全身。

霎时间舆论四起。

所幸一审的判决还是让整个 VR+ 医疗行业为之振奋，一改之前的颓丧。

尽管在银河投资公布的下季度投资计划中并没有映射的名字，取而代之的是一家新兴的游戏公司——睿奇科技，但因为混沌的加入，映射、依云和睿奇成功跻身投资界的新宠，成为圈内最夺目的新星。

蒙萌知道这次他们能得到投资，谢衍功不可没。她咬咬牙，决定带着礼物和最大的诚意登门道谢，结果却扑了空。

原来谢衍因公出差，得一个月左右才能回来。由此连带着他们和混沌的合作协议签订也跟着推迟，蒙萌心中有隐隐的失望。

可她怎么也没想到，从那天起，她办公室里的花就再也没有停过。送花的不是别人，正是外出的谢衍。

更让她苦恼的是，快递员总是挑着上班的高峰期捧着鲜花在楼下等蒙萌，颇为执着。

映射所在的写字楼里还有很多同行科技公司，如此一来，有关谢衍和她的绯闻很快便传得沸沸扬扬。

所有人都说，谢衍之所以会选择映射，完全是因为被女色冲昏了头。还有人说，映射上次能博得银河的青睐，也是因为私情。

蒙萌越发觉得谢衍是在故意整她，拨了电话过去想问清楚，却一次都没有打通过。

如此一个月，花是每日照送不误，风雨无阻。而谢衍那边对她的态度却也是冷淡至极，俨然是彻底又无声的漠视。如果可以，她恨不能将他的脑袋剖开，看看里面究竟装了什么邪恶心思。每晚回家，她都忍不住趴在隔壁的猫眼上看里面是不是有亮光。

四月天，全城回暖。拜谢衍所赐，映射所在的整层楼都飘着沁鼻的花香，蒙萌每日都板着脸，看着那些花的眼神像是能把花剜出一个洞。

远在国外采风的橘子，突然在某个深夜拨了电话过来，上来就追问她最近和某人的绯闻。

“可以啊，你这桃花可真够旺的，我人在国外都能听到风声。你还不快快老实交代，怎么拉个投资，还搞出恋情来了？”

蒙萌趴在床上，语气恹恹的：“才不是什么恋情，八竿子打不着的，你就别八卦了。”

橘子不肯罢休，又说：“别人的八卦我还懒得问，这次绯闻男女主都是我认识的，怎么可能不关心？”

“男女主？你也认识谢衍？”

“对啊，算是小时候认识的吧。他家和我家是世交，可惜他家后来出了点事……”橘子有些欲言又止，过了一会儿又说，“你先别管我是怎么认识他的，你们俩究竟是怎么回事？”

蒙萌还处于惊讶中，完全没想到谢衍和橘子也是旧相识。

这世界可真够小的。

她想了想，对橘子说：“你还记得上次我说，我找到了那个人吗？他就是谢衍……”

电话那头突然沉默片刻。

“我去！你跟我说清楚，你俩到底什么情况？”

蒙萌原本想把永夜岛的事告诉她，可又不想把自己的身份说出去，便含糊道：“就是偶然遇见过的，现在重逢了，他还帮映射拿到了投资。”

橘子还想追问下去，蒙萌以公事为由切断了电话。

一个月后。

“咚咚咚——”

前台的沈沈推开门，脸颊绯红，像是擦了蜜粉。她甜甜地问：“蒙总，有客人来访，是混沌投资的谢经理。”

蒙萌立刻站起来，将头发拨到耳后，又整了整衣服：“让他进来。”

“他直接去了会议室，还说让您通知各部门，十五分钟后开会……”

蒙萌愣住：“开会？他还真不把自己当外人。”

沈沈看她这架势，怕她冲动，连忙说：“蒙总，咱们这次多亏谢经理伸出援手，您就大人不记小人过，暂时……”

“你看我头发乱不乱？”蒙萌突然打断她。

“啊？不……不乱啊。”沈沈有点蒙。

“那衣服呢，衣服还行吗？”

“挺……挺好的啊……”

蒙萌点点头，又交代道：“通知各部门，十五分钟后开会！”

“是，蒙总……”

## 【3】

蒙萌推开会议室的门走了进去，边走边说：“谢……”

剩余的话消散在空气里，她怔怔地看着眼前的场景——两个穿着笔挺西装的男人正专注地收拾桌子。

这一幕忽然和记忆中的某个画面重叠起来——

穿着白衬衣和黑色长裤的男生冷着脸在客厅里收拾，而她舒服地窝在沙发里撸猫，险些被对方也当成垃圾丢出去。

她一时有些恍惚。

谢衍沉着脸，举起一包咖啡：“这个，一周前就过期了。好好一个会议室，乱得和菜市场一样，不要告诉我待在这种环境里能工作。”

蒙萌原本有很多问题想问他，也有很多感谢的话想说给他听，可面对如此抱怨，她被噎得说不出话来。

巫秦飞扬捏着一袋红茶，讪讪地笑道：“那个那个，这红茶啊，已经过期半年了……”

蒙萌摸了摸鼻尖，转身对着门外的行政助理嘱咐道：“你马上去楼下买两杯咖啡上来，记住要买最贵的那一种，不要怠慢了我们的贵宾。”

有人答："知道了，蒙总。"

巫秦飞扬觉得蒙萌阴阳怪气的模样很有趣，但一见谢衍板着脸，他连忙咬牙忍住了。

十分钟后，会议准时召开。

长桌的两头分别坐着蒙萌和谢衍，一边是乱糟糟的杂物堆，一边是勉强开辟出来的净土。

所有人的脸上都洋溢着兴奋，他们看着谢衍的目光充满了虔诚、神圣以及……一点点的八卦。从突然天降的投资，到这一个月不重样的鲜花，如今谁不知道谢衍看上了他们的总经理？

于是，这些漫无边际的遐想像是一层天然滤镜，明明谢衍看蒙萌的目光淡漠到了极致，可有滤镜的加分，反而多了股欲盖弥彰的暧昧。

好在这些小心思很快被谢衍的气场击破，他没什么多余的话，上来就简明扼要地提出了未来映射科技的发展战略。除了必要的瘦身计划外，针对映射与混沌的对赌条件，他将未来半年内的发展计划完全聚焦于医疗领域的嵌入式发展。

"大致分为两步。首先在各大医学院校建立合作点，以辅助教学为主，其间不断精进技术，逐步突破微创手术的局限，提升手术层级。在那之后就是进入医疗场所，将合作从学校教育延伸到临床操作。虽然医学是专业技术壁垒最高的领域之一，但如果前期能在医学院校扎根，就能最大程度地减少阻力。"

蒙萌原本还在为他这个月的奇葩举动而心存怨念，但她很快也被这些话，以及说话的人吸引住。

她想到自己刚入行的时候，还对 VR+ 医疗这个概念一无所知。她跟着梁知夏做人事，对方告诉她这个工作的重点就是要培养一双慧眼，可她一直都没找到窍门。每次看到那些胸怀抱负的年轻人在她面前滔滔不绝，她都不知道该如何决定他们的去留。

沈青曾和她说："语言可以加工，辞藻华丽的，抑扬顿挫的，可眼神骗不了人，当一个人真想做一件事时，眼睛是会发光的，由内而外的那种亮光。"

而此时，她在谢衍的眼睛里看到了这种光。

"……大致规划就是我上面说的那些，你们有什么问题或者更好的想法都可以提出来。"

谢衍说完，捧起咖啡喝了一口，底下鸦雀无声。

只有司沣说了句："我们之前急于求成，从学校开始推广的确会减少阻碍。"

之后便响起叽叽喳喳的讨论声。

"关键还是要整个医疗体系接受我们，这本来就是个霸权的领域。"

"幸亏现在有投资了，咱们可以大干一场了吧？"

谢衍接话道："别太乐观，眼下有一个棘手的问题要解决，不揪出那场事故的元凶，映射永远都抬不起头。朵朵一案给医疗 VR 造成的阴霾还没散去，如果你们想突出重围，就要先树立良好的公司形象。"

此话一出，空气骤然凝固，有人皱眉，有人叹气。

下一秒，他的双手突然撑在桌子上，眼神紧逼蒙萌："你不是怀疑依云吗？那就找出证据。不痛不痒地挠两下没用，我要的是致命一击。"

蒙萌看着他的眼睛，左心房有什么东西剧烈地跳动起来。

这次重逢，她觉得谢衍变了。但现在她又不这么想了。也许有些经历的确会让一个人看上去不同于往日，可是人性呢？人生若是钟摆，那停下来的地方就是初心。

面前的这个人像是和多年前在岛上的那个少年完全重叠。

他还是他，轻狂不羁，无所畏惧。

这场会议最终以热血收尾。所有人走出会议室时，都是一副斗志昂扬的样子。

下午去混沌签完协议，梁知夏就安排了一场小型庆功宴，除了公司上下，更邀请了谢衍所在的项目组。

席间大家都很尽兴，虽然拿到投资只是一个开始，但这至少是一个好的开始。

蒙萌心情很好，暂时将之前和谢衍的那些恩怨抛到了脑后，还主动向谢衍敬了杯酒。本是正常不过的举动，此刻被别人过度解读，酒喝下去，也有了别样的味道。

之后服务员来换菜，说是他们原先点的白灼菜心没了，可以换成西芹百合或是上汤菠菜。大家都不约而同地看向了两位正主，结果却听到完全不同的答案。

谢衍："上汤菠菜。"

蒙萌："西芹百合。"

空气顿时凝滞住，服务员露出尴尬而不失礼貌的微笑。

偏偏蒙萌习惯性地反问谢衍："你不是不吃菠菜的吗？"

而谢衍的答案更是火上浇油："但你不吃芹菜。"

服务员适时地补充："其实……我们还有别的选择。"

最后他们点了清炒油麦菜。

服务员默默离开后，包厢里的气氛变了。大部分人在暗中交流眼神、唇语，甚至手势，小部分人低下头开始在群里讨论。

莫名觉得很甜是怎么回事？

嗝，狗粮都吃饱了。

我想说，芹菜和菠菜我都爱。

这里没别人吗？我不爱吃油麦菜啊喂！

朋友们，习惯就好。这才刚合作，路还长着呢。

…………

蒙萌看了看一桌人复杂的眼神，暗自决定今晚她要扮哑巴，不说不做，总不会错。

酒席过半，从点菜事件后就一直沉默的谢衍突然给自己倒了杯酒，举杯面向众人。

“映射是我回国后投的第一个项目，也是我们小组成立以来的第一个项目。我知道，你们对我不了解，我也不了解你们，希望未来和大家一起努力。”

混沌来的那几个年轻人，原本对谢衍是有些害怕的，这人不仅气场强大，做事也让人摸不着脾性，不像平常以微笑示人的葛易，会有点亲切感，谢衍连笑容都十分吝啬。他们跟了谢衍几个星期，一直战战兢兢的，开组会时都提着一口气。

此刻算是他们第一次听到谢衍说了句“人话”，心中都有些澎湃，纷纷举杯响应。

谢衍仰头一饮而尽，空酒杯被利落地掷在桌子上，发出清脆的一声响。

“我出去抽根烟，你们继续，今晚尽兴为止，我买单。”

他一离开，屋内的气氛顿时轻松了不少，几个年轻的小姑娘立刻热络地聊起八卦来。

“我觉得，谢经理其实挺帅的，就是太让人有距离感，稍微温柔一点，我就觉得小鹿乱撞了。”

“可惜啊，就是出身差了点。现在可是个拼家世的时代，你看葛经理那组，全都是大咖，咱们这组明显弱爆了。谁都知道游戏才是最赚钱的行业，医疗吧，一看就是站在价值制高点上然后活活穷死的类型！”

“嘘，你小声点，人家总经理还在那儿坐着呢……”

议论声戛然而止。

这些话传到蒙萌的耳朵里，她倒也没在意。类似的话她听得耳朵都快起茧子了，再多一两句也没什么。

耳边突然传来桌椅碰撞的响声，蒙萌回过头，发现是梁知夏。她今晚像是有什么心事，一个人闷着头喝酒。只要有人找她喝，她都来者不拒。

见她起身要去洗手间，蒙萌不放心便跟了过去，刚到门口，就听到里面传来一阵阵催吐声，不免有些担忧。

等梁知夏从里面出来，她连忙问："你怎么喝这么多？要不然我先送你回去？"

"没事儿，吐完就好。"

梁知夏摆摆手，搭着蒙萌的肩往回走。她突然压低了声音说："我刚刚听说了一点事，你想听吗？"

她满口酒气，蒙萌忍不住往后躲了躲："什么事？"

梁知夏平日里走的是中性风，蒙萌从没见过她穿裙子，可此时她喝多了，蒙萌离她极近，意外发现她眼底有浓浓的妩媚。若是她将短发留长，应该也是位别具风情的美人。

"和那位谢经理有关。"

蒙萌的心突然漏跳了一拍："哦……说什么了？"

"大概是段逆袭的历史。像他那样的人，本该是富二代的人设才对，却没想到他在混沌，是从底层一步步爬上去的。听说他还做过那个葛易的助理，后来才凭借努力被老板赏识，被秘密送去国外培养。可到底是没有背景的，你看看今天跟来的那些人，一个个嫩得都能掐出水来，哪里像是做事的人，明显是刻意针对。其实，我还真有点佩服他。"

"原来是这样……"

难怪她之前怎么都找不到谢衍的消息，不仅是因为他默默无闻，更是因为他早已被送出了国。

茫茫人海，弄丢一个人比找一个人容易太多。

"人家刚出差一个月，回来连口气都没喘，直接来了映射，足以说明对我们的重视。咱们以后得争气，我最喜欢这种被所有人不看好，然后绝地反击的感觉。虽然……"梁知夏突然踉跄了两步，话锋一转，冲蒙萌坏笑道，"他可能是冲着你的美色。"

"姐，你喝多了吧……"

“现在着急已经晚了。投资、鲜花……还有那天的柠檬水。刚刚我可听到混沌的小丫头说，那天是谢经理特意让人给你送去的。”

蒙萌愣住了。

原来那天的柠檬水是谢衍送来的？没想到他这么好心。

其实就和刚刚的点菜一样，他们曾经朝夕相处了太长时间，对彼此都太了解，有些事完全是出于惯性。可这些落在别人眼里，就是说不清的暧昧。

“总之，我和他的事情不是你想的那样。上次他是怎么折磨我的，你又不是不知道。他那个人，心里藏了太多秘密，鬼知道送花什么的是不是有阴谋。”

梁知夏有些醉了，她红着脸拍了拍蒙萌的肩膀：“萌萌啊，你应该了解我。我一向对这个世界的雄性动物不抱希望，但我手里的这张好人卡必须得发给何医生。人家何医生在我们最困难的时候出手相助，又对你很照顾，你可不能趁人家不在国内就被别人勾走了。是，现在谢经理的确是我们的金主，雪中送炭，但这毕竟是生意，你可别被他那些花啊、草啊的给洗脑了。我最讨厌这种满肚子花花肠子的人，他还是在工作中比较受欢迎……”她说到后面舌头都要打结了，可一转头，透过门缝看到有女孩子一脸害羞地敬司沣酒，顿时眉毛一挑。

“怎么越扯越远了，何医生和我的关系不是你想的那样，我们只是朋友。”蒙萌恨不能立刻捂住梁知夏的嘴。

梁知夏并没有回应她的话，像是在自言自语：“我明白的，有秘密的男人特别有魅力，谢衍是这样，司大哥也是这样。”

“司大哥有什么秘密？”

梁知夏像是听到了什么笑话：“都说是秘密了，我怎么会知道？”

说完，她耸了耸肩，转身推门进了包厢，直接冷着脸替司沣干了那杯酒。

蒙萌刚想跟上去，进门前，余光蓦地扫到一抹熟悉的身影。她转过头，看到走廊尽头的天台上站了一个人。

## 【4】

天台。

袅袅的烟雾中，谢衍背对着门，手臂撑在围栏上。即便是这样闲散的时刻，他身上的衬衫也平整地掖在腰间，几乎没有一丝褶皱。

他安静地站在那儿，背影沧桑而萧索，整个人都融入了夜色。

“你现在成烟鬼了？烟抽多了容易短命。”蒙萌走到他身后，瞥了他一眼。

“不牢挂心。”谢衍说着，又深深吸了一口烟。

蒙萌不以为意，想了想，说：“这次的投资，谢谢你啊，谢菲特先生。”

谢衍的眉毛轻轻皱起：“别瞎起外号。”

“说真的，我不关心你究竟为什么突然改变主意，好心地给了我们投资，我只当是映射有价值，我们提出的对赌条件足够诱人，所以值得你冒险来做。”

“没什么冒险不冒险。”谢衍侧头吐烟，他知道蒙萌不喜欢烟味，“我回到南城的原因，别人不知道，你知道。我想要做的那件事，不容许我有丝毫差错。的确，我一开始并没有要投映射的计划……但现在有了。”

烟雾随风消散，蒙萌只看到一双漆黑幽深的眼睛，目光坚定而灼热。

初春的夜风微凉，有淡淡的花香。

刚刚包厢里乱哄哄的，吵得她头发晕，满房间的酒精味，她就算没喝酒也觉得有些醉了。此时被风一吹，反倒清醒不少。

她思索道：“我知道……你的处境也不是太好，刚回国就弄出这么大动静，眼红的人肯定不少。葛易应该算是你的对手吧？看着就很有城府。至于关赫，简直一肚子坏水，这两个人碰到一起，你以后肯定少不了要被找麻烦……”

她本来还有很多话想说，可谢衍突然笑了。

“听上去，你很担心我。”

蒙萌知道他在嘲笑她，随口解释：“我当然担心……金主。”

谢衍似乎对这两个字很受用：“又是在哪儿听了八卦？”

“还用打听？你不会连这点自觉都没有吧，谢先生。人只要身处高位，就自动站在了洪流的中央，看似平静，周围早已波涛汹涌。”蒙萌支着下巴打量他，“在那种大公司工作，应该很辛苦吧。”

冗长的静默。

谢衍长长地吐了一口气，竟有些不知道怎么回应她。其实这一路走来，他都有意识地不回头看。辛苦吗？是。可是这世上也没谁会说自己活得轻松。更何况，仅用这两个字来概括那些黑暗无边的日子，未免轻率。

“还行。”他想了想，又说，“你也别谢我谢得太早，早上和你们开会是公，现在对你提附加条件，是私。”

“什么……附加条件？”

“已经发到你邮箱了。”

蒙萌愣了愣，连忙翻出手机，点开邮箱，果然发现一封未读邮件。她看了一会儿，手指越往下滑，表情就越不自然。

每周定期学习投资相关的精品课程并随时提交反思和心得。

每周亲自向我汇报项目进展以及同行业 VR 的发展概况。

关注表格里列出的所有公众号，每天查阅完后提交五百字的小结。

…………

看到最后一项时，蒙萌立刻不淡定了。

“前面那些也就算了，晨跑是什么意思？”

“身体是革命的本钱。”

“其他的都行，就这点不行。工作上你可以管我，但是生活……绝不可能！再说了，”蒙萌狡黠一笑，“我们合约都签了，就算我做不到，难不成你还想毁约？”

“建议你下次签合同前先看仔细，我们的合作是阶段性的，也就是说，后续的钱你们能不能拿到，还是未知数。”

蒙萌：“……”

她知道他从不拿这种事开玩笑。

“跑就跑，不过……下雨、下雪、暴风天总不能也跑吧？”

“在我们那个‘普通’的小区，有一家器材齐全的健身房。”

蒙萌不死心，扯了扯嘴角道：“是这样的，我来那个会痛欸，谢先生不会这么惨无人道吧？”

“来日方长，不差那么几天。”

蒙萌本来想故意臊他的，结果完全没达到预期。她撇撇嘴，打算走。

谁知刚转身，就听到身后响起两个字。

“等等。”

谢衍突然走近她，没有夹着烟的手抬起来，指尖挑起一枚戒指，温热的气息从上方倾洒而下：“这个，你一直戴着？”

他的声音低沉沙哑，眼眸深黑清亮。

蒙萌下意识地往后退了一步，伸手覆在戒指上，心怦怦乱跳。

还记得那年她失约后，一直十分悔恨，直到某日收到一份匿名礼物。

那份礼物是枚银质女戒，做工精良。也正是这枚戒指，让她下了去南城找他的决心。

她很喜欢这枚戒指，却又不想戴在手上。她总觉得，戒指这种东西，一定要他亲手替她戴上才行。后来她用项链把戒指串起，戴在脖子上，连洗澡都不会取下来。

当时的她并不知道，这份礼物时隔三年才寄到她的手上。

所以才会恰好和谢衍擦肩而过。

之后再度重逢，她能感受到他明显的敌意，便没有提戒指的事。

一定是她刚刚和谢衍说话时，又习惯性地将戒指拽出来把玩。

不知道什么时候，蒙萌养成了这个习惯，如今送戒指的人就在眼前，她忽然有种心事被人揭穿的窘迫。

“我……我随身戴着的原因，是想还给你。戒指这种东西，你下次记得，不要随便送给女孩子。”蒙萌果断地取下项链，走到谢衍的面前，犹豫了两秒后，拉过他的手，将项链放在了他的掌心，“我们之间，从来都不是那种关系。所以，不管你的目的是什么，麻烦你别再给我送那些花啊、草啊的。你不要名声，我还要。”

谢衍垂头看了眼手里的东西，还带着她的温度，心中某处微微一动。但他再抬眼时，又只是一片冷淡：“无论我做什么，都不会是你以为的那种原因。你该不会……”他顿了顿，嘴边扬起一抹讥讽的笑，“是有什么别的期待？”

蒙萌觉得这笑实在晃眼：“我明天也想送花给你，白色的那种，还会做成花圈。”

说完，她便踩着高跟鞋快步离开了。可没过一会儿，她又板着脸跑回来，对着他说：“戒指你留着，项链还我。”她伸手去他手里拿，但他五指一收，挡过了她的爪子。

“算作利息。”谢衍扬了扬眉。

蒙萌惊道：“哪有送人礼物还要利息的？”

“无情的资本家，你说的。当然，还利息并不止这一种方式。”

“说清楚点。”

谢衍嘴角含笑，蓦地倾身向前，在她耳边轻声说了几个字——

“不如，你卖个萌？”

蒙萌瞬间被戳中死穴，如同触了电，一股莫名的灼热从耳根蔓延到全身各处。

“浑——蛋。”

下一秒她便跳起来去抢，颇有点不拿到项链便不罢休的架势。无奈谢衍占据身高优势，故意将手抬高。

一来二去间，她鞋跟不稳，稍不留神，用力过猛，便整个人扑进他的怀里。

刹那间，好像风停了，空气凝固了，时间也静止了。

而组团出来找老板的两拨人也纷纷在天台前会合，此刻都睁大眼睛看着眼前令人遐想不已的一幕。

蒙萌仰起脸，瞳孔里是某人模糊不明的笑。她闻着那股熟悉的气味，有点欲哭无泪。

## 【5】

深夜。

蒙萌洗完澡，站在阳台上望着月亮发愣。她下意识地去摸戒指，却发现那里空荡荡的。

好一个无情的资本家，竟真的将她的项链顺走了。

手机突然响了起来，屏幕上是何慕白的名字。她接起来，听到电话那头不断传来登机的广播声。

“何医生？”

“听说你们已经顺利拿到投资了，恭喜。”

“谢谢关心。既然事情已经解决了，你就不要为了这个改变行程。总是给你添麻烦，我真不知道……”

“唉，真令人伤心。我才走了几个月，你就和我这么生分。是不是我再晚回来几天，就得形同陌路了？”

“何医生，我不是这个意思……”

“你就是这个意思。实话告诉你，我这个人从不喜欢自找麻烦，但你除外，因为我认准了你是我的朋友。朋友间，如果有一方遇到困难，另一方肯定会毫不犹豫地去帮忙。”作为一名心理医生，何慕白拥有低沉而又磁性的嗓音，无形中便能给人安慰。

蒙萌轻轻地“嗯”了一声，然后说：“无以为报，我只希望能好好经营映射，让你们多拿些分红。”

“知道就好。别跟我说那么多客套话了，听得我浑身难受。我要上飞机了，有什么话见了面再说。”

“好，祝你一路平安，后天下午我去接你。”

“再没有什么比一回国就能见到你更令人心动了，晚安，小萌萌。”电话被挂断。

虽然和何慕白已经很熟稔了，但她偶尔还是会被他浮夸的腔调激起一身鸡皮疙瘩。

蒙萌长叹了一口气，想到今天的公众号小结还没写，连忙回去赶功课了。临走前，她默默朝隔壁递去哀怨的眼神。

她前脚刚进去，隔壁便走出来一个人。

谢衍刚健身完，额头、背脊都是汗，更显得那双眼睛又黑又沉。巫秦飞扬打了电话过来，将蒙萌如何说服董事会的过程细说了一遍。

“原本那些董事都不同意对赌，蒙小姐直接从个人账户里拿出一千万作为筹码，并允诺一旦对赌失败，她就按照各股东的持股量进行赔偿。虽然最后还是有一两个人反对，但蒙小姐直接放了狠话，说不同意的可以现在就撤股。最后，那些人也就没再说什么，乖乖签了字。”

谢衍脑补了某人气场全开的样子，又问：“钱的来源呢？”

“这个不太清楚。不过我查到了另一件事，之前映射险些崩盘时，是蒙小姐给公司注入了一笔钱，其中一部分是我姐的，还有一部分是一个医生出的。”

谢衍的脑中响起了刚刚蒙萌的那通电话，她鲜少用如此温柔的语气和别人说话，也许电话那头的就是这个医生。

“什么医生？”

“只知道叫何慕白，在……666号工作，目前是映射前老总沈青的主治医生。”巫秦飞扬说完，突然发现电话这头陷入一阵寂静。

何……慕……白。

还真是个容易引发回忆的名字。

谢衍挂完电话，在夜风里站了许久。

当晚蒙萌临睡前，看到巫秦飞扬建了个微信群，里面除了她、司沣、梁知夏，还有一个人，想来也知道是谢衍。

飞扬跋扈：建个微信群，以后好沟通，晚安！

群里没人搭话，蒙萌挑了个表情包发过去。然后点开了群成员列表，看着一个全黑的色块发愣。

手机又振动了两下，有两个好友申请，一个是巫秦飞扬，另一个是谢衍。好友通过后，巫秦飞扬给她也发了个表情包，而谢衍发了一句话。

衍：晨跑明天开始。

此蒙非萌：收到。

衍：这周的汇报定在后天下午。

此蒙非萌：这么快？我们才开过会，你想让我汇报什么？另外……我后天下午有事。

衍：你继续保持这个态度，半年后我们签的就是股权转让协议。

蒙萌差点气到失眠。

辗转反侧了好一会儿，她又打开手机翻朋友圈，翻着翻着就翻到了谢衍的主页。她一路向下滑，发现全是些和金融行业有关的新闻转发。

除了一条，只有几行字。

弱点就像影子，每个人都有。

但有两个例外——

匿于黑暗中。

身处烈阳下。

发布的时间是去年 7 月 26 日凌晨。蒙萌盯着这几个数字发愣，突然感觉心猛地跳了一下。

多年前，他们在永夜岛相遇，恰好是这一天。

而这一天，也是他父母的忌日。

第四章

# 工欲善其事，必先利其器

## 【1】

第一天晨跑，蒙萌就迟到了二十分钟。

她昨夜一直惦记早上的闹钟，结果比平常失眠得更严重。

下楼的时候，前台的陈阿姨看到她还有点惊讶，问她怎么这么早。

她讪笑着说，自己开始晨练了。

“住在你对面的谢先生也去晨练了呢，年轻人就该这样，我女儿就天天睡懒觉……”

那阿姨平常就是个热情的人，逮着谁都能聊半天。蒙萌想到谢衍还在外面等自己，连忙在她换下一口气前和她挥挥手，快步走了出去。

清晨，天刚蒙蒙亮。

谢衍站在路边低头看新闻，听到脚步声，抬起头，看到视线里跳入一道雪白的身影。

“晨跑这种项目真不适合我，谢经理强人所难的结果就是自己的时间也给耽误了，这多划不来啊。”

因为是跑着过来的，蒙萌的脸泛着微微的潮红，黑眼圈极重。

她梳着一个高马尾，纯白的卫衣外面是一件鹅黄色的马夹，底下穿着宽松的运动裤，整个人看上去压根儿不像什么女老板，倒更像是校园里的大学生。

谢衍收回视线，没有理会她的抱怨，抬手看了眼腕表："现在是六点半，跑到七点二十，你回去洗澡换衣服，半小时应该够了？八点我送你去公司。"

"不用麻烦，混沌和映射是两个方向……"蒙萌话还没说完，谢衍置若罔闻，已经向前跑去。

"跟上。"他低沉的嗓音远远传过来。

蒙萌暗暗咒骂了两句，只得匆忙迈开步子。

距离蒙萌和谢衍住的地方不到五十米，有南城最大的临湖公园。当初何慕白带她来看房子，她还对着这片湖兴奋地规划晨练的蓝图。

可计划是一回事，实践是另一回事。工作忙起来，她就完全把这些抛到了脑后。

此刻伴着凉飕飕的晨风，蒙萌感觉这段时间积攒的疲惫好像都一股脑儿被吹散了。领悟到晨跑的美妙后，她又忍不住从身后打量起谢衍。

平日里他的好身材被西装革履包裹住，此刻换上干练的运动装，肩膀、背脊、手臂和小腿的肌肉线条都展露无遗。

"谢经理，你能不能照顾一下我？我跟不上。"她在后面嘀咕道。

谢衍听了，没答话，但脚步慢了下来。蒙萌满意地勾了勾嘴角，终于得以和他并排。

"说……说起来，你可得感谢我老爸，要不是那会儿他天天逼着你环岛跑步，你也没办法养成这么好的习惯。"

"当然，好的习惯一旦形成，就会保持下去。"谢衍侧过头，嘴角轻扬，"坏习惯也是。"

蒙萌眼睛一眯："说谁有坏习惯呢？"

"晚睡、晚起、不锻炼。"

被戳中要害，蒙萌却一点没生气："没看出来啊，谢经理可真了解我。”

“毕竟和蒙小姐住过一年，这点小事还是记得住的。”

蒙萌脚下一个踉跄，停下来对他说：“麻烦谢经理注意措辞，这种话会让人误会……”

谢衍没接话，转而说：“从明天开始，你每迟到一分钟，晚上就多做一组仰卧起坐。”

“斤斤计较。”蒙萌忍不住对着谢衍的背影翻了个大白眼。

早上八点，蒙萌准时坐上了谢衍的车。她边系安全带边想，哪有人像个活体时钟一样，做什么都不差分毫?

两人一路无言，广播里放着早间财经新闻。

阳光很烈，谢衍戴了墨镜，看上去神采奕奕。他听得专注，旁边的蒙萌却是哈欠连天。她从小就不爱听这个，以前她老爸蒙宇最爱在吃早餐的时候听，能把她的胃口弄得减半。

“课程都买了？”

问题来得突然，蒙萌愣了一下才答：“买了，今晚开课，我会准时收听。”说完，她又立刻补充，“你要我关注的公众号我也关注了，早上刷牙的时候我就在看。晚上会按时交小结。另外，今晚八点有一个关于医疗新技术的电话会议，我也报名了……怎么样，谢经理还满意吗？”

谢衍用余光瞥了旁边某人一眼，抬手推了推镜框，嘴角轻扬：“如果你能养成听财经新闻的习惯，我会更满意。”

沉默的空气里，主播正在回顾昨天 A 股的开年红，语调里有难以抑制的欣喜。

“好，您怎么说，我就怎么做。”蒙萌挤出一抹假笑，伸手就将音量又调大了几格，“不好意思，我耳背，听不清。”

谢衍摇摇头，笑意更深。

距离映射还有一个红绿灯时，蒙萌要求靠边下车。托某人的福，有关她和谢衍的绯闻早已传得沸沸扬扬，但她丝毫没有亲自坐实的打算。

“这里不好停。”谢衍没搭理她，绿灯一亮就踩了油门，完全没减速。

蒙萌顿时急了，语调直接攀升一个八度：“怎么不好停？刚刚明明有一个路口……”

“现在过了。”

“……”蒙萌知道他是故意的。

车子最终还是停在了气势恢宏的写字楼下，楼上有数十家公司，大都是年轻人创业。正是上班时间，穿着职业装的男男女女正成批拥入大楼。

谢衍熄了火，侧过头，目光含笑：“不客气。”

蒙萌从他的镜片里看到自己阴沉的一张脸，四周有不少经过的人，其中很多她都认识。

她连忙将脑袋往下缩了缩。

“这样吧，你往前多开一段，我可以自己往回走。反正我是绝对不会在这种早高峰里从你的车……”

“不过是送你上个班，你紧张什么。何况在大多数人眼里，你收了我一个月的花，我力排众议替你拿下我们混沌的投资，还跟你在银河老总的宴会上……”

“打住，打住！”蒙萌匆忙将某些暧昧的字眼逼回了某人的嘴里。她深吸了一口气，眼睛看向窗外，试图让自己先冷静下来。

谈判都是需要冷静的，对待金主更是。

“谢经理，你我目前只是单纯的合作关系。你之前追加了那么多条款，我也都照单全收了。刚刚你嘴里说的那些事，别人不知道，你自己心里应该清楚是怎么回事。你让我不要多问缘由，我答应你了，但这不代表我没有底线，我……”

她正沉浸在自己的思绪里，完全没注意到旁边的人早已下车，甚至绕到她的这一侧，拉开了车门，动作温柔而绅士。

更让蒙萌惊恐的是，他的手里竟然拿着一把还挂着水珠的鲜花，难怪她上车的时候闻到一股熟悉的气味……

她的脚像是被定在原地一样，怎么都提不起来。

谢衍唇角一弯，垂眼看向她：“你可以继续耽搁时间，我不着急。再说，”他转头看了眼四周越来越多的回头客，“如此备受瞩目，正合我意。”

“行行行，算你狠。”蒙萌咬了咬牙，拎起包，夺过花，头也不回地往楼里走去，尽力忽略周围异样的眼光。

谢衍看着那个疾驰的背影，刚刚还挂在唇边的笑容顿时消散。

映射科技。

还没等蒙萌走进映射的大门，起哄声就此起彼伏。

“蒙总的花可真好看！”

“谢经理也太懂浪漫了吧？”

“蒙总是不是有什么好消息要宣布？”

“坐等老板请客！”

见此情形，蒙萌又忍不住在心底埋怨某人一番。她将花直接丢给前台的沈沈，仿佛那是块烫手山芋。

不远处，梁知夏正站在水族箱旁喂鱼，看上去心不在焉，手里的鱼食至少有一半掉在了地上。

司沣恰好从另一个方向过来，走路像是带了风。经过梁知夏时，忍不住提醒道：“你这是喂鱼还是喂蚂蚁呢？”

此话一出，梁知夏像是受到了什么大的惊吓，猛地向后退了一步，后背狠狠地撞在了水族箱上，惊得里面所有的鱼都跟着乱窜起来。

有人连忙跑过去扶她：“梁姐你没事吧？”

梁知夏还惊魂未定，她一手揉着背，一手摆了摆：“没事没事。”

换作往常，她很可能要埋怨司沣吓到了她，可这次她什么都没说，还完全忽视了司沣的存在，默默走回了自己的工位。整个过程里，她甚至刻意避开了司沣的目光。

蒙萌奇怪地看了梁知夏一眼，下一刻，她的目光突然聚焦在尚未平静下来的水族箱上。脑海里蓦地闪过了什么东西……

其实，她刚刚在谢衍的车上展示自己的努力时，还漏了一件事。

昨晚她的确失眠了，睡不着半夜爬起来翻看录像。那是她费了好大力气才从国际会展中心的保卫处拷贝出来的。

可惜司沣很早就提醒过她，超声波发射器不大，塞在包里谁都发现不了。虽然距离是一个判断因素，但没有人能精准算出发射源到 VR 头显的准确距离。能够直接查找到发射源的是超声波跟踪器，但事后又无法追踪。

她不死心，将事发前后一小时内的视频反复看了几遍，可惜还是没有发现任何奇怪的地方……除了那个鱼群暴动的水族箱。那本是展厅的一个装饰品，为了与南城海洋节的主题相配。

顾不上太多，她当即冲进办公室，在电脑上调出录像，然后一点点拖动进度条。

终于，在某个曾被她忽略的画面里出现了一个又瘦又高的男人。他一直站在水族箱旁，背着一只通体黑色的包，不像其他路人那样轻松肆意，反倒是一副很紧张的样子。

事故发生时，大部分人都拥到了舞台前，还有很多从旁边赶来看热闹的，唯有他没动。恰恰就是那一刻，那只原本平静的水族箱像是发生了异动似的，所有的鱼都飞快地在水中乱窜，就像是……受到了超声波的影响一样。

有时候记忆的联想功能很奇妙，如果不是刚刚看到相似的一幕，蒙萌根本不会想起这个异常的画面。

## 【2】

这个重大发现很快得到了司沣的认同。嫌疑人锁定后，当务之急是找到他的正面高清图。这件事不好立刻移交警方，毕竟超声波作案这种手法太玄乎，必须拿到确切的证据才行。

国际会展中心共有四个出口，除此之外还设了八个摄像头，遍布大厅的各个角落。司沣恰好有位神通广大的朋友，有了他的帮助，蒙萌顺利拿到了所有视频录像。她憋着一口气，从中午一直看到傍晚，八点又连着听了一个多小时的会议，感觉整个人都被掏空了。

可即便如此，一到家，她还是迫不及待地钻进书房继续看录像。但她万万没想到，电脑竟突然罢工了。

上次橘子到她这儿小住，就发现她的那台笔记本有点问题，她当时完全没注意，没想到现在关键时刻掉了链子。

眼看着电脑完全陷入黑屏，蒙萌很沮丧。她这个人，最不喜欢做事做一半，只剩下最后两段录像，回家前她发誓一定要在今晚看完。

睡觉，还是去找别的办法？

蒙萌对着屏幕发了会儿愣，当即拿着钥匙冲去了隔壁。

谢衍开门的时候，看到蒙萌抱着电脑，笑吟吟地看着他。

“谢经理，我知道深夜打扰多有不便，但是为了工作是不是就可以破例？我的电脑坏了，事情又很急，不信你看，它的确已经没意识了。”

“所以？”

“所以我想借你的电脑一用。”她说话的时候，浓密的眼睫毛像两把小扇子快速地上下翻动。

“现在是晚上十一点，我要睡了。”

“没关系，你睡你的，我做我的，我保证不发出一点声音，弄完我就走！”

谢衍眉毛一挑：“我们的关系好像还没亲密到这种地步。”

他正要关门，却被一股相反的力量制止。

蒙萌拼命抵着门，双手合十道：“拜托拜托，这件事真的很重要，关系到我们映射的前途，一刻都不能等！”

谢衍无奈扶额，那股久违的头痛卷土重来。

蒙萌的确是太想立刻找出这个人了，以至当她坐在谢衍的书房中时，才后知后觉地意识到一种不自在。尤其是当他站在她身后，弯腰输密码的时候，一股强烈的男性气味混合着沐浴露的清香将她团团笼住。

她垂下头，却发现自己的连衣裙松垮得有些过头，连忙心虚地捂紧。

“现在慌了？刚刚硬要闯进来的人是你，现在一脸戒备的也是你。”

谢衍凉薄的声音从上方轻轻飘过，蒙萌撇撇嘴，一时哑然。

“电脑里的东西别乱动。”

蒙萌扬起下巴，斜睨了他一眼：“谢经理可能对我有什么误解，我是会做这种事的人？”

谢衍无意与她再纠缠，转身便要回卧室。刚迈开脚，身后蓦地传来一个声音。

“不管哪一行，失去信誉就像没了地基，什么都做不了。虽说有你们的投资，可公司现在的处境还是不乐观。之前医疗 VR 进校园的项目全部停滞，别人只要一听到映射的名字就会微笑婉拒。我现在就想尽快把超声波的事情查清楚，能早一点是一点。”

蒙萌也不知道自己为什么要说这些，但她不得不承认，潜意识里她总会将谢衍划到熟人的阵营里。这是一种习惯，无法改变的习惯。

“隔壁是客房，弄得太晚就自己休息，别吵我。”

门被带上，四下里一片寂静。

蒙萌长吐了一口气，重新将注意力放到录像上。

谢衍几乎从没失眠过，即便是在那段最黑暗无边的日子里，他也会用高强度的运动来逼自己倒头就睡，以保证充足的精力。

可唯独今晚，他闭着眼睛躺了许久，睡意渐渐消散，思绪却愈加清晰。

书房在客厅的另一边，他穿着拖鞋走过去，有轻微的声响。

他推开门，先是看到屏幕上还在快速闪动的录像，然后便是某个睡得不省人事的女人，她的头恰好压在了快进键上。

他终于找到了今晚失眠的原因，毕竟她从来都是不能让人放心的存在。有这样一枚定时炸弹和他同处一室，他睡得着才怪。

果真是自作自受……谢衍将她从凳子里抱起来的时候这样想。

蒙萌的体形在同龄人中算是娇小的，但并不瘦，尤其是该长肉的地方，都很出色。不过这点重量对于长期健身的谢衍来说，实在轻松。

他将她放在床上，感受到她温热的鼻息与他的下巴险险擦过。

床头的灯是最适合睡眠的暖黄色，在她的五官周围勾勒出柔美的弧度。比起她清醒时灵动的表情，谢衍十分偏爱她此刻毫不设防的睡容。

那年他九死一生，幸亏上天垂怜，他抱着根浮木得到了一线生机。那个时候他只要一想到蒙萌的失约，就难掩怒气。他不止一次告诉自己，他们不会再遇到了。

可此刻，她竟然就在他的面前熟睡着。一切仿佛又回到了他们在岛上生活的日子，那些看似很遥远，但其实近在眼前的时光。

他忍不住多看了会儿。

蒙萌不知梦到了什么，秀气的眉头微微皱起，抬手胡乱抓住什么就往胸前拽。明明拽着的东西像骨头一样硬硬的，嘴上却触及一片柔柔的暖意……

等她睡眼惺忪地从床上爬起来，才发现自己正躺在一个陌生的房间里。

恍惚间记起自己昨晚在谢衍家的书房里看录像的事，可她怎么就睡在床上了？在意识到可能是谢衍把她抱到床上后，她忽然有些懊悔。

窗外已是一片艳阳天，她赤着脚走出房门，却发现四处静悄悄的，谢衍不在。她连忙又跑去书房找手机，发现早已过了上班时间，她的晨跑闹钟也被关掉了。

蒙萌抱着自己的电脑回了家，边开门边给梁知夏打电话，她料到自己多半会被梁知夏说一通，譬如上梁不正下梁歪，领导迟到早退简直是企业大忌，等等。可电话接通，对方的语气却是意料之外的愉悦。

“我们的大功臣醒了？”

“梁姐，你现在骂人都开始用反讽了？”

“骂人？我骂你干吗？我知道，你昨晚为了找那个人的正脸图像，一个晚上都没睡。现在那个人被你找出来了，也算是了了一桩大事，公司有我，你尽管睡。”

蒙萌有点反应不过来：“你说什么？找到了？”

“你睡糊涂了？早上是你把照片发到我们工作群的，然后说你要去补觉。现在司大哥已经把照片和相关的资料发给了他那个朋友，估计很快就能把这个人给挖出来。等罪魁祸首找到了，距离我们洗刷冤屈的日子也就不远了。”

“这样啊……”蒙萌有点不知该从何解释。

“对了，告诉你个离奇的事，那天在会展中心，我和这个家伙还打过一个照面，还撞在了一起，当时就觉得他有点奇怪，好像那包里装了什么价值连城的宝贝，原来是超声波干扰器。”

蒙萌咋舌：“果然离奇，真是冥冥之中天注定。”

梁知夏没工夫再和她闲聊，很快挂了电话。

蒙萌当即去翻微信群，竟看到自己在早上六点多发了照片到群里。那照片上的男人年纪很轻，窄脸，三角眼，眉毛很低，几乎压着眼睛，颧骨突出，看着很瘦。

可她清楚地记得昨晚自己并没有找到这个人，应该是还没看完录像就睡着了。而能够做这些事的人，只有一个。

混沌投资，晨会。

所有人都在小声议论昨晚的新闻。

就在昨日夜里，近来大火的健康数据分析公司明医信息突然爆出和银河投资接触的新闻，里面还有少东家李恒睿出入明医信息的照片。

葛易看上去脸色有些不自然，但仍端着笑，他忍不住悄悄打量起坐在对面的谢衍。

和周围的喧闹不同，他安静得像一尊雕塑，至少在好几帧的画面里保持静止。有人试图和他搭话，但见他兴趣不高也就默默退散了。

殷文祥入座后，葛易赶忙先汇报了一件喜讯，是关于依云将在一个星期后召开《未解之谜》正式发布会的事。他一边说，一边展示了发布会的筹备资料，顿时引来一派赞美声，殷文祥也很满意。

而提及明医信息的事，葛易先做了一番自我检讨。殷文祥倒也没责怪他，只叫他不要放弃，保持跟进。

散会后，不少人都凑到葛易面前拣好听的、恭贺的话说，偏偏谢衍一言不发，直接推门而去。平日里那些看不惯他的人，立刻狗腿地去葛易面前叨叨。

而此刻谢衍所在的小组在巫秦飞扬的带领下也正开着晨会。

平常谢衍开完公司的晨会也会回来旁听一下组里的会，遇到关键的问题还会说两句。

可今天他直接板着脸回了办公室。

组员面面相觑，暗自猜测是不是他们的谢经理在老板那儿受了什么气。

巫秦飞扬也一头雾水，他很少见到谢衍这样。组会结束后，他深吸了一口气，敲门进了里间。让他意外的是，谢衍正坐在老板椅里捧着手机打字，看着像是在发微信。

熟悉谢衍的人都知道，他有个不成文的习惯：能面谈绝不打电话，能打电话绝不用微信。他尤其不喜欢打字聊天，因为一来一去会严重降低做事效率。

可巫秦飞扬绝对猜不到，对于谢衍的那些习惯而言，有个人总能例外。

就在混沌早会结束前，蒙萌突然发了微信给谢衍，说自己早上去了电脑维修点才发现电脑已经被修好了，并直接称呼他为男版田螺先生，什么又是帮她查录像，又是帮她向公司请假，又是帮她修电脑的，她心怀感激，特来向他道谢。

谢衍说她太闲，对方便又向他回搾了两句。

也许是他昨晚没睡好，严重影响了他对周围事物的敏感度，直到巫秦飞扬在门口站了五分钟后，他才意识到有人进了办公室。

“有事？”

巫秦飞扬更加惊讶，毕竟谢衍几乎是个不需要他提醒日程的上司。

“今天约了合作方。”

“走。”

两人一同走进电梯里，巫秦飞扬终于忍不住问：“哥，你是不是哪里不舒服？”

谢衍递过来一个眼神，像是在说：干吗这么问？

“你开会回来后气场不太对，那几个孩子都被你吓到了，都以为发生了什么不好的事。”

“什么不好的事？”

“比如被老板骂了，被其他同事排挤了，被……女人甩了……”巫秦飞扬原本只是开个玩笑，但没想到谢衍听完毫无反应，反而低头又去回消息。

此蒙非萌：我这个人一向知恩图报，想要我怎么感谢你？你大胆说，只要不是摘天上的星星，我都能做到。

衍：拜你所赐，我昨晚没休息好，刚刚还被下属说我是被女人甩了才精神不济。这个损失，你打算怎么补偿？

巫秦飞扬努力将脖子伸过去，结果什么都没看到就被谢衍一个眼神吓得缩回了脖子。

天知道他有多好奇他们的聊天内容。

电梯停在了一楼。

大厅里来来往往的人很多，有人正在努力和前台周旋。声音不大，但足够引起谢衍的注意。

“这位美女，你真的确定没有预约就不能见？”

“不好意思，蒙小姐，没有预约，我没办法让您上楼……”

“那要是你们谢经理的女朋友来了，也得预约？”

“这……”

巫秦飞扬愣愣地对谢衍说：“哥，她好像是来找你的。还说……她是你的女朋友？”

“我耳朵没聋。”谢衍说完，便看到蒙萌已经转头看过来，前一秒还写满嚣张的脸顿时浮起一抹灿烂的笑容。

在别人的眼中，或许这只是一个单纯的表情，但于谢衍而言，实在是再熟悉不过了。以前，每当她有什么坏点子，就会对他这样笑。

“Darling！”伴随着一句甜甜的娇嗔，只见一道嫩黄色的身影朝他扑了过来。

谢衍的一只手搭着西装外套，另一只手还在口袋里。此刻因为蒙萌这样如同八爪鱼一样的抱法，他整个身体都有点僵住了，完全动弹不得。

周围的惊呼声整齐划一，不少人悄悄拿出手机记录这动人的一幕，旁边的巫秦飞扬睁大了双眼，简直不敢相信自己所看到的。

尤其是刚刚那位想翻白眼的前台小姐，眼中除了震惊，还有懊悔和妒忌。看来备受公司所有单身女性关注的好男人名单里，从此又少了一个。

“这就是你的补偿？”谢衍微微侧头，贴着蒙萌的耳朵说。

“对啊，不是有人说你被女人甩了吗？我这是在用实际行动帮你澄清谣言呢。效果嘛，应该要比你昨天早上的所作所为好很多。”蒙萌也学着他的样子，凑到了他的耳边。

两人咬耳朵的举动在外人看来简直亲昵得有些过头，巫秦飞扬此刻只想捂住眼睛。

“哦，是吗？”谢衍的表情依旧是淡淡的，他从口袋里抽出手，仅用一只手臂就将蒙萌放到地面上，然后轻轻掐了一下她的脸，“三点我们就能见面，你就这么迫不及待？”

蒙萌努力压下心底的一阵恶寒，顺势将对方的袖子拉住，笑容比刚刚更甜：“真对不起，下午的会我参加不了了，不过我出门前已经把这两天的学习小结发到了你的邮箱，亲爱的，看在我这么有诚意的分儿上，你就放我半天假呗？”她仅用两人能听到的声音说。

谢衍很快想起今天下午她要去接机以及……某条重要的信息。她此刻如花的笑靥、软糯糯的语气或许都是另有所图。

他忽然并不是很想把那条信息转达给她。

“你来见我就是为了请假？”

蒙萌敏锐地察觉到这句话隐藏的不悦，立刻抓着谢衍的手晃了晃：“也是为了亲自道谢……至于请假，我保证，只此一次，下不为例！”

谢衍默默将手抽出来：“今天的晨跑时间用三天补回来，至于原定的会推到下周开。时间延长，汇报的内容就不是之前那么简单了，回头我会把提纲发给你。”说完，他便搂住蒙萌的肩膀，在众目睽睽下去了停车场。

蒙萌皮笑肉不笑：“我自己走就行了，我们应该不顺路……”

“做戏做全套。”

## 【3】

南城机场。

路上飞机出了点故障，在抵达南城前临时迫降在另一个城市，因而何慕白比预先约定的时间晚了两个多小时。

蒙萌闲来无事，只得在机场玩《跳一跳》。

何慕白推着箱子朝她走来时，她刚好突破了一千分大关，正在原地兴奋地手舞足蹈。

“萌萌。”何慕白的声音实在太有辨识度，立刻拉回了女人的心神。

蒙萌转过头，看到一袭纯白风衣的某人，连忙笑着迎过去：“何医生，欢迎你回来！”

何慕白瞥了一眼她手机上还没关闭的游戏界面，顿时不满地哼哼道：“这种毫无意义的游戏，也能让你兴奋成这样？”

“拜托，游戏要什么意义？我在这儿干等两个多小时，实在无聊，只好打发打发时间。”

何慕白眉头一皱：“别告诉我你不知道飞机晚点？我早上打电话给你了，只不过……”他顿了顿，“是个野男人接的，我有让他转告你。”

野男人？这个称呼简直让蒙萌哭笑不得。她第一反应就是去翻通话记录，果然看到一个来自何慕白的已接电话，时间在她早上睡醒之前。

想来也只可能是谢衍接的。

啧，这家伙，竟然随便接别人的电话？接就接了，重要的信息也不转达，绝对是故意的。

她的脑袋开始飞速运转，想着要怎么向何慕白解释为什么一大早会有男人帮自己接电话。老实说，就她和谢衍之间这些弯弯绕的过往，讲三天三夜也不为过。

何慕白看着蒙萌脸上不断变幻的神情，轻哼了一声说：“你当然要给我一个合理的解释，不过还没这么着急。天知道飞机餐有多难吃，我现在只想好好安抚我的胃。”

蒙萌顿时如释重负，笑着上前将何慕白的箱子接过来：“何大医生，位子我都定好了，这边请吧。”

“嗯，这还差不多。”

换作旁人，恐怕无法接受让女人帮忙拖箱子，可何慕白却觉得这是蒙萌在意他的表现，完全是理所应当。

云水楼。

何慕白虽说只是名普通的精神科医生，但蒙萌跟他接触了一年多，发现他在吃穿用度上都格外精致。她第一次来这家饭店，就是何慕白带她来的，地偏、人少、环境幽雅……重点是味道好。蒙萌特意点了几个精致的小菜，量不多，刚好够两人食，都是何慕白之前常吃的几种。

原本一路上莫名窝着气的男人，此刻终于展露笑颜。

“我回国前已经问了科里，沈青最近病情还算稳定，除了偶尔分不清昼夜，其他倒是一切正常，应该是新药物起了作用。我可早就提醒过你，这药的副作用比她之前吃的都大，时间长了容易有幻觉。如果不是她出现自残行为，我根本不会让医生给她用这种药。”

“我明白，现在青姐这个情况，只能先保命。我一直在想，等公司以后走上正轨了，我就把这总经理的位置给辞了，交给司大哥或者梁姐都行。我想带青姐离开南城，总在这个伤心的地方待着，可能对她的病情一点帮助都没有。”

何慕白抿了口青梅酒，眉头一挑：“我真好奇，在你的心里是不是没有任何人能超越沈青？我认识你这么久，你的生活要么是围着她打转，要么是围着她的公司打转。”

蒙萌握着筷子的手在碗里捣了捣：“这是我欠她的，这辈子都还不清。说真的，有时候我天天盼着她清醒过来，有时候又害怕她醒过来。我怕自己无法面对她，怕她说永远都不原谅我。”

何慕白看着蒙萌慢慢黯淡下去的眼睛，心中有微微刺痛的感觉。他的手已经伸到了半空中，但最终又落回原位。

“也没什么。真到了那一天，我就当自己多收个病人，你来都不用预约，我一定好好开导你，别忘了，我可是南城最厉害的精神科医生。”

蒙萌知道他是在安慰她，索性摆摆手：“不说这些陈年旧事了，没意思。”

“行啊，那说点别的。”何慕白将筷子放下，整个人向后一仰，双手环抱，“我等到现在，你还没给我一个合理的解释。”

“哪方面？”

“男人。”

蒙萌抿了抿嘴角，开始回顾那些和谢衍有关的事。

他们相识于永夜岛的事自然是不方便透露的，这既是她不愿宣之于口的身世，更埋藏了谢衍的秘密。那么便只剩下他们如何从互相看不顺眼的仇敌发展成利益相关的合作者，甚至还成了抬头不见低头见的邻居。

何慕白最擅长的便是倾听。他遇到过很多奇奇怪怪的人，听过很多匪夷所思的事，仿佛在这个世间，已经没有什么能够在他的心底掀起波澜了。

可此刻，他感受到了一种久违的宿命感。

多年职业生涯的经验告诉他，蒙萌口中这个名叫谢衍的男人，就是潜伏在她内心深处久久不能忘怀的人。

还记得他第一次见到蒙萌，她因为受了刺激，情绪很不稳定，还伴有长期的失眠症。在治疗中，他发现在她的心底，有一个极其重要的人。

而现在，这个人终究还是出现了。

“我还是头一回听说如此事无巨细的投资人，有机会你介绍给我认识认识。平常你一个人住在那儿，我总会担心，万一有什么事，我可以和那位谢先生联系。”

“我是没有自理能力的小孩还是高龄多病的独居老人？别担心，我过得很好的。”

“我担心你把房子弄坏了，譬如忘记关水龙头，又或者忘了关燃气，反正你也不是没干过这种事，多一个邻居，多一份保障。”

蒙萌不好意思地摸了摸鼻子：“也对，这房子毕竟是人家的，弄坏了，你这个中间人也难做。你放心，我以后一定更加小心。”

何慕白看了她一眼，没接话。

吃完饭时间还早，何慕白急着回家倒时差，也没主动提出送蒙萌回去，两人就在云水楼的大门口道了别。

何慕白上车前，目光突然落在蒙萌的脑后，嘴角顿时浮起一抹嫌弃的笑：“多日不见，你这身为女性的觉悟还真没什么长进，以后也不知道哪个男人能受得了你。”

说完，他顺手把蒙萌背后歪到一边的帽子扶正了点。

蒙萌下意识地往后躲了一下，好在何慕白很快就收回手离开了。

等何慕白一走，蒙萌便转向酒店门口的玻璃，捋了捋自己的头发。

今天为了接他，她特意换了套衣服，没想到还是被嫌弃了。

不愧是处女座的男人，对什么都很挑剔。

她正碎碎念着，忽然发现对面出现了一双黑白分明的瞳仁。

隔着一扇玻璃，她的心猛地收缩了两下。

谢衍晚上和人在这儿谈公事，对方是个久经沙场的生意人，话还没说先灌了他一瓶酒。幸亏这些年他的酒量也被锻炼出来了，不然此刻恐怕也不能好端端地在这儿站着。

刚刚送了客人离开，他发现打火机落在了包厢，便又折回来取。冷风来回一吹，酒精立刻开始作祟。一阵头晕目眩后，他本打算站在大厅里缓缓，抬眼却看到大门口站了道熟悉的身影。

准确来说，是两道。

男人一直背对着他，直到上车前才转过身。下一秒，不知道两人说了什么，他看到男人伸手帮她调整了一下衣服后面的帽子。

比起牵手、拥抱、亲吻，这个举动明明没什么特别，但过于自然。

自然到……让他顿时酒醒了大半。

因为巫秦飞扬在饭局中临时有事离开了，谢衍便找了个代驾。

蒙萌毛遂自荐，反复强调自己车技不错。但谢衍记性好，他清楚地记得两人在永夜岛时，难得一次去邻近的小城，她所谓的自驾游差点要了他的命，此刻说什么都不肯让她开。

若非如此，蒙萌也不会连辆车都没买。

上车后，谢衍把车窗摇下来，低头点了根烟。他的身体尽量贴着车窗，拿着烟的手搭在窗框上，想让烟散在疾驰而过的空气里。

蒙萌察觉到他的不高兴，只当他是工作上遇到了什么烦心事——她才哄好一个男人，此刻并没有兴致再哄另一个。

“男朋友？”谢衍的嗓音里带着浅浅的醉意，在此刻狭小的车厢里竟显得有几分撩人。

“什么？”蒙萌没反应过来。

“你听得懂。”

蒙萌觉得他的语调很好笑，反问道：“和你有关？谢经理连这个都要管？”

谢衍没理会她话里的讥讽：“你品位够独特，男朋友把你一个人丢下，自己回家……有意思。”

“我一向特立独行，看人的眼光也与众不同，很奇怪吗？”

“呵。”谢衍冷嗤了一声，“也对，一个会深夜敲男人家的门，还睡得不省人事的女人，的确与众不同。”

此话一出，年轻的男代驾忍不住看了眼倒车镜。

不知道是被对方的话噎得五脏六腑都不舒服，还是因为吸了二手烟很憋闷，蒙萌皱眉看着某人嘴里叼着的烟，伸手抢过来，直接摁灭在车载烟灰缸里。

“吸烟有害健康。”

谢衍斜睨了她一眼，整个人懒洋洋地靠在座椅里，突然笑了。

车子徐徐停下，代驾将车钥匙双手交还给谢衍后便立刻识趣地闪人。

蒙萌下车后也懒得搭理谢衍，一个人快步走在前面。

车库里静悄悄的，蒙萌穿着高跟鞋，每一步都有回音。可在她后面的脚步声却是沉闷而凝重的，莫名给人一种压迫感。

眼看着快要走到电梯间，身后突然袭来一阵风。

蒙萌还没反应过来，胳膊被人拉向斜后方，之后整个人陷入一片阴影里。

炽热的气息带着酒意，谢衍的两只手压在她的正上方，垂眼看过去，双眸黑得像是无底深渊。

“谢经理，你可别酒后乱性啊……”蒙萌用手推他，但力量悬殊，没什么用。

“女人可真奇怪。”

“你这样才奇怪。”

谢衍似笑非笑：“一边想保持距离，一边半夜敲我家的门。中午当着那么多人的面跳进我的怀里，现在我明明什么都还没做，你就一副看色狼的眼神……”

“拜托，我中午那是陪你演戏。”

“那就麻烦你专业一点，别中途掉戏。”谢衍紧紧逼视着她，像是要窥探她此刻内心的所有想法。

蒙萌在这场对视中败下阵来，默默半蹲下身子，从谢衍的胳膊下溜了过去：“谢经理请放心，我蒙萌也不是那种言而无信的人，这场戏我肯定会陪你演下去。还有，那只是我上司的医生，朋友而已。”

安静的空气里，谢衍的手揣在口袋里，斜斜地瞥了她一眼。

不知道是不是出现了幻听，她听到谢衍轻轻地哼了一声，有点傲娇，但难掩愉悦。

她的脑海里突然闪过一幅画面。

为了离开永夜岛，独自躲在温室花房里的少年，被她强塞了一块比萨在嘴里，气愤而无奈。最终欲望战胜理智，他还是沉默地把东西吃完了。

她支着下巴，问他好不好吃。

对方垂着头，轻轻地哼了一声。

相隔多年，两声轻“哼”竟奇迹般地在这一刻重叠了。

## 【4】

最近几天，连前台的沈沈都发现蒙萌有点没精神。开个晨会，几乎每个部门汇报她都会打呵欠，最后惹得整个会议室里的人都跟着犯困。

通常遇到这种情况，梁知夏一定会拍桌子训人，可此时她也只是呆愣愣地坐在位置上，满脸的心不在焉。似乎自从那天和混沌聚餐后，她就一直是这个状态。

会议结束后，所有人都鱼贯而出，梁知夏和蒙萌竟都坐在原位没有动。

蒙萌打着呵欠问：“梁姐，要不是我知道你对男人没兴趣，会以为你被男人甩了。”

梁知夏送她一记白眼：“你自己都萎靡不振成这样，别五十步笑百步。”

“你这样说真没良心，我弄成现在这个样子，还不都是为了公司？你难道不知道我答应了人家多少不平等条约？”蒙萌愤愤地盯着右手腕上的纯白手环。

这是谢衍送给她的“小礼物”，专门用来督促她按时作息和锻炼，原理是远程操控。从她戴上这玩意儿的那天起，她就成功拥有了一个时间管家，赖床和熬夜都很难再实现。

梁知夏一听，顿时回过神来：“多学东西，精进业务，顺便提升体能素质，这是好事……”话说到这里，她突然眉毛一挑，坏笑着看向蒙萌，“等等，莫非还有什么我不知道的条约？”

“比如？”

“比如两性之间最原始的冲动……”

话音未落，会议室的门突然被人推开，司洋大步流星地走进来，将一份文件放在蒙萌面前：“人已经找到了，并且他对所有行径供认不讳。”

梁知夏看到来人，先是下意识地往后躲了躲，但听完这个消息，又几乎和蒙萌同时发出了惊呼。

蒙萌像是突然被注入了一管鸡血，快速翻看起来。

这份报告上详细写明了这个罪魁祸首的个人信息、作案缘由和全过程。

那个刚过二十五岁的年轻人，原先是西洲大学计算机系的优等生，操作能力一流，但后来因为做黑活儿给学校惹了麻烦，屡教不改后被勒令退学。他在一个黑客聚集的高端论坛里结识了几个朋友，合伙成立了一个小团队，专门窃取数据资料用来贩卖。两个月前，他们攻击了依云旗下的一款游戏，被发现后有人开出条件，允诺只要他能破坏映射的展示会，就不追究他的责任。

蒙萌沉下脸：“果然是依云，够阴险！”

“除此之外，我朋友也对那名女医生进行了调查。她叫许彤，父亲是南城医科大学临床医学院的院长，家境殷实，是医学专业的学生，但经常旷课，长期出入各大夜总会，和很多富家公子都有暧昧关系。她的确是冒名顶替的医生，原先报名的人是一名小诊所的医生。我去了那家诊所，拿你之前偷拍的照片去问，她说就是这个人给了她一笔钱，条件就是顶替她去我们的展示会。”

梁知夏也气得拍桌子：“哪有这么巧的事？显然是关赫那个王八蛋一早安排好的。这件事必须追究到底，我现在就去找法务过来开会。”

司沣拦住她："别急，这件事最好还是先和谢经理打个招呼。我已经和飞扬联系过了，他说明天会安排时间和我们开个小会。"

蒙萌欣慰地笑了笑："还是司大哥考虑周到。混沌财大气粗的，还有最专业的法务团队，肯定比我们自己弄要强很多。"

梁知夏点点头，暗自为刚刚的冲动感到懊悔，她最近真是太不在状态了。

一阵敲门声响起来。

沈沈把头探进来，说是依云刚刚派人送来了一张邀请函。三人一听到依云的名字，立刻互相交换眼神。

蒙萌憋着一口气，默默将信封拆开。

依云这次送来的邀请函实在精致，封面是依云的云形 logo，蓝白相间的背景下有一行烫金的楷书，写着"身临其境，如真似幻"八个大字，副标题是"《未解之谜》游戏发布会"。

单单一张邀请函，就能看出花足了功夫。

蒙萌将东西丢到桌上，冷笑："这明摆着是来示威的，想特意给我们难堪？"

司沣拾起来翻着看了看："据说依云已经筹备了很久，受到邀请的可不止我们。"

"人家现在春风得意。不过，他们也狂不了几天了，做了龌龊事，就别想全身而退。"梁知夏抱着手臂，轻蔑地扯了扯嘴角。

蒙萌突然若有所思地念叨："发布会在 6 月 9 号……是下周六，今天是周四，还有不到十天时间……"

梁知夏狐疑地看向她："你想做什么？"

"我能干什么？当然是庆祝他们新游戏上线，送份大礼过去呗。"

蒙萌冲着她狡黠一笑，而后又对司沣挑了挑眉，仿佛一切尽在不言中。

“OK，你是总经理，我尊重你的决定。但我还是要提醒你，凡事别太出格。”梁知夏留下这句话，转身走出了办公室。

司沣正要离开，突然被蒙萌叫住。

“你有没有觉得梁姐最近这段时间有点怪？跟丢了魂似的，完全不像以前那个雷厉风行的大姐头啊。”

“有吗？没觉得。”司沣一脸淡然。

“算了，问你也是白问。”蒙萌顿了顿，又说，“哦，对了。上次我们和混沌聚会，晚上我打电话给梁姐，怎么是你接的电话？”

“她喝多了，我送她回去而已。”脱口而出的回答，他像是早就知道别人会问似的。

司沣想了想，又补充道：“超声波的事，你别太有压力。一旦确认他们的犯罪事实，后续的事就可以走法律途径。公司要发展，我们不能一直停留在这件事的阴影里走不出去。”

蒙萌点点头：“你说的我都明白，但现在我们必须先自证清白，否则做什么都缩手缩脚的。不信你看，”她在电脑上打开邮箱，指着发件箱那一溜儿邮件，“我几乎每隔一周就给南大医学院的郑有为教授发邮件，之前咱们初步达成合作意向的时候，就是他一直支持我们。可是现在无论我说什么，他都不搭理我。”

“你能坚持这么久，很不容易。”司沣感慨道。

“我以前特别喜欢看《肖申克的救赎》，里面有两个给我留下深刻印象的点。一个是主角花费二十年将越狱的隧道打通，另一个是主角坚持六年每周写一封信给州长申请建设监狱图书馆。和他比，我这些还不算什么。但我希望，能和他一样等来奇迹。”

司沣听完，突然露出欣慰的笑容。

“你笑什么？是觉得我这样的坚持毫无意义？”

“当然不是，我只是突然想到沈总曾经对我说的话。当年她之所以力排众议把你招入公司，是因为你有一股倔劲儿，不达目的誓不罢休。

我本以为这根本不算什么优点，但现在有点改观了。”

蒙萌也跟着笑起来：“以前我的倔劲儿是为了自己，现在是为了我、青姐、你、梁姐……甚至所有在等待映射重新崛起的人。还是那部电影告诉我的，心怀希望就永远有希望。”

司沣从蒙萌的办公室出来后，迎面走过来一个人。他往左，对方也往左，他往右，对方亦是。他只得无奈地看向她。

梁知夏抱着双臂：“我们谈谈。”

“好。”他知道该来的躲也躲不过。

梁知夏将办公室的百叶窗都关好，门也反锁住。她的表情控制得很好，但手下的动作暴露了她内心的紧张。

“拖泥带水、犹犹豫豫不是我的性格，但这次的意外让我想了很多天。以后抬头不见低头见的，我觉得还是有必要和你当面解释一下，不说清楚总觉得心里有个疙瘩。”

司沣平静地看着她，这份平静竟然让梁知夏有点愤怒。她这边兵荒马乱了好几天，对方却和没事人一样。她努力抑制住嘴角的抽搐，扬着下巴说：“那天我强吻了你 2.5 秒，我承认是酒精在作祟，当然，也可能是因为我单身了太久，出于身体本能的需要……”

“所以？”

“所以麻烦你不要多想，大家都是成年人，又不是青涩懵懂的少男少女，一个吻而已，根本不算什么。”梁知夏无所谓地耸了耸肩，之前的紧张氛围顿时消散不少。

“说完了？”司沣问道。

“差不多，就这些。当然，你可以补充，但最终解释权归我。”梁知夏下意识地心头一紧。

司沣原本冷漠的脸上，突然舒展开一抹笑容：“没什么要补充的。原本我也担心该怎么和你相处，没想到你和我的想法完全一致。老实说，我和你搭档工作这几年，就是看中了你的利落潇洒，还有那种不拘小节的大气。这次的事就此翻篇，谁都不要再提。”

梁知夏没想到他会如此夸奖自己，这么多年也算是头一次。可她完全高兴不起来，心里有种说不出的失落蔓延开来。

“彼此彼此。”

她曾经在茶水间听到几个小姑娘谈论“和喜欢的人接吻是怎样一种感受”，是当天的实时热搜，有人说心跳爆表，有人说天旋地转，也有人说会全身酥麻。当时她吐槽营销号净搞这些无聊的话题，让她们少看这种没营养的，专心工作。

但那晚她吻他的时候，脑海里只蹦出了一个词：上瘾。

不可否认，她已经开始期待第二次了。

司沣并不知道，她悄悄将他的备注改成了“2.5”，以此来纪念那短暂的浪漫。

只是后来被人误看成了放大一百倍的数字。

由于谢衍白天抽不出身，会议便定在了周五晚上七点。

涉及依云的一些私密话题，谢衍这次只带了巫秦飞扬一个人过来。司沣详细地将这次调查超声波事件的全过程汇报了一遍，巫秦飞扬听完，当即大骂依云阴险。

蒙萌打量着一直沉默的谢衍，渐渐失去耐心，直言：“谢经理，我们今天开会，就是为了听听你们的意见，你这么惜字如金，总让我们猜就没意思了。”

谢衍看向她：“你想怎么做？”

“这周六依云举办《未解之谜》正式上线的发布会，我们打算以其人之道还治其人之身。”

“当场揭发？”

“没错。他让我当众出洋相，我当然也不会让他好过。邀请函既然是他送来给我的，我肯定不能辜负他。”

“这件事要从长计议。当初让你们去查，重点不是在报仇和泄愤，而是从长远角度看，映射需要一个清白的案底。”

“这难道不是一个意思吗？”

“当然不是。”

蒙萌有点急了，音调不自觉地拔高：“你有什么话就说清楚。”

梁知夏连忙拉了拉蒙萌的袖子，两人对视一眼，她对蒙萌摇了摇头。

司沣适时地切进来，思索道：“谢经理的意思是不是怕我们被人倒打一耙，再生事端？毕竟以目前咱们公司的情况而言，的确承受不起这样的风波。”

谢衍没接话，像是默认。

蒙萌从座位里站起来，努力克制着自己：“我们已经陷入风波了。与其忍气吞声，还不如利用这个机会彻底扳倒依云，我不想永远做缩头乌龟。”

谢衍睨了她一眼：“冲动解决不了问题。”

“那也好过坐以待毙。”

“……”

冗长的静默里，那些一直在蒙萌心底盘旋的话终是没忍住。

“谢经理，你该不会是怕依云被扳倒，间接损害混沌的利益吧？我差点忘了，依云也是你们的投资项目。”

“我们蒙总不是这个意思。”梁知夏连忙将蒙萌拉回座位，想替蒙萌解释，“她……”

“你说的没错，但不完全。”谢衍看向蒙萌，“映射和依云现在都是我司的投资项目，两者看似是劲敌，实则也是盟友。一方受难，另一方就没有全身而退的可能。杀敌一千自损八百，你觉得这仗能赢得痛快？”

“痛不痛快我不确定，但我知道，如果我什么都不做，就永远只有挨打的份儿。就算这件事不能达到我的预期，把他们私下搞恶性行业竞争的行径公开也好。”

“事情恐怕没你想的这么简单。”

蒙萌怔住。

“关赫这个人是什么做派，你们和他交过手，应该比我更了解他。单凭一面之词想扳倒依云，太天真了。超声波惊扰鱼群这种，还称不上铁证。对方完全可以翻供，甚至反咬一口控诉你们非法审讯，胁迫他……你觉得以映射目前的状态，还经得起波澜？”

“能，我说能。也许映射在你眼中只是个不起眼的小公司，但并没有你想象中那么不堪一击……”

“你们和依云之间的私人恩怨，并不在我们此次合作的范围内。希望你能做到起码的公私分明，而不是让这个项目里的所有人都成为你私人泄愤的工具。”

蒙萌紧紧抿着嘴，背脊僵直。她的脑袋里闪过了很多乱七八糟的东西，有关赫恶心的嘴脸，有沈青躺在病床上死命挣扎的样子，有自己茫然无助坐在马路边发呆的情景……但这一切最终都化为了虚无。

梁知夏在旁边倒吸了一口冷气，她了解蒙萌，所以知道谢衍这番话会给蒙萌带去多大的冲击。

但凡是和依云、沈青沾边的事，都能让蒙萌在顷刻间失去理智。

空气像是凝固住，周围安静得没有一丝声响。

蒙萌扯了扯嘴角，似笑非笑：“谢经理说了这么多，意思是让我就这么算了？做个冤大头，白白背了这个锅，永远留下一个污点？”

“这件事我自会处理。如果你真想让映射扬眉吐气，从现在开始就闭上嘴，听我的。”

谢衍将电脑合上，随着他站起来的动作，蒙萌的视线不得不跟着上扬。

她仰头看着他，心底憋着一口气：“如果，我不答应呢？”

谢衍居高临下地看着她，目光相交，空气凝滞住。

司沣和梁知夏也对视了一眼，两人都不知道该怎么救场。

巫秦飞扬更是频频咽着口水，一个字都不敢多说。

## 【5】

一串铃声打破了沉默，是蒙萌的手机在响。她看也不看，直接挂断。

但对方很执着，再次打了过来。

梁知夏忍不住瞥了眼屏幕，在旁边提醒道："是何医生，会不会是青姐那边有什么情况？"

蒙萌原本僵直的身体终于动了动，她不再看谢衍，拿起手机走出会议室。

公司里没有人了，格子间里空荡荡的，很是安静。

"何医生？"

"你再挂我电话，沈青出了什么事可别怪我没通知你。"

蒙萌心下一沉："出什么事了？"

"沈青意外坠楼，伤势很重，目前正在医院急救。"背景音很嘈杂，有小孩在哭，还有中年女人操着方言在嚷嚷。

那边很快挂了电话，蒙萌呆愣在原地，保持着接电话的姿势，满世界都是重复的忙音。她的脑袋像是穿过了一列轰鸣的火车，太阳穴突突直跳。

几秒后，她推开了会议室的门，站在原地没有动。

梁知夏和司沣原本正在向谢衍解释蒙萌刚刚的冲动，见她面色惨白，都吓了一跳。

"怎么了？"

梁知夏走上来，蒙萌看着她，声音干涩："青姐……青姐出事了，医生说在抢救……"

"别急，我现在就陪你去医院。"

司沣也连忙拿了外套往门口走：“我去地下车库开车，你们先去马路边等我。”

“我的车就在楼下，我送你们。”谢衍的语气里透着不容置疑，大家也没工夫推托，连忙跟着他下了楼。

一路上都是红灯，蒙萌坐在后座，目光呆滞地看着一个方向。

车上没有人说话，都各怀心思。谢衍选了一条最近的路，比预计的时间短了很多。一下车，蒙萌就跌跌撞撞地往里跑。梁知夏和司沣去前台问路，谢衍便抓着蒙萌的胳膊，生怕她被人撞到。

等他们赶到抢救室门口，何慕白正在和主刀的大夫说话。蒙萌立刻甩开谢衍的手，冲上前问：“青姐怎么样了？！”

何慕白见她这副表情，连忙安抚她：“她命大，已经没事了。”

医生在旁边解释道：“她的伤可不轻，肋骨断裂刺穿了肺。还好楼层不高，摔下来的时候又有东西挡了一下，不然怕是凶多吉少。”

蒙萌心里的石头终于落了地，她连声向医生道谢，手还微微发着颤。

沈青被推进了观察室，隔着玻璃，蒙萌看到沈青脸上缠着纱布，胳膊和腿都打了石膏，胸口还连着乱七八糟的线……她眼前一黑，险些没站稳。

谢衍适时地扶住她。

何慕白眉毛一挑，目光立刻锁定在这道挺拔的身影上。

他回国这几天，听说混沌空降了位投资经理，甫一出现就吸引了全公司女性的注意。可惜是个浪荡子，冲冠一怒为红颜，简直犯了行业大忌。而这位红颜，不偏不倚，正是蒙萌。

察觉到一束异样的视线，谢衍顺着那目光看过去。

和幼年记忆中一样，那双内勾外翘的眼睛既能掩饰自己的情绪，更有种洞察人心的魔力。听说他从事精神科医生这一行，倒是与他本人的气质十分相符。

“青姐为什么会变成这样？”蒙萌突然问道。

何慕白收回投向谢衍的视线，答："沈青出事的时候，我不在院里，后来值班的人说，今天有个生面孔的男人来看过沈青，说是沈青的好友，之后没过多久，沈青就坠楼了。"

"是谁？"

"我看了监控，是关赫。"

梁知夏下意识地拉住蒙萌的胳膊，可这一次，她显得出奇地冷静。

"以后任何人探访青姐都要先经过我的同意。这个关赫，尤其不允许。"

最后几个字，蒙萌几乎是咬着牙说的。

何慕白看过她为了哄沈青高兴强颜欢笑的样子，也看过她在沈青熟睡后坐在床边难过无助的样子，此时，他又看到了截然不同的她，像是用尽了浑身力气在隐忍着什么。

"这个不用你说，他已经进了我的黑名单。随便打扰病人，简直犯了我的大忌。"何慕白脸色也不好看，他最讨厌这种临时突发状况，更别说是和某人有关。

蒙萌的手压着玻璃，目光落在沈青没有血色的一张脸上。

"迟早有一天，我会让他为自己犯过的错付出代价。"她的声音很小，但谢衍听见了。

他忽然想到，之前巫秦飞扬给他的资料里显示，这个关赫是从映射跳槽去依云的，后来因为帮助公司拿到一个很大的融资项目，没过多久就升到了总经理的位置。巧合的是，关赫那边无限风光，映射的当家人沈青却遭遇了飞来横祸，不仅离了婚，唯一的女儿还死于非命。后来蒙萌便在何慕白和橘子的扶持下，成了映射的老板。

资料能呈现的东西大多是事情的结果，肯定遗漏了很多关键细节。

那日在混沌，他听到了关赫和蒙萌的对话，后来又托专人去查了一番，大致弄明白了沈青会成为现在这副模样的缘由。

可他现在看着不远处情绪濒临失控的女人，又觉得那些资料展现的或许只是冰山一角。

沈青在 ICU 留观，蒙萌本想留下来，但被何慕白劝回了家。她心里还对谢衍憋着股气，回程的路上谁都没说话。

进一楼大厅时，陈阿姨看到蒙萌和她后面的谢衍，连忙热情地打招呼。

“谢先生和蒙小姐一起回来啦，今天有点晚啊。”

蒙萌听了，突然停下来，转头对她说：“我们不是一起的。”

陈阿姨愣了愣，目光投向后面的谢衍，见他也是一副冷冷的样子，心想：这两人肯定是吵架了。

唉，年轻人就是火气大。

蒙萌一回家就把手环卸下来丢到一旁。

与此同时，谢衍突然收到了一条消息，上面写着：“我现在很生气，安慰我一下好不好？”发信人是一个小程序。

蒙萌临睡前，突然看到巫秦飞扬在五人小群里发了个很治愈的猫咪视频。她点开后，发现里面的那只橘猫和她以前在永夜岛上养的那只“果酱”很像，可惜她生病后就突然消失了。她在岛上找了很久很久，但都没有它的踪迹。

听闻猫咪如果知道自己命不久矣，就会离家出走，独自迎接死亡，为此，蒙萌难过了很久，她想，如果谢衍还在，至少她还有个可以倾诉的人。

也许是这个视频的作用，她闭上眼回想起了很多在永夜岛上的时光，这让她暂时忘掉了那些不愉快。

第二天一早，司沣告诉蒙萌，那名黑客已经联系不上了，像是人间蒸发了一样。

蒙萌十分挫败，她将自己关在办公室里，恨不能立刻将依云干的龌龌事公之于众。

可每当这个念头冒出来，她又会想到谢衍笃定的眼神。虽然不想承认，但她的确不由自主地想去相信他。

她开始暗暗地和谢衍赌气。晨跑的时候故意不和他说话，晚上故意把音响的声音开到最大——结果直接招来了物业的警告，因为她的邻居打电话投诉她扰民。

何慕白接到物业通知，希望他能提醒租户，于是他只得赶来领着蒙萌上门道歉，却不想开门的人竟是谢衍。

三人都沉默了几秒。

“这么巧，谢经理，我们又见面了，之前在医院见过，可惜没能正式打个招呼。我叫何慕白，是沈青的主治医生，也是萌萌的朋友。听闻她的某些不良行为影响到了你的正常生活，我很抱歉，我保证类似的事情以后都不会再发生。”

谢衍微微眯起眼睛，像是在审视他，又像是透过他审视一段过去。

“保证？你拿什么保证？她可不是未成年，还需要有个法定监护人。”

蒙萌：“未成年？你——”

何慕白将她拽到身后，一双美目充满挑衅地看着谢衍。

“监护人就监护人吧，朋友有事，我绝对义不容辞。以后你有任何事可以直接联系我。”说完，他将自己的名片递了过去。

谢衍低眉看了看，没接。

何慕白倒也没介意，继续说：“不过，既然你俩这么水火不容的，我也只能帮她重新找个住处了，毕竟是她打扰了你。”

蒙萌从后面探出脑袋：“何医生，这太麻烦了吧……”

“还不是怪你吵着人家？”何慕白戳了一下她的脑门儿。

这一幕落在谢衍的眼中，着实有点刺眼。

他皱着眉头从何慕白的手里接过名片：“如此甚好，你们自便。”

大门“砰”的一声关上，何慕白将手揣在口袋里，冲着蒙萌笑道：“我平素最喜欢看别人憋着气又不好发作的样子，有趣极了。”

蒙萌无奈地咧了咧嘴角，竟有种说不上来的滋味儿。她知道，谢衍不高兴了。金主一生气，后果很严重。

“那个……我真要搬家？”

何慕白丢给她一记白眼：“想得美，你当我是房地产大亨，把全南城的房子都捧到你面前任你挑？”

蒙萌被逗乐了，连忙毕恭毕敬地把他送下了楼。

随着依云发布会的临近，各大门户网站的头条都被他们的新闻霸占了。蒙萌默默关了网页，低头对着依云的邀请函长叹了一口气。

周六一大早，她在五人小群里发了条消息。

此蒙非萌：抱歉了各位，我感冒了，今天的发布会实在去不成，辛苦大家，有什么消息到时候分享给我。

结个梁子：你昨天不是还好好的？严重吗？

老司：蒙总注意身体，多喝热水。

飞扬跋扈：对对对，多喝热水。

蒙萌靠在床头，憋着笑想嘲讽一下那两位只知道热水的直男，可字还没打完，外面就响起了敲门声。

她没想太多，打开门便看到一身正装打扮的谢衍。他身着灰色高定，腰部收紧，有修身效果，看上去潇洒干练。他的手里拿着一盒感冒药，黝黑的瞳仁映着晨光，对她一阵打量。

她有点心虚地移开视线，干咳了两声，说：“谢经理这是来探病的？多谢多谢，药就不用了，我家里也有。”

“别装了。”谢衍毫不客气地打断她，低头看了眼腕表，“给你半小时，我在楼下等你。”

谎言被人识破，蒙萌也懒得再装柔弱：“我不去。”

“今天受邀的公司有几十家，别人都赶着去攀交，只有你真把它当成了发布会。”

蒙萌抿了抿嘴角，不接话。

谢衍继续说：“依云和映射经常被人捆绑在一起，你不去，正好给了媒体发挥的空间。”

“什么空间？”

“害怕，嫉妒，自愧不如……”

“给我二十分钟。”

门被关上，谢衍的嘴角扬了扬。

第五章

# 城春草木深

## 【1】

此次依云的发布会是在南城最奢华的五星级酒店包下的一层宴会厅举行的，气势恢宏。

门口的巨幅展板上印着《未解之谜》的全新海报，用色比之前放在国际会展中心的版本更加吸引眼球。

电梯门还没打开，蒙萌就听到了一阵软糯糯的苏式小调。

为了打响“第一国风 VR 网游”的旗号，依云科技精心打造了这场浸入式场景体验发布会，360 度的全息投影展现出了逼真的苏式庭院。

谢衍一进门就被混沌的人叫走了，留下蒙萌对着眼前的小桥流水发呆。

还记得小时候她在永夜岛上，每次看到有这种中式建筑场景的电视剧就会忍不住多看几遍。后来入职映射，第一次跟着沈青出差去的就是苏州，她激动得一夜没睡。

正因为这样，她才会和关赫提出打造中国风华容道的想法。

只是没想到，当年她在脑袋里构想了无数遍的美梦竟在此刻成了现实，却是别人的果实。

旁边有人感叹道：“全息投影不稀奇，但能做到这种逼真程度，而且是大规模的中国风，我还是第一次看到，这有钱就是不一样，他们也算是下血本了。”

“你也不看人家找了谁当靠山？撇开混沌不谈，那个投资大神葛易就足够证明一切。听闻只要是被他看中的项目，没有不赚翻天的。”

“也是，我看今天混沌高层来了不少人，好像同期混沌投资的项目里，只有依云有这个待遇。”

“何止混沌？”那人朝一个方向努了努嘴，蒙萌也顺着看过去。

人群中，有一道身影显得格外不同。

一位很年轻的男人，皮肤像是常年不见光似的，比寻常男人的都要白很多，五官立体而深邃，应该有欧洲血统，看上去不到三十岁，白衬衫外裹着一件修身的黑色马甲，大臂和胸口处显露出健身的痕迹。

但这样的人手里，却拿着一根漂亮的手杖。

蒙萌会想到“漂亮”这个词，是因为这根手杖着实精致。通体黑色的直握柄以及尖端的银质雕花圆帽，此刻都在水晶灯的映射下熠熠生光。

可即便如此，还是无法让人忽略他右脚的残疾。

有两个穿着西装的人跟在他的左右，时刻保持着最佳距离。

虽然这是蒙萌第一次看到他的正脸，但还是很容易就能猜到他的身份——银河投资的少东家李恒睿。之前她去银河谈合作时，曾经远远瞥见过他的背影，以及那根手杖。

“哟，这不是映射的蒙总经理吗？”

蒙萌连忙回神，转头便看到一位有些眼熟的美女冲她打招呼，她旁边还有一些与她年龄相仿的男女，都是新创公司的领头人。

“你好。”蒙萌努力在脑中搜索这张脸。

许是看出她的困惑，那美女撩了撩长发，笑道：“蒙总真是贵人多忘事，想当初咱们是一同在市里参加创业培训的，住在同一个房间，你不记得我了？”

蒙萌终于想起来：“原来是卓安的赵经理。”

他们是做 VR 看房的，虽说没有被银河选中，但现在已经和好几家知名房地产公司建立了合作关系，发展迅猛。

本以为简单寒暄两句就到此为止，偏巧不知是谁突然说了句："啧，瞧瞧蒙总这张脸，嫩得好像十几岁的小姑娘，当真是又萌又水灵，不像我们，都在公司里熬得不成样子。要我说，创业啊根本不适合女人，太伤。"

赵然接了话："你们就别想有蒙总的好福气了，人家手底下都是精英，办事儿根本不需要她烦神。不像我们，凡事只能亲力亲为，当然老得快。蒙总你呀，都不知道，我们行内哪个提到你不羡慕得要命？"

其实在她跟蒙萌打招呼前，一伙人就已经聚在一起把蒙萌吐槽了个遍，什么欺压旧主上位，不择手段搞恶性竞争，靠美色拿投资，野路子出身，等等。

此刻大家看她的目光里都充满了鄙夷。

话落，空气中顿时响起一阵哄笑声。

蒙萌点点头："我的确是不如你们懂行，不过我懂什么叫各司其职。身为总经理，我只要做决策，把握大方向就行，至于其他部门的人，只要完成好自己的工作，公司就能正常运转。"

赵然怔了怔，旋即勾起嘴角，笑道："蒙总说得有理。"

不远处走来一位穿着白西装、满脸络腮胡子的老外，顿时成为半个场子的焦点。

"是戴维斯！不愧是华尔街著名的私募，浑身都是金主爸爸的味道。"

"你们都别想了，人家可是依云请来的贵宾。"

…………

对于这个人，蒙萌在新闻上见过，但还不知道大家对他如此追捧。才一会儿的工夫，已经有不少人围上去搭讪，大都是留过洋的年轻人，包括赵然。

赵然与戴维斯合作过，有点交情，两人聊了几句后，突然把目光投向了她。

之后，戴维斯便直接朝蒙萌走了过来，上来就是一大段话，大致意思是他和赵然有过合作，听她推荐，得知映射做 VR+ 医疗，很感兴趣。目前国外对这项技术的研发也只是刚刚起步，希望蒙萌能和他简单说说国内的发展情况。

霎时间四周投来各色目光，好奇的，羡慕的，不解的……但更多的是等着看笑话的。当年蒙萌英语挂科的事，简直成了业内笑柄，毕竟这一代科技公司的创业者里，名校、留洋经历基本是标配，别说英语，不少人会好几种语言。

没等蒙萌开口，赵然已经“好心”地帮她向戴维斯解释，说可以由自己来做翻译。

此话一出，旁边响起了嘲笑声。堂堂一个科技公司的领头人，竟然连基本的英语交流都不行，实在说不过去。

蒙萌接受着四周投来的异样眼光，垂下头摸了摸鼻子，然后不好意思地冲赵然笑：“那就麻烦赵总翻译一下，感激不尽。”

赵然脸色有些不自然，她的本意只是让蒙萌尴尬离开，并没想到蒙萌还真厚着脸皮让她翻译？！

可此刻她已是骑虎难下，只好硬着头皮上场。

戴维斯倒也没介意，他喜欢和美女说话，此刻有两位在旁，心情很是愉悦。

蒙萌开始还只说了几句简单的，赵然尚能应对自如。可她很快话锋一转，转向更深的专业领域，立刻暴露了赵然的短板。

“……目前现代外科已经进入了精准医疗时代，譬如精准肝切手术的理念。而这种理念的落地需要类似腹腔镜手术的模拟训练系统，通过医学 VR 系统中电脑软件与力传感装置的结合，使医学生在虚拟环境中深入了解人体结构的同时，也能凭借力反馈提升实操能力。

“更重要的是，VR 将二维视觉转换为三维立体也使得医学临床实践的情境更真实……”

不过一会儿的工夫，赵然的额头就蒙了层汗，翻译也变得磕磕巴巴。

蒙萌看火候差不多了，便主动替赵然“解围”。

她没有再说中文，而是跳过赵然，直接和戴维斯沟通。

有人听出她将赵然刚才在翻译中出现的所有错误都重新翻译了一遍，纷纷朝她投去异样的眼光。

最后蒙萌对赵然表示感谢：“赵总，你总是这么乐于助人，知道我一见生人就容易紧张，辛苦你帮我翻译了这么多，有机会一定请你吃饭。”

赵然想不通，为什么蒙萌的英语如此突飞猛进，还是说，她根本就是深藏不露?

事已至此，她只得尴尬地笑道：“蒙总客气了。”

“应该的。”蒙萌笑得也很灿烂。

说起来她从小就接受双语教育，除了一口地道的美式英语外，法语和德语也属于能日常沟通的水平。那次培训她之所以会英语挂科，是因为正赶上沈青病情最重的时候，她写了一封很诚恳的道歉信托赵然转交给英语老师，可最后老师还是给了她不过。

后来培训结束，一个偶然的机会，她才从其他学员那里得知赵然没有帮她请假的事。当时圈内人都看不起她，觉得她是野路子，自然也没人帮她说话。

她想，她从不是那种会以德报怨的人，但也不会事事都以牙还牙。可像今天这种，人主动送上门来，她顺势给个教训也未尝不可。

戴维斯阅人无数，自然也知道面前两位美女其实是在暗中较劲。他很欣赏蒙萌，本想再多谈几句，但依云找人请他去贵宾室，他只得遗憾地离去。

如此一番小插曲后，赵然和她那帮朋友已经去了别处，周围又恢复了平静。

说了好多话，蒙萌觉得口渴，去自助甜点区捧了杯柠檬水喝。

“刚刚表现不错。”

蒙萌一愣，侧过头看到谢衍不知何时走到了她的身后。

周围不少人投来或暧昧或鄙夷的目光，她这才记起两人的另一层身份。

曲线救公司、出卖色相的菜鸟老板。

被美色迷惑、误入歧途的投资经理。

“这都是平常你让我充电的效果，看多了，自然就积累下来了。不过……”蒙萌放下杯子，亲昵地替谢衍整理领带，凑近他，“一般男朋友看到女朋友被欺负，不都应该从天而降将她护在怀里吗？”

谢衍低眉看她：“我这是在给女朋友独当一面的机会，不然别人会在背后说你只能靠男人。”

蒙萌闻言，将领带慢慢收紧：“偶尔有男人靠……也不错啊。”

“好，那就给你靠一下。”

说完，他便虚搂住她的腰走向了一群人。

就在蒙萌转身的刹那，以李恒睿为首的一行人迎面和他们擦肩而过。

不知道是不是她过于敏感，她竟看到李恒睿的目光从她的脸上掠过，最后对上了谢衍的视线。如此短暂的交会，只像是不经意间的一瞥。

她没多想，连忙将注意力集中在了面前这些金融大鳄身上。

这里面有不少业内的名人和前辈，蒙萌原本还有些拘束，但在谢衍的帮衬下，渐渐收放自如，努力对映射当前的研发项目和未来规划进行精准概括，不足的地方，谢衍都会适时地帮她补充。

司沣和梁知夏因为路上塞车，来得有些晚，勉强赶在发布会开始前到场。

几个人碰了头，发现还少一个人。

“飞扬怎么还没到？”

谢衍：“电话打不通，可能还堵在路上。”

“估计是堵在门口。今天可是大场面，南城能叫得上名字的科技大佬都出席了，超乎想象。”梁知夏的语气里透着几分愤愤不平。

司沣点点头：“我刚才看到有人带着一帮媒体去了休息室，阵仗的确不小。”

蒙萌心底一阵泛酸，说不嫉妒是不可能的。如果谢衍没有拦着她公开依云的所作所为，也许今天的发布会将是另一番模样。

“听说今天连李恒睿也出席了。”梁知夏四处打量了一圈。

“他来这里倒未必是冲着依云，我听闻明医信息的人也在受邀嘉宾里。若非如此，不会有这么多投资界的人赶来。”

司沣说完，主持人开始提醒来宾入座。

场内的光暗下来，发布会正式开始。

最先登场的是《未解之谜》的宣传片。正如那天关赫在混沌演讲时说的那样，他们这次发布会的重点在于华容道玩法。

台下不断有人发出惊叹声。

灯光重新打亮时，关赫已经出现在了台上。为了配合今天的中国风元素，他穿了一身灰色长袍，戴了复古的黑边眼镜。

发布会的前半程主要是对游戏进行全方位的介绍和展示，中间还穿插了一些古风歌舞的表演，整体看下来异常顺利。

而后便是半小时的群访时间。

工作人员将事先准备好的高脚椅拿上去，摆了一长排，依云的几位高层和游戏研发部的主力依次落座。

“这次新游戏采用华容道与中国风元素相结合的新玩法，让人耳目一新，请问这款游戏的设计来源是什么？”

“依云前不久成功拿下混沌的投资，未来有什么发展计划呢？可以向广大玩家们透露一下吗？”

“还有一个小时就要正式公测了，这次准备了什么特殊福利？”

…………

这些问题成功给了关赫标榜自己的机会，就在蒙萌听得有些不耐烦时，麦克风里突然传出一个熟悉的声音。

“请问关总经理，昨天晚上有人在论坛里爆出您和某医学院领导之女的不雅照，而这位女主角正是之前在VR博览会上发生事故的人。两件事如此巧合，对此，您有什么要解释的吗？”

摄像机原本只对着台上，此时突然转向了采访区。

一个戴着黑色鸭舌帽和口罩的年轻女人出现在了众人的视线中，她的手里拿着一支看不清标志的录音笔，笔直地朝向关赫，毫不畏惧。

全场一片哗然。

蒙萌抬手拽了拽谢衍的袖子：“你听到那个记者刚刚说的话了吗？”

没有回音。

她奇怪地仰头看他，却接收到一束探寻的目光。

“你这是什么眼神？你……怀疑我？”

“合理的猜想。”

“那恐怕要让谢经理失望了，不过我倒希望是我做的，至少不用憋屈这么多天。”

谢衍没再说什么，而旁边的梁知夏和司沣也对视了一眼，隐隐觉得有些不安。

有关许彤事件的所有信息除了他们五个人以及司沣的那位朋友外，根本没有第二个人知道，这个记者是从哪儿得到消息的？为什么偏偏选择在这个时候，以这样的方式公开？

镜头再次转回台上，关赫的手紧紧抓着话筒，舌尖抵在后槽牙上，眼底闪过一抹戾气。

按道理，这些媒体名单他们是确认过的，甚至连他们要提的问题也是一早就确认好的。昨晚的新闻刚爆出来，他们就已经将它扼杀在了襁褓里，并没有造成大范围的扩散。除此之外，紧急公关也必不可少。发布会开始前，他们就和所有列席的媒体进行了最后确认，保证不会出现超纲问题。

但千算万算，还是出现了漏网之鱼。

他尽量露出淡然的表情，笑着问："你是哪家媒体的记者？这个问题与我们今天的游戏发布会无关……"

"您是游戏的创始人，怎么与发布会无关呢？一个行为不端的人，我们如何相信他能领导好一个企业，甚至设计出好的产品？"

话落，全场霎时间被引爆，喧闹声四起。

众人纷纷将目光聚焦在这个女记者身上，他们努力想要弄清楚她背后的东家究竟是谁，但并没有找到任何可以证明她身份的痕迹。

如此直白的挑衅让关赫有些绷不住，他尽力让语气保持平稳："你口中的那个帖子根本就是一场恶作剧。这新闻早不出晚不出，恰好在我们发布会的前一晚爆出，我十分有理由怀疑这是同行精心谋划的'泼脏水'。"

"是不是'泼脏水'还有待进一步考证，但您删帖的速度的确令人佩服。不过，删帖是掩盖不了真相的，照片究竟是不是后期合成的，大家一看便知。"

话音刚落，全场突然陷入了一阵短暂的黑暗。几秒之后，正中间最大的投影屏上出现了一张照片。

这张照片对于蒙萌而言，再熟悉不过了。

反应最快的还是媒体，闪光灯此起彼伏。于是，关赫从回过头看到照片，再到用手遮光，最后离开舞台的全过程都被记录了下来。

坐在第一排的葛易已经不知道该露出什么样的表情了，黑着脸默默离开了大厅。

现场乱成一团，网络直播的信号立刻被切断。工作人员磕磕巴巴地宣布进入游戏体验时间，群访环节仓促结束。投影已经恢复了正常，大灯相继亮起来，好像刚刚的一切都没有发生过一样。

《未解之谜》的其他几支宣传片开始循环播放，但感兴趣的人已经没有刚才那么多了。

此时，有更有趣的八卦在等着他们分享。

【2】

蒙萌紧紧攥着手机，难掩愉悦。

她和其他人一样，也想知道究竟是谁这么侠肝义胆。

“就算这件事不是你做的，依云也会第一时间怀疑到你的头上。”谢衍突然说道。

蒙萌不以为意：“可这确实与我无关，清者自清，没什么好怕的。”

“如果那个记者手上的资料是从你们这儿流出去的，你还会觉得无关？”

“怎么可……”蒙萌脑中像是有什么东西闪过，一时语塞。

梁知夏从刚刚灯亮起来开始就在翻手机，她在网上找到了一个帖子，标题尺度不小，里面不仅有许彤和关赫的那张照片，还有她和不同男人在声色场所的亲密照，最底下一张是她穿着白大褂的模样，背后是映射科技展示会的广告板。

帖子是二十分钟前发出来的，恰好是发布会正式开始的时候，讨论的楼层已经盖得很高了，有人带节奏，故意将矛头引向那日映射展示会的乌龙事件。顺着许彤的线，直接有人怀疑映射那日的突发事件与关赫有关。

“诡异，很诡异。这里面的信息比我们知道的多很多，显然是有人深入调查过。我可不相信天底下有这么巧的事，如果他们只是针对依云也就罢了，但如果还有别的目的……”

“那个女记者突然人间蒸发了。我向其他媒体打听了，他们也不知道这个记者究竟是哪家的，完全的生面孔。”司沣从远处小跑过来，他第一时间去打探了消息，显然对于这件事的忧虑要大于欣喜。

“别急，媒体这边我有朋友，她肯定能帮我查出那个记者的底细。”蒙萌正要去拨电话，突然被一阵喧闹声打断。

她抬起头，竟看到好几家媒体直奔她而来。

司沣反应最快：“谢经理，你带蒙总走，我来挡他们。”

梁知夏：“我和你一起。”

蒙萌不解道：“我们又没做亏心事，有什么好怕的？”

谢衍没搭理她，直接将她拉走了。

“针对依云爆出的丑闻，在您的意料之中吗？”

“一旦依云进行恶性竞争有了实锤，您是否会从法律途径追究他们的责任？”

“刚刚公布丑闻的媒体是不是您暗中授意？选择在今天公开，是预先计划好的吗？”

“……”

那些记者抛出的问题简直像连珠炮，蒙萌跟在谢衍身后，听得心下一阵烦躁，但又不免后怕。也许今天的一切都是个圈套，万一她憋不住在媒体面前乱说了什么，只怕是覆水难收。

两人一路走到地下停车库。

比起楼上的兵荒马乱，这里安静极了。

“谢经理，你慢点走，我穿的是高跟鞋，不是跑鞋啊。”

谢衍停下脚步，顺势放开了手。

“现在知道装柔弱，刚刚就别逞英雄。”

蒙萌一怔，当即抱起双臂撑回去：“我只是不想当个逃兵，事情不是我做的，问心无愧就行，没什么好怕的。”

“好，那你现在就回去，他们肯定还没走。”

蒙萌怔了怔，旋即笑道：“谢经理，这么老土的激将法就别用了。”

谢衍根本懒得搭话。

不远处突然传来一声嗤笑，像是憋了很久的那种。蒙萌立刻丢下战场，循着声音走过去。

原来有一男一女两个人蹲在车子后面，场面极其古怪，尤其是那个女人的打扮，俨然就是刚刚在场上让关赫吃瘪的女记者。

“你俩……什么情况？！”

橘子当即撇开巫秦飞扬，站起来撩了下长发，笑着说：“Surprise！怎么样，我这次可是帮你出了口恶气，你要好好想想怎么感谢我哦。”

巫秦飞扬哆哆嗦嗦地也跟着站起来，对着不远处的谢衍哭丧着脸说：“哥，我真的知道错了，都是我姐她……啊！”

橘子拍了一下他的后脑勺：“如此壮举，你能不能有点出息？不过这次多亏他告诉了我，要不然我还不知道你们受了这么大的气。”

蒙萌直接被这一声“姐”弄蒙了。

后来她才知道，原来橘子的全名是巫秦杉杉，和巫秦飞扬是姐弟。只是她从小就和家里关系不好，也非常厌弃这个姓氏，鲜少对外人说。

这次橘子之所以会策划今天的这场闹剧，完全是因为巫秦飞扬将映射面临的问题和蒙萌手上掌握的证据告诉了她。

她想，既然蒙萌自己不方便动手，那就让她代劳。

在巫秦飞扬的帮助下，一切都很顺利。

虽然，他是被她强迫的。

依云发布会的闹剧在接下来的一周里持续发酵。

许彤和关赫的绯闻被传得沸沸扬扬，也有人将这次发布会的乌龙归结为映射的报复，他们认为是关赫让许彤破坏映射发布会在先，最后自食恶果。

原本关赫好不容易请来了银河的李恒睿做嘉宾，想要趁机争取二轮融资，可这事儿一出，依云在业界丢尽了脸面，李恒睿当场决然而去。

蒙萌坐在办公室里看新闻，默默转发了一条到他们的五人小群里，大家都用表情包表达祝贺，只有谢衍没出声。

说起来，之前谢衍拦着她不让她公开依云的所作所为，担心他们引火烧身。可事实证明，是他低估了正义的力量。

她想了想，又特意将这条新闻单独转发给了谢衍。

晚上蒙萌为表谢意，约橘子去了她最爱的一家火锅店。

“这次的事，真得要谢谢你的侠义之举。要不然我们就只能吃个哑巴亏。”蒙萌倒了一杯酒，自己先干了。

橘子叹了口气，一副恨铁不成钢的样子：“你啊你，职位越高脾气越小，真不敢想象你是怎么领导一个公司的。记住，这个社会不喜欢圣母，被打了就要还回去。”

“你说得对，我原先也气不过，只是某人不让啊，毕竟是金主，我是人在屋檐下不得不低头！”蒙萌替橘子涮了一块毛肚，夹到她碗里，又问，“不过我挺好奇的，人家好歹也是科技公司，你和小飞扬是怎么做到的？得控制人家依云的设备吧？”

“具体的我不清楚，都是那小子搞定的。我想着，他可能找了什么外援，或者买通了依云内部的人。你想这么多干吗？办成了就好。而且，飞扬那小子，虽然平日里看着没心没肺的，其实做事靠谱着呢，这点你不用操心。”

橘子辣得直吸气，仰头喝下一杯大麦茶后猛地掷在桌上：“嗞，怎么夸起他来了？别跟我提他，提了就烦。”

“怎么了？”

橘子闻言，眉头紧皱：“他现在和我爸妈一起来催婚，他凭什么也想来安排我的人生？！难不成他想看我早点结婚，离开家，他好在家里称霸？”

蒙萌连忙安抚她：“我看是你太针对他了，小飞扬不是这样的人，估计也就是被逼着过来做个说客，你不听不就行了？谁还能把大小姐你怎么着？”

橘子气得哼哼了两声，没再继续这个话题。

两人吃完饭，橘子觉得不尽兴，又把蒙萌拉去了新途。

昏暗不明的雅座里，她靠着抱枕，酒醉三分醒地对蒙萌说：“我有喜欢的人。”

蒙萌摸了摸鼻子：“哟，谁这么不幸？”

换作往常，橘子肯定会直接扑过来和她打闹一番，可此刻，蒙萌却在橘子的眼睛里看到一股浓重的悲伤。

“我也觉得挺不幸的，被我喜欢上真不算什么好事。”

“拜托，我开玩笑的。我要是男的肯定恨不得在幼儿园就和你遇见，免得你被别人抢走了。”

橘子大笑起来，找服务员又要了一瓶酒，越喝越收不住，最后整个人都瘫在了桌子上。

蒙萌也喝得脸颊红红的，但理智尚存。

巫秦飞扬打电话给橘子时，是蒙萌接的电话。二十分钟后，蒙萌便在模糊的视线里看到两道人影快步朝她走来，顿时清醒了大半。

“你们怎么喝这么多？”巫秦飞扬一边说着一边上去把橘子扶起来。结果橘子突然睁开眼，看清来人后，当即推开他。

“你来干吗？别老跟着我，烦！”

“姐，我……”

橘子眉头一皱：“你别叫我姐！”说完，她险些撞到桌角。巫秦飞扬连忙上去扶，但再次被她推开。

“小萌萌，你快扶我回家！”

“哦，好。”蒙萌从凳子里站起来，结果一阵眩晕袭来，她直接跌进了一个温暖的怀抱。

橘子突然指着她大笑起来：“酒量这么差，还和我喝酒？！”

蒙萌一抬头，看到谢衍的一张俊脸在眼前晃，当即伸手掐住他的脸，带着三分怒气：“事情又不是我做的，我还不能偷偷乐呵了？你天天摆着一张臭脸……给谁看啊？给谁看？”

巫秦飞扬在旁边擦了擦冷汗，他咬咬牙，直接把橘子背了出去。

这边谢衍将蒙萌的手拉下来，冷着脸说：“我知道你没醉。”

蒙萌怔了怔，立刻站直身体，似笑非笑：“没办法，不装醉可不敢抱怨你谢经理。”

谢衍：“……”

回去的路上，蒙萌坐在副驾驶，默默听着橘子和巫秦飞扬在后座争吵。橘子这会儿也清醒了不少，仰着头靠在后座，眼睛都不抬。

“姐，你别生气了，爸爸他其实也没有什么恶意，他是希望……”

“那是我们父女之间的事，你别在这儿和稀泥。”

“知道了，姐。”

“我再说最后一遍，别叫我姐。”

车内安静了一会儿。

谢衍似乎对身后的一切都置若罔闻。

蒙萌突然想到，既然橘子和巫秦飞扬是姐弟，那应该和谢衍也认识，不知道当年谢衍一家遇难的事，橘子了解多少。

“去我家的路不是从这儿走的，是不是搞错了？”橘子的语气里满满的都是烦躁。

谢衍头也不回：“去趟加油站。”

橘子瞥了眼油表，忍不住翻了个白眼：“还有一半多！”

谢衍：“我看得到。”

蒙萌忍不住笑出了声，但对此早已见怪不怪。想当初，她刷完牙把牙膏随手放在洗脸池上，某人就会不厌其烦地提醒她放回原位。

巫秦飞扬连忙小声说了三个字："强迫症。"

橘子认命地往座位里一瘫，对着他摆摆手，什么话也不想说了。

这一晚，橘子睡在了蒙萌家里。

蒙萌半夜起来去卫生间，突然看到沙发上蹲了个人，吓得她立刻清醒了，在看清是橘子后，她才松了口气，可目光瞥见橘子手边的几个空易拉罐后，一颗心又提了起来。

"你这到底是怎么了啊？"

橘子将头抵在膝盖上，整个人蜷曲着："难受。"

这语气着实有些悲凉，蒙萌听出了哭腔。认识这么久，她还是第一次看到橘子哭，一时间睡意全无，干脆也开了瓶啤酒摸黑坐到橘子身边。

夜里有些凉，窗外的天空乌沉沉的，倒是比客厅里还亮。

一开始两人都沉默着，不知什么时候起，橘子开始零零散散地说小时候的事，听上去传奇得像部小说。

"所以说……你爸因为你哥哥病故，后来就收养了你弟？"

"嗯。"

蒙萌这会儿算是明白了，难怪橘子老强调巫秦飞扬不是她弟弟，原来真的不是亲弟弟。

"我以后叫你杉杉？"

"别，你还是叫我橘子吧，我习惯了。"说话间，橘子已经喝下了好几罐啤酒，空气中有浓浓的啤酒香。

蒙萌打趣道："为什么要叫橘子？我看你好像更喜欢吃苹果啊。"

"你脑子里除了吃还有什么？傻不傻？"橘子一脸嫌弃，转念又冒了句，"没听过一句话吗？暗恋是橘子味的。"

"为什么？"

"鬼知道，反正就是有这么个说法。我琢磨着，大概是因为那种酸酸甜甜的感觉吧，大部分酸，少部分甜。"

蒙萌突然想到刚刚吃火锅的时候，橘子说她有喜欢的人，不承想还是段暗恋。

“哎，对了，你不也有个暗恋的人吗？上次你说你们在新途重逢了，就没后续了……不说这个了，我和你说说谢衍吧，你应该更感兴趣。”橘子笑着冲她挑了挑眉。

“没有的事儿……”话虽如此，蒙萌还是下意识地竖起了耳朵，生怕漏听了什么。

“小时候我哥还没出事的时候，他、谢衍还有银河投资的李恒睿就跟三剑客一样，走到哪儿都光彩熠熠的。”

“李恒睿？”蒙萌的脑海里顿时浮现出一根漂亮的手杖，甚至还有那日在依云的发布会上，谢衍和李恒睿极其短暂的对视。

“对。里面最调皮的就是谢衍，天天目中无人，稍有不注意就能上房揭瓦，一副全天下就他最牛的样子，他爸妈没少为他的事费神。要不是因为这样，他也不会七岁就被他爸送去了美国的私立学校，据说是捅了娄子。后来好不容易谢衍要回国了，他家就出了事。到现在我都觉得很玄幻，谢家像是在一夜之间销声匿迹，我好多年没见过他了，现在的这个谢衍变了很多，除了……还是跟小时候一样嘴欠。”

蒙萌笑了。

原来谢衍七岁就背井离乡，被送去了一个完全陌生的国度。他应该也抗争过，绝望过。还记得他们第一次见面，她就在他眼里看到了不信任和警惕感，或许，那是一种近乎本能的自我保护。

“我就是随口一说，他不喜欢别人议论他过去的事，你就当听个故事，睡醒就忘了吧。”

“哦，知道了。”蒙萌若有所思地戳了戳桌子上的空啤酒罐，发出清脆的声响。

晚上巫秦飞扬送橘子进房门时，谢衍正要回家，背对着她在输密码。

不知道是不是因为酒精的作用，她靠在门边斜睨着他，问：“你还在担心这件事会给我们惹麻烦？”

谢衍手下的动作顿了顿，隔了半晌突然笑着看向她：“你知道你最大的优点是什么吗？”

“嗯？”

“乐观。”

她直接将挎包砸过去，但一如既往地偏离主线，稳稳地落到了谢衍的手中。

他朝她走过来，将包带挂在她的脖子上：“女孩子别在外面喝这么多酒。”

“这话你没立场说，”她撇撇嘴，“得是我男朋友才行。”

谢衍垂眼看她，四下里静悄悄的。

后来蒙萌回想过这段对话，想不通自己为什么会这么说。

可有些话既然已经说了，不妨更彻底一点。

“你这一天天地给我送花献殷勤，还当着那么多人的面把衣服披在我的身上，搞得我们那栋楼的男人都对我敬而远之。你说，你是不是得负责？”

她抬起头，看不清他眼底的情绪。

不知过了多久，他终于开口：“你是真醉了。”

轻飘飘的一句话，如同一记响亮的耳光打在她的脸上。冗长的静默里，她仔细回想了近日来与谢衍之间的种种，突然有些不寒而栗。

这个男人，在她最孤立无援的时候从天而降，帮她得到投资，给她出谋划策，甚至还故意和她搞暧昧。可她明知道这些都是假象，他们两人不过是各取所需，还是有所奢求……

也许她真的醉了，才会丢脸至此。

橘子又说起自己在香港的奇葩遭遇，说着说着，声音越来越小，最后直接睡着了。蒙萌给她盖了条毯子，给自己也拿了一条。

说话耗神，她闭上眼，在没吃药的情况下竟很快入了梦。

梦中她回到了永夜岛。

那时的谢衍视她如洪水猛兽，想尽办法躲着，可她总有办法第一时间找出他。

忽明忽暗的天台上，风卷起了海蓝色的纱幔。那只名叫“果酱”的橘色加菲将它肥嘟嘟的屁股放在了少年的脸上，尾巴左右晃荡。

海风习习，吹起少年纯白的衣摆。他的眼睛黯黑深邃，像两汪不见底的深潭。

她手中的盈盈烛火霎时间驱散了他眼底的迷雾。

## 【3】

第二天一早，蒙萌是被梁知夏的夺命连环 call 给炸醒的。

挂掉电话的她在床上愣了好半天，险些以为这是一场噩梦。她狠狠掐了大腿一把，忍不住爆了句粗口。

反转来得实在太快了。

谁能想到原本元气大伤的依云会借着这股热潮收获不少热度，所谓黑红也不过如此。《未解之谜》首日公测就创下佳绩，第一批开放的六组服务器不到半天就全线爆棚，迅速跻身新晋游戏排行榜第二名，那之后连续一周都热度不减。

相比依云的傲人成绩，映射这里简直愁云惨淡，不仅项目停滞，连人员都开始流失，提交辞职报告的有两人，其中一人直接跳槽去了依云。

映射的新一周晨会开始前，依云官方微博发布了律师函，申明此次遭受的污蔑和诽谤，并表明他们一定会对造谣者追究法律责任。消息一出，不少营销号都明里暗里地将矛头指向映射，暗指这是一起有计划的报复事件。

“一份律师函而已，你们就失去斗志了？”梁知夏目光一扫，所有人都下意识地低头。

司洋：“典型的恶人先告状，不过没什么好担心的，毕竟我们才是真正的受害方。”

一片死寂里，气压低得吓人。

蒙萌一言不发，不知道在想什么。

“我们为什么一定要做这种吃力不讨好的事情？”突然有人小声哼哼了一句。

“就是，明明我们映射也是游戏起家的，现在白白便宜了依云……”有人附和道。

蒙萌终于抬起头。

所有人互相交换眼神，空气顿时凝滞住。

“当年公司创业的时候，主打的是游戏。是，游戏的确比医疗有商机，公司的本质就是要赢利，没毛病。”

蒙萌耸耸肩，嘴角弯起一抹苦笑：“可是，如果再让我选一次，我还是会选择医疗。现在全国每年非正常死亡人数超过800万，医疗事故致死的超过40万。可我们不能完全就把错误归结为医生的医术不精，毕竟现在有近三分之二的医生每周工作时间超过50个小时。在这种超负荷和高压之下，我们更需要去寻找新的办法。每个人都会生病，会老去，如果现在有一种技术能提高手术成功率，弥补失误，哪怕只能提高一点点，也是功德无量。

“还有‘朵朵案’，现在的人都只把目光放在她死后的医疗纠纷上，有谁还记得她对着镜头说想要活下去的画面？手术成功率提高了，也许那位顶级专家就不会出于防御性医疗的考虑拒绝手术。如果我们能让更多的人关注VR+医疗，就可以在未来的某一天缓解区域医疗资源的分配不均，就会给更多的病人带去希望。”

四下里安静极了，刚刚还想要鼓起勇气站出来争辩的人，此时也沉默地垂下头。

“现在我们正面临着困境，但健康事业是大势所趋，我相信这条路不会错。”

这是蒙萌接手映射以来，第一次在晨会上连续说这么多。这些资料她暗中准备了很久，这些话她也在心里酝酿了很久，她本想把这些话用作某个庆功宴的获奖感言，却没想到用在了今天这样沮丧的时刻。

没有掌声，也没有喝彩声，有的只是令人窒息的沉默。

“如果还有人想辞职的，就尽快去走流程。心不在这儿，人我也没必要留。今天的会就到这儿。”

蒙萌说完这些，晨会便结束了。

她回到办公室，心里像是压了块石头，险些让她喘不过气。这几天沈青转去了普通病房，她几乎每日都要往医院跑，简直身心俱疲。她懊恼地趴在桌子上，一时间脑中思路全无。

手机突然振了两下，有新微信提示。

飞扬跋扈：萌萌姐，哥这次被我们害惨了。早上晨会一结束，他就被老板叫去办公室狠批了一顿，还是当着葛易的面。这也就算了，他还被派去了西洲的子公司，至少要待几个月。公司里现在传遍了，说什么我哥嫉妒依云的成绩，故意破坏他们的发布会，这才被发配到下面的。

蒙萌看完，立刻从椅子里跳起来。

此蒙非萌：明明他们是过错方，揭露真相有什么错？

飞扬跋扈：是这样的。我觉得可能是一切都要以公司利益为重，从大局考虑吧。现在正赶上依云新游戏上线，这个节骨眼上根本不能出岔子。其实我哥他已经私下和董事长聊过了，虽然不知道具体的谈话内容，但肯定是达成了某种一致。现在这个事情突然爆出来，混沌也会压下来为依云开脱，这次的事情我得负大半责任，我不该跟着我姐瞎胡闹的……

蒙萌紧紧攥着手机，一时间也不知道该说什么。

此蒙非萌：他什么时候走？

飞扬跋扈：本来是这两天就得去，但他手头有个项目，他最近忙到都睡在办公室里，等完成后下周一应该就过去了吧。

此蒙非萌：那他现在还好吗？

飞扬跋扈：看上去好像没什么，但我哥这个人最擅长把什么都放在心里了。萌萌姐，上次你不是不开心吗，哥他还特意找了个萌宠的视频让我转发给你。要不这次你去安慰安慰他？

此蒙非萌：好，我会的。

结束对话后，蒙萌心里乱糟糟的。

难怪她看视频里的猫和果酱那么像，还以为只是巧合，没想到是谢衍发的。

其实那晚谢衍的一句话，让她耿耿于怀到今日。可如今他遭了难，她第一反应就是替他打抱不平，恨不能冲到混沌去大闹董事长办公室。

她什么也不怕，就怕他受委屈。

还记得当初在岛上，她时常和谢衍拌嘴，两人谁也不让着谁。可要是蒙宇训斥或惩罚谢衍，她就一秒都坐不住，能立刻跳出来挡在谢衍面前。

那时候她就明白了一个道理。

在这个世界上，除了她，谁都不能欺负他。

晚上蒙萌下班回家，捧着一盒泡面在阳台上发愣，下意识往隔壁瞄了一眼，发现漆黑一片。他已经有好几天没回来了，照巫秦飞扬的说法，他应该是在公司加班。

自从依云的事闹大后，何慕白几乎每天都发信息确认她的抑郁倾向，担心她不能及时去 666 号就诊。可谢衍连句基本的问候都没有，只知道按时用手环提醒她晨跑。

想到这儿，她就忍不住用力戳了戳手腕上的东西。不知触发了什么特殊功能，显示屏上突然出现了一颗爱心。

而就在混沌的某间办公室里，原本正专心工作的谢衍也看到了手环上显示出一枚鲜红的爱心，与此同时，他的微信也跳出了一条新消息：

我想你了，你呢?

明明知道这不是那个女人发来的，此刻他还是被这几个字扰乱了思绪。

当初朋友把这两只还未正式发行的手环拿给他试用时，曾坏笑着问他是自己用还是给别人，他没回答。直到他第一次收到来自“蒙萌”的消息，去问了朋友，才知道原来这不是普通的手环，还有隐藏的功能。

这种功能可以关闭，但他并没有这样做。

后来蒙萌想，谢衍“强行”送她的手环真是个奇怪的存在，明明见不到人，但又好像时刻都有他在身边。

依云的声明直接惹恼了橘子。

也不知道她到底动用了多少火力，第二天一早，有关依云总经理的各种绯闻都出现在了国内知名的论坛首页，引来如潮的批评声。

但很快，关赫不知从哪儿得到了橘子和蒙萌坐在一起喝下午茶的照片，宣称那日在发布会冒充报社记者的人正是映射总经理的闺密。

这一番缠斗顿时成了业内茶余饭后的谈资，大家都怀着吃瓜的心情期待更多的猛料被爆出来。

蒙萌接连两日失眠，比起这些八卦新闻，她更受不了《未解之谜》节节攀升的下载量和话题度，颇有种为他人做嫁衣的无力感。

就在所有吃瓜群众等着看依云和映射上演世纪大战时，一直在寻觅投资的明医信息终于选定了合作方，正是之前没有半点声响的混沌投资。

谁都没有想到，这个被资本圈哄抢的香饽饽竟落到了混沌手里。

消息宣布的当天，葛易就收到了来自四面八方的恭贺。可他并不觉得兴奋，反而有种被人打了一巴掌的羞愤感。

因为真正达成合作的人是谢衍。

此次他不仅帮助混沌入股明医，甚至以空前的围剿方式夺得了 51% 的股权，让混沌一举成为了明医信息最大的控股方。

还没进入七月，气象局便发布了高温预警。

混沌高层的会议室里，空调开得很低，葛易却悄悄擦了擦脑门儿上的汗。

坐在他旁边的是殷文祥和谢衍，而他对面的人就是金融圈赫赫有名的资本家——巫江，他正是明医信息的实际控股人。多年前他的好友出事后，他便退隐江湖，据说早已将投资拓展到境外，不参与内地的乱斗。

如今只要在圈内提到他的名字，就能让人肃然起敬。说起来，他应该算是殷文祥的师哥。

双方就入资协议商讨了三个小时，针对合约细节，两边的律师都进行了精密的核查。

签约仪式结束后，巫江突然走到谢衍面前，拍了拍他的肩膀说："真是后生可畏啊，谢经理做事果断，巫某自愧不如。以后明医有你这样的人操持，我也算放心了。"

葛易在一旁端着笑，心里很不是滋味。从他看到巫江的那一刻起，脑海里就不断回响着半小时前关赫告诉他的事，原来那个冒名的女记者、蒙萌的好闺密竟是巫江捧在手心的宝贝。

想他隐退多年，即便是签约这样的事，也大可以让公司的经理来完成，没必要亲自跑一趟。

除非他还有别的目的。

就在双方共进晚餐时，巫江漫不经心地提及近来有关依云和映射的是是非非，轻描淡写的几句话，便在葛易的心头掀起了千层浪。

"这件事情的大致因果就是如此，本来这都是年轻人之间的事，我一个老家伙不该参与其中。但我就这么一个宝贝女儿，她的事我没法儿袖手旁观，望殷董多多海涵。"巫江说到这儿，还双手抱拳做了个礼。

殷文祥连忙摆手道："师兄见外了，是殷某惭愧，手下出了这些不干净的事，简直是丢人现眼。您放心，这件事我一定会严查，但愿能及时止损。"

他说话的时候，目光瞥向了葛易。

葛易会意，连忙起身向巫江敬酒。辛辣入喉，他身上的汗也就多了一层。

晚餐结束后，殷文祥亲自将巫江送上了车。

巫江小声在他耳旁说：“我那个不成器的臭小子，做事还是莽撞，到底年轻，加上他又自小怕我那个姑娘，只好跟着办了坏事。这次的事我已经训斥了他一番，以后还要继续拜托你多给他些历练。明医的案子，他跟着谢衍做得很好，这也是我没有对外透露我是控股人的原因。”

殷文祥笑着说：“父爱如山，师兄有心了。您这连我一起瞒，如今倒让我有些不好自处，只当是捡了个便宜？”

巫江和他握手言别：“生意归生意，是我栽在了年轻人手里。”

## 【4】

第二天一早，混沌就召开了秘密会议。之后他们以投资方的身份发布了联合声明，其中不仅将映射展示会的事故归结为冒牌医生个人的操作不当，还帮关赫澄清了绯闻，将他粉饰成惨遭劈腿、被情所伤的好男人形象。

此次混沌的金牌法务团队和公关团队联合出马，又狠又准，简直是快刀斩乱麻。声明的背后还附带了盖有公章的证词，包括那个被许彤冒名顶替的女医生的。

蒙萌盯着这份声明看了许久，心中很不是滋味儿。

“真是便宜他们了。”梁知夏冷笑着摇头。

司沣仍是一脸淡然：“这份声明对我们而言，也有好处，至少帮我们洗清了冤屈。就像谢经理说的那样，映射的未来首先需要一份清白的案底，说白了，这件事闹大只会是两败俱伤，到那个时候，才是真正的不值。”

“也只能这样了。”

蒙萌对他们苦笑了一下，额头止不住地冒虚汗。

这几日她都没睡好，还要医院和公司两头跑。夜里起来的次数多了就着了凉，连说话都压着嗓子。她恹恹地打开邮箱，和往常一样给郑有为发邮件。结果刚一登录进去，就看到收件箱里躺着一封新邮件。

本以为是广告，她点开却发现是一长段文字。快速读完后，她只觉因为感冒而酸疼的身体突然焕发出了新的活力。

梁知夏并没发现她的异常，将一份新材料递到她面前："这是西洲一家小型医学中心的资料，我昨天和对方初步沟通过，虽然他们目前还没有明确的合作意向，但我准备下午和司大哥过去争取一下……"

"不用了。"

"什么？"

蒙萌努力控制着自己的表情，直接将显示屏转向了他们："我们现在有更重要的事情要做。"

梁知夏和司沣疑惑地凑到电脑前。

邮件是郑有为回复的。他先在开头表达了歉意，而后表示他一直在关注映射的发展，最重要的是，由于上一任院长因依云的绯闻引咎辞职，他刚刚当选为下一任院长。有道是新官上任三把火，郑有为做的第一件事就是引入新型医疗设备。为此，他给蒙萌发了一封邀请函，希望他们能在下个月前往西洲参加 PTRC（Production Teaching Research Conference）项目评选大会，一旦被选中就有机会和高校签订合作协议，还能获得更多资源。

梁知夏抱着双臂问："既然他已经是院长了，又有和我们合作的意向，为什么还要多此一举，让我们参加评选？"

"因为他们不仅仅是要购买产品这么简单。PTRC 是一个集科研、教育、生产于一体的项目评选大会，目的是让不同社会分工在功能与资源优势上达成协同与集成化，更是一种技术创新上中下游的对接与耦合。"司沣解释完，又从自己的电脑上调出一份资料，"之前梅纽因大学引进的Anatomage虚拟解剖台就是基于这种产学研的联合研发模式。我想，郑教授其实是给我们指了一条明路。”

蒙萌听完他说的，突然想到什么，慌忙在桌子下面的柜子里翻找起来。

梁知夏递了个询问的眼神给司沣，对方只是耸了耸肩。

“找到了！”

蒙萌举着一份落满灰的拉杆文件夹挥了挥，被阳光照耀的尘埃像碎钻一样落下一地晶莹。

梁知夏嫌恶地用手指捻起来，翻开一看，顿时怔在了原地。

原来这是沈青在位时，他们做的VR解剖培训草案，还是个半成品。那个点子还是蒙萌偶然在某次校招时发掘的，当时正赶上学校的动物保护协会在办活动，学生们想以汇集签名书的形式呼吁拒绝进行活体解剖实验。

蒙萌路过的时候，有人误把她当成了大学生，也上来发了一份传单给她。上面是一封倡议书，详细陈述了目前医学院校学生以实验的名义虐杀小动物的残忍案例。

虽然文字和图片都很有感染力，但蒙萌还是忍不住反问：“所有的实验和解剖都应严格遵循动物伦理道德委员会制定的条文，虐杀只是个例，的确需要制止，但不代表应该停止所有的医学解剖与实验，这样只会阻碍医学的发展，难不成让他们用人体做实验？”

对方听她这么问，连忙答：“不虐杀就不是杀吗？难道因为杀的手段不同，就可以掩盖杀生的事实？过去拿小动物做实验是没办法，技术所限。可是现在不同了，我们已经进入科技高速发展的时代，解剖不一定要用活体。我们可以借助VR技术模拟实验环境，现在国外已经有人在这么做了。”

那时映射的主打方向是VR游戏，但这番话对蒙萌的触动很大。她一回到家就查阅了有关VR解剖的资料，果然如那个学生所说，现在很多地方已经开始用这种技术做医学临床的培训了。

之后，她便将这个提议告诉了沈青，两人一拍即合。只可惜那会儿公司上下都铆足了劲儿和依云竞标，根本无暇顾及，后来沈青出了事，标也丢了，映射陷入困境，这份草案便被彻底搁置了。

司沣将文件接过来仔细翻阅了一会儿，眼底似有亮光浮动。

“这个草案的确很粗糙，不过我记得之前我有写过一个修订方案。现在距离 PTRC 大会还有一个月的时间，加个班应该能把它完善好。打起精神，准备大干一场吧。”

梁知夏活动了两下筋骨：“赶紧的！再不动起来，我这把老骨头可就真转不动了。”

待他们两人出去，蒙萌用湿巾将那份策划案的封皮仔细擦了擦，一种久违的兴奋感涌了上来。

她拿出手机，踌躇了半天还是决定给谢衍发条微信，心想着这样便能化解那晚的尴尬。可信息发过去后，她等了好半天也没等到回复，失望之余又有些愤慨。

混沌投资。

“阿衍，这次明医信息的事办得很好，远远超出我的想象。明天你就要去西洲了，下午回去休息休息。”

谢衍微微颔首，眉毛一扬：“谢谢董事长，休息会乱节奏，有害无利。”

殷文祥满意地笑起来：“就喜欢你这样的年轻人，永远充满干劲……”他顿了顿，又说，“不过我最喜欢你的一点，还是沉得住气。”

早在关赫的丑闻爆出来之前，谢衍就已经私下和殷文祥沟通过了。当时正值依云发布会召开之际，出于对公司利益的考虑，他们一致决定暂不公开，以免事态严重，对谁都没有好处。可万万没想到，发布会还是出了意外。

那会儿正赶上谢衍竭力吃下明医信息的关键期。明医和银河私下接触的新闻曝光后，殷文祥一边让葛易在明面上争取入资，一边又让谢衍暗中突袭，为的就是稳稳地拿下明医。

“之前依云和映射暗中较劲，连带着你也遭受非议。矛盾升级后我还怕你会分心，到底是我多虑了，我没有看错人，你很出色。当初飞扬那小子刚进公司，什么都做不好，简直像块烫手山芋，谁都不肯收，这才被塞到你那里。如今，他跟你去了趟美国，的确成长了不少，你功不可没。”

谢衍仔细揣摩着殷文祥的意思，思忖道：“谁都没有想到明医的实控人会是巫先生，飞扬那小子得知后还有些后怕。”

殷文祥笑道：“我师兄那个人，总不按常理出牌。不过……我也是才知道，那个映射的老总蒙萌，竟和巫家有这么深的渊源。这次要不是师兄亲自跑一趟，我还真不好在依云和映射之间做调停，说到底还是映射吃了亏。这次叫你去西洲，我知道公司里有很多不好的传言，你心中可有不平？”

“如今已经算是最好的结果了，今日吃的亏，明日便能赚回来。至于西洲，没什么不平的，工作归工作，我管不了别人的臆想，只能做好自己该做的事。”

殷文祥闻言，端起茶壶慢悠悠地倒了一小杯，袅袅茶香升起，他隔着水汽打量谢衍。

三年前，这个人突然带着一份报告出现在他面前。那时候谢衍还只是葛易的小助理，跑腿打杂，完全不起眼。

他直接拒绝看这份报告，理所当然。

可谢衍也不气馁，只在他临上车前说了这样一番话：“这份报告，对我来说可有可无。但对公司的证券部乃至投资部来说都意味着重生。资本市场的天晴了太久，也该下点雨了。只是这一场雨，不会那么简单就过了……寒冬将至。”

遮光的车窗渐渐给谢衍蒙上了一层灰暗的影子，竟让他觉得不寒而栗。

后来他在车上花了十分钟扫了一遍，又花了二十分钟仔细看过，逐字逐句。

越看，他的呼吸就越急迫。

那是一份预测股灾的报告，逻辑严密，有理有据。当晚他就在董事会内部召开了紧急会议，会上他没有透露报告撰写者的身份。

经过几个小时的讨论，他们决定在第二天股市一开盘就降低所有仓位。

那场股灾成了对国人财富最大的一次洗劫，散户们纷纷排队上天台，连投资界大亨李天逸都损伤惨重。

可偏偏混沌在这场暴风雪中站稳了脚跟，不仅全身而退，还逆势取得了 20% 的收益。

这才有了今天唯一可以与银河抗衡的混沌投资。

当年他虽然想提拔谢衍，但因不便公开谢衍预测股灾的事，且谢衍自身背景不够，思来想去，便联系老朋友，将谢衍悄悄送去了美国进修。知道这件事的人不多，除了一些高层董事，便只有谢衍当时的上司葛易知道。

等谢衍学成归来后，他便能名正言顺地将其纳为己用。

一直到现在，他依旧觉得谢衍这个人的身上有很多值得探寻的宝藏。这不仅让他惊喜，也让他觉得不安。

所以三年前，谢衍去美国的飞机刚落地，他就着手调查这个人的全部底细。

按照他现在的名字，他的父母亲都是普通的工薪阶层，文化程度也不高，而谢衍自己也只是毕业于普通的一本院校，没有任何特别的地方。

而这份平庸恰恰引起了殷文祥的注意。

他入行多年，看过形形色色的人。从谢衍在车库拦住他的那一刻起，他就知道，那份平凡的履历表不可能属于谢衍。

而调查结果显示，他的猜测没错。

名字是假的，家庭背景是假的，唯一真实的，是他从读大学至今的所有经历。那么过去呢？他眼中的那些不甘、隐忍和阴郁又是因为什么？

“这话说得不错。”殷文祥抿了口茶，“你和小葛现在就如同我的左右手，缺了谁都是损失。关系弄得太僵不好，但我也不会期待你们称兄道弟。凡事有个度，你自己心里得有数。”

谢衍扬了扬眉：“我明白。”

他接到任务的那天，殷文祥曾将他和葛易都叫去办公室，为了依云发布会的闹剧。原来是葛易将巫秦飞扬蓄意破坏现场投影设备的证据提交上去的，但殷文祥并没打算公开。

“董事会那帮老狐狸一听说这个项目是我私人投资的，都等着看好戏。现在大半年过去了，依云那边成绩不错，映射也要加油。”

谢衍听罢，脸上还是那副淡然的表情：“医疗不比游戏，入场要花点功夫。不过，越难啃的骨头往往也越有价值。”

殷文祥揉了揉眉心，低声笑道：“那你去好好啃，啃完了可别让我血本无归。”

“董事长放心，我自当拼尽全力。”

谢衍离开前，殷文祥突然叫住他。

“你此次围剿明医的路数实在高明老练，倒让我想起个人。他曾是那一批投资人里最出色的，可惜最后的结局令人唏嘘。他和你一样，都姓谢。”

谢衍的手还握在门把上，眼底似漫起大雾，显得瞳孔更加黢黑幽深。他的手一点点缩紧，停顿了几秒后又倏然放开。

“哦，是吗？”谢衍转过身，“如此人物，真想从他那里学到一二。”

“如果有那样的机会就好了。”殷文祥一脸惋惜，又道，“总之你要记住，金融世界，最怕感情用事。你和映射那边，只要别太过火，我不会干涉。”

谢衍扯了扯嘴角：“您放心，我有分寸。”

“好，去忙吧。”

谢衍走出办公室，正好与从茶水间出来的葛易遇上。

两人微微颔首，算是点头致意。

“谢经理真是了不起，为达目的不择手段。”

谢衍目光一凛，冷声答：“能达到目的，又做一个合法公民，我觉得挺好。”

葛易惊讶地抬了抬眉：“当初在我底下做事的时候，你处处谨小慎微。从美国镀了金回来，竟为了个女人连映射那样的烂摊子也要接。现在你又为了个项目无所不用其极，简直六亲不认。我挺好奇，到底哪个才是真正的你。”

谢衍闻言，笑了笑：“怎么，葛经理怕了？”

“是啊，谢经理如此深不可测，的确是个强劲的对手。只不过中期考评将近，听闻映射还毫无进展。你此行去西洲，怎么也需要耗费几个月，到时候可有的费神。”葛易说完，拍了拍谢衍的肩，端着温柔的笑离开了。

谢衍回到办公室，看到手机上蒙萌发来的语音，他用拇指往下翻，不止一条。

“谢经理，告诉你个好消息，南大医学院的郑教授给我发了个邀请函，他让我们去参加下个月的 PTRC 大会。正好我们这儿有个以前商定的草案，关于 VR 解剖。你有时间吗？我们开个会吧，想听听你的建议！”

“你在忙吗？忙完给我回个消息吧。那晚我喝多了酒，如果说了什么胡话，你别放在心上。”

“这么忙？你不会是故意不回我吧？”

“我知道，这次你去西洲，也有我一份责任，可说到底还是你们董事长是非不分……”

“你之前说，映射是你回国后的第一个项目，一定会认真对待。之前我们和依云闹得不可开交的时候，你除了让我们忍耐什么都没说。现在事情解决了，你还是不闻不问……”

“既然你这么忙，当我什么都没说。”

最后一句话后面跟了好几个系统自带的微笑表情。

隔着屏幕，谢衍的脑中已经浮现出了蒙萌抓狂的样子，嘴角不自觉地扬起来。

最近为了明医信息的项目，他已经好多天没有睡过整觉了，但也没觉得疲惫。如今事情暂告一段落，他反而有些困倦。

他想，像蒙萌这样简单而乐观地活着，也是种福气。

多日没回家，谢衍第一遍输密码的时候有些恍惚，直到第二遍才打开了门。

“谢经理真是贵人多忘事，密码也会不记得。”一个奇怪的声音在他的身后响起。

他转头，看到蒙萌像螃蟹一样，横着从某个方向靠过来。

谢衍失笑道：“你在这儿做什么？”

蒙萌下巴一扬：“守株待……你。”

“是谁说最近别联系了？”

“是我。但，我们女孩子说话偶尔可以不作数。”

说完，谢衍便瞧着一只手扒拉开他家的门，然后钻了进去，满脸的若无其事。

屋里的灯在他进去之前就被摁亮了。

这种体验很特别，也让他觉得愉悦。

## 【5】

蒙萌原先对谢衍积了一肚子的怨气，可偏偏临下班前从巫家姐弟那儿听了些内幕，心里五味杂陈，加上她得知谢衍明日就要前往西洲，心中有点愧疚。

其实依云和映射闹成这样，谢衍在混沌的处境也不顺。说到底，葛易在公司根基已深，用不着他开口，自会有人给谢衍使绊子。就算橘子没闹这么一出，谢衍也已经打算用明医信息的项目作为和殷文祥商谈的筹码。

这也是他近来如此费心费力的缘故。

只不过，巫江毫无征兆的出场让一切更加顺理成章，葛易那边于公于私都不好再说什么。

这件事看上去是映射吃了亏，但好面子如葛易，此番明医的项目让他十分硌硬。殷文祥了解葛易，便没有收回指派谢衍去西洲的决定。

客厅里一如既往地空旷，加上好几日没有人住，竟有些凉飕飕的。蒙萌在沙发上坐下来，不由得打了个寒战。

从她的角度，恰好能看到主卧一隅。深灰色的行李箱在床尾巾上敞着，应该是谢衍收拾行李用的。

“要烧开吗？”

蒙萌收回视线，眼前多了瓶矿泉水。她接过来，摇摇头，又仰着脸问：“这个节骨眼上，你走了，我们公司怎么办？”

她因为嗓子发炎而沙哑的嗓音，小鹿一样水灵灵的眼睛，绯红的脸，看上去颇有点楚楚可怜的意思。

谢衍在原地怔了怔：“我好像没有在映射做兼职。”

“啧，真无情。”

“我就去三个月。”

“哦，三个月啊，我知道。”蒙萌的指甲无意识地戳在瓶身上，发出轻微的声响。

四下里静悄悄的，谢衍知道她有话要说，但还是回卧室去收拾行李了。如果不是最近太忙，他应该早就将东西收拾好了。

谢衍是典型的摩羯座，做事最讲究计划，凡事提前一点是他的习惯。

屋子里空荡荡的，即便坐在沙发上也能和他对话，但她还是不由自主地跟了过去，光着的脚踩在地上有种沉闷的声响。

“你去西洲是要整整三个月吗？有没有可能缩短时间，提前回来？”

谢衍正在书架上找书，头也不回地问：“理由？”

“嗯……我上午和你说的那个 VR 解剖计划，我怕我一个人应付不过来。毕竟和南大医学院的合作机会我争取了很久，这次 PTRC 大会可能是唯一的机会。再……再说了，你好歹也是混沌的高管，你去那么久，万一你老板有什么重要的事等你做呢？”

谢衍手上的动作一顿，抬起头便看到窗子的玻璃上映出一道人影。她靠在门边，手指正无意识地在门框上扣着，明明是在跟他说话，可眼睛却只看着自己的指尖。

他转过身：“你到底想说什么？”

蒙萌收回手，猛地挺直了腰杆：“好吧，我承认我是来道歉的。我不该冤枉你，其实你对映射挺上心的，倒是我不给力……”她生怕他不信，语气比平常更急迫。

谢衍眉宇轻抬：“你的确不尽如人意。”

“让您受累了……阿嚏！”

这个喷嚏成功引起了谢衍的注意。他眉头一皱，目光落在她光着的脚丫上——她没穿鞋。

和以前一样的臭毛病。

在永夜岛上，他没少板着脸提醒她。那时候他初到岛上，蒙萌的存在简直刷新了他对富家千金的所有认知。那里很冷，即便暖气让整栋房子都很暖和，他也受不了她总是光着脚在地上走。她还喜欢披头散发地坐在树丫上，活脱脱一个野人模样。

可就是这样奇怪的人，陪着他度过了此生最困苦的一段时光。

蒙萌不好意思地摸了摸鼻尖：“我不冷，大热天的……阿嚏！”

“把鞋穿上。”谢衍皱眉。

蒙萌轻哼一声，以沉默对抗他的霸权。

谢衍眸光微沉，看着她不说话。

“我去沙发上坐着总可以了吧？”蒙萌说完，转身便要往回走。

刚迈出两步，身后像是刮起一阵风，紧接着她的双脚就腾空了。

从被抱起来到被放到沙发上，快得只是一眨眼的工夫。

“你……”

“你感冒了。”

蒙萌还没从震惊里回过神，一串手机铃声突然响了起来，屏幕上显示了三个字“何医生”。

她的心条件反射地往下一沉，因为十之八九，是沈青那边又不好了。

南城中心医院。

可能是近期来的次数太多，即便此刻医院里人满为患，但她还是找到了最快通往住院部的小路。

他们走到病房门口，何慕白已经等在那里了。他看到谢衍，眼底闪过一抹异样。

“青姐怎么样了？”

“刚刚安静了一点，但情况不乐观。也许是她对以前的生活环境产生了依赖，我打算将她转回666号。反正她现在主要是骨伤，回去养着就行。你进去陪她说一会儿话，出院手续很快就能弄好。”

蒙萌点头答了声“好”，然后推门走了进去。

沈青靠坐在床上，腿因为打了石膏悬吊着。她的手里抱着一个小熊玩偶，一会儿对着它笑，一会儿又皱着眉头，时不时地发出奇怪的声音，像是在和玩偶说话。

“嘘！”沈青抬起头，一双眼睛空洞而呆滞，眼角不知何时生出几道细纹。她才三十出头，鬓边已经有了白发。

她冲着蒙萌伸出手：“安安睡着了，小点声……小点声……”

“好，我轻轻的。”蒙萌放慢了脚步，脚跟和脚尖依次着地。

“小萌，我们什么时候才能回家啊？”

蒙萌在她旁边坐下来，握住她的手：“我们等会儿就回家，带着安安一起。”

“好啊。”沈青甜甜地笑了。

窗外，谢衍默然看着这一切。

何慕白从他身后走过来，像是在和他说话，又像是在自言自语：“我有时候挺羡慕沈青的，至少她能逃避现实，还能得到别人全心全意的照顾。”

空气中沉默了片刻。

谢衍突然说：“逃避永远解决不了问题。”

“可逃避却能忘记问题。如果问题都不再是问题，又何谈伤害？”

“不是每个人都有这种机会的。”

何慕白扯了扯嘴角：“也是。”

四目相对，他们彼此都在审视对方。

“沈青的出院手续我已经办好了，回去的车子也准备好了。”何慕白的助手是个年轻的小护士，她明显能感受到不远处两个男人之间诡谲的气场，因而踌躇着不敢向前。

何慕白移开视线，眼底的凌厉重新被柔和替代。

“我今晚还有事，就麻烦你带他们送沈青回去，院里我已经打好招呼了。”

小护士连忙应允：“何医生放心，我一定把病人安顿好。”

何慕白对着谢衍点了下头，算作道别。

去666号的路上，小护士一直盯着蒙萌和谢衍看，终于忍不住问：“蒙小姐，这位是你的男朋友吗？”

蒙萌心下一跳，忙摆着手否认：“我们是……工作伙伴，兼邻居。”

谢衍在旁边轻哼了一声。

小护士立刻松了口气：“那就好，我还以为我们何医生没机会了呢！”

蒙萌又是一愣，简直有些哭笑不得：“你别胡说啊，我和何医生只是朋友！”

谢衍再次轻哼了一声。

小护士一副“我懂的”的表情，没再说什么。

沈青原本正对着手里的娃娃碎碎念，听到“男朋友”这几个字，突然笑着对谢衍说：“我们家小萌是个好姑娘，你可不能欺负她哟，不然我第一个不放过你！”

她说完，还拉起蒙萌的手要把它交到谢衍的手里。

蒙萌立刻像触电一样把手抽了回来：“青姐啊，他不是我……”

“哎呀，男大当婚女大当嫁，你就别害羞了。”说完，沈青又转向谢衍，语重心长地说：“你也是，以后可别老加班，要多陪陪女朋友，不然她被别的男孩子抢走了，你就追悔莫及咯！”

蒙萌正想着要怎么解释，希望他别说出什么刺激到沈青的话，谁知某人竟嘴角一弯，答了句“好”。

为避免沈青又说出什么奇怪的话，蒙萌连忙指着旁边座位上的一个娃娃说：“姐，安安在旁边睡了，咱们小声点。”

这招对沈青很管用，她点点头，对着所有人比了个噤声的手势。

蒙萌终于松了口气。

等到他们把沈青安顿好，已临近子夜。

回去的路上，谢衍专心开车，没人说话。蒙萌只觉得头昏沉沉的，好像被什么紧紧箍住一般，心跳很快，每一下她都能听到。

她的脑袋里不自觉地出现了很多有关沈青的画面，想着想着，便对旁边的人说：“谢经理，你知道吗？其实青姐会变成现在这样，都是因为……因为我。”

《天气预报》说今夜有暴雨，此刻南城的上空积满了乌云，沉甸甸的，像是要坠下来。

一年前，沈青出事，也是这样的天气。

那时 VR 产业才刚刚有了点苗头，映射和依云算是走在前列。公司里人不多，但都是年轻血液，氛围很好。

蒙萌进入映射后成天跟在梁知夏和司沣后面打杂，除了技术以外的活儿她都可以做，就像一枚螺丝钉。没有人知道，她大学读的专业是社会学，好像对什么都了解一些，但又都不够深入。可她对一切新鲜事物都保有最大的好奇心，不怕苦，不怕累，反应灵活，学东西也快。没过多久，她就把公司里所有的部门都轮了个遍，顺便混了个脸熟。

那时候关赫也还在映射，他是副总，会协助沈青做决策。后来没过多久，映射参与了一次重大项目的竞标，公司上下忙得不可开交，经常加班。蒙萌当即被擢升为总助，负责大小事务的调度。也许是因为前期的积累，她每项工作都完成得很好。

竞标走到最后一轮时，竞争者只剩三家公司，其中依云和映射是呼声最高的。但整体而言，还是映射更胜一筹。

可谁也没想到，在这个节骨眼上，关赫突然离职，只说是私人原因。

当晚，关赫为表歉意主动请全公司的人吃饭。饭后，他还带大家去了 KTV。为竞标忙碌了几个月的年轻男女趁此机会放纵了一把，很多人都喝高了。

蒙萌原先一直捧着果汁缩在角落里，但她没想到关赫十分会劝酒，几番话说得感人肺腑，她不得已喝了一杯，全身都跟着发热，意识也开始跳跃。

后来他把蒙萌带到包厢外，说是有重要的事情想告诉她，关于沈青。他知道蒙萌和沈青关系很好，又一直借住在沈青家。

蒙萌并没有想到关赫告诉她的事，竟然是沈青的丈夫出轨了。更让她没想到的是，透过隔壁包厢门上的玻璃，她亲眼看见了沈青的老公和别的女人在包厢里亲热的画面。

当时她酒精上头，根本没多想，直接返回包厢将沈青拉了出来。

真相总有血淋淋的一面，沈青看着不远处那两具交叠的身体，僵直在原地许久后才对蒙萌说："你认错人了，我老公今天不在南城。"

后来蒙萌想，如果她那晚不是喝了酒，也许就会在那个时候适可而止，而不是非要逼着沈青认清现实，她甚至直接冲进包厢揪着那个男人的衣领质问他为什么要背叛沈青。

场面一度混乱不堪。

丢了魂的沈青面色惨白地抓着丈夫离开了。没过多久，蒙萌就接到医院的电话，说是沈青遭遇了车祸，她的女儿安安当场就没了心跳。

原来那晚沈青回家后就和丈夫大吵了一架，愤怒中她直接抱着安安冲出了家门，之后就发生了意外。

…………

"何医生告诉我，青姐已经有很长时间处于抑郁状态了，她应该早就发现丈夫有出轨行为了，但为了稳住工作，保护女儿，一直独自承受痛苦。"

蒙萌说到这里，几乎是咬着牙："的确，关赫不是伤害青姐的直接凶手，他原本只是希望用这桩丑闻摧毁青姐的精神支柱，让她无心工作，让别人有机可乘。但我最恨的是关赫利用我，这一切都是他安排好的。他的辞职、劝酒，甚至连青姐丈夫出现的时间、地点……都早有预谋。青姐出事后，按照他的计划，我们的竞标资格被取消，理由是以青姐目前的家庭和身体状况，很难全身心地投入工作，再然后，依云就竞标成功了，他也由此成了依云的大功臣，一步步升到了总经理的位置。"

蒙萌说完，觉得身上越来越冷，她环抱着双臂，努力让自己不再颤抖。

雨势越来越大，猛烈地冲刷着车身，雨水砸在车顶上，让人更加心烦意乱。

“那晚我赶去医院，急救的灯好像永远都不会灭，窗外也是这么大的雨。安安才五岁啊，那么小的一具身体，盖在白色的床单下，看上去就像个布偶。我是亲眼看着她被推入太平间的……”

车里的灯是暖黄色的，蒙萌的脸不知何时泛起了潮红，如此交叠在一起融成了明晃晃的橘色。

谢衍伸手探她额头的温度，皱眉道：“你发烧了。”

蒙萌捉住他的手：“没什么。这两天没睡好，夜里爬起来在家里瞎溜达，就着了凉。再加上本人最近很努力在工作，所以才会这样，我睡一觉就好了。”

谢衍抽回手，问：“你家有退烧药吗？”

“好像有，但不知道过期了没。你知道的，我身体一向很好，要么不感冒，要么就直接发烧……”

谢衍无奈地扯了扯嘴角，从后座拿了件备用的外套披在蒙萌身上，然后将她的座位往后调节了一个角度，让她能够平躺下来。

“别说话，闭眼休息。”说完，他就推开车门钻入了雨中。

“你没带伞……”

当真是病来如山倒，刚刚上车的时候，她也只是觉得有一点不舒服，此刻竟觉得浑身发酸，连说话的力气都快没有了。蒙萌疲惫地闭上眼睛，周围那股淡淡的、好闻的味道似乎又浓郁不少。

其实，蒙萌一直在心底藏了个秘密。

——她喜欢闻谢衍身上的味道，混合着肥皂、洗衣液还有他身上天然的那种气味，闻的时间越久，就越让她沉迷。

像是瘾，沾染上就再也戒不掉。

## 【6】

半梦半醒间，有人把她抱起来。头上盖着衣服，有冰凉的液体落在小腿上。

进了室内，她将衣服扒拉开，视线里是谢衍的侧脸。他淋了雨，发色显得更深，眼睛湿漉漉的，睫毛上凝着水滴。

陈阿姨看这架势，惊得连忙从凳子里站起来："蒙小姐这是怎么了？要叫救护车吗？"

谢衍随口答了句："感冒而已，没事，我能应付。"

她点点头，看着他抱蒙萌进了电梯，默默感叹了一番：这可真是个有担当的男人，蒙小姐没找错人。

电梯里的光很强，蒙萌忍不住眯着眼："青姐一直在自欺欺人。是我，是我把她所有的希望都浇灭了。

"也许我就不该离开永夜岛，不该来南城。如果不是我，映射可能现在已经发展得很好了，青姐和安安也不会……我犯下的错，感觉这辈子都弥补不了。"

短短几分钟里，她说了太多话，说到最后都快没力气了。

临出电梯前，她又张口想说什么："我……"

"生病了还这么多话？"

"我是想说，你先放我下来，我要开门。"

谢衍无奈地俯视她，随口问："怎么不用密码锁？不是公寓统一配的吗？"

"我和你相反，最讨厌记数字，总是忘记。后来就换成钥匙了，还是钥匙方便，也不容易丢。"

"你还丢少了？"

"我的确不太丢东西，除了弄丢过你。"

蒙萌说完，两人都怔住了。

“开个玩笑，我的意思是一遇到你就丢东西，倒霉。”生硬的解释。

谢衍没接话。

两人站在门边，蒙萌仰头直视他：“你之前说，我们和依云之间的私人恩怨，不在跟你合作的范围内，可是如果你真的还念及我们曾在岛上朝夕相处的情分，就帮帮我……”

“是不在合作范围内，但没说与我无关。”

蒙萌的头晕极了，一时间没办法理解这句话的意思。

谢衍皱了皱眉，突然上前一步，手肘撑在墙壁上，目光幽深迫人：“你觉得怎样报复一个人最有快感？或者说，你有多恨关赫？”

“恨不能将他千刀万剐！”

“好，那如果我现在给你一把刀，你会怎么做？”

“直接插在他的心脏上，一下不够，要……一百下！”

“然后呢？你真的觉得目的达到了？”

“难道不是吗？”

谢衍的眼底闪过一抹凌厉，让蒙萌下意识地背脊发凉。

“他被杀的那一刻只有恐惧，甚至还来不及愤怒就失去了意识。真的想要报复一个人，就要让他经历你经历过的一切，愤怒、后悔、不甘、痛苦……所有这些你尝过的滋味。这，才是真正的报复。”

“……”

“开门。”

“哦。”蒙萌垂下头，感觉心怦怦跳得飞快。因为这个让人心悸的雨夜，更因为他刚刚说的那些话。

进门后，谢衍把她扶到床上，先喂她吃了刚买来的退烧药，然后用热毛巾替她擦了脸。两人谁都没有意识到，彼此之间天然存在的熟稔。

“谢经理，衣服是湿的，你帮我把睡衣拿过来。”吃了药，身上温度又高，她迷迷糊糊的，和平日里动辄就充满敌意的样子截然不同。

谢衍的目光巡视了一圈，问：“在哪儿？”

“谢经理，阳台，早上出门前晒出去的，应该干了吧。幸好今天没晒到外面……”她又开启了碎碎念模式。

蒙萌每次一生病就很容易变成话痨。

谢衍只得去阳台上帮她收衣服，一抬头看到很多内衣，粉的、白的、带花边的、纯棉的。

好像和以前在岛上的时候差不多。

他把睡衣递过去，看到她歪着脑袋，眼睛一眨不眨地盯着他看，然后说：“谢经理，你不会被我传染了吧？脸这么红。”

“……”

谢衍没说话，冷着脸走出房间，将门“砰”的一声带上。

他在门边站了几秒，而后去了阳台。

夏夜的风暖烘烘的，不一会儿就将他身上的水汽吹走了大半。他从口袋里掏出包烟，刚要点燃，一抬眼，看到那些悬在头顶的粉粉白白，想了想，又塞了回去。

雨停了，天空比刚刚亮了不少。

谢衍不放心，又去了趟卧室。

床头柜上的台灯还亮着，照在女人绯红的脸颊上。他伸手探蒙萌的体温，依旧很热。也许是药效发作，她的头上一直在冒汗，手一直想把被子推开。

他帮她盖上，没隔两秒她又推开。

这个动作循环了好几次，几乎要把谢衍的耐心磨完。

他有些无奈，视线蓦地对上一双乌黑的眼睛。

“谢经理……”

话还没说完，谢衍就皱着眉头打断她：“别这么叫我，听着难受。”

蒙萌一脸茫然：“那叫什么？”

“你以前怎么叫我的？”

蒙萌顿了顿，嘴巴微张：“阿衍。”两个字像是气音。

谢衍呼吸一窒。

“你说……青姐如果有一天清醒过来，会原谅我吗？”蒙萌还没完全醒，像是在说梦话，可目光专注而笃定，脸和唇都红得吓人。

久久的沉默。

“你说话啊？”蒙萌有些不满地蹙眉。

谢衍的双手撑在她的枕边，他的脑海里零散地掠过一些东西，有他收集的资料，也有某个女人絮叨了一晚的话。

原谅……或者不原谅，也许并没有那么重要。做错的事情永远无法重新来过，但至少要留下些什么。

良心的谴责，化悲愤为动力，这些都是蒙萌能做的。

如果沈青有朝一日能看到映射战胜依云，或许那对她而言也是一种安慰。

“睡吧。”他的声音又低又沉，像是带了催眠的功效。右手抬起来，本是想触碰她的脸，最后也只是落在她的眉宇之间，将那座山川抚平。

或许是因为眉心的那抹清凉，蒙萌不知道是哪里来的力气，突然抓住那只手，借着力道从床上坐起来，直接将谢衍抱了个满怀，笑得傻傻的。

谢衍有那么一瞬间的失神，他的胳膊僵直地垂在她的腰侧，突然有点不知所措。女人的身体馨香而柔软，长发扫过他的脖颈、侧脸以及耳后最敏感的地方。

“阿衍，你回来了，真好。我是真的，真的，真的……好想你啊。”轻柔的一声叹息像是在他的心上挠了一爪子，又酥又痒。

在意识到怀中人只穿了一件薄薄的家居睡衣时，他呼吸一滞，随着女人胸腔的每一次起伏，他的后背都跟着微微绷紧。

两种心跳声，几乎在此刻相融。

他心底像着了火，不知过了多久，他低低咒骂了句，用了很大的力气才将她从怀里揪出来，重新按回床上。

光影和人影重叠在一起，朦胧又暧昧。

蒙萌笔直地躺在床上，两只手被他压在两侧，头发像瀑布一样在枕头上散开，脸颊红红的，视线有些缥缈。

谢衍垂头看着她，一张脸半明半暗：“有多想？”

两人距离本就极近，蒙萌挣开右手，稍一用力便将面前的人拉了下来，足够触碰唇瓣。

温热相触，她还觉得不够，又轻轻用牙齿咬了咬，这才将他放开。

“就这么，想。”

如此一番折腾，药劲上来，她打了个小小的哈欠，彻底睡去，也不再推被子了。

谢衍有点哭笑不得。

他又看了蒙萌许久，在确定她熟睡后，正要伸手去关台灯，突然看到桌子上放着一些药瓶，都是治失眠的。他拿起来晃了晃，很轻，应该快吃完了。

而他在把药拿起来的时候，看清了原本被挡住人脸的相框。

那是一张合影，上面有蒙萌、梁知夏、司沣、关赫，还有沈青。看上去是公司集体出游，背景是南山著名的玻璃栈桥。镜头里，所有人都傻傻地比着 V 字手，都在咧着嘴笑。

谢衍关上房门，看了眼时间。他在鞋柜上方的盒子里找到了备用钥匙，这是她的习惯。他先回家把行李收拾好，之后又返回来看她烧有没有退。

如此一番折腾，天已经蒙蒙亮了。

半明半暗的客厅里，他在沙发上躺下，手枕在脑后，一时间睡意全无。四周有淡淡的味道，香甜的，女人的。

这些已经许久没在他的世界里出现过了，他闭上眼，脑海里全是过去的事。

那年，他离开永夜岛时，蒙萌谎称和他一见钟情，才帮他拿到了蒙字的资助。临走前，她突然说想跟他一起走，去他出生的地方看看。

可是她失约了。

之后他几经周折终于回国，将爷爷临终前给他取的表字“衍”作为自己的新名字。

爷爷曾说，水流入海，意味着平坦和富足。他希望谢家后代多繁衍子嗣，事业顺风顺水。只可惜，谢家不仅家业衰败，还只剩下他这一根独苗，实在唏嘘。

后来他读大学的时候就在股市里小捞了一笔，想起曾经和蒙萌的一个约定。

那时她还没说要和他走，只站在暖橘色的长灯下，扬着下巴说：“我要你赚到第一桶金的时候，给我寄个礼物。”

“什么礼物？”

“笨蛋，我说出来了，还要你送干吗？我又不是买不起。”蒙萌脑后的长发在海风中飞舞，眼里晶亮亮的，像是装着星空。

那时候的他，仍然恨她的失约，也恨她让自己差点丢了命，可他还是决定兑现自己的诺言。

他想了很久，不知道要送什么。即便有个室友很擅长和女性交际，他也没法把“送什么东西给女孩比较合适”问出口。

他仔细想过，在蒙萌的喜好里，最女性化的应该是对首饰的钟爱。她有一个专门放置珠宝首饰的展示台，华美而梦幻。

当他意外看到著名手工珠宝品牌 HT 为庆祝周年将推出一批顶级限量版首饰时，突然眼前一亮，当即就确定是它了。

然而这批首饰每样只有一个，数量很少，采用申请制。这么小的概率，在他看来根本没必要尝试，但鬼使神差般地，他还是打开了那个品牌的官网，提交了申请。

本来只是一时兴起，没抱什么希望。结果在某个阳光灿烂的午后，他突然接到 HT 客服打来的电话，险些以为是诈骗。

寄走那份礼物后，他没有收到任何回应，但他也没有把这件事放在心上。为了离他的目标更近一步，他三年就完成了学业。顺利进入混沌后，因为年纪轻，没背景，他从小职员做到高级助理，什么活儿都接，什么气都受。

直到那场股灾爆发前夕，他几次向上级提交建议降低仓位，但都没有得到回应，毕竟那时他才刚在混沌待了一年，人微言轻。眼看着混沌市值走高，他孤注一掷，拿着股灾预测的报告在停车库截住了董事长殷文祥，这才成就了今天的自己。

在美国的三年里，他也从未有一丝一毫的放松。同性或是异性对他而言并无两样。脂粉味、烟味、酒味，甚至铜臭味，混杂在一起，构成了他周遭的全部。

但此刻，萦绕在鼻间的香气，足以给他松懈的理由。

他自认不是个喜欢回忆的人，但不知道为什么，在这里，偏偏让他有了这样的念头。

他早该意识到，当他为了给她买戒指，在申请原因的那一栏里写下那句话时，他就已经深陷其中。

第六章

# 山重水复疑无路

## 【1】

谢衍出差后，蒙萌全身心投入了“VR 解剖进校园”的项目筹备中。

当年沈青在的时候，这个项目还仅仅停留在基础阶段，没有系统化和前瞻性。医疗 VR 既然要从学校切入，就应该先在临床教学中得到检验。

接下来的一周，蒙萌隔几天就拉着映射的核心成员开会，对原有的计划从根本上进行优化。在当前比较流行的产学研合作模式中，他们最终敲定了平台合作模式，并以共建科研基地的路径让计划落地。

这种模式能够促进企业、高校和科研院所之间的紧密合作，三方共同投入资源，建立平台，在此基础上以平台为主体进行科学研究。

此次参加 PTRC 大会，对映射能否突破现有瓶颈至关重要，宣讲人的职责最终还是落在了司沣的头上。

临去西洲前的最后一次会议，蒙萌特意将郑有为邀请过来。蒙萌坐在台下，笑盈盈地看着司沣有条不紊地对项目做介绍，心中既紧张又兴奋。

汇报结束后，素来严格的郑有为连连夸赞他们：“其实一开始，我根本不看好你们。现在有太多人打着辅助医疗的旗号想来分一杯羹，但他们根本没弄明白医院、医生、病人需要什么。像你们之前技术还没成熟就想着进临床做手术，那太儿戏了。现在你们从解剖入手先解决医学生的培养问题，又从临床教学中收集大量解剖案例建立数据库，这是一种循环推进的模式。当然更重要的是，我欣赏你们的理念。动物也有生命，既然我们有技术可以替代活体实验，就应该去发展它。”

郑有为的评价让蒙萌雀跃不已，这些天总算没白忙活。她将郑有为送上了车，临别前还听到对方给她的鼓励，顿时信心满满。

她的情绪很快感染了身边的人，大家都觉得此次拿下南大医学院的合作是志在必得。梁知夏也觉得松了口气，可她发现司沣的气场与周围显得格格不入，简直低沉过了头，虽然他一贯是这样宠辱不惊的样子，但她还是敏感地觉察到了几分异样。

司沣近来几乎是全公司最后一个离开的人，每次他走出办公室，外面的大灯都灭了。可今天有点反常，办公室外一片明亮，除此之外，有一道窈窕的身影立在落地窗边。

听见脚步声，梁知夏回过头，看到一双黢黑的眼睛也正看着她。

“这么晚还没走？”司沣微微移开视线，问道。

“有话问你。”她手里捧着咖啡杯，原本齐耳的短发长长了些，在她低头的瞬间会擦到杯沿。

“你问。”

“你是不是憋着什么话不肯说？”

司沣的表情仍旧淡薄：“谈不上，只是觉得有哪里不对劲。”

梁知夏递来询问的眼神。

“过于顺利。”

梁知夏哂笑道：“莫非你有受虐倾向？”

司沣耸耸肩：“我们正处于攻坚的瓶颈阶段，按道理不会这么轻松就度过。我原先认为郑有为那边是真的被蒙总的真诚和毅力感动，但我们的提案其实有一个致命伤，他不可能没看出来，却故意避重就轻。”

“什么致命伤？”

“成本。VR 头显这种产品，如果想投入临床教学，势必要大批量购买。我们之所以将合作的高校限定为一流院校，是因为只有这样的学校才能申请到大数额的专项资金。但通常越是这样的学校就越保守，他们不愿意铤而走险，只会倾向于和成熟的企业合作，而不是选择我们这样的新兴公司，没有盈利，只有对未来前景的规划，这是每个创业公司的弱点。最重要的是，”司沣嘴角一扯，略显无奈，“我感觉南大医学院不会和我们合作。”

梁知夏有些不解：“不明白你为什么这么笃定。双方合作互惠的前提是共担风险，不仅我们要向前走，他们也要多迈出一步。”

“很多时候，屈居人后的才会无畏地向前冲，而已经占据优势的会更侧重于守住自己现有的位置。”

“既然如此，郑有为干吗还要跟我们说一箩筐的好话，给我们那么多鼓励？你也看到了，萌萌这两天跟打了鸡血似的，有时候半夜还给我发消息，说的都是工作上的事。如果这次我们落选，我担心她会接受不了。”

“我知道，所以我才没有多说，毕竟这也只是猜想。再说了，我们准备了这么久，你会因为我刚才说的这些话就放弃去西洲吗？”

梁知夏毫不犹豫地说：“当然不会。退一万步来说，即便我们不能达成所愿，这种大场面也有利于我们提升公司知名度，指不定就能遇上伯乐，总会有人识货。”

司沣闻言，原本平淡的表情突然显出了笑意：“你说得对，或许郑有为也是不忍心，才给我们这个机会。”

闻言，梁知夏长长地叹了口气。

去西洲的前一天夜里，蒙萌先是完成了每晚的固定健身活动，而后坐在床边看着收拾好的行李箱发愣。

距离谢衍去西洲，已经过去了半个多月。

那天早上她在房间里醒来，看到桌子上放了药，锅里还热着小米粥。最让她惊讶的是，她刷牙的时候突然发现脖子上多了一条项链，正是之前被谢衍作为“利息”拿走的那条。她右手攥着牙刷，左手摩挲着空荡荡的链子，忽然想到了什么，背脊霎时间冒出一层冷汗。

在心里酝酿了半天，她忍不住发了微信过去：“谢经理，谢谢你昨晚的照顾，还有今早的粥。”

对方很快回过来三个字：“不客气。”

蒙萌又抱着手机琢磨了一会儿，回道：“我每次一发烧就会变成话痨，昨天如果说了什么不中听的话，请谢经理多包涵。”

五分钟后，谢衍回：“什么样的话叫不中听？”

蒙萌心下一阵发紧，飞快地思考他这句话的意思，越想越觉得不对劲，只得试探着说：“说了让别人不高兴的话，应该就是不中听。”

谢衍又回：“哦。那就是一半中听，一半不中听。”

蒙萌僵硬地捧着手机，本想问清楚，对方却以登机为由，直接结束了对话。之后两人再无联系，蒙萌自然也不好纠缠。

这些天，她将自己完全投入到了工作中，便把这件事淡忘了。可此刻她即将去西洲，司沣又主动在群里约了谢衍开会，肯定避不开。

她不是没想过谢衍是故意诓她，可脑袋里总有些残存的记忆在提醒她，自己的确和谢衍说了不少话。

都说言多必失，她恐怕是真的失了点什么。

如此心神不宁，直接导致她失眠了一整晚。

第二天司沣开车来接她时，被她的黑眼圈吓了一跳。她只好半开玩笑半认真地说，自己是因为太紧张才睡不着。

梁知夏听了，直笑她没出息。

这次西洲的 PTRC 大会设在周末，蒙萌让梁知夏带了几个人事部的实习生，叫他们去会场四处转转，看能不能挖到小牛。

车上坐满了人，几个实习生还都是在读的大学生，年轻又有朝气，一路上都在找各种话题聊。他们很兴奋，仿佛这是一次旅游。

蒙萌坐在副驾驶，忽然看到他们的五人小群里，巫秦飞扬正在问他们几点到西洲。他还说，今天谢衍可能要迟一点，因为他又被吉盛的副总叫出去了，估摸一时半会儿回不来。

梁知夏的声音从后面飘过来："吉盛和混沌积怨已久，没想到谢经理在西洲过得还挺潇洒。前两天小飞扬和我说他几乎每天都有各种局，吃喝玩乐，犹如人间天堂。"

蒙萌原本还惦记着自己和谢衍的尴尬，这时也被勾起了好奇心："积了什么怨？"

"我家里有亲戚以前在吉盛做过，好多年前的事了。当时吉盛在西洲做爆破，势头正好，混沌便入了资，双方老板还签订了'一致行动人协议'。原本是个共赢的局面，但谁都没想到西洲会遭遇一场污染的浩劫。如今他们已是国内首屈一指的环保之城，爆破这种行业只会越来越衰败，大项目都做不了。现在吉盛虽是上市公司，但内里已经是个空壳。对此混沌完全不闻不问，只顾每年分红，吉盛肯定不满。我之前还想着，混沌的老总是对谢经理有多大意见，竟把他往泥潭里推？"

梁知夏说完，蒙萌有些一知半解："那现在吉盛的人是把谢衍当救命稻草了？"

司沣接过话："如果是救命稻草，他们肯定恨不得把他天天按在会议室里商讨改良的方案，而不是拉着他在外面吃喝玩乐，显然是不想让谢经理做正事，背后恐怕另有盘算。"

蒙萌虽然是以职场小白的身份进的映射，但前有沈青的全力指导，后有逆境中如赶鸭子上架般的敲打和锤炼，她已经能渐渐理解商场中的这些弯弯绕了。总而言之，谢衍很可能正在赴一场鸿门宴。

这个话题没再继续，蒙萌将手机滑到与谢衍的聊天界面，看到之前对方说的那句话，忍不住就在心底泛起了嘀咕。

什么是一半中听，一半不中听的，分明是故意耍着人玩。哼，任你去贼窝里被人吃干抹净才好。

前方有事故发生，这一段路堵起了车。

司沣听见蒙萌正碎碎念着什么，下一秒，她的手机就掉到了座位底下。

他侧头看见手机一角，便弯腰帮她捡起来。手机还是亮着的，他一不小心就看到了界面上那个熟悉的头像，漆黑一片。

【2】

因为堵车，一行人抵达西洲洲际酒店已经是下午三点多了。

蒙萌办好入住就倒头睡去，直到晚饭时间才被梁知夏叫醒。几个人会合去自助餐厅，路上全是挂着参会证的人，虽然彼此陌生，但还是会点头致意，甚至有互相合眼缘的人停下来交换名片。

映射的几个实习生按照之前说好的，分别去了人多的几桌，梁知夏、司沣和蒙萌三人则挑了个角落里的圆桌。刚坐下，巫秦飞扬就朝他们走了过来，多日不见，他有些疲惫，额头上还爆出了两颗痘。

“小飞扬，你怎么没跟着领导去应酬，一个人在酒店享清福？”梁知夏笑着调侃他。

巫秦飞扬一脸无辜地解释道：“我可没你说的那么轻松，得时刻待命，万一我哥发求救信号，要第一时间赶去救他。”

蒙萌被他的语气逗乐了，问：“这么严重？”

“你们都不知道，吉盛那帮人一个个跟从酒缸里捞出来的一样，轮番上来组局，这哪里是来工作的，分明是来陪酒的。”

“谢衍好歹也是混沌的投资经理，都不能拒绝一回？”

巫秦飞扬摇摇头：“哥有自己的打算，我就安心听指令。”

“你可真是个合格的下属。”

大家都笑起来，包括司沣。

西洲洲际酒店是出了名的美食打卡胜地，四人边吃边聊，实在畅快。席间巫秦飞扬说了不少这几日在西洲的趣事，譬如吉盛的人是如何带着谢衍四处逍遥，又譬如有老总看上谢衍想让他做女婿，蒙萌听得乐呵，但联想到司沣在车上说的话，心中隐隐觉得不安。

众人准备散伙时，巫秦飞扬突然接了个电话，立时赶去了大堂。

蒙萌他们跟在后面，远远便瞧见有两个年轻小伙扶着歪歪倒倒的谢衍走进了酒店。巫秦飞扬上前将谢衍接到自己手里，和对方交谈了几句，那两个人便离开了。

司沣见状，主动上前帮忙。谁知谢衍斜睨了他一眼，而后像是意识到了什么，目光在四周打了个转儿，最后落在蒙萌的脸上。

他确实喝了不少，眼神里都透着酒气，如此直勾勾地看着她，炙热得有些过头。

蒙萌被他盯得脸颊不自觉地发烫，只好走上前尴尬地叫道：“谢经理。”

谢衍听到这三个字，突然冷嗤了一声。

蒙萌满脸莫名其妙，等司沣和巫秦飞扬把他扶走了，忍不住骂了句：“酒鬼。”

“啧啧啧，这再精致的男人喝醉了酒都是一摊烂泥。会怕是开不成了，靠人不如靠己，不能指望他围着我们一个项目打转。”梁知夏的父亲是个酗酒的懒汉，她小时候经常看父亲在家耍酒疯，厌恶至极。

她鄙夷地看了一眼谢衍的背影，便拉着蒙萌回房间休息去了。

这天夜里，蒙萌睡得很不踏实，竟梦到谢衍被关在一个密不透风的房间里，手脚都被绑着，脚下有水在快速向上漫延，眼看着就要将他吞没……

她从梦中惊醒，窗外已有微薄的亮光，手机显示是早上五点半，再无睡意，她换了套衣服去露天行政酒廊散步。

时间尚早，四周除了正在忙碌的保洁人员，便只有一个正对着电脑工作的男人。

纯白 T 恤，亚麻灰西装裤，拇指和食指指节撑着下巴，眼神专注而平静，完全融入湛蓝的天色。

她很难把他和昨晚酒气熏天的样子联系在一起。

“早上好啊，谢经理。”蒙萌顺势在他对面的椅子上坐下来，有清爽的晨风拂过，微凉。

谢衍的视线从屏幕上移开，懒懒地靠进椅背，打量了她一眼：“生物钟养成了？”

“我的好习惯是养成了，谢经理却养成了坏习惯，酒多伤身。”

“担心我？”

“是，我当然担心金主的身体。”

“真让人感动。”谢衍抿了口咖啡，“这些人越急迫，就越容易暴露他们真实的目的。我只有遂了他们的愿，才能看到我想看的。你放心，我自有分寸。倒是你们，大会准备得如何？”

“挺好的，我们映射上下都为这次大会倾注心力。多谢您百忙之中还记得我们，倍感荣幸。”

谢衍自然听得出她语气里的抱怨：“你明白这点就好，我要做的事很多。”

“当然。谢经理，我先回去准备大会了，您慢慢忙着。”蒙萌皮笑肉不笑地说完，转身离开了酒廊。淡定装样维持不了几秒，拐了个弯，她就收了笑。心想着她都自顾不暇了，还有工夫去担心人家，完全是自讨没趣。

会议厅。

简短的开幕式后，各分论坛便开始了主题宣讲。金融论坛的人数最多，但由于“健康中国战略”的实施，医疗论坛也格外热烈，不仅参会单位多，连听众都坐满了，正式开始后还不断有人从别的论坛搬椅子挤进来。

蒙萌进门前，看到评审席里的郑有为笑着对她点了点头，顿时信心倍增。

此次来参加医疗分论坛的公司里，除映射是专攻 VR 的，还有另一家名叫“乐生”的，成立时间更短，刚刚推出了概念产品，主要方向是临终关怀和疼痛缓解。西洲是全国临终关怀服务的示范城市，有专业的医务社工团队，本土的医疗 VR 公司从这个方向入手的确很明智。

他们的人汇报完正题，便在专家质询环节疯狂地打感情牌，汇报人口才又极好，一段话说得情真意切，收获了不少掌声。

蒙萌转头对梁知夏说：“我觉得这个人很擅长渲染气氛，咱们公司恰好就缺这一型的，毕竟司大哥太理性。要是这两个人能取长补短，结合一下，肯定效果超赞。”

“把挖墙脚的心思收回去，那宣讲的姑娘就是公司老板，除非你直接把人家公司给收购了。”

蒙萌闻言，只得遗憾地叹了口气。

映射是上半场的最后一个，进入质询环节后，有专家问：“真正的活体解剖并不像教科书那样死板，经常会出现复杂难操作的地方，就算现在你们和高校签署合作协议，短时间内也无法丰富案例库，我担心你们的设备目前还无法训练出高能力的学生。”

司沣直接将 PPT 倒回构建数据库的流程图，而后说：“数据库的原始资料必然是教科书式的案例，对于那些复杂多变的临床个例，我们无法凭空搭建，第一阶段的关键在于积累。所以除与学校合作外，我们将在社会上招募医学领域对 VR 科技感兴趣的学员，为他们免费提供实验培训场地，通过高密度和高强度的模拟快速丰富案例库。我认为临床操作和更新案例库不仅是一个循环的过程，更是一场漫长的攻坚战，但这是所有新事物发展的必经阶段。”

又有专家说：“VR 设备都是大批量购入，通常医学院校的一堂解剖课至少需要四十台机器，成本太高，很多学校会望而却步。要知道，小白鼠的价格比你们的设备要便宜得多。”

司沣想了想，道：“我们的产品本身使用年限较长，除三年的保修期外，本公司还会定期对设备进行护理和保养。而据我所知，小白鼠无论是购入，还是最终的尸体处理，都不是笔小数目，日积月累并不比我们的产品划算。更何况，垃圾分类已经开始试点，也许再过不久就会全面推广。光是处理活体解剖造成的垃圾，就需要花费人力、物力。”

提到垃圾分类，场内哄笑声一片，算是戳中了当下的痛点。

如果说 PPT 展示环节司沣的表现很出色，那质询环节就是锦上添花。

蒙萌此刻已然心定，心想：这次的合作应该十拿九稳了。

中午吃饭的时候，映射的几个实习生还在回顾刚刚司沣宣讲的精彩瞬间，一个个脸上写满了骄傲和自豪。蒙萌笑得合不拢嘴，拉着司沣和梁知夏就开始说这个项目的具体实施安排。

到了下半场，蒙萌听了一半，忍不住出去溜达了一圈，还在金融分会场遇到了巫秦飞扬。

她本想和他打招呼，却见他正和另一个西装革履的中年男人低声讨论着什么，那人看着眼生，她没见过。

巫秦飞扬平日里都是一副冒冒失失的少年模样，脸上鲜少露出这样严肃的表情。此刻她远远望去，竟觉得有一丝恍惚，以为自己看错了人。

她也没多想，转身便回了自己的论坛，马上就要公布明天主题演讲的名单了——通常这份名单就是最终拿到项目合作的人选，行内人都知道这个不成文的规矩。可对外，他们只说是随机选取的代表项目，并非最终结果。

主持人宣布名单的时候，蒙萌几乎屏住了呼吸，可一直到他念完最后一家公司的名字，她都没有听到“映射”两个字。

上半场的论坛里只有一家做电子健康档案和电子处方的公司位列其中。

梁知夏和司沣暗中交换眼神，结果正如司沣之前预料的那样。

会场里的人渐渐散去，郑有为被几个人围住，对方再三向他表示感谢，并说了诸如“合作愉快”这样的话。

蒙萌听得真切，心底噌地蹿起一股气。

梁知夏眼睁睁地看她冲向郑有为，想出手拦住她已经晚了，只得无声地对着司沣说了两个字“完蛋”。

郑有为看到蒙萌，面上倒是一丝慌乱都没有，反而夸奖他们：“你们公司今天的表现不错，准备得很充分。”

“谢谢郑教授邀请我们来参会，虽然结果有点遗憾，但也给了我们映射一个展示的平台。”蒙萌的确有一肚子的疑问和抱怨，但此刻都只能憋回心里。

梁知夏站在不远处擦了擦冷汗，立刻投去老母亲般欣慰的目光，原本想迈开的脚也收了回去。

“不客气。至于遗憾嘛，倒是未必。你自己也说了，不虚此行。”郑有为说完，便被主办方叫走了。

蒙萌在原地愣了几秒，转身对映射的几个人苦笑道：“今天司大哥最辛苦，任务也完成得好。还有你们几个发名片也很卖力，人事那边说今天已经接了好几个咨询招聘的。我打听过了，今晚酒店的露天餐厅有活动，你们去玩个痛快，既然出来了就得尽兴。”

有人问：“蒙总不去吗？”

“年纪大了，不喜欢太吵，你们玩吧。”蒙萌冲他们摆摆手，便独自回了房间。

梁知夏原本想跟过去，却被司沣拦住：“年纪大的人也想要感受一把时髦，一起？”

他的手正松松捉着她的小臂。那一刻，似乎有股炽热的电流从她的肌肤下飞速穿过。

“我可没说自己年纪大。”她不动声色地挣脱他的手，“走吧。”

## 【3】

蒙萌回房间后，连灯都懒得开，面朝下趴在床上想心事。

手环是夜光的，她一边把玩，一边回想了一遍这段时间项目筹备的全过程。

究竟是哪个环节出了问题？她开始自我怀疑，为什么从她接手映射后，什么事也没办成过？除了得到混沌的投资，而这还多亏了谢衍的帮忙。

她越想越沮丧，指尖敲在手环上，不时地在屏幕上触发爱心。

不知过了多久，手机突然振动起来，打断了她的思绪。她愣神了好几秒，才意识到这不是微信提示，而是电话。

来自谢衍。

“喂？谢经理？”

“开门。”

蒙萌心中咯噔一下。

她还沉浸在刚刚低落的心情里，直到敲门声清晰地传过来，她才慌忙跑去开门。

房间里没开灯，衬得走廊里明晃晃的一片。

谢衍脱了深色的西装外套，用手指钩着，懒懒地搭在肩后，身上的淡蓝色条纹衬衫有些不成样子，领口的扣子解了几粒，衣袖卷到手肘，颇有几分不羁。他的脸上有细密的汗珠，胸口微微起伏着，瞳色暗沉。

她茫然地看着他：“你怎么……”

“听说你一个人在房间痛哭流涕，我顺路过来看看。”

蒙萌原本想问他“怎么个顺路法”，还想搾他“别幸灾乐祸”，可一想到自己什么都没做好，便一点底气都没有了。

“如果你是来看我笑话的，现在可以走了。”她没心情和他寒暄，准备赶客。

谁知谢衍抢在她关门前说道：“今晚我有件事要办，你之前说欠了我人情，现在给你个机会弥补。”

蒙萌将信将疑地跟着他出了门，这才知道原来他喝了酒，是找她做代驾。

开车前，蒙萌见谢衍再三确认安全带有没有系好，脸上俨然是副视死如归的表情，顿时有点哭笑不得：“要我开车的是你，现在你又摆出这副模样是什么意思？”

“不这么说，怎么让你出门？”

谢衍说这话的时候，双手还攥着安全带，嘴角却勾起一抹笑。

不知道是不是蒙萌眼花，她竟从中看到几分宠溺的味道。

但她很快想到那天他在门口说的话，分明是要和她划清界限。

为了阻止自己再胡思乱想，蒙萌连忙踩下油门，迅速将车子开入西洲最繁华的中心街道。

弗兰特酒馆。

这是一家传闻中的网红酒馆，美名远扬，但真正能入内一探究竟的没几个人。它不对外开放，筛选标准很神秘，金钱和权势在这儿都行不通。以前蒙萌听橘子提起过，但也只是一些江湖传闻。

如今她走近一看，才发现这家酒馆是很地道的美式风格，藏匿在报刊亭后。

推开那扇木门，像是走入了另一个世界。

里面温度适宜，正在放一首经典爵士 *Cobalt Blue*。蒙萌觉得新奇极了，暂时将项目评选失利的事抛到了脑后，一路上都在张望。

服务生是个黑人，他笑着露出雪白的牙齿：“戴维斯先生已经在等您了。”

蒙萌将这个名字在脑海里过了一遍，恍然想起这个人是在依云游戏发布会上有过一面之缘的老外。还记得当时戴维斯对映射的医疗 VR 项目很感兴趣，只是还没来得及深聊，他就被葛易请走了。

那会儿她还想着为什么所有人都急吼吼地往戴维斯身前凑，唯独谢衍泰然自若，原来他们竟是熟识。

黑人小哥将他们带进一个包厢，明黄色的光线里，戴维斯正坐在吧台前喝啤酒。

谢衍向戴维斯介绍："她就是我和您说的人。"

"您好，我叫蒙萌，是映射科技的总经理。"蒙萌说着一口流利的美式英语，戴维斯眼中闪过一丝惊喜。

"上次在依云的发布会，一群人在我眼前晃，我就对蒙小姐印象深刻。这一行的雌性动物少有，而长得好看的雌性动物更是稀有。"

没有女人会拒绝赞美，何况还是在谢衍的面前。

蒙萌笑着说了声"谢谢"。

"你们公司的报告之前阿衍已经给我看过了。近期我的确在中国市场上找机会，原本我看中了依云的 VR 游戏项目，毕竟游戏市场的利润要远远超过你们这种医疗产品。但阿衍请我去听你们早上的宣讲，我好像有点明白他为什么会对医疗这一块感兴趣了。总之，我愿意考虑对你们的投资。"

戴维斯这样一说，蒙萌立刻明白了谢衍带她来这儿的意思。她下意识地看向谢衍，在得到肯定后，连忙在心中整理措辞，然后开口说："现在健康是大势所趋，医疗是最大的民生问题，和老龄化也密切相关，绝对会带来一个巨大的市场……"

蒙萌有些迫切，脑袋里还有好多话想说，她想着自己不能失去这次机会，便恨不能用尽全力去争取。

谢衍和戴维斯对视了一眼，都笑了。

蒙萌一脸莫名地看着他们。

戴维斯喝了口啤酒，摸了摸他的络腮胡子："我只说考虑，至于你们最终能不能拿到，要看你们未来的表现。我的目标是逐利，要让我看到你们的项目有利可图。"

"我们会努力的。"虽说还不是板上钉钉的事，但这个消息足以让蒙萌感到兴奋。

戴维斯笑着对谢衍举起酒杯："你今天也要努力，好久没看到你大显身手了，别让我失望。"

"当然，我今天一定竭尽全力。"谢衍弯起嘴角，清脆的碰杯声后，两人都把杯里的酒一饮而尽。

蒙萌疑惑地看着他们，用口型问谢衍："什么意思？"

他放下酒杯，侧身在她耳边低声说："一个附加条件。"

耳畔一阵温热，蒙萌下意识地往后缩了缩，脸不由自主地发烫："什么附加条件？"

"Blackjack（21点纸牌游戏）。"谢衍本就在轻声地和她说话，此时说起英文更显得低沉而有磁性。

三人一同出了包厢，穿过一条长廊，之后又是一扇门。进门之前，有人将面具递给他们，蒙萌这才发现原来这家看似狭小的酒馆竟然别有洞天。

数十张半圆形的绿色赌博桌，穿着衬衣和黑色马夹的发牌员，欢呼声、叹气声交织在一起。和影片里出现的赌场差不多，唯一不同的是，这里没有筹码声，更没有金钱的味道，只有一种令人血脉偾张的紧张和兴奋。

戴维斯把蒙萌带到旁边的卡座，正对着他们的是一个显示屏，可以切换到在场任意一张桌子。

见蒙萌有些不自在，戴维斯笑道："别担心，这里的人不是赌徒，只是一些 Blackjack 的爱好者，很多人都是名校的数学天才。只有通过考核的人才能加入，你算是关系户，只能旁观，不能上场。”

“这样啊……”蒙萌不好意思地挠挠头，心想：人家也不是傻子，不可能如此明目张胆地做违法乱纪的事，显然是她想多了。

戴维斯点了根雪茄，探寻的眼神扫过去：“我认识阿衍这么久，还是第一次见他带女人出来。你们不像情侣，也不像普通朋友，到底是什么关系？我真好奇。”

蒙萌一怔，表面佯装淡定，心底早已翻江倒海。她的右手肘撑着桌子，脑袋歪在掌心里，思考了好一会儿，才吐出几个字：“没有他，我可能早已葬身大海。”

戴维斯意外地瞪大了眼睛。

“可是如果没有我，也没有现在的谢衍。我们过去是冤家，现在是盟友，就是那种……一根绳子上的蚂蚱。”

“蚂蚱？真有意思。”戴维斯其实并没有完全听明白她的话，却意外地感受到这两个人之间非比寻常的关系。男女情爱固然曼妙，但不可否认的是，这世上还有更多妙不可言的男女关系。

譬如，蚂蚱的关系。

“啊，开始了。”画面已经切到谢衍的那张桌子，除他之外，桌边还坐了几个人。

发牌员手下动作很快，蒙萌不懂规则，当她看到谢衍面前的两张牌为红桃 A 和方块 K 时，不远处传来一阵欢呼声。

“Winner Winner，Chicken Dinner。”戴维斯笑着吹了一记口哨。

这句话既是赢了赌局的意思，也代表祈求好运。

蒙萌很快发现，这一桌坐在谢衍旁边的人，和他差不多大，赢得不少，几乎和谢衍不相上下。

“他也很厉害。”

“是很厉害，我就在他那儿栽过跟头，澳大利亚，Jupiter（木星）赌场，那晚我输得只剩下一条内裤。”戴维斯自嘲地笑起来，“知道他是这里的会员后，我就一直想让阿衍帮我赢回来。”

“怎么赢回来？这里不是不能赌钱吗？”

“钱？我不缺这玩意儿，就差口气，或者说……你们中国人喜欢说的‘面子’。”

这下蒙萌明白了：“原来这就是您考虑投资我们映射的附加条件。”

“阿衍说过，他再不碰牌，没想到他对你们的这个项目如此看重，这也是我好奇你们关系的原因。”

听了戴维斯的话，蒙萌忍不住转过头盯着屏幕上的谢衍看。他的眼神很专注，半含着笑意，亮得像是落入了星辉，周围的一切喧嚣都与他无关，似乎每一张牌落下的瞬间，他都已经有了答案。

不知过了多久，戴维斯突然将一杯果汁推到蒙萌面前。

“为今晚的胜利干杯！”

“好像还没结束？”蒙萌有些诧异。

“不，已经结束了。阿衍从来不会让我失望，他天生就是跟数字打交道的。”戴维斯看上去很兴奋，整张脸都沾着酒气，通红。

蒙萌想到蒙宇也说过类似的话，实在不理解。

“我真好奇，你们怎么都这么说，赌博而已。”

戴维斯摇摇头：“人生处处都是赌博。也许你明白怕输的人永远赢不了，但你可能不懂得什么叫急流勇退。进与退，往往就在一念之间。算牌不过是一种方法，更重要的是克制力，阿衍就做得很好。

“不过我说的，是以前的他，现在可不一样了。”他冲着蒙萌露出意味深长的笑。

蒙萌读懂了他的笑意，默默移开视线，却在下一秒对上一双凌厉的眼睛，莫名地让她不寒而栗。

不远处传来欢呼声，谢衍成了今晚最大的赢家，热闹的场子里，蒙萌只是一个恍神，刚才的那双眼睛便消失在人群中，只留下一个空荡荡的座椅。

她以为自己看花了眼。

离开酒馆时，夜已经深了。

蒙萌被刚才的兴奋所感染，笑着问谢衍："谢经理，你怎么喝酒还能赢牌？厉害。"

"我喝酒能增加胜率。"

"就像你昨天晚上那样，也能增加胜率？"

"可以这么说。男人喝酒都是为了办事，你信吗？在这里，很多大生意都是在酒桌上谈成的。"

"挺好，如果喝酒就能办成事，我也想这么做。"

谢衍停下脚步："女孩子别一个人在外面喝酒。"

蒙萌见他说得严肃，便苦笑着点点头："说着玩的，就我那酒量，怕是事情还没说完就被人给撂倒了。"

谢衍笑着哼了一声，算作默认。

两人走至露天的停车库，站在车边，蒙萌没拉车门，微凉的晚风吹乱了她的发梢，她一边将头发拨到耳后一边整理着想对谢衍说的话。

"不管怎么样，还是谢谢你帮我争取戴维斯的投资。虽说还没得到，但已经很难得了。只是我担心，后面可能会让你失望。"

"失望？"

"对，因为我发现很多事情比我想象的难太多。我以前觉得是自己不够努力，不够认真，所以得不到好结果也怨不得别人。可是现在我努力了，还是不能达成所愿，我甚至想不通问题究竟出在了哪儿。谢经理，要是我们公司真走到山穷水尽的那一步，你会不会被降职或者开除什么的？毕竟你们那个董事长看上去像个翻脸不认人的，要不然你也不会来西洲，还被吉盛的人算计……"

谢衍看着蒙萌越来越低的脑袋，突然忍不住低声笑起来。

蒙萌仰头诧异地看着他。

“难得看到你这副低落的样子，十分有趣。”

“哦，这话一点也不好笑。”

“你都自顾不暇了，还有心思惦记我，万分有趣。”

“我当然担心金主……”

眼前突然投下一层阴影，蒙萌出于本能地后退半步，背脊贴在车身上，一阵凉意。

谢衍忽然俯下身与她的视线保持平行，如墨的眼睛像是在审视一道图形推理题。

不过几秒的工夫，他淡然地撤回身：“当初你来找我争取投资时，对映射的前景充满信心，现在不过半年，你就已经想到山穷水尽。一个公司的领头人都没信心，我又何必再浪费时间？这样，你们把剩下的钱还回来，咱们好聚好散。”

“还回来？”

蒙萌难以置信地看着谢衍，见他神色如常，不像是在开玩笑。但她心底清楚，谢衍的话完全在情理之中，她自己都颓丧成这样，也没办法带领映射向前走，更没办法帮沈青守住映射。

可她潜意识里以为谢衍会安慰她，这家伙果然不按常理出牌。

“我只是暂时看不清未来的路，并没有说就此放弃，况且……况且我不知道失去了这次和南大医学院的合作机会，还要等多久。一次次希望，一次次失望，说毫不在意都是假的。如果革命需要牺牲人，是不是就是我们这一批？”

“你说得不错，VR+ 医疗就是一场革命。但它的第一波红利时机未到，谁是走在最前面的，谁是做过预先投入的，又是谁在前景不明时就去闯的，这些人会是那批收割者。而像你这样，遇到一点挫折就转头退场的，最后什么都捞不到。”

蒙萌在原地沉默了一会儿。

以前她听过很多关于创业者的故事，知道这条路可能遇到的艰辛，可她是个从不相信命的人，一旦定下目标就会奋力向前冲，之所以在这个时候心生退意，是因为这次还有其他人和她一起。

“我担心自己选错了路，会让所有人都跟着白费功夫。”

“白不白费，不是你说了算。如果他们想离开，随时都能走。你现在这样，是自己先夙了，就别打着‘替他人着想’的旗号了。”

蒙萌原想反驳他，但细细琢磨了一番，又觉得确是如此。

她忍不住笑起来：“谢经理，投资这种事，大家是风险共担，即便我血本无归，咱们两边也只能和平分手。钱，我是一分都不会还的，而且还会用光，哪怕只能再撑几个月，我也不会放弃。我刚刚说的那些，只是预想到了最坏的结果……”

“没有最坏的结果。”谢衍沉沉地看着她，目光锐利而笃定。

每一个选择都会带来相应的结果，可人生不能重复，根本无法比较哪种结果更糟糕。

蒙萌长嘘了一口气，垂头摸了摸鼻子：“我明白了。”

回去的路上，巫秦飞扬发消息问他在哪儿，谢衍回完，又打开了一个对话框，上面清一色写着“我想你了，你呢”，大概有整整二十行。

收到这些消息的时候，手环上不停地出现爱心提示，手机也在桌上不停地振动。他还在酒桌上和吉盛的人斗智斗勇，但明显有些心不在焉，只得加快节奏，放倒了对方，之后立刻赶回酒店。

蒙萌突然打了个长长的哈欠。

谢衍将手机揣进口袋：“真羡慕你明天可以睡个懒觉，我那儿还有一堆工作。”

蒙萌反驳：“我不睡懒觉，明天我还要参加大会，万一有什么转机呢？”

“乐观是个不错的优点，你要继续保持。”谢衍笑了笑，不自觉地又将安全带拉紧了点。

下车前，蒙萌顺口聊起在会场看到巫秦飞扬的事，说他很上进，还知道和人结伴去充电。

“还有谁？”

“不认识，看着脸生。”

谢衍没再说什么，两人就此告别。

## 【4】

梁知夏不知道蒙萌是什么时候回来的，更不知道她早上是几点起床的，打开手机才发现蒙萌独自去了会场看大会的主题发言以及闭幕式，五人小群里全是她一个人的刷屏，图文并茂地分析所有项目的利弊。

其实今天已经有很多和映射一样没有被选中的公司提前离开了，比起开幕式时的热闹，此刻观众席里人头稀疏。蒙萌挑了个靠后排的位置，一边拍照一边做笔记。

“这么卖力？是想弄明白映射科技和这些公司的差距？”

“对啊。”蒙萌听到身旁传来声音，几乎是下意识地答道。隔了几秒她才诧异地转过头，只见一个看上去十分儒雅的男人正看着她。也许是她刚刚太专注了，丝毫没注意到身边坐了个人。

“你是？”

男人没直接回答她，转而说：“你们不比他们差，甚至还比中间好几个公司的项目强，可惜你们把事情想得太简单。解剖的背后是一整个利益链，大到白鼠养殖基地，小到学校负责采买医学使用动物的工作人员，这中间存在回扣和垄断。更何况，你们这种新兴事物其实是在挑战传统权威，那些医学会的老学究是不会同意的。”

蒙萌放下笔，注意力很快偏离了正在宣讲的公司，转向这个男人。

“现在是科技主导的时代，即便的确有人囿于传统束缚，不肯拥抱新技术，但随着年轻人上位，这种情况一定会改变。我们这次能够来参加大会，也是因为南大医学院的郑教授……哦不，现在应该说是郑院长的邀请，他一定想做出改变。

“但他并没有选你们，甚至没有选任何一家新兴的科技公司。他们依旧会走活体解剖的路，你们所谓的 VR 解剖，人家根本没打算要。我还可以告诉你，现在你们提出的这个项目已经遭到不少医学人士的反对，这只会增加你们以后在校园推广中的难度。”

蒙萌被他的话吸引，但仍有警惕：“你怎么知道这些？为什么来跟我说？还有，你上来就知道我的身份，是有备而来？”

男人闻言，憨笑着扶了扶镜框，双手递出名片：“你好，我叫余漫江，是南城仁泽医学院临床医学部主任。昨天在医疗分论坛听了你们映射的宣讲，恰好与我想做的不谋而合，今天看到你坐在这儿，也让我很惊喜，和那些听到自己没戏，就立刻溜走的公司相比，我更喜欢你这种认真做事的人。我就直说了，今天我是来和蒙总谈合作的。”

蒙萌将名片看了一遍，想起这所医学院只是所专科学校，她从一开始就没有把这样的学校列为合作对象。

在产学研的体系中，科学研究占的比例很大，而一所学校的排名也决定了它的学术能力，再者，不同的学校能拿到的资金也不同。映射此次提出的项目不仅需要在购买设备上投入，三年后还需要完成市级 VR+医疗科学实验室的建立，这些都需要雄厚的资金链才能完成。即便映射以后要融资，对方也会看重这个学校本身的名声和地位。

南大医学院和南城仁泽医学院简直是一个天，一个地。

余漫江像是看出了她的顾虑，继续说道：“我们学校自然比不上南大医学院，但现在你们的项目不能再停滞不前，只有选择和我们合作，才能让你们有回本，甚至赢利的可能。”

蒙萌打量了他一会儿，问：“我很好奇，既然你说现在没有学校肯和我们合作，那你呢？又为什么要做这只出头鸟？”

“因为我们的境遇相似，又都有想要达到的目标，只有合作才能让我们共同摆脱困境。”

“你的困境是什么？目标又是什么？”

“我很看好 VR+ 医疗的发展前景，但一直没找到推进它的办法。我为此钻研多年，希望有朝一日能有机会去证明……我所付出的一切都是有意义的。”

余漫江是那种典型的老实人长相，坐在人群里很容易就会被忽略，可是只要他一开口，就像换了个人。他那双看似平静的眼睛里像是有狂躁不安的火苗在跳动，能够持续输出一种信念感，足以触动蒙萌心底最深处的那根弦。

映射一行人返程时，后排的年轻人都睡得不省人事，车内安静极了。

蒙萌打开手机，在看到日期的时候突然想起一件事。

后天就是 7 月 26 日，她没有忘记这个日子对谢衍的意义，只是今年他人不在南城，不知道需不需要她帮忙去墓前送点花和祭品什么的。

对方很快回过来。

衍：谢谢，有人会帮我做，是我爸的朋友。

梁知夏从身后轻轻拍了一下蒙萌的肩膀，小声问：“没想到南大医学院一个项目都没签，郑有为究竟打的什么主意？”

蒙萌放下手机，想了想，答：“不清楚。不过我想，他现在做了院长，刚上位，要处理的事情很多。之前我们和南大医学院就合作不顺，不可能他一去就摆平一切，是我们忽视了 VR 解剖触犯到了传统解剖产业链的利益，现在落得这个结果也就没什么好稀奇了。”

“传统解剖……”梁知夏默念了一遍，“完蛋，我们之前的确没想到，不过萌萌，你是怎么想到这一点的？”

司沣也好奇地看过来，等下文。

“其实，我今天遇到了一个人，是仁泽医学院的。”蒙萌简单地将今天余漫江对她说的话复述了一遍。

梁知夏动作快，一边听一边在手机上查仁泽医学院的现状，甚至把那个叫余漫江的人也查了个遍。

“这个学校虽然远远比不上南大医学院，但算是市里这两年重点扶持的院校。至于这个余漫江，我觉得有点意思。他是去年才被这个学校挖来的，不仅是名校背景，业务能力也强，人刚过来就给学校谈成了好几个实习基地。”

蒙萌原本有些忐忑，听她这么说，顿时松了口气：“我也觉得他们会是好的合作对象。”

司洋问：“你们有没有谈具体的合作条件？”

蒙萌清了清嗓子，深吸了一口气才说：“他们一台设备都不买，要我们先免费给他们五十台，试用半年。如果到时候能出成果，他们就会在一次性付清这五十台费用的基础上再追加一倍。”

“开什么玩笑？简直是天方夜谭，做慈善的都未必经得起这种消耗。”梁知夏摆摆手，靠回了座位，已经兴致寥寥。

也许是动静太大，后排的几个小家伙醒了，车里又热闹起来。

司洋对蒙萌说：“事关重大，回公司再细说。”

“嗯，我知道，谢谢你，司大哥。”

“客气什么，你早上起得早，先睡会儿。”

“好。”蒙萌叹了口气，转头看了眼车窗外的天空，来时晴空万里，此时已是乌云密布。

梁知夏看到两人低语，不知怎么竟莫名有点烦躁。

次日一大早，映射会议室里气氛紧张。

“我不同意。免费把设备给他们这种事，绝对不可能。半年之后就是混沌的中期考核，一旦我们决定和仁泽合作，就意味着把所有的赌注都押在了他们身上，我们会变得很被动。万一我们没办法在半年之后出成果，那五十台机器，还有我们之前付出的所有努力就都打了水漂，这个项目也得直接完蛋。”梁知夏拔高了音调，一张脸比外面的天色还要阴沉。

共事至今，蒙萌还从未与梁知夏有过分歧，此刻对方气场全开，她的确有些招架不住，沉默了好一会儿才开口。

“半年时间，我不相信会一点成果都没有。自己的产品，如果自己都没信心，还怎么和别人谈合作？现在这不是没有更好的选择了吗？我们为什么不能试试新路子？万一成功了……”

“万一？我们忙活了这么久的重点项目经不起万一，你不能拿整个公司去冒险。我们还没到无路可走的那一步，南城除了南大医学院，还有其他的医学院校，实在不行我们就将范围扩大到邻近的城市。退一万步来说，就算要走免费实验的路，也必须得是科研能力强的学校。”

“可是余漫江也说了，现在那些一流的医学院校都已经站在了同一边，我们不是没有争取过，短时间内他们不会和我们合作。未来的路还长，我们现在最需要的是成果，这是实实在在的，比我们写多少营销软文都有说服力。不管是南大医学院还是仁泽，只要我们能在临床上通过实践的检验，就是向前迈出了一大步。等我们的产品在医学领域站住了脚，有了口碑，以后会有好的学校……”

“余漫江才和你认识多久？请你清醒一点，别又那么轻易地相信别人。”

蒙萌脸色骤变。

梁知夏也愣了愣，自知戳中了蒙萌的痛处。她顿了顿，语气比刚刚柔和了一些：“我知道你现在很着急，你也是希望尽快出成果。可是万事起点必须高，它会决定我们的格局。你和好的学校合作，那些一般的学校也会闻风而来。可如果相反，那些好的学校会不屑于与他们为伍，这根本不利于我们的发展。这件事情我不想再争执下去，就这样。”梁知夏已没有耐心再继续参与讨论，但她并没有离开，因为还有一个人自始至终都没有说话，她想等他的意见。

蒙萌紧紧攥着手，一时间也不知道是该继续争取，还是和从前一样跟着梁知夏的意见走。最后，她只能将问题抛给司沣："司大哥，你怎么说？"

梁知夏也有点着急："这么重要的事，你别一声不吭，快说说。"

司沣闻言，将他今早赶出来的文件分别推到她们的面前。

"我认为，你俩的说法都有道理。但是从目前我们公司的情况来看，另辟蹊径或许会是个好办法。这是我昨晚草拟的一个合作方案，你们先看看。"

说完，他又转向梁知夏："你担心的问题，不是没有办法解决。仁泽医学院是专科学校，但他们很快会被纳入北安医科大学，专攻临床和护理两大学科。北安虽然比起南大医学院还是差了点，但至少在国内也排得上名次。除此之外，我仔细看过仁泽这两年的国家级医学课题申报，没有想象中那么差。"

蒙萌一边翻资料，一边感叹司沣的高效率。

而梁知夏却怎么都笑不出来，原来司沣昨晚在公司加了大夜班仅仅是为了这么一个仁泽医学院。

"司大哥，那你的意思是，我们可以和仁泽谈合作？"

司沣点头道："可以合作，但合作的细则还需要双方坐下来认真探讨，务必出一个能尽快落地、可行性高的方案。"

"好……"

梁知夏合上资料夹，用手压在桌子上，站起身说："我们只有半年时间，北安至少下个月才会合并仁泽，就算他们想要给予仁泽支持，也不可能立竿见影。我相信，今天如果沈总在这儿，一定也不会认可这种拿整个公司冒险的决定。"

蒙萌心下沉了沉，刚刚还激动地想立刻联系余漫江，此刻只得握着手机僵直地站在原地，脑袋里嗡嗡声一片，四周花白得像是被截断信号的电视机。

一股奇怪的力量在催促她开口。

“你比我资历深，能力高，这个位置……你俩任谁都比我够格。但是既然现在我坐在这儿，我想我有责任去做决策。谁都可以质疑我，但请先拿出足以说服我的依据。”蒙萌说话的时候，也许是因为紧张，身体竟有些微微发颤。她的表情似笑非笑，有无奈，也有笃定。

梁知夏一时语塞，气氛瞬间降至冰点。

司沣：“这里是公司，一切还是要以蒙总的意见为准。”

梁知夏脸色一沉，面无表情地耸耸肩：“当然，我只是个打工的，一点拙见而已，不采纳也无所谓。”

话说到这儿，已经不太好听了。

蒙萌隐约觉得，今天的梁知夏和往常有点不一样。虽然梁知夏素来以严肃、犀利的风格示人，但不会这样带着情绪和她争吵。看着对方决然离去的背影，她有些不知所措。

“给她点时间，她会想通的。你只管去联系佘漫江，合作的细节必须一条条定。既然决定了要走这条路，就需要付出比之前更多的努力来对待，你要有这个思想准备。”

司沣的安慰让蒙萌的心定了不少，但她和梁知夏之间这种古怪的气氛却迟迟没有改善。

没过多久，公司里细心的人就看出这两人有点不对劲，但谁都不敢多说什么。

好在梁知夏还是秉持万事工作当先的原则，全力协助映射和仁泽医学院达成了合作。只是除了工作的必要沟通，她和蒙萌再无任何私下的交流。

半个月后，在双方的共同努力下，几经修改的合作方案终于定稿。

签约当日，蒙萌以公司的名义邀请佘漫江和他系里的几个重要参与人一同聚餐，但梁知夏以身体不舒服为由推了，甚至还破天荒地请了几天病假。

谁都知道梁知夏是出了名的工作狂，公司里一直流传着她带病上班的励志故事。

此事一传开，公司上下议论纷纷。

外界对于映射和仁泽的合作都不看好，认为他们是破罐子破摔。

但不论如何，“VR 解剖进校园”项目总算在几经周折后正式启航了。

## 【5】

周五傍晚，司沣从超市买了点水果和营养品，然后去了梁知夏家。

穿着睡衣，素面朝天的女人打着哈欠开门，像见了鬼似的将门立刻合上。

五分钟后，她在一番快速拾掇后又拉开门，看到司沣还笔直地站在原地，一脸的似笑非笑：“代表公司上门探望病号。”

“谢谢……不过，我家里没食材，我请你去楼下吃饭吧。有家老面馆，味道不错。”梁知夏不自然地将头发别到耳后，努力挡住身后的凌乱。

司沣本也不想和她独处一室，点头应允。

恰逢下班的高峰，小区里都是回家的人。

虽然梁知夏平常在公司都是女阎王的样子，每年训导实习生和新人都能震慑全场，大家都怕她，但她和邻里的关系不错，这时带着皮相极佳的司沣，难免引来关注。

“我同事，我同事。”

“谈男朋友？我们在谈工作而已。”

“别瞎猜，真不是！”

司沣单手插在口袋里，看她笑着一个个解释，觉得既新奇又有趣。

正赶上饭点，面馆生意很好，里面坐满了人。

还好梁知夏和老板有交情，点完单，服务生便将他们带进里屋，临时拉了张桌子给他们用。

司沣四处打量了一圈，问她：“你经常来这儿？”

梁知夏端了两杯茶，递给他一杯，嘴角扯了扯：“不然呢，一个人开伙不现实。这里的东西好吃又卫生，还省得我回去刷盘子洗碗。”

司沣点头，又问：“看你气色很好，不像是病了，当真是为了和她赌气？”

梁知夏捧着杯子，吹了吹热气：“谈不上，只不过想把积攒的年假休了，我最近的确有点累。”

“这一年，小萌她变化很大。虽然她还有很多不成熟的地方，但做事很用心，有些出其不意的点子还能给事情带来新的转机。这次的事不是她拍拍脑袋得来的，我也认为和余漫江合作，是当前最好的选择。无论如何，你不该当众提沈总，这跟在伤口上撒盐没区别，何况你还是她最信任的朋友。”

小店里很吵闹，但他们处在里间，一墙之隔，反倒显得格外静。

梁知夏沉默了一会儿，突然笑着问：“那你呢？你也把她当朋友吗？”

司沣疑惑地看着她。

“原先她刚做总经理的时候，完全就是个小白。但那时有你在，我想着我俩就和左右大臣一样辅佐她。可是现在你也开始变得不理智了，跟着她瞎胡闹。你以前不是这样的，司大哥。”

“这不是瞎胡闹，这个项目……”

“之前我无意中发现了另一份资料，和你最开始给我们的那份只有一处不同。你早就知道余漫江是‘朵朵案’里的那个匿名医生，却故意将这件事瞒下来，你让我怎么想？”梁知夏抱着手臂，身体向后，完全靠在了椅子上。这样拉长距离，足以让她审视他脸上任何一处细微的表情变化。

司沣的脸色毫无波澜：“那个案子的审判结果已经公示了，医生无责。何况余漫江本就是个不可多得的人才，他是国内做 VR 临床手术的第一人，更是推行 VR+ 医疗的先驱者，这个项目有他就稳了一半。”

“现在社会上针对他的舆论都是负面的，他之所以能好好的是因为身份没有被曝光。万一被什么有心人揭露出来，只怕连映射都得跟着成为众矢之的。纸包不住火，这个世界上没有永远的秘密，就譬如，你对萌萌……”梁知夏欲言又止，眼里突然浮起一抹复杂的情绪。

冗长的静默。

两碗面端了上来，隔着袅袅热气，梁知夏看着他：“余漫江就像一颗不定时的炸弹，随时都可能引爆，冒这么大的险，真的值吗？”

司沣沉沉地看着她的眼睛，一字一句道：“我一个坐过牢的人，当初沈总肯收留我，也是冒险，你选择替我隐瞒，更是冒险。这世上本就没有什么百分之百的事。”

“你……”

“我不知道你究竟为什么会歪曲我和小萌之间的关系，但我司沣素来对事不对人。就算今天是你在那个位置上，我也依然会赞同所有对公司有利的决定。专科学校如何，受争议的余漫江又如何，当初你们可以给我机会，就应该也能给别人一个机会。”

梁知夏不敢置信地看着司沣，虽然面上努力保持镇静，但心底早已翻江倒海。她一直小心翼翼，怀揣在心底多年的事，如今竟被对方如此轻易地说了出来，这让她多年的悉心经营在此刻通通变成了一个笑话。

梁知夏猛地从椅子里站起来，语气急促：“我可不是什么慈善家，可以给这个机会，给那个机会。我当初帮你隐瞒，也绝不是为了让你今天跟着人家做糊涂事，而是……而是因为我心里有你，可余漫江他算什么？”

说完，她也不敢去看司沣的表情，转身就出了面馆。

司沣在原地愣了许久，而后拿起筷子，安静地将面吃完。付账前，他重新在软件上下单了一份刚刚梁知夏点的面，让外卖员送去她家里。

老板是个中年妇人，笑起来脸上有很多皱纹，她对司沣说：“小梁最近心情不好，脾气大点，你们做男人的就多包涵包涵，她一个人在这儿打拼，家里又是那样的环境，不容易。”

“是她弟弟又来找她要钱了？”

那老板叹了口气，低声说：“可不是？那天小梁还在我这儿吃饭，她那不争气的弟弟和偏心的妈就直接冲过来闹，都不让人家孩子把面吃完。都是十月怀胎生的，哪里有那样的母亲！”

司沣忽然想到梁知夏刚进公司的时候，无论是工作能力还是外形气质都很出挑，公司里的人都说她家里条件很好。后来他在某次午休撞见她一个人躲在茶水间的冰箱后面吃公司供应的免费饼干，起初他以为是女人惯用的减肥方式，直到他看到梁知夏被几个不良少年堵在公司后门的小路上，这才知道原来梁知夏有这样一个家庭。

“那姑娘平常总把自己弄得像个男人一样，其实内心还是个细腻敏感的女儿家。情侣嘛，吵吵架不要紧，多哄哄就行。”

司沣一时间不知道怎么回话，最后只是笑了笑，便驾车离开。

虽然有梁知夏这个小插曲，映射和仁泽的合作却还是马不停蹄地向前推进了。

先是 VR 设备进校园，利用学生群体的社交优势扩大网络影响力，作为资深媒体人的橘子，很快也动用人脉给映射的新项目加油打气，不少诸如“别人解剖和我们解剖”“关于 VR 解剖你不知道的小秘密”“女朋友再也不会怪我伤害小兔兔了”等话题登上了热搜。

没过多久，蒙萌和余漫江便为医疗 VR 解剖的训练营忙活了起来，两个人都顶着烈日在南城的各个医疗场所奔走。他们希望以最快的速度训练出一批学员，好参加南城一年一度的解剖大赛。时间紧迫，各项工作都在紧锣密鼓地进行中。

半个月后，梁知夏突然以一副全新的面貌出现在了公司。

以往她都偏爱中性风，妆容也都是利落冷艳的，让人看着就有距离感，加上她素来雷厉风行，公司上下无论男女，但凡在工作上出现一点纰漏，她都不留半分情面。

可如今的她，去理发店接了一头长发，甚至剪了个时下流行的八字刘海，再配上一条水蓝色的淑女裙，简直风格大变，引来无数异性的瞩目。

一路小跑进公司的蒙萌迎面和她撞上，霎时间尴尬、惊讶、困惑全都写在了脸上，半天才结巴着冒出来几个字："梁……梁姐，早。"

"早？不早了。看来我不在的这几天，你又开始踩点上班了？"梁知夏指了指墙上的挂钟，眉头轻皱。

蒙萌眨了眨眼睛，下一秒突然跳起来抱住她。

"你回来了，我以后再也不敢迟到了！"

梁知夏连忙将她推开，边理头发边说："蒙总，麻烦你注意下形象，这是在公司。"

蒙萌退后两步，歪着脑袋打量着梁知夏："几日不见，咱们公司竟然多了位大仙女。"

旁边原本压着不敢说话的人连忙附和。

"梁姐这样我差点没认出来！"

"我早上还以为公司来新人了。"

"以前的梁姐是又酷又美，现在的梁姐是又仙又美。"

梁知夏被众人围着，明明有些不好意思，但还是板着脸让他们去工作。

蒙萌一转头，看到司沣从办公室走出来，端了马克杯正要往茶水间走。她刚想和他打招呼，却见身边有人动作极快，像是变魔术似的拿出一杯咖啡递到司沣的手上。

"你喜欢的榛果拿铁，不谢。"

"你……"

"追人就要拿出诚意。"

此话一出，包括蒙萌在内的映射众人都受到了暴击。

而司沣虽然和往常一样没有多余的表情，他的手却不听使唤地抖了一下，咖啡洒了一地，还溅到了他的裤子上。

后来公司众人每每回想起这一天，都觉得印象深刻。

因为，它是咖啡味儿的，还有点甜。

橘子近来不知道发了什么疯，突然吵着要去尼泊尔，临走前还丢了个某奢侈品牌的男式钱包给蒙萌，说什么再也用不上了，让她随便处理，送人或丢掉都行。

没过几天，蒙萌刷到尼泊尔发生小范围暴乱的新闻，立刻吓到将所有联系方式都用了一遍，那边终于断断续续传来橘子的声音。

她先是笑着说："我是谁啊，哪儿那么容易出事？"

然后又哭着说："这么多人都关心我的死活，怎么就他无动于衷？男人真是这个世界上最无情的动物。萌萌，你可千万别像我这样没出息啊。"

电话就这样断了。

第二天，蒙萌又看到橘子在朋友圈晒照片，是她在加满德都的街头，和一群小女孩的合影。那边的孩子肤色很深，显得橘子白得发亮，她们都在笑，大大的眼睛里盛满天空的湛蓝。

蒙萌忍不住想，像橘子这样美丽洒脱又多金的女孩子，居然也会有一份求而不得。而像梁知夏那样视工作为生命、视爱情为粪土的人居然也会大张旗鼓地追求心中所爱。至于她自己，则会在每天忙碌之后的短暂喘息里想起一个人，然后敲一敲手环，看到它蹦出一个又一个爱心。想来就觉得有趣。

这个夏天，南城热得像个密封的火炉。

一切都变得轰轰烈烈。

第七章

# 隔山隔海，希望不灭

## 【1】

入秋后，随着各大高校进入新学年，映射的项目也进入了快速推进的阶段。

蒙萌几乎隔两天就要和余漫江通话，以便及时了解 VR 解剖的教学反馈，除此之外，她还亲自去学校看了学生上课的情况。

有一回她悄悄趴在窗外观察，差点被保安当成可疑分子带去保安室，最后还是余漫江眼尖，从实验室跑出来赶忙将人叫住。

这是蒙萌第一次这么认真地对待一个项目，认真到她几乎把谢衍抛到了脑后。

只是在每天回家开门，看到隔壁的门口堆积着社区发下来的宣传单和小广告时，她才会有一丝淡淡的失落。

中秋节当晚，橘子带了瓶红酒来和她赏月。

两人一不留神就多喝了点。后来橘子撑不住，先去睡觉了，蒙萌脑袋发晕，全身像是被火炙烤着，一阵阵往上涌热气。她一个人趴在阳台上，看到隔壁的阳台黑幽幽的，那股思念霎时间被勾了出来。

原来她竟这么想他。

电话接通的时候，她先是不受控制地咯咯咯笑了一通。

“你喝酒了？你在哪儿？”

“一点点，一点点。和橘子在家喝了点，她没我厉害，都跑去睡觉了。哈哈哈，谢经理，你知道吗？南城今晚的月亮又大又圆，就像一块会发光的玉盘，超美的！”

“是吗？”

“嗯！你那边呢，你那边的月亮好看吗？是不是也和我们这边一样好看？你跟我说说好不好？也许地方不同，就会不一样啊。”

“……乖，我这边有工作，你自己看月亮，好不好？”那边的声音尽力软下来哄着她，低哑的，沉沉的。

“不好！我要你说，你那边的月亮是什么样的，我好奇啊。”

“……是一样的月亮。”

“不一样！你看到的和我看到的，怎么能一样呢？你说一样的话，我还怎么找借口和你继续说话？我都好久没见你了，你就不能和我说说话吗？”蒙萌越说越委屈，已经有了哭腔。

她整个人滑在地上，伸手将头发抓得一团乱，然后瘪着嘴巴闷闷地说了句：“谢经理，你知道吗？我每天都会看着你家的阳台，然后想，你到底什么时候回来啊？”

几秒的沉默后，对方问：“想我？”

明明只是在打电话，蒙萌还是重重地点了两下头，说：“想。”

电话那头的谢衍低低地笑出了声：“我知道了，快去睡吧，听话。”

蒙萌又是摇头：“不！今天中秋节，我不管，我要和你一起赏月！”

“……”

橘子第二天醒来，发现蒙萌竟然抱着手机在沙发上睡了一夜，走过去把她叫醒。

蒙萌迷迷糊糊地睁开眼，想看时间，发现手机已经没电了。

两人吃早饭的时候，橘子随口问了句：“你昨晚和谁打电话呢？还手舞足蹈的，我都怕你从阳台掉下去。”

蒙萌突然怔住了，她立刻放下牛奶，冲回房间把手机打开确认。

等待开机的时间明明没多久，她却紧张到屏住了呼吸。

当她点开通话记录时，瞬间两眼一黑，瘫坐在地上。

“怎么了你？”

橘子一脸莫名地走过来，从她手中拿过手机，看到最上面的“谢衍”两个字：“行啊你，从七点到十二点，你俩聊了什么人生理想？”

蒙萌苦笑：“好像是，聊月亮。我就一直让他跟我说西洲的月亮好不好看……就是这样……我喝多了。”

橘子翻了个白眼：“你编谎话好歹上点心，昨天西洲大雨，别说月亮了，星星都看不见。”

蒙萌怔住，半天说不出话来。

她想，反正自己喝醉了，就装失忆好了。她应该没说什么更奇怪的话了，就是赏月而已。

可是为什么，谢衍会陪她聊了五个小时的月亮？难不成他也喝多了？

混沌的年度股东大会如期举行。

按照议程，各投资经理人都需要向上级汇报手头项目的进展和明年的投资计划。所有的投资小组里，葛易的业绩遥遥领先，其他组还在埋头为汇报加班，他早已准备妥当。

于他而言，股东大会是他未来接手混沌的重要舞台，他不仅要让自己的业绩突出，更要有全局观，每一个决定都要站在公司长远发展的立场上。

譬如，混沌的上市计划。

会议正式开始前，与会人员都拿到了一份汇总之后的业绩报表，但让大家惊讶的不是葛易的成绩，而是谢衍的。虽然在投资映射后他的负面消息不断，尤其是和蒙萌的花边新闻，但他同期的实际业绩竟然和葛易不相上下。

可惜因为谢衍被派去了西洲，今天的汇报议程里并没有他，如此便少了些火药味。

葛易沉默地翻着谢衍那边的总结，眼底一片阴郁。

谢衍的小组刚成立不过半年，里面的人也都是些愣头青，没想到他竟不声不响地做了这么多事。是他一直小看了谢衍，或者说，是他打心眼里瞧不起谢衍，根本没把人家放在眼里。

作为全公司的业务代表，葛易最后一个上去汇报。

提及混沌的上市计划，他特意多花了点时间。在场的股东们都露出了满意的表情，其间频频点头，殷文祥坐在正中间，不时地看手表。特助见状，还以为后面有什么重要的活动要他出席，皱着眉头反复确认日程表。

汇报结束后，葛易从容地回到座位，但在他抬头的瞬间，对面的位置上突然多了一个人——笔挺的黑色西装，俊朗的一张脸，看上去风尘仆仆的，像是刚从什么地方赶过来。

殷文祥朝主持人递了个眼神，对方立刻叫谢衍上去汇报。与此同时，巫秦飞扬正将装订好的材料派发下去，空气里霎时间响起了唰唰的翻页声。

“我很认同葛经理提到的上市计划，我今天要汇报的有关吉盛公司的事正好能为混沌未来的上市提供一个新的可能性……”

葛易沉着脸边翻资料边抬头看 PPT，努力压下心底涌上来的烦躁，没想到谢衍竟然还是赶回来参加股东大会了。

其实吉盛打算贱卖公司的事，混沌的其他投资经理早有耳闻，大家都装作不知道。那是块烫手的山芋，费时费力也未必解决得了，没人想蹚这趟浑水，何况在葛易看来，区区一个吉盛，根本不值一提。

殷文祥将谢衍派去时，葛易还有点幸灾乐祸，心想：他年纪轻轻，根本不会是吉盛那些粗人的对手。

谢衍去西洲后，他还派人打探过，果真如他所料，谢衍被那帮人变着法儿地弄去玩乐，根本没时间碰正事。

可现在谢衍不仅完成了，还完成得很漂亮。

吉盛当年融资上市时，老总和混沌签署了“一致行动人协议”，各自控股 21%，副总持股 15%，剩余 43% 的股份上市流通。原本吉盛想趁着协议到期之际，在不告知混沌的情况下，暗中将公司悄悄卖给一家曾和混沌结怨的天诚投资，严格踩着时间点，让混沌来不及反应，只能默默将这苍蝇和水吞了。

但他们没料到，谢衍会将计就计，假装不知道他们要贱卖公司的事，趁着酒醉旁敲侧击地提示对方和天诚的这笔买卖完全不值当，之后还拐了个弯，将天诚内部的致命缺陷送到了这位副总的桌子上。久而久之，这位持有 15% 股权的副总便被策反了，甚至还对谢衍感恩戴德，认为是他帮自己减损，笃定吉盛老总与天诚有抽屉协议。

于是在吉盛的内部会议上，混沌和这位副总成功地驳倒了吉盛老总将公司低价卖给天诚投资的决议。

这件事的关键不在于为混沌降低了贱卖公司的损失，而是成功地气到了天诚投资的人。这个人正是当年背信弃义，在混沌处于危急时刻带着骨干另立门户的某总监。

“……的确，吉盛对于混沌来说如同蝼蚁，大可忽略不计。但天诚如此急迫地想要吃下吉盛，是为了借壳上市。对于混沌来说，也未尝不是一条路。我们可以将未来五年乃至十年的重点项目都整合进吉盛这个壳里，譬如我们投资的映射科技以及刚刚收购的明医信息，归总成一个医疗类的科技公司……”

谢衍汇报完，会议室里便响起了嗡嗡的议论声。

殷文祥没有急着发表意见，除他之外，其他股东虽提出借壳上市会面临的资产重组和内幕交易的风险，但整体也认可了这项提议的价值。

副董钟靖突然将话题抛给了葛易："葛经理，你对刚刚谢经理的提议有什么想法？"

葛易扶了扶镜框，脸上端着惯有的笑容，道："我和谢经理的看法一致，借壳上市能大规模筹集资金，带动股价暴涨，除此之外，也有利于母公司的发展。不过，"他的目光转向了谢衍，"比起医疗，目前 VR 游戏的发展更有前景。近来依云正在组建顶尖的技术团队开发区块链 VR 网游，具体的游戏内容我们将在中期评测时公布。"

钟靖露出赞许的目光，暗中松了口气。

刚刚是他私下发消息给葛易，让他提前将区块链网游的事公开。而原本葛易并不想这样做，他认为时机未到，所以也没有把这个消息放在汇报里。

但现在眼看着谢衍抢了所有的风头，钟靖按捺不住，立刻先让葛易顶上，打算等熬过董事会这关再说。

果不其然，股东大会结束后，殷文祥便将葛易叫到办公室详聊。当天下午就传出混沌要追加投资给依云的消息，而这本该发生在中期考核后。

有人说葛易已经稳坐混沌总经理的位置，也有人暗讽了谢衍一把，说他在西洲忙活了三个月的成果，被别人轻松几句话就抹杀了。

巫秦飞扬气得在旁边叨叨，谢衍却优哉地在办公室收拾东西。多日没回来，总觉得要整理东西才有仪式感。

忙活完后，他召集组员开了会，之后便去殷文祥那儿请了半天假。

等谢衍离开公司，又有人在背后嚼舌根，说他是心情低落才请假的。

而对于这一切，谢衍置若罔闻。

映射科技。

公司的大佬们都被蒙萌召去开会，沈沈站在前台，低头悄悄刷着淘宝。

空气中突然传来骨节敲击的声响，她吓了一跳，慌忙将手机倒扣在桌子上，抬起头一看来人，立时露出花痴本性，羞涩地笑道："谢经理，您是来找我们蒙总的吗？"

"嗯，不过没预约。"

"没关系，蒙总交代过，您是金主，是贵宾，不需要预约。只不过蒙总现在正在开会，我带您先去休息室坐一会儿？"

"好。"谢衍闻言，见这姑娘笑容甜美，脑中顿时浮现出蒙萌说这些话时脸上谄媚的假笑。

大概映射选人的标准都是照着这位总经理来的。

沈沈连忙将人引进去，不由得腹诽，像谢衍这样的冷面帅哥，竟然也会搞突然袭击这一套。如此浪漫，难怪能俘获总经理的心。

当年为了营造工作氛围，沈青特意给公司最大的会议室做了一块玻璃窗。

谢衍路过会议室时，看到蒙萌正站在中间的位置，半弯着腰对着文件指指画画。身上浅蓝色小西装衬得她肤色极白，一头长发在脑后随意绾了个髻，耳畔的一缕头发松垂下来，发尾的弧度与下颌完美贴合。不知是不是遇到难题，她眉头紧蹙，似是在发愁。

也许是感受到了异样，蒙萌微微抬眼，与那道视线撞了个正着，心蓦地漏跳了一拍。

只此一眼，足以让她在接下来的会议里有些心不在焉。

明明前几天巫秦飞扬还说他们要过几天才能回来，中午就听说了他赶去股东大会的消息，而此刻，他竟然出现在了这里。

她看着他从窗前走过，一时间有些恍惚。

会议在一小时后结束，蒙萌走进休息室前，下意识地深吸了一口气。上次在西洲，两人的最后一面还闹了些不愉快，她走时也只是在微信群里和他打了个招呼，一别两个多月，他突然到访，面对面的独处竟让她有几分紧张。

“真抱歉，让谢经理久等了。最近事情多，请多包涵。”

谢衍手上在翻的正是 VR 解剖训练营的宣传册，见她进来，便说：“事情多不要紧，就看是好事情还是坏事情。”

话说到这儿，蒙萌便将刚才会议中讨论的问题复述给他，想听听他的建议。

谢衍听完，思忖道：“第一次冒险是勇，第二次冒险就是蠢。如果以后所有要和你们合作的学校都效仿仁泽要免费试用，你这公司能撑几日？”

“是这个理儿。不过，目前我们和仁泽的合作虽然在稳步推进，可还是想多打通几条跟高校合作的通道，这样才能保证在混沌的中期考核顺利过关。”

“有紧迫感是好的，但凡事欲速则不达。”

蒙萌仔细观察着谢衍的神情，舔了舔嘴唇，说：“你的意思我知道了，这个事情一时半会儿也不会做决定。除此之外，还有个棘手的。就是谢经理手上的训练营，目前还缺不少钱呢，挺急的。”

谢衍瞥了一眼宣传册，眉毛一扬：“这个可以等你们和仁泽的合作有水花了后再做，你们现在太急躁了。”

“不是我们急，而是我和余漫江算过时间，要想赶上解剖大赛，就必须尽快让训练营开班，这个大赛是推广的好机会，错过了会很可惜。你也知道，我们走到今天不容易，每一步都很艰难。我很怕走错一步，就毁了整盘棋……”蒙萌越说越低落，整个人缩进沙发里，肩膀也十分配合地微微颤动。

“你不用说得这么可怜。”谢衍抿了口咖啡，觉得难喝，又放下来，“看样子是来找我哭穷？”

蒙萌讪讪一笑：“这不是听说依云又得了笔投资嘛，我就也想问问，就问问。”

“消息倒是挺快。可人家是正儿八经得到混沌投资的重点项目，你们却是押上小半身家才换来的开小灶。你拿什么和别人比？”

“是是是，是我多想了。”蒙萌垂着头摸了摸鼻尖。

谢衍噙着笑：“钱，是不可能多给的。但据我所知，你们拿到的融资还没花完，足够你们应付训练营，你莫不是想装可怜从我这儿再多捞些去？”

“那不行。剩下的钱是用来保证仁泽这个主项目的，万一我们中期没通过，后续拿不到二轮融资，至少能保证项目不中断，做完整个年度。”

“嗯，要是对赌失败，公司都要转手他人，更别提项目了。你现在就想着退路，可见是很没有信心。”

“意外太多，我只是想多留一手。”蒙萌撇撇嘴，“好吧，训练营的事，我自己会再想办法，不劳您费心，我……”

“中期会通过的。”谢衍打断她，从沙发里站起身。

“你就这么笃定？”

“我在这儿，你瞎操心什么。”

夕阳的余晖从百叶窗透过来，他站在暖橘色的光线里，嘴角微微扬起。

蒙萌愣愣地仰头看着他，一种异样的情愫霎时间蔓延至全身各处，像是过电般，酸麻之余还有一丝甜。她不自然地扬起一抹笑：“谢经理，随便给女人承诺，不是个好习惯，因为我会当真。如果你食言，我就……”

“就怎样？”

“就……”蒙萌欲言又止，没声儿了。

谢衍嗤笑道：“随便对男人放狠话，也不是个好习惯。比起威胁，更像挑逗。”

蒙萌摸了摸鼻子，故意忽略他的笑容，反问：“那啥，你怎么提前回来了？之前不是说还要几天吗？”

“看看南城的月亮，是不是有你说的那么美。”

“……”

## 【2】

也许是有了谢衍的那颗定心丸，不仅映射与仁泽的合作稳步推进，就连面向社会的VR解剖训练营也办得声势浩大。双管齐下，VR解剖数据库正迅速丰富和完善着。

训练营第一期结业，他们选出来的学员便在解剖大赛中拔得头筹，直接赶超了那些名校出来的大学生。

不少学校闻风而来，开始征订少量产品。渐渐地，映射终于不再是亏本状态，有了营收利润。半年后，他们与仁泽医学院的合作也很顺利，对方按照约定结清了前五十台设备的钱，还追加了一批产品。

由此，映射终于完成了和混沌的对赌条件。

更让蒙萌开心的是，今年映射科技入围了市级最具潜力创业奖。

其实每年市里都会有全行业的集体表彰大会，但大部分奖项都被龙头企业瓜分了个干净，只有这个奖项是专门留给新晋公司的。这种官方奖项能大大提升新晋公司的知名度，哪怕是仅获得提名也能跟着沾光。

为了庆祝近期取得的好成绩，蒙萌择了个良辰吉日，就地在训练营举办了一场盛大的结营仪式，顺带为下一期招募做宣传。

余漫江为了今天的活动特意穿了套正规的西服，上台前一下子看到那么多摄像机和白花花的闪光灯，顿时闷出一头汗。

蒙萌坐在台下，也被他弄得有点紧张。

好在开场白之后，说到训练营的筹备、正式招募学员和参加比赛的全过程，余漫江自然了很多，最后越说越走心，颇有点毕业时班主任说最后一席话的煽情效果。

整场仪式十分顺利，完全按计划走完了流程。

最后的环节是由蒙萌代表映射为余漫江颁发新一期训练营的导师聘书，跟在她身后的礼仪小姐端着托盘，上面放着鲜红的证书，绒面烫金的外壳在闪光灯下熠熠发亮。

她将证书交到余漫江的手上，说了声：“谢谢。”

对方和她握手，情绪还陷在刚才动情的演说里，眼眶微红：“也谢谢你给我这个机会，合作愉快。”

拍照的时候，有人让余漫江把证书打开捧着，他依言照做，看也没看，直接翻开了。

霎时间，人群中响起了几声尖叫。

镜头和所有人的目光纷纷转向余漫江手里摊开的证书。

蒙萌原本还有点奇怪，为什么会有人这么激动，直到她看见梁知夏疯狂对她打手势，这才察觉到不对劲。

余漫江显然也注意到了不寻常，低头的瞬间，如触电般将手里的东西丢了出去，他的整张脸像是被猛然抽干了血，苍白而惊惧，胸口剧烈地起伏着。

原本的聘书不知被谁偷换成一张黑白照片，上面是一个小女孩，眼睛空洞而乌黑，让人想到《咒怨》的海报，不是别人，正是之前备受关注的朵朵。

蒙萌也被吓了一跳，但更多的是气愤。能想到在这个场合把“朵朵案”扯出来，明显是刻意针对。当务之急，是尽快查出是谁把证书调的包。

好好的一场结营仪式最后以恐怖片的画风收了尾。

蒙萌很不甘心，但她没想到这仅仅是个开始。

这段戏剧化的视频被大肆扩散，第二天一早，有关余漫江是当年治疗朵朵的匿名医生的事突然在网上曝光，除此之外，还有一组余漫江与朋友的聊天记录，主要内容是他为了推进医疗 VR 可以不惜人命，任何事业的前进和发展都要建立在牺牲之上，医学更是如此。

这些话如同一记炸弹在舆论的海洋里瞬间炸响。

质疑声、谩骂声如浪潮般涌向了映射和仁泽医学院，不出两天，便有人公开在网上抵制他们的产品和训练营。之前映射的超声波事故又被翻了出来，舆论将“朵朵案”和它混为一谈，直接给映射也扣上了不负责任、无良的帽子。

事情急转直下，映射再次跌落低谷。

而余漫江，作为这件事的主人公，竟在那日结营仪式后人间蒸发了，所有联络方式都失效，只留给蒙萌一句话：“案子判了，人心没判。”

此后再无音信。

映射，会议室。

“这件事是有预谋的，我们被余漫江那家伙骗了。”梁知夏抱着双臂走到窗前，“很有可能是同行利用他来攻击我们。”

蒙萌反复看着余漫江朋友圈主页上的那句“时间会证明一切”，喃喃道：“我不信。这样做对他到底有什么好处？辛辛苦苦地完成这一切，再亲手毁掉？况且那天在台上你是看到了的，他吓成那样，不像是早有预谋。”

“我们查了所有的监控，就偏偏摆放证书的地方是死角，这足以证明是一场预谋。当初余漫江突然提出要和我们合作，却隐瞒了他曾参与‘朵朵案’的经历，现在事发，在最需要他站出来解释清楚的时候，他又消失了，将这个烂摊子完全丢给我们，还正好给了媒体发挥想象力写他如何畏罪潜逃的空间。”

“我觉得这件事有蹊跷。‘朵朵案’的官方判决是板上钉钉的，余漫江没有医疗责任，至于那些聊天记录，P 图都能做到。我和他工作到现在，实在不觉得他是这种视人命如草芥的人。”蒙萌懊恼地捶了捶脑袋，“唉，这件事其实怪我，是我没搞清楚他的底细。”

司沣接话道：“我早就知道余漫江的身份，当时为了项目的推进，选择了隐瞒，责任在我。”

蒙萌诧异地看向他：“你早就知道？”

梁知夏皱眉：“现在不是追责的时候，眼下只能一口咬定是余漫江欺骗了我们，我们也是受害者。”

司沣：“现在既然联系不上余漫江，也只能先这样对外发通稿了。”

“我明白了，就按你们说的做。”蒙萌知道这是现在唯一的办法，但总觉得心里像是压了块石头，闷闷的。

这天她是最后一个离开公司的。

天已经黑透了，她上了公交车，坐在最后一排发呆。路过训练营的时候，她忽然想到之前项目筹备最忙的那段时间，她和余漫江坐在训练营临时搭的棚子下吃盒饭。恰逢盛夏，蝉鸣阵阵，阳光刺目。

她问他为什么要选择这么辛苦的一条路，他是名校出身，完全可以选择去一所名牌大学或是三甲级医院任职，既光鲜亮丽，也不会太辛苦。

余漫江听完，却憨憨地冲她笑：“人总要有点执念，做点别人不敢做、不愿意做的事。大家都想踩在前人的肩膀上，而我……愿意做这个前人，仅此而已。”

这样的他，绝不会是网上说的那种罔顾生命、利欲熏心的人。

“木直路站到了……”

蒙萌回过神，发现自己坐错了方向，连忙跳下车。

这一站的斜对面是混沌投资的大楼，楼前的广场上有不少人在跳广场舞，还有小孩在围着石礅互相追赶。蒙萌找了条长椅坐下来，百无聊赖地四处观望，看着看着，她的视线就顺着混沌的大楼一层层攀升。

“十四、十五、十六。”十六层，有好几个格子是亮着的，不知道哪一间是他的。

微信语音的铃声突然响了起来，蒙萌被屏幕上的名字吓了一跳，隔了好一会儿才接起来。

“喂，谢经理？”

“在哪儿？”不知道为什么，对方的声音压得极低。

蒙萌摸了摸鼻子：“我刚下班，在回家的路上啊。”

“家里，混沌，完全相反的方向。”

“你怎么知道我在……”蒙萌一愣，立即从椅子上跳了起来，疑惑地往四处看。

“在原地等我，三分钟。”

电话断了，最后两秒她好像听到他说了两个字：散会。

原来他还没下班。

原来在十六层还能把楼下有什么人看得这么清楚。

原来他是故意问她在哪儿。

混沌。

巫秦飞扬从五分钟前就察觉到谢衍的异常。

组内正在为一个新项目争执不休，闹哄哄一片，而谢衍安静地坐在中间，低头把玩着手环，那是他近来最喜欢的单品。而后，他突然起身走到窗边，用手机拨了个语音电话出去。

办公室里很吵，但要分辨微信电话的声音并不困难。

大家面面相觑，都很默契地降低了音量，开始正大光明地偷听。当谢衍说完最后那句话时，所有人的脸上都露出暧昧不明的笑容以及……松了口气。

老大约会，才会放他们回家。但回家之前，他们得先看个八卦。

散会后，大家都装作若无其事地目送谢衍进电梯，然后火速钻进另一部电梯里，两边几乎同步到达楼下。

蒙萌在这三分钟里有些坐立不安。她忍不住想，像谢衍这样时间观念强的人，很容易在无形之中给人压力。

夜色中，一道颀长的身影从大楼里走出来。穿着一身灰色呢大衣的他走路带风，从一群正在跳舞的阿姨身边快速路过，直至她的面前。

他黑漆漆的眼睛扫向她：“来找我为什么不发微信？”

“也不是特意来找你，只是……”

“嗯，反方向路过？”尾音微微上扬。

蒙萌抿了抿嘴：“我现在没心情和你说笑。”

她一抬眼，看到不远处有几个鬼鬼祟祟的人影。谢衍顺着她的视线回头，看到巫秦飞扬和几个组员正往这边张望，但在对上他的视线后，立刻四散开，各自溜走。

“谢经理，你现在有时间吗？”蒙萌在长椅上坐下来，然后拍了拍她旁边的位置，“如果有的话，就陪我说会儿话吧。”

谢衍没答话，依言照做。

“余漫江的事，公司白天已经发了声明，我知道我不该多想，但我总觉得如果这件事就这样过去了，我会一直没办法心安。”

“那你想怎么做？”

“我想说服余漫江站出来澄清，因为我相信网上说的那些都不是真的。”

“这么容易相信男人，很危险。”谢衍靠在椅背上，两条大长腿交叠着延伸出去，侧头看她的时候嘴角勾了勾。

蒙萌迎上他的视线：“哦，那我也相信你啊。”

夜里晚风透着凉意，但周遭的空气像是被什么点燃了，温度逐步攀升。

谢衍轻哼了声：“相信我显然更有利。”

他拿出手机捣鼓了一下，之后说：“余漫江是整件事情的核心人物，但要懂得换思路。孩子死了，做父母的伤心欲绝，很正常，可没有哪个父母会在孩子死了一年后还不让人安息，还要疯狂地消费死者。法律途径不行，就开始煽动舆论，每个点都切在要害上，有步骤、有计划，这和他们的家庭背景完全不符。”

“对哦，有道理。”蒙萌一激动，竟直接抓住了谢衍的袖子。

“我刚才给你发了几张照片，是我托调查公司查的。今晚先把新闻发出来，分散媒体的注意力，等热度起来，自然会有人帮你深挖。”谢衍皱眉看了眼自己胳膊上的两只手，对方反应过来后立刻撤走。

“谢谢你，我本来以为你会和梁姐他们一样，说我太感情用事，反正之前你经常这么说我。”

“你是感情用事，一门心思想帮余漫江平反。而我想的是怎么让这场阴霾彻底散开，它已经笼罩在医疗 VR 行业上空太久了。既然有人把这个关键的任务推到我们手里，就没理由放过它。”

“我们？”

“一根绳上的蚂蚱，你说的。”

蒙萌反应过来，这是那天她在酒吧和戴维斯说的话。明明当时她说得信誓旦旦，此刻这个词从谢衍的嘴里说出来，却有种说不上来的怪异感，很微妙。

## 【3】

谢衍将她送回家后，又重返公司，他今晚要在公司加班。

临近年底，事情又杂又多。殷文祥近来身体不大好，公司里人心浮动，偏偏映射这边总是风波不断，分去他不少心力。

夜里，蒙萌抱着手机等到大半夜，终于看到有热点新闻推出来。这次橘子亲自上阵写了文案，配图是两张朵朵的家人居住在南城某隐秘高档小区的照片，以及当年朵朵治病时发起的众筹链接。

舆论立时转向，质疑声一浪高过一浪。

她先将这个链接发到了五人小群，又打算将这个链接发给余漫江，虽然他已经几天没有动静了。

可就在她准备转发之前，对方突然发来一张新闻截图和一句话：你做的？

蒙萌还以为自己看花了眼，在确认是余漫江发来的微信后，立刻抖着手给他发了一长段话过去，生怕他会消失。

五分钟后。

余漫江：那个聊天记录不是完整的，是恶意拼接。

十分钟后。

余漫江：明天的讲座，我会照常去。

原本结营仪式后的确有一场余漫江的讲座，目的是给第二期学员招募做宣传，但那天意外发生后，这场讲座其实已经默认取消了，没想到余漫江还记着。

蒙萌不知道余漫江这几天去了哪儿，做了些什么，是怎么决定露面的，但她什么都没问，只说会陪他一起去。

当晚，余漫江把完整的聊天记录发在网上，连同朵朵父母住在高档小区的新闻一起登上了热搜。

蒙萌以为事情已经峰回路转了。

次日，训练营。

也许是昨晚的那条新闻发挥了作用，蒙萌陪余漫江出现在训练营时，可以容纳两百人的教室稀稀拉拉坐了一半，一切平静得像是什么都没发生过。

余漫江面上淡定自如，但拿马克笔写字时，笔尖微微的颤抖泄露了他内心的悸动。这几天他屏蔽掉外界的一切噪声，一个人在家窝着，除了睡觉就是看书，直到郑有为捧着手机冲到他家里，一番话醍醐灌顶，终于让他从梦里走出来。

没有人知道，当年“朵朵案”之后，是他的师兄郑有为陪他度过了那段最艰难的时光。不仅如此，郑有为还为他介绍了新工作，嘱咐他来听映射在 PTRC 的汇报。师兄希望他能振作起来，走出阴影。

此刻他能有勇气站在这儿，实属不易。

蒙萌忐忑地坐在最后一排，打开手机准备看看有没有新的后续，梁知夏突然发了一条消息给她，让她赶紧带着余漫江从后门溜走。

原来朵朵的爸爸在网上公开了一封信，信中他讲述了这一年维权的坎坷经历，并在最后以极度卑微的口吻祈求外界不要再造谣他们住高档小区的事，甚至暗指这些造谣都来自余漫江和映射科技。短短半个小时，转发量和点赞量破了万，大家都被这封失去女儿的父亲的信感动了。

不仅如此，有人爆料余漫江此刻正在训练营。

教室里已经有人从手机上看到了消息，开始交头接耳地议论什么，而台上的余漫江还不知情。

蒙萌往窗外看去，发现训练营的大门口已经有不少媒体架起了摄像机，保安正在努力拦截。更让她恐惧的是，还有不少之前在医院示威的人也将大门围了起来。

来者不善，她看得头皮发麻，也顾不上讲座还没结束，直接冲上讲台拽着余漫江的袖子往外走。

“刚刚朵朵的父亲发了篇长文暗指昨晚的新闻是我们造的谣。大门已经被记者包围了，咱们赶紧从后门出去……”

“为什么要跑？畏罪潜逃？”余漫江将她的胳膊甩开，他站在原地，拒绝和她一起离开。

“当然不是，先避避风头。媒体那帮人我是会过的，根本不讲道理，满脑子都是怎么挖新闻点，不管别人死活。”蒙萌有点着急，她担心如果再耽搁下去，后门都走不了了。

余漫江挤出一抹苦笑，目光笃定地看着她：“我今天既然决定来了，就没打算再逃跑。”

他说完，转身便往大门口走。

蒙萌咬咬牙，也只能跟了上去。

这是场恶战，谁都无法全身而退。但她并不打算做缩头乌龟，不如一次解决个痛快。

媒体们和那些为朵朵一家“声张正义”的闹事者一看到余漫江，立刻扑过来发起攻势。

“你如何证明你拿出的聊天记录是真实有效的？”

“你帮朵朵做手术的初衷是否只是为了让自己完成活体实验？”

“你想过自己的身份会被曝光吗？你入职仁泽医学院、和映射科技建立合作是不是打着建立实验室的幌子继续找机会做实验？”

“朵朵父亲对你的控诉是不是真的？你如此对待朵朵的父母不会良心不安吗？”

…………

余漫江的脸上因为过度紧绷而暴出了青筋，他既愤怒又失望，但还是耐心对这些问题一一作答。但正如蒙萌所料，根本没有人在仔细听他说什么，即便他解释了，又会有重复的问题抛出来，简直能把人逼疯。

闹事的人在旁边拼命煽风点火，控诉他对朵朵父母带来的二次伤害。

余漫江是个读书人，一张嘴根本说不过他们，推搡间连眼镜都摔在地上，不知被谁踩碎了，他哆嗦着手弯腰去捡。

蒙萌实在看不下去，干脆找保安借了个扩音器握在手里，走上前说：“你们人血馒头吃得还不够多吗？孩子都去世这么久了，你们还在这里消费她，只顾自己的流量。得到什么消息，不先确认它的真实性就抢着传播，这是新闻吗？别人拿出证据了，你们视而不见，只相信一面之词，这是你们追求的真实吗？”

“还有你们，”她转向那些闹事者，“当初朵朵命悬一线时，是余漫江站出来给了她一线生机，那为什么现在你们却不给别人一条生路？朵朵的父母究竟有没有住高档小区，我相信会有真相大白的一天，可是余漫江呢？他只不过做了医生该做的事，梦想、名誉、人格、尊严，这些他通通都失去了。即便如此，你们还是不肯放过他。”

空气中安静了片刻，但很快就又有人大喊道：“无良企业，你们都是一伙的！”与此同时，蒙萌被一个矿泉水瓶砸中了鼻梁，她手里的扩音器摔在地上，发出刺耳的一声响。

余漫江惊惧之余，连忙将蒙萌挡在身后，她却对他摆了摆手。

蒙萌吃痛地揉了揉鼻子，一股温热的液体喷涌而出。她没有哭，只是觉得眼前的这些嘴脸很荒诞。她胡乱抹了把血，露出嘲讽的笑，苍白的脸更显得那抹鲜红醒目。

“你们也是人，也有家人，总会有生病的那一天。现在你们把医生逼上绝路，把医疗 VR 的路封死，等到有一天病真的来了，就算还有第二个余漫江肯帮你们，他也无能为力。”

她说完，走到一个手里举着牌子的人面前，那上面写着“抵制杀人凶手，抵制无良企业”。

“谁是杀人凶手？你们才是。”轻飘飘的一句话，沙哑的、笃定的，落在每个人的心上。

警车的鸣笛声由远及近，闹事的人闻风逃散。

蒙萌更觉得那些人愚昧而胆小，不屑地摇摇头，正打算回头安抚余漫江，冷不丁撞到一个坚实的胸膛。

她仰起头，看到一双雾气沉沉的眼睛，在这个晴好的冬日晌午显得阴森森的。

他好像生气了。

“谢经理？”她因为压着鼻子，音调靠后，听上去竟有些软糯。

下一秒，谢衍的两只手臂分别从她的腰和双腿膝盖下穿过，将她打横抱了起来，然后臭着一张脸对余漫江说：“你留下来应付警察。”

“好。”余漫江没了眼镜，只能勉强看清一道人影。

路边还有很多看热闹的人，蒙萌倒不觉得尴尬，舒服地窝在谢衍的臂弯里。脸上被她抹得都是血，可她的嘴角却是扬起来的。

“还笑得出来？”

“我笑你啊，男朋友。你应该在我快要被矿泉水瓶砸中的瞬间保护我的，怎么来这么晚？”

谢衍嗤了声：“我女朋友都是冲上去保护别的男人，不需要我出场。”

蒙萌咂巴了两下嘴：“吃醋了？”

谢衍没接话，他将她放到副驾驶的座位上，手掌扶着她的头，动作轻柔。但他没有撤开身子，手臂撑在她的椅背上，语气冷得像冰：“一个余漫江就值得你这样？”

蒙萌仰头看着他：“你是我的金主，又是我的男朋友，要是有人敢欺负你……”她也不知道自己哪儿来的勇气，竟伸出食指钩住谢衍的下巴，“我就让他吃不了，兜着走。”

鼻子塞着，她说话带着鼻音，眼睛半眯着，像在窥伺猎物的猫，竟有些意外的妩媚。

谢衍眸色一沉，捉住她的手丢回去：“我还不需要女人帮我出头。”

蒙萌闻言，像是听到什么好玩的事情，毫不掩饰地坐在车里笑起来。

谢衍将蒙萌送到医院检查，在确认没有伤到鼻梁后，将她送回了家，之后自己又返回混沌。

蒙萌后来才知道，谢衍是在开会的时候突然冲出办公室的。听说他在路上遇到一个领导，那人本想拉着谢衍说两句话，结果直接被甩开了手，以至尴尬地在原地愣了好几秒。她还听说，现在混沌上下都知道谢衍有多重视女朋友，典型的要美人不要江山。

这些传言让蒙萌很愉悦，尽管余漫江的事尚未解决。

他们被记者围攻的事闹得尽人皆知，不知是谁故意把蒙萌被矿泉水瓶砸中的片段剪辑了出来，朋友圈不少人都在转发，有人在痛斥这种暴行，但大部分人却是抱着看热闹的心情。

对此，蒙萌倒也没说什么，还亲自转发了这个视频，配文：革命总是要流血的。

点赞的人很多，但只有几个最亲近的好友关心和安慰她。

蒙萌既无奈又心寒，但令她欣慰的是，这次余漫江并没有选择躲起来，而是将当年接手朵朵一案的前因后果详细地叙述了出来。其实这对他来说，是很艰难的一步，相当于将旧伤疤重新撕开。

这篇自白虽然打动了不少人，但并没有完全化解危机。

直到一些新的转机慢慢浮现。

先是朵朵父亲发布的那篇长文被证实为他人伪造，给予朵朵“父亲”虚假认证的媒体工作者引咎辞职。

紧接着，之前爆出指控余漫江做活体实验的聊天记录被发现有 P 图痕迹，完全是断章取义。

没过两天，朵朵父母住在高档小区的实锤被曝光，网友唏嘘不已，开始猜测这些钱背后的来源。

与此同时，去年针对朵朵那场手术的技术分析帖终于又被人翻了出来，连写的人都被确认是南大医学院的院长郑有为。

事情发展到这个地步，全国其他几家做医疗的科技公司也都纷纷声援映射科技，就连蒙萌那日一边流鼻血一边说的话也被剪辑下来上了热搜。

无论是针对余漫江个人，还是针对映射的诽谤，都随着律师函的公示彻底了结了。

事情发展到这里，这场在 VR+ 医疗中持续已久的阴霾终于拨云见日，等来了曙光。

余漫江继续回到仁泽医学院工作，VR 解剖训练营的第二期招募也顺利开始，报名的人远远超出了预期。

那些闹事者偃旗息鼓，媒体们更是立刻转向。可朵朵的父母始终没有再露面，有人透露他们卖掉了那套高档住宅，不知道去了哪里。而他们这套房子的来源，也留下了一个谜。

蒙萌想继续追查下去，但混沌的中期考核在即，司洋建议她将这件事暂时放下，见好就收。

一周过后，正是朵朵去世一周年的日子。

蒙萌看到几乎从不发微博的余漫江发了一张图片。那是张粉色的贺卡，上面歪歪扭扭地写了两行字。

**我在学校的最后一节班会课上，老师问我们，世界上最珍贵的是什么，我说是希望。**

**医生，谢谢您把它给了我。**

## 【4】

初冬的阳光灿烂到晃眼，可在混沌这个最大的会议室里，窗帘被拉得严严实实，气氛也变得格外凝重。

蒙萌和关赫面对面坐着，脸上都端着虚伪而灿烂的笑容。

正对着演讲台的地方坐着混沌的几大股东和领导层，还包括财务和法务团队，他们身后，还有一些新的投资商。

今天依云和映射的表现，将决定新一轮融资的走向。

《未解之谜》自上线以来，成绩有目共睹，如今已成为月流水过亿的A级VR网游，吸引着越来越多的玩家。它的横空出世，更是带动了整个VR游戏界的繁荣。除此之外，他们的新项目VR区块链网游《虚拟人生》如同一记重磅炸弹，引来无数惊叹。

“首先，VR可以增强区块链游戏本身的沉浸感，实现人与人之间远距离的沟通，从而搭建与现实世界平行的虚拟空间，而区块链反过来也将丰富VR游戏目前最欠缺的内容，两者相得益彰。其次，这个项目与原先传统游戏最大的区别在于，它没有既定的规则和数值，可以避免黑箱操作。游戏上链意味着透明化和不可篡改，这与人生的不可预测性恰好相对应，也是我们想通过这个游戏传达的理念。我们依云绝不会永远停留在《未解之谜》的荣誉里止步不前，相信这次的革新能帮助公司迈上新的台阶。”关赫说完，又播放了一段赶制出来的概念宣传片。

蒙萌一时间也忍不住沉浸其中，她不得不承认，关赫并非一事无成的富家子，只是大多时候心术不正。

梁知夏小声叮嘱她：“别被这个唬到，咱们也有新武器。”

蒙萌点头，回了“放心”二字。

临近年底，各行业都在开大会，谢衍前天又接了外派，临走前把家里的密码告诉了她，让她帮忙照顾盆栽和水族箱里的鱼。

她看着葛易身旁本该属于谢衍的座位，暗暗给自己打气。金主不在，她更要好好打这一仗，不能给他丢脸。

终于轮到映射，她站起来长嘘了一口气。

与依云满屏幕的数据不同，蒙萌这边像是在说故事。从他们优化 VR 头显的抗干扰说起，再到他们如何与仁泽建立合作、一步步得到各医学院校的准入并打通与高校的合作渠道，最后又重点阐述了 VR 解剖训练营的筹备和发展过程。她说得很动情，因为在今天之前，她几乎每天都要对着镜子演练，甚至连刷牙的时候都在默背。

“……最新数据报告指出，以今年为中间点，两年前全球 VR 市场的市值约为 20.2 亿美元，而两年后可达到约 268.9 亿美元。由此可见，VR 市场在五年间将以 54.01% 左右的复合年增长率快速扩张。虽然截至目前，基于游戏和娱乐的虚拟现实消费领域占有率仍然最大，但随着全民关注健康趋势的发展，医疗健康也将成为 VR 市值的新增长点。而目前 VR 的快速普及离不开教育培训这一驱动因素，这也是我们映射目前切入医疗领域的第一步……

“至于第二步，我们映射打算开发新的医疗 VR 项目，也就是心理康复领域，主攻抑郁症、恐惧症、自闭症等。随着都市化社会的推进，当代个体正承受着越来越多的心理压力。而在我国的传统文化中，这一块是长期遭到忽视甚至被污名化的。也许 VR 科技并不能根治心理疾病，但至少能逐步提高公众意识，让他们共同关注饱受这些疾病残害的人群。”

快要收尾时，她看到正中央、离她最远的人露出满意的表情，心中的那块石头终于落了地。

殷文祥是第一次见到蒙萌。以前听过她的不少传闻，没什么好词，让他印象最深刻的还是她因为“朵朵案”走红的一段视频。他在这行做了这么久，见惯了大起大落，但他仍旧觉得这个女孩子很不一样。虽然误闯入一个本不属于她的世界，但依然拼尽全力地想要站稳脚跟。

只可惜，这两个项目从目前来看营收悬殊，一个是月流水过亿，一个是刚刚完成营收收入，尚未达到净收入，但不可否认，当蒙萌提出心理健康虚拟疗法时，他仿佛看到了医疗 VR 行业未来的无限前景。

宣讲结束后，混沌的领导在简单点评后退了场。

在自由讨论环节，很多慕名而来的新投资商会主动提问，但大部分问题还是针对依云的新区块链网游。

这也让蒙萌再次认清了现实：在利润面前，情怀都不值一提。

等到所有的一切结束后，混沌已经派人通知蒙萌，映射完成了阶段性对赌条件，他们将在混沌的评估流程结束后获得新阶段的投资，这意味着他们不再是由殷文祥私人出资，而是成为混沌名正言顺的项目。

依云那边此时也正庆祝着刚收到的好消息，他们的 VR 网游《未解之谜》在刚刚公布的 CGDA 中国优秀游戏制作人大奖中斩获大奖。

关赫从蒙萌面前经过时，笑着说：“恭喜映射顺利通关，毕竟映射也是我的老东家，如果它倒闭了，我会很心痛的。”

蒙萌也笑道：“关总放心，当初你给映射那么大的冲击，也没能让它倒闭，以后就更不可能看到这一天。”

梁知夏配合地嗤笑一声。

关赫将手插在口袋里，懒懒地打量了蒙萌一圈，又说：“心理治疗还真是个不错的路子，你应该是为了治疗你的老领导吧？真令人感动。”

“也不全是，关总以后有需要也可以用啊。”

关赫嘴角一僵，但笑容不减：“你这张嘴还是这么不饶人。总之，大家都是同行，又是不同领域，根本不存在什么竞争关系，因为混沌我们也算是盟友，以后应该互惠互利才对。”

蒙萌强压下一阵恶寒，勾了勾嘴角：“既是不同领域，也没什么可互惠互利的。现在依云发展得这么好，关总就不要再动什么其他脑筋了，咱们井水不犯河水，各自安好吧。”

“话里有话。这其中肯定有什么误会，只是三言两语也说不清楚。希望有机会能和蒙总你坐下来好好聊聊，再会。”

场面话点到为止，关赫也无意多说，不远处葛易正对他使眼色，让他别惹事。

等他走过去，葛易并没有因为今天依云的好成绩夸奖他，反倒让他不要小看映射，把对手看得强大一点，不是坏事。

但这些话，关赫并没有听进心里，他从一开始就没有把映射看在眼里，即便他们今天的表现没有他预想的那么差，但跟依云还是完全不能比。

关赫走后，蒙萌有种紧绷后的无力感，甚至都没有力气为映射通过中期考核而兴奋。

巫秦飞扬打电话过来，说是谢衍叫他在老地方定了包厢，让他们过去小聚，权当是庆祝。蒙萌不好推辞，回家后换掉正装，先去了趟666号。

这段时间工作忙，她有好多天没来看过沈青。所幸她之前摔伤的地方正在渐渐康复，蒙萌上次来时，她已经能在护工的搀扶下走路了。

蒙萌进病房前，小护士说何慕白正在处理新病人的入院情绪，那边闹得不可开交，他估计过一会儿才能赶来。蒙萌见她一副急着解释的样子，也没多说什么，点点头便推门进去。

沈青正坐在床上织毛衣，见到她来，连忙冲她招手。

“小萌，你来得正好。最近天气冷了，我想给安安织条围巾，想着你也是个怕冷的，就想给你织一条。你喜欢什么颜色啊？自己挑……”说完，沈青冲着旁边的柜子努了努嘴。

蒙萌走过去，拉开门，看到里面有一沓叠起来的针织品，毛衣、帽子、手套……整整齐齐的，而另一边全是毛线，什么颜色都有。她看着看着，鼻头又有些发酸。

她背对着沈青说：“你给安安织就好啦，别把自己累着了。”

“不累不累。倒是你，感觉瘦了好多，脸色也不好，是不是有什么不开心的事？”

蒙萌怔怔地回过头，见沈青一脸担忧地看着自己，险些以为她的病情好转了。

“最近把公司交给你们，确实是辛苦的，可是没办法啊，我身体不好，安安最近也要我带，过段时间我就回去上班吧。”

“不……不用的，你就好好休息，公司有我们呢。”蒙萌眼中的光又暗淡下去，但她很快又扬起了笑脸，“青姐，还记得上次我和你说的混沌的中期考核吗？我们今天顺利通过了，前阵子都在忙这个，我都没时间过来看你。还有啊，公司现在发展了新项目，对你的病情会有帮助。”

“那真是太好了，我就知道你是个聪明人，很多东西一学就会。不过忙归忙，你可以不来看我，但要记得去看男朋友啊，事业和爱情都要兼顾好才行。”沈青并没有追问是什么新项目，也没有问自己究竟得了什么病，像是刻意回避似的，她只是眯着眼笑了笑，就不再说话了。

蒙萌一愣，半天才反应过来她在说谢衍。没想到只是那天的一面之缘，沈青的脑袋里便记下了一个人。她乐观地想，这或许是病情好转的一种信号。

病房里静悄悄的，沈青边织毛衣边小声自言自语着，可无论蒙萌怎么努力去听，都听不清楚她究竟在说什么。她就这样趴在病床边陪着沈青，竟有些贪恋此刻的宁静，可以暂时将一切和工作有关的事抛到脑后。

## 【5】

蒙萌离开病房，关上门，转身便看到何慕白靠在墙边等她。

何慕白打量了她一眼："看你没精打采的，我还以为消息有误，你没通过中期考核。"

"我也不知道为什么，就是兴奋不起来，也可能是最近过度透支，一直悬在心上的事情解决了，"蒙萌胡乱抓了抓头发，"反而有点，怎么说……茫然。"

"懂了，劳碌命。很多来我这儿的上班族都有这个问题，一放假就各种不舒服，上班就好了。"

蒙萌配合地笑了两声，又说："其实我今天会来看青姐，是因为我想第一时间和她分享这个好消息。我想告诉她，现在 VR 科技已经可以治疗精神疾病了，也许有一天能帮助她醒过来。"

何慕白毫不留情地泼她冷水："小萌萌，你还是那么乐观。这项技术在国外也只是刚进入试验阶段，效果究竟如何，临床还没有数据支撑。何况心理疾病比较特殊，如果病人自己没有主动性，光靠外界刺激很难让她痊愈，你最好不要抱这么大的期望。"

"知道知道，谢谢提醒。"蒙萌叹了口气，突然想到自己今天带了个东西过来给何慕白。

"这个钱包是橘子去尼泊尔前给我的男式钱包，新的。我看了牌子，正好是你平常用的，你要是不嫌弃，就留着用。"

何慕白也没和她客气，接过来端详了一会儿，便揣进白大褂的口袋里："东西不错，那丫头眼光一向好。不过，我是医生，这里是医院，麻烦你下次送东西注意场合。"

"也是，把这茬儿忘了。"蒙萌不好意思地笑了笑。

梁知夏在这时打了电话来催她，得知她在医院，便让她请何慕白也一起去。

包厢是谢衍提前订好的，带有独立卫生间和KTV。蒙萌进门的时候，大家面面相觑，都在猜测何慕白的身份。

蒙萌主动说："这位可是我们映射的大股东，人家比较低调，所以你们不认识也正常。"

一听是股东，所有人的眼神都不一样了。席间频频要向他敬酒，何慕白以茶替代，倒也都笑着配合。

蒙萌暗暗松了口气，她本以为傲娇如他，根本适应不了这种场面，结果是她多虑了。

酒席过半，年轻人都三五成群地打牌唱歌去了，连余漫江那么老实的人都被拉着去那边吼了首《野狼 disco》。

一派热闹中，唯有梁知夏一个人还坐在饭桌旁闷头喝酒。

巫秦飞扬这次没跟着谢衍出差，他凑到蒙萌旁边小声说："司总监饭前接了个电话就匆匆忙忙走了，后来她情绪就不太好，你多劝劝。"

蒙萌心中隐约猜到了几分，走过去在梁知夏身旁坐下，想将她的酒杯抢过来："梁姐，你喝太多了。"

"明天周六。来，是朋友就陪我喝一杯，别问为什么。这酒度数不高，放心，醉不了。"

蒙萌想到上次她和梁知夏闹了矛盾，一直都觉得心里有个疙瘩，或许今天是彻底消除它的机会。

她取了个杯子，倒满，敬向梁知夏："恭喜我们，又带着映射顺利跨过一道关。"

梁知夏笑起来："你现在也张口闭口都是工作，挺好！"

何慕白主动把场子让给她们，一个人出去抽了根烟，其间巫秦飞扬还跑过去和他聊了两句。

等他回来，发现蒙萌和梁知夏正喝到兴头上，两个人都脸颊红红的，巫秦飞扬竟也加入了她们的阵营，闷头把酒往嘴里灌。

他想了想，发微信让橘子来把巫秦飞扬领走，对方回了他个翻白眼的表情，但最终还是乖乖出现在了饭店门口。

何慕白将蒙萌和梁知夏扶上车，他原想着将梁知夏送到蒙萌家，谁知梁知夏在车子发动后突然拍了拍他的椅背报了住址，然后说："我已经酒醒了，倒是萌萌这家伙，酒量越来越差，今天麻烦何医生了。"

"没事。只不过酒这种东西，真的能解愁吗？"

梁知夏合上眼，脑袋里闪过司沣拒绝她的话。

今天是她鼓起勇气的第一次正式告白，结果异常惨烈，人家连她的话都没听完就匆忙离开了，饭也没吃，完全是一副避她如蛇蝎的样子。

"何医生，如果两个人走到一起需要一百步，有一方已经闷头向前走了九十九步，可当她抬起头，却发现对方连半步都不肯向前迈，你觉得，她还要继续向前走吗？"

良久的沉默后，何慕白答："我觉得没必要，因为你少说了一个前提条件。"

梁知夏在倒车镜里与他对视。

"那就是……任何一方的步数都需要大于零。"

哪怕是我走九十九步，你走一步，也好过我走一百步，你却连一步都不愿意走。

## 【6】

橘子直接将巫秦飞扬领回了自己的公寓，毕竟时间太晚，不好惊动巫家二老。

以前她还嫌巫秦飞扬太瘦，看着总有种稚气未脱的少年感，可现在她只是将他扶到客厅的沙发上，就已经累出了一身薄汗。

幸好他一直都是昏昏沉沉的，碎碎念了一路后到家就在沙发上睡了过去，完全没注意到客厅里的一片狼藉。

橘子看了一眼沙发上搭着的内衣，没多想，当即撸起袖子开始整理。

收拾好衣服，她将茶几上所有没吃完的零食通通丢进垃圾桶，蹲下来又看到地上堆满了各种时尚杂志样刊，赶忙往手里捡。

也许是太专注，她没意识到身后有道目光落在自己的身上，那阴影却将她吓了一跳。

“姐。”巫秦飞扬半靠在沙发背上，眼里有复杂的情绪。

橘子从地上跳起来，眼睛眨得飞快，随手便将手里的一本杂志丢过去，对方稳稳接住。她冷笑：“酒醒了？”

“嗯，差不多，其实……也没喝太多。”

“醒了就滚回家睡，别在我这儿碍眼。”

“这么晚了，我喝了酒也不好开车。姐，我头还有点晕，睡沙发就行，真的。”巫秦飞扬抿着嘴作了个揖，他的头发在车后座和沙发上滚了一圈，有点张牙舞爪的，看着竟有些软萌。

橘子心中微动，但还是沉着脸丢了句：“一身酒气，赶紧去洗洗，臭死了。”

她将巫秦飞扬推进了卫生间，之后拿着手机去楼下的便利店买了男式内衣和新毛巾回来。

卫生间的灯暖还亮着，暖橘色的光被热气团团拢住，映在磨砂玻璃门上，橘子竟有一瞬间的心悸。这个家，除了蒙萌，从没有别人留宿过。偌大的房子，冬日里即便开着暖气，她都觉得冷，但现在她竟觉得身上有些发热。

她自嘲地笑了笑，心想：弟弟在姐姐家留宿一晚，也没什么大不了的。

“毛巾和衣服给你挂在门上了。”

话音刚落，门突然被人从里面拉开，独属于年轻男人的肌肉线条流畅而紧绷，晶莹的水珠挂在上面，空气中有沁鼻的牛油果沐浴乳香。

“谢谢姐。”

橘子霎时间瞠目结舌，饶是她见过不少裸着上半身的男人，这一刻心跳也完全失控了。她将塑料袋直接丢进巫秦飞扬的怀里，故意嫌恶地说了句“小屁孩”，然后转身回了房间。

刚进门，手机传来新消息提示。

她一边用手给自己扇风，一边捧着手机看。

何慕白：你弟今天抽的什么风，拉着我反复问我对你是不是认真的，这很惊悚。

橘子不是桔子：可能是因为钱包，这个钱包本来是我打算给他的生日礼物。

何慕白：原来如此，我说怎么我掏个钱包就被他拦住了，钱包还你，这个锅我不背。

橘子不是桔子：那你丢了吧，我从不要送出去的东西。

何慕白：那太暴殄天物了，钱包无罪。不过我有言在先，你俩搞姐弟恋，别拿我挡枪。

橘子不是桔子：姐弟恋个屁，我懒得和你说。

何慕白：行，不打扰你们，祝你今夜好眠。

橘子将手机丢到床上，心怦怦跳得很快。

其实之前她突然去尼泊尔，就是因为和巫秦飞扬吵了架。

那天她回家吃饭，饭桌上巫江难得没催她结婚，却在一顿饭快吃完时给巫秦飞扬介绍了个女孩，他答应得干脆，一点也没犹豫。

这种随便被人安排的模样彻底激怒了她。

花园里，她大声质问他：“除了讨好他们，你到底还会什么？明明那么喜欢画画，他让你放弃你就放弃，让你学金融你就学金融。现在呢，连你的婚姻也要听他们的，你到底还有没有自己的人生？”

空气中不知安静了多久，只有晚风轻轻拂过树丛，发出沙沙的声响。

“这就是我的人生。”巫秦飞扬木然地扯了扯嘴角，“从我被送入孤儿院的那一刻起，从我接受你父亲的第一笔资助款起，从我踏入巫家家门的那一刻起，我的人生就已经不在自己手里了。你难道不懂吗？你可以折腾，随便消遣你的人生，有一点不如意就发泄情绪。这些都无所谓，因为你是含着金汤匙出生的小公主，全世界都宠着你。可我不同，我和你……太不同了。”

这话说得她心痛。

小时候橘子很爱黏着哥哥，哥哥走后她感觉世界仿佛塌了一半，是面前的这个男生，从断壁残垣中走过来，将她和整个巫家拉出那场痛苦。

她恨过他，觉得是他顶替了哥哥的位置，让大人们又继续若无其事地生活下去。过了很久很久，她才明白，没有人会永远遗忘那些苦痛，他们只是选择和它们共生，带着这些痛继续走下去。

“我其实……”那些在心底埋藏已久的话，她几乎要脱口而出。

“其实爸爸之前给你介绍的那个周家少爷，是个非常儒雅的外科医生，并不是你以为的那种浪荡子。爸爸是用心为你挑选过的，肯定比你在外面乱结识的人好。”

她闷声看着他，原本要脱口而出的话悉数被咽回去。她看着巫秦飞扬诚恳的一张脸，恨不能冲上去撕破他的面具，好看看他是不是真的有他表现出来的这么平静。

但她最终没有这么做，而是在心底回味着他的话。

“医生？儒雅？哦，懂了。”

她丢下这句话，第二天一早就去了尼泊尔，甚至将她特意给他买的生日礼物丢给了蒙萌。

那时，她的确是生气了。

在这个世界上，没人能受得了喜欢的人让自己和别人在一起这种事。

今晚何慕白联系她，她本不想去的，可最终还是败给了那份喜欢。

因为喜欢，她即便还在生他的气，也没办法狠心丢下他不管。

外面传来脚步声，她回过神，呼吸一滞，紧张地盯着房门。

“姐，睡了？”

她没答话。

“上次的事，对不起，是我没考虑到你的想法，我……能收回吗？我再也不催你找对象了，医生什么的一点也不好，又忙又累，根本不会有时间好好照顾你。更何况，有的医生表面看上去斯斯文文的，内里就是个花心头子，我不希望你被骗。”

橘子依旧什么都没说，默默把灯关了，听着门口的脚步声渐渐远去，才无声地在床上打了个滚。

她很愉悦，发自内心地愉悦。

于是，她打开手机，在网上看起了男式钱包。

她要买个更好的给巫秦飞扬，比何慕白的那个再好点。

另一边，何慕白走后，蒙萌的酒也醒了大半。身上黏着汗不舒服，于是她钻进卫生间洗澡。谁知头发刚打上洗发露，热水器突然出了故障，原本的热水全变成了冷水，冻得她浑身打战。

若是换作夏天，冷水澡还可以凑合，可现在是初冬，她怎么也没法将就，只得裹着浴巾坐在浴霸下想对策。

最后，她想到了一个离她最近的“浴室”。

临去之前，她还将谢衍前两天发给她的微信确认了一遍。按照他说的，最早也要明天中午才能到南城，今晚她只要洗完澡把浴室打扫干净，回头和他说一声应该没关系。

况且当年在永夜岛，他住在她家里，吃的用的都是她的，如今她不过借他卫生间洗个澡，合情合理。

头发上全是泡沫，此刻湿答答地黏在头皮上，蒙萌浑身不舒服。她没再犹豫，连忙冲去了谢衍家，舒舒服服地把澡洗完了。

之后她悉心地将卫生间里的水擦干净，弄得像她没来过一样。

可等她准备回家时，发现自己干了件大傻事。

她只记得带洗澡的东西出来，却忘了带钥匙……

在原地石化几秒后，蒙萌吸了一口气，默默钻进了客房。临睡前，她定了三个闹铃，保证她能早点离开谢家，再联系开锁的师傅上门。

这房间里有种她喜欢的味道，像被太阳晒过后的那种，莫名地让她觉得心安。

说来也怪，她常年患有失眠症，可几乎每一次留宿在这里，都能轻松睡着，和以前在永夜岛一样。

但她怎么也不会想到，今晚对于混沌的很多人来说是个不眠之夜。

还在外地办事的谢衍得知殷文祥被送入医院抢救的消息后，立刻改签了最早的班机赶回南城，去医院确认殷文祥没事后才回了家。

凌晨四点，谢衍奔波了整晚，体力不支，直接靠在沙发上闭目养神。他本想伸手够条毯子，却意外抓到了一件衣服。

显然，这不是他的，而是一件女人的衣服。

原本困意正浓的他，瞬间清醒了。他没有急着开灯，因为他已经听到有人在床上翻身的声响，是从客房传来的。

他轻手轻脚地走过去，推开门，借着月色只能依稀看到床上有一团黑影蜷曲着。原本紧绷的神经霎时间松弛下来，他倚在门边，站了一会儿，并没打算叫醒她，而是在家里转了一圈。

除了客厅外，只有卫生间有人用过。打扫得很干净，但东西摆放的位置变了。

所以……这个女人是把他这里当成公共浴室了？

他又瞥了一眼手机，是陈阿姨给他发的微信。

自从上次蒙萌让他给陈阿姨的女儿介绍对象，他就无奈地加了对方的微信。那阿姨真是个热情的中年人，逢年过节给他发问候，天冷让他加衣服，他出差在外，连蒙萌喝醉酒被男人扶回家也第一时间告诉他。

就算没有殷文祥住院的事，恐怕他也要提前赶回来。

蒙萌这一晚睡得很沉，她梦见自己回到了永夜岛，失踪了好多天的“果酱”突然被十七岁的谢衍抱到了她的面前。猫咪肉嘟嘟的爪子朝她伸过来，她兴奋地把它抱进怀里，拼命用头蹭着，好闻的味道和暖洋洋的触感让她在睡梦里都露出了笑容。

可就在她毫无防备的时候，“果酱”突然拍掉了她的手，对着她龇牙咧嘴。

“啊——”

蒙萌惊醒，睁开眼后心还在怦怦跳。原来只是个梦，她可能是太想那只猫了。

“你的睡相还真不是一点点的糟糕。”声音震动胸膛，而后通过她的手臂传入大脑。蒙萌猛地睁大眼睛，对上一道戏谑的目光。她僵直着将自己的手和腿从男人的身上挪开，立刻手忙脚乱地跳下了床。

她想起刚才的梦境，恐怕是把谢衍当成果酱抱住了。

“你你你……你怎么会在这儿？”

“你记错台词了，这句话该我问你，这是我家，我的床。”谢衍侧翻过身体，手肘撑在枕头上，欣赏着面前女人惊慌失措的表情。

“可这不是客房吗？”

“我睡在哪儿，哪儿就是主卧。”谢衍言之凿凿。

蒙萌知道他是故意捉弄自己，但毕竟是她未经允许留宿在人家这儿，不占理，只得将这口气咽下。

幸亏现在是冬天，她身上穿着一套棉布睡衣，长袖长裤，纽扣很多，不至于太狼狈。房间里开着暖气，但她猛然从被窝里钻出去，还是感受到了丝丝凉意。

谢衍眉头一皱，起身把昨晚在沙发上摸到的外套拿过来，披在蒙萌的身上。

他慢条斯理地帮她收拢衣襟，一下，两下，说话也一句一顿。

“解释，我听着。”

两人的距离骤然拉近，蒙萌有点不自在，她低着头说：“家里的热水器坏了，我洗头洗了一半，只好过来洗完。要走的时候，发现忘了带家里的钥匙，时间太晚，就打算早上再找开锁的。何况你明明说中午才能赶回来，我就以为……”

“你就以为能随便睡在男人家里？”男人刚睡醒，声音还有些沙哑。

蒙萌快速眨动眼睛，突然往后退开一步，抱着手臂揶揄道：“我只不过因为一点突发状况睡在男朋友的家里，这是我的权利。而谢经理你，半夜偷摸进来睡在我旁边，才应该是更随便的那个吧？”

谢衍闻言，低低笑了笑，意味深长地说：“说权利前，先履行义务。”

“什么义务？”

…………

何慕白昨晚把蒙萌送回家，又回医院处理了一个紧急情况。

清早有病人的家属给他送了一罐砂锅粥，他想到蒙萌昨夜喝多了酒，把胃都吐空了，喝粥正合适，于是拎着粥折回。坐电梯时，有个脂粉涂得很厚的女人问他是哪家外卖。

他想了想，答：“追女孩的外卖。”

那女人一愣，旋即笑道：“祝你成功。”

他走到蒙萌家门口，敲了好一会儿没人开门，打电话过去也没人接。

他将手揣进口袋，里面有这里的备用钥匙，但他从没用过。

他正犹豫着，旁边突然传来开门声，而后，睡衣外裹着外套的蒙萌红着脸从里面冲了出来。

“我先帮你联系开锁的，外面冷……”谢衍跟着走出来，抬眼看到何慕白。

两个男人的目光都算不上友善。

蒙萌觉得今早已经够尴尬了，现在竟又多了个男人。

“小萌萌——”

蒙萌瞬间起了一层鸡皮疙瘩。

谢衍嘴角一抽，不觉脑补了他昨晚陪蒙萌回来的画面。

醉酒的女人，血气方刚的男人。

他怎么想都觉得不舒服。

“下次没带钥匙直接找我，我有备用的。”何慕白拿出钥匙和粥一起递给蒙萌，然后催她进去，“粥凉了就不好喝了。”

“哦，好，谢谢何医生。”蒙萌不想在这种诡异的气氛里多待，连忙溜回了家。

何慕白正要跟进去，背后忽然传来一个冷幽幽的声音。

“租房子给人家，还谎称是朋友给的友情价，自己留一把备用钥匙……看她人傻好糊弄？”

谢衍懒洋洋地靠在门边，双手插兜，目光却透着几分凌厉。

何慕白闻言，无所谓地耸耸肩，侧头回：“谢经理和数字打交道太久，忘了追女孩子就得花心思。至于备用钥匙，萌萌相信我就行。你管得有点宽了吧？”

关门声让走廊又恢复了宁静，谢衍回床上躺了一会儿，有点心烦意乱。

而另一边的蒙萌此刻正在走神，她埋头喝粥，思绪却已经飘去了远方。

…………

“什么义务？”

谢衍嘴角噙着笑，故意朝她靠近。她下意识地往门的方向退，想要找机会逃离。理智告诉她应该一脚将他踹开，而身体却可耻地僵直在原地，心跳如鼓。她不能这么被动，应该以其人之道还治其人之身。

谢衍没料到她会主动倾身上前，一时间竟狼狈地退后半步，背抵在墙上，刺骨地凉。

蒙萌踮起脚，捧住他的脸，距离被无限拉近，呼吸交缠。

谢衍怔怔地看着她嫣红的唇瓣准确地落下来，但没有他记忆中的柔软。

她只是亲在了自己的拇指上，完全学着他之前的样子，而后得意地冲他眨眨眼："我学习能力一向不错。"

话音未落，腰间被人猛地搂向前，蒙萌站立不稳，只能抓着他的上臂，身体拼命向后仰。

"这是糊弄人，学点正经的。"明明是极不正经的情景，偏偏他还一脸认真。

蒙萌再绷不住，正犹豫该膝盖上顶还是踢小腿胫骨时，腰间骤然一松。她没准备，踉跄着退到床边。

谢衍居高临下地看着她，似笑非笑："别随便在这方面挑战男人，任何一个。"

"滚蛋。"她随手捞过了只枕头砸过去，气冲冲地跑走了。

…………

"粥这么烫？"何慕白斜睨着她红通通的脸说道。

"嗯，有点。"

蒙萌心虚地用勺子在碗里搅动，随后像是想到了什么，对何慕白说："昨晚我喝多了，给你添了不少麻烦吧，这早上你又给我送粥，服务也太周到了……"

"我不爱喝粥，病人家属送的，总不好倒掉。至于昨晚，朋友喝多了，我送你回家，很正常。"

"无功不受禄，我这心里实在不安，要不然你说说看，我能为你做点什么？"

"我暂时没什么需要你做的，以后有了告诉你。不过，你可以先告诉我，你为什么会从谢经理的家里跑出来吗？"

"啊？这个嘛……"蒙萌正想着该怎么解释这场乌龙，碰巧一串铃声替她解了围。是个陌生的号码，对方说的话很言简意赅，只几句就结束了对话。

何慕白见她愣在那儿，以为出了什么事："谁的电话？"

蒙萌还有点搞不清状况："李恒睿的秘书，她说，李恒睿，那个银河的少东家，要约我下周见面……我不会是听错了吧？"

何慕白听到这个名字，脸色陡然一沉。

# 天暗下来，你就是光

*Night Falls, You Shine*

·下

苏画弦 著

百花洲文艺出版社
BAIHUAZHOU LITERATURE AND ART PRESS

# 目　录

contents

第八章

# 风控先行，唯你不可控

## 【1】

周一上午十点，刚刚休养了两天的殷文祥宣布召开紧急会议。

“殷董也太敬业了，还没休息两天就要急着工作。”

“怕是要做工作交接吧，他那身子骨，又是三高又是痛风的，哪儿撑得住。”

“新年将至，咱们这儿是要变天咯。”

“有什么可变的？总经理的人选不是早就定下了？”

“话不要说得太早，正主没发话，都是别人瞎揣测的。”

“是的是的，昨晚依云那边出了纰漏，技术部亮了一夜的灯，有人因为过劳还被送去了急诊。本来最近依云那边的员工就在因为加班的事闹，现在更要好好安抚了。”

葛易听着那些嘈杂声，心头烦闷，他忍不住将目光投向了对面，见谢衍安静地坐在位置上，对着笔记本看财报，完全没有被周围的声音干扰。

他心底的确佩服，都到了这个节骨眼，谢衍竟然还能如此镇定，不知是装样子还是城府够深。

殷文祥最终并没有出席会议，听说是被医生拦下了，副董钟靖临时代班。他刚从医院回来，表情凝重。

“殷董是混沌的创始人，多年来既是董事长，也兼任总经理，实在辛劳。如今混沌在他的带领下发展迅猛，他和董事会商讨后决定在明年新季度开始前选择下一任总经理，并做正式的工作交接。现在，给有能力的年轻人让位，是大势所趋。最后这几个月，由我暂代董事长一职，希望在座各位能打起精神，挺过最难熬的年底。”

钟靖说完，葛易眼底暗藏喜色。公司里谁不知道钟靖是葛易当年进公司的推介人，比起上司和下属，两人的关系更像师徒。正因为如此，葛易这些年在公司里才会如此顺风顺水。

会议的下半程回到葛易手中的重点项目，依云的区块链网游《虚拟人生》上。这个项目的资金投入很大，除混沌以外，那日在中期考核会上，也有其他公司跟投，规模空前。

“早在《未解之谜》正式上线前，我们就已经在筹划《虚拟人生》了，现在万事俱备，只差个好日子。原本我们想放到圣诞节当天，但赶上周日，晚了一天。所以我们打算把公测提前到平安夜，并给参与公测的玩家发放专属的圣诞限定套装。”

“时间紧，要想做出成绩，就要更注意细节。”钟靖话里有话，但没点明。

他环顾一周，见只有一个人沉默着，便将话题抛过去：“听殷董说，谢经理以前在美国也了解过区块链，可以谈谈你的看法。”

谢衍将资料细细看完，抬起头道：“最近几年，游戏的确已经成为区块链落地最快的领域和引爆点，我也认同依云将它纳入长远规划的做法。不过，我本人并不建议在这么短的时间内就让游戏上线。平安夜公测，太赶。”

钟靖微微皱眉，他本只是碍于殷董的面子，给谢衍一个发言机会，可没想到谢衍这么不会看眼色。

“赶是赶了点，只是近来《未解之谜》大获成功，也可以借着这股东风带一波新游戏的热度。我想，葛经理也是在和依云商定后才确定了这个时间。”

“这项技术还不成熟，目前大家都在解决生态环节中的问题，等这些问题解决好了，有更多团队来共同开发和探索这个领域，玩家的体验才能更好，核心技术才能更稳定。欲速则不达，用在哪一行都一样。没人能一口吃成个胖子，又想做好，又想图快，天底下没这么好的事。”

葛易扶了扶镜框：“谢经理这话不全对，技术不成熟，都是在实践中慢慢精进的。况且你是不是应该说说具体的问题，譬如，你觉得如果我们提前上线了，会有什么问题？”

“从目前《未解之谜》的日流水来看，成绩很好，高峰期的在线人数近百万。我看过你们对《虚拟人生》的市场预期调研，上线时必然会是高并发的。但现阶段区块链的底层技术还无法承载这么高的数据流，对于巨量交互的大型多人网游而言，目前的公链根本满足不了玩家的需求。”

“你说的这一点，我们已经考虑过了。推行区块链，就是为了用虚拟币换取玩家的闲置资源，从而缓解服务器的压力。”葛易有隐隐的不耐烦，但努力克制着。

谢衍闻言，思忖道：“这个想法不是不可行，但即便你们解决了这个问题，那虚拟币呢？虚拟资产的确权和归属必然会带来高频次交易，而以目前区块链的发展水平来看，支持能力显然不足。”

“游戏刚上线，玩家还处于财富积累的阶段，不可能带来这种问题。你未免太杞人忧天了。”

“现在不发酵不等于未来都如此，你们提前上线要面临的问题很多，作为游戏开发者，难道要和玩家拼速度，看看是你们先修补 bug，还是他们先发现 bug？总不能次次都停服修补，区块链问题不是临时救场能解决的。”

葛易不动声色地舔了舔后槽牙，笑容不减：“新事物的成长总要经历这样的过程，难道谢经理忘了，当初就是在这间会议室里，你给我们讲了个很动人的故事。现在只不过讲故事的人换成了我，你就说我们风险大。既然大家都是为了开拓新市场，应该站在一条线上才对。”他顿了顿，直视对面的人，“何况最近两个月，国内突然多了好几家做医疗VR的公司，可是他们已经输在起跑线上了，短时间内根本无法与映射抗衡。抢占新市场，也是我们要提前上线的原因，谢经理应该比别人更懂这个道理。”

这话葛易全程都是笑着说的，语气也不算强硬，但会议室里的气氛已经变得有些紧张了。

钟靖临时出去接了个电话，会议室里立刻有人嘀咕起来，目光纷纷在谢衍和葛易之间打转。

谢衍整个人靠在椅子里，百无聊赖地翻着手机，突然看到蒙萌那边撤回了两条消息。

此蒙非萌：抱歉，发错了。

衍：真抱歉，就先告诉我刚才发了什么。

很快，谢衍收到了两件礼服的图。

此蒙非萌：这不是要出席颁奖典礼嘛，橘子最近跟家人去意大利参加婚礼，她相熟的一个设计师那里正好上新款，就给我选了几套，我从里面又选出这两件，打算让橘子帮我做最后的决定，结果不小心发给你了……

衍：工作时间你就做这个？

蒙萌那边隔了很久才回过来：是，谢经理。我现在立刻去工作，打扰了。

谢衍将两张图逐一放大看了会儿，回：第二件。

此蒙非萌：理由？橘子说第一件更显身材啊。

衍：太露。

谢衍刚发完，手机便接连振动了好几下，是蒙萌发了满屏幕的省略号过来。

原本都冲谢衍投去异样视线的人，看到他淡漠的一张脸上突然扬起笑意，更觉得诡异。

等钟靖回来坐下，谢衍的手指依次敲在桌子上，目光懒懒的：“不用这么紧张，我一开始就说了，仅是个人建议。这个项目是葛经理的，最后的决断权在你。”

钟靖的表情也缓和了不少，他连忙对葛易说：“谢经理的担忧的确有道理，依云那边还是要盯紧点，不要再出现像昨晚那样的漏洞。”

“您请放心，那边已经在加班处理了。”葛易的嘴角轻轻勾起来，“依云和映射都是新公司，成长的过程难保没有磕磕绊绊，希望未来一起努力。”

他的眼神从谢衍身上匆匆掠过，谢衍的目光也毫不避让，漆黑的瞳孔下浮动着涔涔冷意。

钟靖道：“现在行业竞争激烈，如若自家公司都不能一条心，更别说对外了。依云和映射这次一同入围了市里的潜力奖，除此之外还有银河旗下的睿奇科技。肥水不流外人田，不管最后是依云还是映射，都好过把奖项让给别人。”

这话是对着谢衍和葛易说的，两人都点了点头。

话题转向下一个组的项目，空气中的紧张感渐渐缓和下来，但仍有涟漪在众人的心中荡漾。

混沌总经理的位置悬空一日，公司内部的暗潮便会多汹涌一日。

自钟靖成了代理董事长后，制订混沌第二年投资计划的重任便被交到葛易和谢衍手里，此举用意不言而喻，摆明了是要考察两名候选人的能力。

工作分配好后，葛易手里的公司数量不少，但都是已经成熟的公司，加上他组里的人也都是办事效率高的，很快就完成了任务。

反观谢衍这边，看上去数量占便宜，却都是些新晋公司，所有的研报和数据都要从头看，他手下还都是些没有经验的年轻人，虽然这一年在他的调教下进步飞速，但遇到决策问题都要来请示他，反而拖慢了节奏。

偏偏谢衍又是个重度强迫症，一件事不做完，能一直扛着不去吃饭喝水。

巫秦飞扬对钟靖的安排敢怒不敢言，只得陪着谢衍加班。没过多久，兄弟两人就一起感冒了，各自抱着一盒抽纸坚持工作。

映射科技。

蒙萌早上刚到办公室，发现梁知夏又换回了以前的装扮。长发重新被剪短，长裙换成了连体裤装，潇洒而干练。

何慕白推荐了一位专攻 VR 心理康复的华裔女教授，据说是美国 S 大最年轻的心理学博导，近两年在南城做访问学者，下午会过来给他们的项目做技术指导。

如果顺利，她会像余漫江一样跟映射签合作协议。

梁知夏此时正指挥着行政的几个实习生准备下午的会议材料，和平日里的工作状态无异。

“不愧是梁姐，这么快就跟没事儿人一样。但也有可能是伪装出来的吧？”

“那天晚上她就一个人坐在那儿喝酒，看着可惨了。”

“我挺佩服梁姐的，喜欢就勇敢去追，被拒绝了也不会寻死觅活。”

女孩们小声议论着，看到司沣往这边走，连忙互相递眼色，没再说什么。

梁知夏自然也看到了司沣，她没有避让开，而是直接拦住他：“关于下午的会议，我正好有问题问你。”

司沣看上去有些疲惫，精神也不像平常那么好，他皱眉看着她，隔了半晌才点点头：“去我办公室说。”

梁知夏答了声“好”，拿起文件夹跟他走了过去。

公司里暖气很足，司沣将外套脱了搭在沙发上，一边揉眉心一边问：“你说。”

梁知夏努力让自己的表情看上去很平静，她将文件夹摊开放到他面前：“技术的东西我不懂，我只做策划。还是之前关于切入点的选择，自闭症和抑郁症。相比较而言，前者难度更大，但国外目前有现成的程序内容，后者流行率更高，好推入市场，但目前还没有成熟的内容，完全要自己设计。”

“这个不着急，正好下午听听专家的意见。如果选后者，她能给我们技术支持，也未尝不是一条可行之路。余漫江那边进展顺利，心理治疗的项目可以继续那个模式。和高校建立合作，再加上这位专家，应该会出成果。”

“那就下午把两种方案都汇报给她听？”

“可以。”司沣将文件夹递还给她。

梁知夏欲言又止，但还是强迫自己离开了。

她的手刚摸到门把，身后传来一个声音：“那天晚上……很对不起，我的确有急事要离开。”

司沣顿了顿，语气沉沉的：“希望没有伤害到你。”

梁知夏握着门把的手下意识地收紧、松开，再收紧、再松开，最后她转过身，苦笑着说：“不好意思，‘没关系’这三个字我说不出口，如果你真觉得抱歉，就请给我一个解释，是什么样的急事让你连听我说完话的时间都没有？”

司沣沉默片刻，之后平静地看着她：“昨天我一个老友出狱，他是我未婚妻的哥哥，我去接他。”

梁知夏自认为是个临危不乱的人，但此刻司沣短短几句话，对她来说如同晴天霹雳。

她之前只知道司沣曾因涉嫌破坏计算机信息系统而坐过几年牢，但从不知道他有未婚妻。

司沣嘲弄地勾了勾嘴角，他鲜少露出这样的表情：“其实，你根本不了解我，你喜欢的那个我，不过是一个美好的想象。”

“我明白了。”梁知夏挤出一个惨淡的笑容，转身拉开门走了，高跟鞋快速交替的响声暴露了她内心的慌乱。

## 【2】

下午三点整，何慕白介绍来的专家准时抵达映射科技。

张楚珺穿着藏蓝色羊绒长裙，臂弯里搭了条银灰色的流苏披肩，乌黑的长发服帖地在脑后被盘成髻，几乎没有一丝杂发。她长了张典型的东方面孔，身材却有着西方人的丰满，说话时眉眼挑得很高。

“目前国外研究自闭症的专家也不过是进行了一些小规模的试验，还都缺乏对照组，说服力不够，像你们映射这种刚刚起步的小公司，想要干预自闭症，光是实现医患之间的沟通就已是难上加难，这个策划案可真够理想化的。”她摇摇头，一脸的嫌弃。

“那抑郁症呢？”梁知夏拿着另一份策划案问。

张楚珺没接，而是从随身的包里抽了沓资料翻了翻，挑出一张图表推到梁知夏面前。

“我做过元分析，目前世界上，抑郁症的流行率，得病后的自杀率，还有终生患病率等指标都是最高的，更适合你们。我这次回国是为了将‘embodiment（具体化）’这种 VR 疗法应用于抑郁症康复，需要做大数据，所以一直在找合作方。之所以来你们这儿，有三个原因。一是你们基础不错，前有 VR 解剖的项目经验，后有混沌和戴维斯的资金链做保障。二是因为我的师弟何慕白，既然他想追蒙总，我就给他当一回助攻，顺便做个人情。”

“喀喀喀……”蒙萌怔了怔，讪笑道，“张教授，你应该误会了，我和何医生只是朋友。”

张楚珺不以为然：“我懂我懂，暧昧期嘛，是不好说破。”

蒙萌有点无语。现在是谈公事的时候，她不想继续这个话题，连忙回到正题：“我觉得最好的合作是达到双赢，既然咱们都能从这个项目各取所需，相信一定能更有动力去做好这件事。今天请您过来，主要是听听您在大方向上的意见。另外，如果您确定可以和我们合作，我们可以择日签订合作协议。”

“协议没问题，只是，我还需要见一个人。”

蒙萌愣住：“什么人？”

张楚珺没直接回答，而是从梁知夏手里抽走一份策划案，翻到写着员工名单的那一页，食指徐徐滑到某个名字上。

“这个，司沣。我刚刚只说了两个原因，他就是最后那个。”她的笑容里有一种令人无法忽视的倨傲。

会议室里一片哗然，大家都不约而同地看向梁知夏。

梁知夏的脸色有点难看，但仍努力维持着平静。

张楚珺学心理出身，见此情景，已经明白了点什么。

蒙萌见她直勾勾地盯着梁知夏看，连忙开口打断她：“司总监今天去仁泽医学院了，那边的设备要做定期维护，他去盯一下。”

张楚珺收回视线，淡然一笑：“他既然是这里的技术部门总监，以后我来开会的时候，麻烦他务必出席。”

“好，以后会尽量安排。”

蒙萌心想：何慕白这是给她找来了个难伺候的主，而且看样子还是冲着司沣来的。公司上下谁不知道梁知夏追过司沣，这以后开会，三个人聚在一起岂不是修罗场？

“梁总监，不知可否麻烦你送我到楼下？我正好还有点问题要问你，我赶时间，咱们边走边说？”张楚珺的眼睛有着学心理的人独有的深邃，她说话的时候喜欢直视对方的眼睛，好像能看透一切。

梁知夏扬起一抹疏离的笑，抬手做了个“请”的姿势。

两人一前一后走出了会议室。

其他人都忍不住伸长脖子想探听点什么，蒙萌敲了两下桌子：“各位，上班时间？”众人讪笑，连忙收拾东西回了自己的工位。

电梯快速下行。

两个女人并肩而立，看上去都各有气场。

“你喜欢司沣？”张楚珺突然开口，眼睛直视前方，但也从四周的镜面里观察着对方。

闻言，梁知夏倒也没有露出惊讶的表情：“做你们这一行的都喜欢打探别人的隐私？”

“看来是单相思，而且……还不太顺利。”

梁知夏眉头微蹙，转头看向她。四目相对，谁都没有要退让的意思。

电梯门徐徐向两边推开，打破了空气中的紧张。

“张教授，您是开车来的，还是需要我叫车？”梁知夏的脸色已恢复如常，礼貌而淡漠。

“我已经叫过了。”

“好，这边请。”

梁知夏客气地又做了个“请”的手势，张楚珺笑着走出去。

两人一同行至写字楼的门口。

等车的时候，梁知夏从未觉得时间如此难熬，交际是她的基本素养，若换作往常，她能有一箩筐的话陪客人聊，但此刻，她是一句都说不出来，也不想说，只希望尽快将对方送走。

张楚珺又瞥了她一眼，突然笑了：“别紧张，我们不会成为情敌，也无法成为情敌。”

梁知夏被这话戳中了要害，语气也带了点讥讽：“的确不会成为情敌，因为他已经有未婚妻了，你我都不必白费功夫。”

车来了，张楚珺对司机招手。

“未婚妻？你知道什么才是这世间最永恒的东西吗？不是爱情，不是鲜活的生命，是死亡。”说完，她和梁知夏告别。

这句话没头没尾的，着实令梁知夏感到困扰。

张楚珺走后，梁知夏只要工作一停下来，就会想到她说话时的那张脸，那双眼睛，还有她唇畔意味深长的笑。

司洋在得知张楚珺的要求后，答应得十分干脆，并没有什么多余的表情，顿时浇灭了八卦群众的热情。

可梁知夏还是察觉到一丝古怪。

她想：张楚珺这个人和司洋之间，一定有种不为人知的关系。可这关系究竟是什么，恐怕只有他们自己才知道。

蒙萌没有想到李恒睿会和她约在云水楼，这是何慕白最常光顾的地方。

她赶到的时候，比约定时间早了十分钟，可惜路痴的老毛病又犯了。

大约在走廊里绕了两个弯后，蒙萌被服务员带到一扇门前。她推门进去，只见一道黑色的身影正坐在窗边，他的侧影看上去孤独而寂寥，散发着生人勿近的清冷气息。

李恒睿手里捧着茶盏，侧头看向她：“蒙小姐很准时。”

“其实有早来十分钟，无奈包厢太隐蔽，走了好一会儿，我差点以为在绕迷宫。”

“无妨，请坐。”

“好，谢谢。”

说不忐忑是假的。之前映射争取银河的投资时，她也不曾有机会见到李恒睿，没想到现在她找了混沌投资，对方却又主动找上门来。

李恒睿见她有些局促，为她倒了一杯茶："你不用紧张，今天我来找你，是有些私事想和你谈，关于李慕白。"

"李……慕白？"蒙萌愣住。

"就是你认识的何慕白。他是我继母带进门的，改了我们李家的姓，没对外说。"

蒙萌努力消化这些话里的信息，但比起何慕白的真实身份，她更好奇李恒睿为什么突然和她说这些。

"虽然有点意外，但这是你们李家的家事。就算何慕白有意隐瞒，你也不必专程来告诉我这些。"

"我告诉你这些当然是有原因的。蒙小姐年纪轻轻就接手了一家本不属于自己的公司，事业与美貌兼得，的确吸引人。你的感情生活，我无意过问，只是牵扯到李家人，我不得不出面，望你体谅。"李恒睿举止、谈吐都谦谦有礼，颇有大家贵族的风范。但他的那双眼睛，却像两潭阴郁而隐秘的深渊，看久了会让人不寒而栗。

蒙萌捧起茶杯抿了一小口，大概了解了李恒睿的来意。没想到这种在偶像剧里屡见不鲜的狗血戏码，竟然也会发生在自己身上，实在有趣。

"他曾在我们公司落难的时候帮了我一把，同时也是我前任老板的主治医生，仅此而已。"

她说得简单而直白，李恒睿却笑了。

"蒙小姐和混沌的投资人绯闻漫天，又来和我这位哥哥纠缠不清，未来极有可能会影响到我的家族乃至公司的名誉。那些媒体一旦抓到这种八卦，必会大肆渲染。我父亲身体不好，又生性传统，肯定受不了这种刺激。"

闻言，蒙萌也嘲弄地笑了笑："我觉得我前面说得很清楚了，我对攀附新贵、嫁入豪门的戏码不感兴趣。"

"抱歉，我没有时间，也没有兴趣去了解蒙小姐是怎样的人，只是，如果你想玩暧昧，可以……随便和谁，只要不是我李家人。”

蒙萌摩挲着茶盏，透过袅袅的热气观察李恒睿的那张脸。她见过很多假笑的人，但最厉害的还是眼前这位。

“好，你看着。”她将手机正对李恒睿，然后将微信划到何慕白的名字上，直接拉入黑名单，再然后，她又打开手机通讯录，把何慕白的名字翻出来，同样拉黑。

她做这些的时候，脸上仍端着笑，好像拉黑这个人只是顺手的事。

但她心底其实一直默默嘀咕着：人家摆明了不想听她解释，那她就给他想要的，犯不着在这儿白费口舌。

对不起了何医生，这只是权宜之计，为了应付李恒睿而已，求原谅，求原谅……

删完好友，她收起手机，起身对李恒睿说：“我能做的都做了，可如果以后他还要死乞白赖地找我，我也没办法。或许你可以找个保镖二十四小时监控他，反正以你的能力，这个应该不难办到……

“至于这饭嘛，话都说到这份儿上了，恐怕也很难心平气和地吃完了，我先撤，您自便。”蒙萌其实已经饿得有点不舒服了，只想赶紧离开这儿去填饱肚子。

就在她转身要走时，李恒睿出声叫住她：“我很抱歉，这顿饭让蒙小姐不舒服了。不过，我已经提前让人打包好了，你可以带回去。我的车就在楼下，送你一程，希望蒙小姐给我这个弥补的机会。”

李恒睿从座位里站起来的时候，从旁边拿起了他的手杖。

蒙萌在心底啧啧惊叹，原来李恒睿早就料到这顿饭吃不下去了。

她也懒得推托，想着蹭一顿饭也算没白受这通挤对。

回去的路上，蒙萌实在饿极了，她将车窗摇下来三分之一，选了个气味小的点心直接往嘴里塞。

副驾驶坐着的助理和司机小心翼翼地看了李恒睿一眼，见他专心用电脑办公，又松了口气。

李恒睿最讨厌有人在车上吃东西，上次他的表妹在车上吃了包薯片，直接被他的黑脸吓到哭，后来他再没允许过她上自己的车。

大家都说，他小时候本是个很好相处的人，就是因为那年摔坏了腿，之后就性情大变。

李家人其实暗地里都挺怕他。

车子开到小区门口时，蒙萌已经消灭了好几盒点心，她心满意足地拎起包下车，本打算对着车窗和李恒睿道别，谁知对方竟特意下车走到她面前。

“蒙小姐很有趣，伶牙俐齿的，脑袋转得也快。不过女人太聪明，终将被聪明误。我今天说的话，希望你每个字都听进去了。我从不喜欢恃强凌弱，但不代表做不得。”李恒睿说完，微微颔首，便拄着手杖离开了。

蒙萌手里拎着云水楼精致的打包盒，目送他走到车旁。

电光石火间，夜幕里突然冲出一道人影，快得像阵风。只听空气中传出拳头撞击肉的声音，后面的黑色轿车里立刻下来两个身形矫健的人，直接将打李恒睿的人反扭控制住。

“手脚轻点。”李恒睿用丝质手绢沾了沾嘴角的血，目光和此刻的夜色一样深沉。

“无耻。”带着痛意的声音响起。

蒙萌心里咯噔一下，听出是何慕白，连忙将手里的东西丢了，冲上去挡在他的前面，质问李恒睿：“你们要干吗？”

她想自己一定是武侠片看多了，才会如此正义感爆棚。

可这举动看在李恒睿的眼里，又是另一层意思，他越发觉得面前的女人有趣了。

“蒙小姐不用这么紧张，打人的是他而不是我。何况我只是‘请’我这位很久没回过家的哥哥回去看望一下父母，请你不要插手我们的家事。”

蒙萌将信将疑：“既然如此，你大可不必这样让人扭着他，不然你们回家前还要先去骨科挂个急诊。”

李恒睿哂笑了声，下巴一扬，几个人立刻会意，放开了何慕白。

蒙萌连忙将他从地上扶起来。

“就算不是你的生父，你也姓李，你的一切都是他给的。但凡你还有一点良知，就马上跟我回去，不要挑战我的耐心。”李恒睿说完便上了车，刚刚被蒙萌摇下来的车窗快速升起。

何慕白扶着手臂，额头上有一层虚汗，大抵是疼出来的。他扯着笑对蒙萌说：“你先回去。还有，别莫名其妙把人拉黑，真够绝情的。”

“抱歉，我其实不是……”

“不论他说了什么，一个字都不要听，如果你还当我是朋友。”

“好。”

何慕白上了车，很快消失在夜色中。蒙萌站在原地，脑袋里嗡嗡一片。

等她回过头，却猝不及防对上一双如墨的眼睛。

最近气温降得快，谢衍却只在衬衫外套了件黑色圆领卫衣，立领压在卫衣的领口里，远远看去像个乖巧青涩的大学生。他整个人站在黑暗中，就那样静静地看着她，不知道站了多久，也不知道他有没有看到刚刚戏剧性的一幕。

蒙萌知道这几天谢衍在公司加班，殷文祥入院的事，她也有所耳闻，只是没想到会在这个时候遇到他。

“谢经理？”

谢衍随意点点头，也无意与她交谈，径直往前走。

蒙萌见他手里拎着个白色的塑料袋，上面印着几个字，竟是药店的logo，她快步跟了上去。

借着路灯，她看到谢衍的侧脸有种不正常的潮红，担心地问："你怎么了？生病了？"

谢衍仍旧没答话，沉着脸快步往前走。他也不知道自己在生什么气，脑海里还是蒙萌刚刚冲过去保护何慕白的样子，还有她扶何慕白起来时，那种关切担忧的眼神。

身上发着热，但实际上浑身都是冷的，但他心里又窝着火，如此冷热交替，着实难熬，偏偏某人还不依不饶地追过来，手臂一伸，拦在了他的面前。

"你……"他停下来，眉头紧皱。

蓦地，额头上袭来一股凉意，她带着女人特有的馨香一齐靠过来。他垂下眼，目光依次划过她的鼻尖、唇畔、玲珑的曲线……以及她努力踮起的脚。

蒙萌退开一步，又拉开他手里的袋子瞥了一眼，说："你发烧了。这个药我吃过，不太行。我那儿有个很灵的药，等会儿回家拿给你。"

谢衍能感受到后背的一层虚汗，此时他有些唇舌发干，声音涩涩的："你对每个男人都这么关心？"

"你什么意思？"蒙萌正在想为什么向来很少生病的谢衍会突然病到发烧的地步，一时间没反应过来。

"没什么意思。"谢衍不耐烦地哼了一声，板着脸走了。

## 【3】

临近圣诞，南城的气温一降再降，九点还没到，外面就已经没什么人了。

从这里的小区开到李家大宅至少还要半小时，后排座位很宽敞，尤其为了考虑李恒睿那条有残疾的腿还特意做过改造，但何慕白还是觉得如坐针毡，只得望着窗外冷清的街道发愣。

手机在口袋里振动了两下，是蒙萌的短信，他被她的语气逗笑了，好像他是被黑社会的人劫走了一样。

“一个心有所属的女人，值得吗？”李恒睿正对着电脑工作，说话时头都不抬。

“值不值得，我说了算，与你无关。但有件事我要和你说清楚，”何慕白将手机收起来，“商场上的事我不懂，也不想了解，你们想怎么耍心机都行，但别把手伸向映射。你知道我对人家的意思，就不要来试探我的底线。毕竟……和病人待久了，难免被同化。”

两个男人相视假笑。

“我只不过出于对长辈以及公司的考虑，不得不请蒙小姐借一步说话，自认为没有任何不妥当的地方。”

“我说的是余漫江的事。不巧，病人家属突然搬入的那套别墅，被我顺藤摸瓜查到了你这里。当然，一般人可能查不到这儿，可我好歹也算是李家的人，知道的总归……”

“这个时候是李家人了，何大医生？”李恒睿面带讥讽，“诚如你所说，我做的都是公事，你既然什么都不懂，就别来插手。何况，你也没这个能耐。”

“是吗？那就试试吧。不如就从你做的这些见不得人的勾当开始，随便爆料一点出去，都够那些媒体过年了。就算主流媒体不敢报，我还可以去微博、论坛、朋友圈……你们李氏一族不是最好面子吗？就算我这些爆料不能把你们怎么样，但也够弄得你们满脸灰了。”

李恒睿幽深的一双眼紧紧地逼视着他，须臾，突然笑起来：“何慕白啊何慕白，没看出来，你还是情种一枚，果真半点没有我李家人的品性。”

何慕白也笑着说：“友情提示啊，凭我多年的工作经验，像你这种夜路走多了的，终将会被黑暗反噬。说简单点，就是报应。”

“是这个报应吗？”李恒睿用手杖的底端缓缓挑起裤腿，露出人工关节的连接处，看着有种莫名的惊悚。

他见何慕白面色变了，又冷笑道："你这么帮着映射，我差点以为你是想还人情。毕竟，要是没有他帮你背锅，恐怕你早就被我父亲扫地出门了。"

何慕白苦笑："你早就知道他是谁了？"

"也没多早。不过，你若是真想还人情，就别去人家的感情里插一脚。"

"我的事，不用你管。"何慕白语气凉薄。

他想：感情恐怕是这世上最不讲道理的，就算他想插一脚，别人也不会给他机会。

终究是一场无疾而终的单相思罢了。

"哦，对了，你医院的那份工作到今天为止，不用再去了，我已经和你们院长打了招呼。父亲近来身体很差，你先顺着他的意思去外面进修一段时间，手续都给你办好了。回来后，你就先去子公司上班。"

这话说得轻飘飘的，却让何慕白浑身僵直。他猛地倾身上前，双手抓住李恒睿的衣领，声音近乎低吼："谁允许你这么做的？！"

李恒睿仍旧冷笑着："你那家医院，里面也有银河的钱。你和我们李家没有干系，但爸爸对你不差，做人要懂得感恩。你上任那天，新闻也会造势，从那之后你最好能弄清楚自己姓甚名谁。"

"对一个没有血缘关系的拖油瓶，银河如此慷慨，真是感天动地。"何慕白松开手，自嘲地笑了笑。

李恒睿面无表情地将衣领整理好，又继续低头看报告了。

挡板缓缓升起，后座的两个人又恢复到对话之前的情景，好像什么都没发生过。

蒙萌回家翻箱倒柜了半天，终于把之前让何慕白托人配的中药找了一包出来，她去敲隔壁的门，却怎么都没人应，发微信没人回，打电话没人接，最后没办法了，她只好自己输了密码走进去。

“谢经理？”

“谢衍？”

“谢经理？”

连喊了三声还是无人应答，蒙萌有点不放心，换了鞋就往里走。房间里有地暖，不冷，她甚至还觉得有点热。

客厅的电视是开着的，财经新闻正在重播一个专题采访片，上面的人她知道，是银河投资的创始人李天逸。片子正说到当年银河创业时和另外两个合伙人共获成功的故事，他的脸渐渐虚化，除李天逸外的另两个人相继出走的过程。

其中一个人多年前携妻女隐居，彻底消失在众人的视线里，杳无音信，节目里未多做介绍；另一个创始人谢仲怀明显是这段回忆的主人公。

他在离开银河后便自立门户，成立了欧泊投资。公司日渐壮大，步入正轨，几乎可以和银河并驾齐驱。当时著名芯片公司“智微”已经在美国上市，老板是个颇有爱国情怀的华裔，谢仲怀与他有点交情，不惜多次奔赴美国说服他回国发展，最终对方被谢仲怀的诚意所打动，打算回购股票退市，彻底实现私有化。

消息一出，国内不少大投资公司都蠢蠢欲动，开出的条件不比谢仲怀差，但那位老板还是坚持和欧泊合作。

可谁都没有想到，最终谢仲怀却募资失败了。他不仅失信于智微芯片的老板，还使多年苦心经营的欧泊付之一炬。相传在事情最紧急的时候，他正携家带口在国外旅游，谁都联系不上他。

之后公司面临信用危机，加上被智微起诉，经营得越来越差，银河的李天逸站出来接了盘，这才勉强保住欧泊。圈内人都说李天逸以德报怨，是个有良心的企业家。谢家三口在那场浩劫之前死于一场海上意外事故，儿子的尸骨至今未找到，结局令人唏嘘。

旁白的声音沧桑而有力，颇有点历史纪录片的味道。在镜头切回李天逸之前，进了一段广告。

蒙萌愣在那儿。

刚刚电视里提到的事让她受了不小的冲击，脑袋里一时间闪过很多碎片，都和谢衍有关。

有他掐着她的脖子，要她放他走。

有他们第一次激烈的吵架，他瞪着血红的眼睛说自己还有很重要的事要做，让她不要再招惹他。

还有他喝醉了酒，说自己迟早有一天会为父母正名，让那些陷害他们的人得到应有的惩罚。

…………

“深夜私闯男人家，养成习惯了？”谢衍刚冲了澡，只包了浴巾走出来，在灯光的映照下，他上半身的肌肉完全暴露在空气中，从胸肌到腰腹，线条紧致而流畅，刚刚沐浴过，水汽在他的肩颈上凝聚成晶莹的水珠。蒙萌眼前一黑。

上一秒她的脑袋还在飞快转动，这一秒就变得一片空白，只能红着脸捞起沙发上的衣服丢进他怀里：“你是嫌烧得还不够严重？”

谢衍这回倒是听话，乖乖地将衣服穿好，手一伸：“药给我，你可以回去了。”

蒙萌将中药包递过去：“行啊，你自己会熬就行。”

谢衍闻言，双手抱臂，没打算接过来，带了点鼻音：“哪有让病人自己煎药的。”说完，他咳嗽了两声，脸颊泛起微微的潮红。

“你之前照顾过我一次，我只当还你。”蒙萌收回手，转身扎进了厨房。

谢衍看着她的背影，嘴角挑了一下。

但他的注意力很快就被电视吸引。

广告之后，屏幕上出现了几张旧照片。

画面上，三个年轻男人站在晨光里，都笑得意气风发，看着就充满希望。

“创业很苦，是真的苦。但我们三个互相扶持，累了就买点啤酒爬到天台上喝，醉了就靠在一起睡，叫醒我们的是南城第一缕阳光。年纪大了，我时常陷入回忆，梦里梦醒都是那些场景。当时我们都觉得可以成功，事实也的确如此。可后来的一切都变了，从三个人到只剩我一个人在这儿，再到仲怀出事，那些画面好像还在眼前……”

李天逸的眼神中透出一股悲戚，完全沉浸在往事中。

谢衍皱着眉头，拿起遥控器把电视关了。

周围终于恢复宁静。

洗完澡后暂时的清醒正在退去，疲惫和无力渐渐从背脊漫上来。他躺在沙发上，眼前是一片黑暗，仿佛全身都在疯狂下坠，这感觉，和他当年刚刚被救至永夜岛的时候一样。

中午在餐厅，电视上也是在播这期采访。

在银河三大合伙人的老照片里，他看到了一张熟悉的脸，出于本能，他的目光定在上面，几近贪婪地想要让画面永远停留在这一秒。但很快画面又转回了李天逸的脸上，主持人问：“对于昔日好友背叛自己、另立门户，最后又落得家破人亡、公司覆灭，甚至背负骂名的下场，您是怎么看待的？”

“他是我的好兄弟，我始终都这样认为，尽管他做过一些让我惊讶、不解，甚至痛心的事，但依然无法改变这一点。对于他的死，我永远会怀着沉痛的心情。这也是我要坚持保住欧泊的原因……”

旁边葛易的小组正在围圈吃饭，不知道是谁有意无意地冒了句：“这个照片上的人啊，你还别说，看着挺眼熟。我刚才突然想起来，他的眉眼和谢经理实在有点像……”

旁边有人搭腔，将声音压低了点，说：“何止人像？连姓氏都一样，要不怎么说这世界上总有很多妙不可言的缘分呢。”

“据说他是个老婆奴，一世英名毁于一旦。当年欧泊出事的时候，他还带着老婆孩子在外面旅游，公司里的人忙得焦头烂额的，根本联系不到他。他倒好，一家人走了个干净，留下个烂摊子，手下的人都被坑惨了。听说有个欧泊的合伙人活活累到猝死，剩下孤儿寡母，没过多久，他老婆丢下孩子跑了……”

“啧啧啧，总之谢家当年的事简直就叫一个惨烈。你们可别在这儿说什么谢经理和人家像了，据说那人的独子也不是个省油的灯，小小年纪被送到美国去，是因为他捅了大娄子！”

“什么大娄子？”

“这我哪儿清楚……”

谢衍不知道自己是怎么吃下那些饭的，背后传来的议论声像一张密不透风的网将他笼住，连呼吸都变得困难起来。

近来钟靖派给他不少难做的活儿，明里暗里给他使绊子。公司里的人哪个不是人精，都懂得看风向，财务、审计、行政都变着法儿地弄点动静，虽都是无关痛痒的小事，但叠加起来也让他有些吃不消。

电视上不断传来李天逸的声音，谢衍心中的烦闷几乎要到达极点，但他还是一脸淡漠地吃完了饭。端着托盘起身时，身后又有人说：“且不说谢家那孩子早就葬身大海，这世上恐怕没有人能对着这样的新闻安然地把饭吃完吧？”

…………

厨房渐渐飘来一阵中药香，这味道让谢衍原本就昏昏沉沉的脑袋直接失去了意识。

他做了一个梦，梦见他在那场海难后独自回到南城，铺天盖地的谩骂声几乎要将他淹没，昔日的好友都避他如瘟疫，还有日薄西山的欧泊投资，大门紧锁的家……他独自一人，站在狂风骤雨的中心，天地混沌，孤立无援。

直到有个人从光芒里走出来，周遭的黑暗渐渐被她身上的光芒填满，她穿着鲜红的吊带裙，长发随风飞舞，朝他伸出一双手，如水葱般白净透亮。

那双手渐渐靠近他，却不是要抚平他的眉心，而是直直地伸向他的喉咙……

谢衍是被呛醒的。

嘴里突然被灌入某种液体，他几乎要将整个肺都咳出来。他自认从不怕吃苦，但现在整个口腔连带着喉咙都被一股酸涩的苦味席卷了。

"不好意思啊……我看电视里主角晕倒了都是这样喂药的，没想到还是把你呛到了。"

谢衍眯起眼睛，瞥了面前的人一眼。罪魁祸首半跪在地上，右手捧着药碗，左手帮他轻轻拍着背，白色毛衣上溅满了黄褐色的药汁，一双猫眼耷拉着，满满的委屈，像个在认错的小孩。

原本梦中遗留的负面情绪和差点被人呛死的愤怒都在此刻化为乌有。

他坐直身体，从她手里接过药，仰头一饮而尽，陶瓷做的碗掷在茶几上，发出清脆的一声响。

"谢谢。"剧烈的咳嗽后，他的嗓子比刚才哑得更厉害。

"不客气，女朋友嘛，照顾男朋友是应该的。"蒙萌没多想，起身的时候指尖突然被一股炽热包裹住，她的心突突跳了两下。

"真当自己是我女朋友啊。"谢衍靠在沙发里，就这样拉着她的手，头歪着，似笑非笑，"现在就我们两个人，太入戏就没意思了。"

短暂的沉默。

蒙萌不敢置信地看着他，没想到她的善意被曲解得这么不堪。

她把他的手甩开，带着怒气讪讪地道："谁稀罕做你名义上的女朋友？是你拿投资的事情要挟我，非要我配合。怎么，你们男人都这么善变吗？还是……"

像是忽然想到什么，她抿了抿唇，声音沉下来："你心情不好吧。纪录片我看到了，那上面李天逸提到的欧泊投资，就是你父亲谢仲怀的公司对吗？"

谢衍怔住了。

这个回答显然超出了他的预想。他刚才的确是因为心情不好才说了那些话，可他并没有想到蒙萌会在这个时候提欧泊，提谢仲怀，提他已经被重新撕开的伤疤。

蒙萌见他不说话，只当是自己说中了。看到他无力地坐在那儿，她无法抑制地心疼他，甚至想要伸手抱抱他。

但她很快把这个念头压了下去。

"你刚刚说的这些话，我不会往心里去。"

谢衍睨了她一眼，在看到她眼底涌动的同情和怜悯后，脸色顿时冷了，眸光霎时间暗淡下去。

"是吗？可你做过的事，我忘不掉。"

蒙萌浑身一震，嘴巴张了张，说不出话。

"我恨过你。"

这声音冷幽幽的，轻如叹息，却像一股洪流撞击着蒙萌的耳膜。她手里攥着钥匙，指尖渐渐收紧，金属压向皮肤和血脉，有轻微的痛感。

谢衍陷入回忆，他垂着眼帘，紧紧盯着空气某处发怔。

"那场暴风雨，我在水里，脚被什么卷住了，挣不开。我以为自己要死在那儿，脑海里突然跑出个画面，同样的夜晚，同样咸涩冰冷的海水，爸妈把我抱上最后一块浮木，和我说要好好活下去。"

猛烈的一阵咳嗽。

蒙萌像个木头人一样呆愣在原地，因为急促的呼吸，她的肩膀微微颤抖着。

"可是……因为你，我差点把他们都辜负了。是，谢仲怀就是我的父亲，那场意外之后，无论是欧泊还是谢家都成了众矢之的，他再也无法为自己辩白。”

谢衍剧烈地咳嗽了几声，嗓音比刚才更沙哑沉重。

“一旦我死了，他们在死后背负的那些骂名，就永远都无法抹去了。如果你是我，你会忘记吗？”他真诚的语气像是真的在询问她的意见，然而，他的眼睛却是空洞的。

楼下有孩子在阳台玩闹，反衬出他们这里一片死寂。

蒙萌极力压制着自己心底涌上来的烦躁和怒气，不断地告诉自己，谢衍现在是个病人，他父亲的事突然被搬出来肯定也对他刺激不小，他刚刚说的那些话未必是出自真心……

未必。

可也许他就是这么想的。

“你这样四舍五入给我定罪，我不接受，但我也不反驳，因为失约了就是失约了，我没办法让时光倒流。”

蒙萌说完这句话，鼻头一阵发酸。在逐渐模糊的视线里，她忽然发觉，原来被自己在意的人冤枉，是这世上最意难平的事。

“以前在永夜岛上，我欺负过你，为难过你，如今我们重逢，却也是你，在映射最难的时候帮我们拿到了投资，还一直为公司的发展出谋划策。你一直都在帮我，我不是傻子，我能感受得到。所以，如果刚刚的那些话能让你好受一点，我就当自己是在还你的人情了。”

蒙萌说完，便快步往玄关走去，不料越紧张越容易出状况，无论她怎么努力就是打不开门，只能懊恼地站在原地。

“那天我等了你很久，为什么……没来？”谢衍不知何时走到了她的身后，身体无力地倚在墙上。

蒙萌下意识地双手握拳，转过头，音调不自觉地抬高：“之前也是在这里，谢经理没有给我解释的机会。怎么现在又想听了吗？”

面对她的质问，谢衍有些后悔了。

这些话本不该问出口的，他曾不止一次地告诉自己要放下，因为他还有太多重要的事情要去做。

身陷泥泞的那几年，他总会梦到她穿着红裙子在海边追着浪花跑的样子。可梦醒之后，他只觉心像是被人剜去一块，剧痛入骨，无声无息。

他疯狂地想要知道她失约的原因，等着那个答案，却也害怕那个答案，所以，在她第一次想要解释时，他拒绝了。

谢衍站在暖黄色的小灯下，整个人退去了平素的凌厉和戒备，看上去柔和而无害。他哑声问："那到底要不要解释，嗯？"

蒙萌看着那双隐隐透着期待的眼睛，忽然顿悟。

自从那个风雨交加的夜晚，她看到溺水高烧的他，有些事就已经是注定好了的，譬如她会喜欢上他，譬如他们会在这里重逢，譬如她注定要败给自己对他的那份心意。

在一番灼热的对视后，她终于败下阵来，垂眼的那一刻，视线骤然模糊。

"我爸说，你的身上背负着父母的两条人命，背负着家族荣辱，你以后的每一步都会很艰难，而我只会成为你的负担。其实我……我没有恶意的，也不是故意失约，我只是犹豫了。后来等我想明白，跑去找你，已经太晚了……你信吗？没有陪你一起走，是我此生最后悔的一件事。"

空气中弥漫着异样的沉默，谢衍的脸上先是闪过一抹错愕，之后化成自嘲的笑。

"很感人的说辞。只是我不明白，曾经的你从不是那种会瞻前顾后的人，根本不会在意别人的说法，从来都是我行我素，怎么偏偏那个时候，你就退缩了？"

也许是这一刻他嘴角的笑容刺痛了她，也许是那些话早已经在她的心底翻滚了千百回。她紧紧掐着手心，因为过度用力而浑身颤抖。

像是过了一个世纪那么久，她忽然笑了，眼泪还没落下来就被她胡乱抹掉。

"你说的没错，我蒙萌从来都是天不怕地不怕的，更不会把别人的话放在心上，我想做什么就做什么，只遵从自己的心，可那是在遇见你之前。”

谢衍插在口袋里的手指骤然紧缩。

蒙萌似乎完全陷入了回忆，脑海里像是在自动播放黑白纪录片，主人公是她和谢衍。

“做饭的时候会在脑袋里先过一遍你不喜欢吃什么，刷完牙会特意返回去把牙膏放回原位因为你有强迫症，半夜听到动静就忍不住去房间看你有没有做噩梦惊醒……自从在岛上遇到你，我就发现，原来真的会因为一个人做什么都缩手缩脚的，心里好像有什么始终悬在那儿。在意你说的每一个字，甚至每一个表情，当我意识到这些的时候，我就觉得我爸他说的不是没有道理，你有那么多事要去做，我跟着你，根本什么忙都帮不上……”

谢衍看着视线里那道因为抽泣而微微颤动的身影，好像有一股奇怪的力量在推动他走向前。很久没帮女孩子擦过眼泪，上一次也是为她，但时间隔太久，早已生疏。在手指、手心和手背的挣扎中，他最后是用拇指帮她擦的。

可他没想到，这眼泪越擦越多，好像流不尽。

她的话还在耳边回响，原来这真的是一场误会，可亲口听她说出来，又是别样的感觉。有释然，有愉悦，还有一丝隐隐的怒气……

为什么不早点说清楚?

为什么自己没有早点给她解释的机会?

“谁说帮不上？”头越来越沉，像喝醉了酒，他好像有点无法控制自己的语言和肢体。

余光撇到鞋柜上的一包烟和打火机，没再犹豫，像是看到救星，直接拿过来抽了一根，可刚点燃就突然被人夺走。

那只手和刚刚梦里的一样白皙。

这抹白色让他心底更加烦躁，气息也跟着乱了，连续多日超负荷的工作，再度被翻出来的欧泊旧事，父母亡故的噩梦，以及这场来得很不是时候的重感冒……正在逐渐瓦解他残存的理智。

“感冒抽什么烟？你疯了。”蒙萌没好气地说着，红着眼眶将烟摁灭在旁边的烟灰缸里。

谢衍一个失神，竟莫名想到刚刚蒙萌护在何慕白身前的画面。女人的眼眶红通通的，嘴唇也是红的，不知不觉中，两人的距离无限拉近。

“嗯，是疯了……”他俯下身，掌心将她的腰压向前，侧头便吻了上去。

蒙萌被这股突如其来的力道猛地拉向前，瞳孔倏然放大，映出男人俊朗的眉眼。

这一刻，她突然意识到自己从没什么接吻经验，仅有的一次还是那年在岛上，谢衍恶作剧地凑上来，不过是唇对唇的触碰，一眨眼的工夫就结束了。

可现在不同，这一次的谢衍强势、霸道，不容一丝拒绝。

有温热且湿润的东西钻入唇齿之间，将她的意识搅得天翻地覆，舌尖被吮住的那一刻，蒙萌的脑袋里“嗡”的一下，有什么炸开了。

## 【4】

蒙萌失眠到半夜，最后只能把和高校合作的心理测试项目策划案翻出来重新看了两遍，终于揪出两个错别字后才渐渐睡去。

几个小时后，天空大亮，她揉了揉酸涩的眼睛，从枕边摸出手机，有两条微信。

第一条来自何慕白。

昨晚临睡前，她重新对何慕白发送了好友请求，现在提示添加成功。他说自己一切安好，只是最近这段时间不方便联系，有空细说。

第二条来自谢衍。

昨晚的事，对不起。

蒙萌的心跳了跳，嘴角也跟着上扬。她拇指一滑，切进微信主界面，再点进和谢衍的聊天，下面还有一句话。

之前让你假扮我女朋友的事，到此为止。

蒙萌愣着看了好几遍，终于哀号一声将脸埋进被子里。没过一会儿，她就感觉喉咙一阵发痒，之后演变为不停地打喷嚏和咳嗽。

而比这更恐怖的是，昨晚那个不算深的吻像是一把钥匙，突然打开了记忆的匣子。相似的场景，她好像坐在床上，抱着一个人说想他，之后……用牙齿咬了他的嘴唇？

她真想一病不起，把这些，连同昨晚的那些都忘得干干净净。

“谢衍，你个王八蛋。”

“哪有人亲完就说分手？”

“不知道感冒会传染啊！”

她边咳边骂。

蒙萌所谓的灵药真的是药到病除，谢衍只请了半天病假休整。下午出门时，谢衍看到门口放了个袋子，里面是他送给蒙萌的手环，另外还有一张字条，上面写着：分手例行清算，请查收。另，以后除工作上的事就别联系了。

例行？

难道她之前也分过手？

谢衍摇摇头，将东西丢在玄关的鞋柜上，关门。

去公司的路上，他和巫江再次通了电话。昨晚巫江说南城已经有不止一个人在查他，直奔多年前谢家的那场惨案而去，连带着欧泊的覆灭都想刨根问底。巫江告诉谢衍，已经有媒体得到消息，拿了他的照片和当年谢仲怀同龄期的做比对，估计过不了多久就会有新闻爆出来。

“怪只怪李天逸突然在这个时候拿出了老照片，现在混沌局势紧张，多少双眼睛盯着你，只求能找出一个污点让你彻底翻不了身，好让葛易上位。不过身份这种事，他们也拿不出实锤，做不了 DNA 鉴定，除非你自己承认。你的心理素质一向很好，我也不担心，就提前给你打个招呼。”

“年纪大了，的确也经不起一惊一乍，多谢巫叔提醒。”

“臭小子，在我面前称老。对了，葛易手下那个区块链的项目，过两天要公测，场面不小。看样子人家已经开足马力做最后的冲刺，你可别轻敌。”

“一辆忘记在比赛前检修的车，过度冲刺就是在玩火。终点还没到，先自燃了也说不定。”

电话那头传来巫江惯有的笑声：“看样子，你已经心里有数了。”

谢衍笑道：“不管别人怎么样，做好自己的事，就永远不会出错。”

临近圣诞节，各公司的宣发部门都在筹备迎合节日气氛的广告，为明年开年的新产品做一波预热。映射这边在张楚珺的建议下，也在准备 VR 心理测试仪的宣传。

和 VR 解剖的路径一样，先从高校入手，与新生例行的心理测试相结合。在学生签署知情同意书的前提下，尽可能收集数据以丰富数据库，为之后正式推行的 VR 抑郁症治疗奠定基础。

时间很赶，蒙萌先找了家业界小有名气的广告公司做了个片子放在公司的官博和公众号上吸睛，司沣那边则带着技术部门全力配合张楚珺的实验室赶制测试内容。

整个映射忙得像是上了发条，蒙萌每次加班开完组会，看到公交车站都换上了依云《虚拟人生》的新广告，就觉得浑身被注入了一股力量，在无形中催促着她向前。

但即便她全身心投入了工作，还是没办法忽略周围越来越多的流言蜚语。

近来映射科技和上下几层的公司联合包了个食堂，蒙萌去吃午饭时才后知后觉地发现自己站在了舆论的中心。

关于谢衍和混沌董事长殷文祥独生女殷昕的新八卦。

有人说谢衍厌弃了蒙萌，所以遇到殷昕就立刻移情别恋。

有人说殷昕是因为父亲住院才从美国赶回来的，没想到对谢衍一见钟情，隔三岔五就煲了汤给人家亲自送去，要多贤惠有多贤惠。

还有人说谢衍会在这个时机和殷昕在一起，是为了有更多的筹码争夺混沌新任董事长的位置，明摆着是想做殷家的上门女婿。

…………

蒙萌听多了，连着几天都没去食堂吃饭，宁可一个人窝在办公室吃外卖。她想发微信问谢衍，纠结了半天都想不出一句合适的开场白，毕竟他们现在的关系实在有点微妙。但她唯一可以肯定的是，她还没有资格去吃别人的醋。

她对着谢衍的微信头像发了会儿呆，之后去网上搜索“殷昕”这两个字，检索的结果都是各种诸如“最美华人钢琴家”“李斯特纪念奖第一名获得者”“肖邦国际钢琴比赛第一名获得者”这样的名号……

而在这些新闻的下面，还有殷昕和混沌某投资经理约会吃饭的八卦。

上面虽然没有明说男方的名字，但蒙萌一看那个背影就知道是谢衍，顿时胃口全无。

周五公司开会，蒙萌人还没走进会议室，就听到有人在议论谢衍和殷昕，还猜测老板是不是被分手了。她终于忍无可忍，当即走进去解释道：“不好意思，是我把他甩了。像那种狂妄、自大、朝三暮四的男人，你会要？”

蒙萌的目光沿着会议桌的顺序逐一转过去，所有人都把头摇得像拨浪鼓。她满意地点点头，摸了摸鼻子，话锋一转：“不过不用担心，我这个人一向公私分明，以后我们和混沌还是合作关系，他们依旧是我们的金主爸爸。”

众人讪笑：“蒙总英明。”

会议结束后，梁知夏来找蒙萌。

她在门口敲了好一阵都没回应，推门进来，就看到蒙萌趴在桌上自顾自地玩着牛顿摆球，好像完全沉浸在自己的世界里，表情恹恹的。

“刚刚还威风凛凛的，现在就蔫儿了？”

她在桌上轻轻敲了两下，蒙萌这才回神。

“发呆而已。怎么了，梁姐？”

“也没什么大事，就是和你确定一下最后登山比赛的名单。”

这场由市里主办的定向登山活动是今年平安夜的特色活动，有很多媒体助阵，彩头也足，不少新创公司都以单位的名义报名参赛，希望夺得名次，赢取慈善款，是名利双收的事。

比赛设了两天，第一天是个人定向赛，第二天是团队接力赛。映射科技在蒙萌的带领下也报名参加了。

“哦哦，这个你看着弄就好了。”

梁知夏狐疑地瞥了她一眼：“你最近怎么了，老是心不在焉的。”

蒙萌被她的眼神盯得心虚，连忙解释道：“都是感冒弄的，浑身没劲儿。”

梁知夏抱着双臂看她：“老实交代，你到底怎么了？”

蒙萌拿了个苹果在手里把玩：“我怎么了？”

她话音刚落，便见梁知夏从手机里调出一张考勤表摆到她面前。总经理一栏直接被标了红，不是踩点就是迟到。

“别这样，好歹给我留点面子。”她不好意思地耸耸肩。

梁知夏冷笑一声：“你最近脸色也没有之前好，一看就是缺乏锻炼。怎么？你和谢经理的晨跑项目取消了？”

“可以这么说，天气冷啊，起不来。”

“少跟我避重就轻。”

“我是实话实说。”

“是吗？那怎么最近每逢去混沌做汇报，你都找理由逃避，不是肚子疼就是失眠没睡好，实在躲不过了就跑到余漫江那儿避一避？”梁知夏忽然凑近她，“你刚刚当着所有人的面澄清了你和谢经理的关系，我差点就信了。”

蒙萌一听这话，立刻从椅子里跳了起来，眼神飘忽：“我说的都是实话，我们只是投资人和被投资人的合作关系，除此之外什么都没有！我最近感冒了啊，状态不好很正常的。”

梁知夏原本也只是随口一说，此刻见她这么激动，更加确信自己之前的猜测。

“感情这种事，没必要自欺欺人，喜欢就说出来，就算是被拒绝，也能彻底放下。这世上的大多悔恨，皆因口是心非和自以为是，你自己好好想想吧。”

她说话时眸中含笑，但蒙萌还是听出了几分惆怅和凄然。

最近张楚珺时常和司沣一起开会，偏偏那又是个极其主动的人，没过多久，整栋写字楼都知道有个美女教授在疯狂追求映射的技术总监了。

好在司沣完全视她为空气，除了必要的工作沟通，根本不搭理她。但梁知夏并没有因此有丝毫的得意，自从上次在酒店司沣不告而别后，他俩之间也越来越疏离。

蒙萌忍不住问：“那你现在放下了吗？”

梁知夏停住脚，手指攥紧又放开：“正在努力，总会有那么一天的。”

傍晚，蒙萌突然接到橘子的电话，她喝多了酒，让蒙萌去新途接她。

前段时间巫家人去意大利参加亲戚的婚礼，顺便来了趟家庭旅行。橘子几乎每天都要更新朋友圈，大多是风景照，偶尔穿插几张她和家人的合照，但最近几天她都没有再发。

背景音很嘈杂，蒙萌听出她心情不好，连忙穿上外套赶过去。

等她到那儿，橘子已经有点意识不清了。二楼的雅座区，她直接坐在桌子上，手里抓着酒杯，仰头就往嘴里灌。

不远处有男人投来玩味的目光。

蒙萌被旁边的空酒瓶惊到，冲过去把杯子抢下来："你发什么疯？这可是酒，不是水！"

"废话，我当然知道是酒。酒多好喝啊，来，陪我一块儿！今晚咱们不醉不……休！"橘子眯起眼扬起一个笑，又倒了杯酒，去和蒙萌手里的杯子碰。

清脆的一声响，竟莫名勾起蒙萌心底近来堆积已久的烦躁。

没再犹豫，她也直接跳上桌子，将酒一饮而尽。

她们坐的地方正对舞池，形形色色的年轻人正疯狂地扭动腰肢，完全沉浸在音乐中。

连着闷头喝了几杯，蒙萌有些头晕。她歪头问橘子："又是哪个负心汉惹到你了？"

"屁话，什么负心汉？我就是高兴，快活，想喝点酒，不行吗？"橘子佯装生气地推了她一把，蒙萌没坐稳，直接跌坐在沙发里。

橘子指着她大笑，笑完突然垂头说："我真的想不通，明明就不喜欢，为什么还能强行装作喜欢？硬凑到一起，完全是受刑。要是我，别说一辈子，一天我都受不了。"

"我知道他不开心，但他什么都不能表现出来，所以……"橘子举着酒杯，眯着眼睛在光下摇晃里面的液体，"他不能喝的酒，我替他喝，他不能抱怨的事，我替他抱怨，他不能喜欢的人……我替他喜欢。"

蒙萌揉着太阳穴，以为自己听了段绕口令，摇摇头，脑袋里蹿出谢衍的影子。她没敢对任何人说，这几天她接连梦到谢衍和殷昕两个人在一起亲昵，梦醒之后总要难受许久。

吃醋？她不该这样的，可她就是忍不住，无法控制。

橘子开始零零碎碎地讲一些在意大利的见闻，讲着讲着，重心就偏到了巫秦飞扬新交的女朋友身上。那女孩从小养尊处优惯了，也知道巫秦飞扬并非巫家的亲生孩子，多少有点歧视的意思。可巫秦飞扬非但没和她计较，反而一路上都悉心照顾她。

橘子实在看不下去，连声招呼都不愿打，直接提前回了国。

蒙萌听得也很生气，便和橘子一起骂那个女人。骂着骂着，酒也连着入口，她的意识越来越模糊，最后干脆歪在沙发上休息。

这几天殷文祥的情况不好，谢衍工作之余会去医院看他。而殷昕回国后几乎住在了医院里，她把工作都停了，专心照顾父亲。

每次谢衍去医院，殷昕都会送他到门口，那些新闻上的绯闻照片也是这么来的。殷文祥心疼女儿，隔几天就赶她回家休息。她便炖了汤送去医院，顺带也给谢衍送一份。一来二去，流言也就传开了。

这天傍晚，殷昕去送谢衍，顺便蹭他的车去新途见朋友。

“你是公众人物，还嫌最近的绯闻不够多？”谢衍替她开车门，看到了不远处的闪光灯。

殷昕瞥了一眼那亮光，表情没什么变化。

等谢衍上车，她转头对他说：“做我们这一行的，和那些歌手、演员本质上没什么区别，都需要流量和曝光度。”她冲谢衍笑了一下，“更何况，你也看到了，从我回国的第一天起，我爸就开始疯狂催婚。你是他最信任的人，如果我们能在一起，他一高兴，直接病好出院也说不定。”听上去是半开玩笑半认真的语气。

谢衍皱眉发动车子，淡淡地回了句：“朋友之间，不适合这种玩笑。”

殷昕审视着他眼底的情绪，几秒后，她移开视线，一脸无所谓地说：“也是，真要和你这种人在一起，我恐怕会无趣死。”

谢衍抿了抿嘴，没接话。

车子行入主干道，两人都没再说什么。

到了目的地后，谢衍对她说：“你结束了给我发消息，我来接你。”

殷昕睨了他一眼，笑道：“你对什么女人都这么好？”

“不是女人，是朋友。”

“你这家伙，说话还是这么不留情面。”

话音未落，谢衍突然推门下车。

殷昕的目光跟着他的身影移过去，看到一个醉醺醺的女人正被另一个女人扶着从新途的大门走出来。

隔着几米远，她都能感受到谢衍的怒气。

在她的印象里，谢衍很少将情绪展露在脸上，但现在这个他很不一样。

或者说，他的冷静自制在遇到那个人的时候，就会自动失控。

橘子无奈地扶着蒙萌往外走，她晚上说了太多话，酒劲散了不少，反倒是蒙萌喝了个烂醉。

喝醉也就算了，还抓着手机要给谢衍打电话，嚷嚷着质问他为什么对她始乱终弃。

这情况让橘子很蒙，但经验告诉她此刻必须拦住蒙萌，所以只好把蒙萌的手机没收了。

最近南城冷极了，橘子艰难地抓着蒙萌，手都快要冻僵了，好不容易腾出一只手接代驾的电话，视线中便出现一道熟悉的身影。

她眉毛一挑，直接将怀里的人丢给对方：“你闯的祸，自己受着。”

## 【5】

谢衍将蒙萌稳稳接住，眉间皱成了小山。

也许是突然换了一个人倚靠，蒙萌感受到熟悉的气息，突然睁开眼睛，仰着头一眨不眨地看着谢衍。

几秒后，她突然用尽力气将他推开。

“浑蛋！大浑蛋！”

这动静顿时引来不少注目，橘子完全是看戏的表情。不远处走来另一个女人，她是从谢衍的车上下来的。

出于女人的直觉，橘子忽然觉得这个人可能就是蒙萌醉酒的症结所在。

刚刚蒙萌的力气没多大，但推得突然，谢衍没抓住她，她自己又因为反作用力，跌坐在旁边的球形石礅子上。

殷昕看着眼前的画面，忍不住走到谢衍旁边，问："你女朋友？"

橘子哼哼道："未来应该是老婆。"

谢衍没说话，既没肯定，也没否认。

原本坐在石礅子上发愣的蒙萌，目光先是落在殷昕的脸上，而后在谢衍和殷昕之间转了转，表情立刻变了。

她突然站起来，冲上前抓住谢衍的胳膊，眼眶和脸都是红的："既然你和别人在一起了，那晚为什么要亲我？！亲了也就亲了，为什么亲完就把我甩了？！甩了也就甩了，为什么还要带她到我面前来炫耀？！在你心中，亲亲这种事就和打个招呼一样随便？你也会和别人……"

这段话信息量够大，橘子这会儿彻底酒醒了。

"不会。"面对蒙萌的一番质问，谢衍很认真地回答她。

蒙萌眨了眨眼睛，情绪比刚刚缓和了不少，又问："你是不是说过喜欢我做的菜，我煲的汤？"

"嗯。"

"那你为什么要喝别人做的？"

明明是副打破砂锅问到底的架势，却因为酒意多了几分娇嗔和撒娇的味道。

"别人是谁？饭店的厨师，还是食堂的阿姨？"

旁边殷昕的身子抖了抖。

"你别和我打岔。"

谢衍有点头疼。

“还有，他们说你要做殷家的上门女婿……他们家有什么好的，我蒙家可不比他们差，要做也得做我们家的……”

橘子差点笑出声，并没有细想蒙萌的话，只当她是喝醉了。

谢衍垂下目光，看她拼命仰着脸想要一个答案，忍不住刮了下她的鼻子：“我不和醉鬼讲道理，先送你回去。”

橘子摸了摸胳膊上的鸡皮疙瘩，又看了眼旁边同样在围观的殷昕，心中生出几分同情。

意识到橘子的目光，殷昕维持着淡然的表情，转身就往新途里走，好像刚刚她只是入错了场，不经意地路过了别人的爱情。

代驾已经把车开过来了，橘子有点犹豫要不要走上前和他们打个招呼。

“那个……我先回去了，小萌萌就拜托给你了。大冷天的，就别虐我这个单身狗了。”她说完，冲他们摆摆手。

蒙萌却突然放开谢衍的胳膊追了上去，哭丧着脸说：“你不要丢下我，我们一起走！我才不要和他这种始乱终弃的人一起呢……”

橘子皱着眉头看向她身后的谢衍，用眼神询问他的意思。

“今晚她去你那儿？”谢衍问道。

“是啊。”

“我开车跟在后面，把你们送回家再走。”

“哦……也行，不过你们今晚要不要解决解决问题？”

谢衍甩给她一个眼神，像是在说“跟一个醉鬼能解决什么”。

橘子立时比了个“OK”的手势。

车子开到橘子家楼下时，蒙萌已经睡得不省人事了，橘子很庆幸谢衍跟来了，不然她都不知道要怎么把蒙萌弄上楼。

现在很方便，谢衍直接将蒙萌一路抱进门，姿势帅气，态度满分。

等把蒙萌安顿好，谢衍正要离开，橘子叫住他。

两人在阳台上各自抽了根烟。

他们没说几句话，内容大都是围绕蒙萌。

橘子让他别搞什么老土的三角恋，让他离那个殷昕远一点。

谢衍也不解释，只站在那儿抽烟。

“我不清楚她是怎么栽在你手里的，但在你回国前，她一直都在找你。好几次她喝多了酒，就一个人坐在地上掉眼泪，边哭边问我，为什么她会把你弄丢，不愧是我姐们儿，和我一样都活该被男人吃得死死的。我这边是没什么办法了，但她的事我不可能坐视不管。总归一句话，你要是敢负了她，后果自负。”

谢衍没接话。

直到指间的那抹猩红快燃尽时，他才侧头回了句：“从头到尾，就只有她一个，没别人。”

橘子怔了怔，之后突然笑起来：“哎，这么好听的话你对她说去啊，跟我说没用，我才不会帮你转达。”

“用不着。”谢衍将烟摁灭在烟灰缸里，看到里面有不少旧烟头，“女孩子，少抽点。”

“哎，打住啊，别说教。”

谢衍没再说什么，拿起沙发上的外套就要走。

橘子忽然叫住他，问：“飞扬他……工作还顺利吗？”

谢衍不解地看着她。

“没……没什么，我就是随口一问。”橘子忽然想到回国前，有次那个王家小姐非说自己走不动了，巫秦飞扬只好去背她，随手把手机和外套都交给了橘子。

不知道是不是巧合，她看到了一条来自“方叔”的微信出现在巫秦飞扬的屏保上。

上面写着：飞扬，那边都谈妥了，只要依云……

只有半句话，后半句要解锁才能看到。

后来她仔细想了一圈，却怎么都记不起来认识的长辈里有姓方的。

谢衍看出她有话要说，停下来耐心等着。

橘子心里转过几个念头，最终重新开了口："飞扬他……他听你的话，你劝劝他，让他别什么都听我爸的。明明不喜欢那个女人，非要这样强撑着。"

她顿了顿，又说："你知道我喜欢他的，我不忍心看他那么累，只是有些话，我说了只会起反效果。"

谢衍见橘子面色惨淡，有些话到了嘴边，终究没说出来。

在这个世界上，有太多说不清的缘分。每个人都有自己的无奈和苦衷，但不是每个人都能幸运地自我化解，大多数人都只能那么受着，谁也帮不上忙。

"嗯。"他伸手拍了一下橘子的肩膀，推开门走了。

那一场酒醉后，蒙萌唯一觉得庆幸的是，这次至少不是在谢衍家里醒来的。但无论她怎么追问橘子，对方都不肯把细节告诉她，非让她自己去问谢衍。

蒙萌自然不会去问什么，只是每天都会在某个瞬间想起一些画面。

譬如她抓着谢衍的胳膊质问，但具体质问了什么，她怎么都想不起来，也不敢想。

又譬如，她记得谢衍身后还站了一个女人，可那女人的模样她不记得了，但很肯定不是她认识的人。

她开始更加有意识地躲着谢衍，他的上下班时间，她早就烂熟于心，避开他不是件难事。

但后来她才知道，谢衍被公司派去了北城出差。

她又听说，殷昕因为接了一场全国性钢琴比赛闭幕式表演的邀请，也一同去了。

平安夜和定向登山比赛如期而至。

蒙萌起了个大早，等她赶到山脚下的集合点，梁知夏和其他几个映射的人聚在一起已经在等她了，里面还有张楚珺。司沣请假后，她居然自告奋勇顶了这个缺，引起不少非议。

梁知夏在旁边热身，蒙萌走过去，拽拽她的衣摆，小声问："你没事儿吧？司大哥突然请假也就算了，还找她过来顶替……"

"我是无所谓，倒是你，要挺住。"

蒙萌一脸茫然："啊？"

梁知夏努努嘴，目光落在她身后两点钟方向。蒙萌顺着她的视线回过头，蓦地锁住一道熟悉的身影。纯黑的连帽冲锋衣，黑色长裤，站在一群年轻人中，显得格外出挑。

她不知道谢衍是什么时候回来的，虽然之前在参赛名单里看到了混沌的名字，但她没想到他会参加。

沈沈秒变痴汉脸："本来以为男人穿正装最帅，没想到谢经理换了运动风，简直秒杀一堆小鲜肉啊！而且他旁边那个殷昕也好美……以前就在网上看过她的照片，我觉得真人更好看！"

不知是谁重重咳了两声，小姑娘立刻没声了。

清晨的阳光没什么暖意，蒙萌半眯起眼睛，紧紧注视着不远处的殷昕。她今天也穿了一套全黑的运动服，拉链款，顶着一头利落的短发，看上去很有御姐范儿，最令人瞩目的，是她那双漂亮白皙的手，纤长而有力。在她的周围，有媒体正在偷拍她的一举一动。

蒙萌的脑袋里开始不自觉地飘过那些钢琴奖项。

"你再用点力气，表盘都能给你捏碎了。"梁知夏从她手里抢过指南针，和地图一起塞进了蒙萌的背包，"多少人等着看你的笑话，你好歹装一装？"

蒙萌一时气闷，将视线收回来："本来就莫须有的关系，我根本不在意。再说了，我是懒得和别人解释才和他假扮情侣的，你难道不知道我做这一切都是为了公司？”

“是，我们蒙总为了映射什么都能豁出去。”梁知夏安慰似的拍了拍她的肩膀，继续热身去了。

蒙萌在原地打了个转，犹豫好半天才又装作不经意地往刚才的方向瞄了一眼，恰好跟某道视线碰上，对方似笑非笑。

蒙萌收回视线，心跳快了好几拍，像是以前上课走神时突然被老师叫起来回答问题，半天都平静不下来。

南山是由两座山体组成的，海拔不高，彼此相连，其中有一座玻璃栈道曾是网红打卡景点，这里道路崎岖，商业开发程度较低，很适合做定向越野。

因为是接力赛，组内人员要抽签，蒙萌抽到了第六个，据说是一段最难走的路。

梁知夏有点担心，主动提出和她换，但被蒙萌拒绝了。

“这么巧？我也抽到了第六个，蒙总，咱们可真是有缘分。”赵然此次也带着公司组了队伍过来。自上次依云新品发布会一别，两人再没见过，但她俩闹出的小插曲却在业内流传许久。

蒙萌看着赵然那副标准的假笑，默默在心底翻了个白眼。

与此同时，殷昕也拿着同样号码的乒乓球走了过来。刚刚蒙萌只是远远瞥了一眼，此刻近身一看，这女人自带气场，完全长了张生人勿近的高冷脸。

赵然盯着殷昕的背影，凑到蒙萌耳边说：“同人不同命，这位可是真真正正含着金汤匙出生的。明明可以靠家世，偏偏要靠才华。听说她正在筹备新的钢琴曲专辑，连徐哲哲那种咖位的明星都想找她约曲，谢经理选了她，也是人之常情。不管怎么说，对你们公司而言，也是有百利而无一害哦。再说了，这样的凤凰男，一般女人也消受不起，指不定哪天遇到更好的就走人了……”

“那个……”蒙萌往后退了一小步，皮笑肉不笑，“赵总，我们之间好像没好到讲这种悄悄话的地步吧？”

赵然脸色一僵。

蒙萌也懒得再理睬她，扭头就走。

原本她没打算和赵然撕破脸，可对方的话点着了她心底的火，烧得她难受，她气到连样子都懒得再装。

比赛正式开始。

除了第一棒的人从起点出发，其余的人都统一坐大巴被送上山，然后按照次序被投放到各个接棒点。

蒙萌上车的时候，看到殷昕和谢衍坐在一排，指尖不经意地缩了缩，但还是冷着脸从他们身边经过，在距他们两排的位置坐下来。

车子发动后，赵然阴魂不散似的坐在蒙萌后面说话，像是整个南城的八卦没有她不清楚的。蒙萌被吵得头晕，许是因为起得太早，她听着听着竟然睡着了。

等她醒来时，发现车上的人少了一大半，她旁边的座位早就空了。工作人员提醒他们，下一站就是第六棒的检查点。

蒙萌揉了揉眼睛，抓起包匆忙下车。

已是深冬，山上温度比山下低，虽然大家都做好了御寒措施，但为了方便走动，并没有穿羽绒服，时间一长，所有人都抱紧身体打哆嗦，下意识地聚成一圈。

赵然从包里拿出不少暖宝宝贴片，给每人都发了几个，轮到蒙萌，其他人的视线都一齐投过来，像是在等着看好戏。

蒙萌看着面前的那只手，没接，挤出假笑：“我不冷，谢谢赵总的好意。”

被拒绝后，赵然也没表现出不高兴，倒是身后几个人开始冷嘲热讽。

“这公司发达了，整个人都不一样了。”

“人家背后可是混沌，是你们能比的吗？我要是她，我也嘚瑟。”

“今非昔比，人家已经有正主了，这种野花野草的，何必还在这儿装金贵？”

蒙萌眉头一皱，冷目扫过去，恨不得把那几张嘴都缝起来。

赵然端着笑，拿着暖宝宝越过她走向了殷昕，但依旧被婉拒。她没气馁，顺势站在殷昕旁边说了句：“殷小姐刚回国，可能不知道，那位蒙总的映射科技可是你们混沌新投的大项目，是谢经理一手带起来的，感情可不一般呢。”

“哦？是吗？”殷昕挑了挑眉峰，像是有了点兴趣。

赵然见状，连忙又说：“谢经理对蒙总可是格外照顾呢，要不是看到殷小姐回来，我们都差点误会了。刚才看到你和谢经理在一起，那才真叫郎才女貌啊。”

旁边的人连忙附和。

“谢谢。”殷昕冷淡地搭了句，便没下文了。

众人面面相觑，感觉马屁拍在了马腿上。赵然原本还有一堆话想说，此刻也只能默默憋回去。

这些话传进蒙萌的耳朵，她既觉得殷昕有个性，又因为对方默认了和谢衍的关系而感到烦闷。无奈下车前手机都交给工作人员统一保管，她实在找不到事做，只好揣着手看着周围的草木发呆。

梁知夏很争气，第一个出现在众人的视线中，其他公司的人都难掩羡慕，纷纷伸长脖子等着交棒。蒙萌已经被那些人吵得心烦意乱，半刻都不想多待，和梁知夏做好交接后，立刻往下一站跑。

等她一鼓作气跑到分岔口，想要确定方向，却发现怎么都找不到指南针，她把包和所有口袋都翻了一遍，这才发现不仅指南针不见了，连包里的地图也不翼而飞。

她仔细回想，记得这两样东西是梁知夏给她放进包里的，除了上车后她睡了一会儿外，其他时间根本不可能弄丢东西。指南针和地图是定向越野的必需品，尤其对于她这种路痴来说。虽然她以前和沈青来过一次，但那是很多年前了，走的也不是这条路。

现在她只有两个选择，要么凭感觉自己找一条，要么在原地等后面的人过来一起走。

可是一想到赵然的嘴脸和殷昕冷傲的样子，她就浑身不舒服。

她不想被人看笑话，何况还是这两个人。

谢衍原是混沌那组的第二棒，后来因为临时调动，去了第七棒的位置。

殷昕是第一个出现在他视线中的，她的额头有细细的一层汗，但眉眼间仍写着冷意。

两人做交接时，殷昕明显察觉到谢衍的视线在向她来的方向无限延伸。

“别看了，她来不了了。”

谢衍眉头一皱，黑漆漆的眼睛审视着她脸上戏谑的笑容。

殷昕被他盯得发毛，渐渐敛了笑，脸色比刚刚还冷得彻底：“那女人完全智商掉线，你到底喜欢她什么？”

谢衍的脸色已经有点不太好看了。

殷昕嘴角勾了勾：“有人偷了她的指南针和地图，她是在我前边出发的，但我过来的时候没看到她，估计走错路了……”

她话还没说完，面前的男人已经像阵风似的往山下跑去，刚刚喘着粗气上来的赵然险些被撞个正着。

检查点的工作人员一脸困惑地走上来：“他这是跑错方向了？你怎么不叫住他？”

殷昕看着那道已经消失的身影，语气没有半点波澜：“不用，我们组弃权。”说完，她又指着赵然说，“她们组也弃权。”

赵然坐在休息椅上喝水，冷不丁听到这话，毫无形象地喷了一地，旁边其他组的人都看呆了。

“喂……你胡说什么？”

“你做了什么需要我在这儿重复一遍？”殷昕连多看她一眼都嫌烦，直接去了旁边的休息站。

赵然也是个聪明人，立刻明白了什么，从耳根到脸颊都烧红了。

第九章

# 往事随风，爱恨随意

## 【1】

出发时还是晴空万里，此刻却有云层遮住太阳，天色已经暗了下来。

蒙萌迷路迷得彻底，完全偏离主赛道，不知不觉中跑去了另一座山。

但她意外收获了一只橘猫，跟她曾经在永夜岛上养的那只很像。她试着去摸它时，猫咪很乖巧地趴下来，任由她摸头。

蒙萌忽然鼻头有些发酸，她喃喃自语道："果酱，是你来找我了？"

橘猫像是听懂了她的话，冲着她叫了一声。

蒙萌竟有些难受。

不知过了多久，猫咪全身都被她撸了一遍，满意地伸了个懒腰后站了起来。蒙萌以为它要走，结果发现那猫咪走出去两步，就回头看看她，好像要给她带路。

这很不可思议。

高山之上，一只野猫对她毫无敌意，还要给她带路。

蒙萌在原地犹豫了一会儿，便跟着它往前走。

猫咪把她带到了一座玻璃桥前。

之前沈青带他们做团建，便是在这个地方，到现在，她手机上的屏保还一直是他们在这儿的合影。

这座桥不长，桥体是透明的玻璃，人走在桥上，仿佛置身云端，脚下是层峦叠嶂。

沈青曾说，这座桥像是隔着两个世界的镜面，VR 也是这样，透过那面镜子，就可以看到另一个完全不同的世界。

正是带着这样一份好奇，她成立了映射科技。

蒙萌还记得沈青说这番话时，眼底闪动的壮志豪情和希冀。

橘猫已经先她一步上桥，蒙萌也跟在后面走了上去。

周围很静谧，只有山间的风拂面而过，吹乱了蒙萌的长发，也吹散了天上的云。太阳像是被人掀开面纱，光亮一点点铺洒下来。原本阴沉沉的山谷重新焕发出生机，绿叶上闪动着晶莹。

没走几步，蒙萌突然停下来，怔怔地看着对面。

湛蓝的天空下，大团的云朵簇拥着，有刺目的光线穿过云层，会聚在桥的另一端，在那光源的中心，一道被描摹出的剪影立在桥头。

披荆斩棘，划破黑暗，从太阳底下最亮的地方向她走来。

最终，两人一猫，在玻璃桥上相遇。

意识到有生人来，小家伙立刻警觉地从地上站起来，尾巴竖得笔直。

谢衍看了看蒙萌，又低头瞥了一眼脚边这只充满敌意的猫，很容易就想到他在永夜岛上和蒙萌相处的场景。

那时刚进入极夜期，岛上到处都是橘色的灯，树上也绕满了满天星，梦幻得像是童话。

树的低处，最粗的一根树枝上，穿着红裙子的女孩和一只橘猫正坐在那儿齐齐看着他，那只猫和现在这只一样，尾巴完全处于备战状态。

他从小就最讨厌猫这种不受控制的动物，让人捉摸不透，高兴的时候任你摸，不高兴的时候随手就是一爪子，根本不留情面。

后来他发现，有的人也是这样，比如蒙萌。

蒙萌抬头看着他，声音闷闷的：“你怎么会在这儿？”

“我不来，你打算在这儿等救援？”

谢衍的手插在裤兜里，原本因为过度担心而变得凌厉的眼神已经软了下来，懒洋洋的。

空气中静了一会儿。

蒙萌想到谢衍和殷昕两人并肩而立的样子，脸一沉：“与你无关。”

“……”

猫好像奓毛了。

谢衍也没接她的话，看了一眼她走来的地方：“迷路迷到另一座山，你可真是个人才。”

蒙萌一怔，耳根微微发烫，但语气丝毫不乱：“我是迷路了，那谢经理你呢？你好端端地跑过来干吗？咱们都划清界限了，没必要……”

她原本只是想随口说些话挽回颜面，谁知谢衍突然拉起她的右手，拿出一枚白色的手环，细心地给她戴上。

“我不要这个。”蒙萌挣脱不开，一脸莫名地瞪着他。

“这里面有定位系统，比手机更精准，有突发情况，至少不会完全失联。”

手环戴好后，谢衍的手并没有收回去，而是将蒙萌的手包裹住。

“手这么冷。”他皱眉说了句。

源源不断的暖意瞬间将蒙萌积蓄了好几天的怒气平复下来。不知道是不是因为距离突然被拉近，她已经开始不自觉地回忆起那晚缱绻的吻，想着想着，脸也跟着红了。

她掩饰性地咳嗽两声：“我不用你担心，我们现在只是工作关系而已，麻烦谢经理不要总做一些会让别人多想的事情。”

“多想？比如？”

蒙萌嘴唇动了动，但话说不出口。她努力让自己的语气冷下来，仰头迎上他的目光：“谢衍，虽然以前在岛上，我也很讨厌你，觉得你傲慢、无理还脾气倔，但至少不像现在这样玩弄人心。真狡诈啊，先是诱骗我把心里话说出来，然后便宜占尽，又一脚把我踹开，很好玩是吗？”

蒙萌原本是想板着脸狠狠骂他一顿，可说着说着，自己眼眶却先红了。她从小也算是泡在蜜罐里长大的，虽然和爸爸的关系不好，但绝对是要什么有什么。

可一遇到眼前这个人，她简直把这辈子的脸都丢光了。但即便如此，她还是半点都恨不起来，看到他和别的女人在一起就嫉妒得发狂，听到他说担心自己就欣喜不已。

谢衍看着面前头越低越深的女人，心中也是五味杂陈，既无奈又想笑。听到她轻微的吸气声，心中某处蓦地塌陷下去，身体比理智更快一步，一把将她拥入臂弯中。

这是一个迟来的拥抱。

那年他满怀希望地等着她，等得无聊时，他就忍不住想，等她过来为自己的迟到道歉时，他就假装生气，然后抱住她。明明是很幼稚的小心思，他却乐在其中。

可最后他只等来一场空，还险些丢了命。

当时十七岁的他涉世未深，还未历经风雨，只得将所有的烦躁、不甘和失意都倾注到一个人的身上。

这么多年，他的内心深处始终在等一个答案，可那个答案究竟是什么，似乎早已不重要。从他在出租车上听到她抽泣的声音开始，他就知道，即便有一天她承认自己是故意失约，他也只能一笑置之。

所幸，在他预想的所有可能里，她给了他最好的一种。

“你到底什么意思……”她憋着一股劲儿想把他推开，但没成功。

“你之前喝醉酒对我说的话，还记得吗？”

“不记得了。”她出于本能地否认。

“那我帮你回忆回忆。”谢衍的目光在空气中打了个转儿，最后落回蒙萌的脸上，“你说，我不应该亲完你就把你甩了和别人在一起，还说我只能喝你一个人做的汤。”

蒙萌懊恼地闭了闭眼，还想做最后的挣扎：“我那天喝多了，喝多了啊……”

“嗯，你现在没喝醉酒，我们来讲讲道理。”

蒙萌一怔：“讲什么道理？”

“那晚在我家，是不是你说受够了虚假的男女朋友关系？”低沉的声音从头顶落下来，在她的心底激起层层涟漪。

蒙萌一脸警惕地看着他：“是。”

“给你发的第二条短信，还记得内容？”

“呵，过河拆桥呗，不需要我了，就毫不留情地把我踹了。”

话落，谢衍抬手轻轻戳了一下蒙萌的眉心：“审题不清。”

“我……”

“假的关系不结束，新的关系就开始不了，这么简单的道理，蒙总居然这么多天都没想明白？”

“什么……新的关系？”蒙萌还没反应过来，只觉腰间一紧，她整个人都撞进了某人的胸膛。

冬日的晨光稀薄而通透，穿过谢衍黑长的睫毛，在他眼底投下一片阴影。突然拉近距离，她反而看不清他眼中的情绪。

“成年男女，你情我愿，就那种关系。”

空气像是被按下了暂停键。

四目相对，蒙萌感觉自己像是做了场梦。

“喵呜——”橘猫在旁边打了个大大的哈欠，尾巴垂下来随风摆动。

## 【2】

“蒙总——”

“蒙——”

映射众人一齐在某个地方停住了脚，梁知夏怔怔地看着不远处桥上的两个人和一只猫，有点摸不清状况。

视线中，谢衍突然被人大力“推”开，而蒙萌则是满脸都写着“如临大敌”四个字，正严肃地说着：“我就算迷路了，也用不着你来冷嘲热讽。”

谢衍：“……”

橘猫：“……”

众人：“……”

沈沈小声对旁边的人说：“看来真的是蒙总把谢经理给甩了，我还是头一回看到她这么凶，怪吓人的。”

“蒙总生起气来还真是一点也不萌呢。”

两人一前一后地下了桥，猫咪紧随其后。

梁知夏连忙上前打圆场：“谢经理应该只是担心你在这山里迷路，至于动这么大气？”

蒙萌想到自己前几天还在公司信誓旦旦地和谢衍划清界限，此刻更加心虚，只好硬着头皮说：“工作关系而已，应该保持距离，到时候被别人误会了，更麻烦。”

梁知夏瞥了眼她手腕上失而复得的手环，又瞥了眼黑着脸不说话的谢衍，顿时明白了点什么，但碍于这么多人在场，没揭穿她，默默跳转话题：“蒙总说得是。等会儿就是闭幕式了，我们得赶紧下山。”

蒙萌见好就收，正要往前走，突然想到什么，问：“哎，对了，比赛怎么样了？”

梁知夏翻了个白眼：“还好意思问？比赛应该已经结束了。混沌和映射直接弃权，听说还有个做 VR 房地产的公司也被取消了参赛资格。我们急着来找你们，哪儿还顾得上看比赛结果？”

VR 房地产？蒙萌顿时想到了赵然。她刚才迷路的时候仔细想了一圈，指南针和地图肯定是在车上弄丢的，赵然的嫌疑最大。

这也算是恶有恶报了。

“别原路返回了，我知道一条近路，从这儿下去，可以直接绕到北门参加闭幕式，更近一点。”

张楚珺适时地插话进来，显得有些急迫。

她带头往前走，大家也都没多想，以为她对这一带很熟悉，直接跟着她走了。

蒙萌趁大家没注意，悄悄退到了队伍最后面，和谢衍并排。

她拽了拽他的袖子，压低声音说："抱歉啊，刚刚是一时情急，前两天我可是当着所有人的面说要和你划清界限，这做总经理的，总不好自己打脸。"

谢衍斜睨了她一眼，冷哼了一声，没说话。

"当然了，这也不能完全怪我，谁让你和别的女人纠缠不清，绯闻传得满天飞！"蒙萌松开手，她不擅长哄人，此时也不爽地撇撇嘴。

谢衍愣了愣，嘴角一扬："吃醋了？"

"吃你个大头鬼！"

这一声，成功地让大部队都转过了头。

蒙萌差点当场石化，正想着怎么解释，突然看到脚边蹿出来一团毛茸茸的东西，正是刚才那只橘猫，它似乎很喜欢她，圆滚滚的眼睛直直地盯着她看。

"这只猫一路都在跟着我们，我想把它带回去，哈哈，有缘分。"她一边说着，一边将猫抱进怀里。

众人成功被这只猫吸引视线。

沈沈笑道："都说猫是通灵的，也许蒙总你注定会成为它的主人！"

梁知夏狐疑地看了她一眼，没再说什么。

一行人继续往山下走，蒙萌松了口气，注意力全部集中在了怀里的小家伙身上。

这条路不好走，旁边连个护栏都没有，谢衍皱了皱眉，揣着裤兜绕去了靠外的一侧，蒙萌正专心逗猫，并没有察觉左边多了道人影。

谢衍见她一路都在和猫嘀咕着什么，整张脸像是在发光，竟有些移不开眼。

过了半山腰，路平坦了不少。

不知是谁小声说了句“这边好像会经过墓园”，女孩们下意识地都往里靠了靠，唯独张楚珺和梁知夏无动于衷，两人一前一后走在队伍的最前列，谁也不和谁说话。

蒙萌没有注意路，只跟着大部队往前走，可走着走着，她发现路边出现了越来越多的墓碑。

这一片的墓园还没有进行专业化的管理，偶尔还会出现野坟头，所有人都不自觉地加快了脚步，还有人埋怨张楚珺带错了路。

橘猫突然挣扎起来，蒙萌也被吓了一跳，只得把它放到地上。它的动作飞快，一眨眼就往某个地方冲去。众人都好奇地看过去，只见那墓碑旁正坐着个男人，他手边放着秋刀鱼和清酒，像是在自酌自饮。橘猫在旁边徘徊，想找机会偷鱼吃。

“居然有人在坟前吃东西，我还是头一回见，怪吓人的。”

“没想到这猫的鼻子这么灵……”

虽然只是个侧影，梁知夏还是一眼就认出那是司沣，心如擂鼓般怦怦跳了两下。

她转身对身后那些人说：“你们先走，我陪蒙总去把猫追回来。”

此次映射过来的都是年轻女孩，司沣平常在公司极为低调，除了沈沈，没人认出他。

“好的，梁总监，我们下山等你们。”沈沈走时，又往墓碑那边看了眼，最后匆匆带着其他人走了。

一时间原地只剩下四个人，除梁知夏和蒙萌外，还有谢衍和张楚珺。

蒙萌这会儿也觉得那背影熟悉，刚要走过去，却被梁知夏拦住：“你是我们公司的代表，先去参加闭幕式，我帮你把猫抱回来。”

“不用麻烦的，我自己可以。况且猫的脾性不稳定，万一把你抓伤了不好办。”

“没事。”

张楚珺冷笑道：“人人都说梁总监一心只有工作，没想到还这么护男人。你知道那墓碑上写的什么字吗，就着急忙慌地要帮他隐瞒？”

梁知夏扫了她一眼，语气也沉下来：“我不知道你在说什么。倒是你，放着好端端的大路不走，偏要把所有人往这边带，到底安了什么心？”

“哎？我的本意只是想把你带过来，怪只怪你们总经理弄了这么一出。”张楚珺走上前拍了拍梁知夏的肩膀，说，“你真的不想知道那块墓碑上写了什么吗？”

梁知夏甩开她的手：“那是别人的隐私，我不想知道，还有，你这样根本不是爱，是伤害。”

张楚珺闻言，像是听到了什么很有意思的笑话，捂着嘴笑了起来。

“我爱与不爱，不重要。而你，连别人的秘密都不知道，你爱的又是什么？粉饰太平后，那具虚假的壳？”

虚假的壳。

这句话似曾相识，司沣也对她说过。梁知夏愣在原地，两只手无力地垂下来。

蒙萌原本想说点什么，但发现自己完全插不进话。谢衍什么都没说，只是默默站在风口上，把蒙萌拽向自己的臂弯。

“你们……怎么在这儿？”带着醉意的声音传过来。

四人一齐抬头看过去，只见司沣站在墓碑前，一只手端着鱼盘子，一只手提着猫的后颈皮，那猫恹恹地吊在空中，毫无挣扎之力。

蒙萌心疼猫，连忙跑过去，将猫从他的手里接过来：“司大哥，我们今天来参加定向越野登山啊，你忘记了？刚刚抄小路下来，没想到……这么巧。”

司沣喝了点酒，眼神不复往日那般澄澈，还布满了血丝，看着有些瘆人。

他见那猫依偎在蒙萌的怀里，问：“你的？”

“现在算是了，我在山上捡的。”

司沣勾了勾嘴角，将盘里的鱼递到她手里，重新在墓碑前坐下，好像并没有人打扰过他一样。

蒙萌下意识地看了眼司沣身后的墓碑，心中咯噔一下，半天没说出话来。而跟在她后面过来的梁知夏此刻脸色也突然变得惨白。

只有张楚珺面色平静地看着那个让她曾经疯狂嫉妒，也疯狂记恨过的名字，眼神里只剩下空洞。

梁知夏突然想起第一次和张楚珺见面，临别前，她对自己说过的那句话。

这世间最永恒的东西不是爱情，不是鲜活的生命，而是死亡。

亡妻林岁岁之墓。

原来这就是司沣最大的秘密。如张楚珺所说，她们谁都超越不了那个人在他心目中的位置。

毕竟，活人永远比不过死人。

无法比拟，无可取代。

上午的登山活动正式收尾。

等蒙萌一行四人走到山下，闭幕式已经开始了。张楚珺将梁知夏拉去说话，蒙萌和谢衍各自回到自己公司所在的阵营里。

由于户外气温一降再降，主办方临时将活动挪到了旅客休息中心的大厅里，地方缩小了一半，还临时划了块区域做舞台，加上两排媒体的拍摄区，其余人都一个挨着一个坐着。

进门前，蒙萌就看出里面人很多，她担心橘猫看到这么多人会害怕，便将它放在了外面的草坪里。如果这只猫真的想跟她走，就会在这里等她，反之，它就会离开。她想，就当是再给它一个选择的机会。

等她真的走进去，才发现里面的拥挤程度比她想象的还要严重，瞬间让她想到了以前跟着沈青跑校招的场景，也差不多是这样。

大家刚比完赛，身体虽累，兴致却很高，围在一起聊天，像是大型郊游现场。工作的事全都被抛到了脑后。

这次夺冠的公司是睿奇科技，近来他们的宠物养成对战类 RPG 手游成绩斐然，加上有银河投资扶持，未来的前景不可限量。

领奖人是总经理周成，他和谢衍差不多年纪，瘦得有些过头，长得倒很清秀。他说完感言，主持人突然问他对于明年初即将颁发的新晋创业公司奖有什么想说的。

“虽然一同入围的依云科技和映射科技都比我们睿奇资历深，但我们初生牛犊不怕虎，说不定能创造奇迹……”

梁知夏刚从外面回来，只有她一个人，张楚珺直接离开了。

蒙萌忍不住对她说：“幸好这次依云为了准备今晚要公测的《虚拟人生》没来参加比赛，不然这主持人很可能会把我和关赫叫上去一起发表感言，到时候场面肯定很尴尬。”

蒙萌说完，发现旁边的人半天都没回她，不由得转头去看。

梁知夏正抱着手臂发愣，双目失焦。她鲜少有这种状态，也不知道张楚珺跟她说了什么。刚才听她俩说话的意思，张楚珺是故意把他们引过去的，也就是说张楚珺早就知道这件事。

刚刚看司沣那副沧桑的样子，必然是对亡妻念念不忘。都说情敌相见分外眼红，张楚珺和梁知夏共同的情敌是那个叫林岁岁的人才对。

蒙萌没再打扰梁知夏，抬眼在四周扫了一圈。她下意识地想找谢衍，不料却恰好看到殷昕贴在他耳边说话，两人不知道在聊什么，谢衍的侧脸竟有几分笑意。

她的眼睛不由自主地盯着那俩人，恨不能有千里耳，好听听他们在说什么。

隔壁公司的人好像也闻到了八卦的味道，立刻讨论起来。

“原来殷文祥一直扶持谢衍的原因是看中了这个女婿啊，啧啧啧，现在做上门女婿也不是什么丢人的事了。”

“能成功就行，没人在乎过程啦。”

“那种千金大小姐都是只可远观的，真要做老婆，指不定有罪受……”

“这罪受得值，且不说那是个大美女，就冲着这家世，都不知道可以让我少奋斗多少年！”

…………

蒙萌摸了摸鼻子，取出手机给谢衍发微信。

此蒙非萌：你的嘴都快咧到耳朵根了（微笑）。

编辑完，她又觉得自己完全是一副吃醋的怨妇形象，犹豫着没按发送。

登山前三名的奖已经发完了。

正赶上平安夜，又是登山比赛的最后一天，主办方准备了抽奖活动，从登山前每个人领的号码牌中随机抽取，奖品全部来自目前国内最火的电子科技品牌 JR 的产品。

蒙萌还盯着谢衍的对话框发愣，根本没意识到周围突如其来的兴奋和火热。不知过了多久，坐在她身后的沈沈突然推了她一把：“蒙总，蒙总！我记得你好像就是 258 号，你快看看！”

她完全没在状态，只是在对方的指引下机械地翻出号码牌，在看到上面写着的数字后，其他人好像比她还激动，纷纷站起来对着主持人挥手示意。

“258 号在这里！是我们蒙总！”

这一喊，顿时吸引了不少目光，蒙萌这才意识到自己中了奖，一时间也有点被周围的氛围感染，开开心心地上台去领奖。但让她意外的是，等她站在台上，主持人又去抽奖箱里摸了另一个号码，是“177 号”。

原来最后一轮是双人奖。

台下年轻人多，对这种现场凑对的戏码很来劲，都在大声起哄。在一片欢呼声中，有道颀长的身影从座位上站了起来，之后走上舞台，站到了蒙萌的身边。

工作人员给他俩各递了一只话筒。

“两位还真是郎才女貌呢，恭喜你们拿到了我们今天的终极神秘大奖。”

此起彼伏的闪光灯里，蒙萌的眼前只剩明晃晃的一片，这种感觉很不真实，唯有身旁的这个人是真实的。

“……这份神秘大奖就是来自 JR 品牌今晚即将发行的新品，尤其适合异地恋情侣，有很多小心机藏在功能里。好了，让我们一起拆开这份礼物吧。”

蒙萌接过属于她的白色小方盒，打开的那一瞬间，她险些以为自己看花了眼。黑色的丝绒内衬里，正放着一只白色的智能手环，和她手上戴着的一模一样。

而旁边谢衍手上的盒子里，也正放着黑色的那只。

主持人站在蒙萌这边，好像也察觉到了。

“这位女士，你手上的这款手环好像和我们送出的这份礼物有点相似啊。”

蒙萌低头看着手腕上的东西，也有点疑惑：“可能手环都长得差不多吧，我这个只是普通的运动手环。”

主持人灵机一动，突然对台下说：“JR 此次推出的情侣手环，虽然外观和目前市面上的其他手环无异，但有很多独特的功能。”

他从工作人员手中拿过一款新产品，示意把台上的灯光调暗，之后轻轻在手环上敲击了两下，很快手环的显示屏上就出现了一枚爱心。

台下的女孩们顿时响起惊呼声和赞叹声。

蒙萌看着眼前熟悉的场景，默默对着自己手腕上的那只手环也做了相同的操作，果真触发了爱心。

台下再次引发一阵骚动，却不是冲着蒙萌，而是她旁边的男人。

就在刚刚，谢衍手腕上的手环竟也亮起了一颗鲜红的爱心。

## 【3】

主持人开始思考眼前这是什么情况，明明品牌方特意交代这是他们独有的功能。混乱之中，他只好对着工作人员使眼色，把现场的灯都灭了，直接开始播放 JR 情侣手环的宣传片，强行结束了这场尴尬。

突如其来的黑暗让蒙萌有点不适应，幸而旁边有人牵住她的手，将她带下了台，直接从旁边的安全通道走了出去。

光线倏然明亮起来，蒙萌低头看着那只牵着她的手，心中思绪翻涌。她有很多问题想问他，为什么外界都在传他和殷昕的绯闻，这个手环究竟是凑巧还是别有用心……

比起厅内的嘈杂，此刻走廊里显得空旷而安静。

“刚刚那条微信是什么意思？”谢衍已经放开了她的手，斜倚着墙，率先发问。

两人穿着一黑一白，偏巧蒙萌又没穿高跟鞋，气场输了大半。

她仰着头问他：“哪条微信？”

谢衍勾起唇角，从口袋里拿出手机，调出微信举到她面前。

蒙萌心中咯噔一下，依稀回想起刚才自己被人推了一把，手跟着抖了下，好像不小心按了发送键……

“我和殷昕只是朋友，之前我去美国学习，她帮助过我，仅此而已。”谢衍慢悠悠地将手机收回去，语气里带着几分揶揄的笑意。

蒙萌抿了抿嘴，也笑了起来：“那下次我和何慕白这样，我们也是朋友。”

“你试试。”

这话说得霸道极了。可蒙萌不买账，还想与他分辩几句，无奈被一个熟悉的女声打断。

“我好像来得不是时候。”殷昕踩着优雅的步子走过来，一身运动装也被她穿出了高定的感觉。

她直奔主题，对谢衍说：“我爸找你，你手机打不通，他好像有点着急，你赶紧回他电话。”

谢衍点点头，去打电话前对蒙萌说：“你等我一下。”

蒙萌回了声“好”。

只剩下她和殷昕站在原地，气氛有短暂的尴尬。

蒙萌这时已经想起来了，那天她醉酒时看到的那个女人，就是殷昕。她犹豫了几秒，还是开口说：“那天……在新途，我喝多了，是不是你也在场？”

殷昕闻言，目光扫过来：“我以为你想不起来了。”

“其实具体的我也忘了。我那天本来是陪朋友喝酒，结果自己喝多了，如果有说什么冒犯到你的话，请见谅……”

“我喜欢谢衍。”

蒙萌猛地抬起头，她们直直地看着彼此，谁都没有退让。

“他和我以前见过的那些男人不一样，从第一次见面，我就被他吸引了。”殷昕顿了顿，“不过，他很明确地拒绝过我，哪怕那个时候他还只是混沌一个不起眼的小职员。”

蒙萌的心跳了跳。

“这次我回来，除了照顾爸爸，就是见你。”

“见我？”

殷昕回忆道：“三年前，他被公司派去美国学习，爸爸嘱咐我去接他。可是我当时实在太忙了，让他在机场等了我五个小时。我赶到的时候，他竟然坐在行李箱旁边睡着了。我走上去把他拍醒，他迷迷糊糊地抓着我的手说‘你终于来了’。我很清楚，他那句话不是对我说的。后来有一次他陪客户喝酒喝多了，拉着我说了一句话。”

“什么话？”

“他说，他向来做什么都是风控先行，可唯独你，是不可控的。”

蒙萌呼吸一窒。

“我曾经很好奇他等的人究竟是谁，不可控的人又是谁。那天在新途门口，我终于见到了你，和我想象中的不一样，却又一样。”

刚刚领的礼物，四四方方的盒子，蒙萌用力捏在手里，一阵钝痛。

“我从不强人所难，等我爸把混沌的事交接完，我就会带他去美国疗养。只是相识一场，我深知他是多么不容易才走到今天。希望你……不要再让他等了。”

殷昕说完这些，脸上露出释然的表情，扭头就走了。

谢衍打完电话回来，看到蒙萌傻愣在原地，脸色有点怪。

但他此刻没有时间问清楚，巫江那边传来消息，他一直在找的人终于有了眉目，需要他马上赶过去。

“我认识这款手环的设计师，他之前让我帮他试用，算是内测版。相同的东西没必要留两个，你拿去送人。”

蒙萌怔怔地看着他，内心思绪翻涌。她忽然有一股冲动，想和谢衍把话说清楚。

谢衍将刚才领的礼品塞到蒙萌手里，刚要放手，一股凉凉的感觉环住了他的手腕。

“你去哪儿？”身体已经诚实地做出了反应，她拉住了他。她不想再这么不清不楚地和他相处下去了，她想要和他开始他口中的新关系。

谢衍审视着他，低着嗓子答：“有点事情，要去开会，怎么了？”

蒙萌心中闪过一抹异样，倏地放开他：“没事，你去吧，我也进去了。”

谢衍眼中还有疑惑，但还是先离开了。

蒙萌看着他的背影，良久才返回活动场地。

沈沈看到蒙萌回来，扑上来问：“蒙总，刚刚什么情况啊，你的手环为什么也会有爱心啊？还有谢经理的为什么也有？这个产品不是今晚八点才上线？你俩竟然早就开始用情侣手环了？”

蒙萌失笑道："这么多问题，到底先回答哪个？"

沈沈正打算重新开口，蒙萌便将手里的两个盒子递到她手里："听说你最近刚脱单，南城这么大，不在一起工作也和异地没区别，送给你，就当是我的祝福了。"

"真的吗？谢谢蒙总！我一定好好干活儿，生是映射的人，死是映射的魂！"二十出头的小姑娘此时高兴得有些语无伦次，旁边听到的人都被她逗笑了，连一直在发呆的梁知夏也忍不住扯了扯嘴角。

刚刚的抽奖活动已经结束了，台上有人在讲最后的闭幕词，但基本没什么人听。沈沈拿着手里的东西还在兴奋地念叨着："听说这个手环除了可以触发爱心，还有很多别的操作，嘴唇碰到就会触发亲吻的动图，受到剧烈撞击就会自动通过小程序发送对方正在生气、求安慰什么的……"

蒙萌一愣，也来了兴趣，问："什么小程序？"

"就是你关注 JR 的公众号，然后把手环上的序列号输进去。当这些隐藏功能被触发后，你就会通过公众号收到相应的话。"

"哦哦……这么神奇啊……"

蒙萌没再继续话题，背脊忽然有点发凉。

闭幕式结束后，她跟着人群走出旅客中心，满脑子都在想手环的事，越想越烦躁。和其他人道别后，她去停车场取车，刚拉开车门，突然发现身后有团橘色的影子跳了上去。

是刚刚那只橘猫。

蒙萌摸了摸它的头，笑道："叫你果冻好不好？我现在就带你回家。"

虽然果酱已经离开她很久了，但养猫的习惯却一直留在她的脑海深处。她先带果冻去宠物店给它做了个全身检查、打了针，之后又买了一系列养猫用品。

回家后，她把小猫放到沙发上休息，煮了泡面坐在沙发前面，盘腿捧着吃。

吃着吃着，她突然想到什么，连忙拿手机去搜 JR 的公众号，关注后输入手环上的序列号，系统自动帮她匹配了另一个微信好友，正是谢衍。

屏幕右边出现了那个熟悉的黑色方块，两个头像之间连着一根细长的红线。

她盯着看了会儿，感觉有点微妙，脑中不自觉地浮现出沈沈之前说的话。她打开笔记本，在网上搜索了这款手环，发现预订的人竟然已过万，很火爆。

鼠标下滑，是产品的详细介绍。这款情侣手环的特色功能包括实时定位系统、固定操作会触发的图案和对话、产生距离差时会自动发送的异地专属情话，甚至还有录音，等等。

公众号的右下方有栏历史消息记录，蒙萌点开后差点眼前一黑。

那上面清一色写着“我想你了，你呢”，偶尔还穿插着几句“我现在很生气，安慰我一下好不好”“虽然我们的地理距离正在扩大，但心里的距离却在慢慢靠近”“很高兴我们又在西洲相遇，这一定是缘分”……

发信人全部是此蒙非萌。

她当即吓得将手机丢到旁边，平生第一次吃泡面把自己呛到。

谢衍回家时，已是华灯初上。

路上比他想象中要堵，广播里正在播报晚间财经，他却难得出神。窗外各家店铺都已经放好了圣诞树，街上有很多拿着花的女孩，每个人的脸上都笑容甜美。

新的微信消息拉回了他的思绪。

此蒙非萌：手环的事，你必须给我一个合理的解释。

她故意发了一个生气的表情包，但其实内心又有点小窃喜。

这对手环既然是情侣用的，他又特意给她送了一只，让人忍不住想要探究他的意思。

衍：吃饭了吗？

此蒙非萌：没有啊。

“此蒙非萌”撤回了一条消息。

此蒙非萌：别岔开话题。

衍：汤包、比萨还是蛋糕？

此蒙非萌：汤包。

“此蒙非萌”撤回了一条消息。

衍：加份粥？

此蒙非萌：……

谢衍放下手机，在下一个路口掉头去了南城最有名的小吃街。儿时他虽然只去过几次，却怎么也忘不了那里的味道。还记得他刚从永夜岛回来的第一天，就一个人跑去那儿，从街头吃到街尾，最后半夜起来吐得昏天黑地。

当时，他躺在出租屋的地板上，有种久违的畅快。

四十分钟后，蒙萌一脸严肃地看着谢衍手里的打包盒。原本酝酿了一肚子的话要质问他，最终被美食弄乱了阵脚。这家南城老字号的汤包是典型的南方口味，空气中还飘着点甜。

她抱着一笼汤包和一碗粥放到茶几上，然后盘腿坐在沙发前，跟在自己家一样。

谢衍倒也没在意，边看研报，边坐在餐桌上把自己那份吃了。

强迫症使然，直到看完整篇报告的最后一个字，他才转过头，恰好撞上一双充满怨念的眼睛。

她不知道什么时候走到了他的面前，神色有点复杂。

“这个手环的功能你是不是一早就知道？”

谢衍想了想，答：“从你发了第一条‘想我’的信息，问了朋友后知道的。”

“知道了为什么不告诉我？我是很认真、很严肃地在问你这个问题……”

“一个小程序而已。”

谢衍满脸的淡然，蒙萌默默攥紧了手，她只要一想到他看那些消息时得意的样子就又羞又怒。

“你这么激动，只有一个解释。”谢衍走到她的面前，恰好站在顶灯下面，浅黄色的光暧昧地从他头顶倾泻而下。

蒙萌下意识地向后退了小半步。

“那些话，都代表了你真实的想法。”光线落在男人原本漆黑的眼底，如同月光拂过海面，通透又迷幻。

时间像是静止住。

“譬如，你想我。”

蒙萌怔住，往后又退了一步。

两串手机的振动声先后在客厅和餐厅响了起来，蒙萌如获大赦，连忙去茶几上拿手机，接通的同时，身后也传来谢衍的脚步声。

刚刚一直悬着的那颗心稍稍归位。

这通电话是橘子打来的，她最近拖稿严重，编辑扬言要杀到她家里，她只好和以前一样，搬来蒙萌家住一周避难。

两人又随口寒暄了两句，挂完电话，蒙萌见谢衍已经去书房开了电脑，电话还通着，犹豫了一会儿，决定等他打完，招呼一声再走。

蒙萌去客厅的沙发里抱了个枕头看电视，随手转到娱乐新闻频道，主持人正在用夸张的语气播报今天的头条新闻，关于著名歌星徐哲哲刚刚宣布的婚讯，男方据说是她学生时代的暗恋对象，圈外人。

这世上最美好的事，便是从单箭头走到双箭头。

她又调了个台，新闻频道正在报道援苏丹医疗队在外开展医疗任务的新闻，此次医疗队首次增加了心理治疗项目，随行的心理医生都是经过严格筛选的。

屏幕上快速闪过一些合影，都是医生辛苦工作的瞬间。

蒙萌不知怎的，突然想到了何慕白，他已经好久没有消息了，微信、电话通通都没有回应。

书房那边不断传来谢衍低沉的嗓音，她听不清他在说什么，但在这个静悄悄的平安夜里，莫名觉得有些心安。

谢衍这边的电话是钟靖亲自打来的。

依云两小时前正式公测的《虚拟人生》发生意外，虚拟币的漏洞以指数性递增的趋势迅速摧毁游戏内的金融系统，公测一小时就出现了通货膨胀，不少玩家开始在论坛抗议游戏币贬值，乱成了一团。

然而由于区块链游戏本身的去中心化，所有资产归玩家所有，即便是游戏开发商也无法参与和篡改。

依云已经动用所有技术部门的力量，也难以在短时间内修补漏洞。

目前基本已经确定这是一场有预谋的黑客攻击，对方早就发现了游戏的漏洞，就等着游戏用户数达到峰值的那一刻行动，以对游戏造成不可逆的破坏。

此次事件之所以会惊动混沌高层，不仅仅是因为公司很重视依云这次的新项目，更是因为这场动乱很可能不是冲着依云，而是冲着混沌而来。一旦依云出现纰漏，必将影响其上市进程。

电话那头直接接通了公司的内部会议专线，谢衍已经进入了工作状态。

这场电话会议结束时，已经是晚上十点多了。

《虚拟人生》的 bug 尚未修复，更可怕的是，每隔十分钟就有一定数量的虚拟币流入系统，据估计，至少有 15% 的玩家在短短几小时内赚取了巨额资本。

目前游戏已经关闭了货币转换系统，但这只是暂时的，如果黑客下一步的攻击目标转向此系统，依云的公司账户将会立刻崩溃。

其实早在游戏要提前公测时，谢衍就已经给葛易提了醒，此刻乌云笼罩，周六晚上被迫加班的人都回想起了这件事，可谁也不敢当着钟靖和葛易的面提。

如果对方是有备而来，那就绝不会只发起一场攻击，后续的紧急公关以及尽快抓住黑客是当务之急。

挂掉电话，谢衍去厨房喝水，边走边扶着肩膀活动筋骨。拐弯的时候，突然意识到什么，他回过头，发现沙发上有人抓着抱枕睡得正香。

客厅的电视没关，她手里还吊着半截遥控器，在它即将砸向地面时，被谢衍险险地接在手里，他摇摇头，放回茶几上。

家里开着地暖，姜黄色的套头毛衣衬得蒙萌唇红肤白，她的脸睡出了红晕，睫毛乖巧地覆下来。

他以为她早就走了，不知道为什么她会睡在这里。

其实今晚，他本来有很多话想对她说，有些事，他希望尽早说清楚，无奈却被依云的事打断了。

他无声地看了她一会儿，眸色越来越沉，忍不住伸手摸了摸她的眉眼。

蒙萌这一觉睡得很香，大约是比平常睡得早了点，中途醒来时四周一片黑暗。她翻了个身，腿习惯性地曲起来，却撞到了什么东西。她愣了几秒，瞬间清醒了。

这里是谢衍家，她原本在客厅看电视，之后她就完全没意识了。

她该不会又和某人“睡”到一起去了吧……

旁边的人似乎也被她扰了清梦，身体动了两下，没醒。

蒙萌想了想，决定溜之大吉。她屏住呼吸，几乎是用了最慢的速度向床边挪动。就在她以为自己快要得逞时，身后突然有只手臂搭在了她的胳膊上，稍一用力，她就被牢牢锁住。

男人温热的呼吸萦绕在她的脖颈后侧，连带着她整个后背都开始升温。

“谢衍？”她轻声叫他。

没有回应。

她等了一会儿，想从这个怀抱里钻出去，无奈再次被拦截。

“乖，别闹。”夹着睡意的声音低沉而涩哑，瞬间安抚了蒙萌那颗焦躁的心，让她放弃了挣扎，一时间，熟悉好闻的味道从四面八方侵入脑海，席卷了她所有的理智、矜持和矛盾。她以前从不知道，原来喜欢一个人就会贪恋他的一颦一笑、一举一动，甚至身上的味道。

“圣诞快乐。”

入睡前，她轻声说。

上午的活动结束后，梁知夏回去就投入了工作。最近映射不仅要继续拓展医疗 VR 项目，和余漫江商讨实验室下一步建造的计划，还要和张楚珺同步推进高校学生的心理健康测评。

年底之前，她还约了两所近年来学生暴力性事件较多、自杀率较高的学校的负责人见面，打算与政府推进未成年人心理健康的干预计划。

所有的材料都需要准备和复核，她亲自逐一核对，连晚饭都是叫的外卖。忙完这一切后，已经是深夜。

久坐了大半天，洗完澡，她借着丢垃圾的机会下楼溜达了一圈，刷卡开公寓门时，突然瞥见黑暗中站着一个人，隔了半米的距离，她已经闻到了酒味。

“司大哥？！”

话音未落，梁知夏只觉眼前袭来一阵阴影，她下意识地伸手接住他。

“嗯，茉莉香……”男人喝醉酒的声音和往常大不相同，退去外层清冷的皮，里面的血肉是有温度的，虽然只有一点点，但也足够让她浑身发颤。

平安夜的最后十分钟里，梁知夏把这个喝得酩酊大醉、不知道为什么会找到这里来的男人领回了家。

## 【4】

这一年的圣诞节对于依云科技来说，实在称得上悲壮。

熬红了双眼的关赫怎么都想不通，自己究竟走错了哪一步，才造成了如今这个令人惋惜的局面。游戏关闭后，前期投入全部搭进去了不说，广告商和代理商都要找他们索赔，更可怕的是，不少玩家已经开始向公司要求赔偿。

他还是不肯放弃这个游戏，但只要他一天不放弃，虚拟币的赔偿数量就会成倍递增。长此以往，他的公司最终只能走向清算资产，关门大吉。

从万众瞩目到万人唾弃，仿佛就是一夜之间的事。

夜深人静时，他突然想到蒙萌对他说过的话。

这算是报应吗？可当年的事，他从未想过要伤害别人，他只是想要获得本应该属于他的东西，仅此而已。

清晨。

办公桌上有内线电话打进来，关赫接电话前犹豫了一会儿，整整一宿，他就没听到一个好消息，实在有点扛不住了。

好在，这次是个好消息。电话里说，黑客发起攻击的 IP 地址已经查出点眉目，很快就能真相大白。

既然损失无法挽回，那他必要争个鱼死网破，做个明白鬼。

蒙萌一觉睡醒，险些被床对面沙发上坐着的人吓丢了三魂七魄。

“可以啊，小萌萌，之前你还哭着说人家始乱终弃，转眼你就睡在人家床上了，这算是和好了？”橘子跷着二郎腿，一边修指甲一边冷笑。

蒙萌终于元神归位，连忙抓着被子，对橘子解释：“其实吧，我就是不小心在沙发上睡着了……”

“啧，是沙发还是男人的床？不过，看你这身衣服，就知道什么也没发生。”

“本来就什么事都没有。不过你怎么突然来了？”

“呸！你是金鱼吗？我昨天打电话跟你说什么了？”

蒙萌一愣，这才想起来橘子要来她家住几天的事。

“多亏了谢衍，要不然我可能已经在你家门外冻成冰雕了。”橘子狠狠地丢过去一记白眼。

蒙萌从床上走下来，对着橘子比了个爱心：“都是我的错，我这就回去做早餐给您赔罪！”

橘子无所谓地“嘁”了一声，提醒道：“煎蛋、煎培根、沙拉，一样都不能少。”

“包您满意！”

做早餐的时候，她突然想到一个问题，探出脑袋问：“今天是星期天吧，谢衍怎么还加班？”

橘子一脸惊讶地看着她：“这还用问？现在依云那边兵荒马乱的，混沌肯定也得受连累，你不知道？”

蒙萌诚实地摇摇头：“新游戏上线，难道不该是喜大普奔？”

“可惜翻车了。看来你是真不知道，我还以为你心情这么好和这个有关呢。”

趁着早餐时间，橘子一五一十地将昨晚黑客攻击依云的事说了一遍，蒙萌听得认真，偶尔还打断问点细节。

一顿早餐，硬是被她们吃到了中午。

“我有懂行的朋友告诉我，这次是有资深职业黑客下场撕依云，不过……最终目标是混沌。要不然他们不会这么紧张，飞扬那小子都被紧急召回来了。”橘子看了眼手表，抽了纸巾擦嘴，“时间差不多了，我得去机场接他。回头晚饭我带回来给你，想吃什么就发我手机上。”

蒙萌点点头，忽然想到了什么，踌躇着问道：“何慕白……他现在还好吗？我之前去过医院，那边说他早就已经辞职了，现在所有的联系方式都联系不上他。之前就在我家楼下，我知道了他和银河投资的关系，在那之后他就消失了。”

“‘何慕白’应该再也不会出现了吧。我早就和他说过，别以为能逃过自己的宿命。我听说，他以后要接手银河旗下的一个什么公司，可能被送去集训了。”

话落，蒙萌虽然并没有立刻完全消化，但也明白了点什么。

橘子沉默了两秒，叉着手问她：“你这是以什么立场问的？朋友，还是别的？虽然你是我姐们儿，但我平生最讨厌脚踩两只船的人，你也不例外。”

蒙萌有些无奈：“我只是关心朋友，一个人突然消失了，问问也不行？”

“你当他是朋友，他可未必这么想。就拿你这套房子来说，你不会天真地以为是他朋友的吧？这种地段，这种价格，全新的房子，谁会以那么便宜的价格租给你？除非他就是房主。唉，他也就骗骗你这种女人。”

蒙萌怔了怔，脑海中突然闪过了什么，难怪她曾经和谢衍说起房租时，他脸上的表情有点古怪。

“你既然早就知道，为什么不告诉我？”

“我以为他能追到你啊，何必多这个嘴？”

蒙萌叹了口气，知道这房子实际情况后她是住不下去了，目光在客厅里打了个转，有些不舍得。

橘子将高跟鞋穿好，推门之前又笑着转过头问：“你和谢衍现在到底是什么关系啊？那家伙小时候非要我喊他哥哥，我是宁死不从，还好，不然以后岂不是白白被你占了便宜？”

“关系嘛，以后你就知道了，至于嫂子的问题，该来的总要来，你自己说的啊，逃不过宿命的。”蒙萌朝她眨了眨眼睛，反将一军。

“哎哟！我没听错吧，小萌萌。现在越来越没脸没皮了啊你，不知羞！”橘子一脸失望地摆摆手，推门而去。

一分钟后，正在会间休息的谢衍同时收到了两条微信。

橘子不是桔子：以后对我家小萌萌好点，要是你敢欺负她，我保证让你在南城混不下去！

谢衍看完，皱了皱眉，点开下一条。

此蒙非萌：不管橘子说了什么，你都不要信，拜托！拜托！

谢衍又把微信划回上一个界面，问橘子：她早上和你说什么了？

橘子不是桔子：她说，我以后可能得叫她一声嫂子。不过我没叫过你哥哥，这个关系我不认。

衍：四舍五入，就算你叫过了。

刚刚的会议全程气氛压抑，即便是中间休息时间，会议室里也一片沉默。但谢衍看着手机里被气到疯狂发表情包的橘子，嘴角不自觉地扬起来。

对面的葛易被他的这抹笑容刺激到，抬手扯松领带，拿起烟快步走了出去。

蒙萌此刻正坐在沙发上撸猫，刚刚橘子到访，果冻怕生，一直躲着不肯出来，橘子一走，它就立刻跑出来求抱抱。

她一边挠它的下巴，一边有些懊悔。自己不该逞口舌之快的，估计以橘子的个性，肯定立马跑去向谢衍打听八卦。她刚刚发的那条微信也实在有点欲盖弥彰，撤回是来不及了，只好眼巴巴地等回复。

手机突然振动了两下，她打了个激灵，连忙去看。

衍：她说你心有所属，那个对象恰好是我。

蒙萌来回读了两遍，当即吓得从沙发里站了起来。

果冻原本正躺在主人的大腿上闭着眼享受，突然失去重心，滚到了地板上。

“啊，抱歉抱歉。”蒙萌连忙摸了摸它的头，猫咪很快被安抚好，但她的心跳久久都没平复。

当真是自作孽，不可活。

她在对话框里打了一堆解释的话，但又一个个删掉。正苦恼着，抬眼就看到上面显示着“对方正在输入中”，不由得屏住了呼吸。

眼前很快跳出来几个字——

我信了。

明明隔着屏幕，蒙萌却莫名地脸颊一热，之后把头压在抱枕里，气鼓鼓地回了句：手环的事，你就是耍我了，打算怎么道歉？

对方没有回音。

下一秒，蒙萌的手环上突然亮起了一颗爱心。

这就是他的道歉方式，全宇宙独一份儿。

周一的股市刚开盘，其他 VR 游戏公司的股价都受到了《虚拟人生》此次黑客事件的影响。各家都开始升级防火墙，防患于未然。

不知是谁在公共论坛上抖机灵，列出了近几年与依云科技结怨的公司，排在第一位的就是映射科技。但这种猜测没有实锤，大部分人也只是跟风调侃几句，掀不起什么波澜。

晨会上有人还在抱怨，但对于这种非议，蒙萌已经有点厌倦了，她压根儿没放在心上。

可梁知夏却觉得司沣有点古怪，午休之后他拉着技术部门的人开了个冗长的会议，几乎把未来几年的工作计划都交代了一遍，会议刚结束，他人还没走出会议室，就有警察登门拜访。

同幢楼的其他公司，有好事的人跑来围观。

蒙萌和梁知夏都没见过这种阵仗，只能配合他们的工作。

这个消息一经传出，那些蠢蠢欲动的吃瓜群众再也按捺不住，迫不及待地便在网上给司沣定了罪，纷纷说他也是《虚拟人生》的玩家，更是此次黑客袭击的参与人之一。

傍晚之前，蒙萌终于托人打听到司沣被警方带走的原因。

尽管对《虚拟人生》发起攻击的 IP 地址进行了高密度的伪装和隐藏，但查出源头也只是时间问题。依云的事触动了混沌，两方施压，找出幕后黑手的速度就更快了。

最终警方追踪到了司沣的电脑。

映射上下都陷入了一种诡异的气氛中，但谁都不敢多说什么。

下班后，蒙萌看梁知夏没走，就等其他人都离开后去了她的办公室。

“这件事肯定有误会，他下载游戏纯粹只是出于技术角度考虑，了解一下区块链网游的新技术。再说，司大哥怎么可能是黑客？太扯了。”

“如果我说，他以前做过呢？”

“做过什么？你是说，他做过……”蒙萌下意识地朝身后看了一眼，确认门关上了。她没再开口，剩下的话湮没在一片静默中。

梁知夏对蒙萌勉强地笑了笑，面色惨淡。她起身走到落地窗前，看着楼下的车水马龙，陷入了沉思。

前天晚上，她将醉醺醺的司沣领回了家，他在沙发上睡得不省人事，而她在房间里辗转难眠。凌晨时分，她听到客厅里有动静，走出去看到有人在阳台上抽烟。

她认识司沣至今，一直以为他是那种烟酒不沾的禁欲系男人，可她远远地看着他，那抽烟的姿势一看就不是新手，在黎明之前的夜幕中，显出几分撩人。

司沣听到身后有动静，侧身看向她：“抱歉，昨晚是不是吓到你了？”

“实不相瞒，我昨晚一夜没睡，你的确害人不浅。不过，听说人喝醉酒的时候，都是随心而动，说话也是酒后吐真言。我很高兴，你能在那个时候想到我。”

“抱歉……”

“这一次又是道什么歉？给了不该给的希望？”

司沣没答话。

不过是一会儿的时间，天空好像比他们说话前又亮了不少。

“我害死过人。她临终前只留下一句话，让我好好活着，如果这是她唯一的心愿，我愿意替她实现，所以，这样的我，你好好看看，不值得你上心。”司沣吸了口烟，语气淡得听不出情绪。

梁知夏倒是宁可他歇斯底里一点，也好过这种极度压抑情绪之后伪装出来的平静。

“冒昧问一句，她……是怎么死的？”

“我以前和她哥哥一起做黑客，来了一单风险大、钱很多的单子，我没听劝，悄悄做了。”

司沣本想着做完这次就金盆洗手，和林岁岁结婚，过正常日子，结果还是出了事，不仅连累林舟入狱，还害岁岁被仇家掳走。等他赶过去，她只剩一口气。

林岁岁葬礼那天，他和林舟一起被捕。

“……她没有别的家人，连个送终的都没有。”

陈年往事，随风而去，再多的苦痛、懊悔、愤恨和不甘，都只能化作此刻的只言片语。

梁知夏忽然想到那次她鼓足勇气的告白，因为司沣去接未婚妻的哥哥被打断，她还曾怨过他，现在想想，她好像能够理解他那种愧疚的心情了。

那天在墓地，她也猜想过林岁岁的死因，疾病、车祸、自杀……但没想到是这么戏剧又惨烈的方式，也难怪会成为司沣身上永久的烙印。

最终，她什么也没再说，只是走过去找他要了根烟。

“时光不能倒流，我没办法在她之前遇到你。未来的事谁都说不准，何况你已经拒绝了我，但至少现在，我还能陪你等天亮。”

她第一次抽烟，被呛得红了眼，可还是憋着继续抽。能以这样的方式陪着他，在此刻，已经给了她莫大的满足。

“所以……因为他有前科，你也怀疑他？”

蒙萌的声音将梁知夏拉回了现实，她摇摇头，说：“不，我不是怀疑他，我觉得他不会做这种事。只是司大哥向来是个很讨厌开长会的人，但今天下午他不仅开了两个多小时的会，还把映射未来所有现在能想到的技术问题都交代了一遍。那种感觉，就好像他早就知道自己会被卷入这件事，甚至……再也回不来一样。所以，萌萌，我现在真的很担心，也很害怕。”

梁知夏的肩膀微微抽动了几下。以前都是梁知夏安慰她，这次反过来，她竟有些不知所措，而这些和司洋有关的事，她从前都不知道，信息量太大，她一时间有点反应不过来。

“梁姐，如果……我是说如果，这件事真的与司大哥有关，你有什么打算？”

“抱歉，我不想在事情还没调查清楚时做这种假设。而且，不管你能不能理解，我就是没有理由地选择相信他。”梁知夏转过身，眼眶泛红，她抬手胡乱拨了下头发。

“我也相信司大哥，你不要太担心了，不管发生什么事，我都会陪着你的。有人总说我太乐观，但我不觉得有什么不好。我啊，一直等着青姐醒来的那天，等着映射扬眉吐气的那天，而现在，我也在等着真相大白的那天，司大哥会回来的，我信他。”

梁知夏心中动容，苦笑道：“你现在煽情的本事倒是见长，看来这周末的电台访谈，应该没什么问题了。不过别掉以轻心，他们一定会抓着司大哥的事问。你也早点回去，准备准备。”

蒙萌指了指脑袋：“我会好好准备这里的，梁姐，你也早点回去。”

“嗯，路上小心。”

周遭又安静下来，梁知夏攥紧手机，在原地踱了两圈，终于打开通讯录，找出一个她曾经恨不得拉黑的号码。

那边接起电话：“梁总监，现在是下班时间，工作上的事……”

梁知夏打断她：“不是工作的事。”

“嗯？”

“林岁岁的哥哥，我要立刻见到他。只要你能带我去，条件随你开。”

短暂的沉默。

“好。你离开映射，保证永远不跟司沣联系。做得到吗？”

公司的人都走光了，外面的灯暗着，张楚珺的声音在此刻空荡荡的房间里显得有些鬼魅。

## 【5】

混沌晨会。

一向都是提前到公司的葛易破天荒地迟到了，他看上去脸色不佳，胡子拉碴，头发也乱糟糟的。钟靖见他这样，脸色也好不到哪儿去，沉声让他赶紧进来坐好。

《虚拟人生》的漏洞至今没有修复，它就像一个不断自动繁殖的病毒，让整个游戏圈都为之震惊。更让人意外的是，就在昨晚，这款游戏的某主创成员被发现跳楼身亡，据说是压力太大所致。有人谴责黑客的不法行为，也有人暗讽依云过度压榨员工，一时间闹得满城风雨。

“依云那边的游戏为什么还不关闭？再这样下去，毁的就不是一个游戏，而是整个公司了。我们作为投资方，不可能全身而退，何况现在是公司筹备上市的关键时期，如果发生这样的恶性事件，如何获得股民的信任？”

葛易抿着嘴角，眉头紧蹙：“抱歉，我正在和依云那边沟通……”

“三天了，还不够你沟通？葛易，以你的经验，不可能不知道这个项目继续下去会带来多大的损失。”钟靖顿了顿，脸色更加阴沉，“别等了，会后你直接和法务对接，通知依云，如果他们一意孤行，我们会直接走法律程序。”

“钟董……”葛易还想辩解些什么，但钟靖并没有给他这个机会。

会议桌前的人面面相觑，气氛低沉。

谢衍不发一语，坐在位置上摆弄手中的笔，他抬眸看向钟靖时，对方也正好看向他。

“映射科技的技术部总监被抓，据传言他与此次依云遭遇黑客袭击有关，IP 地址追踪到了他的办公电脑上。对于这件事，谢经理有什么要和大家交代的吗？”

话落，葛易阴沉的目光直直地落在他的对面。

谢衍停下指间的笔，像是听到了什么有趣的话，眉梢一扬：“这件事还没有定论，即便最后他认了罪，也只是个人行为。而我，作为映射科技的投资经理，只负责项目的投资和盈利，个人的偏差行为已经超出了我的能力范围，我没什么好交代的。”

钟靖：“映射有事，会牵连混沌，那位总监做的事，整个映射都没办法脱离干系……”

“如果您说的是公司名声、企业形象，那的确无法脱离干系，可如果您说的是罪名连坐，恐怕需要足够的证据支撑，至少，现在还没这个证据。钟董放心，万事都有水落石出的那天。”

谢衍的一番话说得严丝合缝，让钟靖无法反驳。他只能暗恨葛易和依云的不争气，别无他法。

会议结束后，谢衍从茶水间回来，路过葛易的办公室，听到里面传来他的呵斥声，像是在电话里跟人吵架。

事情如此棘手，他终究还是沉不住气了。

中午在食堂吃饭，大家都在说依云近来的惨况，偶尔夹杂几句关于司沣的传闻。

巫秦飞扬悄悄和谢衍说：“我刚刚碰到小周，就那个葛易的得力助手，看他一筹莫展的，好像那边情况不好。我听说……”他停下来，先小心翼翼地看了看四周，然后凑到谢衍耳边，压低声音，“关赫还不肯放弃，葛经理只好提出让他自己出点赔偿金，关闭游戏，及时减损。结果关赫不肯，还非要葛经理再挪点钱给他应急，结果直接被拒绝了，两个人也闹得很不开心。唉，都怪他们之前不肯听哥你的建议，非要急匆匆地让游戏上线，这下后悔都来不及了……嗯……”

谢衍直接用牙签插了块哈密瓜放到巫秦飞扬的嘴里：“这次的黑客袭击是专业的，有组织、有预谋，就算再推迟半年，虚拟币的弱点也无法被根治。”

巫秦飞扬嚼着水果，乖乖地点了点头，结果看到一双锃亮的皮鞋。

“谢经理，有时间喝杯咖啡吗？”葛易单手插在口袋里，眉头紧皱着，完全没有往日的神采。

顶楼的会客中心有一个咖啡吧，平常用于接待客人，私密性很强。

“刚刚你说的话，我都听到了，老实讲，我很意外。”葛易惨淡地扯了扯嘴角。

“意外我没有落井下石，再踩你几脚？”谢衍抿了口咖啡，“我也很意外，你没有揪着司沣的事，在外面大肆渲染一番。”

葛易无力地摆摆手：“如你所说，这场黑客攻击根本是早有预谋，一击即中。映射现在刚刚上了正轨，不会冒险做这种自损三千的事。更何况，根本用不着我出手，多的是人想要看映射和依云打起来，最好让我俩也斗得头破血流，这样混沌才会跟着乱。”

“你也看出来了？”

“我在你眼里就这么愚笨？”

谢衍哂笑道：“我初来乍到，偏偏选择在你手下做事，你当我图什么，图你那儿活儿多钱少？你对我而言，永远是个可敬的对手。”

“对手还是敌人？我知道，你表面上不动声色，内里也恨不能除掉我登上王座。”

“既是对手也是敌人。其实我不是神，只是有人告诉过我，投资人并不需要做对很多事情，重要的是能不犯重大的过错。人就是这样，越想要什么，就越容易被欲望蒙蔽双眼。你明知道区块链网游还处于萌芽阶段，但还是听了钟靖的安排提前公测。你想在殷董卸任前多做些成绩，却抛弃了你最大的优势。”

“什么优势？”

“风控。”

葛易暗暗攥紧了拳头，眼底难掩悔意。

“好在你还有点理智，没被关赫拖下水。既然已经无法回头，就把损失降到最小。就目前而言，我们都只是为混沌打工，我不希望发生任何伤害公司的事。不知道说了这么多有没有你想听的话，言尽于此，谢谢你的咖啡。”

谢衍放下杯子，起身时听到葛易在身后咬着牙说：“就算依云这个项目失败，也不能抹去我之前的功劳，我不会放弃。”

谢衍扯了扯嘴角，背对着他摆手，算作告别。

葛易看着谢衍的背影，忽然想到之前关赫在电话里嘲讽他永远都会被谢衍踩在脚下的话。

恰恰是这句话，让他彻底对关赫死了心。

这样的人，还不如蒙萌一个女人懂得进退有度，遇事自私又狂妄，简直是个扶不起的阿斗。

关赫看着葛易发来的微信，上面写着，如果他一意孤行，不仅会失去公司，还要因为违约面临混沌的起诉。

他反复看了两遍，直接将手机摔了。

助理已经习惯了这几天暴躁易怒的老板，战战兢兢地进来把手机捡回来，见只是屏幕磕碎了一个角，便恭敬地又放回他的手边。

“之前不是说有电台专访？是今天吧，怎么不提醒我？我还等着借这个机会好好声讨映射那帮浑蛋呢！”关赫单手撑着额头，脸色阴沉得像夏日暴雨来临前的天空，看得助理也有些心慌。

“老板，我之前向您汇报过了，电……电台那边说不用我们过去了。”他说完，小心翼翼地看了关赫一眼。

“哦，我都忙糊涂了。”关赫倒也没再说什么。

助理擦了把冷汗，刚要走出去，听到沉闷的两个字“等等”。

“老板？”

“我记得这个专访是为了那个新晋企业奖专门做的，我们依云不用去，那另外两家呢？”

“这个……我也不清楚，我这就去查……”

关赫打断他：“你打电话去问一下。还有，继续盯着技术部，有什么进展就立刻通知我。”

助理如获大赦般溜出了办公室。

关赫面色阴沉地对着电脑搜索，却发现这档午间节目还设置了直播间，可以在线观看。他点进去，看到除主持人外还有蒙萌和睿奇科技的总经理周成。

整档节目已经过半，现场正在进行听众互动环节。

前面的问题大都是关于创业经历和新产品推介的，直播间里一派祥和。但该来的问题还是会来，有人借着司沣被调查的事暗指此次黑客事件有映射科技的参与。

蒙萌听到这个问题，倒也不觉得意外。她摸了摸鼻子，嘴角带着浅笑：“一个在老东家危难的时候跳槽去对手公司的人，换作任何人都会感到不屑。我是很讨厌这个人，但不代表我会支持违法乱纪的行为，我不需要靠这种方式。至于有关我司的技术总监一事，目前警方还在取证中，在真相大白前，我永远无条件地相信我的员工。但如果事情属实，我也会陪他一起承担……”

主持人抓住重点，继续追问：“不需要靠这种方式，是指哪种方式？”

蒙萌抬眼看着摄像头，目光笃定：“有人告诉我，真的想要报复一个人，就要让他经历你经历过的一切。愤怒、后悔、不甘、痛苦……所有这些你尝过的滋味。我想，我们经历过的，他也正在经历。”

…………

关赫死死地盯着屏幕上的女人，这些日子堆积起来的愤恨几乎瞬间被点燃，如同火山喷发的熔浆般在身体里横冲直撞，急于去找到一个宣泄口。

助理此时敲门进来，犹豫了好一会儿才鼓足勇气说：“老板……我刚刚打电话确认过了，他们说，已经把我们公司从候选人名单里剔除了。”

“我知道了。”

“还有……”

“你给我一口气说完！”关赫已经很不耐烦。

“警……警局那边传来消息，他们从司沣的电脑里发现了他与团伙作案时的沟通记录，但是司沣还没有认罪。”

关赫眼底压着兴奋：“我就知道，果然和映射脱不了干系！”他冲助理摆摆手，“我知道了，你出去吧。”

小心翼翼的关门声响起。

随后，他整个人仰到椅子里，眼前灰暗一片，脑袋里反复回响着蒙萌刚才说的那句话，心中那把火烧得更加猛烈了。

有关警方发现新证据的事已不胫而走。

偏巧这个时候，梁知夏突然告假，只说有些私事要处理。

公司里一下子少了两员大将，蒙萌坐在办公室里告诉自己千万不能慌，可一坐下来，手竟然不自觉地有些发抖。

无论是电脑，还是手机，都在推送这条新闻，依云科技瞬间成了弱势的受害方，而他们映射为千夫所指。

接下来的两天，她半夜总睡不好，白天也心神不宁。

“蒙总！不好了！”沈沈突然面色惨白地冲了进来，连门都忘了敲。

蒙萌被这架势吓了一跳，但还是极力稳住心神，皱眉问她：“怎么了？”

“保安室打电话过来，说是楼下那个依云科技之前自杀的程序员，他的家人在楼下闹呢。他们找不到司总监，就要找公司负责……太可怕了，他们还带着遗像、花圈，其他公司的人也在抗议了，说不吉利。还好有保安拦着……不然感觉他们随时都能冲上来！”沈沈一副快要哭了的表情，“以前还有梁总监，现在连个出主意的人都没有了。”

“是福不是祸，是祸躲不过。我下去看看，你在楼上待着，万一出了什么事儿，记得帮我叫救护车。”

沈沈知道蒙萌是在和她开玩笑，可她一点都笑不出来，只能眼巴巴地看着蒙萌坚毅的背影双手合十，祈祷蒙萌能平安归来。

蒙萌坐电梯的时候，深吸了几口气。

她走到大厅，发现保洁人员正在清扫满地的狼藉，可见刚刚的场面有多壮观。

保安平常跟蒙萌关系处得不错，转头看到她，连忙小跑过来，对她说：“小蒙总，你这出现得可真是时候，要是刚刚你敢站在这儿，估计分分钟就被他们包围了，大罗神仙都救不了你。今天我可算是豁出去了，反正我和他们说了，要想上楼，除非踩着我的尸体过去！”

蒙萌连忙抱拳，对他表达谢意：“李哥，我就知道你这人最仗义，还特敬业，他们肯走，一定有你的功劳吧？回头我请你吃饭！”

保安害羞地挠挠头，突然想到什么，又连忙摆手：“虽然前面靠我守门，但我可没这个本事让他们走，我也不知道是怎么回事，他们就突然散了，好像是说真正的凶手自首了。”

“真正的凶手？”

“具体我就不知道了。”

蒙萌虽然一头雾水，但还是连声道谢。

后来她才知道，原来这件事多亏了梁知夏和张楚珺。

当时，林舟还是南城赫赫有名的地下黑客团伙头目，而司沣因为和林舟唯一的妹妹林岁岁相恋，也加入了这个组织，之后他凭借自己出色的业务能力成了林舟的得力搭档。

一场浪漫的求婚后，司沣下定决心要在婚后去找一份正经工作，他希望能给林岁岁一个光明的未来，可他因为最后一单生意被捕，甚至连累了林舟。后来林岁岁被仇家找上门报复致死，由此埋下了司沣和林舟之间无法消弭的仇恨。

这也是林舟处心积虑要陷害司沣的原因。

而司沣因为愧疚，被警方带走后对所有证据既不承认，也不否认，正是他的这个态度让梁知夏起了疑心。

最初，她只是希望张楚珺带她去找林舟弄清真相，结果却意外在两人的争吵中牵扯出当年司沣接活儿的真正原因。

当年林舟和林岁岁在生母病亡后，又被生父遗弃，两兄妹一直相依为命。多年后，林父找回来，却是为了找儿女要钱还巨额赌债。林舟直接将林父赶出门，是林岁岁一时心软，让司沣私下接活儿赚钱替父亲还债，最后酿成无法挽回的惨剧。

作为林岁岁曾经最好的朋友，张楚珺一直认为是自己先遇见司沣的，是林岁岁夺走了一切。她觉得什么都不懂的林岁岁根本配不上司沣，所以即便她知道真相，也一直没有告诉林舟，宁可看着他和司沣之间永远存在隔阂。

她离开南城，以为可以忘记一切，但最后还是忍不住回到这里，重新接近司沣。她想看他沉浸在愧疚和痛苦中的样子，这样总好过只有她一个人难过。

直至梁知夏找上她，她才突然明白，冥冥中是上天给了她一个机会。

解开别人的心结，也包括她自己的。

司沣洗清冤屈的当晚，有关多年前林舟领导黑客团伙的旧闻被发在了南城当地最火爆的论坛上，司沣曾因非法侵入计算机信息系统罪入狱服刑的事也被热议。

听梁知夏说，司沣和林舟在警局打照面的时候，曾拽着林舟的衣领让他供出幕后主使，但林舟只说了一句话。

“以前的事就算两清了，但咱俩这辈子再也不可能做兄弟，后会无期。”

离开警局的司沣请了一天假，重新来公司时，他向蒙萌递交了辞呈，并推荐了接替他工作的人。

蒙萌明白他是不想在这个风头上给公司的声誉带来损害。她再三挽留，还是没能留住他。

不过她总有种预感，他还会重新回来。

司沣离开的当晚，梁知夏拉着蒙萌和张楚珺吃火锅。

蒙萌坐在两个人的对面，闷头用吸管喝王老吉。她搞不懂这两个人现在到底是个什么关系，看着亦敌亦友的。

梁知夏撑着下巴，辣得鼻头和眼睛都是红的。她对张楚珺说：“这次司大哥的事，多谢你了。”

“轮不到你谢我，我可不是为了你。”

“我知道，即便我那天没有给你打电话，你也会去找林舟的，对不对？”

张楚珺没答话，只仰头喝了一杯酒，斜睨了她一眼：“上次和你说的话，你不用当真。我只是随口一说，想看看我俩到底谁更像情种。”

“那你分出高下了吗？”

“还是你更胜一筹，那天为了让林舟说实话，你差点都把刀架在人家的脖子上。啧啧啧，你可真是个可怕的女人。谁能想到堂堂梁总监，还能有那么泼辣的一面，活像个女魔头！”

“别说我了，你还不是绳子都准备好了？”

“噗——”蒙萌左看看，右看看，讪笑道，“要不你俩慢慢聊着？我最近上火严重，想吃点清淡的，就先回家了哈。”

梁知夏和张楚珺对视了一眼，不约而同地笑了起来。

蒙萌走出火锅店，这才觉得松了一口气。

女人间的战争实在可怕，也难怪司沣要跑。

她回到家，趴在沙发上玩手机，果冻也跳上沙发，扫帚一样的尾巴愉悦地在她的小腿上摆动，满脸都写着“求撸”两个字。

敲门声响了好一会儿，蒙萌才慌忙去找拖鞋，结果有一只怎么都找不到，只好光脚去开门。

“谢……谢经理？”蒙萌诧异地看着他。

谢衍皱着眉头看了一眼她光着的脚，沉默着关上门，而后弯腰将面前的女人直接打横抱了起来。

第十章

# 月色与雪色之间

## 【1】

果冻怕生，此刻正缩在凳子下面，听到主人惊呼，连忙跳到沙发上坐着，一双圆溜溜的眼睛紧紧盯着不远处的人。

谢衍本来想把蒙萌放到沙发上，看到果冻，临时改变主意，直接将她放到了餐桌上。

“你……你怎么突然来了？”蒙萌的手还搭在他的脖子上，脸上微微发热。

那天她在他家睡了一晚之后，谢衍又开始了日常的加班生活，很少回来。但和平常不同的是，他会用手环给她发消息，譬如降温、下雨、晨练。

“饿了，来蹭晚饭。”谢衍下意识地舔了舔嘴唇，声音又低又哑，竟有些意外地撩人。

蒙萌微微仰起头，恰好对上他黢黑的眼睛、挺拔的鼻梁，以及那两片唇瓣……

她的脑海里突然闪过某个画面。

某次午休，沈沈那个丫头发了个链接到闲聊群里，标题是“女生最喜欢的接吻姿势 Top10”，排名前几位的就包括这种女生坐在桌子上，钩着男生的脖子接吻的场景。

意识到自己这个令人羞耻的想法后，蒙萌垂下视线，慌忙收回手摊开："天底下没有免费的晚餐，请谢经理先付款。"

谢衍低头，看了眼面前透着粉色的小白爪，嘴角轻扬："是谁前几天在我那儿连吃带睡？又是谁和我两次同床共枕？蒙总，你这是睡完就想赖账？"

蒙萌一怔，本能地觉得自己理亏，但不过须臾，她忽然推了男人一把，笑着反问："同床共枕这种事，明显是女人比较吃亏吧？欠账也是谢经理你，不是我。"

谢衍低低地笑了一声。

他这几日被工作压得几乎没有喘息的时间，周围能吃的外卖都被点了一圈，好不容易把钟靖派的活儿做完，立刻就逃离了公司。路上广播里恰好在重播蒙萌的电台采访，他一字不落地听完，路过蒙萌家时，忍不住就敲了门。

"好，那电台采访呢？你引用了我的话，版权费麻烦付一下。"谢衍也学着蒙萌的样子，掌心朝上，伸到她面前，一脸的认真。

蒙萌没想到谢衍会有空听自己的采访，只好认栽。

"行，来蹭饭就别挑嘴，我做什么你就得吃什么。"她撇了撇嘴，作势要从桌子上跳下来，却被一双手按住。

谢衍从玄关处拿了一双拖鞋过来，握着她的脚踝帮她穿好。

这种温热的感觉有些异样，不过是穿个鞋，蒙萌竟有种全身过了遍电的酥麻感。她耐不住，连忙跳下桌子钻入厨房。

"喵呜——"

谢衍低头，见果冻正蹲在他的面前，仰头打量着他，尾巴在地上扫来扫去。

蒙萌在厨房炒菜的时候，突然想到什么，拉开门探出脑袋喊道："果冻怕生，你当心被……"

她话还没说完，只见她口中“怕生”的猫正舒服地躺在谢衍的怀里，四脚朝天地接受抓痒和按摩。

后面的话都湮没在此刻温馨的气氛里。

听说过两天南城要迎来初雪，这几天，气温几乎快要降到零摄氏度以下。

可此时，厨房的电饭煲里飘出了诱人的米香，她手里还拿着锅铲，不远处的沙发上，穿着米色毛衣的男人几乎和果冻融为一体，连空气都是暖融融的。

这顿饭，他们吃了很久。

蒙萌嘴上说着自己随便弄，结果做出来才发现，全是谢衍爱吃的。

“没有顾及你的意思，家里正好就剩这些菜了，挑三拣四下次就别来了。”

“哦。”谢衍可能是真的饿了，也没再说什么，安静地开始吃饭。旁边的果冻也进入晚餐时间，在旁边嘎嘣嘎嘣地吃着猫粮。

周围安静下来，蒙萌原本还想再多解释几句，最后却只化作无声。

晚饭过半，蒙萌忍不住问他：“你以前是不是家教很严，吃饭都不让说话的？”

谢衍把最后一口食物吞下去，想了想，说：“差不多，不过习惯都是可以变的，你想听我说什么？”

蒙萌差点噎到：“也没什么特别想听的，就……随便说说呗，想说什么就说什么。”

谢衍闻言，浏览了一圈桌上的盘子，道：“这种凉拌菜，我记得你喜欢放香菜。”

蒙萌想也没想，皱着眉头道：“还不是为了你？少了香菜，简直等于失去人生一大乐趣！”

谢衍放下筷子，眼中含笑：“哦。”

一直到谢衍把碗盘都处理好，放进了洗碗机，蒙萌才猛然拍了下自己的后脑勺，发觉自己上当了。

他是在故意套她的话啊。

谢衍若无其事地从厨房走出来，坐到沙发上剥橘子。

蒙萌走过来瘪着嘴看他：“你刚刚故意的？！”

“你指什么？”

“还装？敢作不敢当啊你！”蒙萌将袖子一撸，拿起抱枕就往谢衍身上砸，结果都被对方机敏地躲过。

蒙萌灵机一动：“你手机响了！”

趁谢衍愣神的时刻，她连忙举起枕头想要给他致命一击。无奈对方反应太快，还是让她扑了空，用力过猛，她整个人突然失去控制摔了下去……

温热而坚实的胸膛，怦怦的心跳声，浓郁的男性气息中还夹杂着几丝橘子的清香，都在顷刻间席卷而来。原本在旁边躺着休息的果冻也被这番动静惊醒，黑亮的眼睛好奇地盯着他们看。

谢衍一只手为了接住她，正揽着她的腰，另一只手里还抓着几瓣刚剥好的橘子。

蒙萌慌张地从他的胸前抬起头，见谢衍笑了，更是气不打一处来，伸手就要掐他：“你还笑？”

“我没笑你。”

他将一只胳膊枕在脑后，视线和语气都沉了下来：“我只是想到了我妈。”

蒙萌怔了怔，竟忘记了挣扎。

“我小时候就不爱吃香菜，她经常抱怨我影响了她的发挥，因为她觉得在很多中国的美食里，香菜是灵魂。”

“没错，就是这样。”蒙萌连忙附和。

“她和你一样热衷厨艺，每天都会换着花样做好吃的。后来我去美国，最怀念的还是她做的菜。她每次来看我，都会带很多国内的佐料过来，她走的时候，我心里很舍不得，但因为是男孩子，没办法撒娇，没办法流眼泪，甚至连句好听的话都说不出来。”

谢衍说到这儿，眼睛里的光像是透过她延伸到远处。这是他寄托哀思的方式，平静而绵长。

“他们现在应该在另一个世界幸福地生活着，说不定遇上我妈，还会聊起我们，所以，别难过了，这个世界里的我们还要继续努力地生活下去。”

蒙萌的胳膊交叠着搭在他的胸前，好像完全忘记自己正躺在男人的身上。她乌黑的长发垂下来，随着她说话的动作微微摆动，时不时撩过谢衍的脖颈和下颌。

谢衍拉回思绪，手指无意识地绕着她的发尾，问：“他们会聊什么呢？”

“聊你又欺负我了呗，你简直以此为乐。”

“乐？”谢衍顿了顿，目光紧紧地锁住她，“我的乐，是看到有人戴着围裙在厨房给我做饭吃。你会一直做饭给我吃吧？”

说完，他还舔了舔嘴唇。

蒙萌被他看得脸像着了火，连带着耳根也一起发热，她侧头看到他另一只手上的橘子，拿过来直接塞进了他的嘴里。

“吃你的橘子。”

闹够了，谢衍陪蒙萌下楼丢垃圾，陈阿姨看着他俩一起走出来，立刻投来老母亲般欣慰的目光。

这几天夜里格外冷，时间不算晚，但小区里只有寥寥几个人，路旁停满了车。

蒙萌把垃圾丢了，冻得直搓手，刚要聚拢到嘴边呵气，突然被另一双手团团拢住。她想抽回来，对方却攥得更紧。

“总是这么冷，买双手套？”谢衍轻轻捏着她的手，眸子漆黑透亮。

“我不喜欢戴，太麻烦了……”蒙萌一时怔住，半天没说话。

“那就这样。”谢衍将她的手完全包在了掌心里。

蒙萌怔了怔，好像全身都暖和了。

不远处，关赫坐在车里，紧紧逼视着那对男女，目光幽深而凌厉。

元旦刚过，映射科技不仅成功拿到了南城几所大学心理测评的准入资格，还和几所中小学的心理咨询站建立了长期合作。

另一边，依云科技已无法支付员工工资，欠下巨额债款，原本就对老板有负面情绪的员工私自出售《虚拟人生》的源代码，大量的客户数据被泄露，游戏彻底崩盘。

如今，整个公司一片狼藉，所有主管都跑路了，老板关赫失联。记者想联系关家，却被告知他们也在找人，已经报警。

蒙萌坐在办公室里，将新闻仔仔细细地读了一遍，有些五味杂陈。

直至此刻，她依然有点不敢相信依云科技就这样倒闭了。或许一家公司难以在一夜之间突飞猛进，却可以在一夜之间分崩离析。

一着不慎，满盘皆输。

市里举办颁奖典礼当日，蒙萌腾了半天时间去医院看沈青。

最近张楚珺会定期过来用 VR 治疗仪为沈青做康复诊疗，虽然短时间内还看不出明显成效，但蒙萌发现沈青和她正常聊天的时间越来越长了，这个改变让她很欣喜。

何慕白离职后，医院安排了另一位医生照顾沈青。那女医生什么都好，就是有点八卦，每次看到蒙萌，都追着她问何慕白的消息。有一回她没控制好自己，竟说出了“是不是何医生和你感情不和才负气出走”这种话。

之后蒙萌见了她都绕道走。

原本她还想多坐一会儿，但梁知夏催促她尽快回去换礼服，说造型师已经在等她了，今晚她不仅是代表自己，更是代表整个映射科技，仪容仪表、一言一行都不能马虎，蒙萌只好依依不舍地和沈青告别。

走出医院时，她迎面撞上一个人。

数月未见，关赫整个人瘦了一大圈，完全没有了往日神采奕奕的样子，脸色很差。

“蒙总，别来无恙啊。”

“你怎么在这儿？”蒙萌一脸警惕地看着他，突然想到什么，“你去看青姐了？我是不是警告过你，不要再来打扰她？”

关赫冷哼道：“你还是老样子，一提到沈青就激动。不过，你放心，我是来找你的。”

闻言，蒙萌略微放松了点：“找我做什么？”

“不做什么，随便聊聊。我爸打算把我送出国避风头，可能过几年回来，也可能再也不回来。不管怎么说，咱们以前也是朋友，你就当是临别叙叙旧。”

“哦，可我没什么要和你叙的。你不回来也好，咱们就此别过。”蒙萌说完，正要绕道过去，却被一只手拦住。

“不聊就不聊，但是有样东西，我想物归原主。”

蒙萌狐疑地看着他：“什么东西？”

“一张照片，我放在车上的，你过来就知道了。”说完，关赫便往前走，见蒙萌还站在原地，没跟过来，回过头对她笑，“光天化日，我又不会吃了你。”

“你去拿，我在这儿等你。”

“这点诚意都没有，亏你之前还把它当宝贝一样。既然如此，那我就丢了。”关赫无所谓地摆摆手，转身走了。

蒙萌掐了一把手心，隐约猜到是什么，于是咬咬牙跟了过去。

她刻意和他中间隔着一米的距离，边走边拿手机给梁知夏发微信。

发完，她抬起头，见关赫已经上了一辆银灰色的轿车，他把另一侧的车门打开，指间夹了张照片，对她挥了挥。

“你上来，回答我两个问题，东西就给你。”

“无聊，要问什么就在这儿问。”

关赫倒也没强迫她，只扯了扯嘴角，一手捏着照片，一手掏出打火机对准右下角。

第一下没打着火，第二下刚出了火苗，手中的照片被人飞速抽走。

“浑蛋！”

蒙萌丢下这两个字，刚要下车，但对方动作比她还快。只听“咔嗒”一声，所有车门上了锁，她的手机和包都被抢过去扔到了窗外，玻璃窗全部封死。

一切发生得很快，是关赫早就算计好的。

他了解这张照片对蒙萌的重要性，所以从一开始就赌她会上车。

从 666 号往西再开一段就是公路，这个时间路上几乎没人。

蒙萌原本还有求救的打算，此刻也只得放弃。

她将照片小心翼翼地放进羽绒服内侧的口袋里，道：“啧，没想到关总还有这种小偷小摸的习惯。”

“谁让我当时钟意你呢？爱让人疯狂。”

蒙萌觉得有点恶心，摇摇头，长叹了口气。

关赫嘴角一勾：“这么快就绝望了？”

“我是可怜你。你刚才说的，什么去国外开启新生活……都是假的吧？我听说现在外面有的是人要找你赔偿，还有要起诉你的，你真有办法全身而退？”

被人戳中要害，关赫扶在方向盘上的手指骤然缩紧，但很快又松开。

“都这个时候了，你还有工夫担心我？”

“担心倒谈不上，我只是好奇你放着好日子不过，非要和我以命换命的原因。是因为恨我？难道咱们之间，不应该是我更恨你吗？你有什么资格来报复我？”

关赫脸色铁青，嘴边挂着戏谑的笑：“当年的事你也有责任。”

蒙萌冷嗤道：“我当然有责任，怪只怪我太蠢，蠢到会错把你这种小人当朋友。”

“小人？你们又有多高尚？嘴上说我们是一个团体，暗中却处处提防我。司沣、梁知夏……甚至什么都不懂的你都比我更能赢得沈青的信任。我只不过是换个更有前景的地方，为自己的职业生涯做打算，有什么错？再说，她老公出轨是事实，就算没我，她迟早也会知道。”

因为紧急刹车带来的惯性，蒙萌磕到了头，手环也撞到了车把上，不知道触发了什么，右侧的按键区有红光一闪而过。

剧痛袭来，她微微闭了闭眼睛，眉头紧蹙：“那安安呢？她做错了什么？她才五岁。”

“到底有完没完？安安的死和我有什么关系？”关赫不耐烦地冲她吼，“明明就是车祸，与我无关！”他紧紧抓着她的肩膀，眼睛里布满了血丝。

蒙萌被他的举动吓到，但眼中的惊惧很快又变成了鄙夷和不屑。

她将他的胳膊推开：“谁说只有亲自动刀才是杀人？这一切都是你策划好的。如果不是你，安安不会死，青姐不会疯，映射也不会差点倒闭。轻轻松松一句不是你的本意，就想把自己撇干净？可笑，关赫你真可笑。”

话落，蒙萌就真笑了起来。

“瞧你现在这副丧家之犬的样子，真是大快人心。这点挫折就受不住了？青姐当年承受的痛苦是你的百倍！更何况，是你太贪心，是你急于求成，你会有今天，都是你自己造成的。”

关赫被她的笑彻底激怒：“你说我自作自受？你一个靠男人上位的又有什么好骄傲的？不过，”关赫顿了顿，又说，“谢衔那个冤大头知道你已经心有所属了吗？我很好奇，那张照片上的背影究竟是谁？看着还有点像何慕白。”

蒙萌一怔：“随你猜，我没义务满足你的好奇心。”

话音未落，她的下巴便被人紧紧扣住，有那么一瞬间，她以为自己的下颌骨要被关赫捏碎了。

关赫阴沉的一张脸渐渐向她靠近，蒙萌被他抵在座位里，全身紧绷着，但眼神不甘示弱，凌厉依旧。

关赫忽然松开手，冷笑着退回去：“像你这种在男人堆里打转的女人，没想到还总有男人栽在你的手里，让我猜猜，除了照片上的这个男人，谢衍、司沣……哦，还有个书呆子余漫江。没看出来啊，你这狐媚的本事倒是厉害。”

“啪——”响亮的一记耳光。

这一巴掌蒙萌用尽了力气，打完后掌心发麻，还有些打寒战。

“你说几句垃圾话，我打你一耳光，不亏。”

关赫好像被她打蒙了，眼底闪过几分错愕，半天没说话。

在他的印象里，虽然蒙萌嘴皮子厉害，但终究身形娇小，看起来柔柔弱弱的，根本不像是会动手的人。

“我不打女人。”关赫沉着脸，重新启动了车子。

蒙萌缩在座位里，看着仪表盘的数字不断飙升，暗自抓紧安全带。这一抓，让她感受到了手腕上突起的东西。

手环。

或许这是此刻唯一可以求救的东西。

她轻轻敲击了一下屏幕，看到上面出现了一颗爱心，两秒后，屏幕上亮起了同样的图案。

虽然不知道谢衍是出于什么目的做了同样的动作，但此时她依然觉得有股神奇的暖意在心底蔓延开。

好像不管未来发生什么，有这枚手环在，他就会陪在她的身边，和她一起。

想到这儿，蒙萌忽然笑了。

关赫奇怪地瞥了她一眼。

公路经过南江，天色渐渐暗了下去，波光粼粼的水面上映着一轮橘红色的落日。

蒙萌看着窗外快速掠过的风景，忍不住伸出手，任那些光穿过指缝："你刚才不是问我照片上的男人是谁吗？"

"那是我在这个世界上，最喜欢的人。我喜欢他，已经喜欢了很久很久，并且打算一直喜欢下去。"

车子像是离了弦的箭，在这个危急的时刻，关赫竟然从她的语调里听出几分愉悦和欣喜，倒车镜里女人带着笑意的侧影悉数融进了夕阳的余晖里，美得不可方物。

他忽然有点嫉妒她口中说的这个男人。

## 【2】

车子又向前开了许久，蒙萌打了个哈欠："你的目的已经达到了，这个颁奖典礼我肯定是赶不上了，赶紧返程吧，你不饿我还饿呢。"

关赫有些错愕："你怎么知道……"

"呵，你那点心思。"

蒙萌其实一开始也只是猜测，但现在看到关赫的表情，默默松了口气。说不怕是假的，关赫狗急跳墙，非要拉她做垫背的，也不是没可能，人都有一念之差。

关赫微怔，他沉默了一会儿，突然对着她笑："也是，不过跑了这么远出来，总得好好收个尾，何况，这可能是咱们最后一次见面了，不如加深点印象？"

"什么意思？"

关赫放慢车速，后面一直跟着他的车很快追上来。

双方都降下车窗，蒙萌转头，看到谢衍冷沉沉的一张脸。目光短暂地交会，她看到了他眼底的担心和怒气。

下午梁知夏给谢衍打电话的时候，他正在换衣服，准备陪钟靖去参加颁奖晚会。电话里，梁知夏的语气有点着急，说蒙萌很有可能被关赫掳走了，已经失联，但因为时间太短，警方不予立案。

谢衍当即打开手环的定位，发现蒙萌的位置已经远远偏离城区，他赶忙联系朋友，让他找人从后台查蒙萌的详细位置，自己先开车沿着大致方向去追。

好在关赫没故意绕路，一直在沿着直线大道走，他花了点时间就追上了。

蒙萌发爱心过来时，他也不知道能做什么，只好也发了一颗爱心过去。

他和关赫交手不多，但因为蒙萌，对这个人没什么好印象，因此，也猜不出关赫的目的。

当时他坐在车里，脑中闪过很多凌乱的画面。那年海难，父母将生的希望给了他，他亲眼看着父母的脸一点点被黑暗的海水吞没，那种绝望而无助的感觉，他这辈子都不会忘。

他无法想象再经历一次失去至爱会有多痛苦。

关赫突然猛打方向盘，谢衍在靠外的车道上，车身受到撞击后险些失衡，然而关赫并没有罢休，连续发起撞击。照这样的力度，稍有不慎，谢衍就可能连人带车翻下江堤。

蒙萌惊呼："你疯了吗？！"

关赫大笑："反正我已经一无所有了，你说我疯了那就疯了吧。"

夜幕之中，两辆车像是在闷头较量。

几次撞击后，谢衍因为怕伤到蒙萌没还击，车子撞在围栏上，被迫停了下来。

关赫得意地笑起来，右脚踩下油门，疾驰而去。

蒙萌转过身，努力往后看，然而车速太快，她什么都看不到了。

“关赫，这就是你说的加深印象？你自己的公司出了问题，就拿别人泄愤？你不觉得你很幼稚吗？”

“别撇得这么干净，你恨我入骨，巴不得早点看到我没好下场。鬼知道司沣是不是和那个黑客串通好的！我不信天底下有这么巧的事。”

蒙萌简直哭笑不得：“对，我是恨你，但用这种方式就把你打倒太简单了点。我只想让你看到我们映射一步步赶超你，发展得越来越好，让你追悔莫及……”

突如其来的急刹车，让关赫和蒙萌都猛地往前冲了一下。

蒙萌吃痛地揉着后脑勺儿，发现十米开外有一辆车停在那儿，堵住了关赫的路。

原来刚刚谢衍绕了一条近路。

关赫半眯起眼睛，舔了下后槽牙，目光露出几分凶狠。蒙萌忽然有种不好的预感，但她什么都做不了。

下一秒，车身已经快速冲向正前方。

蒙萌默默抓紧安全带，她暗自祈祷谢衍可以躲开，但直到她闭眼前的最后一秒，谢衍的车仍旧纹丝不动，像是在等着关赫撞过去。

“妈的，神经！”

伴随关赫的一声低骂，车子终于停了下来。蒙萌本能地俯下身抱住头，周围有一瞬间的死寂。她抬起头，看到两辆车之间只剩下半米不到的距离，心跳久久不能平复。

她冲下车的时候，谢衍也刚从车上下来，还没站稳，就看到一团白色的身影扑进自己的怀里。

他想摸摸她的头，却发现胳膊因为刚刚追车时用力过度还有些发抖，手心、额头和身上都是汗。

他虽笃定关赫不会撞上来，可刚刚他坐在车里，短短几秒，看着关赫的车越来越近，他忽然想，就算真有什么事也没关系。即便理智告诉他不应该加入这场幼稚的较量，但他就是不想躲，不想停下。

因为她就在前方。

那是他无法割舍的，竭尽所有渴求的。

“没事了。”他最终轻轻吻了一下她的额头。

“你应该躲开的……笨蛋。”带着哭腔的声音，又柔又软。

“会随便上男人车子的才是笨蛋。”谢衍将她从怀里扯出来，拉开自己车的车门，让她坐进去，然后从外面锁上了车门。

这熟悉的操作差点让蒙萌翻白眼，而紧接着的画面却让她瞪大了眼睛……

江边起了晚风，谢衍穿着一件长风衣，他走得很快，下摆在风中扬起来。

他没有多说一个字，直接将关赫从车里拽下来，两拳打上去，动作又狠又准。

关赫的衣领被对方死死地捏着，人被压在车前盖上，完全动弹不得。

“你想怎么死都随意，但别动你不该动的人。”

冬日的晚风冷得刺骨，却不及谢衍目光中的凛冽。

关赫咬着牙，嘴里涌出血腥。

他以前觉得谢衍只是个有张好看皮囊的软弱书生，外强中干，根本拿不上台面，可就在刚刚，谢衍开着车向前冲时，风挡玻璃之后，那双眼睛如深山孤狼般令人生畏，他这才发现自己错得离谱。

此刻他被谢衍紧紧勒住脖子，比起先前他玩笑般的冲刺，他更愿意相信面前的这个男人可以随时取了他的命。

到底是有过什么样经历的人才能拥有那样的眼神？

不远处有警笛声传来，此起彼伏，红蓝相间的光在夜幕下闪烁。

虽然谢衍不想就这样放过他，但此时也只能作罢。

他转身离开时，关赫狠狠往地上啐了一口，将嘴里的血吐了：“人家心里早就有人了，你再起劲儿也比不上。明知道危险还要上我的车，究竟是为了什么，你可得好好问问她。”

谢衍微微一顿，但没回头。

三人一同被带去警局做笔录。

蒙萌最先结束，但她的手机之前被关赫丢了，只得拉住一个女警借手机，打给梁知夏。

因为是陌生号码，响了好久那头才有人接。听出是蒙萌后，一向冷静自持的梁知夏在电话里激动得语无伦次，搞得身边不少人对蒙萌注目。

蒙萌简单将事情经过说了一遍，省略了她和关赫关于照片的对话内容，也省略了谢衍打了关赫两拳的事。

说完这些，她又问起颁奖结果。

梁知夏笑她去鬼门关绕了一圈还记得关心颁奖的事，之后叹了口气说，奖颁给了睿奇科技。

挂了电话，蒙萌有些失落。

明明她都将获奖感言在脑海里过了十几遍，如今却是白费功夫。

关赫满脸颓丧地从审讯室走出来。

刚才负责给蒙萌做笔录的警察走过来对她说：“等会儿你男朋友出来，你们就可以回去了。”

蒙萌指着关赫问：“那他呢？”

“至于这位，虽然你不追究他的责任，但他这边还需要家人过来签字办个手续。”

蒙萌点点头：“好的，谢谢警官。”

关赫从蒙萌身边经过时，突然停下来，询问跟在他旁边的警察：“我可以单独和她说两句话吗？”

警察：“你的确该道歉，光天化日把人家掳去飙车，看把人斯斯文文一个男朋友急成啥样了？”

蒙萌“扑哧”一声笑了，既是被警察逗的，也是因为他张口闭口的“男朋友”。

关赫闷着头，什么都没回。

等警察走远了，他问她：“为什么不追究？在这儿装什么圣母？”

“你都这么惨了，我也不想做落井下石的人。况且我还未婚呢，被男人掳走这种事……传出去了指不定被写成什么样，划不来。”蒙萌说得一脸轻松，面容明媚。

关赫一时语塞，心中更加觉得挫败。

他忽然想起一些以前在映射和他们出去团建的时光，尽管内心有很多意难平，可真处在一起的时候，又会把负面情绪暂时忘记，只留下那些快乐和热血。

“不管你信不信，我从没想过要害她们，无论是沈青还是安安，那都不是我的本意。还有……还有那次沈青坠楼，我真的什么都没做，我只是……只是出于愧疚想去看看她……根本没想到她会受到刺激跳楼……”他顿了顿，眼底闪过一丝释然，“不过就像你说的，她们出事都与我脱不了干系。其实那些事发生后，我有很长一段时间夜里都会做噩梦。现在好了，我已经得到报应了。”

蒙萌看着他，一时竟不知道要说什么。

“但我警告你，别摆出这副同情的样子，让人恶心。”关赫说完，背过身走了。

谢衍出来的时候，蒙萌正趴在玻璃门前看着外面出神。长款的白色羽绒服将她娇小的身体裹得严严实实，只露出两截被丝袜包着的小腿。整个人看上去软糯糯的，让人忍不住想走上前拥她入怀。

玻璃上映出一道颀长的身影，蒙萌惊喜地回过头，指着外面对他说：“你快看，下雪了！”

谢衍没看雪，目光只锁着她：“下雪吗？我还以为天上掉钱了。”

蒙萌白他一眼："太煞风景了，万恶的资本家。"

谢衍先是嘴角一扬，而后捏住女人的脸。

"小孩子都知道不能跟着陌生人走，你倒好，不仅上了别人的车，还是仇敌的车。你到底有没有一点安全意识？有没有……"

剩下的话还没来得及说出口，面前的人突然红了眼眶，蒙萌水汪汪的一双眼睛就这样瞅着他，边看边瘪着嘴巴，委屈极了。

谢衍身体一僵，以为自己把她捏疼了，又或是话说重了。

他收回手，顿了顿，声音也软了下来："吓坏了吧？"

蒙萌皱着脸，小鸡啄米似的点点头。

"活该。"明明是埋怨的字眼，在此刻却多了几分无奈。

蒙萌继续乖乖点头，然后看着他："谢经理，我饿了。"

谢衍："……"

南城的第一场雪就这样悄无声息地来了。

雪花落在两人的肩头，也落在两只紧紧牵着的手上，融化，却不冷。

谢衍陪蒙萌去吃了日式拉面，她故意吃出很大的声音，还说这是习俗。谢衍无奈地摇摇头，只在她喝完最后一口汤时，帮她擦去了嘴角的小块汤渍。

回程的时候，地上已经有了薄薄的一层白色，蒙萌兴奋地趴在车窗上看雪，忽然听到旁边传来一个声音。

"为什么会上他的车？"

她知道这个问题肯定躲不掉，想了想，答："有一件对我来说很重要、很重要的东西，被关赫那个浑蛋偷走了，害我之前还找了很久。"

"什么东西？"

没有答复。

谢衍闷声又加了句："要保密？"

蒙萌暗搓搓地对了对手指，忍着笑点头："对，暂时保密。"

谢衍瞥了眼倒车镜，手指微微地在方向盘上收紧，关赫最后对他说的那句话霎时间跳入脑海。

## 【3】

蒙萌意识到谢衍有些不对劲，但具体是哪里不对劲，她也说不上来。

电梯里，他们都没说话。蒙萌放在口袋里的那张照片像是会发烫一样，灼得她有些心焦。出电梯后，不等谢衍说什么，她就心虚地溜回了家。

关上门，她顾不上疯狂朝她撒娇的果冻，从衣服最里侧的口袋里小心翼翼地拿出了那张照片。

画面上的颜色很暗，但能看出是在海边。沙堤边的栅栏上有很多暖橘色的串灯，沿着海岸线一路延伸到天的尽头。穿着白 T 恤和黑色长裤的男生正在沿着海岸线追一只嘴里叼着白纸的猫。

明明天气冷得要死，可他直接赤着脚从房子里跑出来，追得很卖力，他跑起来的动作优美而矫健。

当时站在旁边幸灾乐祸的蒙萌，忍不住记录下了这一刻。时至今日，她都不知道那天果酱到底偷走了谢衍什么心肝宝贝，值得他那样穷追不舍。

最后那东西被海水冲走，谢衍生起气来，不仅是对猫，连蒙萌都被牵连，他好几天都没跟她说话。

谢衍离开永夜岛后，蒙萌就把这张照片洗了出来，每天都把它放在枕头边上。后来她来到南城，就把这张照片装在了钱包里，随身携带。

那次他们出去团建，回来后蒙萌就发现照片丢了。她一夜没睡，第二天专程跑回南山，沿着原路重新找了一圈，最终也没找回来。

她以为这是冥冥中上天给她的回应，她再也等不到他了。

幸好，只是虚惊一场。

他们重逢了。

如今这张照片失而复得，蒙萌牵着果冻的两只爪子在客厅转圈。

视线扫过架子上之前喝剩的一点红酒，蒙萌走过去将红酒拿在手里端详。

也许今天真的是个值得喝点酒纪念的日子，不仅是为了这张失而复得的照片，也是为了自己经历的这次劫，跟着关赫玩了把心跳，尤其……她还看到谢衍为她打了关赫两拳，她喜欢这种被他保护的感觉。

正好也是周日，喝点酒就当促进睡眠了。

这样一想，蒙萌便把最后那点酒通通送入腹中。

起先她还觉得量少，有点不尽兴。结果没一会儿，她就觉得有些热气上涌。

雪已经停了，月亮比平常亮很多。

蒙萌摸了摸滚烫的脸，忍不住把阳台的窗子拉开，这才觉得凉快了些。

她一只手支在窗框上，另一只手抓着照片，头晕乎乎的，看着照片上的人，嘴角不受控制地上扬，脑海里冒出一句诗：月色与雪色之间，你是第三种绝色。

不知从哪儿吹来阵风，她一个哆嗦，手里的东西就飘了出去。薄薄的纸片，像是被施了魔法一样，在连转了好几个圈后，竟慢悠悠地落在了隔壁的阳台里，客厅透过来的光，照在地上，明晃晃一片。

蒙萌彻底酒醒。

那一刻，她暗暗在心底发誓，以后自己再乱喝酒就把名字倒过来念！

谢衍回家后在阳台抽了根烟，抽之前开了窗子散气，抽完却忘了把窗子关上。

关赫的那两句话反反复复地在脑子里打转，还有蒙萌欲言又止的表情，这些都让他很不舒服。

这种情绪一直延续到洗澡，热水从头顶倾洒下来，而他站在热气的中央神游，连开门声都没听见。

蒙萌想了无数种敲门的借口，但总觉得会被对方一眼看穿。

但让她意外的是，谢衍好像不在家。

她在门口徘徊了一会儿，决定赌一把，万一谢衍临时出去买东西，她就可以神不知鬼不觉地把照片拿回来了。

可进门后她才发现，谢衍不是不在家，而是在洗澡。

淡淡的沐浴露香味从里面渗了出来，水花声清脆悦耳，蒙萌有一秒的愣神，但她没敢再耽搁，直奔阳台而去。

等她捡了照片，正要离开时，突然听到卫生间传来门把转动的声响。

她没法子，只好趴下身子，躲在水族箱与推拉门中间的缝隙里。她骨架小，钻进去刚好，只要谢衍不往这边走，就不会发现她。

可刚躲进去，她就后悔了。

明明想好了过来的正当理由，这一躲，摆明了是做贼心虚，有理也说不清了……

一切都像是静止了一样，蒙萌连呼吸都变得更加小心。

空气中传来毛巾的摩擦声，是谢衍在擦头发。她缩在角落里，恰好能看到阳台的推拉门上映出男人光裸着的脊背，是那种常年健身后才会呈现出的 V 字形，一条优美的脊椎沟下还有两处明显的凹陷，像是雨天潭水中的漩涡。

橘子迷恋过一个当红小鲜肉，她特意举着照片给蒙萌科普：“腰窝是人体的性感之眼，女性拥有它的概率是百分之三，而男人则是万里挑一。”

以前在永夜岛，蒙萌也撞见过谢衍洗完澡的样子。但那时候的他还是个青涩的大男孩，看着也会让人面红耳赤，却不会让人有太多遐想。

现在的谢衍，却处在一个男人最具有魅力的时期。

一阵窸窸窣窣后，谢衍换了件纯棉的黑 T 恤和睡裤。

蒙萌默默吞了吞口水，发现自己出了一身的汗，不知是眼前的画面太刺激，还是地暖太强劲。更让她难受的是，这个地方又窄又紧，小腿往下已经开始发麻了。

冗长的寂静突然被打破。

电视被打开了，听上去是在放一部外文电影。

蒙萌心想：真是自作孽不可活，今天恐怕是她的受难日。

二十分钟后，谢衍终于在蒙萌的祈祷中离开了客厅。

霎时间，电视的声音消失了，灯也灭了，视线里一片黑，她几乎能听到自己的心跳。脚步声渐渐远去，伴随着一记清脆的关门声，蒙萌终于深深吐了口气。

她又耐心地多等了几分钟，等眼睛完全适应了黑暗，又确认四周安全后，才摸黑从水族箱后站起来，借着阳台外白雪反射的光亮，一步步往门口挪……

就在她快要穿过客厅时，斜后方突然传来一个戏谑的声音。

“做贼做上瘾了？”

蒙萌本来就处于高度紧张的状态，周围又静得过分，如此一遭，被吓得不轻，原本因为蜷曲了太久而发麻的腿此刻直接软了半截，她背靠着墙才勉强站定。

黑暗中，谢衍从厨房的方向走了出来。有光影从他的脸上一闪而过，映出他微微扬起的嘴角。

蒙萌恍然大悟：“你……你是故意装作回房间，然后在这儿等我？”

谢衍不置可否，反问：“电影，好‘听’吗？”

蒙萌怔住，原来他早就知道她躲在那儿，还故意放电影拖时间，摆明了是想故意折磨她……

“浑蛋！”她气得用手去推他，却只碰到大片坚实的胸肌，灼热异常。她的脑袋里“唰”的一下闪过谢衍刚才裸着背擦头发的场景，脸颊微微发烫。

“给你点教训，免得你日后把私闯男人家当成习惯。”

蒙萌一时语塞，当即举起手腕在谢衍的眼皮子下面晃了晃：“我的手环坏了，拿过来让你帮忙找人修而已。毕竟这东西是你买的……”

“嗯，修手环就要强闯民宅？”

“我有敲门，但是你没应，我看到门里有光，就先进来了……”

“既然理由正当，你躲什么？”

“下意识啊，有点紧张，人之常情吧，谢经理。”蒙萌努力对他挤出一抹苦笑。

谢衍突然靠近她，从嗓子里压出几个字，又低又沉：“你喝酒了？”

蒙萌怔住，往后退了半步。

“有什么值得喝酒庆祝的，说来听听。”

“我……我今天找回了一个，对我很重要的东西，结果被风吹进了你家阳台，这听上去的确很玄幻，但事实就是这样……”

这个说辞对于谢衍来说，既是意料之外，也是情理之中。

他想，蒙萌口中的那样“东西”，应该就是她上关赫车的原因。

就在蒙萌以为他会追问是什么东西时，他却伸手覆在她的眼睛上。

头顶传来开关的声响，下一秒，有光从指缝里漏进来。

他放下手，说：“你走吧。”

声音淡淡的，听不出喜怒。

蒙萌还没来得及松口气，对方的目光突然落在她的脚边，一定是她刚刚缩在角落里，一起一坐后，照片被挤出裤兜大半，掉在了地上。

幸好，是背面朝上。

她已经做出了最快的反应，但还是迟了一步，谢衍已经弯下腰捡了起来。

“不许动！”这声吼成功让谢衍怔住。

趁他愣神，她连忙上去抢照片，可惜在反应力这一项上，她完全处于劣势。

谢衍抬起手，凭借身高优势，当即拿到了主动权。

他从不是那种急性子，有的是耐心，蒙萌不肯松口，他也没打算强求，可现在，东西捏在手里，面前的人又如此急切，一切都像把无形的钩子带起了他全部的好奇心。

那么，就做一回小人也无妨。

蒙萌实在急了，再顾不得其他，压着谢衍的肩膀就跳到了他的身上，两腿夹紧他的腰，努力去够他手里的东西。

谢衍对这突如其来的冲击毫无防备，垂头看着蒙萌近在咫尺的那张脸，眼底的讶然很快被笑意覆盖，呼吸也变得有点重。

“你从哪儿学来的？”

蒙萌瞪了他一眼，终于从他手里抢回照片。

“电视剧里啊，专门用来对付你们这些坏男人，刚刚好。”

她得意地跳回地面，像个赢得比赛的胜者，毫不掩饰笑容。

只不过她的脚还没站稳，突然发现面前的人倾身上前，她退后两步，背抵在墙上。

“我怎么坏了？说说看。”阴影和声音一齐压过来，左耳十厘米开外是他的手。

蒙萌有瞬间的失神。

没干透的头发在浅黄色的灯光下映出柔和的光，漆黑的眸子里还沾着薄薄的水雾，谢衍的嘴角微微扬起来，眼睛黢黑而幽深。

距离越来越近，她想逃走，身体刚想转过去，便见他悠然抬起另一只手臂撑在她的肩膀右侧。

两边都封死了，逃无可逃。

“说啊。”他的声音哑得惊人，像是有把无形的火在炙烤着她。

蒙萌攥紧手，反问：“抢我东西，还不算坏？”

谢衍若有所思地点点头，而后撤回身，手闲散地揣进裤兜，笑容晦暗不明。

“如此说来，你也抢了我的。”

后面的几个字，无论蒙萌事后如何回想，都无法确定究竟是她没听清，还是对方压根儿就只说了一半。

抢了什么？她不明白。

凌晨一点。

蒙萌懊恼地抓了抓头发，之后抱着被子从床上坐起来。

今晚注定是个不眠之夜，她去客厅倒了杯水，吃了粒安眠药，重新爬回床上。她没关灯，又摸出那张照片细细摩挲，好像透过这里面的人和景，她就能回到那时在永夜岛上细碎而简单的小时光。

水天一色，细软的沙滩，果酱软糯糯的身子，还有尚未适应极夜的谢衍。他经常会睡得不省人事，起床后，光着上半身在她面前晃。偏偏他身上有少年独有的肌肉线条，不多，却恰到好处。她偶尔想偷偷多看两眼，总会被他发现。

两人唇枪舌剑一番后，他就懒洋洋地靠在门边看她在厨房忙活。明明饿得要命，但嘴硬得很，非得蒙萌叫他吃，他才肯在餐桌前坐下，每吃一口都装作勉为其难的样子。

…………

往事如潮，霎时间全都涌上心头。

不知过了多久，困意袭来，她就这样抱着照片入睡了。

一墙之隔的地方，谢衍正枕着手臂望着天花板出神。

两个小时前，他和巫江通了电话。

依云科技即将开启破产清算，且同时面临多项指控。

关赫不顾劝阻，拒绝关闭游戏，由此造成不可挽回的损失，这已经构成违约，混沌极有可能会做一回恶人，也找依云追责。

目前已经有好几家公司盯上了《未解之谜》的后续运营权，都想趁乱捞一把。而葛易却在今天向董事会提交了另一个方案，他希望公司能吃下依云，对《虚拟人生》进行完善。

这个提议直接被钟靖驳回了，在他看来，葛易已经失去了应有的理智，还不肯对依云彻底死心。

巫江认为这次依云的崩盘其实在无形中帮了谢衍一把，葛易经此一役，已经酿成大错。想到之前谢衍说过的话，巫江忍不住问他："你之前是不是早有预感他们会出事？是怎么做到未卜先知的？"

"不算未卜先知，只是有些漏洞一早就存在了，压榨员工、区块链本身的弊病、提前公测……每一步都在加速他们恶化的进程。其实葛易只是太想赢了，他是有能力的，很可惜。"

思绪被闯入的蒙萌打断，谢衍躺在床上没有睡意，闭上眼，脑子里便浮现出不久前蒙萌和他抢照片时的那股冲劲儿，总觉得似曾相识。

那年在岛上，除了蒙宇每天布置给他的"作业"外，谢衍的生活中没有游戏，没有派对，甚至连网都时有时无，每天都像是与世隔绝，更糟糕的是，还有个整天给他找不痛快的女孩，她会穿着红色的吊带裙在阳光房的地板上和猫一起午睡。

也许那时的他的确太无聊了，连盯着她睡觉这种事都能做很久。

回房间后，他就拿起铅笔在白纸上涂涂画画。

小时候的谢衍对数字很敏感，学习新东西总是比别人快，空间感和记忆力也好。

谢母是个艺术工作者，恨不得让他同时学会钢琴、声乐和舞蹈，而事实证明，谢衍对什么都不感兴趣，最后也就勉强能画点简笔画。

不做作业的时候，他坐在房间里，几乎没怎么犹豫就下笔了。让他意外的是，女孩的轮廓和五官不知从何时起就已经印刻在他的心底。意识到这一点后，这张画就被他丢到了一边，好像自己做了件万分羞耻的事。

可他万万没想到那只橘猫会把这幅画翻出来，还叼着到处跑。

为了把东西追回来，他简直用了全身的力气，从房子里一路追到海边。哪怕当时他还对海水心有余悸，被刺骨的寒风吹得浑身打寒战，也没有停下脚步。

后来他想，就算被她看到又有什么可怕的。

可是对于尚处于青春懵懂期的少男少女来说，被别人发现自己的秘密，甚至是连自己都没有意识到的秘密，真的是不亚于世界毁灭的大事吧。

…………

不知道回忆了多久，他翻身下床，去酒柜里摸出瓶红酒，给自己倒了半杯。

他握着杯子轻轻晃了晃，玻璃上竟映出蒙萌绯红的脸颊，不知道她今晚究竟喝了多少。

或许，那张照片里也藏着她的秘密。

## 【4】

蒙萌被关赫掳走的事还是走漏了风声，之前蒙萌缺席颁奖晚会的负面新闻终于消散。

随着《虚拟人生》发布停服通知，依云科技彻底宣告破产。为了让关赫免去法律诉讼，关家几乎动用了所有人脉，能用钱解决的事都尽量用钱解决了。

葛易因为这个项目的失败，个人也按照程序接受了董事会的质询和审查，以厘清他是否存在决策失误等问题。

尽管最后的审查结果并没有证明他有大错，他还是递交了检查，一起递上去的，还有他的辞职报告。

向来喜怒不形于色的钟靖在办公室里大发雷霆，直说葛易是个经不起事的懦夫。难听的话还说了不少，他拔高了嗓门，故意让门外的人听见，那些平常都跟在葛易身边拍马屁的人此刻一声都不敢吭，在葛易白着脸从门里走出来后，纷纷避让到远处。

葛易环顾四周，嘴角浮起一抹冷笑，离去的脚步更加坚定，没有一丝眷恋。

他在办公室收拾东西，昔日跟随他多年的助理带了几个人走进来，说要检查他带走的东西，连带着办公室都查了一遍，那架势，活像犯了罪的臣子被抄家。

他们走后，留下一室狼藉。

葛易只好重新收拾自己要带走的纸箱。有个杯子滚到了门边，他走过去想捡起来，有人比他动作更快。

“这么急着走？我怎么记得之前你和我说过决不放弃，我真好奇银河到底给了你什么好处？”谢衍将杯子递到他手里。

葛易蹙眉看着他：“消息挺快。”

“这个圈子就这么大，像你这么求稳的人，不可能在没下家的时候突然辞职。放眼整个南城，除了银河，还没有哪里能和混沌相提并论。”

“不要以为你很了解我，自以为是。”

葛易把杯子放进纸箱，神色没有半点波动，抱起来往门口走。

“我送你一程。”谢衍跟着他走过去，还帮他按了电梯。

两人一路无言，直到地下车库，葛易将箱子放到后座，合上门，转身对谢衍说：“你都送我到这儿了，不留几句话给你显得我不懂得礼尚往来。”

“洗耳恭听。”

“我现在离开了，你最好也别以为自己能高枕无忧。总经理的位置是个香饽饽，谁都会觊觎。不到最后一刻，千万别多做美梦，我就是前车之鉴。”葛易说完，转身坐进车里，又被谢衍拦住。

谢衍的手压在车门上，不让他关。

“葛经理，好歹我们共事这么久了，临别赠言什么的，别只说一半，叫人怪难受的。”

葛易忍不住嗤笑道：“你当初就是靠这赖皮功夫俘获了殷董的心？”

谢衍眉梢一挑："有可能。"

葛易无奈地摇摇头："上车。"

正是上班时间，停车场里一片死寂。

须臾，葛易开口道："曾被业内一直作为反面教材的谢仲怀，因为一场意外事故，全家遇难，可后来打捞上来的只有谢氏夫妇的尸体，他的独子失踪。所谓活要见人，死要见尸，你觉得，这个人还活着吗？"

他侧头去看谢衍的表情，只见对方懒懒地靠在座位上，一双漆黑的眼睛，目光凌厉："活着或是死了，很重要？"

"对我而言当然没那么重要，但对董事会而言，除能力外，总经理的家底必须清白。而我知道的这些，都是从钟靖那儿得来的，他在调查你，已经有段时间了。其实他是个极重面子的人，依云崩盘，他就舍弃了我，他带你去颁奖典礼，就是想试探一下你有没有为他所用的心，结果你直接放了他鸽子。他肯定不会善罢甘休的。"

葛易说到这儿，见谢衍笑了，狐疑道："你笑什么？"

"抱歉，我只是有点奇怪。不管怎么说，钟靖也是你的师父，而我是你曾经最大的敌人，就算你现在要去银河了，也用不着对我这么掏心掏肺。"

葛易自嘲地勾了勾嘴角："他是对我有恩，但他只是想培养一个傀儡，任他操控。我这些年也算对得起他了，没什么好惭愧的。至于告诉你这些，我有私心，谁知道自己会不会成为下一个关赫？希望到那个时候，你这个混沌的老总能卖我个人情，拉我一把。"

"哦？没看出来，你对我这么有信心。"

"从你回国的第一天起，我就知道，你已经要定了那把王座。"

无声的对视。

末了，谢衍唇角一扬："是，我要定了。"

葛易被谢衍笃定的眼神看得怔住，忽然叹了口气。

“真没想到，在这三个新晋公司里，当初最不被看好的映射反而稳扎稳打，睿奇也不赖，拿了个新晋公司的奖，现在也身价倍增。果真不走到最后一步，谁都不知道是福还是祸。”

“葛经理忘了，福祸相依？”

葛易扶了扶镜框：“的确。总之我能说的就这么多了。”

谢衍下车前向他告别：“谢谢你告诉我这些，希望你去银河以后一切顺利。”

回到公司，谢衍便接受了一拨来自组内所有成员的“恭喜”。

他微微皱眉，巫秦飞扬立刻会意，遣散众人后端了杯咖啡进办公室。

“我发誓，他们都是自发的！”

“刚在巫叔那里给你美言了两句，这么不经夸？”

巫秦飞扬恭敬地将咖啡送到桌上，而后退开两步，不好意思地挠挠头：“明白明白，现在是非常时期，低调是最好的。我们这不也是替哥你高兴嘛，前段时间咱们都被人欺负到头上了，天天累死累活的。现在可好，葛易一走，这总经理的位子给你是十拿九稳的事，这下大家都得好好重视我们了！”

话落，他便眼明手快地接下谢衍扔过来的文件夹。

“这是什么？”

谢衍半坐在桌角，端起咖啡抿了一口：“来自上级的……重视。”

巫秦飞扬没来由地哆嗦了两下，他翻开手里的东西，粗略扫了一圈，心就已经沉到了谷底。他哭丧着脸问：“哥，再过一个礼拜就是大年三十了，葛经理这一走，他的活儿怎么就全分给我们了？”

谢衍点点头：“你之前不是抱怨上头没给我们核心工作吗？现在刚好满足你，里面全是公司明年的 A 级项目。”

巫秦飞扬顿时欲哭无泪，他忽然想到了什么，有点欲言又止。

谢衍像是能看穿他的心事：“我知道，听说下周你要陪那王家小姐去新加坡。反正我过年也没别的安排，做完这些绰绰有余，你放心去。”

巫秦飞扬连忙摆手：“还有一周，老规矩，基础的我来做，只是后面的……我可能就帮不上忙了。”

谢衍走过来，笑着拍了拍他的肩：“想什么呢，担心我做不完？”

“怎么会？哥你那么厉害……”

“我看巫叔恨不能立刻就抱孙子，说什么我也不敢耽误你。”

巫秦飞扬到底比谢衍年轻几岁，脸皮薄，稍微说两句就会脸红。

“什么孙子不孙子的……哥你别拿我开玩笑了。哎，时间紧迫，我先去忙了。”

巫秦飞扬刚转身，突然又听到询问声：“你姐也去新加坡吗？”

谢衍只是随口问问的语气，却让他喉头一紧。

“应该……不去吧。”

“这样。”谢衍低头摩挲着杯口，又问，“对了，之前就想问你，林舟，你认识？”

巫秦飞扬摇摇头：“不认识，但是在计算机圈子里小有名气，我知道，他是这次攻击依云科技的黑客。”

“他至今没有供出他背后的人，倒是很讲信用。”

“也许他背后确实没有什么人吧，攻击区块链游戏，赚取大量虚拟币，这些就是他的目的啊。”巫秦飞扬说完，见谢衍没搭话，好奇地问，“哥，你怎么突然对他这么关心？”

“没什么，你去忙吧。”

“得令！”

巫秦飞扬还是那副朝气蓬勃的少年样子。

巫秦飞扬走后，谢衍脑海里反复想着一件事，司沣临走前曾说，他在去探视林舟的时候，远远地看到了巫秦飞扬的身影。林舟拒绝见他，却和那个人刚刚结束谈话。

刚刚巫秦飞扬说话的时候几乎没有一丝破绽，明明在撒谎，却能如此气定神闲。也许世界万物都在悄然发生着改变，包括身边的人。

他不知道巫秦飞扬撒谎的原因，但隐约觉得这件事没这么简单。

手机的振动声想起，打断了他的思绪。

老友发来微信，说是他上次托自己修的手环已经修好了，修之前做了内容备份，已经上传到账号绑定的云空间，到时候需要他收到手环后，把内容重新导入。

谢衍简单表达了感谢，老友发了个挑眉毛的表情给他："最近系统又升了级，出了一些新功能，记得试用。"

紧跟其后的，是张粉色的卡片，上面详细描述了几个新增的功能和用法。

谢衍一眼扫过去，眸色沉了沉，而后慢悠悠地回了四个字：为老不尊。

年前的最后一天，南城因为化雪，气温降到了极点，堪称史上最冷的冬天。

路况不好，一个早上就接连发生了好几起交通事故。地铁上的人比平常还多很多，蒙萌到办公室后，整个人像是跑了八百米一样提不起劲。

手机跳进来一条同城热点新闻推送，她瞥了眼，心中一沉。

有人爆料谢衍就是当年欧泊投资谢仲怀的独生子，说他没有死于当年的那场事故，而是换了名字重新回到南城，甚至回到了金融圈。

她刚看完，梁知夏便敲门走了进来。

"新闻看到了吗？"

蒙萌指着手机说："刚看完。"

"这个时候爆出来，无非就是想让谢经理失去竞争混沌总经理的机会。原本我以为只是个八卦消息，但这新闻通篇逻辑缜密，不仅挖出了当年那场事故留下的谜团，还有谢经理和谢仲怀的照片对比，很容易就让人相信……"梁知夏抱起双臂，"谢经理就是谢仲怀的儿子。"

"是又如何，不是又如何？"蒙萌摸了摸鼻子，笑道，"都什么年代了，英雄不问出身。就算他父亲以前做错过事，也不代表儿子会犯同样的错误。万一他父亲是被人构陷的呢？万事皆有可能啊，梁姐。”

梁知夏有点意外，仔细打量了一下蒙萌，说：“道理和现实从来就是相悖的，和年代无关。如果你只是万千凡人中平凡且不起眼的一个，没人会关心你的出身，可如果你想披荆斩棘，站到世界中央，你就必须接受所有的质疑、抨击和检视。所有与你有关的污点都会被无限放大。”她的嘴角扯了扯，目光中浮起一抹悲凉，“你以为司大哥为什么坚持要走？一个有犯罪前科的人，留在这里，只会影响公司的发展。你可以说你不在乎，但客户、合作方在乎。”

蒙萌半晌没说出话。

“对了，我这两天听说了一件事，关于……何慕白，或者说，李慕白。”

梁知夏一脸严肃，但蒙萌倒是没有任何惊讶的样子。

“看你这表情，是早就知道了？所以，何慕白何医生，其实应该姓李？”

“这种有钱人隐藏身份微服私访的剧情多如牛毛，我能理解你此刻的惊讶，习惯就好。”

梁知夏眉头一皱：“我惊讶的不止是这个，而是有消息说银河打算让他接手工作，这就不仅仅是有钱人这么简单了。现在整个金融市场都在去杠杆，表面上看，银河和混沌都是南城乃至江南一带有名的金融巨头，但实际两者一直在暗中较劲。现在何慕白是我们公司的董事之一，而混沌是我们的投资方，你能明白吗？一旦他正式入职银河，我们的处境会有点微妙。”

“这个……当年何医生是友情帮了我们一把，只要我们每年都准时把分红汇过去就行，如果他觉得立场会尴尬，随时可以撤资，回头我会让财务那边核算一下，提前做个准备。”

“好，我知道了。”梁知夏欣慰地点点头，刚要离开，又被蒙萌叫住。

“当年欧泊的事，你了解多少？网上的那些要么说得太含糊，要么就是太夸大，看着像说故事一样。”

梁知夏一怔：“我知道的不多，只不过大学的时候，老师曾经在课堂上说起过欧泊的事，他当时是作为案例在讲，有几句话我印象很深。他说谢仲怀是个很有情怀的投资家，当年谢仲怀之所以拼尽全力，是为了让国内的芯片行业更上一层楼。他一直希望培养更多我们国家自己的高新技术产业，而不是依赖西方。”

蒙萌听梁知夏说完，突然想起以前谢衍对她说的话。

“一个人的成就不是完全用金钱来衡量的，而是一生中你善待过多少人，帮助过多少人实现梦想，有多少人怀念你。”

想来，这些话极有可能是谢仲怀对他说的。

谢衍相信他父母的为人，所以他一直都在寻找证据，为父母正名，为欧泊正名。

“梁姐，我相信谢叔叔肯定不是传闻中说的那样，我也相信谢经理。”

梁知夏看蒙萌满脸都写着笃定，有点愕然，但转念又理解了，就像当时司沣被警方带走调查，她在什么都没搞清楚的情况下依然选择相信他一样。

因为足够了解一个人，因为足够信任一个人，哪怕明知道这样的相信是不理智的，也无怨无悔。

她没再说什么，转身走出了办公室。

办公室里又安静下来。

蒙萌看了眼时间，距离下班还有一个小时。

她搓搓手，认真地写了今年的最后一个总结报告，之后发到了谢衍的邮箱。

五分钟后，谢衍发来微信。

衍：报告我看了，很用心，明年继续努力。

此蒙非萌：为了感谢你这一年的支持，有家新开的餐厅不错，我请你吃顿饭？

衍：几点下班？我来接你。

蒙萌盯着这行字，嘴角不由自主地扬了起来。

## 【5】

除夕前的最后一个工作日，整幢写字楼都满是年味儿。各公司的门口都贴了写满吉祥话的对联，还有成对的中国结和灯笼，到处都是红红火火的。

电梯里很拥挤，所有人，不管认不认识，碰面了都会说一声“过年好”。从公司走到电梯的距离，蒙萌觉得自己的脸都快笑僵了，但她还是忍不住嘴角上扬，毕竟有个男人在等着她。

因为他的出现，今年的除夕似乎有了别样的意义。

他们去了蒙萌说的那家店，不知道是不是因为刚开业，等号的人很多。谢衍去旁边接电话，蒙萌就坐在等候区无聊地盯着屏幕上显示的号码。见人实在太多，她正犹豫要不要换家店，忽然看到旁边坐下一对刚拿了号的情侣。

是赵然和她的男朋友。

蒙萌有点意外，因为那男人她也认识，是睿奇科技的总经理周成，两人曾经在公开场合里打过几个照面，尤其是上次在电台，他们还一起接受了访谈。他给她的印象是文质彬彬，很儒雅，极瘦。

没想到他会和赵然走到一起。

她本想装作不认识，拎了包要走，但计划失败。

“好巧啊，这不是蒙总嘛。”赵然穿着一身名贵的皮草，歪头看向她，笑得花枝招展。

蒙萌刚站起来半个身子，此刻只好尴尬地坐回去：“是挺巧的，这店果然红火。”

“都是为了图个新鲜，没想到这么多人。你这是一个人来吃饭？”

“和朋友，他去接电话了。”

“哦哦。啊，对了，这是我男朋友，睿奇科技的总经理周成。”赵然边介绍，边将周成的胳膊搂紧了点。

蒙萌的目光从周成身上掠过，继续敷衍着打招呼。

周成很礼貌，微微颔首道：“之前在电台做访谈，蒙总不仅口才过人，还很有胆魄，没想到，蒙总和然然也认识。”

“我们以前在市里培训时，住一个房间呢。蒙总的确很厉害，映射现在发展得这么好，你可得好好向人家取取经。”赵然娇俏地倚在周成的臂弯里，俨然是副热恋少女的模样。

蒙萌的胳膊上起了层鸡皮疙瘩：“运气好而已，睿奇科技也很厉害，以后大家还要互相扶持。”

三人继续寒暄着，大部分时间都是赵然在说话，蒙萌充分体会到了什么叫如坐针毡。

其间赵然去卫生间，蒙萌松了口气，正要开溜去找谢衍，却被周成拦住。

“如果我没记错，电台访谈前，咱们还见过两次面，只不过蒙总太有名，上赶着要凑过去的男人太多，根本轮不到我，也难怪人人都说我们睿奇这次在市里拿了奖，全凭运气，我也这么觉得，毕竟映射发家的背后有太多人在支持，我们睿奇还真比不了。”

刚刚还是副彬彬有礼的样子，此刻画风突变，蒙萌皱了皱眉。

她没接话，但也来了兴致，想看看这人究竟想干什么。

“蒙总的确厉害，听闻当年映射快要撑不下去时，就有位神秘的公子哥慷慨解囊。没过一年，旧事重演，你又找到了谢衍。”周成摇摇头，眼底充满不屑和鄙夷，但见对方并没有被他这几句话激怒，反而突然笑出了声，他有点意外。

“你语气这么酸，不知道的还以为周总在怪我没找你呢。”蒙萌敛了笑，确定面前只是个柠檬精，懒得多说，准备绕开他。

两人擦肩而过时，周成突然哼笑了一声：“蒙总走这么快，不是要等朋友吗？男朋友？那个混沌的谢衍？他前段时间还和殷家的千金小姐传绯闻，最近又被人挖出了黑历史。谢仲怀啊，那简直是整个金融圈的反面教材，蒙总能看上这么个男人，真不知是福还是祸。”

蒙萌停下脚步，转头看了他一眼，目光已经冷了。

周成对这个变化感到很惊喜，连忙又说：“仔细想想，你为了投资想找谢衍帮忙，谢衍为了上位又勾搭殷昕，你俩果然挺般配。”

蒙萌无声地看着他，突然有点反胃。

她扯了扯嘴角：“周总刚刚说了这么多话，就只有最后半句还算人话。我们的确很般配，是天造地设的一对。我就当周总你在祝福我们了，到时候办婚礼一定把喜帖送到。”

话落，赵然已经往这边走来，看上去应该是去卫生间补了妆，唇色比刚刚更鲜艳。

“你……”

“对了，你和赵总也挺配的，由内而外，都配。”

蒙萌的耐心彻底耗尽，也不管周成铁青的脸色，扭头就走。

连周成这种和她毫无交集的人都能如此恶言相向，可想而知，那些人在背后是怎么议论她和谢衍的。

骂她也就算了，她这两年已经听腻味了，根本不会把那些垃圾话放在心上，但一想到他们侮辱谢衍，她就不能忍，恨不能当场教周成做人。

可她还是忍住了，在这个节骨眼上，她不能节外生枝，给谢衍惹麻烦。

蒙萌完全沉浸在自己的世界里，脚下的速度也越来越快。

等她意识到前面有人时，已经来不及收脚，于是直直地撞上一个温热的胸膛。

“抱歉，抱歉！”她匆忙想往后退，手腕却被人捉住了。

“出什么事了？你脸色不好。”

熟悉的声音响起，蒙萌看清眼前的人，脑袋一热，扑上去将对方抱了个满怀。

正逢吃饭的晚高峰，购物中心的这一层是美食街，来来往往的人很多，大家都好奇地朝这边看，经过的人还一步三回头。

这个拥抱来得突然，谢衍的两只手臂还在空气中僵着，半晌，才慢慢收拢，将她整个人抱得更紧。

好像，他们是久别重逢的恋人，只能靠这样的方式倾诉思念。

不知道过了多久，蒙萌终于从他的怀抱里退出来，抿了抿嘴唇，说：“没什么，赶着去找你。什么电话打这么久？放假了不知道吗？”

谢衍垂眼看了她一会儿，闷声笑道：“抱歉，下不为例。”

蒙萌轻哼一声，拽着他去了一家人少的店。

饭间，谢衍的手机仍旧在疯狂振动。

他皱眉，下意识地看了蒙萌一眼，没接。过了一会儿，又有电话打进来。

“是有什么急事吧？我刚才和你开玩笑的，你快去接。”蒙萌这么说，谢衍只好拿着手机去了外面。

等他走出去，蒙萌也有些心不在焉，她拿出手机，发微信去问巫秦飞扬，公司今天是不是有什么事。

一开始，巫秦飞扬还跟她打哈哈，但蒙萌直接拨了语音电话过去，他不擅长撒谎，就被套出了实话。

原来今天有关谢衍身世的新闻爆出来后，钟靖就公然在年前的总结会议上把这件事拿出来说，还要谢衍当场自证清白。

“这是别人的隐私，他们凭什么干涉？副董就可以为所欲为了？浑蛋！”蒙萌一时气愤，语调也拔高了，引来不少人注目。

巫秦飞扬："萌萌姐息怒，没办法，之前哥得罪了钟董，现在又是特殊时期，他肯定抓着这个事儿不放……而且我们都觉得这次董事会的反应有点快，下午新闻才刚刚爆出来，他们就一副兴师问罪的样子，连调查小组都搬出来了，像是早有预谋一样。"

蒙萌："他怎么得罪钟靖了？"

巫秦飞扬："因为……"

蒙萌："因为什么你倒是快说啊？"

"……哥那天为了去找你，直接放了钟董的鸽子。具体的我一时半会儿说不清，只是你也知道，现在混沌要选新任总经理，钟董原先扶持的葛易现在出局了，他就想找新的目标，结果哥不仅没给他面子，还让他丢了面子……"

有关钟靖的传言，蒙萌从梁知夏那里也听过一些，他一心想培养自己的人，那么像谢衍这种的，既然不会乖乖听话，就必须除掉。

"我知道了，那现在混沌打算怎么处理？"

"先等过完年吧。殷董去国外疗养了，等他回来会做决断。"

蒙萌挂了电话，有些心烦意乱。

谢衍接完电话回来，表情依旧如常，看上去不像有什么烦心事，反倒是蒙萌，一直到两人返程都沉着脸，一副欲言又止的模样。

除夕前的最后一晚，路况紧张，主干道上排起了长队。

蒙萌早就发现车后座放着一个精美的蛋糕盒，里面有两块蛋糕，香甜诱人。

谢衍瞥了她一眼："想吃就吃。"

"我们刚吃完饭……"

蒙萌还想做最后的挣扎，谢衍却已经把蛋糕拿到了她面前。为了方便她吃，还用纸巾包好让她接在手里。

这蛋糕最上面一层是乳酪味儿的，下面有杧果和蔓越莓，都是蒙萌喜欢的。

谢衍本不爱吃甜的，但看她吃得这么香，竟也有些好奇那蛋糕的味道。

没一会儿，蒙萌就把手里的蛋糕解决了。

不知道是不是甜点给了她勇气，她仔细思考了几秒，发现时间、地点、气氛都刚刚好，宜沟通，宜坦白，宜……

“我知道你想说什么。”谢衍侧头看着她，“我没事。”

蒙萌怔住，半天才从喉咙里挤出几个字：“哦，这样啊。你没事就好，我本来还有点担心……”

“没什么可担心的，我心里有数。纸包不住火，这个世界上没有永远的秘密。”谢衍嘴角一勾，“皱了一晚上的眉，我不愁也看愁了。”

蒙萌闻言，笑着自己揉了揉眉心，心中也松快了些。

她知道谢衍一向运筹帷幄，肯定不会毫无准备，听他亲口这么说，她彻底放心了。

“其实，我是很希望你能达成所愿的，你要是做了总经理，还怕我们映射拿不到投资吗？”

谢衍看着她，笑道：“我努力，不让你失望。”

他们在狭小的车厢里无声地对视。

蒙萌觉得自己浑身的温度都在升高，忍不住舔了下嘴唇，而后又摸了摸鼻子。

面前的这个人，曾帮她拿到本没有可能的投资，找到超声波攻击的真凶，承诺她一定会通过中期考核，用 Blackjack 搞定戴维斯，在她被医闹的人攻击时抱着她离开，在她被关赫掳走时抛下一切来追车，甚至拿命和他对赌……

一桩桩，一件件，他从没让她失望过。

那日殷昕对她说的话，始终萦绕在她的心间。

有些话，她已经想了很久，此刻全涌到了嘴边。

“你之前说，要和我开始新的关系，好像没太说清楚，要不你再给我解释一遍，我好思考思考？”

谢衍怔怔地看向她，眼底思绪翻涌。

他已经有了决定。

“现在不是时候。董事会已经有所行动了，年后他们会启动调查，我的真实身份迟早会被公开。虽然我已经做了万全的准备，但真到了那一天，我也不知道自己究竟会面对什么。质疑、攻击、打压……这些我都能承受，因为这些年我走的每一步都是为了这一刻。可你不该被牵扯进来，这是我自己的事，等我处理好……”

“我要陪你一起。”蒙萌直接打断他，“你不是第一天认识我，我从来就不是那种怕事的人，从一开始，我就打定主意要和你共同面对。我相信你父亲，相信你父亲的欧泊，更相信你。七年前我已经失约了一次，现在我只想和你一起，站在烈阳下。”

小小的空间里，暖气氤氲。

女人的脸颊绯红一片，语调柔和却笃定，像是有股神奇的力量，安抚着他从未痊愈过的伤疤。她说的每个字都简单直白，他都听清了，也都听明白了。

身体里好像有股奇怪的暖意，不声不响地蔓延开。

父母被海水吞没的一瞬间，他几乎失去所有，不是没有怪过老天太残忍，但现在，他全认了。

曾经多少个黑暗无边的夜晚，都不敌她此刻温柔的眼神和微微抿起的嘴角。在那些伸手不见五指的黑暗里，是她给了他一束光，驱散迷雾，拂去尘埃。

那晚，他说她也偷了他的东西，这话不是随便说说，她并不知道，他在永夜岛上醒来，从睁开眼看到她的那刻起，就注定也被偷了——

从身到心，从头到脚，无一幸免。

冬日的夜晚，窗子上爬满了雾气，像此刻蒙萌湿漉漉的一双眼睛，更显得黑瞳仁清澈透亮。

刚刚她在说那番话的时候，目光坦荡，语气平静，丝毫不觉得有什么可害羞的，但此刻在冗长的沉默里，她突然有点无措。

“反正，我要说的就是这些，你……”

“你说，要陪我站在烈阳下。那如果下雨呢，你也陪？”话出口，谢衍也怔住了。

这是个毫无意义的问题，可他的确一时间不知道要说点什么。

让他意外的是，面前的这个人好像还当真了。

蒙萌秀气的眉头轻轻皱了皱，像是在竭力思考着答案。半晌，她突然笑了笑，整张脸都变得生动起来：“如果下雨了，没有太阳了，整个世界都陷入黑暗了，我来做你的那束光。”

她有点急迫，还想说些什么，但左手蓦地被一股炙热包裹住，修长有力的手臂从侧脸擦过，握着她的后颈压向前。

灼热的气息不容拒绝地压下来。

他吻得很用心，先是轻轻触碰，而后含着她的嘴唇反复轻咬，呼吸和力道都重了。之后攻城略地像是顺理成章的事，舌尖卷动，放肆地在齿间纠缠、吮吸，他的手掌从颈后移到她的脸颊，手指细细摩挲着她的耳郭，之后插入她鬓边的发根。

蒙萌被吻得晕晕乎乎的，一阵战栗感从他掌心触及的地方蔓延开，空气中还有乳酪残余的甜味儿，以及他身上好闻的味道。

等他终于舍得放开她，蒙萌觉得浑身都软了下来，肺里的空气几乎被耗尽了，只能缩在座位里轻轻喘息。

她忽然意识到，某种新的关系，已经在此刻悄然生效了。

车流终于动了。

蒙萌一时间不知道要说点什么，手忙脚乱地把剩下的那块蛋糕也拿出来，刚要咬下去，突然意识到谢衍还没吃，便问：“你要尝尝吗？味道不错。”

“太甜。”谢衍不假思索地摇头。

“说得好像你尝过一样？”

“尝过了。”

“什么时候？”

“刚刚。”

“什么？”

“你那里。”

第十一章

# 山雨欲来风满楼

## 【1】

这一年的春节，蒙萌觉得和往年比没什么大变化，但又有了点不一样。

电视上在播春晚开始前的化妆间花絮，她在厨房烧菜，谢衍打下手。

客厅里，沈青坐在轮椅上安静地织毛衣，果冻总趁她不注意抓毛线球玩。

窗外下起了雪，各家各户都在吃年夜饭，香味儿，酒味儿，混着孩子的嬉闹声，显得祥和而美好。

但蒙萌也知道，此刻的一切都是暴风雨来临前的宁静。

整个年假谢衍都在忙。他虽然没有多说，但蒙萌还是能感受到一股大战将至的紧张感。她不知道自己能做什么，除了处理好映射的事，她还抽空研究了下手环更新后的新功能。

譬如一颗爱心、一枚吻、几句情人间常见的甜言蜜语，除此之外，还有预测经期、安全期和排卵期的功能。

蒙萌开始也没多想，只当是记录周期，便愉快地启用了。

直到某个特殊的日子。

那日，谢衍正带着团队在映射和蒙萌开会讨论下一季度的新项目，结果他俩的手机同时振动——是手环小程序发来的新消息，上面写着：今夜宜造人。

隔着一张会议桌，蒙萌下意识地看向谢衍，而对方也看着她，气氛极其尴尬……

会议一结束，这个功能就被蒙萌关了。直到两人婚后，在某人的坚持下才重新开启。

假期一晃而过。

开年后，之前获得市里新晋公司大奖的睿奇科技如同一匹黑马抢占先机，提前预定了今年的游戏爆款，与游戏配套的小说和电视剧也即将面世，连主题曲都是由当红歌星徐哲哲演唱的。

大家很快就将依云的惨剧抛到脑后，转而将目光投向了这个游戏圈的新宠儿。

谁也没料到，和映射合作推行的心理测试，在新一轮数据采集分析报告中发现了问题，那些有过校园暴力行为的学生中，有很多人游戏成瘾，经过深入调查，这些学生几乎都是前两年某款格斗类手游《校园勇士》的忠实玩家。

这款游戏其实早已因为公司经营不善而下架，它的版权最后被哪家公司接手根本无人问津。但随着这份报告的曝光，购买该游戏后续运营版权的公司也被牵扯了出来，恰恰是现在风头正盛的睿奇科技。

已经有人扒出，他们下一季度的新品招商会里，就有这个游戏的VR体验版。

一时间舆论四起，最先发起声讨的便是学生家长和教师群体。

睿奇科技连夜发表声明，宣称他们的游戏已经过净化，不含任何暴力元素，但很快又有人拿他们在招商会里的游戏预告片与原版进行比对，发现内容相差无几。

如此闹了几天，睿奇科技只好公开承诺这款游戏暂时不会上架，他们也将从根本上进行整改。

但这场风波并没有因此平息，反而像一阵逆转的风吹向了映射。

依云前脚刚刚崩盘，睿奇就因为映射的心理治疗项目中招，这未免太过凑巧。

蒙萌倒是毫不在意，即便是在参加会议的时候被赵然当众讽刺，她也应对自如。

“现在全社会都在关注未成年人的身心健康，防沉迷系统和家长监护体系相继上线，游戏分级制度也已经开始试点。一个游戏下架，不过是让公司受点损失，但校园暴力之下的施暴者和受害者背后，却是千千万万颗受伤的心。公平和正义从不是刻意针对，心存侥幸只会引火上身，我们只是在做我们该做的事，仅此而已。”

赵然当场被噎得一句话都说不出来。

梁知夏在旁边原本都打算过去救场了，没想到蒙萌轻松就化解了危机。

如今蒙萌越来越有老板的样子，尽管偶尔还是不太稳重，带着点小孩心性，但至少在大场合里能站稳脚跟。

原本司沣走后她还有点担心，现在看到蒙萌已经能够独当一面，既感慨又欣慰。

还有一点，上次他们一起去混沌开会，不知道是不是她太敏感，竟然觉得谢衍和蒙萌之间的磁场有了一点微妙的变化。

平常蒙萌在公司开会，偶尔也会对着手机或是手环傻笑。

心理专家张楚珺自然也察觉到一些蛛丝马迹。

“恋爱中的人，一点情绪都会写在脸上。最近倒春寒，冻得要死，可每次一和你们老板开会，就莫名有种甜腻腻的暖意。啧，爱情真好。”她感叹完，拍了拍梁知夏的肩膀。

这几天谢衍都没怎么回来住，蒙萌听巫秦飞扬说，他最近很忙，还要时不时接受董事会的盘问，她不忍心打扰他，只偶尔抽空和他通个电话。

情人节的早上，微博热搜上满满的都是狗粮。

排名第一的是名刚从苏丹援助回来的医生，女朋友去机场迎接他时，他直接在机场求婚的动态。

蒙萌进公司前，刚好看到这条新闻，也感动得转发到了朋友圈。

她刚放下手机，突然看到沈沈站在前台，正一脸八卦地看着自己，然后笑着递上一捧白玫瑰。

她第一反应以为是谢衍送的，还有点惊讶。在她的印象中，谢衍从不是那种会送花的浪漫男人。等她回到办公室才发现，花里插着的卡片上写着酒店的地址和时间，落款是一个久违的名字。

——何慕白。

不是李慕白。

蒙萌这才发觉两人一别已有几个月，上次见面还是在她家楼下，他上了李恒睿的车，之后就彻底人间蒸发。

虽然她非常想知道他这段时间的行踪，但今天这日子着实特殊，她实在有点尴尬。

蒙萌在指间把玩着那张卡片，想了想，决定把实情告诉谢衍，不管怎么说，他现在和她的关系不一样了，她虽没什么恋爱经验，但也知道情侣之间首要的原则就是坦诚。

只可惜她的微信还没发出去，对方竟也发了消息过来，说是晚上有个饭局，会尽快结束，然后再联系她。

蒙萌将消息来回看了两遍，最终把原本编辑好的一段文字全删了，回了个“好”。

以前何慕白总喜欢带蒙萌去云水楼吃饭，这次却换了个极其高档的法式餐厅。

蒙萌被服务生领进门时，何慕白已经在靠窗的位置等着她了。高定丝绒质黑色大衣，同色系的衬衣和马甲，脚上是锃亮的皮鞋。

不知道为什么，他的皮肤黑了不少，比以前更加粗糙。

何慕白看到她，也上下打量了一番，边帮她拉开椅子边说："你好歹也换身连衣裙。穿得这么职业，我以为我们是在谈判桌上，而不是餐桌。"

"拜托，我可是下了班直接过来的，何况你消失了这么久，我恨不能第一时间跑过来见你！快说说，这几个月你到底去哪儿了？"

餐厅里暖气很足，蒙萌将风衣脱了，露出一件驼色的毛衣和黑色西装毛呢裙，长发在脑后扎了个低马尾，慵懒又温婉。

何慕白深深地看了她一眼，答："继承家业，风光着呢。"

蒙萌努力解读着他的意思，以为他真像橘子之前说的那样，被送去培训了。

"以前在云水楼，我连要个包厢都不够格，但是在这里，我轻轻松松就可以包场。没想到，这间餐厅也是银河旗下的。"何慕白苦笑着耸了耸肩。

蒙萌听罢，直言："你不用和我说这些虚的。"

何慕白一愣，当即笑出了声，这的确不是他的心里话。

自从得知自己要入职银河，他一点也不开心。有那么几天，他把自己关在房间里喝得烂醉。

直到一个偶然的机会，他得知西洲正在组建一支援外医疗队，他的学长给他打来电话，他几乎没有犹豫，随便收拾了几件衣服就走了，连手机都没带。

等他到了那边才知道驻地医院的医疗条件有多差。

没有工作的时候，他经常要帮着外科医生用生理盐水冲洗手术器械。

生活很艰苦，他却没来由地觉得放松。只是偶尔夜深人静时，他会想起一个人。不知道他突然消失，她会不会惦记他。

就像她之前一直惦记着谢衍那样。

今天早上热搜里的那个援外医生，恰好和他坐在相邻的位置。他看上去很老实，平常话不多，但医术很高明，在苏丹时，何慕白常帮他清洗做手术需要用到的器械，两人聊过几句。

他一直知道那医生有个相恋多年的女友，对方告诉他，只要这次能顺利完成任务，就第一时间向女友求婚。

不知道是不是受到了感染，他当即在飞机上做了一个决定。

何慕白端起酒杯晃了晃，笑得有些落寞："听说这间餐厅是整个南城告白成功率最高的地方，你信吗？"

蒙萌呼吸一窒，半晌说不出话来。

包厢。

奢华的法式餐厅里，谢衍和李恒睿坐在长桌的两端，各自切着牛排。

"没想到我们的重逢会如此心平气和。"李恒睿笑着饮酒，紧紧逼视着对面的男人。

"不然打一架？"

"和一个残疾人打，不会觉得胜之不武？"

谢衍放下刀叉，迎上他的目光，没接话。

李恒睿看了眼谢衍面前的餐具，在他们正式用餐前，每一样东西都被重新摆放过。

"你还是和小时候一样，强迫症。其实我早就认出你了，在西洲，弗兰特酒馆。"

谢衍顿了顿："我说呢，难怪觉得有点似曾相识。你的牌技也和小时候一样，没什么长进。"

李恒睿手一抖，叉子敲在盘子的边缘，发出清脆的一声响。

"不过别的地方变化不少，以前是面瘫，开心或不开心都是一副表情，现在这笑里藏刀的本事，越来越像你家老头子了。"谢衍放下刀叉，噙着笑，手指依次敲击在桌上，“还有背后耍阴招这点，你简直得到了他的真传。”

李恒睿端起红酒抿了一小口，脸上笑容更深：“愿闻其详。”

“从一开始，你就想故意挑起依云和映射的矛盾，这样无论你在背后对他们做什么，都有人背锅。你的最终目的，无非是想通过这两个公司的项目打击混沌，顺带为睿奇扫清前路的障碍，让它成为新创公司中的那只黄雀。”

谢衍说完，李恒睿半眯起眼睛，哂笑道：“你说的这些听上去很有趣，可我的手自始至终都是干净的。”

“借刀杀人也难保不会溅到血，别忘了，依云的案子还没结。”

“你现在都自身难保了，还有闲工夫去管依云？混沌已经派了人在暗中查你，这么自信他们查不出你的真实身份？”

“这世上没有永恒的秘密，依云、欧泊，都会有真相大白的一天，我也在等那一天。”谢衍站起身，已经没兴趣再和他说什么，“谢谢你的牛排，除了有点老，其他都不错。如果你没别的话要说我就先走了，麻烦下次别在这种日子约我，你可以继续和工作过，我要和人过。”

李恒睿双手在下巴前面交叠，手肘撑在桌上，眼底闪过一抹精光：“哪个人？女人？”

谢衍没答话。

“难得见一面，你走之前，我送你份大礼吧。”

李恒睿说罢，对助理打了个响指，空气中霎时间响起滑轮摩擦的声音，印着繁复宫廷花纹的窗帘向两边缓缓打开，渐渐露出一面巨幅落地窗。

窗子的另一边，靠窗的地方坐着一对俊男美女，烛光晚餐，浪漫而唯美。

谢衍的眉梢不易察觉地挑了挑。

李恒睿拄着手杖从他身后走过来：“看来人家等的不是你啊。”

“你们李家兄弟自己没对象，就非要拉人陪吃饭，也挺心酸的。”谢衍收回视线，表情依旧淡淡的，“告辞。”

何慕白的眼中似有无限柔情，蒙萌不自在地移开视线，心中闪过一个念头。

“广告而已，没什么信不信的。”她顿了顿，又说，“正好想跟你分享一个好消息。之前你给我治疗的时候，我说我一直在等一个人，现在我已经等到他了。”

何慕白没接话。

明知道她已心有所属，明知道自己不该太执着，但感情这种事，从来就做不到收放自如。那晚梁知夏问他的那个问题，曾经反复在他的脑袋里回响。

他告诉自己，只要她肯迈出一步，他就愿意向前跑九十九步。

但她从来都不肯，因为他不是那个人。

如果不是那天晚上她突然冲出来挡在他的面前，他应该不会想迈这第一百步的。

“恭喜。”

他主动和她碰了杯，一杯酒仰头饮尽。

这场无疾而终的感情，至少留存了他的骄傲。

悠扬的提琴声中，两人都各自沉默了一会儿。

“你约我来，是有事要说吧？”蒙萌捏着高脚杯，努力忽略空气中的尴尬。

何慕白放下杯子，表情又恢复如常：“为什么突然问我撤资的事？”

那是她发给他最新的一条微信。

“听说你要入职银河了，怕你会不方便，但又不好意思和我提，所以主动来问一下你的意思，一切都看你的选择，我不希望你因为映射的事感到困扰。”

见何慕白面色有点古怪，蒙萌连忙又加了句：“你在映射最难的时候帮过我们，这份恩情我一直记着。其实我不希望你在映射处于上升期的时候撤资，这对你不公平……”

“也好，你说得对。虽然有点抱歉，不过既然要划清界限，那不如你重新找个房子住吧。”何慕白苦笑了一下，“抱歉，我之前骗了你，那房子其实是我母亲给我的，归根结底，也是我继父的资产。以现在混沌和银河的关系，我的确不适合再租给你住。”

“当然，说抱歉的人应该是我，我一直给你添麻烦。房子等我找到合适的，就会尽快搬出去。”蒙萌说完，给自己倒了半杯红酒，“这杯我敬你。”

何慕白看着她的举动，也给自己倒了一杯，仰头饮尽。

其实这个结局，他早该料到了，只是不肯死心。

如今话说到这份儿上，也算彻底断了他的念想。

那么他也没什么好顾虑的了。

一顿饭结束得很快，两人都各怀心思。

蒙萌离开后，何慕白看着她离去的背影，刚刚还努力维持的笑容霎时间消失在唇畔。

身后突然传来脚步声。

“有些话，非要亲耳听到才肯相信。”李恒睿坐在刚刚蒙萌的位置上，将手杖放到旁边，“别太难过了，女人都是现实的，等你拥有金钱、权力、地位，什么样的女人没有？等着吧，她会回来找你的。”

何慕白自嘲地笑了笑：“都什么年代了，还有这种想法？难怪你到现在还是一个人。”

说完，他也起身离开了。

李恒睿问旁边的助理：“他不也是一个人，有什么资格嘲笑我？”

助理擦擦冷汗，觉得自己还是不说话比较好。

## 【2】

蒙萌离开餐厅后，第一时间就给谢衍打电话，但那边始终是占线状态。

她捧着手机发愣，巫秦飞扬的微信电话拨了进来。

原来葛易之前经手的一个项目出了问题，事出紧急，他连夜陪谢衍坐飞机赶去，目前已经到了机场，谢衍一直在打电话，所以让巫秦飞扬和她说一声。

蒙萌听出他语气里的急迫，也没多问，只说让他们路上注意安全，不要太辛苦之类的。刚要挂断电话，突然又听到对方说了句："哥让我问你，到家了没。"

蒙萌一时没觉出有什么不对劲，随口答："快到了，等会儿上电梯。"

巫秦飞扬在那边应了一声，就和她说了"再见"。

直到晚上洗澡的时候，蒙萌的思路才突然转了下，明明她没告诉谢衍自己晚上有约，那话问得倒像是知道她在外面一样。

她想找他问清楚，但想到他在忙工作，只得作罢。

第二天一大早，房产中介给她打电话，说是有一套房子正符合她的要求，离她上班的地方也近。

其实从橘子提醒她这套房子真正的主人是何慕白后，她就动了搬家的念头。但之前因为依云的动荡，她暂时把这事儿给忘了，好不容易元旦后提上日程，没过多久又赶上过年，中介那边说户主大都回老家过年了，没法儿带她看房，这一拖又是半个月。

如今一接到电话，蒙萌立刻就催促对方和户主联系具体的看房时间，定好后，她就开始在家里打包，打算确认房子没问题后就直接签合同，尽早把钥匙还给何慕白。

幸而事情如她预想的那样，进展顺利。

她看完房很满意，直接交了一年的租金，还顺便在网上约了搬家公司。除此之外，她还找中介完全比照市值，估算了她这一年欠何慕白的租金，之后把房租一次性打到了对方的账户上。

做完这些，蒙萌松了口气。

直到她搬走的前一晚，谢衍还没回来。

这几天他似乎一直很忙，她主动发去的微信，过很久才能收到回复，也都很简洁。后来她也有点不高兴，干脆不再主动联系他，更没有和他提要搬走的事。

后来她仔细想了想，无论是情人节出去吃饭，还是她要搬家，这些事都跟何慕白有关，而她之前就已经发现何慕白和谢衍之间有种奇怪的气场，潜意识里就不想告诉谢衍。

他们才刚刚在一起，她不想因为何慕白闹得不愉快。

况且她有信心可以自己处理好。

然而……

事与愿违，她直接掉坑里去了，还是个大坑。

之前和她签约的人根本不是真正的户主，他拿了假的身份证和房屋证明复印件通过了中介的审查，拿到钱后就跑路了。蒙萌付了一年的租金，这下全打了水漂。

中介公司再三道歉，但坚持说自己也是受害方。

派出所立了案，问清楚情况后就让蒙萌走了，偏巧当天早上，蒙萌已经把钥匙寄去了何慕白那儿，一时间无家可回，只得又让搬家公司把东西先搬回原来的住处。

幸好陈阿姨跟她熟，虽然对她突然要搬家的事感到很惊讶，但还是悄悄放她上了楼。

傍晚，她坐在打包的纸箱上看着谢衍家的门发愣，手机没电了，她又冷又饿，浑身跟被人打了一顿似的。果冻蜷缩在她的怀里，看上去也可怜巴巴的。

谢衍出差回来，刚走到楼下就被陈阿姨叫住了。

“谢先生，你总算回来了！我下午给你发微信你都没回啊？”

“抱歉，我之前在飞机上。”

“难怪哦，我下午只能干着急。唉，蒙小姐今天都折腾到警察局去了，她怎么突然就要搬家了？我跟她讲等谢先生你回来再搬也好啊，她一个女孩子太折腾了，可她又不听……”

这位阿姨说起话来总没有重点，明明在说这件事，转眼又跳到了别的事情上。谢衍勉强听她叽咕了半天，终于在脑中厘清了思路。

“她人呢？”

“不知道啊，她的电话打不通，我换班之前还上去看过一次，走廊里只有她的东西，人不知道去哪里了。”

谢衍点点头，拿出手机给蒙萌打电话，没打通，那边是关机状态，他突然想到什么，连忙往电梯间走。

进门的时候，他差点被一双女式短靴绊倒。

原本提着的心落回原处。

果然……

他皱着眉头将鞋子放整齐，路过客厅时，看到沙发上有道人影。

蒙萌整个人蜷缩成小小的一团，脸颊和嘴唇都睡得红扑扑的。

这几天因为工作奔波积攒的疲惫，以及那晚压在心里的醋意和不快都在此刻烟消云散。

果冻原本睡在她的脚边，此刻跳下沙发走到他脚边。

“喵呜——”

谢衍摸了下它的头，然后比了个噤声的手势。

他弯下身，熟稔地将女人抱进怀里，直接送进了主卧。果冻原本想跟进去，但被他阻止，最后又回沙发睡去了。

也许是中途被人挪动过，蒙萌没过多久就醒了。她这一觉睡得太沉，睁眼的时候差点没搞清楚是白天还是晚上。

她迷迷糊糊地走出房间，循着亮光去了书房。

谢衍正坐在电脑前工作，一件米色开衫毛衣里是纯白的 T 恤，头发还没干透，更显得漆黑。

听到声音，他的目光飘过来：“醒了？”

蒙萌怔了怔：“嗯。”

“过来。”

“哦。”

她犹豫着往前走了几步。

谢衍侧头，眉梢挑了挑：“站那么远，心虚？”

话落，蒙萌又往前挪了挪，距离谢衍只有半截手臂远。她刚站稳，手腕被人轻轻一拉，惊呼间直接坐在了某人的大腿上。

“我是不是得感谢那个中介？不然我出趟差回来，女朋友就跑了。”

谢衍靠在椅背上，双手揽着她的腰。

她第一次听到他说“女朋友”这三个字，心口像是被什么烫了一下。

她努力找回理智，侧头看他：“你都知道了？是楼下陈阿姨告诉你的吧。唉，警察说最近中介合伙作案的例子不少，他们的假材料的确能以假乱真，简直防不胜防。”

“被骗的事先放着，先告诉我为什么搬家。何慕白换了个姓，总不至于连资产都被没收。”

“他现在身份不一样了，况且我们公司和睿奇因为游戏的事结了梁子，混沌和银河关系又那么微妙，这样做对我和他都好。”

虽然这句话听在谢衍的耳朵里，像是蒙萌在为何慕白考虑，但此刻他搂着怀里的人，却又不得不感谢某人的帮忙。

他摸了摸蒙萌的发顶：“之前怎么没听你说过？”

蒙萌连忙摇头：“我不是故意不告诉你的，是看你忙，怕你分心。

你看你现在，内忧外患的，上面还老派急活儿给你，情人节那晚说走就走，连个招呼都不打，出去这么多天也不和我通电话，微信聊天都成留言式回复，而且特别简洁，超严肃……”

这话越说越像抱怨。

意识到这个，她的话音渐渐弱了。

谢衍拿了一缕头发缠在指间把玩，似笑非笑：“怎么不继续说了？”

蒙萌摸了摸鼻子：“我的意思是，你那么忙，我实在不想因为租房子这种小事去打扰你……”

“嗯，租房子的确算不上什么大事。”

“就是说啊。”

“但你租房子，是大事。”

蒙萌的心突突跳了两下，一时竟说不出什么话。

“以后关于你的任何事，我都不能是最后一个知情者。”

他的嗓音比刚才还要低哑，目光紧紧锁着她。空气里有她身上的沐浴露香味，他开始后悔把她拉到腿上。

这么近的距离，他能清晰地看到她耳畔的一粒痣，褐色的，有点像星星。

他想吻上去。

蒙萌感受到他炽热的目光，只觉喉咙发痒，半晌才答了个“好”字。

话落，谢衍倾身过来啄了下她的唇瓣，很轻，没有流连。

他最擅长克制和忍耐。

但他没料到蒙萌会突然勾手环住他的脖子，再次吻过来。像是在品尝甜品，她试探着先舔了一圈，再伸出舌尖溜进他的唇齿间，像一个刚刚入门的新学者，她急于向他展示成果，就是不太成功。

一通横冲直撞后，便是毫无章法地交缠。

侧坐的姿势时间一长，蒙萌的半边身子都麻了，但她对于接吻这样的新体验充满热情，并不想罢休。之前都是他主动，她根本还没搞清楚是怎么一回事就结束了。

这次她决定趁热打铁。

谢衍被她吻得心烦意乱，在耐心即将耗尽前，唇上的那股灼热带着腿上的压力蓦地消失了，但很快又以另一种方式席卷而来。

蒙萌直接跨坐在了他的大腿上，膝盖微屈。双手捧着他的下颌，换了个柔和的方式，有节奏地吮着他的舌尖。

这个动作让谢衍后背紧绷，呼吸更重了。

果冻悄无声息地从客厅晃过来，仰着头看那两个交织在一起的人，抬起爪子擦了擦脸，像是在捂眼睛。

谢衍侧头避开她的吻，眼底一片黯黑："你怎么……"

蒙萌毫不犹豫地答："看了几部片子。"

谢衍怔住，嘴巴张了张，话没来得及说出口，又被她吻住。这一回他没再放纵她玩闹，直接扶着她两侧的腰肢加深了这个吻。

他们吻了很久，交叠的影子映在窗户上，满室旖旎。

蒙萌终究还是败下阵来，她用手抵在两人中间，下巴枕在他的肩窝里，边喘着气边哼哼道："这不公平，男女体力悬殊。"

谢衍笑了声，没接话。

四下里静极了，蒙萌听到耳畔传来一句低语——

"搬来住？"

她的呼吸一滞，而后又急促起来。

夜更深了。

混沌周年庆临近，有关谢衍身世的争议突然被压了下去。

殷文祥亲自发话，不许公司里的人私下议论这件事。而谢仲怀的旧友巫江也在暗中为谢衍护航，加上他又是殷文祥的师兄，董事会的人并不敢轻易得罪他。

有传言说，葛易会去银河是被逼出走，谢衍羽翼丰满，混沌的总经理之位早已是他囊中之物。

谢衍对此充耳不闻，只尽职尽责地完成自己的工作，哪怕有时明显是钟靖的故意刁难也不在意，状态越来越好。

这主要归功于蒙萌。

近来谢衍加班的次数越来越多，但她每晚都会等他回来再睡，还给他做夜宵吃。

他们像所有处于热恋中的情侣一样甜蜜。

蒙萌的吻技长进了不少，越发想要展示自己的成果。

她不服输的个性也体现出来，明明已经吻得晕晕乎乎，却还是不肯先放弃。

好在每次她较真的时候，他都会主动撤离。

她还以为是她占了上风，为此沾沾自喜。

可后来她才知道，原来对于这些事，男人永远掌握主动权。他尊重她，所以选择停下来。如果他想继续，她只会溃不成军。

橘子听说他们分房睡后，第一反应是嘲笑谢衍太能忍，但最后又语重心长地拍着蒙萌的肩膀说，这样的好男人要把握住。

蒙萌以前一个人住惯了，洗澡的时候又爱想东想西，一不留神就会裹着浴巾走出来，和某人撞个正着。

次数多了，蒙萌只得厚着脸皮提出想要换房间，毕竟主卧有自带的卫生间，可以避免尴尬。

“习惯这种事不是说改就能改的。”她这样解释道。

谢衍没有异议，毕竟这种事总归有利有弊。

可没过两天，蒙萌醒来的时候发现床上多了一个人，他的胳膊还圈住了她的腰。

谢衍：“我也习惯了。”

蒙萌：“……”

## 【3】

混沌周年庆晚宴当日，公司包下了南城最有格调的西林饭店。据说这间饭店住过不少名人，能让他们接单的非富即贵。

投资界的元老们都悉数捧场，他们曾一同见证了几十年来金融圈的大起大落，身上早已留下了时代的烙印。

但凡和混沌有合作的公司都收到了邀请函，没收到邀请函的也费尽心机想挤进去，只为一睹元老们的风采。

银河投资的李天逸因病退隐多年，已不轻易露面。前不久坊间热议他有另一个儿子李慕白，本以为他会借着这次盛会，将李慕白介绍给所有人，却发现这次他只带了李恒睿出席晚宴。

众人私下议论着，如果谢衍被证实就是谢仲怀的儿子，那他和李天逸之间的关系也会变得很微妙。当年欧泊经营不善，多亏李天逸接盘才保住了公司，虽然后续因为公司内部架构调整，银河拆解了欧泊，但李天逸依旧赢得了重情重义的好名声。

如此说来，谢衍还欠李天逸一份人情。

除了李天逸，巫江也前来捧场。他曾是谢仲怀自立门户后最好的朋友，当年谢仲怀背负骂名时，很多人都想踩上一脚，只有他自始至终为朋友发声。他虽已在多年前选择隐退，但仍在圈内有着举足轻重的地位。

几个年近半百的金融大鳄齐聚在此，甫一出场就成了全场的焦点。

但真正引起骚动的是殷昕和谢衍。今晚的殷昕身着一套纯白拖地长裙，背后的“V”字形镂空一路延伸到腰际，精致的闪钻后背链从蝴蝶骨中间穿过，闪耀得令人咋舌。

她身旁的男人丝毫没有被遮盖住锋芒。黑色的经典款西装，额发向后扬起，简单的一个造型更显得他眉眼深邃。

旁边的年轻女宾都看得目不转睛。

至于那些男人，自然是嫉妒得发狂。谁不希望江山和美人兼得呢？

葛易从开场时就站在角落里，他从没有比现在更讨厌那些虚假的恭维的时刻，旁人只当他是重金被银河挖去的宝贝，待遇比以前更好，但个中苦涩，只有他自己知道。

“没想到你还是来了。”钟靖端着红酒杯笑着走过来，“是不是很羡慕？原本站在那个位置上的人应该是你。你以为去了银河就能一飞冲天？记住，没有人会重用对手的心腹。”

葛易笑容惨淡：“留下来又怎么样？继续做你的棋子？我宁可过现在这样轻松的日子。”

“啧啧啧，你还是那个我认识的葛易吗？这么没志气。”

“没想到这个时候钟董还有兴致在这儿挖苦我。也对，现在总经理的人选已经板上钉钉，你忙活了半天，最后还是一场空。”

钟靖摇摇头：“我的确小看了谢衍。他现在是万事俱备，只欠东风……就怕这东风被人半道给截了。今晚还有位贵客没来，好戏总要等一等的。”

“什么贵客？”

“到时候你就知道了。”

葛易看钟靖完全是胸有成竹的样子，默默替谢衍捏了把汗。

谢衍在应酬完一轮后，终于有机会打电话给蒙萌。

原本今天他想直接载她过来，但对方怎么都不肯，千叮咛万嘱咐让他别分神，毕竟今晚有场硬仗要打。他看她很笃定，也就没坚持。

此时距离正宴还有十五分钟，宾客基本都到齐了。

电话响了很久，没人接。

他又打给陈阿姨，对方说蒙萌两个小时前就离开了。挂完电话，他隐隐有些不安，上次关赫的事情，多少还让他心有余悸。

他正想着去哪儿找她，门口突然出现了一道鲜红的身影。

金丝绒吊带长裙紧紧包裹着她娇小的身体，收腰的地方看上去不盈一握，尤其是肩带的设计突出了锁骨流畅的线条，清新而不失妩媚。

谢衍这一抬眸，便再也移不开视线。

以前他觉得红色最难穿，可自从他第一次在永夜岛看到蒙萌，便体会到什么叫惊艳。

后来他也看过别人穿红裙，其中不乏模特和明星，但都比不上她。

蒙萌握着手包走进来，目光在四周打了个转，和谢衍的对上。

觥筹交错，人影憧憧，他们无声地对视了几秒。

她知道今晚他有很多重要的事要做，忍了忍，没走过去，而是直接依照桌签对号入座。

蒙萌所在的这一桌大都是些新创公司的老板，大家客套地寒暄了两句。

今晚的她红得惹眼，从她一进门，就成了人们议论的焦点。女人们免不得要把她和殷昕放在一起做比较，但无论怎么看，都是混沌的大小姐殷昕更胜一筹。

蒙萌坐下后，察觉到四面八方的视线，心中无奈。

没一会儿又来了个人，竟是赵然。

圈子不大，众人都知道赵然和蒙萌有过节，尤其是赵然的男朋友周成。不知道是不是因为之前游戏下架的事，这次他没有接到邀请。

此刻她俩戏剧性地坐在了同一张桌子上，引来不少注目。

赵然屁股还没坐热，就逐一和在座的人打招呼、换名片。

轮到蒙萌时，赵然直接端起酒杯朝向她："下个季度，我们公司也会拿到混沌的投资。当然，肯定是不能和你们映射这种重点投资的项目比的，但不管怎么说，我们以后也算是同一边的了，之前我有做得不对的地方，冒犯到了你，我先自罚一杯，希望你别和我计较。"

她说完，手臂刚要抬起来，却被蒙萌拉住了。

"晚宴还没开始，赵总一下子喝这么多，醉了可不好。今天咱们都是来赴宴的，私下的事私下说就行，没必要当着这么多人的面。"

没必要当着这么多人的面特意演戏。

蒙萌话里有话，在座的都是人精，都听得明白。

同桌的一个年轻女人附和道："酒多伤身，赵总悠着点。"她这么一说，其他人也跟着劝赵然。

蒙萌抬头看过去，见这张脸有点眼熟，但一时又想不起来在哪里见过。

"那好吧，回头我单独请蒙总。"赵然讪讪一笑，只得又坐下来。但她并没有就此罢休，没安静一会儿，又挑起话头。

"蒙总，前两天我碰到了李老师，你还记得吗？就是之前在市里组织培训的那个，她现在已经不在那边工作了。"

"哦，有点印象。"蒙萌随手拿了块点心，专心地吃起来。

"她说之前整理资料，意外发现你的报名表上填了个了不得的学校。哎，我怎么都没听你说起过？"

蒙萌随口答："有必要特意说？"

赵然嘴角一僵，但转瞬便笑靥如花："那可是维尔利女校啊！别的不说，就连学费也不是一般人能承受的。"

这所学校的确声名远扬，赵然如此一说，整桌人都面面相觑，目光里除了震惊，更多的是怀疑和嘲讽。

圈内谁都知道蒙萌是个非科班出身的野路子，如果她真这么厉害，当年也不会甘愿在映射那种小公司打杂。

赵然看蒙萌没搭话，暗自得意。

伪造学历这种事算不上多新鲜，但鲜少有人会伪造这么出名的。众人悄悄交换眼神，但并没有人敢多说什么。且不说蒙萌和谢衍之前有着说不清道不明的关系，如今映射的发展也如火如荼，谁都不想随便得罪她。

赵然当然懂得点到即止，她主动找了个新话题，像是没问过刚才的问题一样。

蒙萌对于周围投来的目光毫无反应，仍旧专注于手里的点心。

她的沉默，倒像是坐实了她伪造学历的事。

时钟指向七点，音乐声戛然而止，灯光也暗了下来。

原本大厅里嗡嗡的谈话声消失了，大屏幕上在播放混沌从创立到现在的辉煌历史。片子做得很有感染力，播完的时候大厅里响起了如潮的掌声。

灯光重新被打亮，殷文祥慢慢走上台。

他的气色不太好，又有点激动，眼眶红红的，说话时声音还有些发颤。他先是回忆了自己创立混沌以来的心路历程，之后又对所有为混沌的发展做出过贡献的人表达了感谢。

“年纪大了，不服老不行。但是公司还要向前走，有才能的年轻人不断涌现，我希望未来他们能将混沌推上新的台阶，带领混沌步入新的征程。因此，我决定在今天这个激动人心的日子里，郑重宣布混沌新任总经理的人选。

“但在这之前，我想欢迎一位特殊的客人。在座的有不少混沌的元老，你们应该知道多年前公司曾遇到过一次前所未有的动荡，那个时候，有人给了我们莫大的帮助，这份恩情，我始终铭记在心，混沌也铭记在心。谢谢经历几番波折帮我找到他的人，现在，我想将他请进来。”

台下的钟靖嘴边的笑意更深。

酒店右侧靠近舞台的大门被人从两边拉开，所有人齐齐转头去看，只见一位与殷文祥年纪相仿的中年男人走了进来。

对于现场的大多数人而言，那是张陌生的脸，但是对于某几位金融圈的元老而言，恰恰相反。

李恒睿发现父亲的手在微微发抖，尽管他的脸上没什么明显的波动。他还记得小时候无意间闯入父亲的书房，看到父亲正在仔细擦拭一个老相框，那上面有三个人，其中一个就是现在走向他们的这位。

“真没想到有生之年，我还会回来，这里的空气比以前更差了，啧。”男人在李天逸旁边的位置坐下，“大哥，你看你都憔悴了。”

全场顿时一片哗然。

已经有人猜出了他的身份，还有人现场去找之前李天逸在访谈时拿出的旧照片，原来他就是曾经在金融圈叱咤风云的投资人之一——蒙宇。当年谢仲怀自立门户没多久，蒙宇就变卖股权，彻底离开了银河，之后他携妻女出国定居，再没有音信。

蒙萌不敢置信地看着不远处的那个人，后脖颈僵了僵。

他们已经好久没见过了。

直至这一刻她才发现，尽管她曾经恨他、怨他，但她依然很想念他。她打破不了血浓于水的亲情，也割舍不了。

殷文祥继续对着话筒说：“其实除了蒙兄，当年给我帮助的还有谢仲怀。我很愧疚，在他备受争议、被扣上污名的时候，没能站出来帮他，后来他不在了，我以为再也没有办法还这份人情，好在老天眷顾，给了我补偿的机会。

“最近流言蜚语很多，我之所以没有做回应，就是打算在今天正式告诉各位，谢衍，他就是谢仲怀的儿子。那些嚷着要证明这件事的人也不用忙活了，因为最有资格说话的证人就坐在台下。那场海难中，多亏蒙兄救了阿衍，我才能有这样一个得力助手。这些年看着他逐渐成长为能独当一面的投资人，我想，谢兄的在天之灵也会得到宽慰，而我也终于有机会退居幕后……”

此话一出，大厅里议论声四起。

尘封多年的旧事，没想到他三两句话就将它推翻了——谢仲怀当年的事另有蹊跷。

钟靖原本正等着看谢衍的笑话，他费尽心思找到蒙宇，就是为了证明谢衍的真实身份。但他没有想到，不仅殷文祥也是知情者，蒙宇还是谢衍的救命恩人。事情的发展已完全偏离他的预想，他的算盘打错了，而且错得离谱。

李恒睿虽然早就知道谢衍的身份，但此刻才明白了那天谢衍对自己说的话，在这个世界上，别人很难找到能证明他就是谢仲怀后代的实锤，除了他自己承认。

而谢衍从一开始，就没打算要否认。

“接下来，就让我们混沌未来的总经理上台给大家送上正式的问候。”

滞后的掌声里，谢衍在众人的注视下走到台上。

他目光坚毅，神情笃定，双手自然地垂在两侧。

“很荣幸能成为混沌投资的下一任总经理，说实话，我有点紧张。”

台下有人报以微笑。

“但我知道，真正的紧张是在下台之后，因为从那一刻起，”谢衍停顿了两秒，而后指了指太阳穴，“我的脑子里将永远有一根弦紧绷着，它会时刻提醒我未来要做的事。”

蒙萌眼睛一眨不眨地盯着台上的人。

白色的聚光灯明晃晃地打在他的身上，更显得他肩宽腿长，传统的黑白两色正装让他周身看上去肃穆凛然。

她完全被他吸引住了。

原本她还担心自己表现得太明显，默默瞅了瞅身边的人，发现大家的反应和她差不多，一股自豪感油然而生。

“在大多数人的眼里，我是个早已葬身鱼腹的人。如果当年不是我的父母把生的机会留给我，也不会有今天的谢衍。支撑我一路走到今天的，是我的执念。我一直坚信着，有朝一日我可以站在这里，亲口告诉所有人……谢仲怀，他是我的父亲，是我此生最敬重的引路人。”

话说到这里，气氛似乎变得有些凝重。

“刚才我上来的时候，看见台下坐着很多前辈，有的我小时候见过，有的我只听过传说。但不论如何，没有他们，就没有今天的南城。如果我父亲还活着，他必定也会是其中一员，坐在台下看着我如何站在他的肩膀上，继续做他想做，却未能完成的事。”

众人本以为谢衍要趁机打出感情牌，卖卖悲惨人设。但他突然停下来，话锋一转。

“金融圈看似是一个充满铜臭味的逐利之地，但资本同样可以创造历史、改变历史，甚至推动社会的发展。其实从映射科技 VR+ 医疗项目落地的那一刻起，我就明白，父亲当年竭尽全力发展我们国家自己的芯片行业，就是在探索未来。其实无论是科技还是健康，都和每个人的生活息息相关，而这两者之间也相辅相成。如今我国的芯片产业已掀起发展浪潮，我相信，VR 技术的应用也将加速传统医疗领域的全面革新。

“也许有人会觉得这些技术尚不成熟，稍不留神就会成为行业痛点，一个不小心就会被打回原形，只能重新出发，但正如那场改变我命运的灾难一样，它让我失去所有，也成就了今天我所拥有的一切。作为投资方，我们应该对这些新兴的产业保持信心。”

谢衍不是演说家，这番话也算不上声情并茂，但他擅长控制说话的节奏，能在无形中牵引听众，让人不自觉地就沉浸在他构建的蓝图里。

“……父亲告诉过我，金融市场就是一场赌博。攻的是认知，守的是自制，博的是人心。要知道什么时候该出手，更得知道什么时候要收手。未来，我将继续秉承他的遗志，做好每一次决策。”

说完，他微微颔首，然后朝台下深深鞠了一躬。

冗长的静默后，掌声经久不息。

殷文祥站在他的旁边，眼眶湿润了。

还记得当初他质问谢衍来混沌的真正目的，对方直接将身世坦诚相告，并且承诺他未来做任何事都会以混沌的利益为先。

他相信谢衍，亦如当年谢仲怀相信他一样。

而台下的蒙萌看着这一幕，心中的思绪也澎湃着。

曾经困扰她许久的谜团终于在此刻清晰起来，所有的事情都对上了号。

谢家出事的那天，蒙宇把奄奄一息的谢衍救回岛上。之后蒙宇对谢衍悉心教导，比对她这个亲生女儿还要上心，多半也是因为谢仲怀。

如果谢仲怀后来所遭受的污名都是被人构陷的，或许蒙宇也是知情者，当年他对谢衍的所有帮助也都不是偶然的……那么，构陷者会是谁呢？

周年庆的仪式环节结束，晚宴正式开始。

训练有素的服务生端上精致的菜肴，但宾客们都有些心不在焉，时不时就朝主桌看上两眼，生怕错过什么重大信息。

见大家都没有动筷子，蒙宇率先站起来，笑着向李天逸举杯：“大哥，啥也不说了，我先干为敬。”

说完，他便自己喝了一杯。

李天逸原本板着脸，此时终于有所动容，他刚端起酒杯，李恒睿突然向他递去一个眼神，但他摆了摆手，说：“别人的酒我可以不喝，但蒙老弟不是别人，是我李天逸这辈子最重视的挚友。”

如此，两杯酒打破了僵局。

蒙宇前一秒还笑得乐呵，这一秒又突然哭丧着脸说：“大哥啊，我真惭愧，在你最需要我帮忙的时候走了，后来又在仲怀兄落难的时候没帮上忙，幸好让我救下了阿衍……”

“过去的事就不提了，阿衍现在这么优秀，又做了混沌的总经理，我相信仲怀泉下有知也会感激你的。”

李天逸说完，谢衍起身敬了他一杯酒。

“以后还请李叔叔多指教。”

“我老了，倒是你们年轻人要互相学习，共同进步。”李天逸意味深长地看了他一眼，又转头看自己的儿子，“你们也好多年没见了，小时候你俩是最好的朋友。无论他做了什么，你都不曾介意。”

“叔叔说得是。”谢衍坐下，和李恒睿对视了一眼。

李恒睿知道他在说当年自己摔坏腿的事，嘴角浮起一抹浅笑：“都是小时候的事。知道阿衍还活着，我比任何人都高兴。”

谢衍回以同样的笑容。

蒙宇又做出一副严肃的样子，说：“我这次来，不仅是来看大哥你的，最重要的还是帮阿衍，为二哥也就是仲怀兄洗清冤屈。”

蒙宇说完，李天逸的眼底蓦地闪过了什么。

他摩挲着右手上的扳指，问道：“这么多年以来，我一直很相信仲怀的为人，所以当年不惜一切也要帮他保住欧泊，我知道那是他的心血。我也多方调查过，想搞清楚那件事的真相，但一无所获。我看你和阿衍都很笃定，莫非你们是有了什么新的证据？”

蒙宇像是十分谨慎似的，刻意压低了声音，附到李天逸耳边说了句话。

“有内鬼，终止交易！”

李天逸：“……”

众人：“……”

蒙宇把自己逗乐了，大笑了几声后，又正色道：“是有了些进展，不过这里人多口杂，改日我们再细说。”

李天逸默默地和他拉远了点距离：“好，如果有什么我能帮上忙的，务必告诉我。”

“一定一定！”

巫秦飞扬因为巫江的身份，坐在谢衍旁边，他小声说：“这位叔叔可真……特别，你之前是怎么忍受和他待那么久的？”

谢衍：“我觉得还挺可爱的。”

饭间，一桌子人忍不住就聊起了以前的事，气氛十分融洽。

李天逸想到了什么，问道：“差点忘了，弟妹如今可好？”

提及亡妻，蒙宇沉着脸答了句：“已经去世很多年了。”

李天逸有些遗憾道：“抱歉。”

“没什么，反正这些年我也习惯和女儿相依为命了。”

李天逸拿餐巾擦了擦嘴角，似是陷入了回忆：“想当初弟妹的容貌和才情可是赫赫有名，想必你那女儿必有继承。今天你怎么没把她带来？我还没见过她呢。”

蒙宇将筷子放下，长叹了口气，皱眉道：“容貌和才情的确是遗传了几分，小小年纪就拿到了维尔利女校的全额奖学金，隔壁男校的孩子天天扒在校门口看。”

谢衍嘴角一抽，巫秦飞扬差点喷饭。

“就是可惜啊，脾气也和她妈一样倔。我这一个人又当爹又当娘的，好不容易把她拉扯大，谁知道不过是闹了点口角，那丫头就离家出走，跑回国了，还什么都没带。我这天天提心吊胆的，生怕她过得不好，恨不得去央视那个寻人节目找她，但又怕弄巧成拙。唉，我可真是太难了……”

李天逸惊讶之余，只得安慰他：“小姑娘难免娇气些。现在可找到人了？我的人脉还是有一些的，可以帮忙。”

“不用麻烦大哥，这次我就是来南城找她的。只是她被我惯坏了，脾气有点大，明明就在这儿吃饭呢，也不和她老爹打个招呼。”

一桌子人都有些惊讶地看着蒙宇。

他突然看向殷文祥：“还是殷老弟你福气好，有个这么乖巧的女儿。”

沉默许久的殷昕连忙抱以尴尬而不失礼貌的微笑。

殷文祥惊诧道：“你女儿也在这儿？”

蒙宇：“不信啊，你们听我叫她……”

蒙萌正专心吃饭，这西林饭店的美食是出了名的味道好，每一道菜都是色香味俱全。赵然看她一直低着头不说话，以为她是因为学历造假的事没脸再开口，心中暗暗得意。

“萌萌——”

“小萌萌——”

“我最亲爱的萌萌宝贝——”

原本祥和的餐厅里突然传来粗犷的呼喊，大家都循声看过去。但当意识到对方喊的是什么后，他们又不约而同地将目光投向一个人。

蒙宇喊了几声后，耸着肩对谢衍说：“女儿大了不由爹，还是你去叫吧。叫不过来，你也甭过来了。”

众人：“……”

蒙萌的头已经低得不能再低了。

同桌吃饭的人惊讶得声音都抬了个八度：“蒙总，好像有人在喊你。这个人还是那个大名鼎鼎的蒙宇，呃，你俩这么巧，还是一个姓呢……”

大家都不说话了，心中已经隐隐猜到了什么。

如果蒙萌就是蒙宇的女儿，那她读过维尔利女校的事恐怕真不是撒谎，包括之前在依云的发布会上，蒙萌那段惊艳四座的口语，此刻也都找到了源头。

赵然的心态已经崩了，脸色有些惨白，根本不敢相信眼前的这一切是真的。

“躲得过初一，躲不过十五，跟我过去。”谢衍的声音彻底击溃了蒙萌的防线。

蒙萌没辙了，顿时气冲冲地从座位里站起来，直奔蒙宇而去。

“爸，我是不是和你说过，不要在外面叫我……”

蒙宇不解地问：“叫你小萌萌吗？唉，你怎么瘦了那么多？我可怎么和你死去的娘交代啊……”

他说话时带着哭腔，就差拿着手绢掩面了。

“……”

蒙萌一口气没提上来，险些没站稳，幸亏身后有双手稳稳地扶住了她。

巫江和殷文祥显然也是刚得知这个惊人的消息，两人交换了个眼神，好像明白了一些事。

有时候，上天就是喜欢安排这样奇妙的缘分。

兜兜转转绕了一圈，该遇见的人还是走到了一起。

殷昕倒是很淡定，她忽然想起自己第一次在新途门口见到蒙萌，女孩醉醺醺地让谢衍做上门女婿，那会儿她只当是蒙萌喝醉了，胡言乱语。现在总算明白了什么叫“我们蒙家不差”。

殷文祥投来慈爱的目光：“丫头，没想到你竟然是蒙兄的女儿，你长得应该很像你母亲。”

蒙萌连忙认同道：“长得像他我恐怕是嫁不出去了。”

蒙宇一听，气得差点要掉眼泪：“你们看看！你们看看！这说的是什么话？我年轻的时候也是少女杀手好不好？”

话落，四周传来一阵压抑的哄笑声。

“好了好了，既然如此，你就坐下来和我们一起吃饭吧，让我们这些叔叔认识认识你。”

蒙萌不好驳殷文祥的面子，毕竟他还是映射真正的金主。

巫秦飞扬很有眼力见儿，直接往旁边挪了个位置，让她能挨着谢衍坐下来。

蒙宇太久没看见女儿，立刻开启话痨模式，之后这一桌的话题就再也没有离开过蒙萌，恨不得把她这一路成长的细枝末节都回忆一遍。

旁边的蒙萌霎时间胃口全无，脑仁儿一阵阵发疼。

殷文祥看出蒙萌不自在，连忙帮她解围：“蒙兄，你这次来南城，打算待多久？”

蒙宇今天是真高兴，多喝了几杯，此刻说起话来像是自带扩音器，大半个餐厅都能听到。

“不着急，不着急，怎么着也得待个半年吧。”

蒙萌心下一沉。

“我这离开了太久，都不太清楚这儿的习俗了。结个婚要筹备多久啊？我蒙宇就这一个女儿，总得看她和阿衍这个臭小子完婚了才能安心啊！你们是不知道，阿衍可是在很多年前就跟我家小萌萌求婚啦。”

谢衍拿着筷子的手顿了顿，而蒙萌两眼一黑，恨不得找个地缝钻进去。

整个大厅都安静了下来。

## 【4】

混沌周年庆过后，蒙萌不管走到哪儿都要接受目光的洗礼。

谁都没有想到，曾经那个受尽质疑的职场小白，如今摇身一变竟成了神秘富豪的独生女，甚至还顺势成了李天逸、巫江等金融圈元老的干女儿。

这样的惊天逆转立刻成了众人茶余饭后的谈资。

而随着谢衍真实身份的确定，两人的婚事也备受瞩目。那些殷昕的追随者纷纷倒戈，转而高举真爱大旗，将谢衍和蒙萌的爱情故事编出无数个浪漫的版本口口相传。

映射科技也跟着沾了光，不少之前拒绝过他们的人都主动上门求合作。

公司上下都陷入一片忙碌中。

之前因为司沣的离开，梁知夏整个人都温柔了不少，但随着工作状态的回归，她又变回了从前那个让新人闻风丧胆的“冷面女阎王”。

但她在张楚珺面前完全占不到上风，无论她怎么剑拔弩张，对方都是一副我行我素的样子，保持着自己的节奏。

又一个长会开完，已经是晚上六点多。

“梁总监，我觉得女人还是恋爱比较可爱，看看你们老板，最近一个笑容都能让我想打点胰岛素，啊，春天到了，我也想恋爱了。”

梁知夏闻言，顺着她的目光看过去。

不远处，蒙萌正对着镜子认真地涂着口红，她最近的穿衣风格都变得淑女起来了。注意到她们的目光，她转过头，连忙站起来牵着裙摆转了个圈，面容娇俏："我这套好看吗？"

梁知夏笑着打趣道："无论你穿什么，谢经理都会觉得好看。"

"嗯，我也这么觉得！"蒙萌说完，便背着小包蹦蹦跳跳地走了。

梁知夏看着她的背影，无奈地摇摇头，抱起文件夹对张楚珺说："陷入爱情的少女走了，我们两个工作狂一起吃个晚饭？"

"原本可以陪你吃饭，但现在我改主意了。"说完，张楚珺突然拿起手机发了条语音："先生，你的告白我决定考虑一下，晚上一起吃饭吧。"

梁知夏身形一晃。

"恋爱的感觉果然很好，我这还没正式开始就已经觉得有点甜了。"张楚珺安慰似的拍了拍她的肩膀，踩着高跟鞋离开了。

原本十分钟前还热闹的会议室霎时间变得空荡荡的。

梁知夏回到办公室，靠在落地窗前看着楼下的景色发了会儿呆。拥挤的车流，并肩而行的伴侣，带着孩子的老人，一切都是热热闹闹的。

最近公司各个项目都进展顺利，对应的是无止境的忙碌。

她喜欢这样的忙碌，至少可以暂时忘记那个人。

可忙碌之后，所有的想念却会变得更加强烈。

梁知夏的脑海中不断回响着张楚珺刚才说的话，鬼使神差般地，她破天荒地发了条微博：春天到了，也许真的该恋爱了。

配图是她早上在中心公园拍的桃花，粉嫩嫩的一片，看着就让人心情愉悦。

一分钟后，微博传来提示声。

她以为是点赞或是评论，却不想，是她唯一的特别关注有了新动态。

——冬去春来。

和她的微博一样，也有张配图，上面是中心公园的夜景，能隐约看到喷泉广场的一角。

梁知夏紧紧握着手机，心猛地跳了跳。

再没有犹豫，她拎起包就冲出了门。

次日下午，依云科技黑客事件有了新的转机。

原本一口咬定是自己单独作案的林舟突然改口，并提供了一份新证据，矛头直指银河投资的某方姓职员。他告诉警方，正是这个人联系他攻击《虚拟人生》。

那人名叫方平，背景和能力都很一般，在公司毫无存在感。妻子因病早逝，他一个人把孩子拉扯大，没有再婚，是个名副其实的好父亲。他的儿子也很争气，中学开始就经常斩获绘画比赛的大奖。

而就是这样一个平凡的单亲父亲，却被牵扯进了这起造成恶劣影响的黑客网络攻击案，实在令人咋舌。

银河投资立刻发布公告，宣称会积极配合警方的调查，并表示已对该员工给予停职处理。

混沌的新一周晨会上，谢衍让法务团队跟进林舟的案子，并让他们提供最大程度的法律支持。

钟靖得知此事后，当即在会上提出异议。

“你才刚刚上任，这么做，基本就是宣布要和银河对着干。为了一个已经倒闭的依云，我们这样做值得吗？你总不至于是为了那点赔偿吧？反正不管依云结局如何，这笔钱他都会赔给我们，就算赔不起，我们混沌也不缺那点钱。”

“的确，我们没必要为了那点钱大动干戈。”谢衍靠着椅子，手中的笔不轻不重地在电脑旁敲了两下，像是在思索什么。

钟靖的嘴角不易察觉地扬起，心想：谢衍到底是个年轻人，总得给他三分颜面。

“但我这么做，是为了混沌。”

钟靖脸色一沉：“这什么意思？”

谢衍朝身后勾勾手，有人将文件逐一发下去。

“依云曾经是我司的重点投资项目，《虚拟人生》虽然出师不利，不仅是因为人祸，也是因为区块链本身的不成熟。但在座的各位应该都懂得一个道理，在别人贪婪的时候恐惧，在别人恐惧的时候贪婪。不成熟就意味着机遇，谁先攻破它，谁就是赢家。我们已经占据高点，没理由半途而废。”

齐刷刷的翻页声伴随着议论声充斥在空气中。

钟靖沉着脸看了一会儿，不敢置信地问道：“你这是要把依云买下来？”

“准确来说，是买下他旗下所有游戏的版权，尤其是《未解之谜》和《虚拟人生》。”谢衍嘲弄地抬了抬眉梢，目光幽幽地飘过去，“还好我动作快，再晚一步，这两个游戏就被贱卖给鑫峰电子了。至于这个公司，钟董应该不陌生？”

话落，钟靖已经变了脸。

不少人都知道，鑫峰电子的掌权人是钟靖的表哥。一年前，他曾努力游说殷文祥投资业绩并不好的鑫峰，但直接被否了。而现在，他居然联合依云的人，想让鑫峰趁火打劫。单靠《未解之谜》的收益，就足够他们大赚一笔了。

谢衍自然没有当着这么多人的面揭穿他，但大家已经心知肚明。

当天下午，钟靖就被董事会的监察小组叫去问话，最后他被要求交一份检查，虽是个无关痛痒的惩罚，却伤了他的面子，让全公司的人看了笑话。

他气到请了几天假。

然而，还没等他气消，谢衍又有了新动作。他先是让人事部门将全公司所有在岗人员的资料筛了一遍，凡是吃空饷不做事的、高龄却占据工作强度大的岗位的、靠裙带关系进来却业绩平平的……通通都做了调岗和解雇处理，针对那些对混沌做出过贡献却受年龄限制的人给予了提前退休的优惠条件。

这一场改革过后，公司至少三分之一的重要岗位换上了一批有才能的年轻人，新一轮校招时，投来混沌的简历空前地多。

但与此同时，由钟靖领头的传统势力也合伙发起了抵制。他们扬言要将谢衍从总经理的位置上拉下来，并散播谢衍要走谢仲怀的老路，最终会葬送混沌的谣言。

对此，谢衍不慌不忙地将钟靖等人召集到混沌最大的会议室里，好吃好喝的都端上桌，之后将堆成山的报表放到他们的面前，明确表示不看完不准走。

那些报表里详细记录了被裁人员近五年的工作情况，迟到早退不说，光是私下做的偷鸡摸狗的事就数不清。

这里面有不少人都是靠关系被硬塞进来的。

听说那天钟靖等人趾高气扬地走进去，灰溜溜地爬出来。

在那之后，再没有人与钟靖为伍。

蒙宇这次回来，直接住在了酒店里。

混沌周年庆当晚，父女两人盘腿坐在奢华的房间里，点了一大份烧烤外卖。

蒙萌吃完烤茄子，喝了口啤酒，心情好了不少。

“一把年纪了，还这么爱搞突然袭击。”

“人家把戏台子都搭好了，不来不行。再说，你这没良心的丫头，一走就是好几年，我要是再不来，你是不是都忘了还有个爹了？”

蒙萌吞下一只烤生蚝，满脸的不敢置信："装得跟真的似的，你就差在我家门口装个摄像头了。"

"知道你还敢搬去男人家里？你这还没结婚呢，像什么样子？"

"我们分房睡的。"

"分房？我不信，这年轻的男女就像干柴烈火，一触即燃，怎么可能……"蒙宇沉下脸，猛地拍了下大腿，"坏了！"

蒙萌连忙闻了闻手里的烤串："没坏啊？"

"我不是说这个坏了，我是说阿衍他……是不是有那方面的问题？"

话落，在饭店顶楼咖啡厅坐着的谢衍莫名地打了个喷嚏。

"噗——"蒙萌无语到差点拿扦子戳过去，"你的脑回路能不能正常点？"

蒙宇还是有点不放心："真没有？"

"没有！"

"哦。不对啊！你没试过怎么能这么肯定？"

"……"

蒙萌忍无可忍，这一晚积蓄的烦躁瞬间爆发了出来。

"你这人到底怎么回事啊？现在乱说就算了，刚刚当着那么多人的面提什么结婚的事，你问过我们吗？不知道的人还以为你在逼婚呢！"

她说完，觉得头有点晕，跌坐在沙发上，扶额道："爸，如果有天我英年早逝，大概率是被你给气死的。"

"逼婚？"蒙宇眼中精光一闪，"丫头，当初不知道是谁牵着人家的手到我面前，信誓旦旦地说以后要嫁给他？嫁妆都给人家了，我提句婚事有什么问题？"

蒙萌怔住，咬牙道："你明知道那是我为了让你资助他才撒的谎，你自己觉得好意思吗？兄弟的儿子落难，你给他点钱有那么难？你就是故意想让我求你……"

"求我？我为什么要你替他求我？如果我没记错，你一开始很讨厌他吧？”

“我……我是讨厌过他，但我们相处了那么久，我同情他不行吗？”

“明明就是……爱慕！是，你可以因为同情一个人借钱给他，但你绝不会因为同情一个人就要编和他在一起的谎言。我们是父女，我了解你，你更了解我。”

“……”

“与其说是我在故意为难他，不如说是我想成全我的女儿。”

空气霎时间安静了。

蒙萌低头揪着靠枕上的穗子，声音闷闷的：“可万一他不喜欢我呢？我岂不是成了电视剧里的那种恶毒女配，乘人之危，强取豪夺？”

蒙宇闻言，大笑了几声，摇着头说：“你那么聪明一个人，怎么遇到他就变得那么傻？同理，骄傲如阿衍，如果他对你一点想法都没有，也不会轻易答应让你陪他演那场戏。你们以为把我骗过去了，其实是在自欺欺人。”

自欺欺人。

蒙萌将那穗子打成一个新结，又拆开，如此反复几遭，心底像是化了块蜜糖，甜得令人心动。

“从我们见面到现在，你总算说了句像样的话。”

蒙宇长叹了口气：“都是儿女债，儿女债啊。”

不到半个小时，父女俩风卷残云般把袋子里的东西都消灭了，之后一同坐在沙发上喝啤酒。

谈及谢仲怀的案子，蒙宇说现在还差一样关键证据。

那年谢仲怀夫妇遇难后，过了很久，他费尽周折总算找回了他们的遗物。因为在水里泡了太久，损毁严重，他花了几年时间才找人识别出内容，是关于智微芯片的评估报表，但并没有什么特别的，他也给谢衍看过，他们以为那只是谢仲怀随手携带的工作资料。

可在前不久，谢衍想办法联系到当年欧泊为投资智微科技联系的募资人后，才知道了当年募资人撤资的原因。

原来他们在签约前拿到的最终版评估报告显示智微并不是一个值得投资的公司，和之前谢仲怀承诺的并不一致，智微最终提出的融资金额也和谢仲怀一开始和他们说的出入很大。

恰好那时候谢仲怀又出了事，欧泊群龙无首，他们就放弃了投资。

问题恰恰就出在这里。

他们看过谢仲怀遗物中的那份报告后，发现几个关键的数据与多年前他们看到的不同，可惜那个时候信息没有现在通畅，资料储备也有限，那份“假”报告并没有被留存下来。

“线索到这里就断了。但我后来仔细想了想，仲怀兄当年出行并不是为了庆祝结婚纪念日，而是为了来找我。当时我已避世多年，他为了保护我的隐私就没有对外人说，那份资料，应该就是他来找我的目的，一是听听我的建议，二来也可以再多争取一笔融资。”

“我知道了。”蒙萌认真听到现在，思路也清晰起来，“一定是智微私下对谢叔叔提高了条件，所以谢叔叔才会想到在签约之前去找你，结果事后反而被说成因为带着妻子出去旅游才弄砸了合作。”

“你说得没错。”

“原来如此。既然假的资料找不到，那造假的人呢？如果能找到……”

蒙宇酒劲儿上来，忍不住打了个哈欠：“已经找到了。只不过做任何事都讲求时机，一个保守秘密多年的人，是不会轻易将秘密说出口的。而现在，时机已经到了。”

蒙萌本来还想追问下去，但见他已经睡眼惺忪，便把话咽了回去。

她临走前，忽然看到蒙宇抓了下后脑勺，喃喃自语：“说好的面谈，哪儿还有什么面谈。”

蒙萌知道他是难过了。

自她记事以来，这是她第二次看到蒙宇露出这样的神情。

第一次，是在母亲的葬礼上，她哭着质问他为什么没早点回来，如果他早点回来，也许母亲就不会躁郁症发作投海自杀。

那年蒙宇举家突然从南城搬到永夜岛，就是因为他妻子的病。

蒙萌的妈妈曾是有名的芭蕾舞演员，但因为在事业的黄金期怀孕，她不得不含恨告别舞台，而那个孩子，最后并没有保住。之后她的脾气就越来越差，加上蒙宇忙于银河的事务，对她关注不够，让她有了心病。

谢仲怀离开银河后，蒙宇不想夹在他和李天逸之间，加上妻子的病，他毅然决然地买下妻子曾经向往的永夜岛，开始过避世的桃源生活。但好景不长，蒙萌的出生加剧了母亲抑郁的程度。

蒙萌七岁那年，恰逢蒙宇外出。她半夜突然惊醒，发现妈妈不见了，路过客厅时，她站在落地窗前，眼睁睁地看着母亲的身体一点点被海水淹没。

在那之后的很长一段时间里，她都拒绝和蒙宇说话。夜里总是做噩梦，她睡不着，就睁着眼睛看着空洞的黑夜发愣。

母亲的死成了她幼时永远的心结。

后来她去维尔利学院读书，被学校的心理老师指出有抑郁倾向，学校便让她暂时休学回家休息。

她回家没多久，谢衍就出现了。

那个时候对谢衍来说，应该是人生中最黑暗的一段时光。父母丧生，家业败落，父亲背负骂名，他流落荒岛，举目无亲。

而对蒙萌来说，也是如此。

命运有的时候就是这么奇妙，两个都处在深渊里的人在一个几乎看不到太阳的地方相遇，从此成为彼此的光。

或许一切都是最好的安排。

男人的鼾声拉回了她的思绪。

蒙萌无奈地摇摇头，临走前拿了床毯子盖在蒙宇的身上，圆滚滚的啤酒肚随着呼噜起起伏伏，她忽然觉得这一幕很美好。

但这种美好的感觉转瞬即逝。

没过两天，蒙宇就开始变着法儿地“折磨”她。

不是拉着蒙萌和谢衍陪他逛街，就是要蒙萌和谢衍陪他吃晚饭。偏偏他行事作风十分高调，恨不能让整个南城都知道他找回了女儿，顺带一个准女婿。对此，蒙萌是一万个不愿意，可如果她不去，就得一个人在家吃，谢衍对蒙宇完全是有求必应。

她忍不住对他抱怨：“你是吃了他的米还是收了他的礼？”

谢衍闻言，转头仔细地打量她：“你是米还是礼？”

蒙萌最受不了他这种一本正经开撩的样子，红着脸不再理他。

谢衍继续逗她：“之前是谁吵着让我做你家的上门女婿？当然是岳父让我往东，那我绝不往西。”

蒙萌被他噎得没话说，只能吐槽他软弱。

而这么骂的结果就是……

她被吻得差点喘不过气来，最后只得趴在他的胸口求饶：“谢经理，你一点也不软弱……你最厉害了……”

蒙萌没有放弃抗争。

周六早上，蒙萌看谢衍在换衣服，以为他要加班，故意不去给他系领带，一个人窝在沙发里撸猫，边摸边偷瞄一眼，偶尔对上他的眼睛又假装看别处。

她在等他哄她。

“这几天你不用去酒店吃晚饭了。”谢衍对着镜子把领带打好，沉声对她说了句。

蒙萌以为他终于开窍了，笑着挑眉：“我就知道，时间长了，你肯定会受不了……”

“我要去北城几天，记得水族箱明天要换三分之一水，换完加水氯剂。”谢衍系好袖扣，瞥了眼她怀里的猫，“不能进卧室，不能上床。”

果冻瞳孔一缩，表情很不屑。

蒙萌摸了摸鼻子，佯装淡定地问：“这么突然，都没听你说啊。”

“原本想说来着，没找到机会。”

蒙萌顿时语塞，这几天她都在跟他冷战，不说话，也不会拥抱亲吻。

在一起住了这么久，她已经习惯家里有个人了，现在看他要走，她又拉不下面子问他什么时候回来。

唉，都怪她那个不靠谱的爹。

谢衍在客厅等了几分钟，便走去玄关换鞋，没一会儿，空气中传来沉闷的关门声。

蒙萌立刻放下果冻，赤着脚就往门边跑：“说走就走啊……”

玄关的走廊边有间小的储物室，平常没怎么打开过，此刻她却突然被一双手捞了进去。

天旋地转间，她只来得及看到一双深黑的眼睛，对方便已低头含住了她的唇。

浓烈而急迫的吻，像是要把这些天落下的一次性补回来。

印象中，他们还从没这样激烈地交缠过。像是故意罚她，他没有给她任何喘息的空间，毫不留情地在她的唇齿间肆虐。

蒙萌被他吻得昏昏沉沉的，身体也完全软下来，只能攀附着他勉强支撑。

不知过了多久，谢衍终于放开她。注意到她没穿鞋，他皱着眉头将她抱到旁边的台子上，那是个简易的咖啡桌，买来一直没用过。

蒙萌的手还搭在他的肩膀上，脸上因为刚刚的激吻泛着潮红，眼睛湿漉漉的，像蒙了层雾。

“你不是走了吗？”

“错过你那副失望的小表情，我会很遗憾。”男人的眼底还有尚未退去的汹涌，更显得幽深迫人。

“浑蛋！”蒙萌恼羞成怒，抬脚就去踹他，却反被人捉住了脚腕。

谢衍低头看着手里的那抹莹白，目光幽深。

蒙萌的脚形娇小而白皙，脚趾圆润饱满，有一瞬间，他想到了儿时在母亲的珠宝盒里看到的珍珠。

他收回视线，喉头滚了滚：“更浑蛋的事，我还没做，你总这么叫，是……暗示我？”

蒙萌觉得自己再在这个房间待下去，只会变成砧板上的鱼肉。她推开他，正要开溜，可脚还没落地，又被他捞进怀里。

“你没穿鞋。”

谢衍将她抱回沙发上，皱眉道：“再不听话，以后就天天带你去那边吃饭。”

蒙萌瞬间奓毛：“你威胁我？！”

“如果有这个必要。”

“……算你狠。”

谢衍捏了一把她气鼓鼓的脸颊：“不想去吃饭，还有个办法。”

蒙萌抬眼看着他，表情里写满期待。

“早点嫁给我，叔叔心愿一了，自然不会久留。”

蒙萌愣住，耳根一阵发热，抬手推他：“你不是要赶飞机吗？走吧，不送。”

谢衍笑了，亲了亲她的额头。

对于这次谢衍的离开，蒙萌没有多问，她以为只是普通的出差。

某天夜里她和谢衍通电话，那会儿他刚结束应酬，突然问她：“映射这个名字，不是你取的，如果让你给自己的公司取名，想取什么名字？”

“为什么突然这么问？”

有人在电话那头叫他，一阵嘈杂后，谢衍又说：“随口一问，你先回答。”

蒙萌听了，脑海中蓦地闪过什么，她没多想，直接告诉他："就'零'吧，零是一切的开始，然后一点点往上加，每多一点都是进步，就……很符合创业的那种感觉。况且对于医疗 VR 行业来说，本身就是一种突破和创新，的确是从零开始的探索。"

"好，知道了。"谢衍说完，那边又有人催，他匆匆挂了电话。

这段小插曲，蒙萌并没有放在心上。

等到谢衍出差回来，没过多久就传出混沌要整合一个综合型的医疗科技公司，直接借吉盛公司的壳，争取明年上市。

具体要整合的公司包括明医信息的医疗大数据和乐生科技的 VR 临终关怀，映射科技的 VR 模拟手术技术和心理 VR 康复也将作为其中一环为公司提供技术支撑。

蒙萌恍然大悟，想起那天在混沌的周年庆上，同桌的那个看着眼熟却怎么都想不起来在哪儿见过的年轻女人，就是乐生科技的老板。

她们曾经在西洲的 PTRC 大会上有过一面之缘，当时她还夸对方特别会讲故事，有感染力，要不是因为那是人家公司的老板，她差点想把对方挖过来。

没想到谢衍不声不响就收购了这家公司。

而更让她意外的是，这家整合起来的公司名字就叫"零科技"。

新的一周，梁知夏带了个熟人到蒙萌的面前，半年没见，司洋的肤色黑了一些，显得轮廓更加深邃。

蒙萌激动到差点扑上去抱他，可惜被梁知夏拦截。

原来司洋之前离开是为了去找一个人，他知道林舟有自己坚持的底线。

以前他们接活儿也遇到过麻烦，但他有一条原则，不到万不得已，绝不背叛东家，而他去找的这个人就是林舟的万不得已。

"当年，我为了岁岁不惜铤而走险，现在，我相信林大哥也可以为了他爱的人打破原则，说出真相。”

后来蒙萌从梁知夏的口中，又陆续听说了一些关于林舟和那个姑娘的故事，据说也是段意难平。她的出现不仅让林舟供出了黑客事件的幕后主使，更等来了他的浪子回头。

这种错过后又重逢的感人爱情让蒙萌久久不能忘怀。

某天晚上，谢衍带她出去跑步，蒙萌忍不住对他说：“你说，我这么容易丢东西，万一以后又把你弄丢了怎么办？搞不好每个人失而复得的机会只有一次，而我已经用完了。”

谢衍停下来，猜她又在想林舟的事，有些无奈。他以前怎么没发现蒙萌是这么多愁善感的人，可能感性是女人的天性？

“你怎么不说话？”

“我在想，你的确是个很马虎的人。不过，”谢衍顿了顿，笑起来牵过她的手，“我不会弄丢你。”

路灯下，有夜跑的人从他们身边经过，但蒙萌的眼里只有他。她觉得好奇怪，当年那个视她如鬼怪，唯恐避之不及的少年，此刻却牵着她的手，说了句这世界上最动听的情话。

接连几天，蒙萌都处在一种别样的甜蜜里，谁都看得出她心情很好。

直到司沣婉拒了重回公司上班的提议，因为他已经有了一份新的工作，蒙萌在办公室里烦躁地打着转。

“到底是谁？挖谁不好，居然挖司大哥？！梁姐，我需要在五分钟内立刻知道这家公司的全部信息。”

梁知夏默默拨了下头发，答：“想知道这个不难，回家问你男人就行，应该没人比他更了解这家公司。”

蒙萌愣住：“也不用那么专业，我又不是要投资。只要基本信息就行……等等，你这话什么意思，知道是哪家了？”

梁知夏：“就是零科技啊。”

蒙萌：“……”

她这才知道挖自己墙脚的不是别人，正是前两天把她感动得不行的谢衍。

梁知夏见蒙萌那反应，似乎已经预见未来一段时间，堂堂混沌总经理的漫漫哄妻路会是什么样子。

第十二章

# 百味人间

## 【1】

谢衍上任不到两个月，连着办了几件大事。

尤其是零科技的组建，大大缓解了混沌在去杠杆环境下的融资压力，甚至进一步推动了他们的上市进程。

吉盛从西洲迁到南城，正式更名改姓后，一潭死水正重新焕发出生机。

原本董事会里那些质疑他年轻不经事的老古董，此刻也都心服口服。他们甚至私下感叹谢衍的前瞻性，虽然当时收购明医信息的功劳算在了葛易的头上，但他们都知道背后是谢衍给办成的。

如今看到零科技的架构，他们恍然大悟，原来谢衍接手的几个大项目都不是毫无联系的，就像一盘五子棋上的几颗棋子，在不经意间被谢衍连点成线。

更让他们没想到的是，这条线还没有画完。

盛夏来临前，有消息指出混沌正在私下接触一家专攻人体虹膜识别技术的科技公司——虹达科技。该公司已于去年上半年完成了天使轮和Pre-A 轮融资，并成功集结了一批优秀的人工智能团队。

与市场上其他做虹膜识别的公司不同，虹达主攻的不是安防和金融，而是尚未被开辟的医疗领域。目前他们正在筹备最重要的一轮融资，以研发可以探测人体健康指征的虹膜检测仪。

由于该项目需要巨大的投入，而公司创始人又不希望失去公司的实控权，因此一直在寻找有雄厚财力的伯乐。

混沌正好符合他们的要求。

零科技对于科技医疗的蓝图构想也与虹达不谋而合，两者若能结合，必能成就全国第一个综合性医疗科技公司，完整的干预流程将有助于未来科技在临床上的推广。

但谁都没有想到，从未涉足过医疗领域的银河投资半路截和，也想投资虹达科技。

对于这两家公司，虹达只会选其一。

公平起见，他们让两家投资公司在同等融资的基础上加码。

此事一出，虹达立刻成了香饽饽，不少人说他们是故意将这个消息放出来，从而趁机哄抬自己的市价，一举两得。

羡慕嫉妒之余，大家也都在暗中猜测虹达最后会选谁。连蒙萌都很好奇，混沌和银河的这场对决，到底鹿死谁手。

周五晚上，谢衍在书房工作，键盘声此起彼伏。

蒙萌洗了一篮草莓端过去，笑得眉眼弯弯："虹达那边什么时候要你们给方案啊？"

谢衍停下手，挑了颗最大的草莓递到蒙萌嘴边："下周三。"

蒙萌就着他的手吃下去，酸得嘴角一抽，又问："你有信心吗？"

"看来你对我没什么信心。"

"怎么会？我是最相信你的人，就像你相信我一样。"蒙萌心虚地低头，也准备拣颗形状饱满的草莓送过去。

但惨遭拒绝。

谢衍将水果篮端起来，直接递到蒙萌的怀里，眼底含笑："我的确相信你……的口味，吃什么都把味道写在脸上。"

蒙萌怔住，心想这水果店的老板娘又诓她说不甜不要钱。

谢衍不爱吃酸的，也不爱吃太甜的，相当难伺候。

她捧着篮子哀怨地叹了口气，佯装要出去，实则趁某人不注意，以迅雷不及掩耳之势将一颗草莓塞进了他的嘴里。

见谢衍酸得眉毛紧皱，她幸灾乐祸地笑起来。

别以为哄哄她就能平息她被挖墙脚的愤怒，尤其他的哄都很不真诚。每次她刚想质问他几句，嘴就被堵上了。

阴险！

狡诈！

她们天蝎座女孩，从来都是记仇的，才不会这么轻易就被摆平。他看上谁不好，偏偏是司沣！那可是映射的左膀右臂！

梁知夏再三安慰她，说于内于外，都是一家人，没必要分什么彼此，但蒙萌就是咽不下这口气，她觉得谢衍不该背地里和她抢人。

"酸吗？我吃着还挺甜的。你不喜欢就算啦，我自己一个人享用。"

在意识到他警告的眼神后，蒙萌转身要溜，无奈对方腿长手也长，两步就把她捉了回来。

"这不是想让你尝个鲜嘛，你别欺负我哦！"

"尝——鲜。"谢衍像是在细细品味这两个字，"有道理。"

话音未落，蒙萌怔怔地看着他俯身吻下来，炽热而急促。空气里，唇齿间，全是草莓淡淡的香甜。

蒙萌被吻得晕晕乎乎时，突然被人扶着腰打了个转。

她霍地睁开眼，眸子里满是湿润，侧头想要问什么，一个"你"字刚出口，剩下的话便湮没在前所未有的酥麻中。

那股温热从耳垂一路向下，在颈后最敏感的地方反复流连。

像是有什么挠着她的心，轻轻的，痒痒的，一下又一下，简直要命。

唉，怎么每次都来这招？

偏偏她拿他一点办法都没有，这辈子算是栽在他手里了……

蒙萌搬家后，橘子为了新书跑出去采风，一去就是半个多月。

周六下午，春光明媚，两人约在咖啡店见面。

橘子上来就拎了筐草莓给她，脸色不太好看："那王家小姐说喜欢草莓，没事儿就拽着飞扬那小子去草莓园摘，现在家里的草莓都快堆成山了，我看到就烦。正好拿点给你，原生态的，就当尝尝鲜。"

尝鲜。

蒙萌听到这两个字，差点被咖啡呛着，耳朵有些发热。

橘子没注意到她的反常，像是打开了话匣子，一说起自己的事就停不下来。她们太久没见了，蒙萌听着她在旅途中的趣事，默默将脖子上的丝巾往上拽了拽。

"怎么样，和霸道老总的同居生活'性'福吗？"

蒙萌读出她眼神里的意思，白了她一眼："我们分房睡的，你不是知道吗？"

"还分着呢？厉害，真厉害。不过你男人知道你一脸欲求不满的样子吗？"

蒙萌差点拿卡座上的抱枕砸过去。

"好了好了，不逗你了。我也是惨，家里楼上装修，换以前还能去你那儿待一阵，现在就只能回家历劫。在家吃狗粮，来你这儿还要被虐。"橘子苦笑着望向窗外，一颗心缓缓下沉。

"单身有单身的幸福，况且你只是不想谈，你要是想，那男人能绕地球一圈。"

橘子没接话，任这些人能绕几圈，里面都没有她想的那个人。

她搅了搅咖啡，想起一件事。

"最近谢衍那儿应该挺忙的吧？为什么我看飞扬那小子整天闲得要

死，麻烦你和你家那位说一声，给他多派点活儿，这样他就不会没事往家搬草莓了。”

“别提了，还不是因为他挖了我的墙脚。好不容易把司大哥等回来，人直接去了零科技，现在谢衍开会都带着司大哥，生怕别人不知道他从我这儿抢了人似的。你说有他这么做男朋友的吗？！”

蒙萌说得义愤填膺的，一转眼却见橘子的脸色有些不对劲。

“你怎么了？”

“没什么。只是谢衍一直信任飞扬，怎么会突然找了别人？现在他做了总经理，工作那么多，更需要有心腹帮他。”

“你这么说是有道理，可司大哥也不是别人。嗯……飞扬弟弟吧，虽然人看着浮躁了点，但办事还是稳当的，说不定被派了什么别的活儿，秘密任务的那种？”

蒙萌神秘兮兮地冲她挑眉。

橘子的脸色恢复如常，嫌弃地瞥了她一眼。

两人没再继续这个话题，但蒙萌还是觉察到橘子有点心不在焉。

橘子有心事，她看得出来，既然橘子不想说，她也不多问。

两人分别时，橘子盯着她的丝巾看了一会儿，随手拉下来：“你什么时候品位这么差了？这根本不搭……”

蒙萌慌忙用手去捂脖子后面的地方，表情很不自然。

橘子也有点惊讶，她默默帮蒙萌把丝巾系回去，坏笑道：“啧，没看出来啊，看上去那么禁欲的谢总经理，还有这么……生猛的一面。位置倒是新奇，还诓我说分房睡？”

“本来就分房，爱信不信。”

橘子见她不像是撒谎的样子，顿时懂了。

她语重心长地拍了拍蒙萌的肩：“其实，经常让男人忍着，次数多了对身体不好。反正全世界都知道你们要结婚了，早一天晚一天没什么的。”

蒙萌没接话，但默默把这些话听进了心里。

这天晚上，南城不少人的朋友圈都被一条新闻刷了屏。

不久前，机场大巴在绕城高速上发生了一起连环追尾事故，造成多人伤亡。

其中有个手部重伤的男生，医院一直联系不到家属，向警方和媒体求助后才知道这孩子的父亲因为一起网络信息犯罪案正在接受调查。

竟是银河投资的员工方平。

他的儿子方子成今年十六岁，在美术圈小有名气，拿过不少绘画大奖。此次他跟导师去法国参加绘画大赛，刚拿了金奖回国，据说他因此收到了某著名美术学院的录取通知书。

经过抢救，方子成的手暂时保住了，但如果以后想要画画，必须进行一场难度系数极高的手术，加上这个孩子患有先天性心脏畸形，车祸加重了病情，时间有限，他必须同时进行两场手术，且不容许出现一丝失误。

可惜，以国内目前的医疗水平很难做到。

有专家指出，这场手术若能配合 VR 模拟技术就有可能实现。

然而有朵朵这个失败案例在先，这个男生又因为绘画才能过人，获得了媒体的广泛关注，现在根本没有医院和医生愿意冒险出头。

后来蒙萌才知道，那日蒙宇提到的对智微的评估报告作假的人就是方平。他的上司徐行之当年是谢仲怀的合伙人之一，直接负责与智微芯片的合作工作。

谢仲怀出事后，徐行之依然在努力挽回募资人，在长期熬夜和焦虑后不幸猝死，英年早逝，令人唏嘘。

也许真的存在天道轮回，方平自己犯的错，最终报应在了他最疼爱和看重的儿子身上，这种惩罚对他来说，简直比直接报应在自己身上还要惨痛百倍。

深夜。

南城中心医院。

重症病房里，十几岁的男生躺在病床上，看上去孤单而瘦弱。

巫秦飞扬还没走进来，就能看到一只包裹得很严实的胳膊。

那个阳光、开朗，出国前开心地和他在机场挥手的大男孩，此刻就这样凄然地躺着，可能再也没办法拿起画笔，还可能……

他不敢想，攥紧的手许久才缓缓放开。从病房门口到病床前，他每一步都走得很沉重。

“哥。”方子成轻声叫了句，声音因为氧气罩有些闷闷的。

下午方平过来看他，一个中年男人哭得差点背过气去，但方子成的注意力有一半放在了病房外的两个男人身上，是便衣警察。方平告诉他，就算倾家荡产也会找人给他做手术，让他不要担心。

可他不可能不担心，因为他刚才在装睡，方平在卫生间打的电话，他全都听到了。

对方承诺只要方平担下这次的罪责，就送他出国做手术。

这对他来说很荒谬。

方平没想到他会拒绝，情急之下父子俩呛了起来。心脏检测仪的警报声尖锐刺耳，医生和护士冲进来给他打针。

他一直睡到晚上。

脚步声响起时，他刚醒了没一会儿。

“别担心，都会好的。国内做不了，我们就去国外……”巫秦飞扬的声音里有颤抖和哽咽。

“哥。”方子成的一双眼黑漆漆的，“你知道吗？我爸他经常整宿整宿地坐在客厅抽烟。有一回他喝醉酒了对我说，他晚上不能闭眼睛，那滋味可难熬了，但他不能死，他要看着我出人头地，他答应过我妈，一定要让我成才。”

说到这儿，方子成眉毛皱了皱：“他每次这么说，都跟打了鸡血似的，我听得都麻木了，只觉得烦。”

巫秦飞扬挤出一抹苦笑：“方叔是个了不起的父亲，他的确为你付出了很多。不过你也很争气，不仅拿了奖，还能继续出国深造，这可是多少人梦寐以求的事。”

“那又怎样？我不要他这样的付出，我只恨自己知道得这么晚。如果我早知道他送我去学画的钱是这么来的，我宁可从一开始就废掉这只手。”

巫秦飞扬怔住，久久说不出话来。

“哥，我求你，别让我爸一个人去担责。他这辈子为了我，做了很多昧良心的事。他这人其实胆子可小了，以前就是用路上捡的钱给我买肉吃都要去烧根香，求佛祖原谅。”

“……对不起。这些事不应该让你知道的，你原本可以继续活在阳光里。不像我，已经回不了头了。”

巫秦飞扬垂着头，紧紧攥着拳头，胳膊上青筋凸起。

最终他松了手，目光迫切地看着床上的人：“但不管怎么样，你不应该拒绝手术。你真的考虑过吗？你能接受这辈子再也画不了画？你……”

方子成侧头幽幽地看着他：“我更接受不了什么，你知道的。”

“……”

“哥，你这样用两张皮活，我看着都难受。那个姐姐看到，也会难受的。”

巫秦飞扬身体一震，像是受了巨大的刺激，全身的血液都翻涌起来。

“我累了，你走吧。”方子成闭上眼，什么都不愿再说了。

巫秦飞扬在床前静静地站了一会儿。

他的内心不是没有挣扎，但其实每个人都在做自己认为对的事。他是这样，方子成是，方平也是。

每个人都有自己想要守护和坚持的，但与此同时，也都在失去宝贵的东西。

“子成，我这辈子是没机会再画画了，所以我一直有私心，我想看着你继续在这条路上走下去，走得越远越好。”说完，他转身出了病房。

通透宽敞的走廊，白炽灯将四处照得很亮。

他走着走着，突然改变路线绕去了电梯间旁边的安全通道，背贴在墙上，他屏住呼吸，听到急促的脚步声渐行渐近。

电光石火间，视线中出现了一顶熟悉的鸭舌帽，女人的脸有大半隐在阴影里，徒留一双红唇和精巧的下颌。

手上的动作来不及收回去，他已翻身将对方压在墙上。

四目相对，一个惊恐，一个讶然。

“是我！”

“姐？”

…………

## 【2】

夜已深，便利店里没什么人。

“你和方平到底是什么关系？依云的黑客攻击是不是与你有关？你是不是背叛了混沌，跟银河在密谋着什么……”

橘子恨不能将一肚子的疑问都抛出来。

比起她的急迫，对面的男人反倒十分沉静，他始终沉默地把玩着手里的钥匙扣。不知道是不是最近没休息好，巫秦飞扬原本充满朝气的一张脸，此刻因为黑眼圈和青胡楂显得颓丧极了，黑色的额发几乎要遮住眼睛。

她很心疼。

“你是什么时候知道的？”巫秦飞扬抬起头，额发之后的眼睛像夜里冰冷的潭水。

橘子很少看到他的脸上有这样的表情，脑海中顿时闪过刚才方子成说的“两张皮”。

可能这才是真正的他。

她长叹了口气，开始断断续续地回忆一些事。

去年圣诞前，她意外看到巫秦飞扬的短信后原本没有将其放在心上，甚至到依云发生黑客攻击事件，她也没有将这两件事联系在一起。

直到她看见方平接受调查的新闻，这才联想到那条“方叔”发来的消息。

所有的巧合串联在一起，她终于感觉到事情没那么简单。

后来她找私家侦探跟踪巫秦飞扬，很快就有了结果。对方给了她很多照片，上面大都是巫秦飞扬和方平见面的内容，地下车库、无人的角落，甚至是巫家小区外的咖啡店。

她从包里拿出一只厚信封，推过去。

巫秦飞扬怔了怔，从信封里拿出照片，看了几张，唇角泛出让橘子心慌的笑意。

“原来你早就怀疑我了。凭你的本事，应该也知道我是谁了。我不管你怎么想我现在做的这些事，事情没有发生在你的身上，我没想过让你理解。你现在就可以拿着这些证据去找爸爸，去找谢衍……随便谁都行。如果你不想这么做，”他的视线紧紧锁住她，“就别管我的事。”

橘子捏着手，眼眶微微泛红，但她没有哭，只是觉得心底发寒。她从来没有想过巫秦飞扬会用这种冰冷的眼神看着她，仿佛对她厌恶至极。

其实她不是来找他兴师问罪的，当她知道巫秦飞扬的身世后，第一反应是心痛。她想到他刚来巫家时，她还因为他霸占了哥哥的位置各种为难他，现在她根本不敢想象，当初的他是带着怎样一种悲痛的心情默默承受着这一切。

“你误会了，我只是希望你在事情调查清楚之前，不要做出让自己后悔的事。”

“后不后悔，我自己说了算。”他利落地站起身，“就这样。”

“我只是担心你！”

柜台前原本正打瞌睡的营业员吓了一跳，奇怪地看了他们一眼。

巫秦飞扬揣在口袋里的手骤然紧缩，他闭了闭眼：“不需要。”

说完，他转身离开。

橘子呆呆地坐在椅子里，看着他的身影彻底消失在夜幕中。

她不死心，抖着手发了条消息给他。

我会替你保密。

一直到她上出租车，巫秦飞扬都没有回复。

只是她没有看到，后视镜里，昏黄的路灯下有道人影一闪而过。

离混沌和银河公开竞争的日子越来越近，两家公司都很注重保密工作。

周二下午，谢衍亲自召开小组会，对他们最后的提案进行修改。

会议结束，有关混沌对拿下这次合作已有十足把握的风声不知为何悄悄流传开。一番添油加醋后，有人说混沌已和虹达私下碰过头，毕竟在两边有同样财力的情况下，拥有更成熟产业链的一方有明显的优势。

当晚，谢衍亲自设宴，犒劳此次为提案做出贡献的、以司沣为首的员工。

饭间，谢衍心情愉悦，多喝了几杯，菜还没吃几口就到酒店楼上的客房休息去了。

蒙萌接到司沣的电话后还以为自己听错了，毕竟明天有那么重要的事，谢衍却喝得不省人事，这完全不像他的作风。

混沌投资。

今晚因为老板出去喝酒庆祝，公司也没人加班，四处都是静悄悄的。

巫秦飞扬一路坐电梯到顶层，那里是总经理办公室，他也在那儿工作过一段时间，可惜司沣回来后，他就被调到了行政部。看上去是升职了，但一到重要会议，谢衍就会将他支走，尤其是这次与银河竞争虹达，基本没让他插手，都是司沣在负责。

他总觉得谢衍已经对他起了疑心，尽管他想不出自己到底哪里露出了马脚。

进办公室前要按指纹，他早就用模具做了谢衍的指纹以备不时之需，一切都很顺利。

桌子上是一份文件，下班前，他亲眼看到司沣把它交给谢衍。

他将文件翻开，正要拍照，却发现里面的内容并不是给虹达的提案，倒像是一份评估报表。

不远处的沙发上突然亮起一抹猩红，在黑暗中格外醒目。

“谁？！”

没有回应。

他摸到桌边的灯控开关，霎时间整间办公室都亮得晃眼。

巫秦飞扬眯起眼，发现沙发上坐着一个人，是谢衍。

他此刻应该喝多了酒，在酒店客房休息才对，怎么可能出现在这儿？

他中计了。

原来谢衍一直在这里等着他。

“半路截和，看那架势，我还以为他们胜券在握。现在派你过来，可见还是外强中干，没什么信心。”

谢衍手里夹着烟，靠坐在沙发上，声音和表情都淡淡的。

巫秦飞扬原先还处于震惊中，此刻已冷静下来，他走过去，抽了根烟点着。

他没在谢衍面前抽过烟，第一次抽是在得知父亲死因的那晚，他边抽边咳嗽，眼前都是一家人其乐融融的景象。

那些场景明明已经很模糊了，可他就是忘不掉。

“你是什么时候知道的？”

“你指什么？”

“所有。”

谢衍掸了掸烟灰，沉声道：“你父亲徐行之生前和方平关系最好，后来虽然你被巫家收养，方平却一直暗中和你有联系，他找你帮忙破坏依云的发布会，你不好拒绝。

“你很聪明，知道利用橘子作为自己参与其中的借口。可依云堂堂一个科技公司，凭你和橘子就能控制他们的仪器设备，未免太儿戏，背后必有人和你里应外合。

“知道父亲的‘死因’后，你更加心安理得地为银河做事，先是挑起依云和映射的矛盾，之后彻底毁掉依云，将战火引向映射，为睿奇扫清障碍。联系林舟，你也是中间人，司沣曾经看到你去见他。

“你没想到林舟会突然改口供出方平，也没想到蒙叔叔自始至终都是我们这边的人。你靠着巫叔这层关系暗中帮钟靖联系到他，却间接帮了我。”

烟雾缭绕中，巫秦飞扬吐了口烟，笑容戏谑：“想不到的事多了去了，可想到了又知道了的事，不可能装作不知道。如果不是因为你爸的失误，募资人就不会反悔，他自己走得干净，却把烂摊子丢给我爸，从我爸猝死的那一刻起，我的人生就毁了。”

“对不起。”谢衍将烟摁灭，“事情发展到现在，你们家也是受害者。”

“你什么意思？”

谢衍没接话，走到桌前，把刚刚被翻开的文件拿过来，递给巫秦飞扬。

“如果我爸真是一个如此没有眼光的人，你爸也不会和他做合伙人。当年的确是因为赶上结婚纪念日，他承诺我妈，一定带她去看极光，但这并不是全部原因，他是带着这份资料去找蒙叔叔的。你仔细看看，如果换作是你，会不会和他做一样的决定？”

短暂的沉默。

巫秦飞扬跟着谢衍这几年，经常要看评估报表，眼前的这份不算复杂，他只匆匆翻了一遍就知道这是个很有前景的公司。

“我联系过募资人，对方告诉我，当年他们看到的资料和这份完全不同，连融资金额都翻了一倍，很显然是因为智微临时追加了条件，那份最终被送到募资人手中的评估报表被人动过手脚。”

“谁动的手脚？”

“方平。”

巫秦飞扬有些不淡定：“这些都只是你的猜测……”

“是合理的推测。方平这些年一直在暗中帮银河做事，明明职位普通，家境却殷实，尤其是他儿子上的绘画班、出国参赛的费用，完全超出他的承受范围。李天逸重用这样的普通人，绝不会是偶然。”

巫秦飞扬沉默片刻，因为遭受到巨大的冲击身体止不住地颤抖。

他无法想象，如果谢衍说的这些都是真的，那方平一直在欺骗他。如果父亲在天有灵，看到他认贼作友，心里该有多凄凉？

何况他还暗中为银河做事，不仅背叛了谢衍和混沌，更对不起巫江对他的栽培。

他不是没有愧疚过，只是每一次都用父亲的死来麻痹自己，之后继续沿着那条灰暗的路往下走。

现在真相摆在眼前，昔日的信念骤然崩塌，他真的还可以回头吗？

谢衍道：“你还年轻，没有什么错是不能弥补的，把你手里的那份假报告拿出来，一切都会水落石出。”

巫秦飞扬颓然地垂着头。

指间的烟灭了，袅袅白雾散尽，等待他的有没有可能是一番新的天地？

虹达宣布与银河合作的消息刚发布，圈内人一半暗嘲谢衍被之前的成绩冲昏了头脑，太过轻敌，另一半人则在感慨银河提出的条件——长达三年的无息贷款。

这种开发虹膜技术的公司很容易发展成无底洞，一旦双方签订协议，至少三年之内，银河对于虹达而言，将会是提款机般的存在。

由此可见，银河对虹达是志在必得。

蒙萌知道这件事后很失落，晚上去蒙宇那儿吃完饭，她坐在客厅，看到蒙宇和谢衍站在阳台说话，两人的表情都有点严肃。

她以为蒙宇在怪谢衍这次事情没做好，连忙跑到蒙宇能看到的地方疯狂打手势，让他别说了。

结果对方直接忽视她。

等他们聊完，谢衍从上车到回家，都是一副不太想说话的样子，无论蒙萌找什么话题，都能被他用几个字终结。

因此，蒙萌更加确定他在蒙宇那儿挨了训，洗澡的时候绞尽脑汁地想该怎么安慰他。

谢衍并没注意到蒙萌的小心思，脑袋里还想着巫秦飞扬的事。

晚上蒙宇告诉谢衍，当年徐行之被方平坑害，可他对谢仲怀和欧泊的心却没的说，这次巫秦飞扬也是被人利用了。

他承诺蒙宇，等事情都真相大白了，一定会找最专业的法律团队帮助巫秦飞扬，但凡是能走经济赔偿的，他和巫江都会帮忙。

但这到底不是件容易的事，还需要费些脑筋。

谢衍被这件事搅得心底不安，又处理了很久公事，等他终于得空喘息，从书房出来倒水喝时却被蒙萌吓得不轻。

女人身上有沐浴露的香味儿，头发半干，凑过来说话时眼睛亮闪闪的："我给你讲个笑话吧？"

"嗯。"他继续仰头喝水，喉结轻轻滚动。

蒙萌笑着清了清嗓子："咯咯，是这样的。我最近在追一部剧，里面有对夫妻，平常管那个……什么的叫开小会。结果有一次，那个老公得罪了老婆，老婆半夜失眠，把老公拍醒，说开个小会……”

谢衍打断她，声音比往常哑很多：“开小会是什么？”

“就是成年男女，晚上，睡前，会做的那种事……”蒙萌下意识地摸了摸鼻子，以此来掩饰自己的不自然。

不知道是不是她的幻觉，她听见有人笑了一声。

“我还没说完呢，哎，我说到哪儿来着？”

“说到开小会。”

“哦，对。那个老公说，这么晚了还开会，我尽力吧，然后就准备脱衣服。”

说完，蒙萌自己先笑了，结果转头发现谢衍一脸淡然地看着她。

“不好笑吗？”

“不好笑。”

蒙萌怔住，顿时气不打一处来。

“没有拿下虹达，我知道你心里不舒服，所以你这一晚上不跟我说话，OK，我完全理解。但凡事都有个限度，你难道看不出来我是在逗你开心？亏得我刚刚还心疼你被我老爸骂，真是白操心。”

她说完，更加觉得难过。旁边趴着玩球的果冻被她陡然拔高的声音吓了一跳，立刻坐起来看向她。

谢衍这才知道她误会了。但他想等到所有事情都解决了，再把巫秦飞扬的事告诉她。

他揉了揉她的脑袋：“我感冒了，怕传染你，所以没讲话。”

“感冒？”蒙萌这才意识到他的嗓子有点哑。

“还有，你爸晚上没和我说这个。”

“那你们叽叽咕咕，一脸严肃地在说什么？”

谢衍放下水杯，打量了她一眼：“催婚。”

蒙萌被这话噎住。

她自动略过这句话，闷闷地说：“感冒就不能说话了？我又没要和你……”

话一出口，她恨不能原地遁走。

眼前蓦地投下阴影，嘴唇被人轻轻啄了一下。

“被传染也是你自找的。”

“……”

蒙萌看着他深黑的眼底，顿时语塞。

刚刚他压过来的时候身体有明显的炽热，她伸手探了下他的额头，眉头皱了皱：“有点烧，我给你煮药。”

谢衍本想说不用，但又想看她在厨房为他忙碌的样子，便任由她去弄了。他拿着笔记本在沙发上坐着，看一会儿股票，看一会儿她。

等她熬好药端过来，他喝完，将她拉到旁边坐下。

“虹达的事不值得难过，商场如战场，没有谁会一直占上风，何况他们一天没签合同，就永远存在变数。我有耐心，但也不强求。”

许是感冒的缘故，他的声音低沉柔和，轻易便让蒙萌静下心来。

她自知刚刚太冲动，低头应了声：“我知道了。”

下一秒，谢衍伸手钩起她的下巴，像她平时逗果冻一样挠了两下：“现在轮到你说了。”

“说什么？”

“吃饭的时候一直在走神，是因为手术的事？”

蒙萌原本以为他心情不好，没打算现在说的。

“嗯。”

自从有关 VR 手术模拟技术可以救方子成的消息传出后，不少人渐渐将关注点聚焦在映射科技上，尤其是余漫江，作为国内 VR 心脏手术的第一人，他是否会和当年救朵朵一样站出来，大家都很好奇。

下午，她去仁泽医学院的实验室开例会，项目组的另一个负责人愤恨地说，有人故意在背后推波助澜，如果他们接这个手术，一旦失败就是万劫不复，可如果他们不接，好像显得他们违背了职业道德，见死不救。

蒙萌和大多人一样，都认为不接手术比较稳妥，毕竟这场手术不仅要应对心脏问题，更有方子成的右手，需要多科室齐上阵才能完成，难度空前。

但谁都没有想到，沉默许久的余漫江突然表示，他想给方子成做手术。

虽然方子成的心脏问题和当年朵朵的极其相似，但也正是因为相似，大家都认为余漫江不该再冒险。这样做不仅可能毁了他的职业生涯，还会给整个 VR+ 医疗项目乃至映射都带来极大的负面影响。

大家都不赞同他出手，余漫江也没再和他们争辩。

会后蒙萌单独找他聊了一会儿，两人还跟之前刚开始做 VR 解剖训练营时一样，就坐在树下，头顶是春阳，脚下是青绿。

余漫江说，过去他给过朵朵希望，现在他也想给方子成希望。同样是鲜活的生命，同样是在医生这个岗位上，他不想退缩。

“听说那个孩子画画很优秀，我记得朵朵也喜欢画画，她还用蜡笔画过我，虽然很难认出来。”

蒙萌问他：“万一又失败了呢？万一又遇到难缠的患者家长呢？万一又被人砸矿泉水瓶扔鸡蛋呢？”

余漫江沉默了一会儿，笑容憨憨的：“如果我什么都不做，他的人生，连万分之一的可能性都没有。”

“现在我们好不容易走上正轨，他也好不容易走出‘朵朵案’的阴影。理智告诉我，不能让他接这场手术，可是我发现我没办法拒绝他，余漫江这个人简直有毛病，只要他笃定要做一件事，别人就会被他感染，也想闷头往前走，不管前路是光明还是黑暗。”

蒙萌懊恼地抓了抓头，矛盾极了。

“这件事没那么复杂。听过一句话吗？人不可能犯两次同样的错误，第一次是犯错，第二次就是个人选择。余漫江的确是你项目组里的领头人，是你的合作伙伴，但他首先是一名医生。”

谢衍说完，侧头咳嗽了两声。

蒙萌怔了怔，仔细将他的话在脑袋里过了一遍，突然有种茅塞顿开的感觉。

“对啊，有道理。医生的职责是救人，他只是想做他应该做的事，只要病人同意，别人无权干涉。我的确把事情想得复杂了。其实，我之前一直在想，临床手术就是我们做医疗 VR 模拟技术的高阶目标，虽然它的难度很高，但我们迟早要跨过这一步，这是挑战，也是机遇。”

谢衍笑着揉了揉她的发顶：“蒙总有进步。”

蒙萌笑着扑过去抱住他，刚把嘴巴凑过去，突然被对方无情地推开。

“我感冒。”

“亲脸不就行了？吧唧——”

谢衍怔了怔，眼神暗下来。

“我困了，你喝了药也早点休息吧，晚安！”说完，蒙萌便开心地跑回了房间。

他看着她的背影，无奈地摇摇头，还真是个乐观的女人。

没过一会儿，他电脑右下方的微信图标闪烁起来。

是蒙萌发来的微信。

此蒙非萌：刚刚的那个笑话真的不好笑吗？

他无奈地扯了扯嘴角，抬手敲下一行字。

衍：深夜和男人说那些，他只会觉得你在盛情邀请他。

此蒙非萌：邀请？邀请他干吗？

衍：开小会。

此蒙非萌：……对方已睡觉，有事请留言。

## 【3】

余漫江最终还是接下了这场手术。

但这次，他不是一个人，在他的身后，是资本、医学与科技的强强联合。除了仁泽医学院和北城医科大学，在郑有为的牵头下，南大医学院也派出专家与南城中心医院的心内科、骨科等多学科一并会诊，共同商讨手术方案。

映射科技以及邻近城市做 VR+ 医疗的科技公司都为此次空前规模的手术提供了 VR 模拟技术的支持。

更让人惊叹的是，就连殷昕也找来好友徐哲哲一同在医院门诊大厅进行义演，为方子成的手术进行募捐。

似乎在这场手术面前，各行各业都拧成了一股绳。

他们在祈祷奇迹的降临，等待着那个具有划时代意义的，人类共同攻克医学与科技的双重难关的历史时刻。

手术前，巫秦飞扬来医院看方子成。

他的病房里堆满了鲜花和水果，给原本冰冷单调的病房增添了一丝暖意和生机。

方子成笑得灿烂，还有几分少年人的骄傲："哥，我这算不算是一夜成名？就算死在手术台上，也算辉煌了一把。"

巫秦飞扬沉着脸："再乱说，我就把你的白颜料全拿去练笔。"

"别别别，我错了，我再也不乱说了……"方子成满脸慌乱。

空气中安静一会儿，两人都笑起来。

"看在你乖乖同意手术的分儿上，你的颜料暂时保住了。"

"我之前拒绝手术，是为了我爸。不过我也想通了，既然他为了我做错过事，那他就要勇于承担，这样后半辈子才能活得轻松。至于我，只要好好念书，好好画画，就是给他最好的回报。现在我运气这么好，大家都肯帮我，我有什么理由拒绝？虽然我到现在都不知道那个 VR 辅助医疗是什么，但医生和患者本来就应该共担风险，我们应该彼此信任。就算最后没有好的结果，我也不怪任何人，那个无责声明是我主动要签的。”

看到方子成小小年纪这么明事理，巫秦飞扬有些自愧不如。

他和以前一样，摸了摸方子成的头：“你一定会平安出来的，一定。”

“说了好多次了，别这么摸我，我又不是什么阿猫阿狗。”

巫秦飞扬无奈地嗤笑道：“有本事，你好了以后来找我算账？”

方子成的脸色有点不好，他踌躇着问巫秦飞扬：“你和爸爸，你们会坐牢吗？”

巫秦飞扬怔了怔，绽出一抹轻松的笑：“我们……做错了事，会接受一些惩罚，可能是有关人身自由，也可能是金钱。总之，只有接受惩罚，之后才能重新开始。”

方子成似懂非懂地点点头，他还想说点什么，突然看到窗外站着一个人。

巫秦飞扬顺着方子成的视线看过去，发现是橘子，她正忧心忡忡地看着他。

走廊里。

橘子抱着双臂，沉默地打量着面前的人。

“为什么突然分手？为什么突然决定搬走？我竟然是最后一个知道这件事的，你还当我是你姐吗？”

“你不是一直不让我叫你姐？现在反倒又说是了。”

橘子被呛到，抿着嘴，半晌没接话。

“不过是分个手，没什么好奇怪的。”巫秦飞扬睨了她一眼，“至于搬家的事，你不是对我很失望吗？眼不见为净，挺好的。”

“你别给我在这儿打哈哈。我问过朋友，让余漫江做手术的呼声，那些新闻，都和银河有关系，他们是故意将映射和余漫江推出来，逼着他们不得不选择做手术。那你呢？你为什么要劝方子成做手术，成功的概率很低不是吗？”

闻言，巫秦飞扬眼中的光突然灭了，他自嘲道：“既然你已经这么想，就别再来问我了。”他脸上的表情淡漠至极，没有一丝温度。

橘子下意识地掐了掐手心，强忍住内心的酸涩。

巫秦飞扬没再理会她，走进病房向方子成告别，之后离开了医院。

橘子愣在原地，面色惨白。她不知道究竟从什么时候起，她和巫秦飞扬之间变成了现在的样子。

明明正是盛春时节，即便是医院里也有百花齐放，空气里都浮动着香甜的暖意，她却觉得周身发冷，如同置身三九天，了无生机。

直到玻璃窗的另一端，虚弱的少年冲她招了招手，才突然把她从冰窖里拉出来。

她不确定对方的意图，犹豫了一会儿，还是走了进去。

方子成好像对她很感兴趣，把她当成了医院里的社工姐姐，拉着她问东问西，有一箩筐的话要讲。

护士来通知等会儿有几个科室的主任过来会诊，方子成才依依不舍地和橘子告别。

橘子虽然不知道自己为什么被他拉着聊了这么久，但临走时忍不住问了句：“那个，你问了我这么多问题，也该让我问你一个。”

“当然，你问。”

“嗯，上次我过来，听到你对飞扬说‘那个姐姐看到，也会难受的’，这个‘姐姐’是谁啊？”

方子成的脸上突然出现了一种很奇怪的表情，他目不转睛地盯着橘子看了会儿，然后笑着说：“哥哥让我保密，不过我哥他可喜欢那个姐姐了，那是我哥最喜欢的人。”

橘子心中一沉，但竭力不表现出来。她不自然地将头发拨到耳后，指尖微微发颤。

“是吗？那小子挑得很。她……长得好看吗？”

“挺好看的，和姐姐你一样美。”

“你见过？”

“只见过照片。”

“好吧。”橘子有点失望，她想他得有多喜欢那个女人，才会随手把照片拿出来介绍给别人。

方子成看橘子脸色不好，最后说：“如果我能活着从手术室出来，手还能拿画笔，我就画给你看。哥哥只说不能告诉你，但没说不能画给你啊。”

原本失落的橘子被这句话逗笑了，她苦笑道：“好，我等你画给我看，到时候可别赖账。”

随着手术的临近，余漫江、郑有为和其他要参与手术的专家一同在VR模拟实验室里进行了全息投影的模拟，最终确定了手术的具体操作数据，模拟手术成功时，所有人都沸腾了。

实施手术当天，多家媒体等在医院门口，只等着第一时间播报手术结果。

就连在银河投资的早会上，大家也都在议论这件事。

不知是谁说了句：“如果这场手术失败，映射又将遭遇滑铁卢，即便患者签了无责声明，但他们的能力还是会受到质疑，我倒是希望这场手术能没那么顺利。”

话落，李恒睿冷着脸走进来。

整场会议都在低气压中进行。散会后，所有人都松了口气，私下猜测着老板心情不好的原因。没过多久，公司就传出李恒睿解雇了一位总监。

正是早上说闲话的那位。

李恒睿并不在意他是否成了公司上下谈论的中心，也没有对解雇的事多解释，他行程很多，开完晨会就在外面见了个大客户。

等一切结束后，已是夕阳西下。

他坐在车上，看着窗外的落日，揉着眉心问："手术怎么样了？"

助理差点没反应过来他在问什么，愣了一会儿才说："看新闻好像是还没结束，但是上半场的心脏手术很顺利，现在应该在做右手的。"

"嗯，去医院。"

记者们此刻因为长时间的等待，已经有些疲累了。

不知是谁突然指着一辆车惊呼，之后所有人都骚动起来，立刻围了上去。

李恒睿今天出来没带保镖，只有助理一边勉强护着他，一边让司机打电话叫人。

"李总，您现在出现在这里，是来看方子成的手术吗？"

"是。"

"之前有传言说，银河和混沌一直在暗中较劲。近来零科技发展迅猛，如果这场手术失败，甚至会影响混沌上市，请问您……"

李恒睿的助理听到这个问题，脸色瞬间变了，他刚想打断记者，却被人制止。

"各行各业都有竞争，这和你们现在拼了命把自家话筒往我面前送是一个道理。现在人命关天，我是银河的总经理，但也是一个正常的、有良知的公民，请不要轻易用如果，如果我是那个孩子的父亲，会因为你这句话而感到痛心。"

后面还有记者想问些什么，但都有些胆怯，谁都不敢再上前。

手术室门口有很多人，李恒睿拄着手杖，看到不远处的天台上有道熟悉的身影。

谢衍回过头，笑道："刚刚那场戏很精彩，可惜就是太短了。"

李恒睿走过去，发现这里正对着医院大门口。

他冷嗤了一声，没接话。

两人一个背靠着扶杆，一个双手撑在上面，看着相反的方向。

“殷昕发起的那场募捐，背后最大的金主是匿名的，你觉得会是谁呢？”

李恒睿笑了，没接话。

“反正不是我，我只是个给别人打工的，不能和财力雄厚的李总比。”

“当然，你比不过我。”

谢衍回头瞥了他一眼，似笑非笑：“我知道，你比任何人都希望这场手术能成功。”

李恒睿闻言，低头看了眼自己的腿，沉默不语。

那年的一场意外，让他落下了终身残疾，如果那时候有余漫江，有医疗 VR 模拟技术，说不定他的腿还有救。

可惜没有如果。

晚风拂过，他突然说了句：“其实我知道，当年让我摔坏腿的人，不是你。”

谢衍扯了扯嘴角：“哦？我以为你就是故意想让我背锅呢。”

“我只是恨你，招呼都不打一个，说走就走。你说过，我们是最好的朋友，但我在最无助、最绝望的时候，连个说话的人都没有。”

李恒睿冷着脸，似乎还在耿耿于怀。

谢衍拍了拍他的肩膀，笑得有些无奈：“这只能怪何慕白，自己做事不敢当。你是不知道，当时也是在这个手术室外面，你家老头子看我的眼神像是要把我吃了，不跑不行。”

“……”

两人沉默了一会儿，李恒睿又说：“他不是故意的。以当时他在我家的处境，要让我爸知道是他干的，非得废他两条腿，因为是你，他还要顾着点你爸的面子。”

谢衍皱眉："欺负老实人啊你们。"

李恒睿笑了一声，他忽然又想到什么，转而说："不过现在这件事，我父亲已经知道了。"

"怎么知道的？"

"他自己说出来的。这还是我第一次看到他这么大声说话，挺有气势，只不过，我家老头也不是吃素的，直接冻结了他名下所有的资产，让他改回何姓。这就意味着，他从此和李家，甚至和银河都没有半点瓜葛了。我继母在家哭了好几天，也没劝回来。我以为他是去了趟苏丹，胆子变大了，一时冲动，后来才知道，他要的就是这个结局。他宁可在医院里待一辈子，也不愿意做他不想做的事。"

谢衍听罢，忽然想到何慕白从映射撤资，又把租给蒙萌的房子收回的事。

也难怪，李天逸做事一向不留余地。他脑补了一下何慕白大闹李家的画面，觉得有点意思，毕竟小时候，他们都知道何慕白有多怕李天逸，每次看到李天逸都像老鼠见了猫一样。

"以后世上再无李慕白，只有何慕白了……穷光蛋何慕白。"李恒睿叹了口气。

谢衍冷嗤道："人家一个四有青年，可比你强多了。"

李恒睿嘲弄地勾了勾嘴角。

落日最后的余晖几乎烧红了半边天。

手术室的灯终于灭了。

当天晚上，方子成手术成功的事传遍了整个南城。

## 【4】

一周后，方平向警方坦白，依云遭受黑客攻击的幕后主使正是李天逸。

但更令人咋舌的是，有关当年欧泊投资覆灭的全部真相也浮出水面。

方平当年正是受了李天逸的指使，在谢仲怀死后掉换了智微芯片的评估报告，这才导致募资人反悔，甚至给欧泊带来严重的信用危机。

除了方平的自首、蒙宇的佐证，以及募资人和智微负责人的证词外，还有份关键性证据，谢仲怀和另一位合伙人徐行之的遗物里恰好各有一份评估报告。

前者是真实的，而后者是篡改过的假数据。

随着这份假报表的公开，巫秦飞扬也被爆出真实身份，原来他就是徐行之的儿子，之后被巫江收养，甚至还成了谢衔最得力的助手。

或许一切在冥冥中早有注定。

银河陷入争议的旋涡后，公司信誉一落千丈，原本已经与他们达成合作意向的虹达科技也转向了零科技，老板更是借方子成的手术表达了对 VR+ 医疗的信心。

谢衔不计前嫌，提出入资虹达后，会将投票权给对方，这就意味着，虹达将在五年之内继续拥有决策权。这种最高级别的待遇，充分显示出混沌对这次合作的诚意，也体现出他们不可比拟的格局。

那边整个南城都对此议论纷纷，巫秦飞扬这边却被橘子拦在了门口，他原本是要去警局的，作为涉案人员，他也需要接受调查。

“那份证据是你提供的，你其实早就发现是方平骗了你？”

“没多早。怎么，来嘲笑我傻，白白被人骗？”

橘子仰头看着他，眼底有波光流转：“不，我是来向你道歉的。那天在医院，是我错怪你了。”她努力平复着情绪，“你放心去，我和爸，我们……我们都不会不管你的。其实这两天爸爸咨询了很多法律圈子里的人，你做过的这些事还没那么严重，只要你好好配合警方，一定不会有事，最多就是经济赔偿……”

巫秦飞扬没接话，他怔怔地看着面前的女人，她的声音里带着哭腔，记忆里，她明明很少哭的，哪怕和巫江大吵大闹，她也没掉过一滴眼泪。

他突然生出一股冲动，想要捧住她的脸，替她擦眼泪，但他最终没有这么做。

空气沉寂下来。

“假如，假如你真的……都没关系，我可以等你。你看司沣现在不也好好的，你也会没事的。”

橘子已经有点语无伦次了，他的身体微微发着颤。

巫秦飞扬喉头滚了滚，眼眶也有些发胀，看着面前的人，他忽然觉得一切都释然了。

他的手最终只是揉了揉她的头发：“嗯，我知道。别担心……别让我担心。”

清晨的风吹起了帘尾，橘子忍了许久的眼泪哗啦落了下来。

方子成出院的那天，橘子替巫秦飞扬去接他。门口围了一堆媒体，方子成换了条小路出院，她便按照约定，绕去了侧门。

方子成在那里等着她。

他坐在轮椅上，身体看上去还是很虚弱，戴着红色的毛线帽。

他将一张卷起来的画纸交到她手里：“这是我们的约定，现在我兑现了。”

橘子垂下头，一点点把画纸展开。

那是张最基础的人脸素描，可以看出画画的人基本功很扎实，连眼角下方的痣都很精准。

她小时候还挺讨厌这颗痣的，一直想用激光打掉，可偏偏有一回，巫秦飞扬随口说了句“这痣挺好看的”，之后她每次化妆都会注意不把这颗痣遮掉。

“你这孩子，不会是逗我的吧？”

方子成目光澄澈：“我哥说，你是他这辈子最想珍视的人。”

橘子嘴角的笑容凝固住，久久说不出话来。

旧事一件件尘埃落定，蒙萌心中的石头也落了下来。

晚上吃完饭，她坐在沙发上给果冻梳毛，小猫舒服得直打呼噜。

谢衍坐在旁边的沙发上看股票，最近他把晚上工作的地点换到了客厅，只是效率经常会受到影响。

譬如此刻，他不受控制地和那只猫对视，偏偏对方还是一脸得意的样子。

他有点不舒服。

蒙萌将梳下来的毛搓成毛团放进一个粉色的糖果盒里，那里面已经装了一大半，看上去很壮观。

“这也值得收藏？”酸酸的语气。

“等到秋天给你织围巾啊。”

“……”

蒙萌本是开玩笑的，结果转过头，发现谢衍黑着脸一言不发。

她连忙去洗了手，侧坐到他旁边扶手的位置，搂着他的肩，说：“让我来猜猜你不开心的缘故，是不是因为我回来就只顾着果冻，没顾着你？”

“不是。”谢衍一脸淡漠地快速切换股票界面，但其实什么都没看进去。

“那是因为什么？”

谢衍不想回答。

蒙萌连忙开启哄人模式，一会儿说公司前台的沈沈打算结婚了，一会儿又说张楚珺陷入了热恋，每天都追着梁知夏疯狂撒狗狼。

她说得起劲，谢衍却走了神。

他的脑海里突然浮现出两人刚认识的时光。那时候的他曾避她如瘟疫，从没想过会和她像现在这样亲昵地坐在一起，听她在自己耳边叽叽咕咕地说着话，更没想到他会害怕……如果没有她，生活会多么单调无趣。

蒙萌说了一堆，突然发现男人完全没有回应，气闷地捧住他的脸，强迫他看着她："你到底有没有在听我说话？"

"我觉得你说得很有趣。"

"骗子！"蒙萌放开他，双手抱在胸前，"那你复述一遍。"

"……"

这是堂堂混沌总经理谢衍难得一遇的紧急时刻。

他的目光在屏幕上扫了一圈，突然定格在某个文件夹上。

"其实我有件事要跟你说。"

"什么事？"女人立刻被转移了注意力。

"上次帮你修手环，里面有个备份文件，你要不要现在导进去？"

"哦，那你帮我导一下，我去洗个澡。"蒙萌打了个哈欠，随手把手环摘下来递给他。

谢衍松了口气。

他将手环自带的 USB 接口打开插进电脑，原本想直接把文件夹拖进去，谁知文件大得出乎意料，他皱着眉头点开，竟是一段音频。

蒙萌洗澡的时候，突然后知后觉地意识到自己被谢衍诓了。

等她洗好走出去，正要兴师问罪，突然听到谢衍说："有个挺大的文件，你看一下。"

思路再次被打断。

"什么东西啊？又不是手机，还有照片什么的。"她边擦头发边碎碎念，突然想到什么，"难道是聊天记录？"

谢衍没接话，直接将电脑放在沙发上："你自己看，我去洗澡。"

蒙萌一脸莫名地看他进了卫生间，走过去捧起电脑，见桌面上有个音频文件，名字是一串日期。她仔细想了想，这个时间好像是去年她被关赫掳走的那天。

点"播放"之前，她忽然有种不祥的预感……

其实整段音频不长，后面因为手环故障，只有空白音，可留下的这段，却有不小的信息量。

譬如，关于那张她偷拍谢衍的照片。

譬如，关于她公然对谢衍的一段表白。

天知道她现在有多庆幸自己自始至终没有提谢衍的名字，那么等会儿他问起来，她就随便说那是个男明星就成了吧?

正胡思乱想着，谢衍已经洗完澡出来了，他直接朝她走过来，挨着她坐下。

“听完了？”

“嗯。”蒙萌心虚地向旁边挪了个位置。

“没什么要解释的吗？”

“啊？有……吗？”蒙萌再次向旁边挪了个位置。

谢衍继续擦头发：“再给你次机会。”

蒙萌默默吞了吞口水，眼珠滴溜儿一转：“其实也没什么，就是我爱豆的照片啊，那天不小心被风吹到你家阳台的那张。”

“哦，那给我看看。”

蒙萌摸了摸鼻子，说：“我也很想给你看啊，但是我不小心弄丢了，真遗憾。”

谢衍闻言，也没拆穿她。

他直接回了客房，把蒙萌一个人晾在了客厅里。

蒙萌愣愣地在原地呆坐着，突然意识到一件事。

——金主爸爸好像……生气了。

谢衍这场气生得很莫名其妙，无论蒙萌怎么想，都觉得他不应该是这么小气的人。

某次和张楚珺开完会，蒙萌悄悄把她留下来，然后将门关上，问她：“是这样的，我有个朋友，她最近和她男朋友吵架了，原因很奇怪，她只不过有一张爱豆的照片，她不想给男朋友看，她男朋友就不理她了，直接冷战三天。可是她男朋友一直是个很理性，很不……这么小家子气的男人。珺姐，你是心理专家，能帮我朋友分析一下这到底是什么情况吗？”

张楚珺瞥了她一眼，哂笑道：“没想到谢总还有这么可爱的一面。”

“可爱？这哪里可爱了？分明就是小气！”蒙萌怔住，看到张楚珺笑靥如花，意识到自己露馅了。

“这种以我朋友开头的开场白，我听得耳朵都起茧子了，我朋友就等于我，这个套路大家都懂的。”

“……”

张楚珺连忙又安抚她：“别担心，这种问题你换位思考一下就能理解了。譬如谢总对着一个女人的照片说他喜欢她，然后还故意不给你看这个女人究竟是谁……”

“不行！绝对不行！他敢？！”

“正解。”

蒙萌沮丧地趴在桌子上，忽然有点后悔。

“其实呢，这世上每天都有情侣分手，其中大部分都是自己作的，你现在的这种行为，就是大作特作。你们明明互相喜欢，却不肯轻易说出来，好像谁先说了谁就输了一样，可是真正好的感情从来都没有输赢一说，只有爱与不爱。我劝你啊，还是别把事情搞得那么复杂，平白消耗感情。”

听完张楚珺的话，蒙萌这才意识到自己错得有多离谱。

这天晚上，他们陪蒙宇吃完饭回家，两人继续在沉默中各自洗完了澡。

蒙萌酝酿了半天，终于鼓足勇气拿着那张照片走到了沙发边。

“那个……今晚不看股票了？”

“嗯。”谢衍看也不看她，眼睛像是黏在了书上。

“这是什么书啊？给我看看。”

“你不会感兴趣的书。”

蒙萌又问：“我今天买了山竹，要吃吗？”

“太甜。”

“我今天还买了无糖养乐多，这个不甜，你要不要……”

“不喝。”

“……”

谢衍终于抬起头，似笑非笑：“你还买了什么？”

蒙萌气鼓鼓地说：“买男人啊，就照片上的男人。人家身材比你好，脾气没你坏，也比你对我好，不会和我冷战这么多天……”

谢衍目光一沉，直接将蒙萌压在沙发上，重重地吻了下去。

唇舌交缠，她的手被他扣在头顶。

这个姿势实在暧昧，隔着一层棉质的睡衣，蒙萌觉得彼此的身体都变得滚烫，呼吸和心跳都乱了。

意识不清时，她感觉到有人在解她的扣子。

“这么多……”

男人低哑的声音几乎贴着她的耳垂，他炽热的气息在她的脖颈间流转。蒙萌浑身都像软掉了似的，想推开他，却完全使不上劲儿。

蓦地，胸前忽然一凉，耳边是七零八落的响声，扣子掉了一地。

她惊呼出声，却由此更加放任他攻入城池，越吻越深。

他的手一路往下，在她全身所有敏感的地方游移着，抚摸着，揉捏着。所及之处，无不有燎原之势。

她太热了，全身都像被点燃了一般。

意识不知飘去了哪里，眼前渐渐湿润，头顶的吊灯化成一团模糊的光影。

身上的人突然停了动作。

她微微眯起眼，看到正上方的这双眼黢黑而深沉，他的头顶是刺目的光，投下的一片小小的阴影，刚好将她纳入其中。

蒙萌感觉到他准备起身，不知怎么了，脑袋里突然想到之前橘子和她说的一句话——“经常让男人忍着，次数多了对身体不好。”

她鬼使神差般地拉着谢衍的胳膊，将他重新拉进怀里，嘴唇贴上去，像一种无声的邀请。

谢衍原本就只是为了逗逗她，无奈她刚洗完澡的身子又软又香，沙发陷进去后，有种微妙的异常。

他有些失控，浑身的血液都在身体里叫嚣着，急于找到宣泄的出口，所幸在最后的时刻，他找回了理智。

可再强大的意志力也经不住她再三撩拨。

“别闹。”他的嗓音低哑撩人。

蒙萌红着脸，肩膀和大片胸前的皮肤都泛着莹白的光，她的声音细若蚊蚋：“听说，总是这样，对你身体不好……”

谢衍暗暗在心底骂了句。

此情此景，这样的话完全致命，彻底击溃了他最后的防线。

他强压着心底的那把火，深深地凝视着她：“你别后悔。”

蒙萌根本不敢看他，只说：“去房间吧，这里……不方便。”

“……”

下一秒，她整个人便被谢衍抱进怀里，眼前是他优美的下颌线和脖颈处性感的弧度。

她舍不得眨眼。

被放在床上的时候，她又有些后悔。

和刚才在沙发上的纠缠相比，原来此刻才是真正的亲密，一切才刚刚开始，周身却已像被火炙烤着一样。不是那种运动时出汗的热，而是由内而外的，那股蒸腾的热气充斥在血液里，皮肤下。

空气里全是躁动的气息。

衣衫尽褪，他们的身体完全贴合在一处时，蒙萌忍不住咬在他的肩膀上，而后又对着那排小小的牙印啄了一口。

身上的人微微一震，侧头含过她的嘴唇再度吻下去，由慢到快，由轻到重，由浅及深。

蒙萌觉得舌根都麻了，全身涌起一阵阵战栗，周身的炽热仿佛能融化坚冰。

他们互相探索着，感受着。一切都在无限摩擦和碰撞，眼神、呼吸、心跳全都乱了套。

她尽力攀着他的肩膀，如同夜幕下的一叶扁舟，在狂风暴雨中起起伏伏，最终无限沉沦……

昏黄的灯光下，女人已经睡着了，裸露在外面的肩膀圆润而白皙，往上的脖颈处有醒目的红痕，被白色衬得格外突出。

他侧过身，枕着手臂看她，像在欣赏一幅画。

刚刚激烈的画面再次倾入脑海，女人隐忍又娇嗔的声音犹在耳畔，她黑色的长发如瀑，身体白得像是镀了层银色的光，只是想想，都能燃起他心底的火。

一时情动，他忍不住又俯身吻了吻她的嘴角。

抬眼时，不经意在枕畔看到一张照片，是刚刚褪掉她的上衣时，从口袋里掉出来的。

原来她今晚是想对他坦白从宽，只可惜坦白得有些过头。

他将那张照片捏在手里，待他看清上面的人，顿时愣住了，脑中回想起录音里的那句话。

“那是我在这个世界上，最喜欢的人。我喜欢他，已经喜欢了很久很久，并且打算一直喜欢下去。”

不是没有想过这种可能性，但想是一回事，亲眼所见又是另一回事。

心中某处被某种暖暖的东西填满，随后大片大片地迅速蔓延开。

其实，他自己又何尝不是呢?

初见惊艳，再见倾心。

他曾以为自己失去了所有，世界混沌一片，但当他挣扎着醒来，看到她乌黑澄澈的一双眼时，仿佛在黑暗中看到了光。

“你可算醒了，万幸。”

遇见她，也是他的万幸。

霎时间，一切都被照亮了。

从此任四季更迭，天高海阔，她就是他的百味人间。

尾声

# 你是我此生做过的最好的投资

【1】

事业蒸蒸日上的混沌投资再次有了新动作。

谢衍收购依云后，集结了一批行业里的顶尖人才研发升级版《虚拟人生》，在 5G 的支持下，大幅提升的网络性能和稳定性实现了“百万级 TPS”，转账交易速度变得更快。

而该项目的领头人不是别人，正是之前跳槽银河的葛易。

一年前，他因工作不得志离开了银河，彻底消失在大众视野里，没想到，他又被谢衍请了回来，作为当时依云投资项目的经理，没有谁比他更了解依云的情况。

谢衍直言，从哪里跌倒就要从哪里爬起来。

而事实证明，这步棋他没有走错。

该游戏一经上线，立刻打破了之前《未解之谜》创下的日流水纪录，横扫各大游戏排行榜。同名电影也很快进入筹备阶段，片中打造的虚拟世界引发了全民对“如果可以有第二次人生，你会如何选择”的大讨论。

反观它的老对手银河投资，自去年欧泊覆灭真相揭露后，公司信誉度持续下滑。董事长李天逸和多名员工因涉嫌参与依云科技网络信息安全一案被捕，等待他们的，将是正义的审判。

如此动荡后，银河内部也陷入权斗旋涡，幸而有李恒睿力挽狂澜，这才平息了这场风波。

李恒睿召开新闻发布会，针对近来外部对李天逸的指控做出声明，除依云科技外，他代表父亲郑重地向谢仲怀一家致歉。

谢衍和李天逸在他休养的宅子里见过一面。

他站在窗前，愉悦地欣赏着窗外的湖光山色。

李天逸坐在轮椅上，仰头打量他："你和仲怀很像。"

"阿睿和您倒是不太像。"

李天逸倒也不恼，只幽幽地说了句："如果当年你父亲没有背弃我，后面的这一切都不会发生。"

谢衍斜睨了他一眼："他不是背弃您，而是不舍得背弃您。但凡他有一点您身上的自私、无情和虚伪，也不会含冤这么多年。"

"你这话什么意思？我听不懂。"

"当年我父亲离开银河的真正原因，别人不知道，您知道。如果不是您私下暗箱操作，试图操控股价，为牟利不择手段，他又怎么会自立门户？"

李天逸不敢置信："你是怎么知道的？当年你还那么小，怎么会懂商场上的事？"

谢衍苦笑："当年不懂的事，以后总能懂。这个世界上，没有永远的秘密。"

李天逸怔了怔，又恶狠狠地说："你别老用这种眼神看着我，你父母可不是我害死的，更何况我还保住了他的欧泊，你自己应该清楚，当时那种情况下，接盘弊大于利。"

"您是出于愧疚。"

"商场就是这样，弱肉强食，他自己软弱无能，与我无关。我儿子永远都无法代表我，我没什么好道歉的。"

“李恒睿不能代表您道歉，我也没资格代替我父亲接受道歉。我要的，只是一个真相而已，至于您会得到怎样的审判和惩罚，公正与否，我都不在乎了。”

李天逸不解地看着他：“就只是一个真相？你做了这么多，不就是想让我向你低头，向你们道歉吗？”

“曾经是。”谢衍笑道，“但现在不是了。”

一生这么长，有那么多美好的人和事，与其带着这些执念过活，不如珍惜他现在所拥有的一切，譬如，她。

“我不信，你恨不得看我受到报应，最好和你父亲一样身败名裂，一无所有……”

“没人会一无所有，就看能留下什么。”

“我父亲留给我的是他对工作的使命感，对家庭的责任心，对人生的通透，您呢？”

谢衍走后，空气更加安静了。

李天逸从抽屉里拿出一个相框，这是他搬来疗养后每天都要做的事。

阳光透过窗纱照在轮椅上，他对着玻璃哈了口气，之后捏着衣袖轻轻擦拭着。

映射这边的发展也如火如荼。

自从去年方子成的手术大获成功后，不仅余漫江火了，连带着医疗 VR 手术模拟的理念也火了。一时间，国内涌现出一大批同类型的医疗 VR 公司。

与此同时，映射和张楚珺合作的心理康复治疗也在临床取得成效。

如今沈青已经能正常生活了，虽然她对过去的事情偶尔有记忆错乱的时候，甚至会闭口不提，但至少不用再待在医院里了，她重新回到映射，从一些基础的事情做起。

但她拒绝再担任总经理，只想利用更多闲暇时间做帮助心理病人康复的志愿者，用她自己的经历鼓励那些遭受打击后躲在阴暗角落里的人站到阳光下。

一切都在朝着更好的方向发展着。

终于走出过去阴霾的巫秦飞扬，决定去国外留学，但并不是他一个人，橘子作为家属陪他一起去了，两人在异国的生活甜蜜而温馨。

她时常在社交平台上发狗粮，之后出版了一本狗粮型游记，里面不仅记录了自然风光和人文景观，更有两人的甜蜜日常。该书一经出版，立刻荣登畅销书排行榜首位。

冬末。

随着5G商用落地，高速传输、低延时与大屏优势促进了VR产业链生态的完善，眩晕感、沉浸感和内容三大痛点被逐个击破。余漫江领衔的团队在一年后完成了全国首例5G远程人体手术，成功开启了跨区域医疗资源调配的新时代。

南城的年末表彰大会上，蒙萌作为新兴创业代表上台发言。

“时代在发展，科技已经完全融入了我们每个人的生活。我在享受这些成果的同时，也会思考一个问题，人类真的会被科技完全取代吗？我想不出答案，但我始终觉得，整个信息网络和电子系统，既强大又脆弱，时常牵一发而动全身，而人类却与之不同。科技本身没有生命，没有温度，但我们可以赋予它意义，利用它给大家带来温暖和希望。这种力量，是任何科技本身都无法带来的……”

掌声响起来时，梁知夏忽然有点泪目，她本不是这么多愁善感的人，可此刻，她不仅为蒙萌感到骄傲，也为映射科技感到自豪。

何其幸运，能有这么多人站在一起，携手应对风雨，也共同分享荣耀。

除映射科技外，零科技作为国内第一个整合型医疗科技类公司斩获多项大奖，成了本年度当之无愧的黑马。

总经理吴畏人如其名，做事果决，管理能力出色，是谢衍特意从猎头那儿挖来的宝贝。他的个头很高，脸圆圆的，笑起来还有两个小酒窝。

轮到他上台领奖并发表感言时，他有点激动，握着话筒的手微微颤动。

“……我初来乍到，经常会手忙脚乱，所以我想借着这个机会感谢一个人，谢谢映射科技的梁总监，她给了我很多帮助……”

蒙萌听到这番话，连忙暧昧地朝梁知夏挑了挑眉。

“有情况啊。”

“别乱说，就是纯洁的同事关系。”

“哦……就像你和司大哥一样纯洁吗？”

“我懒得和你说。”梁知夏下意识地向隔壁零科技的那一桌看过去，偏巧司沣也看了过来。两人视线相撞，都有些不自然地避开。

蒙萌将这一幕收入眼中，她边吃点心边给谢衍发消息，打算做一把助攻。

谢衍回：“别闹，看场合。”

蒙萌回了个吐舌头的表情，不再理他了。

不远处，谢衍无奈地将手机放下，默默向台上的男人投去同情的目光。

晚宴结束后，蒙萌和梁知夏刚走出大厅，就看到吴畏等在门口。

蒙萌心想，这吴畏可真经不起刺激，她不过是随口跟他说有人打算追求梁知夏，这家伙就坐不住了。

“蒙总好，梁总监好，我的车就在楼下，不知是否有荣幸送二位回去？”

没等蒙萌说话，梁知夏直接婉拒：“多谢吴总，我们是开车来的，就不麻烦您了。”

吴畏听罢，倒也没强求。

下一秒，他便将手里的花递到梁知夏面前，目光灼灼："梁总监，这段时间一直很感谢你对我工作的支持。明天是圣诞节，不知能否请你吃个晚饭？"

梁知夏正想拒绝，余光瞥见司沣从旁边走过来，她也不知道自己是不是抽风，竟答应了他的邀约。

吴畏难掩兴奋，正想再说点什么，突然被另一个声音打断了。

"吴总，很抱歉，明晚她有约了。"

司沣的脸上没有多余的表情，语气也很淡，但轻易扰乱了梁知夏的心跳。

她怔怔地看向他。

"有约……和谁？"吴畏有点搞不懂状况。

其实吴畏私底下一直很佩服司沣的业务能力，就是觉得他有点拒人于千里之外的样子，对什么人都冷冷的，但此刻的他，好像和平常有些不一样……

众目睽睽下，司沣牵过梁知夏的手，对着吴畏说："和我。"

之后，两人便一同消失在众人的视线中。

蒙萌心中暗喜，心想：这场戏没白安排。

可吴畏就有点受伤了，他苦笑着问："蒙总，您之前说有人在追求梁总监，就是说司沣？"

蒙萌努力表现出一副很遗憾的样子，对他说："看来我的消息还是慢了一步，您别难过，天涯何处无芳草。"说完，她还握着拳比了个加油的姿势。

一直在旁边冷眼围观的谢衍有点看不下去，适时地走过来和吴畏说了两句客套话，然后默默将自家女人领走了。

吴畏看着这两对人一前一后地离去，心中更加凄凉。

## 【2】

蒙宇的这场催婚持续了一年多。

他并不想承认自己已经爱上了南城纸醉金迷的日子，因此表面上对外仍卖力地催着婚。

蒙萌为此十分苦恼，但她发现谢衍永远是那副淡定的样子，好像一切尽在他的掌握之中。

其实真正让蒙萌心烦的不是蒙宇的催婚，而是谢衍的不求婚，她好歹也是个女人，怎么能这样随便就嫁了？可她也不想和蒙宇说这些，生怕他转头就告诉了谢衍，那可就真变成她在逼婚了。

总之，求婚这种事，还是应该男人主动才对。

盛夏来临前，蒙宇被巫江和殷文祥一起拖出去旅游，三个年过半百的男人戴上大檐帽，十分愉快地出发了，颇有点要浪迹天涯的意思。

没了蒙宇的催婚，蒙萌还有些不习惯，如此，她更加没有借口旁敲侧击地让谢衍求婚了。

她越来越烦躁，时常抱着果冻，一脸怨念地坐在沙发上盯着谢衍，可对方居然完全忽视她的目光，只沉浸在自己的工作里。他最近好像越来越忙了，像是有数不清的工作。

她私底下问过司洋，他无奈地说谢衍好像恨不能把未来两个月的工作都做完。

蒙萌更加怨念。

即便是关灯后，两人赤诚相见，她也会故意张嘴咬他，以此来发泄她心中的怒气，当然，最终都会为这一时的嘴瘾付出惨痛的代价，不仅第二天腰酸背疼，还会因为迟到接受梁知夏冰冷的目光。

反观另一边，谢衍每天都神清气爽，不管多晚睡，都坚持早起锻炼。唯一值得庆幸的是，他会放她睡懒觉。

蒙萌觉得自己越来越摸不透谢衍的心思了，她感到很挫败。

七月下旬，谢衍直接办好了全部手续，拉着还没睡醒的蒙萌踏上了为期半个月的旅程。

后来蒙萌才知道，原来谢衍早就在筹划这一次旅行了，所以才提前将工作完成，好空出假期。

这个惊喜让蒙萌有点发蒙，橘子和梁知夏反倒酸她是身在福中不知福。钢铁直男玩浪漫，犹如铁树开花，一开还是朵这么大的，实在令人羡慕。

于是，蒙萌在还没搞清目的地是哪儿的情况下，就晕晕乎乎地被带上了船。

但她很快发现这艘游轮的航线就是当年谢衍和父母一同走过的，而那场海难让他们只完成了一半路程。

“你会害怕吗？为什么要选择同样的路线？”

谢衍站在夕阳里，看到晚风吹起蒙萌的长发，心中某处霎时间柔软下来。

“你怕吗？”他反问。

蒙萌摇头：“有你在，我什么都不怕。”

海风中，谢衍的眼底有浅浅的笑意。

“它的确是我的噩梦，可现在和你重走一遍，就是把噩梦变成美梦。这件事只有你能帮我办到，愿意吗？这段旅程，陪我走完。”

这段人生的旅程，也希望你陪我走下去。

蒙萌笑着捏他的鼻子：“都上了你的贼船了，反悔还来得及吗？”

她白皙的手指缝隙里漏下来橘色的光，熠熠生辉。

谢衍低头，将她的手翻过来，然后伸出自己的，一点一点，两只手穿插在一起，最后交叠紧扣。

“你跑不掉的。”谢衍揽过她的腰，笑声又低又哑，“你是我的。”

蒙萌踮起脚轻轻咬了一下他的下嘴唇：“你也是我的。”

绚烂的晚霞中，他们的轮廓在光晕里渐渐重合。

这不是他们第一次接吻，却是第一次在这样开阔的地方旁若无人地攫取彼此的气息。

热烈的，绵长的。

爱情就该是这样放肆而张狂的。

不知道是巧合还是谢衍特意安排，他们在 7 月 26 日抵达永夜岛。

这里一切如旧，正处于极昼期，即便是晚上，岛上也亮如白昼。

蒙萌在熟悉的地方给谢衍做了顿饭。吃完后，他们牵着手在海边散步，说到了很多以前在这里发生的趣事。

十几摄氏度的气温，蒙萌把脖子缩在毛衣里，只露出两只含着笑意的眼睛，可爱而灵动。

她的手塞在谢衍的口袋里，一点也不觉得冷。

谢衍偶尔会侧头看她，晚风轻拂，他贪恋这一刻的安宁。

阳光洒在海面上，海浪翻涌，波光粼粼，似映入漫天繁星。

蒙萌突然想起一件事，转头问他：“之前你在这里被果酱追，到底是因为什么？”

谢衍看着她：“可以不回答吗？”

“不可以。”

“用礼物换？”

蒙萌歪着头，眼中闪过一丝狡黠：“得看是什么礼物了，有没有这个分量……”

话音未落，谢衍突然带着他停在一个地方，然后，如同变魔术般，蹲下去，从沙子里拿出一个湛蓝色的丝绒盒子。

她不知道他是什么时候埋在那里的，但那里面装着什么，她猜得到。

随着他站起来的动作，她的心跳不可抑制地加速。

“为这个，花了点功夫，等到现在才求婚，会晚吗？”谢衍将戒指盒子打开，捧到她的面前，眼中是虔诚与深情。

蒙萌的眼睛忍不住湿润了。

不仅是因为他的求婚，更是因为盒子里的戒指。

这枚戒指正是之前她还给他的，那枚 HT 手工打造的女戒，此刻，上面多加了一颗六角形的钻石，被做成了婚戒。

这是他专程去总部才完成的。

“有点晚啊。不过……”蒙萌竭力压着情绪，但声音还是颤抖着，“因为是你，迟一点也没关系。”

海浪声衬得四下里静谧极了。

谢衍将戒指取出来，退后半步，缓缓在她面前单膝跪下来，托着她的手，将戒环一点点推向她的无名指根部。

这个过程像是电影中的慢镜头，神圣而美好。

后来过了很久很久，在一个偶然的情况下，蒙萌意外得知了关于这枚戒指的小插曲。

当年申请者众多，HT 的工作人员先按照他们申请时的留言进行筛选，再把入选的名单送到设计师的手中。

而谢衍的那句话最先引起了设计师的注意，他是这样写的：

永夜是宇宙最大的投资，只有历经漫长的黑暗，才能收获最夺目的白昼。

而你，是我此生做过的最好的投资。

后来蒙萌想，其实她和谢衍都是幸运的。

曾陷入低谷，也曾置身黑暗。

但他们相遇了，此后，无论生活多么困苦，多么迷茫，多么无助，总有一个人，可以成为跨越一切的那束光，照亮自己余下的全部生命。

番外一

# 永夜，永夜

那一年，蒙萌十六岁。

因为长期患有失眠症，学校建议她暂时休学，定期去看心理医生。

回岛时正赶上极昼期，她的失眠症变得更严重，时常睁着眼到天亮。

某天早上，蒙宇告诉她，岛上将有位姓谢的客人来访，是他这辈子最好的朋友。他们一家三口来做客，随行的有个和她年纪相仿的男生。

蒙萌随口答了声“哦”，并不感兴趣。

那晚岛上下了一场久违的暴雨，她趴在床上，盯着天花板发呆。

原本窝在毯子里休息的果酱突然跳起来，叫声像急促的警报。她揉了揉眼睛，看到蒙宇背回来一个浑身湿透的人。

那是个十几岁的少年，黑色的头发湿漉漉地贴在额角，更显得轮廓深邃。她连鞋都顾不上穿，赤着脚就跟过去。

男生被放在床上，冻得脸颊发青，嘴唇也没有一点血色，浑身都打着寒战。

“爸……妈……”他不断重复着这两个字。

用人打了热水来给他换衣服，蒙萌愣在旁边，听到蒙宇又派了人去邻近的小城里请医生，说只要对方肯来，多少诊金都没问题。

她从没见他这么着急过。

床上那个人倒是没受到什么干扰，睡得很沉，乌黑而浓密的睫毛在眼底投下两片阴影。

四周充斥着脚步声、说话声、倒水声……

她专注地盯着他看，眼睛许久才眨一次。

房间里的人都在忙各自的事情，没人注意她。

男生一直发烧到深夜，蒙萌半睡半醒间看到有很多人影在眼前晃。

等她完全清醒，房间里只剩一个叫丽塔的用人坐在椅子上打盹儿。

听到动静，对方连忙站起来，将蒙宇走前交代的事告诉了她。

原来蒙宇在确认他救回来的男生暂无大碍后，便匆匆离岛。他让丽塔嘱咐蒙萌，务必在他回来之前照顾好客人。

客人？一个刚从鬼门关捡了条命回来的客人。

蒙萌懒洋洋地躺回沙发里。

丽塔见那男生一时半会儿醒不来，情况也稳定了，便去忙活别的了。

房间里一片沉静。

不知道又过了多久，蒙萌跳下沙发，蹑手蹑脚地走过去，一点点靠近。为了看得更清楚，她直接趴在了床边。

男生闭着眼，脸颊和嘴唇都恢复了一点血色，但仍有些惨淡，像个白瓷娃娃。

他睡得不安稳，额头敷着的毛巾滑下来，蒙萌帮他重新放好。刚要撤回手，手腕被人捉住，温度灼热，她浑身都跟着颤了一下。

那是双漆黑的眸子，瞳孔里有模糊的倒影，像蒙了层雾。

他们无声地对视着，蒙萌回过神，将手抽出来：“你可算醒了，万幸。”

男生的目光从她的脸上掠过，之后环视一圈。

“你是谁？”

“这是哪儿？”

“我……”他的嗓子因被灌入太多海水，已经哑得不像话，连说了几句话后便开始剧烈地咳嗽。

蒙萌看他从脸到脖子都涨红了，想了想，跑去给他倒了杯水，将他扶起来。

她没有服侍人的经验，身体有些僵直。而男生的身体像个炽热的火球，刺激着她的皮肤。

他似乎渴极了，就着她的手大口吞咽着，喉结上下滚动。

喝完一杯，他停下，又看着她，眼睛像是也沾了水汽，更显得幽深迫人。

蒙萌避开他的视线，又去倒了一杯，维持着刚才的动作。

她离他很近，看着他喝完两大杯水。

“还要吗？”

对方摇头，像是想到什么，猛地抓住她的胳膊：“我爸妈他们……”

蒙萌看着胳膊上的这只手，骨节分明，修长而匀称。

她的心“怦怦”跳了两下。

“抱歉。”他放开她，声音没刚才那么沙哑了，但仍是低沉的。

蒙萌将杯子放到茶几上：“你就是谢家的孩子吧？我爸爸说你们一家人要来做客，但轮船失事了，昨晚是我爸爸把你从海里救回来的。具体情况我不清楚，等他回来自然会告诉你。至于你父母，我唯一知道的是，爸爸他……只带了你一个人回来。”

蒙萌说这话的时候语气很平静，男生的脸色却完全变了。

他立刻掀开被子下床，因为右脚受了伤，险些跌回床上。但他顾不上这些，咬着牙就往外冲。

蒙萌追上去抓住他的手臂：“你去哪儿？”

男生置若罔闻，甩开她继续向外走。但他很快在门口停下来，怔怔地看着眼前的一切。

巨幅的落地窗外，不远处是一望无际的蔚蓝海域，阳光夺目而耀眼，像是在海面上撒下大片碎钻。

墙上的老式挂钟正在报时，他转过头，看到时针指向十点。

“现在是晚上。”

男生的目光移到她的脸上，有些难以置信。

“这儿是永夜岛，一年有四分之一是极夜，四分之一是极昼。现在是七月底，刚好是极昼。第一次在晚上看到太阳吧，我刚来的时候也是……”

“你爸在哪儿？”男生不耐烦地打断她。

“他出岛了。”

“什么时候回来？”

“我不知道。”

男生安静了几秒，像是在低头思索什么。

蒙萌看他半天不说话，忍不住说：“你问了我那么多问题，还没告诉我你的名字，我只知道你姓谢……”

“你打电话给他。”

“这里没电话。”

“没电话？难不成这里与世隔绝？”男生觉得这简直是天方夜谭。

“差不多，但也不完全。要上网，就去邻近的小城，然后……”

“好，带我去那儿。”他的目光和语气都很急迫。

“没船，去不了。”

“……不可能。”

蒙萌盯着他，摸了摸鼻尖：“爱信不信。总归我又没拿绳子绑了你，你想怎么折腾都行，哪怕游走我都不管你。”

“……”

“我困了，晚安……谢同学。”

因为不知道该怎么称呼他，只知道姓谢，她便这么叫了。

这一夜，蒙萌吃了医生开的药，还是没睡好。

半睡半醒间，她被丽塔叫起来。对方语无伦次地和她说，那个昨夜被蒙宇救回来的男生一个人跑走了，他们在岛上找了很久也没找到人。

蒙萌想着，他总不会真傻到游走了吧……

她去海边找了一圈未果，最后还是果酱把她引去了温室花房。

葱茏的绿色里，男生蜷缩成一团白色的影子，单薄而无力。

她把刚烤好的比萨端到他面前，对方将头一偏。

可就在同一时间，他的肚子却叫了。

咕噜咕噜——

她笑他："身体很诚实啊。"

他低声咒骂了一句，推开面前的东西："我……"

话还没说完，嘴里便被塞进一块比萨，香气致命，他懊恼地把比萨拿下来："你……"

"饿死了你还怎么离开？"

"……"

男生最终不再反抗，低头吃起了比萨。明明已经饿到了极点，但他还是有点不情愿地慢慢咀嚼着。

蒙萌挨着他坐下，支着脑袋看他。

她想，自己大概是吃那药吃出幻觉了，竟然觉得一个男生吃东西的样子很迷人。

等他吃完，她问他："好吃吗？"

冗长的静默后，对方垂着头，轻轻地哼了一声，算作回答。

蒙萌对他的反应很满意，便又拿出一瓶红花油，这是她奶奶今年年初给她寄来的，也算是飘洋过海才到她手上。

"你想干吗？"对方盯着她，往后缩了缩。

"别动。"她将他右腿的裤脚撩起来，倒了一小捧按上去。

空气中传来刺鼻的味道。

女生的手微凉，力道不轻不重。她嘴里念念有词："昨天晚上医生已经帮你冰敷过了，今天刚好用这个。本来问题不大，休息几天就差不多能好。但像你这么个折腾法，怕是要十天半个月才能完全恢复。哎，等等，你不会是想碰瓷，赖在这儿不走了吧……"

话音未落，她只来得及看到一片阴影，脖颈便被人勒住。

"送我走。"

距离被无限拉近，他的指腹灼热，好像稍一用力就能要了她的命。

她用力想掰开他的手，但只是徒劳。

早知道这样，她绝不会给他吃东西，这力气全用来掐她了。

蒙萌从那双阴郁的眼睛里看到自己涨红到扭曲的一张脸，两人呼吸都很急促，她几乎能听到自己的心跳。

脖颈处的压力渐渐散了。

"抱歉。"他的手和目光一同沉下去。

蒙萌假咳了一会儿，说："谢同学，威胁人不是你这样的。"

"等我离开这里，你想要什么，我会尽我所能满足你。"

"是吗？"

"嗯。"

"你的名字。"

"……"

"名字都不肯说，就别讲大话了。何况你吃了我的东西，还一点都不懂知恩图报。"

一阵沉默。

"……谢衍。"他闷声道。

蒙萌嘟囔着重复了一遍，虽然不知道究竟是哪个字，但还是对他说："那我叫你阿衍吧。"

谢衍的目光落在她扬起的嘴角上。

“这里有没有船，你转了一天，心里应该清楚。再说，我爸肯定是去处理你爸妈的事了，你就在这儿等消息。就算你现在赶过去，也改变不了什么。生活就是这样，很多事情发生了就是发生了，你再怎么着急，除了接受，也什么都做不了。”

蒙萌说完，心想着，饭也送了，药也擦了，也算没有怠慢客人。

她站起身，鲜红的裙摆扫过谢衍的脚踝。

离开花房时，她透过玻璃又往里看了一眼。男生还坐在绿影里，手肘垂在膝盖间，低头时，下颌的棱角和穿过玻璃的光正好契合。

她想：这家伙虽然脾气倔了点，但人是真好看啊。

两日后，蒙宇带回一个坏消息。

谢衍的父母已经确认遇难，而那个曾经被谢衍视为故土的地方，也已是沧海桑田。如果他执意回去，等待他的只会是一场腥风血雨。以他现在的阅历和根基，根本扛不住。

得知这个消息，谢衍在岛上消失了一整天。

蒙萌不知道他去了哪里，不过她想，他应该是去找了个角落大哭一场。

当晚，蒙宇让厨子准备了一顿丰盛的晚餐。

谢衍从门外走进来，脸色和他身上的毛衣一样白。蒙萌坐在他的对面，心思都不在饭上。

蒙宇突然宣布，以后谢衍会在岛上住下，住多长时间他没说。谢衍全程安静着，算作默认。蒙萌表面装得不在意，心中其实有些期待。

吃完饭，蒙宇把女儿叫到房间解释了一通，他知道她素来不喜欢生人。

而蒙萌听完，只问了一句：“他睡哪儿？”

这幢房子虽大，但因为不用待客，能睡觉的房间并不多。三楼是蒙宇的，二楼是蒙萌的，一楼是家中用人的。

“这个简单，我把隔壁收拾出来就行。”

“你想让他天天单腿跳上三楼？”

“这……”

“二楼走廊的尽头不是还有一间，就让他睡那儿吧。”

蒙宇一时间没反应过来，刚想说点什么，蒙萌已经打了个哈欠，转身出去了。

下楼的时候，蒙萌还在为即将和谢衍同住一个屋檐下而感到不可思议。明明他那么想离开这里，怎么会突然同意留下来呢？

想得正入神，拐弯处冷不丁蹿出一个人。

灯光下，男生的脸色显得有几分苍白。

“听说你最近会出岛，去看医生。”

他的语气很沉，眼神也是。

蒙萌仰头看着他，不明白自己的心跳为什么加快了。

“所以呢？”

“带我去。”

“给个理由。”

“……我想出去走走。”

蒙萌摸了摸鼻子：“可以是可以，但有条件。”

“什么条件？”

“等我想好再告诉你。”

谢衍愣了愣：“好。”

蒙萌看着他的背影一点点消失，心中莫名有点失落。

她知道他的目的，而他也根本没打算掩饰。

蒙萌基本上每个月都会去城里的诊所。

去的时候，开船的驾驶员全程陪她，直到将她平安送回来。

有时候蒙宇也会一同去，但幸运的是，这天早上他没有随行。

蒙萌上船后，说自己忘了带东西，让驾驶员去帮她取。

谢衍趁机上船，躲在了一个集装箱后面。这地方蒙萌以前为偷溜出去也躲过，刚好能挡住她。可谢衍是男孩子，胳膊长腿长的，有点困难。

她今天穿了最爱的红色斗篷，下摆挨着脚后跟。

眼看着驾驶员就要上船，她当即走到集装箱前，手牵着斗篷扬起来，恰好将谢衍完全笼住。

游艇开动，浪花向两边翻涌，发动机轰鸣。

谢衍蜷缩在集装箱后，周围充斥着海水的腥气，他环抱着身体，有轻微的战栗。

这片海给他留下了巨大的阴影，他在这里几乎失去了一切。

他努力分散着自己的注意力，不知不觉中上方竟传来一阵歌声。

这曲子全程只有一个“啦”音，像是梦中呓语。他以前听过这首歌，名叫 *Valder Fields*。但他还是第一次听无歌词版的哼唱，不知不觉中入了神。

忽明忽暗的空间里，女孩的斗篷不时地扫过他的脸，有点痒。他忍不住仰头避开，后脑却突然被人往下压了一道。

“乱看伤眼。”

“……”

永夜岛离小城不远，大约二十分钟的路程。

游艇上岸后，驾驶员神色有些不自然。他停好游艇，便一脸为难地让蒙萌在原地等他一会儿，自己小跑着钻进了岸边的公厕。

谢衍下船时，腿脚麻得厉害，他扶着栏杆站了好一会儿才缓过来。

蒙萌的注意力被他今天的这身衣服吸引过去。

全都是蒙宇年轻时的旧物，有她上次丢给他的雾霾蓝毛衣，一条纯黑的长裤，还有深色毛呢外套。这几件组合在谢衍的身上，竟出奇地好看。

他朝她走过来，速度很慢，重心都放在左脚上。

蒙萌盯了他一会儿，问：“你脸红什么？”

“……”

蒙萌带谢衍上了辆车，发动前，忍不住问他：“你是不是觉得我给驾驶员下药很卑鄙，很无耻？”

“没。”谢衍怔了怔，又说，“谢谢你。”

他的目光沉静如水，蒙萌一时被噎得没话说。

她别过脸，踩下油门。

谢衍身体猛地向前冲了一下，担忧地看向她：“你有驾照？”

“这边考驾照很严的，但我开过卡丁车。别担心，路很简单，我带你绕一圈也不过十来分钟。”

“……”

谢衍将安全带又系紧了些。

这座小城面积不大，但小路盘根错节，并不好开。直道还好，一转弯蒙萌就控制不好速度，不是差点撞在树上，就是轮胎擦到路边的石阶。

等蒙萌好不容易把车开到诊所门口，谢衍的脸色已经苍白得骇人，半天没动。

她下了车，绕到谢衍身边，手扒在窗户上：“怎么样，这儿是不是很美？”

谢衍没接话，这一路上他光顾着看路了，哪儿还有心思看风景？

蒙萌已经习惯了他的沉默，自顾自地说：“我会在里面待一个小时左右，你四处转转。”

“嗯。”

“你还欠着我呢，别忘了。”

蒙萌的脑中正浮现着一个画面。

刚才他们路过大使馆时，谢衍的目光在那儿停留了许久，车开过去了，他也一直盯着后视镜看。

“嗯。”

得到谢衍的答复，蒙萌没再犹豫，转身进了诊疗室。

以前她每每来诊所，都会尽可能地多待一些时间。但今天却完全相反，她的目光总瞟向医生背后的挂钟。

按照例行程序，医生会先闲聊几句，问她的近况。

蒙萌的眼前霎时间闪过一张脸，她不假思索道：“没什么很开心的事，也没什么很难过的事，只是认识了一个人，觉得还挺有意思的。”

“哪儿有意思？”

“长得有意思，说话也有意思。哦，不……他不爱说话。但，沉默的样子也挺有意思。”

…………

诊疗结束，蒙萌从楼梯上走下来。

她走得很慢，每下去一级，她的呼吸就加重一分。

直到少年的脸映在午后的暖阳里，她突然松了口气，脚步也加快了。

“你怎么在这儿？”

怎么没有去大使馆，怎么没有趁机离开？

“我逛了一圈，看时间差不多就过来了。这里的确很美，可惜没手机，不然应该拍几张照片。”

这话谢衍说得十分轻松，反观蒙萌，倒是有点紧张过度。

“这个简单，我那儿有台快发霉的单反，你拿去用。”

“你别担心，我那儿什么都有，什么都不缺。”

“你还想要什么，你说。”

谢衍低头看着面前的女孩，竟有些哭笑不得。

她有资本，有魄力，有傲气，好像恨不能把所有美好的东西都捧到他的面前。

有生之年，能用这样的口吻对他说话的人，大抵也只有她了。

刚才他坐在这里，感觉整个人生都变得暗淡无光。

大使馆的寻人告示，网页上“欧泊投资”遭遇信任危机、面临崩盘的头条消息，世人对谢仲怀的批评和质疑，如同一块块巨石压在他的头顶。

正如蒙宇说的那样，现在谢家只剩下他一个人，很多事情尚存疑点，他根本无法应对。

如果他就这样回去了，便只能带着满身污泥艰难前行。

这一定不是父母舍弃生命救下他后愿意看到的。

蛰伏于盛夏，藏华于当春。

今日他选择留下，是为了明日以崭新的姿态重归故土，替父母正名。

“我给过你机会了，是你自己不要的，别想着找我要第二次。”回程的路上，蒙萌用同样的方式把谢衍藏在斗篷下面，小声说着话。

他垂着头，没搭话，转而问了句：“你想好了吗？”

“什么？”

“你说的，条件。”

“还没想好呢，反正你也不走了，来日方长，我总会告诉你的。”

“……”

海浪声滔天，将他们的对话都湮没了。

那日“偷渡”之后，谢衍便在岛上正式住下了。

让蒙萌意外的是，蒙宇给谢衍制订了详细的训练计划，还把自己最宝贝的藏书室钥匙交给了他。

根据计划，谢衍每周需要完成规定数目的阅读量，不仅有基础经济学的知识，更有各类杂书，涉及地理、天文、历史等多个学科。除此之外，他还需要每天早起晨练，一边跑步一边训练记忆力和对数字的敏感度，晚上要在健身房做力量训练，边做边进行快速阅读。

蒙萌对蒙宇的这套训练流程感到不可思议。

她去健身房找蒙宇，看到他像监工头子似的坐在摇椅上打瞌睡，鼾声震天。

落地窗外是墨蓝色的海水，谢衍站在窗前举铁，汗水顺着背脊的线条滑落，在灯光下显得格外夺目。

“迷人吧？男人就是要流汗，最好再流点血。”蒙宇不知道什么时候醒了，此时正饶有兴致地打量着自己女儿。

蒙萌收回视线，抱起双臂凑近蒙宇的脸：“说，你到底打的什么主意？”

“我以为我做的够明显了，替故友照顾、培养他的独子啊。”

“培养？我怎么没见你对我这么上心呢？我才是你的亲女儿吧？”

蒙宇怔了怔，突然大笑：“爸爸真是太高兴了！没想到我的小萌萌还有为我吃醋的一天！”

他伸手去抱蒙萌，却只扑了个空，差点从摇椅上翻下来。

“不要叫我小萌萌，我是不是和你说过？”蒙萌嘴角抽搐。

“好嘛好嘛，我女儿说什么都对。不过，就你那个生物钟，我即便真想培养你，也是心有余而力不足。至于我的那些书，你喜欢看的都翻了个遍，不喜欢看的，我逼你也没用。现在让阿衍看的那些，都是你不感兴趣的。”

蒙萌转念一想，这话的确有理。她自小就讨厌和数字有关的一切东西，偏科严重。

“那他会在这里待多久啊？”

蒙宇摸了摸下巴，狐疑地看向女儿：“你舍不得他？没事儿，我有办法把他永远留下来……”

“什么办法？”

“做上门女婿……”

蒙萌一边捂住蒙宇的嘴，一边慌乱地看了眼不远处的背影，心怦怦乱跳。

好在谢衍完全没受到干扰，仍专心练习着。

蒙宇挣脱她的手，笑意更深：“放心，他戴着耳机听新闻呢，为了练他的专注度，还有身体和思维同时运作的协调能力。”

蒙萌不禁打了个寒战：“到底是别人家的孩子，你下手可真够狠的。”

“那是，我可舍不得让我的宝贝女儿这么辛苦。你啊，只要做我的掌上明珠就行，爸爸会保你一生衣食无忧。”

这话蒙萌听了十几年，实在有些腻烦。

虽说她现在过着的生活的确无忧无虑，但真的是自己想要的吗？那天谢衍对她承诺，说可以尽他所能给她想要的东西。可连她自己想要的是什么都没想明白，他又如何给得了？

丽塔近来发现蒙萌有点不正常。

自她休学回来，就从没有一天按时吃过三餐。但最近她懒觉也不睡了，晚上早早地就拉灯睡觉，和谢衍的作息保持高度一致，高兴的时候还会去健身房。

蒙宇对此喜闻乐见，尽管他看出蒙萌只是过来划个水，她的运动轨迹完全是围着某人打转的。

譬如此刻，谢衍在机械区练肌肉，蒙萌就坐在哑铃凳上做仰卧起坐，频率低到……他总觉得女儿每次仰卧下去，就再也不会起来。

他眼睛眯了眯，对着蒙萌喊道：“乖女儿，帮我叫一下阿衍。”

蒙萌愣了愣，几乎没有犹豫，跑过去戳了一下谢衍的肩膀。

对方摘下耳机看她，而后顺着她的手势看向蒙宇。

“我女儿难得来这里，你陪她做个练习。平地支撑，交互拍手二十下，做错或者跟不上的人负责今晚的夜宵。”他一脸慈爱地对着他俩招了招手。

蒙宇拿手机给他们看示范，上面是一对当红 CP 在健身房录的小视频，画面十分美好。

蒙萌原本是不想加入的，但看完视频就改了主意。

谢衍倒是无所谓，只当是完成任务。

之后两人头对头，四肢撑地。

刚开始，蒙萌还应对自如，只是每次和谢衍拍手，她就觉得周身的气温会攀升一度。第一组才做了一半，她就撑不住了，但仍咬牙坚持着。

谢衍："别逞强。"

蒙萌对上他的视线："你哪里看出我逞强了？"

"合理推断。"

"……"

下一秒，谢衍的手突然被握住了。

女生的手炽热而柔软，小小的一只，勉强能包住他的手指。

他试了一下，没挣脱开。因为对方好像把所有重力都压在了他的手上。

俩人僵持了几秒。

谢衍皱着眉，想说点什么，话还没出口，蒙萌已经放开他起身走了。

蒙宇乐滋滋地搓了搓手："托你的福，今晚有好吃的咯！"

夜宵做好时，谢衍还在房间洗澡。蒙宇等不及，先吃了一大碗，之后就回三楼休息去了。

蒙萌吃完自己那份，想了想，担心东西凉了，便把谢衍的那份给他端去了房间。

房门没关好，是虚掩着的。她叫了两声谢衍的名字，没有回应。她推门进去，铺面而来的是沐浴露的香味和浴室飘出来的热气。

旁边突然传来门把转动的声音。

浴室里走出来一个人。

最近过了极昼期，到了夜里天会暗下来。

房间里的吊灯是浅黄色的，落在男生光洁的肌肉上，泛起一层金色的光。

谢衍上半身还裸着，正拿着毛巾垂头擦头发。意识到不远处有人，他抬头对上她的视线。

她湿漉漉的瞳仁，此刻又黑又沉。

蒙萌像是静止了一般，生生怔在原地。

即便面前这个人的背和画报上肌肉壮实的欧洲男模有出入，但肌理和形状也实属漂亮，散发着独属于这个年纪的雄性荷尔蒙，青涩干净的少年气息。

良久，她羞耻地吞了下口水。

“看够了？”他看向她，扯了下嘴角。毛巾被丢到一边，半湿的头发有种凌乱不羁的感觉。

蒙萌回过神，也没接话，径直将吃的放到他面前。

“你倒是架子大，放凉了我可没工夫帮你重新热。”

谢衍从沙发上捡了件衬衫穿上，还是蒙宇的旧衣服，纯白的，大了一点。

他低头扣扣子，原本裸露在外的皮肤一点点被掩盖住。

“服务挺周到。”

“当然，我不喜欢欠别人的。”蒙萌慌忙收回视线。

闻言，谢衍的目光落在她脸上，有困惑。

蒙萌故意上下打量了他一番：“今晚吃了你的，现在还给你，两清。”

“……”

她洗完澡后换了条姜黄色的连衣裙，裙摆仍旧飘逸，随着她的动作在空气中打了个转后，消失不见。

谢衍没理解她那句话，他盯了面前的东西一会儿，总觉得不是什么好吃的。

等到他揭开盖子，发现里面是豆腐羹，看着又滑又嫩。

豆腐，吃豆腐。

原来她是这个意思……

他笑着扯了扯嘴角，拿起勺子，舀了一勺递进嘴里。

怔了两秒，之后他便一口接一口地吃完了整碗。

蒙宇这样的魔鬼训练，蒙萌原以为谢衍根本坚持不了多久。

可他不仅坚持了下来，还超额完成了任务，每天忙得像个连轴转的陀螺，她想和他说句话都难。没办法，她干脆也一头扎进藏书室。

他终于有空注意她，而他和她说的最多的一句话却是："看过的书请放回原位。"

蒙萌觉得无趣，便又不去藏书室了。

少了她在后面做小动作，突如其来的安静竟让谢衍有些不习惯。

趁着休息，他回房间拿东西，路过某间房时，蓦地停下脚步。

蒙萌正和丽塔玩牌，她撑着手肘趴在小方桌上，连衣裙的领口很大，从他的角度恰好能瞥见一抹雪白，在阳光下亮得晃眼。

他眼底一暗，连忙移开视线，脑袋里却不自觉地闪过那晚的豆腐羹。

蒙萌注意到门口站了个人，直接丢给他一记白眼。

"……"

丽塔看到谢衍像看到了救星，她连忙跑过去拦住他："替我陪小姐打牌吧，我手头还有一堆事情要做呢！"

"丽塔……"

蒙萌在催促她。

丽塔咬咬牙，直接将牌塞进了谢衍手里，逃之夭夭。

谢衍抓着牌站在门口，走也不是，进去也不是。

蒙萌见他愣在门口，淡淡地说了句：“你把牌放下就可以走了。”

“五局三胜。”谢衍在蒙萌对面坐下来。

“哦？这么好心，你不是大忙人吗？”

“我只玩有彩头的。”

蒙萌眨了眨眼，来了兴致：“好啊，我要是赢了，你下周陪我去城里采购东西。”

谢衍点头：“我赢了，给我做一周的夜宵。”

“成交。”

…………

蒙萌原本是带着一百二十个信心入场的，刚开始输的时候还不以为意，只当是对方运气好。可越到后面，她就越发现自己完全不是谢衍的对手。

“不行，再来！”蒙萌按住谢衍要收牌的手，语气坚定。

“规则不是用来推翻的。”谢衍挣脱开，不理她，继续将牌装进盒子里，又将桌上的其他东西整理好，之后从地上站起来。

蒙萌急了，声音抬高：“就一把！”

“再来十把，结果都一样。”

“……”

“光靠运气和聪明，你是赢不了我的。”

谢衍的语气沉着而笃定，这让蒙萌更加烦躁。

“不过是个游戏，就是用来消遣的东西……”

“你把它当游戏，它就只是游戏。你把它当成竞技，它就是战场。上了战场不用战术，全靠运气往前横冲直撞。你觉得，能有几分把握赢？”

谢衍走后，蒙萌怔在原地，突然发现那张原本杂乱不堪的游戏桌，已经在他们玩的这段时间里，被谢衍收拾得整整齐齐，所有东西都像是一键恢复出厂设置般，回到了最开始的样子。

这天之后，蒙萌便时常找谢衍打牌。当然，得等他完成蒙宇布置的任务之后。

而打牌的结果，是她给谢衍做夜宵的时间越来越长，最后竟然排满了半年。

得知此事的蒙宇十分嫉妒，每天也留下来蹭谢衍的夜宵吃，边吃边趁蒙萌不在的时候感叹："当真是女大不中留！做爹的想吃女儿做的一口饭都难于上青天，还不如一个外来的毛头小子，可悲！可泣！"

谢衍置若罔闻，专心享用美食。

近来岛上下了几场雨，到处都是冷飕飕的。

谢衍因为睡过了头，被蒙宇罚去环岛跑，正赶上雨天。

当晚他就发起了高烧。

蒙萌得知后，发了好大一通脾气，责怪蒙宇不该这么严苛。丽塔在旁边看着，也吓了一跳。以往蒙萌也和蒙宇闹过别扭，但很少这么激烈。

蒙宇知道自己这次是真惹女儿生气了，碰巧赶上他要去处理工作，便在一个清晨悄悄离岛。

走之前蒙宇交代丽塔，等谢衍烧退了，就让他休息几天。

谢衍这场病来得快，去得也快。蒙宇走后的第二天，他就又去藏书室看书了。结果这一去，中午吃饭的时候，他又开始咳嗽，整个人都没什么精神。

蒙萌直接板着脸没收了他的钥匙。

谢衍被她的态度弄得有些莫名其妙。

丽塔私下对他说了蒙萌对蒙宇发飙的事，还说蒙萌只是担心他的身体。

谢衍没接话。

之后的几天里，蒙萌对他十分殷勤，每天亲自给他做病号餐不说，还时刻在他眼前晃，几乎有求必应。

而谢衍对这一切都照单全收。

习惯了每天紧凑的日程，突然闲下来，他有些无所事事。

路过一个房间时，他犹豫了一会儿，抬脚走进去。

蒙萌午觉刚醒，便听到丽塔和谢衍说话的声音，她走过去，看到丽塔正在帮谢衍调试影音设备，但半天没弄好。

“看电影？”

谢衍瞥了她一眼，点点头。

“我来吧。”

丽塔把遥控器递给蒙萌就离开了。

房间里只剩下他们，周围光线很暗。谢衍靠着沙发坐在地上，目光肆无忌惮地落在蒙萌身上。

他不知道她是怎么用那种姿势跪坐在那儿的，腿和屁股形成了一个“M”。她总是没有一个女生该有的自觉，譬如坐下来的时候要按着裙子，又譬如趴下来的时候要注意捂住胸口。

房间里是恒温的，但谢衍莫名觉得一阵燥热。

就在他准备放弃看电影时，屏幕上的 logo 突然亮了。

蒙萌满意地打了个响指：“Yes！”

“想看什么？”她从旁边翻出一沓碟片，其实她不爱看这个，都是以前蒙宇的存货。但因为可以和谢衍一起看，她表现得很积极。

“随便。”

“……哦。”

蒙萌被对方的冷漠弄得有点气闷，她也懒得挑，随手拿了张碟子推进去。

影片开始时，蒙萌就后悔了。

这是个刑侦片，上来就是杀人现场。

她其实不算胆小，但也不喜欢这种血腥场面。尤其配上那些故弄玄虚的音乐，她下意识地抓紧了手里的抱枕，甚至不自觉地往某人身边挪动。

谢衍从一开始就心不在焉，密闭而幽暗的空间里，视觉受限，其他感官就变得异常敏感。

窸窸窣窣的声音，不知名的香甜味道。

明明很害怕，却强撑着，如此爱逞强的她比电影本身有趣多了。

此刻蒙萌满脑子想的都是如何掩饰自己的害怕，她不想在他面前丢面子。

又是一个惊悚的画面，配合着诡异的音效，她吓得直接闭上了眼睛。

“别看了。”

谢衍摸黑去找遥控器，刚要起身，突然被一只手拉住。他能感受到她手心那层细密的汗，大抵是被吓出来的。

“哪有看一半的。”

谢衍怔了怔，也没坚持，又坐回原位。

而在那之后，影片的风格突然发生了大转变，警察和嫌疑犯走起了浪漫爱情的路子。

约会、亲昵……最后开始了不可描述的画面。

这比刚才的恐怖镜头更让蒙萌如坐针毡。

欧美的老片子尺度大，展现的都是两性爱到深处的原始欲望。

“我去喝口水。”蒙萌闷头走出房间，她按着烧成火球的脸长嘘了一口气。透过门缝，她看到谢衍仍坐在那儿，看得很专注。

蒙萌没再回去看电影。

晚上她和谢衍吃晚饭，蒙宇不在，气氛冷了不少。

丽塔给蒙萌盛汤，问她下午看的电影好不好看。

蒙萌正低头喝着，随口答：“挺无聊的，看到一半我就走了。”

丽塔点点头，又给谢衍盛了一碗：“不好看，少爷你还坚持看完了？”

谢衍：“前面故弄玄虚，后面还行。”

蒙萌：“……”

吃完饭，她正要回房间，突然听到身后传来一句：“去睡觉了？”

她疑惑地转过头：“才七点，当然不睡。”

谢衍“哦”了一声，又说：“那看电影吧。”

“下午不是看过了？”

“系列片，还有第二部。”

蒙萌脑中同时浮现出两个画面，一个是血腥的凶案现场，一个是两具身体在床上纠缠。

“你自己看吧，我不喜欢。”她不再理他，转身往外走。

“还以为你什么都肯做呢。”冷淡的声音响起，透着几分揶揄。

蒙萌捏了捏手心，心怦怦直跳。

谢衍从她身边经过：“不是愧疚吗？”

“……”

那几天蒙萌总是赢不了牌，心中不平，便故意使坏动了他的闹钟。但她并不知道蒙宇会那么较真，竟罚他在雨天跑步。她那天会对蒙宇发火，不仅是因为心疼，更多的是因为愧疚。

所以这几天她才会想尽办法弥补他。

原来他都知道。

“对不起，我不知道我爸他会……”

“没事。托你的福，我才有时间看了场……不错的电影。”

“……”

后来蒙萌悄悄把那部只看了一半的电影补全了，让她意外的是，后面几乎都是那样香艳的戏码。

日子一天天过去，蒙萌觉得自己和谢衍的关系似乎没有那么紧张了。

他们开始有默契，也渐渐习惯了彼此陪伴。尽管她仍无法赢他的牌，经常需要听他的差遣扎进厨房，可她很喜欢看他吃东西时愉悦的样子。

而这份愉悦，是她带给他的。

那时候，她希望时间过得慢一点，因为她开始患得患失，总担心他会突然离开。

谢衍生日那天，她早早地备了一桌他爱吃的菜，甚至打扮了一番，换了套她很少拿出来的小礼服。她坐在桌前，看到谢衍朝她走来，竟有些紧张。

“我……”

“丽塔洗衣服的时候，发现有这个，让我带来给你。”谢衍脸色很沉，语气冷淡。

蒙萌怔怔地看着他掌心里某条断开的手链，半天才反应过来。

这是她前两天从果酱嘴里抢下来的东西，她从没见过这个手链，只当是哪个用人丢的，便随手揣在了口袋里。

“哦，谢谢。”她伸手去接，谢衍的手却合上了。

“这是我母亲的遗物。”

蒙萌心中一沉，她急忙解释：“对不起，我不知道这是你的。那天我看果酱叼在嘴里玩……我不知道它是从哪里找出来的……”

谢衍没接话，蒙萌又说：“别担心，我对首饰挺有研究的，我能帮你修好，你给我一点时间……”

“不需要。”

“不需要，是什么意思？”

“我不喜欢有动物进我房间，麻烦你管好自己的猫。”

“……”

蒙萌看着他的背影，咬咬牙，冷嗤了一声：“你是不是搞错了，这儿是我家。我的猫，爱去哪儿就去哪儿。”

谢衍脚步一顿，转头看向她。

“你是在气自己吧？听说是你父母把唯一的浮板给了你，但你现在却躲在这里，什么都做不了。要我看，你不过就是个懦夫，胆小鬼。”

他们的目光紧紧锁住彼此，空气凝滞住，四下一片沉寂。

蒙萌今晚是真的生气了。

她花了半天时间给谢衍准备这顿晚餐，还精心打扮了自己，却不想等来这样的结果。

谢衍的脸色也没好到哪儿去，整个人僵直在原地，极力隐忍着什么。

蒙萌忽然有点后悔，她不该说这么重的话，拿他最在意的事刺激他。

但话已出口，后悔也晚了。

“行。”谢衍扯了扯嘴角，眼中的怒意散去不少，好像什么都不在意了，“怪我没放好东西。”

“以后……请别浪费时间在我身上。”

他瞥了眼桌子上的晚餐，语气很轻，透着一股凉薄。

蒙萌在桌边僵坐了许久。

她倒宁可看他歇斯底里地骂自己，也好过此刻异样的沉静。

谢衍来岛上这么长时间，蒙宇见过他们闹别扭的样子。

无非就是蒙萌输了牌去捉弄他，故意将东西放得乱七八糟，然后再看着他一样样放回去。大多时候都是蒙萌在折腾，谢衍冷漠应对。

可他从没见过两人像现在这样形同陌路。

蒙萌好像又回到了谢衍没来时的日子，昼夜颠倒，全无规律。

如此一来，蒙宇有时想吃她做的豆腐羹，即便好话说尽，对方也理都不理。

这就算了，她还将蒙宇偷偷藏着的碟片全都丢了，里面就包括上次她和谢衍看的那张。

蒙宇生气归生气，却又不好发作。

他心想：这谢衍还没当他的女婿呢，自己就得陪着他一块儿连坐。要是以后进了门，他的命运岂不就完全掌握在这个毛头小子手上了？

孽缘啊孽缘。

某天晚上，蒙宇坐在客厅里小酌。

谢衍洗完澡从他面前经过，他瞥了一眼谢衍手里的东西，笑起来：“得罪谁都不要得罪女人，你看，好好的夜宵给你折腾没了，只能啃面包。”

“……”

“给我几片。”

“……”

几杯酒下肚，蒙宇就开始滔滔不绝地回忆往事。他从自己以前和谢衍的爸爸谢仲怀的过往，说到独自带大女儿的心酸。

谢衍没想到蒙宇会突然对他说这么多，在旁边默默听着。

“再过几天是我太太的祭日，我要去城里祭奠她，希望你多陪陪小萌。”

“她不去？”

“嗯，她有自己的祭奠方式。何况，她也不想在那天见到我。”

谢衍没有追问原因，两人沉默了一会儿。

蒙宇仰头将杯里的酒饮尽了：“我给你说件事吧，不喝点酒，我也没胆量说。”

谢衍看向他。

“她七岁那年，我太太当着她的面投海自杀了。但那天我因为处理工作，不在岛上。后来她就一直恨我……每年一到这个时候，我就会离岛。其实我是因为愧疚和害怕……”

…………

蒙母祭日当天，蒙宇离开后，岛上平静如常。

谢衍一天都没看到蒙萌，晚上他洗完澡，回房间时碰到丽塔，她看上去欲言又止。

“你有话对我说？”他主动问。

丽塔自然知道他最近和蒙萌关系冷着，但此刻也忍不住了：“是……是小姐，她状态很差，也不理人。先生不在，能不能请你去看看她？”

谢衍在温室花房找到了蒙萌，她窝在一张灰色的懒人沙发里，瘦瘦小小的一个，完全陷在豆袋里。

果酱原本窝在她的怀里，看到谢衍，当即跳下来，竖起尾巴，进入备战状态。

蒙萌听到动静，抬眸睨了他一眼，嘟囔着：“我是醉了吗？都出现幻觉了。”

“……”

谢衍的目光落到她的脚边，那里有几个空啤酒罐。而蒙萌满脸酡红，一双眼睛沾满了酒气，竟显出几分勾人的妩媚。

“怎么连幻觉里都是这个讨人厌的家伙！”

眼前突然飞来一个球状物，幸好他反应快，稳稳地接在手里。

那是果酱最喜欢的玩具。

“哎？会动。”蒙萌晃晃悠悠地坐起来，盯着谢衍看了一会儿，突然哼了一声。

“别喝了。”谢衍走过去，扶着她的胳膊想将她拉起来。

蒙萌猛地推开他：“不是你说不让我招惹你吗？你现在又干吗来招惹我？”

谢衍也盯着她看，眼底一片深沉：“喝醉了还记得这个？”

“我没醉。”

“醉鬼都这么说。”

“浑蛋。”

“……”

蒙萌不再理会他，又在沙发上坐下来。

谢衍看着她变戏法一样地又摸出两罐啤酒，有点无语。最终，他叹了口气，走过去挨着她坐下来。

蒙萌见他过来，紧紧把啤酒罐抱进怀里："不给不给！"

但对方只是拿了另一罐啤酒打开，和她手里的碰了碰："就当你清醒，抱歉这种话，我只说一次。"

蒙萌怔怔地看着他。

"对不起，如果那天我说的话让你不开心了，我……"

还没说完整的话，因为女生突然汹涌而出的眼泪戛然而止。

"该说对不起的人是我，但那天我是真的……真的觉得委屈啊。你这么大个人，怎么还能跟小猫生气？当然，你也不能……不能跟我生气啊，手链又不是我弄坏的……"

蒙萌带着哭腔，边抽泣边说。

谢衍头一回觉得女生哭起来让人心疼。

他不知道该怎么哄她，只能轻轻拍着她的背。

好在蒙萌的哭来得突然，消停得也快。

许是她自己也觉得不好意思，胡乱抹了把脸，垂着头说："我很少哭的，今天除外……"

"我知道。"

"你知道？"蒙萌扯了扯嘴角，"哦，我爸告诉你的。"

谢衍突然想起蒙宇之前和他说的话。

"这些年啊，小萌她很孤单的。表面看上去不好相处，其实心很软，也容易相信别人。如果你愿意，至少和她做朋友吧。是你的话，她会很高兴的。"

…………

"走吧，你别再喝了。"

"等等。"蒙萌小心翼翼地从口袋拿出一样东西，放到了他的手心里。"听过一句话吗？永远不要让别人心生愧疚。"

谢衍看着手里被修复好的手链，竟觉得手心一阵灼热，连带着他全身的血液都在身体里翻滚起来。

他能想象到蒙萌为修好这个花了多少心思。

“你天天都带在身上？”

蒙萌摇摇头，低头摸了摸鼻尖：“我喝酒，其实就是为了壮胆……然后给你。哈哈，我是不是很可笑？我也这么觉得……”

谢衍听着她碎碎念，心中某处像是陷下去一般，露出了最柔软的那一块。

他紧紧攥着那条链子，哑着声说：“那现在换我愧疚。”

蒙萌还没从尴尬里走出来，“啊？”

“这链子不是你弄断的。”

“……”

海难发生时，他在浮板上抓着母亲的手，明明浑身都快冻僵了，他也不肯放开。但母亲却主动要挣脱他的手，他最终只抓住了半根手链，而后看着母亲一点点沉入大海。

他从没有原谅过自己，手链是他永远的罪证。

其实那晚他和蒙萌闹了不愉快，与其说是对她生气，不如说是自己借机发泄心中积蓄多日的苦闷。

谢衍解释的时候，蒙萌便趴在膝盖上听他说话。

等他说完，她也没生气，心中原本对他的愧疚渐渐转化成一种同病相怜。

空气中安静了一会儿。

“你知道吗？其实对于妈妈投海那件事，我也曾觉得愧疚。我总气自己没有能力阻止她。可后来我想通了，每个人都会对自己的选择负责，我妈妈她……她只是选择了一种会让她高兴的方式离开。也许对她而言，留下来，只会更痛苦。人生或长或短，我应该尊重、理解她。”

蒙萌歪着头盯了谢衍一会儿：“就像你爸妈的选择一样。他们想让你活下来，你就好好地活，带着他们的那份希望。不要愧疚，不要自责。”

“……”

谢衍回视着她，呼吸和心跳都加重了。

两颗都曾受过伤的心，在这一刻彼此呼应。两段都曾蒙尘的路，在这一刻变得明朗可期。

蒙萌先败下阵来，她被他看得不自在："这……这么感动？眼睛都不眨？"

谢衍忽地伸手戳了一下她的眉间："看你傻啊。"

"嘁。"蒙萌拍掉他的手，脸却突然烧得滚烫，好在她的脸本来就被酒气熏红了。

谢衍站起身，低头看她："还不走，要在这儿睡？"

"再陪我喝点吧，别浪费啊。"蒙萌朝他晃了晃啤酒罐，笑得眉眼弯弯。

"……"

说好的只喝一点，最后竟一发不可收拾。

谢衍还来不及想明白她究竟是怎么搬来这一箱啤酒的，思绪就已经乱了。

他们从沙发滑到地上，最后互相倚靠在一起。

蒙萌觉得脑袋里像是被灌了铅，沉得抬不起来。她像是想到了什么，突然凑到他面前，仰着头和他对视："我那天骂你胆小鬼、懦夫，你真不生我气了？"

谢衍眼底发红，摇了摇头。

"你你你……骗人！"蒙萌舌头差点打结。

闻言，谢衍懒懒地靠向沙发，双臂伸长搭在上面，似笑非笑："骗人的是你自己吧。"

"我骗你什么了？"

"明明就舍不得我走，还非要装出一副很讨厌我的样子。"

"……"

蒙萌的确是醉了，若是清醒着，她必然要跳起来为自己澄清。但她现在反应完全慢半拍，几乎都是最本能的反应。

“你还不是一样，说什么不要让我浪费时间在你身上……”她故意学着谢衍说这话时的语气和神态，而后指着他手里的链子，“喏，还不是浪费了？”

“……”

下一秒，他们突然都笑起来。

好像这样笑，便能把所有的不愉快都抛到脑后。

夜色渐浓，岛上所有的灯都亮了起来。星星点点的光亮映在海面上，几乎要分不清是影子还是现实，如梦似幻。

蒙萌不知何时靠在了谢衍的肩上，迷糊间，她忽然听到对方说：“这座岛的确可以让人逃避现实、忘记时间。有时候我也在想，要是能这样一直待在这里，直到天荒地老，也挺好的。”

“那就留下。”

谢衍摇头：“我和你不同，我现在做的一切，都是在为离开做准备。你呢，只要你想，你就可以一直生活在梦里。”

他顿了顿，目光中透着笃定：“迟早有一天，我会为他们正名，让那些人得到应有的惩罚。”

“我相信你。”蒙萌突然坐起身，扳过他的肩膀，“只要是你想做的，一定都能做好。”

谢衍怔怔地看了她一会儿，之后突然移开视线，看着窗外翻涌的海面，说：“我……要走了。”

蒙萌指尖缩了缩，顿时清醒了大半：“什么时候？”

“可能很快，可能再过段时间，还没完全想好。但总归要走的。”

这话，他说给她听，也是在提醒自己，不能留恋。

他们各自沉默着，各怀心思。

“回去吧。”谢衍准备起身，手却被人抓住了。

“还记得之前，你说只要我带你出岛，就答应我一个条件吗？”

“……”

蒙萌后来想，她曾浑浑噩噩地过了十几年，生活的优渥反而让她失去了动力。直到遇见谢衍，她突然有了方向。

“这次换你带我走，去你以前生活的地方，陪你一起实现愿望。”

她觉得对方思考了很久很久，久到她以为他不会答应了。

“好。”

他们相视一笑。

也许酒精是这个世界上最好的催化剂，它能让感情升温，能给人勇气和力量。

不知道又过了多久，所有的啤酒罐都空了。

他们侧身相对，各自枕在小臂上聊天。

她和他说刚来岛上时的不适应，他和她分享在美国求学的艰难时光。

说着说着，蒙萌突然不说话了。她盯着谢衍黢黑的一双眼发呆，时间久到让谢衍很不自在。

他伸手遮住她的眼睛：“别看了。”

她将他的手拉下来：“就看。”

“……”

如此幼稚而没有营养的对话，果酱在旁边打了个哈欠。它仰起头，宝石般的眼睛盯着那两道骤然靠近的影子眨了眨。

时间仿佛静止了。

谢衍靠过来的时候，蒙萌甚至不知道要闭上眼睛，只能傻愣愣地看着距离无限缩短。暖橘色的光线从他们鼻尖的缝隙处渗出来，光与影的交会处，是两片轻触的柔软。

似乎过了一个世纪那么久，却又像是短短的一瞬。

伴随着男生绵长的呼吸声，她从身到心，彻底沦陷。

以至于在他离开的时候，她不惜一切也要帮他拿到父亲的资助。

可她知道，他是终将翱翔于天际的鹰，有他不得不去完成的事，有他的雄心抱负，所以她不希望自己成为他的负担。

听说鹰重生之前总会独自飞到悬崖，弄断喙、指甲，甚至拔光身上所有的羽毛。

而在永夜岛的这段时间就是他的重生。

也许就像后来蒙宇说的那样，她可以因为同情一个人借钱给他，但绝不会因为同情一个人就要编造和他在一起的谎言。

她喜欢他，早在这个蜻蜓点水的吻之前。

情不知所起，具体是什么时候，她也记不清了。

所幸山和山不相遇，人和人总相逢，那份迟来的幸福终究还是圆了七年等候的缺憾。

番外二

# 关于婚后的那些事儿

**第一件事**

橘子的旅行恋爱段子书要写第二部，编辑让她加点身边朋友的爱情故事。

蒙萌和谢衍成了她的头号目标。

之前橘子帮过蒙萌和映射不少忙，这是她第一次有事拜托，蒙萌毫不犹豫地答应了。

那边催得急，蒙萌白天总没灵感，非要到夜深人静的时候才能安心坐在电脑前赶工。

有天晚上，她做了个噩梦，梦里的她在谢衍离开永夜岛后到处都找不到他，她只能一个人蹲在海边，哭得撕心裂肺。

梦醒后，她再无睡意，在床上翻来覆去。

谢衍被她的动静弄醒了，迷迷糊糊地问她怎么了。

“……去厕所。”

那边“哦”了一声，没再搭话。

过了一会儿，蒙萌见他睡熟，便小心翼翼地下床，去了书房。

她正写到谢衍那晚醉酒后在温室花房吻她的事，不知道为什么，隔了这么多年，回想起当时的场景，还是忍不住心潮澎湃。

也许是太专注了，身后有人走进来，她也浑然不觉。

“那一刻我几乎忘记了呼吸……”谢衍对着屏幕突然读了出来，声音带着久睡后的沙哑。

蒙萌吓得浑身一抖，当即用手去遮屏幕。

无奈家里的电脑是谢衍看股票用的，有好几个显示屏，她自己刚开始还觉得这种体验很新奇，但现在就只剩尴尬了。

来不及保存再关闭，她只好转过身用手遮住他的眼睛：“未经允许，谢总您这是侵犯隐私。”

谢衍倒也不着急把她的手拉下来，转而搂住女人的腰肢，轻轻掐了一把：“如果我没记错，你是在写我们的恋爱回忆录。身为主人公之一，我享有知情权。”

蒙萌怕痒，经不住他在她腰间作乱，只得软着声撒娇：“写好再给你看，我不喜欢写东西的时候有人在旁边，很奇怪啊。”

说完，她又踮起脚吻了一下他的脸颊：“拜托拜托，橘子那边催得紧，我得赶紧写完。”

“那我不看了。”

“真的？”

“有条件。你给我乖乖回去睡觉，熬夜对身体不好。”

蒙萌乖乖照做。

已是凌晨，窗外的天没有夜里那么黑。

蒙萌完全清醒了，实在睡不着。

谢衍无奈地叹了口气，起身开了小夜灯。

他侧躺着，手撑着脑袋，开始打量身旁的女人。

蒙萌一脸茫然：“我打扰你了？”

的确是打扰，各方面。

他没接话，眼神却默认了。

蒙萌不好意思地笑了笑，说话的兴头也上来了。她先是将自己前面做的噩梦告诉他，然后问："如果我没有来南城找你，一直留在岛上，我们是不是就永远错过了？"

"不会。"谢衍随手撩了她一束头发绕在指间把玩，"我会去找你，不过可能要过很长时间，等我把事情做完。"

"我明白。"蒙萌心中乍暖，像只小猫般拱进谢衍的怀里，一股灼热侵袭而来。

她突然想到刚刚自己在写的那个片段，忍不住打趣道："也是啊，亲都亲了，还想不负责任地一走了之？那可是我的初吻！"

"嗯，有道理。"谢衍已经被怀里这团软香弄得有些燥热不安，完全没意识到自己已经掉进了某人的陷阱。

空气中安静了一会儿，蒙萌突然推了谢衍一把，整个人压了上去。

"原来你没忘？！你竟然骗了我这么多年？！卑鄙！无耻！阴险！"

谢衍恍然大悟，但还想挽救一下："我真记不清了，刚才就是顺着你的话……"

"还狡辩？"

谢衍无奈地看着上方这张冒着怒气的脸，连忙做出一副很困的样子："那些都是陈年旧事了，你确定非要现在和我较真？其实我明早还有会要开。"

"我也有会要开啊。你老实交代不就完了？嘴这么硬，就别怪我不心疼你……"

她话还没说完，突然被人搂着打了个转。

"不困？"

蒙萌吞了吞口水，摇头。

"那做点别的。"

…………

她身上的衣服很快就被剥干净了，两人额头相抵，体温乃至周遭的温度都在攀升，眼神、呼吸、思绪全乱了。

明明刚才她还带着打破砂锅问到底的架势要问出一个答案，可现在所有的气恼都在他的亲吻和抚摸下化成一池春水，柔软延绵，仿佛风吹过就会起皱。

进入正题前，她用仅存的理智嘟囔着："灯……灯没关。"

谢衍后背已蒙了一层细密的汗，此刻五感只集中在触觉上，难免分神。

"嗯？"

蒙萌也热得难受，嗔怒道："灯没关！"

不知道是不是她听错了，耳畔蓦地传来一声低笑。

"今天罚你，就这么做。"

"……"

不对，明明是他隐瞒在先，要罚也该罚他啊……

蒙萌再次醒来时，已是日上三竿。身边的人早就走了，她看了眼时间，吓得连忙从床上坐起来。

今天早上的会……

惨了惨了，她简直能想到梁知夏大发雷霆的样子。

在心里酝酿了五分钟后，她先发去一个萌萌的表情，然后发了一堆道歉和自我反省的话，连"从今以后，我要改头换面，重新做人"这样的誓都立了。

梁知夏回得倒是很快："别担心，会议已经改期了。你老公一大早就给我发了消息，说你今天早上太累，下午再来公司。"

蒙萌差点喷出一口老血："什么……什么太累？"

"赶稿啊，不然还有什么别的？反正橘子也是咱们的股东，你为股东办事就算是公事了，也别太有心理负担，半天假不碍事的。"

蒙萌松了口气，讪笑道："多谢梁姐体谅……"

挂完电话，蒙萌懊恼地抓了把头发，当即对着手环说了两个字：浑蛋！

与此同时，正在开会的谢衍突然感受到了一下振动。

偏巧他手里刚端起一杯咖啡，之后成功翻倒在他的白衬衫上。

众人集体石化了几秒。

他们从没想象过，一向严谨稳重的谢总经理会有如此狼狈的高光时刻。

**第二件事**

蒙萌过了很久才知道何慕白继续去做援外医生的事。

她打心眼儿里替他高兴，因为一个人一生中能去做自己喜欢的事实在难能可贵。

或许是因为李天逸好面子，又或许是何慕白的母亲在丈夫的耳旁吹了枕边风，原本属于何慕白的房子被李天逸收回后，又回到了何慕白手上。

但何慕白拿到房子后，第一时间就找人挂在网上出售了。

新户主是个三口之家，夫妻俩都是做生意的，有个五岁的女儿，平常家里有保姆带着。但保姆每两周需要回乡下一趟，孩子母亲便会托蒙萌帮她去幼儿园接女儿，等他们下班回来再去接。

蒙萌第一次看到那个女孩就有种久违的亲切感，不仅因为那孩子可爱，更因为她的小名也叫安安。

有一回夫妻俩来接孩子，安安突然奶声奶气地问蒙萌："萌萌阿姨，你和谢叔叔打算生小宝宝吗？"

蒙萌愣了愣，笑道："没有啊，我们还没这个打算。"

安安听了，连忙松了口气说："都怪妈妈，她非说是因为我在，你和谢叔叔才迟迟不生小宝宝，既然不是因为我，那我就放心啦！不过，如果你们要生小宝宝，安安不会打扰你们，安安会乖乖地在外面玩玩具的！”

蒙萌的脸瞬间红了，一时间不知道该说点什么。

邻居夫妻俩见状，也有点发窘，默默憋着笑把孩子抱走了。

谢衍下班回来，蒙萌把这件事当笑话说给他听。

不知道为什么，她好像被戳中了笑穴，一直到睡前还在反复念叨着，只要提起来，她就想笑。可旁边的某人却对她讲的笑话无动于衷，专注地靠在床头看书，表情始终淡淡的。

“书就那么好看？”

话落，谢衍侧过头，看到女人一脸怨念地趴在床上，看他的表情似笑非笑。

好像有种暴风雨来临前的平静。

不过他的视线已经沿着她纤细的脖颈一路向下了。

鲜红的低领吊带裙，真丝质地，此刻因为她的动作有些松垮，肩带已经滑到边缘，露出胸前浅浅的一道阴影，白得晃眼。

他眼神一暗，当即有了判断。

自然是眼前的人好看。

他心里压着火，面上仍是那副淡淡的表情。手里的动作也慢悠悠的，一点也不着急。

蒙萌看他半天没说话，直到把那一章剩下的两页看完了，才把书放到床头柜上，之后调了个夜灯模式。

光线突然暗下来，她刚想说点什么，腰就被人搂住，在床上打了个转。

谢衍倾身压下来，她的视线里便只有男人俊朗的眉眼，和嘴角勾起的一抹笑。

她也是后来才发现，男人在做这种事的时候，有种别样的帅。哪怕是接吻，他也认真得像是在电脑前工作。一点点沿着唇瓣吮吸舔舐，不放过任何角落，极有耐心。她被他吻得像是浑身着了火，耐不住，迫切地伸出舌尖想打乱他的节奏，无奈对方像是故意要逗她般，怎么都不肯放她进去。

她有点恼了，索性含着那抹柔软用力咬了一小口。

谢衍吃痛地放开她，眼底深沉。这样的姿势，他的脸嵌在阴影里，而她绯红的脸和红得异常的唇都被镀上了一层暧昧的光。

蒙萌被他看得更热，刚想别开脸，突然听到上方传来低笑。许是被这笑声刺激到，也不知道是哪儿来的力气，她直接抓着他的手臂换了个位置。

谢衍笑意更深，左手枕在脑后，右手掐了一下她的脸："又看了什么片子？"

"试试就知道了。"

蒙萌也没和他客气，带着刚刚被戏弄的愠怒俯身亲下去。

事实上，男人比女人更禁不住挑逗，这也是蒙萌通过实践得出的结论。

果不其然，不过一会儿的工夫，身下的人已经起了反应，浑身都变得滚烫。

他不再满足于亲吻嘴唇，直接沿着她脖颈处的弧度绵延。

蒙萌被吻得晕晕乎乎，突然觉得身上一凉，睡衣早已不知所终。

她忽然想到之前让谢衍帮她选睡衣，他只看了几秒就选定了一款。

后来收到货，她试穿的时候才想起来问他选这件的原因。

对方侧头打量了她一眼，淡淡地说了两个字——好脱。

…………

男人粗粝却宽大的手掌带着力道在她的身上肆虐，所到之处无不燃起烈焰。又是一段激吻结束，彼此都有些气息不稳。

可就在这时，突然传来剧烈的敲门声，还伴着安安的喊声。

蒙萌吓了一跳，立刻从床上坐起来，四处找睡衣。

“别管了。”谢衍重新将她压下来，声音哑得不像话。

然而敲门的声音越来越大。

“不行……这么晚了，万一有什么事呢？”蒙萌一边闪避着，一边哄他。

谢衍只得停下来，默默将睡衣扣好，黑着脸出去开门。

原本喊得正卖力的安安差点被眼前的男人吓得红了眼眶，隔了好一会儿才怯生生地说：“叔叔，我睡不着，想听蒙阿姨给我讲故事。”

谢衍：“……”

没过多久，谢衍申请了年假，将蒙萌也一并带走，公司完全交给梁知夏。

他们回来后，蒙萌就怀孕了。

安安得知消息的那一刻，恨不得奔走相告：“果然！就算安安在，谢叔叔和蒙阿姨还是可以有孩子的！完全不影响！说不定安安也有功劳！”

后来整个幼儿园都知道了这件事。

有一回蒙萌去接她，同班的另一个小男孩哭丧着脸抓着蒙萌说：“蒙阿姨，你和谢叔叔是怎么生孩子的？安安真的没有影响你们吗？”

蒙萌的嘴角抽了抽。

男孩继续说：“那为什么爸爸说我影响了他们生妹妹，每次都要把我送去外婆家。蒙阿姨，我不喜欢去外婆家，你能不能把生孩子的秘诀告诉我啊，呜呜呜……”

蒙萌怔住。

果然小孩子的问题才是这个世界上最难回答的。

旁边的安安灵机一动，说：“去旅游！几天就可以了，很准的！”

蒙萌尴尬地笑了笑，心想：是挺准的……

**第三件事**

自从怀了孕，谢衍便给蒙萌制定了严格的作息表，白纸黑字列得明明白白，像极了经济合同。蒙萌倒也省心，乖乖按照计划执行。

但两人却在果冻的去留上发生了争执。

蒙萌在网上查过，只要注意卫生，帮它定期驱虫做检查，是不会有什么问题的。

谢衍却表示不能拿她和孩子冒险，坚持要把猫咪送到宠物店去。

可生孩子不是一天两天的事，小动物没法理解你是暂时将它送走，只会以为自己是被抛弃了。它们也没法那么快适应新环境，这些很可能导致小动物的身心出现问题。

当然，还有一个隐秘的原因，她没有说，但她相信谢衍知道。

果冻对她而言不仅仅是一只从山上捡回来的野猫，更承载着她对果酱的怀念。

总之于情于理，她都不同意把猫送走。

谢衍某次出差前，两人再次因猫的去留问题陷入冷战。

他回来时，恰好看到果冻躺在她的怀里来回蹭着，尤其是那对猫爪就在蒙萌的肚子上，他的脸色瞬间沉下来。

“你之前是怎么答应我的？尽量少接触……”

“我习惯了。”

蒙萌的语气不好，谢衍当然感受得到。他没有立刻接话，冷静了一会儿才开口：“我联系了一家比较好的猫舍，那边……”

“就这么着急？”她打断他，“我累了，不想讨论这个话题。你今天路上也辛苦，早点休息吧。”

蒙萌放下果冻便进了房间。

谢衍站在原地，看到果冻也想跟过去，连忙制止它，先一步把门关紧。

果冻瞪着一双眼睛仰头看着面前的男人，满是怨念。

谢衍在它面前蹲下来，挠着它的下巴：“明天带你出门，你最好配合一点。”

“喵呜——”果冻表达着不满。

蒙萌靠在门边，听到这句话后，她难过地垂着头，一想到果冻明天就要被送走了，心中充满不舍。

这一夜，谢衍睡在了客房，她也没睡好，甚至还做了个噩梦，她梦到果冻被坏人抓去虐待，叫声凄惨，而她什么都做不了。

她醒来后，暗暗下了决心。

无论如何，她要告诉谢衍，自己坚决不同意把果冻送走。那是她的猫，任何人都无权处置它。

就在她打算和谢衍谈判时，忽然发现猫和人都不见了。

她里里外外找了一遍，顿时慌了。

就在她着急地要去打电话时，看到了一条来自谢衍的微信，发送时间是昨晚她进房间之后。昨天因为生气，她直接把手机关机了，此刻才刚打开。

上面写了两段话，第一段是谢衍的风格。

他说自己专门请教了医生，只要在她孕期给猫定期做驱虫和弓形虫检测，尽量减少亲密接触，接触后及时消毒，就能最大程度减少患病的概率。他昨天没说完的话，其实是要带果冻去做全身检查。虽然这样做也不能百分之百避免感染，但如果她坚持，他愿意陪她共担风险。

下面还有一段话。

以后养猫的事情我做，你只负责陪它玩。但有一点，绝对禁止亲它。如果你非要亲……可以考虑我。

蒙萌看到这句话，忍不住笑出了声。

门突然开了，她走出房间，看到谢衍背着一个太空包正在换鞋，他的包里装着一脸生无可恋的果冻，正对着她喵喵直叫。

谢衍换好鞋，刚起身就看到一团人影扑了过来。

女人在他怀里仰头看着他，眼睛湿漉漉的，嘴角却扬着笑。

“我这样抱着你，也算抱着它啦，不算犯规。”她说完，侧头看了一眼太空包里的果冻。

晌午的阳光明媚而温暖。

“嗯。”谢衍帮她擦去眼角的泪花，又看了她的肚子一眼，默默开始为自己以后的家庭地位发愁。

**第四件事**

蒙萌怀孕后，妊娠反应一直持续了四个月。

在谢衍的坚持下，她不得不将工作全权交给梁知夏，安心在家养胎。

突然远离忙碌的生活，蒙萌总觉得日子有些乏味。偏偏怀孕后，很多事情也不方便做，除了每周固定的孕产瑜伽，她几乎没什么外出需求。

果冻倒是很开心有人在家。它时常围着她圆滚滚的肚子打转，却早已戒掉了睡在蒙萌肚子上的习惯。每当蒙萌孕吐或不舒服时，它总是安静地睡在自己的小垫子上，全程陪伴。

网上有人说养猫能降低产前抑郁，谢衍原本还不信，但现在也被事实说服。

他感谢果冻的方式便是给它买各种高级口粮和玩具。以至于蒙萌临产前，她一个孕妇没胖多少，反倒是果冻增肥成功。

在谢衍绝对的、谨慎的照顾下，蒙萌和果冻相安无事，顺利度过了整个孕期。

谢衍那颗悬着的心终于渐渐归位。

但随着蒙萌预产期的临近，他又开始提心吊胆。

偏偏零科技近来有好几个大项目要做，混沌那边也杂事不断，尽管他尽量抽空陪蒙萌，还是免不了应酬和出差。

每每晚归，他都会先去房间看蒙萌，然后再去客房休息，怕打扰到她。那段时间她睡眠不好，起夜次数也多，脚也开始浮肿。去产检时，他都会亲自陪同，蹲下来帮她穿鞋，把她抱上车。

街坊邻里没人不夸奖。

某日傍晚，蒙萌专心地听着前台的沈沈向她汇报梁知夏和司沣的新八卦，笑得停不下来。什么在公司楼下依依不舍啦，左顾右盼摸一把小手啦，趁着夜色嘬一口啦，过程描述得十分生动，仿佛这画面就在眼前。

谢衍："请这位产妇淡定一点。"

"不能再淡定了，都 40 周 +5 天了！我真希望能把这位小祖宗给笑出来……"

"……"

眼看着日子一天天过去，蒙萌完全是一副心大的样子，该吃吃，该笑笑，毫无压力。反倒是谢衍忍不住了，以防万一，在蒙萌还毫无生产动静的时候他就提前把她送去医院待产。

6 月 16 日当天，谢衍有个重要会议，但他还是打算推掉。

蒙萌得知后坚持让他去工作，并打包票说自己没这么快生，这才连哄带骗地把谢衍赶出了医院。

一个小时后，医生为蒙萌打了小剂量的催产素，之后又塞了水囊。但这些还不够，人工破水加上二次催产素，这才让肚子里那位小祖宗有了退房的意向。

如此一番折腾，可把等在外面的众亲友吓得不轻。

谢衍得知消息时，会议刚刚结束。

在赶往医院的路上，他听到了各种版本的消息，情况似乎并不乐观。一种久违的恐惧再次袭来，他还记得父母一点点沉入大海的样子，天地间仿佛只剩下黑白两色，了无希望。

司沣坐在副驾驶的位置上，能明显感受到谢衍的焦虑和不安，但也不知道该说些什么，只是递了一瓶矿泉水给他。

下了车，两个男人像阵风似的向产房跑，引来无数注目。

还剩最后一个转弯时，蒙宇突然出现在他面前，两人差点撞个正着。

“爸，萌萌她……”

“好小子，你可算来了，我有个很严肃的问题要问你……”

谢衍不知道自己究竟怎么了，可能是这句话他听蒙萌问过太多次，已经形成了条件反射。

他几乎脱口而出：“别问，保大人。”

蒙宇一脸诧异：“你说什么？”

“我说保大人。”这是谢衍第一次这么大声对蒙宇说话。

他的额头上全是汗，手里还拿着西服，后背的白衬衫湿透了。

蒙宇忍不住重重拍了一下他的肩膀，既好笑，又有些生气：“瞧你说的这是什么话？！我这宝贝外孙女都被你给说没了！我是想问你，女儿的名字想好了没啊？！”

至此，向来不苟言笑的司沣都转头咳嗽了两声，以掩饰自己的笑。

谢衍终于回过神，努力接受着蒙宇这句话里的信息量。

她平安生产了，是个女儿。

没再耽搁，他快步走向病房。

蒙萌因为耗尽了体力，正在休息。她的脸色不好，鬓边还有汗水。也许是感受到炙热的目光，她睁开眼，雾蒙蒙的眸子直直地与他对望。

谢衍知道她身体还虚弱，比了个噤声的手势。而后走到她的床边，身体完全蹲下去，与她平视。

“小骗子。”他鼻尖有些酸涩，但强忍住了。

蒙萌眨巴了两下眼睛，看得他心都快化了。

“辛苦了，谢太太。”他伸手摸了摸她额头的碎发，倾身落下一枚吻。

旁边突然传来婴儿的哭声，像是在表达被父亲忽视的不满。

蒙萌用目光示意他去看看孩子。

谢衍朝婴儿床走过去，带着初为人父的喜悦和紧张，每一步都似有千斤重。

宝宝的眼睛还没睁开，皮肤皱巴巴的，哭声很洪亮。

如此软糯糯的一团，他小心翼翼地抱进怀里，上半身完全僵住了。

在他长达二十多年的人生里，从未有一刻比现在更能感受到生命的奇妙和分量。

多年前，他曾失去至亲，孑然一身。

而从今天起，在这个世界上，终于又有了一个和他血脉相连的人。

床上的蒙萌，怀里的小人，就足以构成他生活的全部。

**第五件事**

顺产的好处多多，蒙萌很快就出院了。

到底是年纪轻，她全然忘了那天生产时的痛不欲生，转而把注意力都放在了女儿身上。

其实生产前，蒙萌就已经想好了孩子的小名，叫“萌宝”。生产当天，谢衍便给女儿起好了大名，叫“谢思萌”，但直接被蒙萌给否了。

“我不喜欢这个思字，总觉得好像我不在了一样。”

“再胡说！”

“我说的是实话啊。”

在旁边坐着逗外孙女的蒙宇突然开口道：“就叫谢屿萌吧，意指她是你们俩爱情的结晶，怎么样，是不是绝妙啊？”

谢衍：“……”

蒙萌嘴角抽了抽：“与？怪怪的。您怎么不干脆用宇宙的宇呢？”

“傻丫头，我说的是岛屿的屿，你们是在永夜岛相识的，又正好是‘与’的谐音。”蒙宇顿了顿，“咳咳，当然啦，的确也有我名字的谐音，顺便……顺便嘛。不管怎么说，我也是你们俩的媒人，这个……不过分吧？”

如此有理有据的一番话，倒叫蒙萌不好再驳他。

而谢衍思忖片刻，直接投了赞成票。

蒙萌还有点不甘心，总觉得自己的名字已经够随便了，女儿的名字一定要好好取。可她转念一想，现在病房里的四个人，就是个完整的家，再没有其他人。

这个名字的确很有意义。

于是，萌宝的大名就这样愉快地决定了。

**第六件事**

时光飞逝，萌宝一天天地长大了。她五岁时，光是颜粉就已经遍布整个小区。白嫩的皮肤，肉嘟嘟的小脸，尤其是她那双黑葡萄般的眼睛，纤长浓密的睫毛眨啊眨，轻轻松松便俘获一众叔叔阿姨的心。连门口的保安叔叔都没逃过，每天专挑蒙萌带宝宝下来玩的时候在小区里巡逻。

有朋友直接指定萌宝去做小花童，让她上台送戒指。

结果婚礼当天，萌宝上台送戒指时，突然抓着戒指怎么都不肯撒手，急得司仪在旁边狂飙冷汗。

最后还是谢衍走过来救场，连哄带骗才让萌宝完成了任务，所有人都松了口气。

下台后蒙萌悄悄问他，到底对女儿说了什么。

谢衍捏了捏萌宝的脸，笑道：“戒指这种东西，不能靠抢，要让别人心甘情愿地送。”

**第七件事**

隔壁的安安读小学了，她觉得自己见证了萌宝的出生，因此总喜欢拍着胸脯对萌宝说：“你放心，以后就由姐姐我罩着你了。”

这匪气冲天的样子，蒙萌见一次笑一次。

某天安安突然一脸严肃地问萌宝：“你和蒙阿姨的名字里都有一个‘萌’字，你俩到底谁更萌啊？”

萌宝听完这个问题，眼珠骨碌一转，陷入了沉思。

晚上谢衍下班回来，刚进门就看到一个小粉团子坐在门边，眼巴巴地盯着他看。蒙萌正在浴室洗澡，有水花声传出来，还有沐浴露的香气飘过来。

“爸爸，抱！”

谢衍蹲在她面前，沉声说：“爸爸是不是跟你说过，家里有床，有沙发，还有泡沫地垫，你可以随便在上面打滚，但是，绝对不可以在地上玩，会着凉，也不卫生。”

萌宝连忙乖巧地点点头，再次伸出手臂：“抱抱。”

谢衍无奈，知道她根本听不进去，和她妈妈一样是个小骗子，最会敷衍他。

但又有什么办法呢？家里一大一小两个宝宝，他都得宠着。

他抱起女儿坐到沙发上，突然听到小家伙问他：“爸爸，我有个问题要问你。”

“你说。”

“嗯……在你心里，我和妈妈到底谁更萌？”

谢衍沉默了几秒，心想：小孩子的问题果然最难回答。

蒙萌正好洗了澡出来，看到父女俩正一脸严肃地讨论着什么，便也好奇地加入进来。

“你们在说什么呢？”

“妈妈，我在问爸爸，究竟是我萌还是你萌。”

蒙萌一愣，顿时大笑起来。

她直接忽略谢衍求救的表情，故作正经地看向他：“我也想知道这个问题的答案。”

谢衍满脸的无奈。

最终，他只得说：“其实在爸爸心里，你和妈妈都是最可爱的。”

这个答案，显然没有得到认可。

在蒙萌的眼神示意下，萌宝继续发起攻势：“爸爸骗人！‘最’只有一个，不能有两个！”

谢衍心生一计。

他用手指比画了个数字，问女儿：“这是几？”

萌宝：“一。”

谢衍又加了根手指：“这个呢？”

萌宝：“二。”

谢衍：“那二和一，哪个多？”

萌宝：“二多。”

“那就对了。你妈妈的名字，读起来是两个萌，而你的名字里只有一个。所以，你在名字上就输了，还是你妈更萌。”

他说完，暗自松了口气。

蒙萌笑着对老公抛了个媚眼：“够意思！”

然而下一秒，萌宝的哭声几乎要掀翻屋顶：“爸爸偏心！爸爸偏心！呜呜呜呜呜……”

夫妻俩面面相觑，同时叹了口气。

谢家夫妇以为小孩子睡一觉起来就什么都忘了，可他们低估了谢屿萌小朋友的意志力。

她开始绞尽脑汁地思考，如何在名字上扳回一局。

蒙宇周末来看望自家外孙女时，一眼就看出她不高兴。他当即沉下脸，把女儿、女婿拉过来教训了一顿。

“你们俩还年轻，工作忙我能理解，但既然如此，为什么不让我留下来照顾萌宝？你看这一个月不见，把孩子弄得委屈的。别说她了，我都难受！”蒙宇说着说着，便要掏出手绢抹眼泪。

蒙萌嘴角一抽，没好气地说：“爸，就您这个随时随地可以搭台子唱戏的架势，要是把孩子丢给您，指不定给带成什么样子……”

“你这话什么意思啊？嘿，你现在嫌弃你爸是不是啊？我……”

结婚这几年，蒙宇和蒙萌这对父女还是一见面就开吵，谢衍早就习惯了。

他揉了揉太阳穴，对萌宝说："你自己告诉外公，到底因为什么不高兴。"

蒙宇一听，连忙把萌宝抱起来，柔着声说："我的小公主，你别担心，尽管和外公告状，外公肯定帮你出气！"

闻言，蒙萌心口的气顿时又蹿了上来，幸好被谢衍按住了。

萌宝眼珠转了转，趴到蒙宇耳边说了几句话。

蒙宇的表情简直称得上瞬息万变，最后演变成他的招牌大笑。

他问她："那你打算改个啥名呢？"

萌宝："我总不能叫谢萌萌萌吧，安安姐说，这样以后我考试的时候，会因为名字太长输在起跑线上。"

蒙宇憋着笑："所以呢？"

蒙萌和谢衍默默竖起了耳朵。

只见萌宝双手叉腰，得意地对着三个人宣告："我决定了，我要叫谢——特——萌！"

噗——

谢氏夫妇差点两眼一黑。

谢特？

总觉得有种奇怪的感觉……

虽然此次谢屿萌小朋友并没有换名成功，但她一直将这件事记在心里，时不时就翻出来说，这一度让蒙萌非常头疼。

偏偏女儿这又倔又嚣张的个性跟她小时候如出一辙。

每当这时候，谢衍就在旁边摆出事不关己的样子："青出于蓝，你怪她也没用，请接受现实。"

蒙萌无奈，只得祈祷孩子长大后能收敛点。

**第八件事**

谢屿萌读小学后遇见了一个名叫江子崇的小男孩。那孩子小小年纪就长了张招女孩喜欢的脸，可偏偏性格比同龄的孩子更冷淡，由此成功引起了谢屿萌的注意。

她开始在各种地方围追堵截他，甚至将她最喜欢的玩伴——一只壁虎放到了他的手里。没过多久，江子崇就因为昆虫过敏被送去了医院。

江子崇的父母恰好就在那家医院工作，两人急匆匆冲到了急诊，了解情况后松了口气。比起自家还躺在床上的儿子，他们显然对这个小女孩更感兴趣，因为她长得实在太可爱了。

谢屿萌觉得江子崇的爸爸穿着一身白大褂，戴着一副金丝圆边眼镜，像是从漫画里走出来的吸血鬼骑士。尤其是他那双眼睛，好像有股无形的魔力，能把她的注意力全部吸引过去，后来她才知道，原来这位江医生是赫赫有名的催眠大师，刚刚从西洲医院调过来。

由此，她对江子崇又多了一份好感。

不知道发生了什么事，江子崇的父母又匆匆跑走了，听说是门诊那边有紧急工作。

“你别过来。”江子崇冷冷地警告她。

谢屿萌无视这句话，径直走到他面前。

“抱歉，我不知道你对那个过敏。我是想和你做朋友，才把它送给你的，那可是我的宝贝，谁要都不给的！”

江子崇面无表情地问她：“你为什么要和我做朋友？”

谢屿萌：“因为我喜欢你。”

江子崇的脸瞬间红了，但眼神里却带着嫌恶：“可我不喜欢你。”

谢屿萌一听，连忙凑过去问：“为什么不喜欢我？他们都说我很可爱啊。”

江子崇往后退了退：“你除了长得可爱，名字好听外，没个女孩样，我不喜欢你这样的女生，永远都不会。”

他说完，又有些后悔，觉得自己可能说话太重了。

但让他万万没想到的是，谢屿萌竟然兴奋地在病房里手舞足蹈。

此后，谢屿萌再也没有提过自己要换名字的事，蒙萌终于松了口气。

而这位江子崇小朋友也绝对没有想到，在很多很多年后，那天他的一番话成了他打脸的铁证……

可能每个人都有那个逃不过、避不开的命中注定吧。

就像某年某月某日，当谢衍在温室花房中醒来时，看到脚边的泥土里，有人拿枝条写了一句话。

每个人心里都有一团火，路过的人只看到烟，但总有一个人能看到这团火，然后走过来，陪我一起。

这是蒙萌偶然看到的，出处不明，但她却记在了心里。

那晚他们喝醉了酒，迷迷糊糊在花房里睡着了。醒来时，她看到两人相握的手，忽然觉得他们对彼此来说，就是那个看到火的人。

漫漫人生路，终有人会走过来陪你一起，看日升日落，看潮涨潮退。你们携手走过彼此的低谷，穿越迷茫与黑暗。

这世上有千百种美好的爱情，其中一种便是做彼此生命中的光。

它足以照亮过去，照亮未来。

【完】

后记

# 天暗下来，我们就是光

犹记得签约的时候还是春天，如今杭州的最低温已逼近零摄氏度。不知不觉，这本我写过的最长的小说也伴我走过了四季更迭。

我不是全职作者，平常还得兼顾学业。五月刚经历完博士候选人考核，六月就迎来了毕业论文开题，繁重的课业压力让我不得不暂时放下这本书。都说作者经常是奔着一个理想中的画面去完成整个故事的，这话不假。那段时间我过着三点一线的生活，每次夜里骑车离开图书馆，周围很安静的时候，脑袋里总是会不自觉地浮现出蒙萌和谢衍在永夜岛相遇的场景，想想都觉得怦然心动。

那时候的我希望时间能过得快一点，再快一点，这样我就能去写小说了。带着这份迫不及待，我闭关了一整个暑假。冲刺结局的那段时间，我恨不得不睡觉，每天可以在电脑前从早坐到晚。那种兴奋的状态，一直持续到大结局。

写番外的时候，字数一度收不住，我和编辑开玩笑说再写下去怕是主角的孩子都要结婚了。出于私心，我甚至把上本书男女主角的孩子送到了我们的绝世小可爱谢屿萌的面前。我始终认为那些被我创造出来的角色不会因为书的完结而消失，而是会继续生活下去。我相信了角色本身，所以也相信了那个平行世界的存在。

经常有人问我，那些人物和故事都是怎么构思出来的。

对我而言，小说创作是基于现实的天马行空。书中对医疗的关注，始于我读研期间在医院社工部实习的经历，而我读博后的主攻方向也是医学人文。人类健康事业是未来社会的永恒话题，而医疗和科技的结合也将是大势所趋。在这个基础上，有了映射科技，乃至有了之后成立的零科技。也许会有专业人士对书中的某些细节提出质疑，但作为一个文科生，我已经尽了自己最大的努力去呈现我对未来 VR 与医疗结合的愿景和构想。就小说本身而言，我没有留下什么遗憾。

书中永夜岛的雏形，是源于两年前的初夏。当时我了解到，挪威北部有一座小岛，那里因北大西洋暖流经过而终年不冻，每年分别有四分之一时间处于极昼和极夜。当时我就被这个奇特的自然属性吸引住，萌生了以永夜岛为基点去写一个故事的想法。

至于男主角阿衍，便是以我家那位陶先生为原型去写的。一开始我只是为了咨询金融行业的知识去找他讨论，结果时间长了，我就发现，当我在和他讨论各项细节时，他向我输出的所有观点都来自他本人的三观，因而阿衍这个人物的行事作风就不可避免地有了他的影子。

也正因为如此，在写阿衍和萌萌的互动时，我也不自觉地融入了我们夫妻平日相处的小细节。我与萌萌的路痴、偏执、倔脾气、不服输、乐观，陶先生与阿衍的整理癖、强迫症、重规划、直男式理性、不经意间的温情浪漫，都渐渐合二为一。这虽不是我的本意，但将自己的生活经历和真情实感融入创作却也正合我意，我笔下的故事也因此多了一层独属于作者个人的印记。

还记得我和先生的恋爱日常段子书上市后，我不止一次地收到私信说，希望有一本以我们夫妻俩为原型的小说。或许，这本书就是这样一份无心插柳柳成荫的礼物，而我现在将它送到了你们的手中。

不知道此刻合上这本书的你，心情是怎样的?

也许你会为主角们美好的爱情而流泪，也许你会为他们携手应对风浪、攻克难题的精神所感动，也许你会发现其实每个人的生活都不可避免地有着至暗时刻。譬如阿衍在一夜间失去所有，而萌萌临危受命成了菜鸟领导人，譬如我经常在公众号后台和微博私信收到大家对生活的小吐槽和小失望，又譬如我此刻正被导师同时派下来的几个活儿弄得焦头烂额……

可事情总会做完，天总会晴，春天总会来，书也总会写完的，对吧？

当我们身处黑暗，总有一束光会照亮前行的路。这束光可能是你的父母，可能是你的朋友，也可能是你的爱人，但更有可能来源于你内心深处的那份勇敢、坚强和执着。

写作是一个不断积累、不断进步的过程，第一次写这么长的篇幅对我来说实属不易，但也收获良多。很感谢那些陪我一起码字的小伙伴，也谢谢一直陪伴我、鼓励我、鞭策我完成这本书的编辑。没有他们，也没有现在的我和你们此刻手中的这本《天暗下来，你就是光》。

今天是十二月的第一天，也是今年的最后一个月。我在这里写完这篇后记，也正式向萌萌和阿衍告别，向2019年告别。我期待着下一次和你们的见面，希望那时你还在这里，见证我的成长。

山高水远，我们下本书再会。

2019年12月1日于杭州